EL GUARDIÁN DE LOS ARCANOS

El guardián de los ARCANOS

Paul Sussman

Traducción de
Eduardo García Murillo

PLAZA & JANÉS

Título original: *The Last Secret of the Temple*

Primera edición: abril, 2005

Printed in Spain – Impreso en España

ISBN: 84-01-33548-5
Depósito legal: B. 12.227-2005

Fotocomposición: Comptex & Ass., S. L.

Impreso en A & M Gràfic, S. L.
Santa Perpètua de Mogoda (Barcelona)

L 3 3 5 4 8 5

Para Alicki, cuya luz brilla
sobre todas las demás

Prólogo

Templo de Jerusalén.
Agosto, año 70 de la Era Cristiana

Las cabezas volaron sobre la muralla del templo con un siseo, docenas de ellas, como una bandada de aves desmañadas, los ojos y la boca abiertos de par en par, con flecos de carne colgando del punto del cuello por donde se lo habían cercenado. Algunas cayeron en el Patio de las Mujeres; golpearon las losas ennegrecidas de hollín con un tamborileo rítmico, provocando que viejos y niños huyeran a la desbandada. Otras llegaron más lejos, pasaron sobre la puerta de Nicanor y aterrizaron en el Patio de Israel, donde diluviaron alrededor del gran Altar de los Holocaustos como gigantescas piedras de granizo. Unas pocas se estrellaron contra los muros y el techo del mismísimo Mishkan, el santuario situado en el corazón del complejo del templo, que dio la impresión de gemir y gruñir bajo el ataque, como víctima de un dolor físico.

—Miserables —gritó el niño con voz estrangulada, mientras lágrimas de desesperación se agolpaban en sus ojos azul zafiro—. ¡Malditos miserables romanos!

Desde el privilegiado lugar que ocupaba en lo alto de las murallas del templo, contempló la masa de legionarios que se movían como hormigas bajo él. Sus armas y sus corazas brillaban a la luz de los incendios. Sus gritos resonaban en la noche y se mezclaban con el silbido de las catapultas, el batir de los tambores, los chillidos de los agonizantes y, por encima de todo ello, el tronar sordo de los arietes, de modo que el niño tuvo la impresión de que el mundo se estaba partiendo en dos poco a poco.

—Ten piedad de mí, mi Señor —susurró, citando el salmo—, pues estoy angustiado. Mis ojos están devastados por el dolor, y también mi cuerpo y mi alma.

Durante seis meses, el cerco se había cerrado en torno a la ciudad hasta arrebatarle la vida. Desde sus posiciones iniciales en el monte de los Olivos y el monte Scopus, las cuatro legiones romanas, formadas por miles de soldados, habían avanzado de manera inexorable hacia el interior, derribando cada línea defensiva, repeliendo a los judíos, empujándolos hacia el centro. Habían muerto incontables defensores, aniquilados cuando intentaban contener los ataques, crucificados a lo largo de los muros de la ciudad y en todo el valle del Cedrón, donde se habían congregado tantos buitres que ocultaban el sol. El olor de la muerte lo dominaba todo: un hedor corrosivo y omnipresente que quemaba las ventanas de la nariz como una llama.

Nueve días antes había caído la fortaleza Antonia. Seis días después, los patios exteriores y las columnatas del recinto del templo. Ahora solo permanecía en pie la parte interior fortificada, donde se apretujaban como peces en un barril los que quedaban de la en otro tiempo orgullosa población: sucios, famélicos, forzados a comer ratas y cuero, y a beber su propia orina, tan grande era su sed. Aun así seguían luchando frenéticamente, sin esperanza, arrojando piedras y vigas de madera ardiendo contra los atacantes; en ocasiones hacían una salida para expulsar a los romanos de los patios exteriores y eran rechazados con pérdidas terribles. Los dos hermanos mayores del muchacho habían muerto en la última intentona, despedazados cuando intentaban derribar una máquina de asedio romana. Sus cabezas mutiladas bien podían contarse entre las que eran catapultadas sobre las murallas.

—Vivat Titus! Vincet Roma! Vivat Titus!

Las voces de los romanos ascendieron como una ola sonora, aclamando a su general, Tito, hijo del emperador Vespasiano. A lo largo de los parapetos, los defensores intentaron contrarrestar los cánticos, proclamando a voz en grito los nombres de sus líderes,

Juan de Gischala y Simón Bar-Giora. No obstante, sus voces apenas se oían, porque tenían la boca seca y los pulmones, débiles: en todo caso, les costaba vitorear con entusiasmo a unos hombres que, según se rumoreaba, ya habían cerrado un trato con los romanos para salvar la vida. Se mantuvieron firmes medio minuto, y después sus voces se fueron apagando poco a poco.

El muchacho extrajo una piedra del bolsillo de su túnica y empezó a chuparla para intentar olvidar la sed. Se llamaba David y era hijo de Judá el vinatero. Antes de la gran revuelta, su familia poseía unos viñedos en las colinas con bancales de las afueras de Belén. Sus uvas de color rubí producían el vino más ligero y dulce jamás saboreado, como la luz del sol en una mañana de primavera, como la brisa fresca que soplaba en los bosquecillos de tamarindos. Cuando llegaba el verano, el muchacho ayudaba en la cosecha y pisaba las uvas; reía al sentir la fruta aplastada bajo sus pies, el zumo que manchaba de rojo sangre sus piernas. Ahora que habían destrozado las prensas de uva, quemado las viñas y matado a su familia, estaba solo en el mundo. Con doce años, ya se sentía embargado por el dolor de un hombre que le quintuplicara la edad.

—¡Ya vuelven! ¡Preparados! ¡Preparados!

El grito recorrió las murallas cuando una nueva oleada de legionarios se precipitó hacia los muros del templo, con escaleras sobre sus cabezas, de manera que, a la luz infernal de los incendios, dio la impresión de que docenas de ciempiés gigantes correteaban por el suelo. Una lluvia desesperada de piedras cayó sobre ellos; la ofensiva vaciló un momento antes de seguir adelante, llegar a las murallas y alzar las escaleras, cada una sujeta por dos hombres en el suelo, mientras una docena más utilizaban pértigas para izarlas y apoyarlas contra las murallas. Enjambres de soldados empezaron a trepar por ellas, cubriendo los costados del templo como una marea de tinta negra.

El muchacho escupió el guijarro, agarró una piedra de una pila que descansaba a sus pies, la colocó en su honda de cuero y se inclinó hacia las murallas, indiferente a la lluvia de flechas que lanzaban los asaltantes. A su lado, una mujer, una de las muchas que contribuían a la defensa de las murallas, se tambaleó hacia atrás, con la garganta atravesada por un *pilum** con punta de arpón, mientras la sangre resbalaba entre sus manos. El muchacho no hizo caso y continuó examinando las hileras enemigas, hasta localizar a un legionario con la insignia de Apollinaris, la decimoquinta legión. Apretó los dientes y empezó a dar vueltas a la honda sobre su cabeza, con los ojos clavados en el objetivo.

Un círculo, dos, tres.

Alguien le agarró del brazo por detrás. Giró en redondo, lanzó hacia delante el puño libre y pataleó.

—¡Soy yo, David! Eleazar. ¡Eleazar el orfebre!

Había un hombre grande y barbudo detrás de él, con un pesado martillo de hierro encajado dentro del cinturón y la cabeza envuelta en un vendaje ensangrentado. El niño dejó de agitar los puños.

—¡Eleazar! Creía que eras un...

—¿Romano? —El hombre rió sin alegría y soltó el brazo del muchacho—. No huelo tan mal, ¿verdad?

—Habría alcanzado al legionario —le reprendió el muchacho—. Era un tiro fácil. ¡Le habría destrozado la cabeza a ese canalla!

El hombre rió de nuevo, esta vez con más entusiasmo.

—Estoy seguro. Todo el mundo sabe que David Bar-Judá es el mejor hondero del país. Pero ahora hay cosas más importantes.

Miró a su alrededor y bajó la voz.

—Matías te quiere ver.

—¡Matías! —Los ojos del niño se abrieron de par en par—. El sumo...

El hombre le tapó la boca con la mano y volvió a pasear la vista en derredor.

—¡Silencio! —masculló—. Hay cosas secretas... A Simón y Juan no les haría ninguna gracia saber que esto se ha hecho sin su consentimiento.

Una mirada de desconcierto apareció en los ojos del niño,

* Al final del libro hay un glosario con los términos menos conocidos.

pues ignoraba de qué estaba hablando el hombre. El orfebre no hizo el menor esfuerzo por explicarse, sino que se limitó a mirarle para comprobar que sus palabras habían surtido efecto, le tomó del brazo y le condujo por una estrecha escalera hasta el Patio de las Mujeres. La cantería resonó bajo sus pies debido a que los arietes estaban atacando las puertas del templo con renovados bríos.

—Deprisa —le apremió—. Las murallas no resistirán mucho tiempo.

Cruzaron el patio a toda velocidad, esquivando las cabezas diseminadas sobre las losas, mientras las flechas caían a su alrededor. Al llegar al otro lado subieron los quince escalones que conducían a la puerta de Nicanor y entraron en un segundo espacio, donde multitudes de *kohenim* estaban celebrando frenéticos sacrificios en el gran Altar de los Holocaustos, con las túnicas sucias de hollín. Sus voces atronadoras casi lograban apagar el fragor de la batalla.

Oh, Dios, Tú que nos has rechazado, roto nuestras defensas;
Tú que estás enojado,
¡ten piedad de nosotros!
Tú que has hecho temblar la tierra, que la has desgarrado,
¡cierra sus grietas, pues se tambalea!

Cruzaron también este patio y subieron los doce escalones que daban acceso al soportal del Mishkan. Su enorme fachada se erguía ante ellos como un risco, cien codos de altura con una magnífica enredadera labrada en oro puro. Eleazar paró y se acuclilló ante el chico para que sus ojos estuvieran a la misma altura.

—No puedo pasar de aquí. Solo los *kohenim* y el sumo sacerdote pueden entrar en el santuario.

—¿Y yo?

La voz del muchacho era vacilante.

—Tú tienes permiso. En este momento, ante esta calamidad. Así lo ha dicho Matías. El Señor lo comprenderá.

Posó las manos sobre los hombros del niño y le dio un apretón.

—No temas, David. Tu corazón es puro. No sufrirás mal alguno.

Escudriñó los ojos del niño y después le empujó hacia el gran portal, con sus columnas de plata gemelas y la cortina bordada de seda roja, azul y púrpura.

—Ve. Que Dios sea contigo.

El chico miró al orfebre, una enorme figura recortada contra el cielo flamígero, se volvió, apartó a un lado la cortina y entró en una sala larga adornada con columnas, con el suelo de mármol pulido y un techo tan alto que se perdía en las sombras. El lugar era fresco y silencioso, y una fragancia dulzona y embriagadora impregnaba el aire. La batalla dio la impresión de desvanecerse, como si ocurriera en otro mundo.

—*Shema Yisrael, adonai elohenu, adonai ehud* —susurró—. Escucha, oh, Israel, el Señor es nuestro Dios, y solo hay un Señor.

Hizo una pausa, sobrecogido. Después caminó despacio hacia el fondo de la sala. Sus pies no despertaron ningún sonido en el suelo de mármol. Ante él se alzaban los sagrados objetos del templo, la mesa del pan de proposición, el altar dorado del incienso, la gran Menorah de siete brazos, y detrás de todo ello un diáfano velo de seda, la entrada al *debir*, el sanctasanctórum, donde ningún hombre podía entrar salvo el sumo sacerdote, y tan solo una vez al año, el Día de la Expiación.

—Bienvenido, David —dijo una voz—. Te estaba esperando.

Matías, el sumo sacerdote, salió de las sombras a la izquierda del muchacho. Llevaba una vestidura azul cielo ceñida con un mandil rojo y dorado, una delgada diadema en la cabeza y sobre el pecho el *efod*, el pectoral sagrado, con sus doce piedras preciosas, cada una de las cuales representa a una tribu de Israel. Tenía profundas arrugas en la cara y la barba blanca.

—Por fin nos conocemos, hijo de Judá —dijo sin alzar la voz, al tiempo que se acercaba al muchacho y le miraba, el movimiento acompañado por el tintineo de las docenas de campanillas cosidas alrededor del dobladillo de la vestidura—. Eleazar el orfebre me ha hablado mucho de ti. De todos los que defienden los santos lugares, dice, tú eres de los más osados. Y el de más confianza. Como el David de los viejos tiempos. Eso dice él.

Miró al muchacho, le cogió de la mano y le condujo hacia el fondo de la sala, donde se detuvieron ante la Menorah dorada, con sus brazos curvos y el tallo ornamentado, hecha en un solo bloque de oro puro siguiendo un diseño del Todopoderoso. El muchacho contempló sobrecogido sus lamparillas parpadeantes, con los ojos brillando como agua bañada por el sol.

—Es hermosa, ¿verdad? —dijo el anciano al reparar en el asombro que expresaba el rostro del chico, y apoyó una mano sobre su hombro—. No existe ningún objeto en la tierra más sagrado para nosotros, más preciado para nuestro pueblo, pues la luz de la sagrada Menorah es la luz del propio Dios. Si alguna vez la perdiéramos...

Suspiró y se tocó el pectoral.

—Eleazar es un buen hombre —añadió, como si se le hubiera ocurrido de repente—. Un segundo Bezalel.

Durante un largo momento siguieron en silencio, contemplando el gran candelabro. Su resplandor los rodeaba y envolvía. Después, el sumo sacerdote asintió con la cabeza y se volvió hacia el niño.

—Hoy el Señor ha decretado que su sagrado templo caerá —dijo en voz baja—. Como ocurrió antes, tal día como hoy, el Tish B'Av, hace más de seiscientos años, cuando los babilonios acabaron con la casa de Salomón. Las piedras sagradas se convertirán en polvo, las vigas del techo quedarán reducidas a astillas y nuestro pueblo será empujado al exilio y se dispersará a los cuatro vientos.

Escudriñó los ojos del chico.

—Solo nos queda una esperanza, David, solo una. Un secreto, un gran secreto, que solo conocemos unos pocos. Ahora, en esta hora final, tú también lo conocerás.

Se inclinó hacia el chico, bajó la voz y habló con rapidez, como temeroso de que alguien le oyera, aunque estaban solos. Los ojos del muchacho se abrieron de par en par mientras escuchaba, paseando la vista entre el suelo y la Menorah, con los hombros temblorosos. Cuando el sacerdote terminó, se enderezó y retrocedió un paso.

—¿Entiendes? —dijo, y una pálida sonrisa se insinuó en sus labios—. Aun en la derrota habrá victoria. Aun en la oscuridad habrá luz.

El chico no dijo nada, desgarrado entre el asombro y la incredulidad. El sacerdote le acarició el pelo.

—Ya ha salido de la ciudad, más allá de las empalizadas romanas. Ahora ha de abandonar esta tierra, pues nuestro final se acerca y ya no podemos garantizar su seguridad. Todo ha sido planificado. Solo queda una cosa, y es nombrar a un guardián, el que llevará el objeto hasta su destino final, donde deberá aguardar hasta que lleguen tiempos mejores. Se te ha encomendado esta tarea, David hijo de Judá. ¿Aceptarás la responsabilidad?

El niño sintió que su mirada se alzaba hacia el sacerdote, como si cuerdas invisibles tiraran de ella. Los ojos del anciano eran grises, pero con una extraña luminosidad hipnótica al fondo de ellos, como nubes que flotaran en un inmenso cielo despejado. Intuyó una enorme carga en su interior, pero también cierta levedad, como si estuviera volando.

—¿Qué debo hacer? —preguntó con voz ronca.

El anciano le miró, escudriñó su rostro, estudió sus facciones como si fueran palabras de un libro. Después asintió, introdujo la mano en la vestidura y sacó un rollo de pergamino que entregó al chico.

—Esto te guiará —dijo—. Haz lo que dice y todo saldrá bien.

Tomó la cara del niño entre sus manos.

—Eres nuestra última esperanza, David hijo de Judá. Solo contigo la llama arderá. No cuentes este secreto a nadie. Defiéndelo con tu vida. Transmítelo a tus hijos, y a los hijos de tus hijos, y a sus hijos después, hasta que llegue el día de la revelación.

El niño le miró.

—Pero ¿cuándo, maestro? —susurró—. ¿Cómo sabré que ha llegado el momento?

El sacerdote sostuvo su mirada un momento más, luego se enderezó y se volvió hacia la Menorah. Contempló las lamparillas parpadeantes, y sus ojos se cerraron poco a poco, como si hubiera caído en trance. El silencio se espesó a su alrededor. Dio la impresión de que las gemas de su pectoral ardían con una luz interior.

—Tres señales te guiarán —dijo con voz repentinamente distante, como si estuviera hablando desde una gran altura—. La primera, el menor de los doce vendrá con un halcón en la mano; la segunda, un hijo de Ismael y un hijo de Isaac entrarán como amigos en la Casa de Dios; la tercera, el león y el pastor serán uno, y una lámpara colgará de su cuello. Cuando estas cosas ocurran, habrá llegado el momento.

Pareció que, delante de ellos, el velo del sanctasanctórum se agitaba un poco, y el muchacho sintió que una brisa fresca le acariciaba la cara. Tuvo la impresión de que voces extrañas resonaban en sus oídos, notó un hormigueo en la piel, percibió un olor peculiar, húmedo e intenso, como el mismísimo Tiempo, si el Tiempo oliera. Duró apenas un momento; de repente, se oyó un gran estrépito en el exterior, junto al grito de un millar de voces preñadas de terror y desesperación. El sacerdote abrió los ojos al instante.

—Es el fin —dijo—. ¡Repíteme las señales!

El niño obedeció, tartamudeando. El anciano le obligó a repetirlas dos veces más, hasta quedar satisfecho. El fragor de la batalla estaba penetrando en el santuario como una inundación: chillidos de dolor, el ruido metálico de las armas, el estruendo de los escombros al caer. Matías atravesó corriendo la sala, se asomó a la entrada y volvió a retroceder.

—¡Han atravesado la puerta de Nicanor! —gritó—. No puedes volver por ahí. ¡Ven a ayudarme!

Aferró el tallo de la Menorah y empezó a tirar hasta que se movió. El chico le ayudó, y ambos la movieron un metro a la izquierda, hasta dejar al descubierto una losa de mármol cuadrada con dos asas. El sacerdote las agarró y alzó la losa; quedó a la vista una cavidad oscura, en cuyo interior descendía hacia las tinieblas una estrecha escalera de piedra.

—El templo posee muchos pasadizos secretos —dijo, al tiempo que tomaba al niño del brazo y le guiaba hacia la abertura—. Y este es el más secreto de todos. Baja por la escalera y sigue el túnel. No te desvíes ni a la izquierda ni a la derecha. Te conducirá lejos de la ciudad, al sur, mucho más allá de las empalizadas romanas.

—Pero ¿qué hay de...?

—¡No hay tiempo! ¡Márchate! Eres la única esperanza de nuestro pueblo. Te pongo por nombre Shomer Ha-Or. Acepta este nombre. Consérvalo. Llévalo con orgullo. Transmítelo. Dios te protegerá. Y también te juzgará.

Se inclinó y besó al niño en cada mejilla; después apoyó las manos sobre su cabeza y le empujó hacia abajo. Encajó la losa de mármol en la abertura, aferró la Menorah y la arrastró sobre el suelo, gruñendo a causa del esfuerzo. Apenas había tenido tiempo de colocarla en su sitio cuando sonaron gritos al final de la sala y se oyó el estrépito metálico de las espadas al entrechocar. Eleazar el orfebre se tambaleó hacia atrás, con un brazo caído al costado y un muñón sanguinolento donde había tenido la mano, mientras con la otra sujetaba el martillo, que hacía remolinear como enloquecido ante la muralla de legionarios que le acosaban. Por un momento, consiguió mantenerlos a raya. Después se abalanzaron sobre él con un rugido y cayó al suelo, donde le cercenaron los miembros y pisotearon su cuerpo.

—¡Yahvé! —chilló—. ¡Yahvé!

El sumo sacerdote contempló la escena con semblante inexpresivo, dio media vuelta, tomó un puñado de incienso y lo arrojó a los carbones del altar dorado. Una nube de vapor perfumado ascendió hacia el techo. Oyó que los romanos se acercaban por detrás; sus botas con suela de hierro repiquetearon sobre el suelo y el ruido metálico de sus armaduras despertó ecos en las paredes.

—El Señor se ha convertido en nuestro enemigo —susurró, repitiendo las palabras del profeta Jeremías—. Ha destruido a Israel. Ha destruido todos sus palacios, reducido a escombros sus fortalezas.

Los romanos se habían detenido detrás de él. Cerró los ojos. Se oyeron risas y el siseo de una espada que se alzaba en el aire. Por un momento, dio la impresión de que el tiempo se detenía. Después, la espada descendió, se clavó entre los omóplatos del sumo sacerdote y atravesó su cuerpo. Se tambaleó hacia delante y cayó de rodillas.

—¡Que descanse en Babilonia! —Tosió y brotó sangre por las comisuras de su boca—. En Babilonia, en la casa de Abner.

Inmediatamente cayó de bruces al pie de la gran Menorah, muerto. Los legionarios apartaron a patadas su cadáver, cargaron a hombros los tesoros del templo y los sacaron del santuario.

—*Vicerunt romani! Victi iudaei! Vivat Titus!* —gritaron—. ¡Los romanos han vencido! ¡Los judíos han sido derrotados! ¡Viva Tito!

Sur de Alemania, diciembre de 1944

Yitzhak Edelstein se ciñó al cuerpo su uniforme de trabajo a rayas y se sopló en las manos, amoratadas a causa del frío. Se inclinó para atisbar por la parte posterior del camión, pero poco logró ver tras el faldón de lona, aparte del asfalto húmedo, troncos de árboles y el parachoques del camión que estaba detrás. Se volvió y apretó la cara contra un desgarrón lateral de la lona; vislumbró pendientes empinadas cubiertas de árboles, blancas de nieve, antes de que la culata de un fusil le golpeara el tobillo.

—Mira al frente. Estate quieto.

Se enderezó y clavó la vista en sus pies sin calcetines embutidos en botas destrozadas, escasa protección contra el frío del invierno. A su lado, el rabino se puso a toser de nuevo, y su cuerpo frágil tembló como si alguien lo estuviera sacudiendo. Yitzhak tomó las manos del anciano entre las suyas y las frotó con la intención de proporcionarle un poco de calor.

—Déjalo —ordenó el guardia.

—Pero es que...

—¿Estás sordo? He dicho que pares.

Apuntó a Yitzhak con el fusil. El anciano retiró las manos.

—No te preocupes por mí, mi joven amigo. —Volvió a toser—. Los rabinos somos mucho más duros de lo que imaginas.

Sonrió débilmente y se sumieron en el silencio, con la vista fija en el suelo, entrechocando cuando el camión tomaba las curvas.

Eran seis, sin contar a los guardias: cuatro judíos, un homosexual y un comunista. Los habían sacado del campo y obligado a subir al camión al amanecer; desde entonces no habían parado de viajar, en dirección sudeste, creía Yitzhak, aunque no estaba seguro. Al principio, el terreno había sido liso y húmedo, y la carretera recta. Sin embargo, durante la última hora, habían ido ascendiendo por un camino sinuoso, y los pastos y bosques se habían ido cubriendo de nieve. Los seguía otro camión, con un conductor y otro hombre en la cabina. No había prisioneros en la parte de atrás, creía Yitzhak.

Se pasó la mano por la cabeza afeitada (ni siquiera después de cuatro años se había acostumbrado al tacto), entrelazó los dedos entre las piernas y hundió los hombros. Dejó vagar sus pensamientos, para combatir el frío y el hambre con imágenes de tiempos mejores. Cenas familiares en su casa de Dresde. Estudios de Mishná en la vieja *yeshiva*. La alegría de los días santos, sobre todo *Hannukah*, la festividad de las luces, su favorita de todas las fiestas conmemorativas. Y, por supuesto, Rivka, la hermosa Rivka, su hermana pequeña.

«*Yitzi, schmitzy, itzy bitzy!* —cantaba mientras le daba un capirotazo en la barba y tiraba de las borlas de su *tallit katan*—. *Yitzi, witzy, mitzy, ditzy!*»

¡Qué simpática estaba con su pelo negro como el carbón alborotado y los ojos llameantes! ¡Qué terca y traviesa era!

«¡Cerdos! —había gritado cuando sacaron a su padre a la calle y le cortaron los tirabuzones de las patillas—. ¡Sucios cerdos!» Por lo cual le habían arrancado el pelo a puñados, empujado contra una pared y acabado con su vida a tiros. Trece años, y tan bonita. Pobre Rivka. Pobre pequeña Rivka.

El camión pisó una rodada y traqueteó con violencia, lo que le devolvió al presente. Vio por la parte de atrás que estaban atravesando una población grande. Estiró el cuello y, a través del desgarrón de la lona, vio un letrero junto a la carretera: Berchtesgaden. El nombre le sonaba vagamente, pero no pudo identificarlo.

—Mira al frente —gruñó el guardia—. No te lo volveré a repetir.

Siguieron viajando durante media hora más por una carretera cada vez más empinada y de curvas más cerradas, hasta que el camión de atrás tocó la bocina y se detuvieron.

—¡Fuera! —gritaron los guardias al tiempo que los golpeaban con los fusiles.

Cuando bajaron del vehículo, les salió vapor de la boca. Estaban en medio de un espeso bosque de pinos, junto a un edificio antiguo de ventanas sin vidrios y techo hundido. Muy abajo, entre ramas cargadas de nieve, se veían manchas de hierba verde y algunas casas diseminadas, pequeñas como juguetes, de cuyas chimeneas escapaban columnas de humo. Arriba, las abruptas laderas arboladas desaparecían en un manto de niebla y nubes, en cuyo interior una oscuridad más pronunciada insinuaba altas montañas. Reinaba el silencio y hacía mucho frío. Yitzhak pateó el suelo para impedir que los pies se le entumecieran.

El segundo camión había aparcado detrás del suyo. El hombre que ocupaba el asiento del acompañante, vestido con una chaqueta de cuero de cuello alto, y que parecía llevar la voz cantante, se asomó por la ventanilla y dijo algo a uno de los guardias, al tiempo que hacía un ademán.

—Muy bien —gritó el guardia—. Venid aquí.

Los condujeron a la parte posterior del segundo camión. Levantaron el faldón de lona y dejaron al descubierto una enorme caja de madera.

—¡Sacadla! ¡Vamos! ¡Daos prisa!

Yitzhak y el comunista, un hombre demacrado de mediana edad, con un triángulo rojo cosido en la pernera de sus pantalones (Yitzhak llevaba un triángulo amarillo rematado por uno verde, lo cual quería decir «delincuente judío»), subieron al camión y agarraron los lados de la caja. Pesaba mucho, y tuvieron que arrastrarla por el suelo metálico hasta la compuerta posterior. Los otros la sujetaron desde fuera y la depositaron despacio sobre la carretera helada.

—¡No, no, no! —gritó el hombre de la chaqueta—. Que la lleven allí. —Señaló al otro lado del edificio, donde un camino de nieve virgen se internaba entre los árboles. Era una especie de pista forestal—. ¡Y que vayan con cuidado!

Los prisioneros se miraron entre sí, para comunicarse en silencio su miedo y agotamiento; se situaron uno en cada esquina y dos en el centro y luego se agacharon y levantaron de nuevo la caja, gruñendo a causa del esfuerzo.

—Esto tiene mala pinta —murmuró el comunista—. Esto tiene muy mala pinta.

Se adentraron en el bosque y se hundieron en la nieve hasta los tobillos. Los guardias y el hombre de la chaqueta los siguieron, aunque Yitzhak no se atrevió a mirar atrás por temor a perder el equilibrio. Delante de él, el rabino tosía con violencia.

—Deje que cargue con un poco del peso —susurró Yitzhak—. Soy fuerte. A mí no me cuesta.

—Eres un mentiroso, Yitzhak —dijo el viejo con voz ronca—. Y muy malo.

—¡Silencio! —gritó uno de los guardias desde atrás—. No habléis.

Siguieron avanzando a duras penas entre gruñidos, con la piel abrasada por el frío. El camino, que al principio ascendía suavemente siguiendo un pliegue del terreno, se volvió más abrupto mientras serpenteaba entre los árboles y la nieve era cada vez más profunda. En un tramo muy empinado, el homosexual perdió pie y se tambaleó, de modo que la caja se deslizó hacia delante y se estrelló contra el tronco de un árbol. La esquina superior izquierda se astilló.

—¡Idiota! —gritó el hombre de la chaqueta de cuero—. ¡Levantadle!

Los guardias pusieron al hombre en pie y le obligaron a apoyar la caja sobre sus hombros.

—Mi zapato —suplicó, al tiempo que indicaba la bota izquierda, que se había soltado y estaba medio enterrada en la nieve. Los guardias rieron, dieron una patada a la bota y les ordenaron que continuaran.

—Que Dios le ayude —susurró el rabino—. Que Dios ayude al pobre muchacho.

Continuaron la ascensión, entre jadeos y gruñidos. Cada paso que daban parecía arrebatarles un poco más de vida, hasta que al fin, en un momento en que Yitzhak pensaba que iba a derrumbarse y morir, el camino se aplanó y dejó atrás los árboles para entrar en lo que parecía una cantera abandonada, excavada en la ladera de la colina. En ese instante las nubes se abrieron y revelaron una gigantesca montaña que se alzaba ante ellos; muy lejos, a la derecha, había un pequeño edificio encaramado en el borde de un risco. La visión duró apenas unos segundos y volvió a desaparecer tras una espesa cortina de niebla, con tal rapidez que Yitzhak se preguntó si lo habría imaginado a causa del agotamiento y la desesperación.

—Allí —gritó el hombre de la chaqueta de cuero—. ¡Al interior de la mina!

Al fondo de la cantera se elevaba una pared vertical, en el centro de la cual se abría una puerta, ancha y negra, como una boca gritando. Se encaminaron hacia ella dando tumbos; dejaron atrás montones de rocas cubiertos de nieve y escoria, un torno roto, un carro volcado con una sola rueda, oxidada, y avanzaron con cautela por el terreno irregular. Cuando llegaron a la abertura, Yitzhak reparó en las palabras GLÜCK AUF grabadas toscamente en la roca sobre el dintel; al lado, garabateada con pintura blanca, de un tamaño aproximado de medio pulgar, la leyenda SW16.

—¡Adentro! ¡Llevadla dentro!

Obedecieron, doblaron rodillas y espaldas para que la caja no chocara con el bajo techo. Un guardia sacó una linterna y la apuntó a la oscuridad; la luz reveló un largo corredor que se adentraba en la ladera, sostenido a intervalos regulares por puntales de madera. Raíles de hierro corrían por el suelo de piedra, las paredes eran ásperas e irregulares, cortadas en la roca gris desnuda, con gruesas venas de cristal rosa anaranjado que estallaban en la piedra como rayos en un cielo oscuro. Había herramientas diseminadas por el suelo (una lámpara de aceite oxidada, una cabeza de hacha, un viejo cubo de hojalata), que daban al lugar una siniestra apariencia de abandono.

Avanzaron unos cincuenta metros, hasta el punto donde se

bifurcaban los raíles: una vía seguía recta y la otra se desviaba a la derecha, hasta entrar en otro túnel que corría perpendicular al pozo principal y contra cuyas paredes se alineaban pilas de cajas. Había una carreta cerca de la entrada, sobre la que les ordenaron que depositaran su carga.

—Ya está —dijo una voz en la oscuridad, a su espalda—. Fuera. ¡Que salgan!

Volvieron sobre sus pasos, con la respiración entrecortada, aliviados de que su odisea hubiera terminado. Un judío sostenía al homosexual, cuyo pie descalzo se había teñido de negro. Oyeron una conversación sostenida en voz baja a su espalda, y después salieron los guardias. El hombre de la chaqueta de cuero se quedó en el interior de la mina.

—Id hacia allí —ordenó un guardia cuando salieron al aire libre—. Paraos junto a ese montón de rocas.

Obedecieron y dieron media vuelta. Los guardias les apuntaron con sus fusiles.

—*Oy vey* —susurró Yitzhak cuando comprendió lo que iba a pasar—. Oh, Dios.

Los guardias rieron y el sonido de los disparos rompió el silencio invernal.

PRIMERA PARTE

El presente

1

Valle de los Reyes, Luxor, Egipto

—¿Volveremos pronto a casa, papá? Ponen *Alim al-Simsin* en la tele.

El inspector Yusuf Ezz el-Din Jalifa aplastó el cigarrillo y suspiró. Miró a su hijo Ali, que estaba a su lado hurgándose la nariz. El policía, un hombre delgado y nervudo, de pómulos pronunciados, pelo cepillado con pulcritud y grandes ojos brillantes, proyectaba un aura de serena fuerza teñida de humor: un hombre serio al que le gusta reír.

—No tienes cada día la suerte de conseguir una visita privada al yacimiento arqueológico más importante de Egipto, Ali —le reprendió.

—Pero ya había venido con el colegio —gruñó su hijo—. Dos veces. La señora Wadud nos lo enseñó todo.

—Apuesto a que no os enseñó la tumba de Ramsés II que hemos visto hoy, además de Yuya y Tjuyu —dijo Jalifa.

—En esa no había nada —protestó Ali—. Solo montones de murciélagos y vendas viejas.

—Ha sido una suerte que nos dejaran entrar —insistió su padre—. No se ha abierto al público desde que fue descubierta, en 1905. Para tu información, esas viejas vendas eran las que envolvían a la momia, tal como las dejaron los ladrones de tumbas en tiempos antiguos, después de arrancarlas de los cuerpos.

El niño levantó la vista, sin sacarse el dedo de la nariz, con un brillo de interés en los ojos.

—¿Por qué lo hicieron?

—Bien —explicó Jalifa—, cuando los sacerdotes envolvían las momias, metían joyas y amuletos preciosos entre los vendajes, y los ladrones intentaban apoderarse de ellos.

El rostro del niño se iluminó.

—¿Y también les sacaban los ojos?

—No, que yo sepa. —Jalifa sonrió—. Aunque a veces les rompían un dedo o una mano. Justo lo que voy a hacer contigo si no dejas de meterte el dedo en la nariz.

Agarró la muñeca de su hijo y fingió que iba a romperle los dedos. Ali se revolvió y luchó riendo a carcajadas.

—¡Soy más fuerte que tú, papá! —gritó.

—No lo creo —dijo Jalifa, al tiempo que agarraba al niño por la cintura y lo ponía cabeza abajo—. No creo que seas ni la mitad de fuerte.

Se encontraban en el Valle de los Reyes, cerca de la entrada de la tumba de Ramsés VI. Atardecía, y la muchedumbre de turistas que habían invadido el valle durante casi todo el día había desaparecido, de manera que el valle estaba siniestramente vacío. Cerca, un grupo de obreros se dedicaba a sacar escombros de una zanja de excavación, mientras canturreaban sin afinar y tiraban pedazos de piedra caliza en cubos de goma. Más abajo del valle, un grupo de turistas estaba entrando en la tumba de Ramsés IX. Por lo demás, el valle se hallaría desierto si no fuera por algunos policías encargados de la protección de los turistas, Ahmed el basurero y, en las pendientes que dominaban el valle, acuclillados en la escasa sombra que podían encontrar, un vendedor de postales y otro de refrescos, a la espera de atraer a algún cliente tardío.

—Te diré lo que vamos a hacer. —Jalifa bajó a su hijo y le alborotó el pelo—. Echaremos un rápido vistazo a Amenhotep III y daremos por terminado el día. ¿Qué te parece? Sería una grosería irnos ahora, después de que Said se ha tomado tantas molestias para encontrar la llave.

En aquel momento se oyó un grito desde la oficina del inspector, situada a unos cincuenta metros, y una figura alta y desgarbada corrió hacia ellos.

—¡La tengo! —gritó la figura, al tiempo que agitaba una llave—. Estaba colgada en otro gancho.

Said Ibn Bassat (a quien todos llamaban Pelirrojo por el color de su pelo) era un viejo amigo de Jalifa. Se habían conocido años antes, en la Universidad de El Cairo, donde ambos estudiaban historia antigua. Problemas económicos habían obligado a Jalifa a abandonar sus estudios e ingresar en la policía. Said, por su parte, había terminado el curso, después se licenció con sobresaliente y encontró un empleo en el Servicio de Antigüedades, donde había ascendido al cargo de subdirector del Valle de los Reyes. Aunque nunca lo había reconocido, era la vida que Jalifa habría elegido si la necesidad no le hubiera empujado en otra dirección. Amaba el pasado antiguo y habría hecho cualquier cosa por poder dedicar su tiempo a trabajar con sus restos. No guardaba el menor rencor a su amigo, por supuesto. Además, Pelirrojo no tenía familia como él, algo a lo que no habría renunciado ni por todos los monumentos de Egipto.

Los tres empezaron a ascender por el valle. Dejaron atrás las tumbas de Ramsés III y Horemheb, antes de desviarse a la derecha y seguir un sendero que conducía a la puerta de la tumba de Amenhotep II, situada al pie de una escalinata y protegida con una pesada puerta de hierro. Pelirrojo empezó a forcejear con el candado.

—¿Cuánto tiempo estará cerrada? —preguntó Jalifa.

—Otro mes o así. La restauración está casi terminada.

Ali pasó entre ellos de puntillas y miró a través de una reja la oscuridad que se extendía al otro lado.

—¿Hay algún tesoro?

—Me temo que no —respondió Pelirrojo. Apartó al niño y abrió la puerta—. Lo saquearon todo en los tiempos antiguos.

Accionó un interruptor y se encendieron las luces, que iluminaron un largo y empinado pasillo excavado en la roca. En las paredes y el techo aún se veían las señales de antiguos cinceles. Ali las miró.

—¿Sabéis lo que habría hecho de ser rey de Egipto? —gritó, y su voz resonó en los confines de la tumba—. Habría hecho construir una cámara secreta para esconder mi tesoro, y otra habitación con algunos tesoros para engañar a los ladrones. Como el hombre del que me hablaste, papá. El horrible Orangután.

—Hor-anj-amun —le corrigió Jalifa, sonriente.

—Sí, eso, y pondría trampas explosivas para sorprender a los ladrones. Y después los metería en la cárcel.

—Qué suerte tendrían —comentó Pelirrojo entre risas—. El castigo habitual reservado a los ladrones de tumbas en el antiguo Egipto era cortarles la nariz y enviarlos a las minas de sal de Libia. Eso, o empalarlos.

Guiñó un ojo a Jalifa, y los dos hombres siguieron a Ali entre risitas. Apenas habían recorrido unos pocos metros cuando oyeron pasos presurosos a su espalda. Un hombre con chilaba apareció en la entrada de la tumba, casi sin aliento, una figura recortada en el rectángulo brillante del cielo de la tarde.

—¿Está aquí el inspector Jalifa? —preguntó, jadeante.

El detective miró a su amigo y después se acercó a la entrada.

—Soy yo.

—Ha de ir enseguida... al otro lado... Han encontrado...

El hombre hizo una pausa, mientras intentaba recuperar el aliento.

—¿Qué? —preguntó Jalifa—. ¿Qué han encontrado?

El hombre le miró con ojos desorbitados.

—¡Un cadáver!

La voz de Ali llegó flotando hasta ellos.

—¡Qué guay! ¿Puedo ir yo también, papá?

Habían descubierto el cuerpo en Malqata, un yacimiento arqueológico situado en el extremo sur del macizo tebano, en otro tiempo palacio del faraón Amenhotep III, ahora una desolada extensión de ruinas azotadas por el viento que solo visitaban los egiptólogos más empedernidos. Un polvoriento Daewoo de la policía esperaba a Jalifa ante la oficina del valle. Dejó a su hijo con Pelirrojo, que prometió acompañarle a casa, subió al asiento del pasajero y el coche se puso en marcha, mientras los gritos de protesta de Ali resonaban a su espalda.

—¡No quiero ir a casa, papá! ¡Quiero ver el cadáver!

Tardaron veinte minutos en llegar al yacimiento. El conductor de la policía, un joven hosco con pecas en la cara y dientes en mal estado, no dejó de pisar el acelerador mientras descendía serpenteando entre las colinas hasta la llanura del Nilo, y luego se desviaba al sur a lo largo del borde del macizo. Jalifa miraba por la ventanilla los campos de caña de azúcar y *molochia*, mientras fumaba un Cleopatra y oía en el baqueteado estéreo del coche, sin prestar mucha atención, un reportaje sobre la espiral de violencia entre israelíes y palestinos: otro atentado suicida, otra venganza israelí, más muerte y desdicha.

—Habrá guerra —dijo el chófer.

—Ya hay guerra. —Jalifa suspiró. Dio una última calada al cigarrillo y lo tiró por la ventanilla—. Desde hace cincuenta años.

El chófer cogió un paquete de chicles que había sobre el salpicadero, se metió dos en la boca y masticó vigorosamente.

—¿Cree que habrá paz alguna vez?

—No, tal como van las cosas. Cuidado con el carro.

El conductor esquivó un carro tirado por un asno, cargado con caña de azúcar, y frenó a continuación justo a tiempo de evitar una colisión frontal con un autocar de turistas.

—Que Alá me proteja —murmuró el detective, aferrado al salpicadero—. Que Alá tenga misericordia.

Dejaron atrás Deir el-Bahri, el Rammasseum y los restos dispersos del templo mortuorio de Merenptah, hasta llegar a un punto en el que la carretera se bifurcaba. Un ramal giraba hacia el este, en dirección al Nilo, y el otro al oeste, hacia el antiguo pueblo obrero de Deir el-Medina y el Valle de las Reinas. Siguieron recto y pasaron del pavimento liso a una pista polvorienta que los condujo hasta el gran templo de Medinet Habu y luego a una extensión ondulante de desierto salpicado de rocas, cuya superficie estaba cubierta de basura y manojos de espinos. Continuaron un par de kilómetros más, entre sacudidas y giros bruscos, pasando de vez en cuando ante las ruinas de antiguas paredes de ladrillo de barro, marrones e informes como chocolate fundido, antes de parar junto a cuatro coches de la policía y una ambulancia, aparcados al lado de una torre de telefonía oxidada; más allá vieron un quinto coche, un Mercedes azul cubierto de polvo, algo apartado. Jalifa bajó.

—No sé por qué no se compra un móvil —gruñó Mohammed Sariya, el ayudante de Jalifa, que se alejó de un grupo de paramédicos y salió a su encuentro—. Nos ha costado más de una hora localizarle.

—Durante ese tiempo he tenido el placer de visitar dos de las tumbas más interesantes del Wadi Biban el-Muluk —repuso Jalifa—. Una excelente razón para no tenerlo. Además, los móviles producen cáncer. —Sacó los cigarrillos y encendió uno—. ¿Qué tenemos?

Sariya meneó la cabeza de manera exagerada.

—Un cadáver —dijo—. Varón. Caucásico. Se llama Jansen. Piet Jansen.

Buscó en el bolsillo de la chaqueta y extrajo una bolsa de plástico que contenía un gastado billetero de piel, el cual entregó a Jalifa.

—Nacionalidad egipcia —dijo—, aunque nadie lo diría por el nombre. Era propietario de un hotel en Gezira. El Menna-Ra.

—¿Junto al lago? Sí, lo conozco.

Jalifa sacó la cartera de la bolsa y examinó su contenido. Se fijó en el carnet de identidad egipcio.

—Nacido en 1925. ¿Estás seguro de que no murió de viejo?

—Sí, a juzgar por el estado del cuerpo —contestó Sariya.

El detective extrajo una tarjeta de crédito del Banco Egipcio y un fajo de billetes de veinte libras egipcias. En un bolsillo lateral encontró la tarjeta de miembro de la Sociedad Egipcia de Horticultura, y detrás, una foto arrugada en blanco y negro de un enorme perro lobo de aspecto feroz. En el dorso había escrito a lápiz «Arminius, 1930», aunque era casi ilegible. Lo miró un momento, pues el nombre le sonaba, aunque era incapaz de identificarlo. Puso la tarjeta en su sitio, devolvió el billetero a la bolsa y miró a su ayudante.

—¿Has informado a la familia?

—No tiene parientes vivos —dijo Sariya—. Nos hemos puesto en contacto con el hotel.

—¿Era suyo el Mercedes?

Sariya asintió.

—Encontramos las llaves en su bolsillo.

Sacó otra bolsa, la cual contenía un llavero de proporciones gigantescas.

—Lo hemos registrado. Dentro no había nada especial.

Se acercaron al Mercedes y miraron a través de la ventanilla. El interior (tapizado con piel agrietada, salpicadero de nogal pulido, ambientador colgado del retrovisor) estaba vacío, salvo un *al-Ahram* de dos días antes en el asiento del acompañante y, en el suelo de la parte de atrás, una cámara Nikkon que parecía cara.

—¿Quién lo encontró? —preguntó Jalifa.

—Una chica francesa. Estaba tomando fotos entre las ruinas y topó con el cuerpo por casualidad. —Sariya abrió su libreta y la examinó—. Claudia Champollion —leyó, con un esfuerzo por intentar pronunciar las vocales poco familiares—. Veintinueve años. Arqueóloga. Se aloja allí.

Movió la cabeza en dirección al complejo arbolado que había más abajo, rodeado por un muro de ladrillos de barro. La sede de la misión francesa arqueológica en Tebas.

—Supongo que no tendrá ninguna relación con Champollion, ¿verdad? —dijo Jalifa.

—¿Ummm?

—Jean-François Champollion.

Sariya le miró desconcertado.

—El hombre que descifró los jeroglíficos. —Jalifa suspiró con fingida exasperación—. Dios Todopoderoso, Mohammed, ¿no sabes nada de la historia de este país?

Su ayudante se encogió de hombros.

—Era muy atractiva, eso sí que lo sé. Grandes... Ya sabe... —Hizo un gesto con las manos—. Firmes.

Jalifa meneó la cabeza y dio una calada al cigarrillo.

—Si el trabajo de la policía consistiera en desnudar a mujeres con la mirada, Mohammed, ya serías jefe del cuerpo. ¿Conseguiste una declaración de la chica?

Sariya alzó su libreta para indicar que sí.

—¿Y?

—Nada. No vio ni oyó nada. Simplemente encontró el cuerpo, regresó al complejo y llamó al ciento veintidós.

Jalifa terminó el Cleopatra y lo aplastó en el suelo con el tacón de su zapato.

—Supongo que deberíamos echarle un vistazo. ¿Has avisado a Anwar?

—Cuando termine su trabajo burocrático vendrá. Dijo que no permitiéramos que el cadáver se fuera de paseo.

El detective chasqueó la lengua en señal de desaprobación, acostumbrado al desagradable sentido del humor de Anwar, y los dos atravesaron el yacimiento aplastando los fragmentos de cerámica que sembraban la superficie del desierto como galletas desechadas. A su derecha vieron unos niños sentados sobre una montaña de escombros. Uno sujetaba una pelota de fútbol mientras observaba las hileras de policías que peinaban el desierto en busca de pistas. El sol se estaba poniendo tras las cúpulas en forma de huevo del monasterio de Deir el-Muharab, y su luz viraba de un amarillo pálido a un naranja intenso. Remates de muros de adobe asomaban en la arena por doquier, como criaturas primigenias que emergieran de las profundidades del desierto. Por lo demás, nada indicaba que estuvieran cruzando lo que había sido uno de los palacios más espléndidos del antiguo Egipto.

—Cuesta creer que esto fuera un palacio, ¿verdad? —Jalifa suspiró mientras levantaba un fragmento de cerámica con rastros de pintura azul claro—. En su momento, Amenhotep III gobernó la mitad del mundo conocido. Y ahora...

Dio vueltas al fragmento entre los dedos y frotó el pigmento con el pulgar. Sariya no dijo nada, solo hizo un gesto cortante con la mano para indicar que debían desviarse a la derecha.

—Allí —dijo—. Al otro lado de ese muro.

Cruzaron un tramo de pavimento de adoquines de barro, agrietado y roto, y atravesaron lo que había sido una puerta enorme, reducida ahora a dos montañas de cascotes con un peldaño de piedra caliza entre ambas. Al otro lado había un policía acuclillado a la sombra de un muro y, unos metros más allá, una gruesa sábana de lona con un bulto en forma de cadáver debajo. Sariya se adelantó, aferró una punta de la sábana y la levantó.

—*Allahu akbar!* —exclamó Jalifa—. ¡Dios Todopoderoso!

Delante de él yacía un hombre muy viejo, de cuerpo frágil y demacrado, la piel cetrina, arrugada y sembrada de manchas de la edad. Estaba tendido de bruces, con un brazo debajo del cuerpo y el otro extendido a un lado. Llevaba un traje de safari caqui, y su cabeza, calva salvo unos mechones de pelo entre amarillo y blanco, estaba echada hacia atrás y un tanto inclinada, como un nadador que tomara aire antes de hundir la cara en el agua, una postura anormal causada por la varilla de hierro oxidado que surgía del suelo y le atravesaba el ojo izquierdo. Tenía las mejillas, los labios y la barbilla salpicados de sangre seca, y un corte poco profundo en un lado de la cabeza, justo encima de la oreja derecha.

Jalifa examinó el cuerpo, reparó en el polvo que cubría ropas y manos, el pequeño desgarrón en la rodilla de los pantalones, la herida de la cabeza sucia de arena y polvo; después se acuclilló y movió con suavidad la varilla de hierro, en el punto donde surgía de la arena. Estaba clavada con firmeza en el suelo.

—¿De una tienda de campaña? —preguntó Sariya, inseguro.

Jalifa meneó la cabeza.

—Parte de una mira taquimétrica. Debieron de dejársela en una excavación. A juzgar por su aspecto, lleva años aquí.

Se incorporó, agitó la mano para alejar las moscas que ya habían empezado a zumbar alrededor del cadáver y caminó unos metros, hasta un lugar en que la arena estaba removida. Distinguió al menos tres pares diferentes de pisadas, pertenecientes tal vez a los policías que habían peinado la zona, o tal vez no. Se acuclilló de nuevo, extrajo el pañuelo del bolsillo y recogió un fragmento afilado de pedernal manchado de sangre.

—Parece que alguien le golpeó en la cabeza —dijo Sariya—. Después, cayó sobre la varilla. O le empujaron.

Jalifa dio vueltas a la piedra en la mano y examinó las manchas rojizas.

—Es raro que el atacante dejara una cartera llena de dinero en su bolsillo —dijo—. Y las llaves del coche.

—Tal vez le interrumpieron —aventuró Sariya—. O quizá el móvil no fuera el robo.

Antes de que Jalifa pudiera darle su opinión, se oyó un grito al otro lado del campo. A doscientos metros de distancia, un policía se hallaba de pie sobre una loma arenosa y agitaba los brazos.

—Parece que ha encontrado algo —dijo Sariya.

Jalifa dejó la piedra tal como la había encontrado y los dos se encaminaron hacia el hombre. Cuando llegaron, había descendido de la loma y se encontraba de pie junto a una parte del muro derruido, a lo largo de cuya base, sobre el agrietado revoque de barro, había pintada una hilera de lotos azules, descoloridos pero todavía visibles. En el centro de la hilera había un hueco, como si hubieran quitado un trozo de yeso. Cerca, en el suelo, había una mochila de lona, un martillo y un cincel, y un bastón negro con puño de plata. Sariya se acuclilló al lado de la mochila y la abrió.

—Vaya, vaya, vaya —dijo, al tiempo que extraía un ladrillo con yeso pintado—. Alguien ha sido travieso.

Entregó el ladrillo a Jalifa. El detective no le estaba mirando. Se había agachado y cogido el bastón; estaba examinando el puño, a cuyo alrededor había grabada una cenefa de rosas en miniatura, intercaladas con el signo del *anj*.

—¿Señor?

Jalifa no contestó.

—¿Señor? —repitió Sariya, en voz más alta.

—Lo siento, Mohammed.

El detective dejó a un lado el bastón y se volvió hacia su ayudante.

—¿Qué has descubierto?

Sariya le entregó el ladrillo de barro. Jalifa lo sostuvo frente a él y examinó los dibujos. Al mismo tiempo, su vista no cesaba de volver hacia el bastón, con el ceño fruncido como si intentara recordar algo.

—¿Qué? —preguntó Sariya.

—No, nada. Nada. Una extraña coincidencia, nada más.

Meneó la cabeza y sonrió. No obstante, había aparecido una sombra de inquietud en sus ojos, como el débil eco de una preocupación más profunda. A la derecha, un cuervo de gran tamaño se posó sobre el muro y los miró, mientras agitaba las alas y graznaba de manera estentórea.

2

Tel Aviv, Israel

Tras ponerse el uniforme de policía, el joven atravesó con paso rígido Independence Park, en dirección al enorme rectángulo de cemento del hotel Hilton. Familias y parejas jóvenes paseaban al aire fresco de la noche, charlando y riendo, pero no se fijó en ellos, sino que mantuvo la vista clavada en el edificio, con la frente perlada de sudor, mientras sus labios se movían al murmurar oraciones inaudibles.

Llegó a la entrada del hotel y se internó en el vestíbulo, donde un par de guardias de seguridad le dirigieron una mirada superficial y, al reparar en su uniforme, desviaron la vista. Alzó una mano temblorosa para secarse el sudor de la frente y después, como una prolongación del mismo movimiento, la introdujo en la chaqueta y tiró del primer cable para armar el explosivo. Terror, odio, náuseas, nerviosismo... Todo eso sintió. No obstante, envolviendo todo lo demás, como la capa externa de una muñeca rusa, había una euforia sin igual, una dicha infinita que flotaba en el mismo borde de su conciencia como una llama. Venganza, gloria, paraíso y una eternidad en brazos de las hermosas huríes.

Gracias por elegirme, Alá. Gracias por permitir que sea el vehículo de tu venganza.

Cruzó el vestíbulo, atravesó unas puertas dobles y entró en una amplia sala muy bien iluminada donde se estaba celebrando el banquete de bodas. La música y las risas le envolvieron, y una niña corrió a preguntarle si quería bailar. Él se encogió de hombros y se abrió paso entre los invitados. Tuvo la impresión de que el mundo que le rodeaba se evaporaba como niebla de colores. Alguien le preguntó qué estaba haciendo allí, si había algún problema, pero siguió adelante, mascullando para sí, mientras pensaba en su anciano abuelo, en su primita asesinada por una bala israelí, en su propia vida, vacía, desesperada, asfixiada por la vergüenza y una ira impotente. De repente, se encontró al lado de los novios. Con un grito de frenesí y júbilo tiró del segundo cable, que desencadenó un remolino de calor, luz y metralla que le redujo a él, a los recién casados y a todos los que se hallaban en un radio de tres metros a poco más que vapor ensangrentado.

Casi en el mismo momento, se recibieron tres faxes en rapidísima sucesión, uno en las oficinas de Jerusalén del Congreso Mundial Judío, otro en la redacción del *Haaretz*, y un tercero en la policía de Tel Aviv. Todos fueron enviados mediante una red móvil, con lo cual fue imposible localizar su origen. Todos transmitieron el mismo mensaje: el atentado era obra de al-Mulatham y la Hermandad Palestina, y era una respuesta a la continuada ocupación sionista de la patria palestina; mientras persistiera dicha ocupación, todos los israelíes, de cualquier edad o sexo, se considerarían responsables de las atrocidades infligidas al pueblo palestino.

3

Luxor

Se quedaron en Malqata hasta casi las siete de la tarde, pero Anwar, el forense, aún no había llegado. En lugar de esperar más, Jalifa ordenó a un grupo de agentes que vigilaran el yacimiento y se fue a ver el hotel del fallecido en compañía de Sariya.

—Conociendo a Anwar, podríamos estar ahí hasta la medianoche —gruñó—. Aprovecharemos el tiempo.

El Menna-Ra ocupaba un lugar privilegiado en el corazón del pueblo de Gezira, una amplia acumulación de tiendas y casas destartaladas en la orilla oeste del río Nilo, frente al templo de Luxor. Se trataba de un edificio encalado de dos plantas, al que se accedía por un estrecho camino de tierra, flanqueado por un batiburrillo de viviendas de ladrillo de barro que se aferraban a él como afloraciones de hongos marrones. Jalifa y Sariya llegaron al anochecer. Los recibió una esbelta inglesa de mediana edad que hablaba árabe con fluidez, aunque con un fuerte acento, y que se presentó como Carla Shaw, la directora del hotel. Pidió que les sirvieran té y los acompañó a una terraza de grava situada en la parte posterior del edificio, donde se sentaron en sillas de mimbre bajo un dosel de fragantes hibiscos rojos. Un lago estrecho y largo se extendía de izquierda a derecha frente a ellos, negro y cenagoso, con aguas que ondulaban cuando pasaba algún banco de percas del Nilo. Las orillas erizadas de palmeras estaban atestadas de pontones cargados de botellas de agua de Baraka desechadas. Al otro lado, se atisbaba entre los árboles un anuncio de Viajes en Globo

Hod Hod Suleiman pintado en la pared de una casa. Se oían ladridos de perros, la bocina de los taxis ocupados y, a lo lejos, el rítmico sonido de una bomba de riego.

—No me ha sorprendido —dijo la mujer. Dobló una pierna enfundada en tejanos sobre la otra y encendió un cigarrillo Merit—. No gozaba de buena salud. Cáncer, creo, aunque nunca hablaba de eso.

Jalifa encendió uno de sus cigarrillos y miró de reojo a Sariya.

—Sabremos más cuando le practiquen la autopsia —dijo—, pero puede que el señor Jansen fuera...

Se interrumpió y dio una calada al cigarrillo, sin saber cómo expresar lo que quería decir.

—Existen ciertas irregularidades en relación con su muerte —dijo por fin.

La mujer le miró con ojos algo desorbitados. El perfilador negro con que se los había pintado acentuaba su expresión de sorpresa.

—¿Qué significa eso? ¿Está diciendo que le...?

—Aún no estoy diciendo nada —contestó Jalifa con diplomacia—. Hay que examinar a fondo el cadáver. La muerte del señor Jansen presenta aspectos inusuales y hemos de hacer algunas preguntas. Pura rutina.

La mujer dio otra calada al cigarrillo; con la mano libre acarició el pendiente en forma de media luna de su oreja izquierda. Su pelo era negro como ala de cuervo, pero poco natural, como si se tiñera. Poseía cierto atractivo, aunque un tanto marchito.

—Pregunte —dijo—, aunque no sé en qué podré ayudarle. Piet era muy reservado.

Jalifa hizo un gesto con la cabeza a Sariya, que sacó libreta y bolígrafo.

—¿Desde cuándo trabaja para el señor Jansen? —preguntó.

—Hará casi tres años. —La mujer inclinó un poco la cabeza y tironeó del pendiente—. Es una larga historia pero, en pocas palabras, vine aquí de vacaciones, hice algunos amigos en el pueblo, me dijeron que Piet estaba buscando alguien que dirigiera el hotel (era demasiado viejo para ocuparse del día a día del negocio), y me dije, qué demonios. Acababa de divorciarme. Nada me retenía en Inglaterra.

—¿Piet no tenía familia próxima?

—No que yo sepa.

—¿Nunca estuvo casado?

La mujer dio otra calada al cigarrillo.

—Yo diría que a Piet no le interesaban las mujeres.

Jalifa y Sariya intercambiaron una mirada.

—¿Hombres? —preguntó el detective.

La mujer hizo un gesto vago con la mano, sin comprometerse.

—Me dijeron que le gustaba ir a Banana Island. Nunca hablaba de eso, y yo no le pregunté. Era asunto suyo.

Se oyó un crujido sobre la grava cuando apareció un joven con una bandeja en la que había tres vasos de té y una lamparita con una vela. La dejó sobre la mesa y desapareció. Jalifa cogió un vaso.

—Jansen no es un nombre egipcio —dijo, y sorbió la bebida.

—Creo que procedía de Holanda. Vino a Egipto hace cincuenta o sesenta años. No estoy segura de cuándo. Fue hace mucho tiempo.

—¿Siempre vivió en Luxor?

—Compró el hotel en los setenta, por lo que yo sé. Después de jubilarse. Creo que antes vivía en Alejandría. Nunca hablaba de su pasado.

Dio una última calada al Merit y lo apagó en el cenicero de latón con forma de escarabajo que había a su lado. Las primeras estrellas aparecieron en el cielo, grandes y azules, como luciérnagas.

—No vivía aquí, por cierto —añadió. Se estiró hacia atrás y enlazó las manos en la nuca, de modo que sus pechos tensaron la tela de su camisa—. En el hotel. Tiene una casa en la orilla este. Cerca de Karnak. Venía en coche cada mañana.

Jalifa frunció el ceño y después indicó a su ayudante que apuntara la dirección.

—¿Cuándo vio por última vez al señor Jansen? —preguntó Sariya en cuanto terminó de escribir, con la vista clavada en el punto donde la camisa de la mujer se abría un poco y revelaba un sujetador rosa.

—A las nueve de esta mañana. Vino a las siete, como de costumbre, se ocupó del papeleo en la oficina y se fue un par de horas después. Dijo que tenía que atender unos asuntos.

—¿Dijo qué clase de asuntos?

Fue Jalifa quien preguntó.

—No dio muchas explicaciones, pero creo que iba a ver los monumentos. Dedicaba casi todo su tiempo a eso. Siempre los iba a ver. Parecía saber más sobre ellos que muchos expertos.

Un gatito gris se acercó por el borde de la terraza, se detuvo un momento para observarlos, y por fin saltó al regazo de la mujer. Ella le pasó la mano por el lomo y le rascó detrás de las orejas.

—Encontramos ciertos objetos cerca de su cuerpo —dijo Jalifa—. Un bastón, una bolsa de lona.

—Sí, eran de él. Siempre los llevaba cuando iba a explorar. El bastón era por su pierna. Una herida antigua. Un accidente de coche, me parece.

Se oyó un chapoteo en la otra orilla del lago cuando una pequeña barca surcó el agua, con un hombre que remaba y otro de pie en la proa sujetando una red. Sus figuras apenas se veían en la oscuridad. Jalifa dio la última calada a su cigarrillo y lo apagó en el cenicero.

—¿Sabe si el señor Jansen tenía enemigos? —preguntó a la mujer—. Alguien que quisiera hacerle daño.

Ella se encogió de hombros.

—No que yo sepa pero, como ya le he dicho, era un hombre muy reservado. No hablaba mucho.

—¿Amigos? —preguntó Jalifa—. ¿Alguien íntimo?

La mujer volvió a encogerse de hombros.

—En Luxor no, que yo sepa. Había una pareja a la que visitaba con frecuencia en El Cairo. Estuvo allí la semana pasada. Creo que el marido se llamaba Anton. Anton, Anders o algo por el estilo. Suizo. O alemán. Tal vez holandés. —Levantó las manos en un gesto de disculpa—. Lo siento. No les he sido de mucha ayuda.

—En absoluto —repuso Jalifa—. Todo lo contrario.

—La verdad es que Piet era un solitario. No hablaba jamás de su vida. En tres años, nunca fui a su casa. Era casi... hermético. Yo me ocupaba del hotel y punto. No nos relacionábamos demasiado, aparte del negocio.

El joven que les había llevado el té volvió, se inclinó y murmuró algo en el oído de la mujer.

—De acuerdo, Taib —dijo—. Iré dentro de un momento.

Se volvió hacia Jalifa.

—Lo siento, inspector. Esta noche celebramos una fiesta privada y he de empezar a organizar la cena.

—Por supuesto —dijo Jalifa—. Creo que hemos averiguado todo lo que necesitábamos.

Los tres se levantaron y regresaron al vestíbulo del hotel, un amplio espacio encalado con un mostrador de recepción en un extremo y una angosta escalera en la esquina, que conducía a los pisos de arriba. Un anciano vestido con una chilaba sucia estaba pasando una fregona por el suelo de losas, mientras canturreaba para sí.

—Había una foto en el billetero del señor Jansen —explicó Jalifa, mientras paraba para admirar una fila de grabados de Gaddis colgados en la pared—. De un perro.

—Arminius —dijo la mujer, sonriente—. Un animal de cuando era niño. Piet siempre hablaba de él. Decía con frecuencia que era el único amigo de verdad que había tenido. La única persona en la que había confiado. Hablaba de él como si fuera humano. —Hizo una pausa—. Creo que era un hombre solitario —añadió—. Desdichado. Muchos demonios.

Contemplaron los grabados un momento más (dos hombres accionando un *shaduf* junto al Nilo; un grupo de mujeres vendiendo verduras en la puerta de Bab Zuwela, en el barrio islámico de El Cairo; un muchacho con *tarbush,* o fez, que miraba a la cámara y reía), se encaminaron hacia la puerta principal y salieron a la calle. Dos niños pasaron corriendo, haciendo girar un neumático.

—Hay una cosa —dijo la mujer cuando Jalifa y su ayudante estaban a punto de marcharse—. No creo que sea importante, pero Piet era extremadamente antisemita.

Dijo la última palabra en inglés. Jalifa entornó los ojos.

—¿Qué significa eso?

—No sé cómo se dice en árabe. Era... *ma habbish al-yahudiin.* No le gustaban los judíos.

Los hombros del detective se tensaron apenas, de manera imperceptible, como si hubiera recibido una pequeña descarga eléctrica, no lo bastante fuerte para hacerle daño, pero sí para que sintiera cierto malestar.

—Continúe.

—No hay mucho que contar. Nunca decía nada delante de mí. Le oí un par de veces hablar con otras personas, invitados, lugareños. Cosas horribles, como que el único problema del Holocausto era que no había concluido el trabajo, que había que lanzar una bomba atómica sobre Israel. Yo odio lo que está pasando allí tanto como el que más, pero esto era enfermizo. Nauseabundo. —Se encogió de hombros y jugueteó con el pendiente—. Creo que habría debido reprenderle por eso, pero después pensé que era viejo, y los viejos suelen tener opiniones raras. En cualquier caso, no quería meterme en líos y perder el trabajo. Como ya he dicho, no creo que sea importante.

Jalifa sacó sus cigarrillos y encendió uno. Dio una profunda calada.

—Seguramente —dijo—, pero gracias por mencionarlo. Si hay algo más, nos pondremos en contacto con usted.

Se despidió con un gesto de la cabeza y se alejó por la calle, con las manos hundidas en los bolsillos y el ceño fruncido mientras reflexionaba. Sariya se puso a su lado.

—No puedo decir que no le dé la razón —comentó mientras caminaban—. Acerca de los judíos.

Jalifa le miró.

—¿Crees que el Holocausto fue algo bueno?

—Creo que ni siquiera ocurrió —contestó Sariya—. Propaganda israelí. *Al-Ajbar* publicaba un artículo sobre eso esta semana.

—¿Te lo crees?

Sariya se encogió de hombros.

—Cuanto antes sea borrado del mapa Israel, mejor —afirmó, esquivando la pregunta—. Lo que están haciendo con los palestinos... es imperdonable. Matan a mujeres y niños.

Por un momento, dio la impresión de que Jalifa iba a enzarzarse en una discusión con él. No obstante, se abstuvo. Doblaron una esquina al final de la calle y continuaron en silencio hacia el Nilo. El lamento amplificado de un muecín resonó detrás de ellos llamando a los fieles a la oración vespertina.

4

Israel: desierto del mar Muerto, a las afueras de Jericó

El hombre paseaba arriba y abajo junto al helicóptero, mientras fumaba un grueso puro. Su mirada iba una y otra vez del camino de tierra desierto a su reloj. Había oscurecido, la única luz procedía de la luna creciente, que bañaba el desierto con un resplandor amarillento. Reinaba un silencio absoluto, de manera que los pasos del hombre resonaban de una manera anormalmente intensa, abriendo profundos huecos en la atmósfera nocturna. Las sombras eran demasiado espesas para que su silueta estuviera definida, pero podía deducirse que era de mediana estatura y muy delgado, con nariz ganchuda, una *yamulka* blanca en la cabeza y una cicatriz lívida en forma de hoz en la mejilla derecha.

—¿Tienes idea de cuánto tardará? —dijo una voz desde la cabina del helicóptero.

—Poco —contestó el hombre—. No tardará en llegar.

Continuó paseando, dándose palmaditas sobre el muslo, y de vez en cuando se detenía y aguzaba el oído. Transcurrieron cinco minutos, diez, y después se insinuó en la noche el tenue sonido de un motor, acompañado momentos después por el ruido de unos neumáticos sobre la grava. El hombre salió al centro del camino. Vio que el coche surgía poco a poco de la masa amorfa de sombras y se acercaba a ellos con los faros apagados. Frenó a diez metros de distancia y el conductor bajó. El hombre salió a su encuentro y se encaminaron hacia la parte posterior del vehículo, donde el conductor abrió el maletero. Se oyeron un gruñido y un crujido, y una figura se irguió, agarrada al brazo del conductor para apoyarse. La oscuridad impedía distinguir sus facciones, aparte del hecho de que era más joven que el hombre del puro, tenía una mata de pelo oscuro desordenada y llevaba una kefía de cuadros alrededor del cuello.

—Llegas tarde —observó el hombre de mayor edad—. Estaba preocupado.

El recién llegado aspiraba grandes bocanadas de aire. Alzó las manos sobre la cabeza para disipar el entumecimiento.

—He de ir con cuidado. Si mi gente lo descubre...

Se pasó un dedo sobre la garganta y acompañó el movimiento con un siseo, como el de un cuchillo cortando carne. El hombre del puro asintió, rodeó los hombros del recién llegado con el brazo y le guió hacia el helicóptero.

—Lo sé —susurró—. Estamos en la cuerda floja.

—Espero que podamos llegar al otro lado.

—Hemos de llegar al otro lado. Por el bien de todos nosotros. De lo contrario...

Agitó el puro y los dos desaparecieron en el interior del helicóptero. El desierto despertó con el gemido de los motores mientras las hélices empezaban a girar y acuchillaban la oscuridad.

5

Luxor

Los dos policías cruzaron el Nilo en el transbordador, un trasto voluminoso y oxidado que surcaba el agua entre una neblina de gases de escape diésel y repetidos bocinazos. Sariya comía altramuces mientras Jalifa, sentado, contemplaba el templo de Luxor iluminado por focos, perdido en sus pensamientos, con la chaqueta de piel de imitación subida hasta la barbilla para protegerse del frío nocturno. En la orilla este subieron unos escalones hasta la Corniche, donde Jalifa pidió a su ayudante las llaves de la casa del muerto.

—¿Va a ir esta noche? —preguntó Sariya, sorprendido.

—Me gustaría echar un vistazo. Para ver si hay algo... raro.

Sariya entornó los ojos.

—¿Qué quiere decir?

—Solo... raro. Vamos, dame las llaves.

Sariya se encogió de hombros, introdujo la mano en la chaqueta y sacó la bolsa de plástico que contenía las llaves de Jansen. A continuación sacó una libreta, arrancó la hoja donde había anotado las señas del difunto y se la tendió también.

—¿Quiere que le acompañe?

—No, vete a casa —respondió Jalifa, que miró la dirección antes de doblar el papel y guardárselo en el bolsillo—. No tardaré mucho. Solo quiero comprobar unas cosas. Nos veremos mañana en la comisaría.

Dio una palmada en el hombro de su ayudante, se volvió y llamó a un taxi, que paró en el bordillo. El conductor, un hombre regordete con una *imma* alrededor de la cabeza y un cigarrillo en la boca, abrió la portezuela de atrás.

—¿Adónde, inspector? —preguntó.

Como la mayoría de los taxistas de Luxor, conocía a Jalifa en persona, pues le había detenido al menos en una ocasión por no llevar la documentación en regla.

—A Karnak —dijo Jalifa—. Sigue recto por la Corniche. Ya te diré dónde debes parar.

Se dirigieron hacia el norte, dejaron atrás el hotel Mercure, el museo de Luxor, el antiguo hospital y la Chicago House, sorteando el tráfico, mientras los edificios de la ciudad se fragmentaban de manera gradual en casas destartaladas rodeadas de matorrales. Medio kilómetro después de haber atravesado el borde norte de la ciudad, Jalifa indicó al conductor que parara frente a una amplia avenida flanqueada de laureles y eucaliptos que arrancaba a la derecha, en dirección a la primera columna iluminada por focos del templo de Karnak.

—¿Quiere que espere? —preguntó el conductor cuando Jalifa bajó.

—No te preocupes. Volveré a pie.

Buscó dinero en el bolsillo, pero el taxista se lo impidió con un gesto.

—Olvídelo, inspector. Estoy en deuda con usted.

—¿Cómo es eso, Mahmud? La última vez que nos encontramos te detuve porque tu seguro había caducado.

—Es cierto —reconoció el hombre—, pero tampoco había pagado el impuesto de circulación, así que salí bien librado.

Sonrió y reveló dos hileras de dientes amarillentos. Con un bocinazo, dio media vuelta y se marchó por donde había venido. Jalifa contempló un momento el Nilo, cuya superficie brillaba a la luz de la luna como una capa de seda gris ondulante. Después se volvió y caminó hacia la entrada del templo.

Tardó diez minutos en llegar a la casa del fallecido, situada en un recinto apartado, a doscientos metros de la esquina noroeste del complejo del templo, al final de una pista de tierra. Se trataba de una villa baja de una sola planta, rodeada por una verja de hierro alta y semioculta tras una barrera de palmeras y mimosas, que databa de los tiempos anteriores a que Luxor se convirtiera en un centro turístico importante, cuando los únicos visitantes eran arqueólogos o europeos ricos que iban a pasar el invierno en el clima más benigno del alto Egipto. Una tenue niebla se había levantado de un canal de irrigación cercano y se aferraba a la base de la casa, lo que la dotaba de un aspecto siniestro, fantasmal, como si flotara sobre el suelo.

Jalifa miró a través de la verja los parterres bien cuidados, las ventanas de gruesos postigos, los letreros de JAAS! MAMNU' EL-DUJUUL! (¡Particular! ¡No entrar!) colocados a intervalos regulares en la circunferencia de la verja. Después se acercó a la cancela y giró el pomo. Cerrada con llave. Sacó las llaves del muerto del bolsillo y, a la pálida luz de la luna, las probó una por una hasta encontrar la que buscaba, abrió la cancela y siguió un camino de grava. Cuando pisó el porche delantero, un animal —un gato o un zorro— salió disparado de las sombras, a su derecha, derribó un rastrillo y desapareció entre unos arbustos.

—¡Maldita sea! —masculló el detective, sobresaltado.

Encendió un cigarrillo y volvió a probar las llaves, abrió las tres pesadas cerraduras de la puerta y entró en la casa a oscuras. Localizó un interruptor en la pared y encendió las luces.

Se encontraba en una amplia sala de estar con suelo de madera, muy limpia, con cuatro butacas dispuestas alrededor de una mesita auxiliar redonda de latón, un aparador sobre el que descansaban un teléfono y un televisor, y un voluminoso sofá junto a la pared de la derecha. Enfrente, un pasillo a oscuras conducía hacia la parte posterior de la casa.

Miró alrededor un rato para familiarizarse con el entorno y después se acercó a la pared de la izquierda, donde un óleo de buen tamaño de una montaña escarpada cubierta de nieve colgaba sobre un revistero. Contempló y admiró la pintura (nunca había visto la nieve de verdad), luego se agachó para examinar el contenido del revistero. Había dos *al-Ahram*, una revista de la Sociedad Egipcia de Horticultura y un boletín del Museo Egipcio de Berlín. Detrás había un ejemplar del *Time*, en cuya portada aparecían las fotos de dos hombres, uno bajito, corpulento y barbudo; el otro delgado y de nariz aguileña, con una cicatriz lívida que le cruzaba la mejilla izquierda casi hasta la línea de la barbilla. Jalifa lo sacó y leyó el titular: «Har-Zion y Milan: ¿por quién se decanta Israel?», por Laila al-Madani. Reconoció el nombre de la periodista, abrió la revista y pasó las páginas hasta llegar al artículo, encabezado por la fotografía de una joven hermosa de pelo oscuro y corto y grandes ojos verdes, cuya expresión era desafiante y triste al mismo tiempo. La miró un momento, impulsado por la curiosidad, después meneó la cabeza, cerró la revista, la devolvió al revistero y se dispuso a explorar el resto de la casa.

Había cinco habitaciones más: dos dormitorios, un cuarto de baño, un estudio y, en la parte posterior, una espaciosa cocina. Todas estaban inmaculadamente limpias, de una manera casi anormal, como si nadie viviera en la casa; además de los gruesos postigos, todas las ventanas contaban con pesados cerrojos de seguridad de latón. Jalifa examinó las estancias una a una sin buscar nada en particular, solo con la intención de hacerse una idea de cuál era la atmósfera del lugar, de cómo era el hombre que lo había habitado.

Empezó por el estudio, una habitación amplia con un par de archivadores metálicos en un rincón, librerías del suelo al techo en dos de las paredes y un gran escritorio bajo una ventana. Los archivadores estaban cerrados con llave, pero encontró las llaves en el llavero del muerto y los abrió. El primero contenía sobres de plástico llenos de documentos legales y comerciales. El segundo era una minibiblioteca de transparencias fotográficas, cientos y cientos, todas etiquetadas y guardadas en fundas de plástico, que plasmaban, por lo que pudo colegir, casi todos los yacimientos históricos más importantes de Egipto, desde Tell el-Farain en el Delta hasta Wadi Halfa, en el norte de Sudán.

Cogió un par de imágenes al azar y las alzó a la luz. Reconoció el templo de Seti I en Abido, las tumbas rocosas de Beni Asan, el recinto de Jonsu en Karnak. Contempló largo rato esta última diapositiva, acercándola y alejándola de la luz para enfocarla mejor, frunció el ceño, la devolvió a su funda, cerró con llave los archivadores y caminó hacia una librería. Los volúmenes estaban ordenados alfabéticamente por el nombre del autor y, a excepción de un par de diccionarios y una pequeña sección dedicada a plantas y jardinería, eran casi en exclusiva obras históricas, algunas de historia popular, pero la inmensa mayoría de tipo erudito. Un examen superficial de los lomos reveló títulos en latín, francés, inglés, alemán, árabe y, cosa sorprendente a tenor de lo que había dicho la señorita Shaw sobre la actitud de Jansen hacia los judíos, hebreo. Fuera lo que fuese Jansen, no cabía duda de que había leído mucho y era muy culto.

—¿Cómo es posible que alguien como usted acabe comprando un hotel barato en Luxor? —murmuró para sí Jalifa—. ¿Cuál es su historia, señor Jansen? ¿Para qué tantas medidas de seguridad? ¿De qué tiene miedo? ¿Qué trata de ocultar?

Se quedó un rato en el estudio, dedicado a examinar libros y registrar los cajones del escritorio. Luego fue al cuarto de baño, y después a los dos dormitorios. En el primero de estos, en un pequeño armario situado al lado de la cama, descubrió un par de revistas alemanas pornográficas, con jovencitos en la portada posando desnudos para la cámara. Los miró, fascinado y asqueado, y a continuación los devolvió al armario, que cerró de golpe.

Por último entró en la cocina. Tenía dos puertas. Una, asegurada con dos cerraduras de muesca y un pesado cerrojo de acero, daba acceso a una galería de madera situada en la parte posterior de la villa. La segunda, que también tuvo que abrir con una llave del llavero del fallecido, reveló un empinado tramo de escalera que descendía hasta perderse en la oscuridad. Empezó a bajar con cautela. Los peldaños de madera crujieron bajo su peso, la negrura le envolvió y desorientó, hasta tal punto que se vio obligado a apoyar la mano derecha en la fría pared de piedra para conservar el equilibrio. Al llegar al pie, sus dedos rozaron un interruptor, que accionó.

Tardó un segundo en asimilar lo que estaba viendo, y entonces soltó una exclamación de estupor.

—¡Dios mío!

Antigüedades. Por todas partes. Sobre mesas de caballete dispuestas en el centro de la sala, en estanterías que ocupaban todas las paredes, en cajas y arcas apiladas en las esquinas. Cientos y cientos de objetos, cada uno guardado en su bolsa de plástico, cada uno acompañado por su etiqueta escrita a mano, la cual detallaba qué era, dónde y cuándo había sido encontrado, y la fecha estimada.

—Es como un museo —susurró Jalifa con incredulidad—. Su museo particular.

Se quedó un momento como petrificado, y después se acercó a la mesa más cercana. Cogió una bolsa con una figurita de madera en su interior. «Shabti, KV39, pasillo este —leyó en la tarjeta adjunta—. Madera. Sin texto ni decoración. XVIII Dinastía, probablemente Amenhotep I (*c.* 1525-1504 a.C.). Encontrado: 3 de marzo de 1982.» KV39 era una enorme tumba llena de escombros situada en un pliegue de las colinas que dominaban el Valle de los Reyes, y muchos creían que era el lugar de descanso definitivo del faraón de la Decimoctava Dinastía Amenhotep I. Nunca había sido excavada de manera correcta. No cabía duda de que Jansen había ido a excavar por su cuenta.

Jalifa devolvió la figurita a la bolsa y cogió otro objeto. «Fragmento baldosa de suelo vidriada, Amarna (Ajetatón), palacio norte. Dibujo cañas de papiro en verde, amarillo y azul. XVIII Dinastía, reinado de Ajenatón (*c.* 1353-1335 a.C.). Encontrado: 12 de noviembre de 1963.» Era una pieza hermosa, aunque estaba rota, de colores vivos y brillantes. Las cañas de papiro pintadas se inclinaban levemente, como mecidas por una suave brisa. Una vez más, la había desenterrado el propio Jansen. Jalifa le dio vueltas en la mano, meneó la cabeza, la dejó en su sitio y examinó el resto del sótano.

Era una colección extraordinaria, increíble; el resultado, a juzgar por las etiquetas acompañantes, de más de cinco décadas de excavaciones subrepticias... e ilegales. Algunos de los objetos (un pequeño hipopótamo de cerámica vidriada, un ostracon bellamente decorado con la tríada tebana de Amón, Mut y Jonsu) poseían un gran valor. La mayoría, sin embargo, o estaban dañados o eran tan vulgares que carecían de valor. El principio rector parecía no ser tanto el deseo de amasar objetos raros o hermosos como el simple placer de desenterrar cosas, con el fin de recuperar y etiquetar fragmentos del pasado. Era, pensó Jalifa, el tipo de colección que a él le habría gustado poseer. La colección de un amante de la historia. De un arqueólogo.

En la esquina del fondo descubrió una pequeña caja fuerte, con un disco graduado y una palanca en la parte delantera. Intentó girar esta última, pero la puerta continuó obstinadamente cerrada, y al cabo de un minuto desistió de sus intentos.

Consultó su reloj.

—¡Maldita sea!

Había prometido a Zainab, su esposa, que estaría en casa a las nueve para leer un cuento a los niños y ya pasaban de las diez. Echó un último vistazo a su alrededor, volvió hacia la escalera y alzó la mano para apagar la luz. En ese momento, reparó en que la puerta de arriba, que se abría hacia dentro, se había medio cerrado, y pudo ver la parte posterior. De un gancho colgaba un sombrero de fieltro verde y ala ancha, de uno de cuyos lados sobresalía un penacho de plumas largas. Se detuvo, empezó a subir por la escalera poco a poco, como a regañadientes. Levantó el sombrero del gancho y lo sostuvo ante él.

—Parecía que llevara un pájaro en la cabeza —musitó con voz ronca, como si tuviera un nudo en la garganta—. Un pájaro peculiar.

Contempló el sombrero y de repente, enfurecido, dio un puñetazo en la puerta, que se cerró de golpe.

—¡Maldita sea! —masculló—. ¡Tiene que ser una coincidencia! ¡Por fuerza!

6

Jerusalén

La Ciudad Vieja de Jerusalén, ese confuso laberinto de calles y plazas, santuarios y lugares sagrados, mercados de especias y tiendas de recuerdos, está de noche tan silenciosa y desierta como una ciudad fantasma. Las multitudes que durante el día invaden sus calles y pasajes (sobre todo en el barrio musulmán, donde es casi imposible moverse, debido a la cantidad de turistas, vendedores de fruta y niños que corretean) desaparecen a toda prisa al ponerse el sol, dejando escaparates abandonados y cerrados a cal y canto, tenebrosos y reverberantes, como venas de piedra de las que se ha extraído toda vida. Las pocas personas que se demoran parecen inquietas, miran alrededor con nerviosismo, caminan con más rapidez y decisión que de día, como amenazadas por el vacío onírico del lugar y el resplandor anaranjado de sus farolas.

Eran casi las tres de la madrugada cuando Baruch Har-Zion y sus dos compañeros atravesaron la puerta de Jaffa y se adentraron en este mundo sombrío, en la hora más inhóspita de la noche, cuando hasta los gatos callejeros ya han buscado refugio y las campanadas que dan los cuartos de hora parecen ahogadas por el silencio reinante. Era un hombre de escasa estatura, corpulento (casi tan alto como ancho), de pelo gris, barba y mandíbula cuadrada, que sujetaba en una mano una metralleta Uzi y una maleta de piel en la otra. Sus acompañantes también iban armados con Uzi. Uno de ellos era flaco y pálido como la leche; las borlas de un *tallit katan* sobresalían por debajo de su chaqueta. El otro era alto y atezado, llevaba el pelo casi rapado, y tenía los brazos y el cuello muy musculosos. Los tres se cubrían la cabeza con *yamulkas*.

—¿Y las cámaras? —preguntó el hombre pálido mientras andaban, y señaló las cámaras de seguridad apostadas a intervalos regulares en la calle.

—Olvídate de ellas —contestó Har-Zion, al tiempo que rechazaba sus aprensiones con un gesto algo rígido, como si el jersey de cuello cisne, subido casi hasta la mandíbula, le quedara demasiado ceñido—. Tengo amigos en el centro de control David. Harán la vista gorda.

—Pero ¿y si...?

—Olvídalas —repitió Har-Zion, esta vez con más firmeza—. Todo está controlado.

Miró al hombre con los ojos algo entornados, como diciendo: «No te quiero aquí si estás asustado», y después volvió a clavar la vista al frente.

Los tres continuaron adelante. Bajaron por la pendiente de la calle David hacia el barrio judío, para luego girar a la izquierda y adentrarse en uno de los zocos que se hundían en el corazón de la parte musulmana de la ciudad. Los comercios cerrados se extendían a ambos lados de la calle, grises y uniformes, con sus planchas de metal cubiertas de pintadas en árabe, y de vez en cuando alguna palabra o frase en inglés: fatah, hamas, judíos a la mierda. Se cruzaron con un sacerdote copto que corría a rezar ante el Santo Sepulcro y con un par de turistas borrachos que trataban de encontrar su hostal en el laberinto de callejuelas. Por lo demás, estaban solos. Una campana dio la hora, y el sonido resonó en los tejados.

—Espero que nos vean bien, joder —gruñó el hombre rapado palmeando su Uzi—. Es nuestra ciudad. Que les den por el culo a los árabes.

Har-Zion sonrió apenas, pero no dijo nada, se limitó a señalar una callejuela flanqueada por altos muros de piedra. Pasaron ante un patio sembrado de basura, una puerta de madera tras la cual se oía la tenue cháchara de una televisión y la puerta de una pequeña mezquita, antes de salir a una calle adoquinada desierta que corría perpendicular a la que acababan de dejar. A la derecha desaparecía bajo una serie de arcadas bajas de piedra, que descendían hacia el Muro Oeste; a la izquierda ascendía en dirección a la Vía Dolorosa y la puerta de Damasco. Un letrero que había ante ellos anunciaba CALLE AL-WAD.

Har-Zion miró en ambas direcciones, se acuclilló (una vez más con aquellos movimientos rígidos, como si algo le oprimiera), abrió la maleta, sacó dos palancas que pasó a sus compañeros y un pulverizador de pintura, que guardó para él.

—Empecemos.

Los guió hasta un edificio alto, de aspecto destartalado, la típica casa de la Ciudad Vieja con fachada de piedra, puerta de madera y ventanas en forma de arco protegidas por rejas y postigos.

—¿Estás seguro de que está vacía? —preguntó, nervioso, el hombre pálido.

Har-Zion le dirigió de nuevo una mirada penetrante.

—Aquí no hay sitio para *nebbish*, Schmuely.

El otro parpadeó y bajó la cabeza, avergonzado.

—Pongámonos a trabajar —dijo Har-Zion.

Agitó el pulverizador —el golpeteo de las bolitas que contenía resonó en la calle— y empezó a dibujar una tosca menorah de siete brazos a cada lado de la puerta. La pintura goteó en algunos lugares, y a la luz incierta dio la impresión de que una gigantesca garra estuviera arañando la piedra hasta hacerla sangrar. Sus compañeros empezaron a aplicar las palancas en el hueco que separaba la puerta de la jamba, hasta que el pestillo cedió con un crujido. Miraron a ambos lados de la calle y luego entraron. Har-Zion terminó de dibujar la segunda menorah, recogió la maleta de piel, los siguió al interior y cerró la puerta tras de sí.

Un amigo de la policía de Jerusalén les había hablado de la vivienda. Sus propietarios árabes estaban ausentes, en *'umra*, no quedaba nadie en la casa, de modo que era un objetivo perfecto para ser ocupado. Har-Zion habría preferido algo más cercano al monte del Templo, algo más ofensivo, más insultante para los musulmanes, pero de momento esto servía a sus propósitos.

Rebuscó en la maleta y extrajo una pesada linterna metálica, la encendió y paseó el haz de luz a su alrededor. Estaban en una sala amplia, apenas amueblada, había una escalera de piedra al fondo y el aire olía a cera y tabaco. Sobre uno de los sofás colgaba un cartel con nueve líneas en árabe, blanco sobre fondo verde, versos del Corán. Har-Zion lo iluminó con la linterna, avanzó y lo rompió en pedazos.

—Avi, echa un vistazo a la parte de atrás. Yo me encargaré de los pisos de arriba. Schmuely, acompáñame.

Entregó una segunda linterna al hombre del pelo rapado y subió por la escalera, cargado con la maleta, examinando las habitaciones frente a las que pasaban, seguido por el hombre pálido. Al llegar al final, abrió una puerta de metal y salió a la azotea, un laberinto de cuerdas para tender la ropa, antenas de televisión, parabólicas y paneles solares. Enfrente se elevaban las cúpulas del Santo Sepulcro y la aguja de la iglesia del Salvador. Detrás se extendía la inmensa explanada pavimentada del monte del Templo, en cuyo centro, iluminado por focos, se veía la corona bulbosa dorada de la Cúpula de la Roca.

—Porque os esparciréis por doquier —murmuró Har-Zion—, y vuestros descendientes poseerán las naciones, y poblarán las ciudades desiertas.

Con frecuencia había imaginado este momento: durante los días oscuros de persecución en su nativa Ucrania, en el hospital del ejército, donde las quemaduras le habían dolido como si le estuvieran arrancando el alma. Durante los últimos años se habían apoderado de tierras (en las afueras de Nazaret, cerca de Hebrón, a lo largo de la orilla de Gaza), pero eso no significaba nada si Jerusalén no podía ser suyo. El monte Moria, el Even Shetiyah, donde Abraham había ido a sacrificar a su único hijo, Isaac, donde Jacob había soñado con la escalera que ascendía al cielo, donde Salomón había erigido el primer templo... que este, de entre todos los lugares, estuviera en poder de los musulmanes era algo que le mortificaba, de una manera física, como una herida supurante.

Y ahora, por fin, lo iban a recuperar. Iban a reclamar lo que les pertenecía por derecho propio. Yerushalym la Dorada, capital de Eretz Israel Ha-Shlema, la patria del pueblo judío. Era lo único que pedían. Tener una patria. Pero los árabes y los antisemitas hasta eso les negaban. Escoria, todos ellos. Cucarachas. Eran ellos quienes deberían ir a parar a las cámaras de gas.

Dio media vuelta, contempló el paisaje y después sacó de la maleta un rollo de tela con dos trozos de cuerda sujetos.

—Hazlo —dijo, y entregó el rollo a su compañero.

El hombre avanzó hacia el borde delantero de la azotea, donde se arrodilló y empezó a atar los extremos de la cuerda a un par de varillas de acero que sobresalían del suelo de cemento. Har-Zion sacó un móvil del bolsillo y tecleó un número.

—Estamos dentro —anunció cuando contestaron—. Empezad a enviar a los demás.

Colgó y devolvió el teléfono al bolsillo. Su compañero terminó de asegurar las cuerdas y lanzó el bulto por el costado del edificio. Se desplegó con un silbido apagado y dejó una bandera blanca y azul colgada delante del edificio, como una cascada, con la estrella de David en el centro.

—Alabado sea Dios —dijo sonriendo.

—Aleluya —susurró Har-Zion.

7

Campo de refugiados de Kalandia,
entre Jerusalén y Ramallah

Laila al-Madani se pasó una mano por el pelo, negro y corto, y miró al joven sentado frente a ella, con pantalones bien planchados y camiseta de la Cúpula de la Roca.

—¿La idea de matar mujeres y niños no le preocupa?

El joven le sostuvo la mirada.

—¿Acaso preocupa a los israelíes asesinar a nuestras mujeres y niños? ¿Deir Yasin? ¿Sabra y Shatila? ¿Rafah? Esto es una guerra, señorita Madani, y en una guerra suceden cosas horribles.

—De modo que si al-Mulatham le abordara...

—Lo consideraría un honor. Convertirme en un *shahid*, un mártir de mi pueblo, de mi Dios. Me consideraría afortunado.

Era un hombre apuesto, de ojos grandes y castaños, manos de pianista, con dedos largos y delicados. Ella le estaba entrevistando para un artículo sobre el saqueo de antigüedades llevado a cabo por jóvenes palestinos que, debido al estrangulamiento económico de los territorios palestinos por parte de Israel, no habían tenido otro remedio que dedicarse a robar y vender objetos antiguos con el fin de llegar a fin de mes. La conversación, como ocurría siempre en este tipo de entrevistas, había derivado hacia la opresión militar israelí y de ahí al tema de los atentados suicidas.

—Míreme —dijo el hombre meneando la cabeza—. Mire esto.

Describió un círculo con la mano para indicar su hogar: una

casa barata de bloques cenicientos con tres habitaciones, sofás a modo de camas y una cocina de camping en un rincón.

—Nuestra familia tenía viñedos cerca de Belén, doscientos *dunums*. Después los sionistas vinieron, nos expulsaron y solo nos quedó esto. Soy ingeniero, pero no puedo encontrar empleo porque los israelíes me han retirado el permiso de trabajo, de modo que vendo antigüedades para poder comer. ¿Cree que me siento orgulloso de ello? ¿Cree que albergo grandes esperanzas de futuro? Le aseguro que, si se me presenta la oportunidad del martirio, no la desperdiciaré. Cuantos más mate, mejor. Mujeres, niños, da igual. Todos son culpables. Los odio. A todos.

Sonrió, con una expresión de amargura que agrietó la parte inferior de su rostro y reveló la inmensidad de su furia y desesperación. Se hizo el silencio, roto tan solo por el alboroto de los niños que jugaban en el callejón. Laila cerró la libreta y la guardó en el bolso.

—Gracias, Yunis.

El hombre se encogió de hombros, pero no dijo nada más.

Se reunió con su chófer, Kamel, y salieron del campamento. El coche traqueteó sobre una carretera sembrada de baches hasta la autopista Ramallah-Jerusalén, donde se unieron a una cola de tráfico detenido ante el punto de control de Kalandia. A su izquierda, las grises y destartaladas construcciones del campamento se extendían sobre la ladera de una colina como un lecho de coral putrefacto. A la derecha, la pista del aeropuerto de Atarot corría lisa y sin vida, como si alguien hubiera pintado una línea de un amarillo sucio sobre el paisaje. Delante, cuatro hileras de tráfico parado se prolongaban como cintas polvorientas hasta confluir en un solo carril en el puesto de control israelí, doscientos metros más adelante, donde se comprobaban documentos y registraban vehículos. Era un ejercicio inútil (quien careciera de los papeles exigidos podía saltarse a pie el control y pasar al otro lado haciendo autoestop), pero los israelíes insistían en llevarlo a cabo, menos por razones de seguridad que para humillar a los palestinos, para enseñarles quién mandaba. Nadie juega con nosotros, ese era el mensaje. Tenemos el control.

—*Kosominumhum kul il-Israeliin* —mascullό Laila. Echó la cabeza hacia atrás y clavó la vista en el techo del coche—. Malditos israelíes.

Al cabo de veinte minutos la cola no se había movido. Laila abrió la portezuela del coche y bajó. Caminó de un lado a otro para estirar las piernas, después sacó del automóvil su cámara, una Nikkon D1X digital, la extrajo del estuche, la encendió y movió la lente.

—Cuidado —dijo Kamel, que descansaba la cabeza sobre el volante, pues preveía la larga espera que se avecinaba—. Ya sabe lo que pasó la última vez que tomó fotos en un puesto de control.

¿Cómo iba a olvidarlo? Los israelíes le habían confiscado la cámara, dedicaron una hora a desmontar el coche de Kamel, y de propina la desnudaron y registraron con minuciosidad.

—Iré con cuidado —dijo—. Confía en mí.

Un ojo castaño fijó la mirada en ella.

—Señorita Madani, es usted la persona menos digna de confianza que conozco. Sus labios dicen una cosa, pero...

—Sí, sí, pero mis ojos dicen otra.

La mujer suspiró, y le dirigió una mirada de irritación. Sus ojos se encontraron un momento; después Laila meneó la cabeza, se colgó al cuello la cámara, dio media vuelta y avanzó entre las filas de vehículos hacia el control.

Habían salido de Jerusalén a última hora de la tarde anterior, con el fin de ir a Ramallah para cubrir una noticia sobre un colaboracionista palestino cuyo cuerpo mutilado había sido encontrado flotando en la fuente del centro de la ciudad, la excusa perfecta para un reportaje más amplio sobre los colaboracionistas que estaba haciendo para *The Guardian*. La investigación solo le había exigido dos horas. No obstante, mientras se encontraban allí, se había producido otro atentado suicida de al-Mulatham, en una boda celebrada en Tel Aviv, y los israelíes habían cerrado Cisjordania, de modo que no le quedó otro remedio que dormir con una antigua amiga de la universidad, mientras los helicópteros de combate Apache AH-64 de fabricación norteamericana bombardeaban diversos edificios de la Autoridad Palestina, los cuales todavía se hallaban medio en ruinas desde la última vez que los habían volado.

De todos modos, no había sido una estancia inútil. Había pergeñado el artículo sobre el saqueo de antigüedades y logrado entrevistar a Saeb Marsudi, uno de los líderes de la Primera Intifada y estrella en ascenso de la política palestina. Era un hombre carismático (joven, apasionado, apuesto, con una mata de pelo negro como el azabache y una kefía de cuadros anudada alrededor del cuello), que, como siempre, le había proporcionado unas declaraciones que podría citar en sus artículos. Ahora, sin embargo, estaba ansiosa por regresar a Jerusalén. Chayalei David, los Guerreros de David, se habían apoderado de un edificio de la Ciudad Vieja, lo cual presagiaba un buen artículo. Y otro artículo para *al-Ahram* sobre la desnutrición entre los niños palestinos llevaba ya una semana de retraso. Más que nada, deseaba volver a su apartamento para darse una ducha. El ejército israelí había cortado el suministro de agua en Ramallah, de modo que no se lavaba bien desde la mañana anterior. Un olor acre escapaba de su camisa y pantalones de pana.

Cuando estuvo a unos veinte metros del punto de control se detuvo. Una camioneta cargada de sandías recibió órdenes de dar media vuelta. El conductor gritó y gesticuló a un soldado, que le miraba con sus gafas oscuras, indiferente, y de vez en cuando mascullaba la palabra *limia*, «vuelve». También había una cola de vehículos en dirección contraria, procedentes de Jerusalén, aunque no tantos. A la izquierda, una ambulancia de la Media Luna Roja estaba detenida; su luz roja giraba en vano.

Como periodista, había escrito sobre escenas semejantes desde hacía más de una década, tanto en árabe como en inglés, y había publicado en muchos diarios, desde *The Guardian* al *al-Ahram*, desde el *Palestinian Times* hasta el *New Internationalist*. Después de lo ocurrido a su padre no le había resultado fácil establecerse, sobre todo en los primeros años tras su regreso de Inglaterra, cuando había tenido que aguantar toda clase de cabronadas. Había trabajado con ahínco para ganarse la confianza de la gente, para demostrar que era una verdadera palestina, y si bien siempre habría personas como Kamel que nunca se convencerían del todo, al final la mayoría la había aceptado, conquistada por su franqueza a la hora de hablar en nombre de la causa palestina. Ahora la llamaban Assadiqa, la que dice la verdad. Los israelíes se mostraban algo menos entusiastas. «Mentirosa», «antisemita», «terrorista» y «perra entrometida» eran algunos de los epítetos que había acumulado a lo largo de los años. Y esos eran los amables.

Sacó un chicle del bolsillo y se lo metió en la boca, mientras se preguntaba si debería acercarse al control y mostrar su tarjeta de identificación con el fin de acelerar algo los trámites. No obstante, sería una pérdida de tiempo: con carnet de prensa o sin él seguiría siendo una palestina. Observó la escena un rato más, dio media vuelta y regresó al coche, meneando la cabeza. El suelo tembló bajo sus pies cuando un par de tanques Merkaba pasaron con gran estruendo por el otro lado de la carretera, con banderas blancas y azules israelíes ondeando en sus torretas.

—*Kosominumhum kul il-Israeliin* —masculló—. Malditos israelíes.

8

Luxor

El doctor Ibrahim Anwar, jefe del departamento de medicina forense del hospital de Luxor, tenía muchos hábitos irritantes, el menor de los cuales no era su negativa a permitir que el trabajo interfiriera en una buena partida de dominó. Su pasión por lo que él llamaba «el juego de mesa de los dioses» había retrasado muchas investigaciones a lo largo de los años, y volvió a suceder con el caso Jansen.

Había efectuado el examen inicial del cadáver en Malqata, tras lo cual lo envió al otro lado del río, al depósito de cadáveres del hospital general de Luxor. Sin embargo, en lugar de practicar la autopsia la misma noche, como Jalifa habría deseado, el forense la aplazó para poder participar en un campeonato de dominó interdepartamental.

Así pues, eran casi las doce del día siguiente cuando por fin llamó a la comisaría de policía para informar a Jalifa de que ya tenía los resultados de la autopsia.

—Ya era hora —replicó el detective, al tiempo que aplastaba airado el decimoquinto cigarrillo del día en un cenicero ya rebosante—. Confiaba en tenerlos anoche.

—Todo lo bueno se hace esperar —comentó Anwar sofocando una risita—. Un caso interesante, por cierto... da que pensar. En cualquier caso, mi secretaria está terminando de mecanografiar el informe. Te lo puedo enviar o puedes venir a recogerlo. Tú eliges.

—Iré —dijo Jalifa, pues sabía que si lo dejaba en manos de

Anwar el informe tardaría días en llegar—. Solo dime si fue accidente o asesinato.

—Oh, un asesinato, sin la menor duda —respondió el forense—. Muy peculiar, aunque puede que no imagines hasta qué punto.

—¿Qué coño significa eso?

—Digamos que es una historia complicada, que traerá cola. Ven y lo averiguarás todo. Creo que esta vez me he superado, Jalifa, te lo aseguro.

El detective exhaló un suspiro de exasperación, anunció al forense que tardaría unos veinte minutos en llegar al hospital y colgó. Mohammed Sariya entró en la oficina.

—Maldito forense —gruñó Jalifa—. Es una desgracia.

—¿Ha terminado la autopsia?

—Ahora mismo. No iría más despacio si fuera una tortuga. Voy a recoger el informe. ¿Alguna novedad?

Mientras Jalifa aguardaba en la oficina el informe de Anwar, Sariya había pasado la mañana siguiendo las pistas que su jefe había encontrado en casa del muerto la noche anterior.

—Poca cosa —contestó, mientras se acercaba a la mesa y tomaba asiento—. El Banco Egipcio nos va a enviar por fax copias de sus extractos de cuentas de los cuatro últimos trimestres, y me he puesto en contacto con la compañía telefónica para obtener un desglose de sus llamadas en el mismo período. También he conseguido localizar a la mujer de la limpieza.

—¿Has sacado algo de ella?

—La mejor forma de preparar *molochia*, más de lo que querría saber incluso. Sobre Jansen, casi nada. Iba a su casa un par de veces por semana, limpiaba, hacía la compra. Él cocinaba. Por lo visto, la mujer nunca bajó al sótano. Lo tenía prohibido.

—¿Y el testamento? —preguntó Jalifa—. ¿Has hablado con el abogado de Jansen?

Sariya asintió.

—No cabe duda de que lo hizo, porque el abogado fue testigo, pero no guarda copia. Dijo que Jansen se quedó una y entregó otra a un amigo de El Cairo.

Jalifa suspiró, se puso en pie y descolgó la chaqueta del respaldo de la silla.

—Muy bien. Empieza a investigar el pasado de Jansen. Cuánto tiempo vivió en Egipto, de dónde vino, qué hacía cuando vivía en Alejandría. Cualquier cosa que puedas desenterrar. Hay algo extraño en este tipo, o al menos turbio. Lo presiento.

Se puso la chaqueta y cruzó la habitación. Cuando llegó a la puerta, se volvió.

—A propósito, no habrás averiguado de dónde procede el nombre de Arminius, ¿verdad?

—Pues sí —contestó Sariya, muy complacido—. Lo busqué en internet.

—¿Y?

—Al parecer era un alemán de la antigüedad. Una especie de héroe nacional.

Jalifa chasqueó los dedos.

—Sabía que el nombre me sonaba de algo. Buen trabajo, Mohammed. Muy buen trabajo.

Salió por la puerta y se alejó por el pasillo, con las manos hundidas en los bolsillos, mientras se preguntaba por qué demonios un holandés había puesto a su perro el nombre de un héroe nacional alemán.

Genio y figura, Anwar no estaba en su oficina cuando Jalifa llegó un cuarto de hora después. Mientras una enfermera de uniforme verde iba a buscarle, el detective se paró ante la ventana y miró los jardines del hospital, donde unos obreros cavaban una zanja en una extensión de hierba; el rítmico golpeteo de sus *turias* resonaba en el silencio. Sus pulmones ansiaban un cigarrillo, pero resistió la tentación. Anwar era un enconado enemigo del tabaco, y era preferible aguantar el ansia a recibir uno de los habituales sermones del forense: «Si-quieres-envenenarte-adelante-pero-no-lo-hagas-cerca-de-mí». Se mordisqueó las uñas, abrió la ventana y, con los codos apoyados en el antepecho, miró a un niño que perseguía una mariposa en el aparcamiento del hospital.

Había algo extraño en aquel caso. Intentó convencerse de que solo eran imaginaciones suyas, de que veía demasiadas cosas en la situación, pero no sirvió de nada. Cada elemento, cada fragmento del episodio (el bastón del muerto, su odio a los judíos, la casa junto al templo de Karnak, el extraño sombrero de plumas) acrecentaba su sensación de inquietud, y lo que había empezado como un leve latido de incertidumbre se había transformado en una sensación de pánico en la boca del estómago.

Era verdad que siempre experimentaba una descarga de adrenalina al empezar un caso, una furiosa aceleración de la mente cuando se esforzaba por controlar todos los elementos del problema y disponerlos en pautas reconocibles. Este, sin embargo, era diferente, pues lo que le preocupaba no era tanto esa investigación, sino una anterior, llevada a cabo años antes, poco después de incorporarse al cuerpo. Un asesinato, el primero en el que había trabajado, un episodio horrible, brutal. Schlegel. Así se llamaba la mujer. Hannah Schlegel. Israelí. Judía. Un caso espantoso. Y ahora, de pronto, como surgidos de la nada... ecos. Nada concreto. Nada a lo que pudiera aferrarse con seguridad. Solo coincidencias, destellos momentáneos en la negrura del pasado. Bastón, antisemita, Karnak, plumas... Las palabras le aguijoneaban el cráneo, seguían resonando en sus oídos como un mantra.

—Es una locura —murmuró para sí, mientras se mordisqueaba la uña del pulgar—. Sucedió hace quince años, por el amor de Dios. ¡Ha terminado!

Pero incluso mientras lo decía, presintió que no había terminado. Al contrario, experimentó la incómoda sensación de que algo acababa de empezar.

—Maldito seas, Jansen —gruñó—. Maldito seas por morir así.

—Yo opino lo mismo —dijo una voz detrás de él—. Aunque, claro, si no hubiera muerto, no habría tenido la satisfacción de resolverte el caso.

Jalifa se volvió, irritado por el hecho de que hubieran interrumpido sus pensamientos. Anwar estaba en la puerta, con un vaso humeante en la mano.

—No te he oído.

—No me extraña —dijo el forense—. Estabas a kilómetros de distancia.

Bebió un trago y, levantando el vaso, contempló el líquido amarillento.

—*Yansun* —añadió con una sonrisa—. El mejor de Luxor. Me lo prepara una comadrona. Unas hierbas maravillosas. Muy relajantes. Deberías probarlas.

Guiñó un ojo a Jalifa, para luego ir a sentarse a su mesa. Dejó el vaso en una esquina y examinó la montaña de papeles que tenía ante él.

—¿Dónde demonios lo he metido? Si acabo de... Ah, aquí está.

Se reclinó en el asiento y agitó un delgado documento mecanografiado.

—Informe de la autopsia del señor Piet Jansen —dijo, leyendo el título del documento—. ¡Otro triunfo de Anwar!

Miró a Jalifa, sonriente. El detective se llevó la mano al bolsillo para sacar los cigarrillos, un movimiento involuntario que detuvo a mitad de camino, y luego la apoyó sobre el antepecho de la ventana.

—Adelante —dijo—. Ilumíname.

—Con sumo placer —repuso Anwar—. Para empezar, puedo decirte que nuestro hombre fue asesinado.

Jalifa se inclinó un poco.

—También puedo decirte que estoy muy seguro de conocer la identidad de los culpables. Sospecho que actuaron en legítima defensa, pero eso no reduce la gravedad del crimen ni el hecho de que Jansen padeciera una muerte muy desagradable y dolorosa.

Hizo una pausa para producir un efecto dramático. Lo ha estado ensayando, pensó Jalifa.

—Sin embargo, antes de que revele el nombre del asesino, creo que sería instructivo recordar las circunstancias precisas en que fue encontrado el cuerpo de Jansen.

Jalifa abrió la boca para decir que recordaba perfectamente las circunstancias, pero volvió a cerrarla. Sabía por experiencia que Anwar iría a su ritmo por más que él se quejara.

—Como quieras —murmuró agitando la mano en un gesto de hastío y resignación.

—Gracias. No creo que te lleves una decepción.

El forense bebió otro trago y dejó el vaso sobre la mesa.

—Bien —añadió—. El lugar de los hechos. Como recordarás, encontraron a nuestro hombre caído de bruces en el polvo, con una varilla de hierro bastante fea clavada en el ojo izquierdo. Además de un fuerte traumatismo en los huesos cigomático, esfenoides y lagrimal, así como en todo el lado izquierdo del cerebro, que parecía un cuenco de berenjenas aplastadas, presentaba una herida de buen tamaño en el lado derecho del cráneo, justo encima de la oreja, causada por otro objeto que no era la varilla de hierro. Además, tenía leves rasguños en la palma de la mano izquierda...

El forense alzó la mano para ilustrar su explicación.

—... y en la rodilla izquierda, así como una zona descolorida e hinchada alrededor de la base del pulgar derecho, justo debajo de la primera articulación. No debiste de darte cuenta, porque esta mano en concreto estaba colocada debajo del cuerpo. También había rastros de barro seco debajo de las uñas de la misma mano.

Acabó el *yansun* y dejó el vaso a un lado.

—A tres metros del cadáver —prosiguió—, la superficie del desierto aparecía removida, como si hubiera sido el escenario de algún tipo de lucha; también había una piedra con rastros de sangre en un borde. Doscientos metros más allá se descubrieron la bolsa y el bastón del muerto, junto a un trozo de pared de adobe pintada, que el hombre se disponía a desmontar. Para ello, da la impresión de que aflojó los ladrillos con un martillo y un cincel, y después los extrajo con la mano, de ahí los rastros de barro bajo las uñas.

Apoyó los codos sobre la mesa y enlazó las manos.

—Ya tenemos la escena. La pregunta es cómo se relacionan entre sí las diferentes partes de la película.

Una vez más, la mano de Jalifa, como independiente del cuerpo, fue en busca de los cigarrillos. Una vez más, la desvió en el último momento, para hundirla en el bolsillo de los pantalones.

—Dímelo tú.

—Desde luego que lo haré —aseguró Anwar—. Vamos a examinar por separado cada pieza del rompecabezas, ¿de acuerdo? Primero, la varilla metálica. Las heridas que infligió fueron fatales, por supuesto. Sin embargo, no fue la causa de la muerte. O mejor dicho, Jansen habría muerto de todas maneras, con independencia de que hubiera caído o no sobre ella.

Jalifa entornó los ojos. Pese a todo, estaba interesado.

—Adelante.

—La herida en el costado de la cabeza es una pista falsa. Fue causada por la piedra manchada de sangre, sin duda, pero no fue mortal, ni siquiera para un hombre tan frágil y viejo como Jansen. El cráneo no resultó afectado, no hubo contusión de importancia. Solo era una fea herida en la carne.

—Si no murió del golpe en la cabeza y tampoco a causa de que la varilla le atravesara el cerebro, ¿cómo coño murió?

Anwar se dio una palmada en el pecho.

—Infarto de miocardio.

—¿Qué?

—Ataque al corazón. El hombre sufrió una trombosis coronaria masiva con posterior parada cardíaca. Es muy probable que ya estuviera muerto antes de caer sobre la varilla.

—¿Qué estás diciendo? ¿Qué alguien le dio un golpe en la cabeza con una piedra y su corazón falló?

El forense sonrió, disfrutando con el juego.

—Nadie le golpeó en la cabeza con una piedra. La herida fue accidental.

—¡Pero has dicho que lo asesinaron!

—Y así fue.

—¿Cómo?

—Le envenenaron.

Jalifa dio un puñetazo en la pared, frustrado.

—Maldita sea, Anwar, ¿de qué coño estás hablando?

—Justo lo que he dicho. El asesino de Piet Jansen le envenenó, y el veneno, directa o indirectamente, precipitó un ataque al corazón que mató al pobre hombre. No puedo expresarme con más claridad. ¿Qué es lo que no entiendes?

Jalifa apretó los dientes, decidido a no permitir que el tono paternalista del forense le irritara.

—¿Y quién es el misterioso envenenador? —preguntó, con un esfuerzo por mantener la voz serena—. Dijiste que sabías quién era.

—Sí, ya lo creo. —Anwar rió entre dientes—. Desde luego que sí.

Tras otra pausa melodramática, se inclinó y extendió la mano con la palma hacia arriba. A continuación la cerró en un puño, sacó el dedo índice y, con un movimiento brusco, lo curvó.

—El villano —anunció con tono pomposo— es el señor Akarab.

Repitió el extraño movimiento, doblando el dedo hacia la palma.

—Akarab —repitió Jalifa, desconcertado—. Te refieres...

—Exacto. —El forense sonrió—. Un *akarab* picó a nuestro amigo Jansen. Un escorpión.

Curvó el dedo una vez más, para imitar el movimiento de la cola del escorpión, y después se derrumbó en la silla entre carcajadas.

—Ya te dije que la historia traería cola —rugió—. Espera a que se lo cuente a los chicos. ¡El relato del Envenenador de Malqata! ¿O debería decir la Cola del Envenenador de Malqata? ¡Ja, ja, ja!

—Muy divertido —gruñó Jalifa, que sonreía pese a todo—. Supongo que la hinchazón de debajo del pulgar era...

—El punto donde le picó —farfulló Anwar, mientras intentaba recuperar el aliento—. Exacto. A juzgar por el color y la extensión, fue una picadura muy fuerte. Un escorpión adulto. Increíblemente dolorosa.

Se puso en pie y, sin dejar de reír, se dirigió a un lavabo que había en una esquina de la habitación, abrió el grifo del agua fría y se sirvió un vaso.

—Yo diría que las cosas sucedieron más o menos así: Jansen va a Malqata a birlar algunos ladrillos de barro decorados. Suelta uno con martillo y cincel, mete la mano en la cavidad para sacarlo y ¡zas! El señor Escorpión le pica. Debido al dolor, olvida la bolsa y el bastón, se dirige dando tumbos hacia su coche, imagino que con la intención de ir a pedir ayuda. Tras recorrer unos doscientos metros, la conmoción le provoca un ataque al corazón monumental y el hombre se desploma; al caer se rasguña la mano y la rodilla, y se golpea la cabeza con la piedra, si bien es concebible que sufriera la trombosis después de la caída. En cualquier caso, remueve la tierra a su alrededor, consigue levantarse, avanza unos cuantos metros más y vuelve a caer, y esta vez se atraviesa el ojo con la varilla. Adiós, señor Jansen.

Jalifa reflexionó sobre la secuencia de acontecimientos. Se sentía irritado por la facilidad con que Anwar parecía haber solucionado el caso. Y también aliviado, de todos modos. Si no había asesinato tampoco habría investigación criminal, y aunque había que investigar las antigüedades guardadas en el sótano de Jansen, ya no parecía necesario indagar demasiado en el pasado del hombre. Lo cual era una buena noticia, porque, si era sincero consigo mismo, a Jalifa le aterrorizaba lo que podría descubrir en ese pasado.

—Ah, bien —dijo, y exhaló un profundo suspiro—. Al menos eso aclara las cosas.

—Desde luego —afirmó Anwar, al tiempo que vaciaba el vaso y volvía a su mesa, de donde cogió el informe de la autopsia para darlo al detective—. Todo está aquí, junto con algunas observaciones más que podrían ser de interés.

Jalifa pasó las páginas.

—¿Qué tipo de observaciones?

—Oh, de carácter médico. Tenía un cáncer de próstata muy avanzado, para empezar. Solo habría sobrevivido unos cuantos meses más. También había mucho tejido cicatricial antiguo alrededor de la rodilla izquierda, lo cual explica el uso del bastón. Además, mentía acerca de su edad. Al menos, lo hizo en su carnet de identidad.

Jalifa le miró con expresión interrogativa.

—No soy un experto en estas cosas —reconoció Anwar—, pero según el carnet nació en 1925, lo cual significa que tenía ochenta años. Sin embargo, a juzgar por el estado de sus dientes y encías, apostaría a que tenía diez años más como mínimo, quizá incluso quince. No cambia nada, pero creí que debía consignarlo.

Jalifa meditó un momento sobre esto. Luego asintió, guardó

el informe en el bolsillo de la chaqueta y se encaminó hacia la puerta.

—Buen trabajo, Anwar —dijo sin volverse—. Lamento decirlo, pero estoy impresionado.

Estaba a punto de salir al pasillo cuando Anwar le llamó.

—Una cosa curiosa.

Jalifa se volvió.

—No me tomé la molestia de mencionarlo en las notas, no me pareció importante, pero nuestro hombre sufría sindactilia en los pies.

El detective retrocedió un paso, con cara de perplejidad.

—¿Qué significa eso?

—Básicamente, es la fusión congénita de las falanges de los dedos de los pies. Muy poco frecuente. En términos profanos, el hombre tenía los pies palmeados. Como...

—Una rana.

El color había desaparecido de la cara de Jalifa.

—¿Te encuentras bien? —preguntó Anwar—. Parece que hayas visto un fantasma.

—Sí —susurró el detective—. Se llama Hannah Schlegel y he hecho algo terrible. Verdaderamente terrible.

9

Jerusalén

Mediaba la tarde cuando Laila consiguió regresar por fin a Jerusalén. Kamel la dejó al final de la calle Nablus y, con un gesto de despedida poco afectuoso, se alejó hasta desaparecer por la esquina de la calle Sultan Soliman. Había empezado a lloviznar, una fría llovizna que le mojó el pelo y la chaqueta, y que caía sin hacer ruido sobre los tejados y el pavimento. Retazos de cielo azul se veían sobre el monte Scopus, al este, pero el cielo que cubría la ciudad era gris y nuboso, y ejercía presión como la tapa de un cubo de basura gigantesco.

Se compró media docena de panes de pita recién salidos del horno en un puesto callejero y empezó a subir por la colina. Dejó atrás el Jardín de la Tumba, el hotel Jerusalem y una cola de palestinos que, con aspecto cansado, esperaban para renovar su permiso de residencia ante el torniquete de metal gris del Ministerio del Interior israelí, y atravesó por fin una estrecha puerta encajada entre una panadería y un colmado, frente al muro de la École Biblique. Un anciano vestido con un raído traje gris y una kefía estaba sentado en el interior, apoyado en su bastón, mientras contemplaba la lluvia.

—*Salaam aleikum*, Fathi —dijo ella.

El viejo alzó la vista y levantó una mano artrítica a guisa de saludo.

—Estábamos preocupados por ti. —El hombre tosió y añadió—: Pensamos que tal vez te habían detenido.

Laila rió.

—Los israelíes no se atreverían. ¿Cómo está Ataf?

El viejo se encogió de hombros, y sus dedos arrugados dieron golpecitos sobre el puño del bastón.

—Va tirando. Le duele la espalda, así que se ha quedado en la cama. ¿Te apetece un té?

Laila negó con la cabeza.

—Necesito una ducha, y después he de trabajar. Quizá más tarde. Dile a Ataf que me avise si quiere que vaya a comprarle algo.

Cruzó el portal y subió dos tramos de escalera de piedra hasta llegar a su piso, que ocupaba la última planta del edificio. Era un espacio sencillo, de techo alto, fresco, con dos dormitorios, uno de los cuales hacía las veces de estudio, una espaciosa sala de estar y, en la parte posterior, una cocina pequeña y un cuarto de baño. Una estrecha escalera de cemento ascendía desde este último hasta la azotea, con vistas a la puerta de Damasco y al desordenado damero de la Ciudad Vieja. Hacía casi cinco años que vivía allí. Había alquilado el piso a un hombre de negocios cuyos padres, Fathi y Ataf, vivían en la planta baja y actuaban como vigilantes del edificio. Con el dinero que ganaba trabajando de *freelance* habría podido permitirse algo más caro, en el distrito de Sheij Jarrah, por ejemplo, con sus lujosos bloques de apartamentos y casas con tapias altas. Sin embargo, había decidido quedarse en el corazón del Jerusalén oriental, entre el bullicio, el ruido y la basura. Tal decisión transmitía un mensaje: no soy uno de esos periodistas que obtienen lo que quieren de vosotros, y después se retiran a la seguridad del Hilton o del American Colony. Soy una de vosotros. Una palestina. Era un gesto pequeño, pero necesario. Siempre tenía que demostrar lo que era, mantener la fachada.

Arrojó sus cosas sobre el sofá, el cual, junto con la mesa, una televisión y un par de butacas raídas, era el único mobiliario de la sala de estar. Después sacó una botella de Evian de la nevera y entró en el estudio. La luz de los mensajes estaba encendida en el contestador automático. Bebió un trago de agua, cruzó la habitación y tras sentarse ante el escritorio, alzó la vista, como siempre, hacia el gran retrato enmarcado de su padre, que colgaba en la pared, con su bata blanca de médico y un estetoscopio. Era su foto favorita de él, la única que había conservado después de su muerte, y por un momento sintió un nudo en la garganta, antes de bajar la vista de nuevo y oprimir el botón de reproducción de mensajes.

Había once mensajes. Uno era de *The Guardian*; le apremiaban para que entregara el artículo acerca de los colaboracionistas palestinos. Uno de Tom Roberts, un chico del consulado británico que había intentado en vano hablar con ella durante los últimos seis meses. Uno de su amiga Nuha, que preguntaba si le apetecía quedar más tarde en el hotel Jerusalem para tomar una copa, y uno de Sam Rogerson, un contacto de Reuters, que le avisaba de que los Guerreros de David habían ocupado un edificio de la Ciudad Vieja, cosa de la que ya se había enterado en Ramallah. Los demás eran insultos o amenazas de muerte: «Me repugnas, asquerosa chupapollas mentirosa». «Diviértete hoy, Laila, porque puede ser tu último día.» «Te estamos vigilando, y un día vamos a subir a meterte una bala en la cabeza. Después de violarte, por supuesto.» «¡Vamos a meterte un cuchillo por tu apestoso coño proárabe y te abriremos en canal, sucia puta mentirosa! ¡Muerte a los árabes! ¡Israel! ¡Israel!»

A juzgar por los acentos, la mayoría de las llamadas eran, como de costumbre, de israelíes o norteamericanos. Laila cambiaba el número de teléfono cada dos por tres, pero siempre parecían averiguar el nuevo al cabo de un par de días, y las llamadas continuaban inasequibles al desaliento. Ya estaba tan acostumbrada a ellas que casi no le afectaban. Le ponían más tensa los directores de periódicos que la acosaban para conseguir un artículo. Únicamente de noche, en el silencio, sola, aparecían las grietas y el horror de aquello se filtraba, como veneno, en su torrente sanguíneo. Las noches podían ser terribles. Espantosas.

Tras escuchar los mensajes borró la cinta, enchufó el móvil en la batería y efectuó un par de rápidas llamadas, una a Nuha, para quedar aquella noche, y otra para conseguir detalles de la ocupación judía en la Ciudad Vieja. Había escrito diversos artículos durante los últimos años sobre los Chayalei David y la *New York Review* le había encargado hacía poco que escribiera un perfil en profundidad del líder del grupo, el militante de origen soviético Baruch Har-Zion. La ocupación de aquel edificio sería una buena excusa, y se preguntó si no debería ir de inmediato a la Ciudad Vieja. Decidió que un par de horas no importarían, terminó la botella de agua, entró en el cuarto de baño y se desnudó.

Tomó una larga ducha caliente, se frotó con vigor su cuerpo esbelto, echó la cabeza hacia atrás para que el agua le cayera en la cara y gimió de placer cuando sintió que el chorro caliente eliminaba el sudor y el polvo de su piel. Durante el último medio minuto abrió el grifo de agua fría; después se envolvió en un albornoz, regresó al estudio, se sentó a su mesa y conectó el portátil Apple.

Trabajó durante las dos horas siguientes. Terminó un artículo que había empezado sobre la desnutrición entre los niños palestinos y empezó el que le había encargado *The Guardian* sobre los colaboracionistas palestinos, consultando de vez en cuando sus notas escritas a mano, pero casi siempre utilizando la memoria. Sus dedos volaban sobre las teclas, las imágenes y sonidos que anidaban en su cabeza se transformaban sin el menor esfuerzo en palabras.

Lo curioso era que, con la facilidad que tenía para ello, el periodismo no había sido su primera elección, ni siquiera la segunda. De adolescente, antes del asesinato de su padre, había soñado con convertirse en médico como él y trabajar en los campos de refugiados de Gaza y Cisjordania. Después, en la Universidad de Beir Seit, donde había estudiado historia árabe contemporánea, acarició la idea de meterse en política. Al final, no obstante, decidió que el periodismo le proporcionaría la mejor oportunidad de llevar a cabo lo que consideraba la misión de su vida.

Después de licenciarse consiguió un empleo en el diario palestino *al-Ayyam*, donde el que era entonces su director, un fumador compulsivo jorobado llamado Nizar Suleiman, la había tomado bajo su protección, pese a la cantidad de críticas recibidas, pues la historia de su familia era muy conocida. Su primer artículo, sobre los campos de adoctrinamiento palestinos donde enseñaban a niños pequeños, incluso de seis años, canciones antiisraelíes y el arte de fabricar cócteles Molotov (con mucha vaselina alrededor del borde, esa era la clave, para que el petróleo inflamado se adhiriera al blanco), hubo de reescribirlo dieciséis veces antes de que Suleiman accediera de mala gana a publicarlo. La joven se sintió tan abatida que estuvo a punto de abandonar la profesión. Él la disuadió («¡Si te rindes ahora, te despediré!»), y su segundo artículo, sobre el desplazamiento forzado por Israel de tribus beduinas al Negev, solo había tenido que reescribirlo cinco veces. El tercero, sobre los palestinos que por necesidad económica se veían obligados a colaborar en la construcción de asentamientos israelíes, había aparecido en tres periódicos y con él había conseguido su primer premio periodístico.

A partir de ese momento, su fama no había hecho más que crecer. Su origen mezclado (madre inglesa, padre palestino) y el conocimiento íntimo del mundo palestino, aparte de que hablaba con fluidez árabe, hebreo, francés e inglés, le dieron ventaja sobre muchos otros corresponsales, y recibió ofertas tanto de *The Guardian* como de *The New York Times* (rechazó ambas). Trabajó en *al-Ayyam* durante cuatro años, después se hizo *freelance* y escribió sobre todo, desde el empleo de la tortura por los servicios de seguridad israelíes hasta los proyectos de plantar espinacas en la Baja Galilea, y se forjó una reputación, dependiendo del punto de vista, de activista apasionada o de fanática antiisraelí.

La acusaban con frecuencia de parcialidad, de contar solo un aspecto de la historia. De dar publicidad a los sufrimientos palestinos, pero no a los de los civiles israelíes; de informar sobre los horrores de los campos de refugiados, pero no de la gente inocente reducida a pedazos por coches bombas y atentados suicidas.

No era justo. Había escrito muchos artículos sobre las bajas civiles israelíes, además de la corrupción y desprecio de los derechos humanos en el seno de la Autoridad Nacional Palestina. Sin embargo, la realidad era que se trataba de un conflicto en el que costaba ser objetivo. Por más que uno se esforzara en equilibrar la balanza, al final se veía obligado a decantarse por un bando u otro. De todos modos, teniendo en cuenta sus antecedentes, no podía permitirse el lujo de ser sensible a la lógica israelí.

Escribió unas mil palabras sobre el tema de los colaboracionistas, envió por correo electrónico el artículo acerca de la desnutrición a las oficinas de *al-Ahram* en El Cairo y cerró el portátil. No había dormido mucho desde hacía días y le pesaban los párpados. Sin embargo, después de años de ejercer el periodismo, con su horario impredecible y sus plazos improrrogables, estaba vacunada contra el cansancio, y además quería ir a la Ciudad Vieja para ver cómo iban las cosas en la casa ocupada. Se vistió, comió a toda prisa una manzana, cogió la libreta y la cámara, cruzó el piso y abrió la puerta.

Fathi, el vigilante, apareció en el rellano, casi sin respiración, con una mano en el bastón y un sobre en la otra.

—Ha llegado esta mañana —dijo—. Olvidé decírtelo antes. Lo siento.

Le entregó el sobre. No llevaba matasellos ni dirección, solo su nombre escrito con tinta roja como la sangre, letras enérgicas y bien alineadas, como una fila de soldados en posición de firmes.

—¿Quién la trajo? —preguntó.

—Un crío —contestó el viejo, al tiempo que se volvía hacia la escalera—. Nunca le había visto. Llegó, preguntó si vivías aquí, me dio el sobre y salió corriendo.

—¿Palestino?

—Pues claro. ¿Desde cuándo los niños judíos se acercan a esta parte de la ciudad?

Agitó la mano como diciendo: «Qué pregunta más tonta», y desapareció tras la esquina. Laila dio vueltas al sobre en la mano, lo examinó, lo palpó en busca de cables o algún otro contenido amenazador. Una vez comprobado que no existía peligro, entró en el piso, lo dejó sobre el escritorio, lo abrió con cautela y extrajo dos hojas de papel sujetas con una grapa. La de encima era una carta con la misma letra picuda del sobre, y la otra una fotocopia de lo que parecía un documento antiguo. Echó un breve vistazo al último, y después concentró su atención en la nota acompañante, escrita en inglés.

Señorita al-Madani:

Hace mucho tiempo que soy un admirador de su trabajo y me gustaría hacerle una propuesta. Hará unos años entrevistó al líder conocido como al-Mulatham. Estoy en posesión de información que podría resultar de incalculable valor para este hombre en su lucha contra el opresor sionista, y me gustaría mucho ponerme en contacto con él. Creo que usted podría ayudarme. A cambio, estoy en condiciones de ofrecerle la que, en mi opinión, podría ser la exclusiva más grande de su ilustre carrera.

Dado lo delicado de la situación, comprenderá mi deseo de proceder con cautela en este asunto. No revelaré nada más en esta fase. Le ruego que considere esta propuesta y, si es posible, la transmita a nuestro mutuo amigo. Seguiremos en contacto en un futuro cercano.

P.D.: Una pequeña pista, solo para despertar su apetito. La información de la que hablo está íntimamente relacionada con el documento adjunto. Si es usted la mitad de periodista que yo creo, no debería tardar demasiado en descubrir el significado de mi oferta.

No había firma.

Leyó y releyó la nota, y después volvió a mirar la hoja fotocopiada. Daba la impresión de ser una carta antigua; a juzgar por el estilo de la escritura, muy antigua. Utilizaba el alfabeto latino, pero aparte de eso no pudo deducir nada más, pues, más que palabras y frases, parecía consistir en una secuencia ininterrumpida de letras, las cuales, por más que miró, no significaban nada en ningún idioma reconocible.

Zbxnufgmhiuynzupnzmimindoygzikdmong
uukxpgpnzpogouzhdzqohidpcpdngbuuhmzdzi
konugdmonumnhodgpdnohmuumyhhuhpnxou
ndnzyoxdmzkzmziaomhpguinufzggunzznhdz
qohguzhpxlgupdgqhhzuonzznhondhdnimofdv
uminzufzomvguuxxzgufdpfdguhdqnnhzloupu
goygzodioophdoxopmunzzocoxdpuzooghuuonz
nopoofododozuapoodnuopzhzxnnmuidzkdmp
oumdnloipbyumzquyhggpnzznhoguzmznonh
udolpnddnugxuikzoohnddnugxumbounddnu
ghuzodazhughhddmznpfugzrzvdximppupofuu
zanumzoomppn

GR

Al pie, algo apartadas y en letra más grande, las iniciales GR no significaban más para ella que la confusa secuencia de arriba.

La examinó un rato más, con los ojos entornados, desconcertada, y después volvió a la carta. La entrevista a la que se refería había sido publicada años antes. En aquel tiempo había atraído una considerable atención, por cuanto fue la única ocasión en que su protagonista, el terrorista palestino al-Mulatham, apartó el espeso velo de secretismo que le envolvía y consintió en hacer declaraciones públicas. Los servicios de seguridad israelíes habían demostrado un interés inusitado. Le confiscaron la libreta y el portátil y la sometieron a un intenso interrogatorio. Poco había podido revelar. Tal como explicaba en el artículo, la entrevista había tenido lugar en un lugar secreto, y ella estuvo con los ojos vendados todo el rato. Ahora, sospechaba que la curiosa carta y la fotocopia constituían una treta no muy inteligente del Shin Bet para averiguar si sabía más sobre el paradero del líder terrorista de lo que había confesado. No sería la primera vez que intentaban tenderle una trampa o desacreditarla. Unos años antes, un hombre la había abordado, fingiendo ser un activista palestino, para preguntarle si podía utilizar su condición de periodista para ayudarle a pasar armas de contrabando a Gaza por el puesto de control de Erez, un ejemplo de *agent provocateur* tan flagrante que ella estalló en carcajadas y contestó en hebreo que sería un placer, siempre que Ami Ayalon la invitara a cenar después.

Sí, pensó, la carta era una treta de algún servicio de seguridad. Eso, o una broma pesada. En cualquier caso, no valía la pena perder más tiempo, de manera que, tras echar una última ojeada al documento fotocopiado, lo tiró junto con la carta acompañante a la papelera y se fue.

10

Luxor

—¡Eres un soñador, Jalifa! ¡Siempre lo has sido y siempre lo serás! ¡Un jodido soñador!

El inspector jefe Abdul Ibn Hasani dio un puñetazo sobre la mesa, se puso en pie y caminó hacia la ventana de su despacho, desde la que contempló airado la primera columna del templo de Luxor, donde una multitud de turistas se habían congregado alrededor del obelisco de Ramsés II para escuchar al guía.

Era un hombre ancho de espaldas, con problemas de sobrepeso, cejas pobladas y nariz aplastada de boxeador, famoso por su mal genio y su vanidad. El primero se manifestaba, como ocurría ahora, en la voz alzada, la cara congestionada y una pequeña vena que latía bajo su ojo derecho; la vanidad, en todo tipo de pequeños detalles, como el exquisito peluquín que descansaba sobre su cabeza calva cual un grumo de hierbas del Nilo enredadas. Al dar el puñetazo sobre la mesa se le había movido un poco, de modo que fingió rascarse la frente para devolverlo a su sitio, y se inclinó ligeramente a la izquierda para mirar su reflejo en el espejo que colgaba de la pared.

—¡Ridículo! —gruñó—. Por el amor de Dios, hombre, sucedió hace veinte años.

—Quince.

—Quince, veinte, ¿qué más da? Demasiado tiempo para preocuparse por ello, esa es la cuestión. Pasas demasiado tiempo con la cabeza metida en el pasado. De vez en cuando, deberías salir a respirar un poco de aire puro.

Se volvió hacia Jalifa con el entrecejo fruncido, una expresión que, coronada con el peluquín, no le salió del todo bien, como alguien que intentara aparentar seriedad con un roedor sobre la cabeza a modo de sombrero. En cualquier otra situación, Jalifa se habría esforzado por reprimir las carcajadas. Hoy, apenas reparó en el peluquín, de manera que se concentró en lo que intentaba decir.

—Pero señor...

—¡El presente! —gritó Hasani, al tiempo que avanzaba y se colocaba, con los brazos cruzados, bajo la fotografía enmarcada del presidente Hosni Mubarak, postura que siempre adoptaba cuando estaba a punto de soltar un sermón—. Es ahí donde está nuestro trabajo, Jalifa. El presente. Cada día se cometen delitos, cada hora de cada día, y en eso deberíamos concentrarnos, no en algo que ocurrió hace una década o más. ¡Algo que se resolvió en su momento, debería añadir!

Frunció el ceño un momento, como si no estuviera muy convencido de que la última frase tuviera sentido. A continuación hinchó el pecho y agitó un dedo en dirección a Jalifa, que estaba sentado en una silla baja delante del escritorio.

—Siempre ha sido tu problema. Si no te lo he dicho cien veces, no lo he dicho nunca. Una incapacidad absoluta para concentrarte en el presente. Demasiado tiempo fisgoneando en museos, ese es el problema. Tutankhamón por aquí, Antenabén por allí...

—Ajenatón —corrigió Jalifa.

—¡Otra vez! ¡A quién le importa cómo coño se llamara! El pasado está muerto, terminado, es irrelevante. Lo que importa es hoy.

La fascinación de Jalifa por los tiempos antiguos siempre había sido motivo de enfrentamiento entre los dos hombres. Eso, y el hecho de que fuera uno de los pocos policías de la comisaría que se negaban a dejarse intimidar por Hasani. Jalifa nunca había descubierto por qué el jefe albergaba tanto desinterés por la historia, casi aversión, aunque sospechaba que se debía a que no sabía nada sobre ella, lo que se convertía en una desventaja siempre que la conversación derivaba hacia ese terreno. En cualquier caso, era lo que Hasani siempre sacaba a colación cuando quería intimidar a Jalifa, como si el trabajo de detective y el interés por la historia de su país fueran poco menos que incompatibles.

—¡Les encantaría! —estaba gritando Hasani, cada vez más frenético—. A los chulos, ladrones y estafadores. Serían de lo más felices si dedicáramos todo el tiempo a marear la perdiz en todos los casos cerrados diez años antes, mientras ellos continúan alegremente chuleando, robando y... —Hizo una pausa, como si buscara la palabra correcta—. ¡Estafando! —exclamó por fin—. ¡Oh, sí, les encantaría! ¡Seríamos el hazmerreír de todos!

La vena de debajo del ojo latía con más fuerza que nunca, un gusano verde y gordezuelo que se retorcía bajo su piel. Jalifa sacó sus cigarrillos, se inclinó para encender uno y clavó la vista en el suelo.

—Es posible que se produjera un grave error judicial —dijo en voz baja, y dio una calada, ansioso por recibir el chute de nicotina, la claridad de ideas y la concentración que le proporcionaba—. No es seguro, pero sí posible. Tanto si sucedió hace quince años como treinta, creo que nuestro deber es investigarlo.

—Pero ¿qué pruebas tienes? —gritó Hasani—. ¿Qué pruebas, hombre? Sé que nunca has permitido que los hechos desbarataran una buena teoría conspirativa, pero necesitaré algo más que un «tal vez».

—Como ya he dicho, no hay nada seguro...

—¡Nada en absoluto, querrás decir!

—Existen similitudes.

—¡Existen similitudes entre mi mujer y un puto búfalo, pero eso no quiere decir que ella se siente en un charco de su propia mierda a comer hojas de palmera cada día!

—Demasiadas similitudes para que se trate de una simple coincidencia —continuó Jalifa sin inmutarse—. Piet Jansen estuvo implicado en el asesinato de Hannah Schlegel. Lo sé. ¡Lo sé!

Notó que su voz se elevaba. Se apretó la rodilla con una mano y dio una larga calada al cigarrillo para serenarse.

—Escuche —añadió, intentando mantener la calma—, Hannah Schlegel fue asesinada en Karnak. Jansen vivía al lado de Karnak.

—Y mil personas más —bufó Hasani—. Y cinco mil personas visitan el lugar a diario. ¿Qué estás diciendo? ¿Están todos implicados?

Jalifa hizo caso omiso de la pregunta y continuó.

—Los *anj* y el adorno de rosas del puño del bastón de Jansen coincidían con las marcas de los golpes encontradas en la cara y la cabeza de Schlegel. Esas marcas nunca recibieron una explicación precisa.

Hasani desechó sus argumentaciones con un gesto.

—Hay miles de objetos con ese tipo de adorno. Decenas de miles. Es demasiado tenue, Jalifa. Demasiado tenue.

El detective no hizo caso de lo que decía su jefe e insistió.

—Schlegel era una judía israelí. Jansen odiaba a los judíos.

—¡Por el amor de Dios, Jalifa! Después de lo que están haciendo a los palestinos, todos los egipcios odian a los malditos judíos. ¿Qué vamos a hacer? ¿Interrogar a toda la población?

Jalifa se resistió a ceder.

—El guardia de Karnak dijo que vio a alguien salir corriendo del lugar de los hechos con algo extraño en la mano. «Como un pájaro raro», así lo describió. Cuando estuve en casa de Jansen, encontré un sombrero que coincidía con la descripción, colgado en la parte posterior de la puerta del sótano. Un sombrero con un penacho.

Hasani prorrumpió en carcajadas.

—Esto se está poniendo más ridículo por momentos. Ese guardia, si no recuerdo mal, estaba medio ciego, joder. Apenas podía ver la mano delante de su cara, no digamos a cincuenta metros de distancia. ¡Te aferras a un clavo ardiendo, Jalifa! O a plumas, debería decir. ¡Estás perdiendo los papeles, hombre!

Jalifa dio una última calada al cigarrillo y lo aplastó en el cenicero que descansaba en el borde del escritorio.

—Hay algo más.

—Dímelo, por favor —gritó Hasani, al tiempo que aplaudía—. Hacía años que no me reía así.

Jalifa se reclinó en el asiento.

—Antes de morir, Schlegel consiguió pronunciar dos palabras: Tot, que es el nombre del dios egipcio de la escritura y la sabiduría...

—¡Sí, sí, lo sé! —replicó, encolerizado, Hasani.

—... y *tzfardeah*, que en hebreo significa «rana».

Hasani entornó los ojos.

—¿Y?

—Jansen tenía una malformación genética: los pies palmeados. Como una rana.

Hablaba a toda prisa, intentando que las palabras salieran antes que la esperada carcajada de mofa. Para su sorpresa, Hasani no dijo nada, se limitó a volver hacia la ventana y mirar afuera, dándole la espalda, con las manos cerradas en un puño a los costados como si sujetara un par de maletas invisibles.

—Sé que, tomadas de una en una, esas cosas no significan mucho —prosiguió el detective, decidido a aprovechar la ventaja—, pero cuando se combinan hay que pararse a pensar. Son demasiadas coincidencias. Y aunque todo sea circunstancial, aún queda el asunto de las antigüedades descubiertas en el sótano del hombre. Jansen no era de fiar. Lo sé. Lo presiento. Hay que investigarle.

Hasani apretaba los puños con tanta fuerza que tenía los nudillos blancos. Siguió una larga pausa, y después se volvió hacia Jalifa.

—No vamos a perder más tiempo con esto —dijo despacio, con determinación; la furia controlada de su voz era más amenazadora que cualquier grito—. ¿Lo entiendes? El hombre está muerto, e hiciera lo que hiciera, ha terminado. No podemos hacer nada al respecto.

Jalifa le miró con incredulidad.

—¿Y Mohammed Yamal? Tal vez condenaron a un hombre inocente.

—Yamal también está muerto. No podemos hacer nada.

—Su familia sigue viva. Le debemos...

—Yamal fue declarado culpable por un tribunal, joder. Admitió sin ambages que había robado a la vieja.

—Pero no que la había matado. Siempre lo negó.

—Se suicidó, por el amor de Dios. ¿Qué mejor confesión que esa quieres? —Hasani avanzó un paso—. ¡Ese hombre era culpable, Jalifa! ¡Culpable como Judas! Él lo sabía y nosotros lo sabíamos. Todos lo sabíamos. ¡Todos!

Tenía los ojos desorbitados por la furia. Sin embargo, había algo más. Cierta desesperación, incluso miedo. Jalifa nunca le había visto así. Encendió otro cigarrillo.

—Yo no.

—¿Qué? ¿Qué has dicho?

—Yo no creía que Yamal fuera culpable. Tenía dudas entonces, las he tenido siempre, y ahora son más fuertes que nunca. Puede que robara a la mujer, pero Mohammed Yamal no asesinó a Hannah Schlegel. Lo supe en aquel momento pero, para mi vergüenza, no tuve redaños para decirlo. Creo que, en el fondo, todos lo sabíamos, usted, yo, el jefe Mahfuz...

Hasani avanzó y dio un puñetazo en el borde del escritorio, que hizo que los papeles salieran volando.

—¡Basta, Jalifa! Basta, ¿me has oído?

Todo su cuerpo temblaba. Se había formado una espuma de saliva en las comisuras de su boca.

—Tus trastornos psicológicos son problema tuyo, pero yo he de dirigir una comisaría de policía y no pienso reabrir un caso de hace quince años solo porque un idiota está sufriendo una crisis de conciencia. Careces de pruebas, no hay nada que indique que Mohammed Yamal no asesinó a Hannah Schlegel, excepto en tu mente, que, a juzgar por lo que has dicho acerca de plumas y ranas, no parece demasiado equilibrada. Siempre he sabido que no tienes madera de policía, Jalifa, y esto no hace más que confirmarlo. Si no puedes soportar el calor, lárgate de la cocina. Dedícate a la arqueología, o a lo que siempre te ha gustado, y deja que me ocupe yo del trabajo de detener delincuentes. Delincuentes reales, no imaginarios.

Olvidando que llevaba peluquín, se rascó furiosamente la cabeza, y la peluca resbaló hasta la mitad de su frente. Se la quitó con un rugido de furia y la tiró al otro lado de la habitación, mientras volvía a su mesa y se sentaba, con la respiración entrecortada.

—Olvídalo, Jalifa —añadió, con voz cansada de repente—. ¿Lo has entendido? Por el bien de todos. Mohammed Yamal asesinó a Hannah Schlegel, Jansen murió de manera accidental y no existe ninguna relación entre ambos. No pienso reabrir el caso.

Bajó la vista, negándose a sostener la mirada de Jalifa.

—Bien, hay una *hawagaya* en el Palacio de Invierno convencida de que le han robado las joyas. Quiero que vayas a investigarlo. Olvídate de Jansen y haz un buen trabajo de policía por una vez en la vida.

Removió una pila de papeles que tenía frente a él, con la mandíbula apretada. Jalifa se dio cuenta de que era inútil seguir discutiendo, de manera que se puso en pie y caminó hacia la puerta.

—Las llaves —gruñó Hasani—. No quiero que vayas a husmear a casa de Jansen a mis espaldas.

Jalifa se volvió, sacó las llaves de Jansen del bolsillo y se las lanzó a Hasani, que las capturó con una mano.

—No me lleves la contraria en esto, Jalifa. ¿Me has entendido? En esto no.

El detective abrió la puerta y salió al pasillo.

11

Jerusalén

Laila no podía atravesar la puerta de Damasco, con su imponente arco rematado por dos torres, baldosas ennegrecidas de mugre, y la multitud de mendigos y vendedores de fruta, sin recordar la primera vez que había ido allí con sus padres, a los cinco años de edad.

—Mira, Laila —había dicho con orgullo su padre, acuclillado a su lado mientras le acariciaba el pelo, negro y largo hasta la cintura—. ¡Al-Quds! La ciudad más hermosa del mundo. Nuestra ciudad. Mira el brillo de la piedra bajo el sol de la mañana. Huele el *zaatar* y el pan recién horneado, escucha la llamada del muecín y los gritos de los vendedores de *tamar hindi*. Recuerda estas cosas, Laila, guárdalas dentro de ti. Porque, si los israelíes se salen con la suya, nos expulsarán a todos y al-Quds se convertirá en un lugar sobre el que leeremos en los libros de historia.

Laila había pasado un brazo protector alrededor de su cuello.

—¡No los dejaré, papá! —había gritado—. Lucharé contra ellos. No tengo miedo.

Su padre había reído, para luego alzarla y apretarla contra su pecho, liso y duro como mármol.

—¡Mi pequeña guerrera! ¡Laila la Invencible! ¡Qué hija me ha sido concedida!

Los tres habían rodeado la ciudad por fuera, siguiendo las murallas, que en aquel momento se le habían antojado inconmensurablemente altas y amenazadoras, un gran maremoto de piedra que se alzaba sobre sus cabezas, y después habían atravesado la puerta de Damasco para adentrarse en el laberinto de calles. Habían bebido Coca-Cola en un pequeño café, mientras su padre fumaba una pipa *shisha* y conversaba animadamente con un grupo de ancianos. Luego caminaron por la calle al-Wad hacia Haram al-Sharif, parando de vez en cuando para que él pudiera señalar una panadería en la que había comido pasteles cuando era niño, una plaza donde había jugado al fútbol, una vieja higuera que crecía en una pared y cuya fruta solía robar.

—No para comer —había explicado—. Era demasiado dura y amarga. Nos las tirábamos los unos a los otros. Una vez, me alcanzaron en la nariz. ¡Tendrías que haber oído el crujido! ¡Había sangre por todas partes!

Había prorrumpido en carcajadas al recordar aquel incidente, y Laila también había reído, y le había dicho que lo consideraba muy divertido, aunque la historia la había horrorizado, la sola idea de su padre herido. Le quería mucho y deseaba complacerle, demostrarle que no era débil ni miedosa, sino fuerte como él, valiente, una verdadera palestina.

Desde la higuera se habían internado en el laberinto de calles angostas, hasta llegar a un punto en el que los edificios de cada lado se arqueaban sobre sus cabezas y formaban un túnel. Un grupo de soldados israelíes parados allí los miraron con suspicacia cuando pasaron.

—Fíjate en cómo nos miran —había comentado su padre con un suspiro—. Consiguen que nos sintamos como ladrones en nuestra propia casa.

La cogió de la mano para guiarla hacia una puerta baja de madera, coronada por un dintel tallado con un trabajado dibujo de uvas y tallos de vid. Una placa de latón anunciaba que era la Yeshiva Alder Cohen Memorial. Había una *mezuzah* metida en la jamba de piedra derecha.

—Nuestra casa —había dicho con tristeza, al tiempo que acariciaba la puerta—. Nuestra hermosa casa.

La familia de Laila había huido durante los combates de junio de 1967. Abandonaron la ciudad con unas pocas pertenencias y se refugiaron en el campo de Aqabat Jabr, a las afueras de Jericó; regresaron en cuanto las hostilidades cesaron, pero para entonces los israelíes se habían apoderado de la casa y, por más que se quejaron a los nuevos amos de la ciudad, nunca pudieron recuperarla. Desde entonces vivían como refugiados.

—Yo nací aquí —había explicado su padre, mientras recorría con la mano los paneles de madera y tocaba el dintel tallado—. Y también mi padre. Y su padre, y el padre de este. Catorce generaciones. Trescientos años. Todo ha desaparecido, así.

Chasqueó los dedos. Laila alzó la vista y vio lágrimas en aquellos grandes ojos castaños.

—No pasa nada, papá —había dicho mientras le abrazaba, con la intención de comunicarle toda su fuerza y amor—. Algún día la recuperarás. Viviremos todos juntos. Todo será estupendo.

—Ojalá fuera cierto, mi querida Laila —había susurrado el hombre—. Pero no todas las historias acaban bien. En especial para nuestro pueblo. Ya lo aprenderás cuando seas mayor.

Este y otros recuerdos desfilaron por su mente mientras atravesaba la puerta y entraba en la pendiente pavimentada de la calle al-Wad.

Por lo general, esta parte de la ciudad bullía de actividad, con tenderetes de todos los colores donde se vendían flores, frutas y especias, multitudes de compradores que iban de un lado a otro, niños que pasaban como una exhalación sobre carretillas cargadas de carne o desperdicios. La calma que reinaba aquel día no era normal; resultado sin duda de la invasión de los Guerreros de David. Un par de ancianos estaban sentados bajo la marquesina de hojalata acanalada de un café desierto. A su izquierda, una campesina estaba acuclillada ante una puerta cerrada con postigos, con una pirámide de limas delante y el rostro hundido en sus manos arrugadas. Por lo demás, los únicos presentes eran miembros del ejército y la policía israelíes: tres jóvenes reclutas de la brigada Givati agachados tras una barricada de bolsas de arena; una unidad de la policía fronteriza con boinas verdes, holgazaneando delante del café, además de un grupo de la policía regular que patrullaba junto a la puerta. Sus chaquetas azules se fundían con las sombras, de manera que la cabeza, los brazos y las piernas parecían hundirse en un hueco que ocupaba el lugar del torso.

Laila enseñó su tarjeta de identificación a uno de ellos, una hermosa muchacha que habría podido pasar por modelo de no ser policía, y preguntó si era posible acercarse a la casa ocupada.

—La calle está cortada más abajo —respondió la chica, mientras lanzaba una mirada desaprobadora a la tarjeta—. Pregunte allí.

Laila asintió y se internó en la ciudad. Dejó atrás el Hospicio Austríaco, la Vía Dolorosa, la callejuela donde estaba la higuera que su padre le había enseñado veinte años antes. No parecía haber crecido más en todo ese tiempo. Oyó gritos más adelante, y al avanzar hacia allí la presencia de policías y militares se hizo más evidente. Empezó a abrirse paso entre grupos de *shebab*, jóvenes palestinos, algunos con las cintas negras y blancas de Fatah en la cabeza, otros con la bandera palestina, roja, verde, negra y blanca. Los grupos se fundían formando una multitud, y la multitud una masa, cuyos gritos resonaban en la estrecha calle, convertida en un bosque de puños alzados. Había tropas israelíes apostadas a ambos lados, para impedir que las protestas avanzaran hacia el centro de la ciudad. Los rostros inexpresivos de los soldados contrastaban con las expresiones de furia y desafío de los manifestantes. Se veían manchas de ceniza y cartones quemados en los adoquines, allí donde habían encendido hogueras improvisadas. Cámaras de vigilancia israelíes colgaban de los soportes sujetos a las paredes como cadáveres de animales muertos, con las lentes destrozadas.

Laila avanzó entre la muchedumbre, más densa a cada paso que daba, y ya pensaba que no podría salir cuando la reconoció un joven al que había entrevistado un par de meses antes, para un artículo que estaba escribiendo sobre el Movimiento Juvenil Fatah. La saludó y, convertido en su protector, se abrió paso entre la masa de cuerpos, hasta llegar a las barreras erigidas por los israelíes en mitad de la calle. Un pequeño grupo de manifestantes del grupo israelí Paz Ahora se había reunido entre los palestinos, y una mujer tocada con un gorro de punto la llamó.

—¡Espero que escribas sobre esos bastardos, Laila! ¡Van a desencadenar una guerra!

—¡Eso es justo lo que quieren! —gritó un hombre a su lado—. ¡Van a matarnos a todos! ¡Colonos fuera! ¡Queremos paz! ¡Paz ahora!

Se inclinó para agitar el puño en dirección a la fila de policías de fronteras armados hasta los dientes que había al otro lado de la barrera. Detrás de estos, un puñado de periodistas y equipos de televisión, muchos protegidos con cascos y chalecos antibalas, se habían congregado ante la casa ocupada. En la misma calle, más abajo, había una segunda barrera, la cual contenía a una multitud de judíos *haredim* e israelíes de extrema derecha que habían acudido a mostrar su solidaridad con los ocupantes. Uno sostenía un cartel que rezaba: ¡KAHANE TENÍA RAZÓN!, y otro una pancarta que proclamaba: ASESINOS ÁRABES, FUERA DE TIERRA JUDÍA.

Laila mostró su tarjeta de identificación a uno de los soldados de la barrera y, después de que este consultara con su superior, la dejaron pasar. Llegó al grupo de periodistas y se detuvo junto a un hombre panzudo con barba, gafas de montura metálica y casco protector.

—La gran Laila al-Madani nos honra por fin con su presencia —se burló el hombre, con la voz casi ahogada por el griterío de la muchedumbre—. Me estaba preguntando cuándo aparecerías.

Onz Schenker era periodista de temas políticos del *Jerusalem Post*. La primera vez que habían coincidido, ella le arrojó un vaso de agua a la cara por un comentario despectivo sobre las mujeres palestinas, lo cual había marcado el tono de su relación posterior. Se trataban con una gélida cordialidad, pero no existía el menor aprecio entre ambos.

—Me encanta ese sombrero, Schenker —masculló ella.

—Te arrepentirás de no llevar uno cuando tus colegas árabes empiecen a tirar piedras y botellas —replicó el hombre.

Como para confirmar sus palabras, una botella llegó desde las filas palestinas y se estrelló en el suelo a pocos metros, a su derecha.

—Te lo dije —gritó el periodista—. Aunque imagino que a ti no te tirarían nada, solo a los periodistas de verdad.

Laila abrió la boca para contestar al insulto, pero se limitó a hacerle un corte de mangas y se alejó hacia la fila de periodistas. Jerold Kessel, de la CNN, se estaba esforzando por hablar a la cámara en medio del tumulto. A la izquierda de Laila, la policía de fronteras israelí había levantado las barreras y obligaba a retroceder a los manifestantes palestinos. El griterío aumentó de intensidad. Dispararon un bote de gas lacrimógeno. Llovieron más piedras.

Permaneció inmóvil un momento, contemplando la escena, luego se descolgó la cámara del hombro y empezó a tomar fotos: las menorah pintadas con pulverizador a cada lado de la puerta (tarjeta de presentación de los Guerreros de David), la bandera israelí que colgaba sobre la fachada del edificio, las tropas estacionadas en las azoteas a ambos lados, sin duda para impedir que los ciudadanos invadieran la casa desde arriba. Acababa de volverse a la derecha para fotografiar a los manifestantes favorables a la ocupación, cuando notó que la muchedumbre se apretujaba más y se lanzaba hacia delante.

Se había abierto la puerta de la casa ocupada. Se hizo el silencio, y después salió a la calle la figura rechoncha de Baruch Har-Zion, acompañado de su guardaespaldas rapado, Avi Steiner. Los manifestantes favorables a la ocupación prorrumpieron en vítores y empezaron a cantar el «Atikva», el himno nacional de Israel. Los palestinos y los pacifistas, que no veían bien lo que estaba pasando porque los habían obligado a alejarse casi un centenar de metros, sacudieron las barreras y cantaron su propio himno, «My homeland, my homeland». Steiner propinó empujones airados al semicírculo de periodistas para hacerlos retroceder. Las cámaras destellaron como luces estroboscópicas.

Har-Zion vio a Laila y enseguida desvió la vista. Las preguntas se sucedieron como una salva de ametralladora, pero no hizo caso, volvió la cabeza a un lado y a otro, y por fin una sonrisa de satisfacción se insinuó en las comisuras de su boca. Después alzó lentamente la mano derecha para pedir silencio. Las preguntas enmudecieron y el grupo de periodistas avanzó unos centímetros más. Una batería de grabadoras se extendió hacia él. Laila se colgó la cámara al hombro y sacó la libreta.

—Hay un viejo dicho hebreo —salmodió Har-Zion en un inglés de fuerte acento, con voz grave y ronca, como rocas al caer—. *Hamechadesh betuvo bechol yom tamid ma'aseh bereishit.* Dios hace el mundo nuevo cada día. Ayer esta tierra estaba en manos de nuestros enemigos. Hoy ha vuelto a sus legítimos propietarios, el pueblo judío. Es un gran día. Un día histórico. Un día que jamás se olvidará. Y créanme, damas y caballeros, vendrán muchos días más como este.

12

Luxor

Pese a los quince años transcurridos, Jalifa recordaba el caso Schlegel como si hubiera ocurrido ayer.

Había descubierto su cadáver un lugareño, Mohammed Ibrahim Yamal, en el Recinto de Jonsu, un edificio oscuro, sumido en sombras y poco visitado que se alzaba en la esquina sudoeste del complejo del templo de Karnak. De sesenta años de edad, israelí, judía y soltera, le habían infligido, según el informe de la autopsia, una serie de golpes fortísimos en la cara y la cabeza con un objeto contundente de naturaleza indeterminada. Además de partirle la mandíbula y fracturarle el cráneo en tres puntos diferentes, el arma homicida había dejado unas marcas peculiares en la piel: signos de *anj* intercalados con rosas en miniatura, probablemente algún tipo de dibujo decorativo grabado en la superficie del arma.

Pese a las tremendas heridas, Yamal había asegurado que Schlegel todavía estaba viva cuando la encontró. Además insistió en que, aunque cubierta de sangre y medio inconsciente, había pronunciado dos palabras: Tot y *tzfardeah*, que repitió varias veces antes de sumirse en un coma profundo del que nunca salió. No había otros testigos que confirmaran su declaración, y ningún testigo del asesinato, salvo un viejo guardián del templo, el cual afirmaba haber oído chillidos ahogados en el interior del templo y haber visto cómo huía del lugar del crimen alguien que cojeaba mucho y llevaba «algo en la cabeza, como un pájaro raro». Como el hombre era viejo y estaba medio ciego, y encima tenía fama de beber en el trabajo, nadie le había tomado en serio.

El entonces jefe de policía de Luxor, el inspector jefe Ehab Ali Mahfuz, había asumido el control del caso en persona, con la colaboración de su ayudante, el inspector Abdul Ibn Hasani. Jalifa, al que acababan de destinar a Luxor desde su nativa Giza, fue designado para formar parte del equipo investigador. Tenía veinticuatro años en aquel tiempo, y era su primer caso de asesinato.

Desde el primer momento, la investigación se centró en dos posibles móviles. El evidente, por el que se decantaba Mahfuz, era el robo, pues habían desaparecido la cartera y el reloj de la mujer. La segunda opción, menos probable, si bien no podía descartarse, consistía en que había sido obra de un fundamentalista. Tan solo un mes antes, nueve israelíes habían muerto a tiros cuando dispararon contra el autocar en que viajaban, en la autopista que comunicaba El Cairo con Ismailía.

Jalifa, el miembro del equipo más joven y menos experimentado, albergó desde el principio dudas sobre ambas posibilidades. Si el móvil había sido el robo, ¿por qué el atacante no se había llevado la estrella de David de oro que colgaba de una cadena alrededor del cuello de la mujer? Y si había sido obra de fundamentalistas, ¿por qué no habían reivindicado la acción, como ocurría siempre después de un ataque de ese estilo?

Había otros aspectos intrigantes en el caso. Schlegel había llegado a Egipto el día anterior desde Tel Aviv, viajaba sola y había volado directamente a Luxor, donde se había alojado en el Mina Palace, un hotel barato de la Corniche el-Nil. Según el conserje, había permanecido en su habitación desde el momento en que se registró hasta las tres y media de la tarde de su muerte, cuando, a petición suya, el hombre llamó a un taxi para que la condujera a Karnak. Solo había traído una pequeña bolsa de mano, y el billete de regreso a Israel era para aquella misma noche. Fuera cual fuese el motivo de su estancia en Luxor, no eran vacaciones.

Al parecer, había hecho por lo menos una llamada desde el teléfono de su habitación, la noche de su llegada; la camarera del hotel la había oído cuando entró para llevarle toallas y jabón.

Además, habían encontrado en su bolso, junto al cadáver, un enorme cuchillo de cocina recién afilado, como si hubiera esperado atacar a alguien, o al menos defenderse del ataque de otro.

Cuanto más había pensado Jalifa en el caso, más se convencía de que no estaba relacionado con el robo o el extremismo. Estaba seguro de que la clave era la llamada telefónica. ¿Con quién había hablado la señora Schlegel? ¿Qué habían dicho? Había solicitado una lista del contador de llamadas del hotel, pero el aparato había decidido averiarse aquella noche, y antes de que tuviera tiempo de pedir a Egypt Telecom una lista de las llamadas efectuadas en todo el edificio, la investigación dio un giro inesperado: encontraron el reloj de la señora Schlegel en casa de Mohammed Yamal.

Yamal era bien conocido por la policía de Luxor. Delincuente recalcitrante, tenía una lista de condenas larga como el brazo, desde asalto y agresión (por los que había cumplido tres años en al-Wadi al-Gadid) hasta robo de coche y tráfico de cannabis (seis meses en Abu Zaabal). En la época del asesinato trabajaba de guía turístico, sin el permiso correspondiente, y afirmaba no haber reincidido desde hacía varios años, afirmación que el jefe Mahfuz había rechazado de plano. «Delincuente una vez, delincuente siempre —había afirmado—. Un leopardo no cambia sus manchas, y una mierda como Yamal no se convierte en un ángel de la noche a la mañana.»

Jalifa había estado presente en el interrogatorio de Yamal. Había sido una escena desagradable, brutal, en la que Mahfuz y Hasani se entregaron a una violencia extrema. Al principio, Yamal negó saber nada del reloj. Tras veinte minutos de bofetadas y puñetazos, se vino abajo y admitió que lo había robado, sin pensarlo. Tenía deudas, estaban a punto de expulsar a su familia de casa, su mujer estaba enferma.

Sin embargo, negó con vehemencia haber asesinado a Schlegel o robado su billetero, y continuó negándolo durante dos días más de torturas despiadadas. Cuando terminó el interrogatorio, orinaba sangre y tenía los ojos tan hinchados que apenas podía ver. No obstante, siguió proclamando su inocencia.

Jalifa fue testigo de todo esto, asqueado hasta lo indecible, pero demasiado asustado para hablar, por temor a frustrar su incipiente carrera policial. Lo peor era que, desde el primer momento, estuvo seguro de que Yamal decía la verdad. En la furia desesperada con que proclamaba su inocencia, en su negativa a ceder incluso bajo los puñetazos de Hasani había algo que convenció a Jalifa de que, tal como afirmaba, había encontrado a la señora Schlegel después de que la atacaran. Puede que el hombre fuera un ladrón, pero no un asesino.

Sin embargo, Mahfuz no cedió. Y Jalifa no dijo nada. Ni durante el interrogatorio, ni cuando juzgaron a Yamal, ni cuando lo condenaron a veinticinco años de trabajos forzados en las canteras de Tura, ni cuando, cuatro meses después de la sentencia, se colgó de los barrotes de su celda con una cuerda de tender la ropa.

Desde entonces intentaba justificar su silencio diciéndose que Yamal era un indeseable, un delincuente reincidente; que su condena, justa o no, era lo menos que se merecía. La verdad era, no obstante, que debido a su cobardía se había condenado a un inocente por un crimen que no había cometido y una mujer había muerto sin que su asesino fuera conducido ante la justicia. Ahora aquella cobardía volvía a torturarle hasta lo más hondo, como siempre había sospechado que ocurriría.

13

Jerusalén

Para sus partidarios, y había un buen puñado, Baruch Har-Zion era el nuevo David, el guerrero elegido del Señor que, con casi todo en contra, luchaba para conducir a su pueblo a la Tierra Prometida. Duro, audaz, surcado por cicatrices de combate, devoto, era el epítome del *schtarker*, el héroe judío por antonomasia que cuida de sí mismo, de su pueblo y de Dios, sin que le remuerda la conciencia por los medios que utiliza a tal fin.

Nacido como Boris Zegowsky en un pueblecito del sur de Ucrania, había llegado a Israel en 1970, a la edad de dieciséis años, después de que su hermano menor y él salieran a hurtadillas de la Unión Soviética, cruzaran media Europa a pie y se presentaran en la embajada de Israel en Viena con el fin de manifestar su derecho como judíos a la *aliyah*. Para Har-Zion, la travesía había sido tanto una peregrinación como una huida, un viaje a una tierra mítica que no solo ofrecía refugio frente al corrosivo antisemitismo de su país natal, sino también una manifestación física de la alianza de Dios con su pueblo elegido.

Había dedicado el resto de su vida a defender y expandir aquella tierra, primero como soldado con las Fuerzas de Defensa de Israel, donde había servido con distinción en el regimiento de élite Sayeret Matkal, y después, tras sufrir horribles quemaduras cuando su Humvee pisó una mina en el sur del Líbano, con la Inteligencia Militar, al mando de una unidad dedicada al reclutamiento y dirección de informadores palestinos.

Una entrega absoluta y constante a la causa israelí era lo que le definía y consumía, una entrega que se manifestaba en actos de extremo heroísmo (le habían galardonado dos veces con la Medalla del Valor) y también de extrema brutalidad. En 1982 había recibido una reprimenda oficial por cubrir de petróleo el cuerpo de una joven libanesa y ordenar a sus hombres que le prendieran fuego si no confesaba el paradero de un escondite de armas de Hizbullah (la joven habló). Durante la época que pasó en la Inteligencia Militar fue sometido a consejo de guerra, después de que le acusaran de haber autorizado la amenaza de violación múltiple como medio de obligar a mujeres palestinas a convertirse en colaboracionistas. Los cargos se retiraron después de que el principal testigo de la acusación muriera en un misterioso incendio ocurrido en su casa.

Y eso solo era la punta del iceberg. Relatos de violencia, brutalidad e intimidación le seguían a todas partes, algo que, lejos de causarle preocupación, parecía constituir una fuente de orgullo mayor que todos los galardones por su valentía. «Es bonito ser admirado —había dicho en una ocasión—, pero es mucho mejor ser temido.»

Ferozmente opuesto a los acuerdos de Oslo, a cualquier acuerdo de paz que supusiera ceder un milímetro de la tierra bíblica de Israel, abandonó la Inteligencia Militar a mediados de los noventa y se metió en política. Primero se incorporó a la organización de colonos militantes Gush Emunim, que dejó para enrolarse en la todavía más radical Chayalei David, los Guerreros de David. Al principio nadie se tomó en serio la campaña de estos últimos destinada a conquistar tierra árabe y crear nuevos asentamientos. Sin embargo, con la aparición de al-Mulatham y la Hermandad Palestina, el mensaje radical de Baruch Har-Zion (no estarían a salvo de los atentados suicidas hasta que toda la tierra de Eretz Israel hubiera sido colonizada por judíos, y todos los palestinos, expulsados al otro lado de las fronteras) ganó popularidad. Sus mítines atrajeron cada vez a más gente, sus cenas para recaudar fondos recibieron a comensales cada vez más importantes. En las elecciones de 2000 había conseguido un escaño en el

Knesset, y en algunos círculos se hablaba muy en serio de él como futuro dirigente israelí.

—Si Baruch Har-Zion llegara a ser primer ministro, sería el final de este país —comentó en una ocasión el político moderado israelí Yehuda Milan.

—Si Baruch Har-Zion llegara a ser primer ministro, sería el fin de *yutzim* como Yehuda Milan —había sido la respuesta de Har-Zion.

Todo esto desfiló por la mente de Laila mientras miraba al hombre que tenía delante, con las manos enguantadas, el cabello canoso y la cara de mandíbula cuadrada, pálida y barbuda, como un cubo de granito cubierto de musgo. Los periodistas no cesaban de hacer preguntas mientras agitaban los dictáfonos.

—Señor Har-Zion, ¿acepta que está quebrantando la ley al ocupar esta casa?

—¿Cree que es posible algún tipo de acuerdo entre israelíes y palestinos?

—¿Puede comentar las afirmaciones de que sus actos cuentan con la aprobación implícita del primer ministro Sharon?

—¿Es verdad que desea demoler la Cúpula de la Roca y reconstruir en su lugar el antiguo Templo?

Har-Zion contestó a las preguntas de una en una, con los brazos en jarras, reiterando una y otra vez que no se trataba de una ocupación ni una colonización, sino de una liberación, la reconquista de una tierra que pertenecía a los judíos por derecho divino, y siguió así durante veinte minutos, hasta que no tuvo más que decir y se dispuso a volver a entrar. En ese momento, Laila avanzó y se dirigió a él.

—Durante los últimos tres años, miembros de los Chayalei David han envenenado pozos palestinos, destruido material de irrigación palestino, arrasado huertos palestinos. Tres miembros de su organización han sido encarcelados por el asesinato de civiles palestinos, incluyendo el caso de un muchacho de once años al que golpearon con una azada hasta matarle. Usted mismo ha celebrado las acciones de Baruch Goldstein y Yigal Amir. ¿No será usted una especie de al-Mulatham israelí, señor Har-Zion?

Har-Zion se quedó petrificado, se volvió lentamente hacia el grupo de periodistas apretujados, buscó la cara de Laila y la miró a los ojos con expresión airada, aunque casi jocosa, como si ambos estuvieran practicando un juego privado que solo ellos compartían.

—Explíqueme, señorita al-Madani... —escupió su nombre, como si le supiera mal en la boca—, ¿por qué cuando un árabe mata a veinte civiles se le llama víctima, pero cuando un judío defiende a su familia y a su persona se le condena como asesino?

Laila le sostuvo la mirada, sin permitir que la intimidara.

—¿Quiere decir que defiende el asesinato a sangre fría de civiles palestinos?

—Defiendo el derecho de mi pueblo a vivir en paz y seguridad en la tierra que Dios le dio.

—¿Aunque eso implique actos sistemáticos de terrorismo?

Har-Zion frunció el ceño. Los demás periodistas le estaban mirando, en silencio, concentrados en el duelo personal.

—Solo hay un grupo de terroristas en esta región —contestó el hombre—. Y no son judíos. Aunque no es eso lo que se deduce de sus reportajes.

—¿No considera terrorismo el asesinato de un niño?

—Lo considero una tragedia de la guerra, señorita al-Madani, pero no fuimos nosotros quienes empezamos la guerra. —Hizo una pausa y la fulminó con la mirada—. Aunque seremos nosotros quienes la terminemos.

Dio media vuelta y entró en la casa.

—Puta —masculló uno de sus seguidores—. Hay que meterle una bala en la cabeza.

Har-Zion sonrió.

—Tal vez. Pero todavía no. Hasta ella nos es útil.

14

Luxor

A Jalifa le gustaban las ruinas del templo de Karnak, sobre todo al final del día, cuando las multitudes habían menguado y el sol poniente bañaba todo el complejo con un resplandor dorado neblinoso. *Iput-Isut*, lo llamaban los antiguos, «el más querido de los lugares», y él entendía muy bien por qué, pues poseía algo mágico, una ciudad en ruinas suspendida entre la tierra y el cielo. Estar en ese lugar siempre le hacía olvidar sus problemas, le relajaba y calmaba, como si se hubiera transportado a otra dimensión espacial y temporal, dejando atrás sus tribulaciones.

Hoy no, sin embargo. Hoy las estatuas monumentales y las paredes cubiertas de jeroglíficos le dejaban frío. De hecho, apenas reparaba en ellas, absorto en sus pensamientos, mientras paseaba entre el primer y el segundo pilonos y entraba en el bosque de columnas de la gran sala hipóstila, sin echar más que un vistazo superficial a su entorno.

Eran casi las cinco de la tarde. Siguiendo las órdenes del jefe Hasani, había desperdiciado casi toda la tarde en el Palacio de Invierno hablando con una turista inglesa de edad avanzada que había denunciado el robo de sus joyas. Sariya y él habían dedicado tres horas a interrogar a todo el personal de servicio del hotel, antes de que la mujer recordara por fin que no había traído las joyas. «Mi hija dijo que las dejara en casa —explicó—. Para que no me las robaran. Ya se sabe, en los países árabes...»

Después de solucionar el asunto, había vuelto a la comisaría y, sentado a su escritorio, fumando sin parar y haciendo garabatos en la libreta, había reflexionado sobre Piet Jansen y Hannah Schlegel, y la reunión con el jefe Hasani, dándole vueltas a todo en la cabeza. Al cabo de una hora se había levantado y bajado a la sala de archivos del sótano para recuperar las notas sobre el caso Schlegel, a sabiendas de que debería abandonarlo, pero incapaz de evitarlo. No obstante, se topó con otro misterio, pues las notas habían desaparecido. La señorita Zafuli, la anciana solterona que, desde que Jalifa recordaba, era la guardiana de los casos anteriores de la comisaría, había buscado por todas partes, sin éxito. El expediente se había esfumado. «No me lo explico —había murmurado la mujer—. No logro explicármelo.»

Jalifa había salido del sótano más inquieto que nunca y, casi sin pensarlo, paró un taxi para que le llevara a Karnak, no tanto para despejar su mente como porque se trataba del lugar donde Hannah Schlegel había sido asesinada y, en consecuencia, el centro de todas sus dudas y preocupaciones.

Atravesó la gran sala hipóstila, cuyas columnas en forma de papiro se alzaban sobre él como troncos de secuoya, y salió por una puerta de la pared sur. Faltaba poco para cerrar y la policía turística empezaba a conducir a los turistas hacia la entrada principal. Uno se acercó a Jalifa y meneó un dedo, pero el detective le mostró la identificación y continuó adelante.

¿Por qué Hasani había insistido tanto en que no reabriera el caso Schlegel? Era la pregunta que no podía quitarse de la cabeza. ¿Por qué el jefe parecía tan nervioso, incluso asustado? Algo estaba pasando. Algo muy grave. Y tratar de descubrirlo le traería problemas. Muchos problemas. Pero no podía olvidarlo.

—Maldita sea —masculló, al tiempo que aplastaba un Cleopatra bajo la suela del zapato y encendía otro—. Maldita sea, joder.

Se desvió hacia la esquina sudeste del recinto del templo por un sendero flanqueado de bloques de arenisca cubiertos de jeroglíficos, como piezas de un gigantesco rompecabezas, hasta llegar a un edificio largo y rectangular, algo apartado del resto del complejo. El Recinto de Jonsu. Se detuvo un momento, contempló las paredes monumentales de arenisca erosionada y a continuación, con el corazón acelerado de repente, entró por una puerta lateral.

El interior era fresco y oscuro, muy silencioso. Un solitario rayo de sol atravesaba el suelo de losas desde una puerta del lado contrario, como un chorro de oro fundido. A su izquierda se abría un patio con columnas; a su derecha, otro patio y, más allá, una puerta que conducía al lugar de culto principal del templo. Jalifa se hallaba en una estrecha sala hipóstila que abarcaba el centro del edificio, con ocho columnas en forma de papiro delante de él, cuatro a cada lado. El cadáver de Hannah Schlegel había sido encontrado al pie de la tercera columna de la izquierda.

Esperó a que sus ojos se adaptaran a la oscuridad y avanzó. Si bien había visitado Karnak en numerosas ocasiones durante los últimos años, siempre había evitado esta parte en particular, y mientras cruzaba la sala casi esperó encontrar manchas de sangre en las losas y la silueta de un cuerpo dibujada con tiza. No obstante, nada indicaba que allí se hubiera producido un acto violento. Ni manchas de sangre ni tiza, ningún recuerdo, a menos que estuviera impreso en las piedras, las cuales daban la impresión de poseer una conciencia elemental, una impasibilidad cómplice. «Hemos presenciado muchas cosas —parecían decir—. Buenas y malas. Pero no hablaremos de ellas.»

Llegó a la columna en cuestión y se agachó. Recordó el momento en que había visto por primera vez el cadáver de la mujer. Por algún motivo, el estado general del cuerpo le había afectado menos que los detalles irrelevantes: las bragas verdes de la víctima, a la vista porque la falda se le había subido hasta la cintura; una hilera de hormigas que desfilaban sobre su pie derecho sin zapato; una cicatriz mellada que le recorría el abdomen como una línea dibujada a lápiz por un borracho y sobre todo el extraño tatuaje en el antebrazo izquierdo, un triángulo seguido de cinco números, en tinta negroazulada casi desteñida, como venas que se abrieran paso entre un queso. Algo judío, había explicado el jefe Mahfuz. Un signo religioso o algo por el estilo. Como las marcas que lleva la carne para explicar su procedencia. La analogía había sorprendido a Jalifa, como si la víctima no fuera más que una res muerta arrojada al tajo de un carnicero. Como las marcas que lleva la carne. Horrible.

Pasó la mano por el suelo y su palma produjo un siseo sobre la arenisca polvorienta. Se levantó, alzó los ojos hacia la pared detrás de la columna, donde había un antiguo relieve que mostraba al faraón Ramsés XI en el acto de ser purificado por los dioses Horus y Tot, este último representado con cuerpo humano coronado con la cabeza de un ibis.

Tot y *tzfardeah*, eso era lo que Schlegel había dicho antes de morir. *Tzfardeah* era una referencia a los pies deformes de Jansen, de eso estaba seguro. Pero ¿y Tot? ¿Había descrito, en su delirio agónico, lo que veía encima de ella? Tot el Ibis, la última imagen sobre la que se habían posado sus ojos. ¿O bien existía un significado más profundo, una resonancia más reveladora?

Dio una calada al cigarrillo y se masajeó las sienes, mientras escarbaba en su mente para extraer todo cuanto recordaba sobre el dios. Sabiduría, escritura, cálculo y medicina, esos eran los dominios de Tot. Y también magia, porque, según la mitología egipcia, era el que había proporcionado los hechizos que permitieron a la diosa Isis devolver a la vida a su marido/hermano asesinado, Osiris. ¿Qué más? Era el escriba y mensajero de los dioses, el creador de jeroglíficos, el autor de las leyes sagradas egipcias, el archivero del veredicto eterno de los fallecidos. Estaba íntimamente relacionado con la luna (a veces se le representaba con un disco lunar sobre la cabeza) y tenía su centro de culto principal en Hermópolis, en el Egipto Medio, donde se le conocía, entre otras cosas, como El Corazón de Ra, El Que Mide el Tiempo y Maestro de las Palabras de Dios. Su barca plateada surcaba el cielo nocturno transportando las almas de los muertos. Estaba casado con Seshat, la Señora de los Libros, la bibliotecaria de los dioses.

Existían muchas relaciones posibles en todo esto, muchas formas de transformar la mención a Tot de la señora Schlegel en una acusación codificada contra Piet Jansen. Este era inteligente y culto, al fin y al cabo, hablaba varios idiomas y poseía una gran cantidad de libros. Si los antiguos egipcios hubieran albergado algún interés por la arqueología, sin duda su patrón habría sido Tot.

No obstante, pese a esas similitudes, Jalifa intuía que algo se le escapaba, que aún no había llegado al meollo de lo que la señora Schlegel había intentado comunicar. Se había referido a algo concreto y él no acababa de captarlo. Sencillament no lo captaba.

Terminó el Cleopatra y lo aplastó bajo el zapato. Tal vez Hasani tenga razón, pensó. Tal vez estoy imaginando cosas, intentando la cuadratura del círculo. Y aunque no fuera así, ¿qué puedo hacer? ¿Llevar a cabo una investigación a espaldas del jefe, poner en peligro toda mi carrera? ¿Y para qué? Al fin y al cabo, Schlegel era solo una vieja...

Se oyó el eco de unas pisadas en el otro extremo del templo. Al principio, Jalifa pensó que debía de ser un guardián. Cuando los pasos se acercaron, se dio cuenta de que eran demasiado suaves para pertenecer a un hombre. Transcurrieron cinco segundos, diez, y entonces una mujer con chilaba *suda* entró en la sala desde su extremo sur, con un ramo de flores en la mano y un pañuelo negro en la cabeza, de manera que no se le veía la cara. El sol ya se había puesto, y a la débil luz del crepúsculo no reparó en Jalifa, que se había ocultado en las sombras, detrás de la columna. La mujer llegó al punto donde había muerto Hannah Schlegel, se echó hacia atrás el pañuelo, se acuclilló y dejó las flores en el suelo. Jalifa avanzó hacia ella.

—Hola, Nur.

La mujer se volvió en el acto, sobresaltada.

—No tengas miedo, por favor —añadió el detective, y levantó una mano para indicar que no iba a hacerle daño—. No quería asustarte.

La mujer se puso en pie y retrocedió mirándole con recelo. Hizo una mueca al reconocerle.

—Jalifa —susurró. Hizo una pausa—. El hombre que mató a mi marido. Uno de los hombres.

Había cambiado desde la última vez que la había visto, en la sala del tribunal el día que Mohammed Yamal fue condenado. Entonces, era joven y bonita. Ahora era una persona diferente, ajada, de aspecto cansado, con el rostro curtido como madera vieja.

—¿Por qué me estaba vigilando? —preguntó.

—No te estaba vigilando. Solo...

Enmudeció, incapaz de explicar con exactitud por qué había ido al templo. Ella le miró, luego bajó la vista y se acuclilló para disponer las flores alrededor de la base de la columna. Una garceta apareció en el patio y picoteó el polvo.

—Vengo de vez en cuando —explicó la mujer al cabo de un rato, hablando más para sí que para Jalifa, mientras toqueteaba los tallos de las flores con sus dedos arrugados—. Mohammed no tiene una tumba decente. Le arrojaron a un pozo que hay delante de la prisión. Está demasiado lejos para mí, de modo que vengo aquí. No sé por qué. Supongo que es... Bien, en cierto sentido, es el lugar donde murió.

Hablaba en tono desapasionado, no del todo acusador, lo cual era todavía peor para Jalifa, que se removió incómodo y comenzó a juguetear con una moneda en el bolsillo.

—También las dejo para la anciana —continuó la mujer—. No fue culpa de ella, ¿verdad? Ella no acusó a Mohammed.

Cuando hubo colocado las flores a su gusto se levantó, dispuesta a marcharse. Jalifa avanzó otro paso.

—¿Los niños? —preguntó, angustiado de repente. No deseaba que la conversación terminara.

Ella se encogió de hombros.

—Mansur consiguió trabajo de mecánico. Abdul está terminando el colegio. Fatma se ha casado y está embarazada. Ahora vive en Armant. Su marido trabaja en la fábrica de caña de azúcar.

—Y tú, ¿te has...?

—¿Vuelto a casar? —Le miró con ojos apagados—. Mohammed es mi marido. Puede que no fuera un buen hombre, pero sigue siendo mi marido.

La garceta había llegado a la puerta y entró en la sala, meneando la cabeza de un lado a otro. Sus patas, delgadas como agujas, se alzaban y descendían con la delicadeza rítmica y controlada de una bailarina de ballet. Se paró a un metro de la mujer y después se alejó.

—Él no lo hizo —dijo la mujer con voz queda—. Se quedó

con el reloj, y eso estuvo mal. Muy mal. Pero no mató a la mujer. Y no se quedó con la cartera. La cartera no.

Jalifa tenía la vista clavada en el suelo.

—Lo sé —musitó—. Lo... siento.

La mujer siguió con la mirada a la garceta, que se alejaba entre las columnas.

—Usted fue el único bueno —susurró—. El único que yo pensaba que le ayudaría. Pero luego...

Suspiró y dio media vuelta para marcharse. Avanzó un par de pasos y se volvió de nuevo.

—El dinero ayuda. No puede devolverle la vida, pero ayuda. Le doy las gracias.

Jalifa la miró sin entender.

—No sé... ¿Qué dinero...?

—El dinero que ha estado enviando. Sé que es usted. Fue el único bueno.

—Yo no he... ¿Qué dinero? No sé de qué estás hablando.

La mujer estaba mirando más allá de Jalifa, a las redes de sombras que se apelotonaban al fondo de la sala, con los ojos secos y vacíos; los ojos de alguien que ha perdido todas sus esperanzas.

—Cada año. Justo antes de *Eid el-Adha.* Llega por correo. Sin nota, sin nombre, nada. Solo tres mil libras egipcias, en billetes de cien. Siempre en billetes de cien. Empezó una semana después de que Mohammed se suicidara, y así ha seguido desde entonces. Cada año. Gracias a eso, los niños han ido al colegio y yo he logrado sobrevivir. Sé que es usted. Pese a todo, es un buen hombre.

Le miró unos instantes, luego dio media vuelta y salió del templo a toda prisa.

15

Jerusalén

Camino de casa desde la Ciudad Vieja, Laila entró en el hotel Jerusalem para tomar una copa y cenar con su amiga Nuha.

El establecimiento, un bello edificio de estilo otomano cercano al extremo meridional de la calle Nablus, regentado y dirigido por palestinos, provisto de un interior fresco con suelo de piedra y una terraza delantera cubierta de enredaderas, formaba parte de su vida desde que tenía uso de razón. Era aquí donde había conocido a Nizar Suleiman, el director de *al-Ayyam*, quien le había dado su primer empleo de periodista. Aquí había encontrado la pista de algunos de sus mejores trabajos. Aquí había perdido la virginidad (a la edad de diecinueve años, con un periodista francés que fumaba sin cesar, un encuentro chapucero y torpe que la había dejado con una sensación de suciedad y confusión). Y, por supuesto, era en el hotel Jerusalem donde sus padres se habían conocido y, si había que creer a su madre, donde Laila había sido concebida.

—Aquella noche hubo una tormenta terrible —le había explicado su madre—. Rayos, truenos, una lluvia torrencial. Daba la impresión de que el mundo se estaba partiendo. A veces, creo que es la causa de que seas así.

—¿Cómo, mamá?

Su madre había sonreído, pero no dijo nada más.

Sus padres habían formado una pareja extraña, la chica inglesa frívola, procedente de una familia de clase media de Cambridgeshire, y el médico apasionado e introvertido, diez años mayor que ella, que dedicaba todas las horas que pasaba despierto al cuidado y bienestar de sus compatriotas palestinos.

Se habían conocido en 1972, en una fiesta que celebraba la boda de un amigo mutuo. Alexandra Bale, como era conocida entonces la madre de Laila, acababa de terminar sus estudios universitarios y trabajaba como profesora voluntaria en un colegio femenino de Jerusalén Oriental, sin saber muy bien qué iba a hacer en la vida. Mohammed Faisal al-Madani vivía en la Franja de Gaza, donde estaba al frente de una clínica en el campo de refugiados de Jabaliya, en la que trabajaba catorce horas al día los siete días de la semana.

«Fueron sus ojos los que me cautivaron —recordaba la madre de Laila—. Eran muy oscuros, muy tristes. Como mirar un pozo de agua negra.»

Pese a la diferencia de sus orígenes, o tal vez debido a ello, habían congeniado al instante. El padre de Laila se quedó prendado de la belleza e ingenio de la joven, y su madre, hipnotizada por la vehemencia y energía del hombre. Empezaron a salir casi de inmediato y, para horror de los padres de Alexandra, se casaron seis meses después, disfrutaron de una noche de luna de miel en el hotel Jerusalem y se instalaron en la atestada conejera de la ciudad de Gaza. Laila nació el 6 de octubre de 1973, el día que empezó la guerra del Ramadán.

«Un día, esta niña hará grandes cosas —predijo su padre, mientras acunaba con orgullo a la hija recién nacida que él en persona acababa de traer al mundo—. Su futuro y el de nuestro pueblo estarán inextricablemente entrelazados. Un día, todos los palestinos conocerán el nombre de Laila Hanan al-Madani.»

Había querido a su padre desde el primer momento. Le había querido con una devoción casi dolorosa por su intensidad. Si bien otros recuerdos de su infancia eran fragmentarios y confusos, destellos borrosos de personas, lugares y sonidos, los sentimientos que experimentaba por su padre poseían una definición clara y brillante. También había querido a su madre, por supuesto; su ingobernable cabellera roja, sus ojos risueños, su costumbre de ponerse a cantar o bailar de repente, lo que hacía que la pequeña Laila riera a carcajadas. En el caso de su madre, sin embargo, había sido un cariño sereno, cálido, sencillo, como el sol de primavera, como una caricia suave. Con su padre, había sido algo más intenso y elemental, una llama de afecto al rojo vivo que la consumía y abrumaba, el sentimiento que definía su existencia y a cuyo lado palidecían todos los demás.

Había sido un hombre bueno, apuesto, paciente, inteligente y fuerte. Siempre estaba allí cuando le necesitaba, siempre conseguía que se sintiera tranquila y segura. Cuando por la noche los tanques israelíes avanzaban por las calles, corría a él para que la abrazara, para que acariciara las ondas sedosas de su pelo y le cantara una nana árabe con su voz profunda y algo desafinada. Cuando otros niños se burlaban de ella por su piel clara y sus ojos verdes, o la llamaban mestiza, él la sentaba en sus rodillas, le secaba las lágrimas y le explicaba que sus compañeros de clase solo estaban celosos de ella porque era muy guapa e inteligente. «Eres la niña más guapa del mundo, Laila mía. Nunca lo olvides. Y yo soy el hombre más feliz del mundo porque tú eres mi hija.»

Al crecer, sus sentimientos por él se intensificaron. De pequeña le quería porque era su padre, una figura omnipresente que le cantaba canciones, le contaba cuentos y fabricaba juguetes maravillosos con trozos de tela y restos de madera. Sin embargo, a medida que pasaba el tiempo y sus miras se ampliaban, había llegado a apreciarle en un contexto mayor, no solo como padre, sino como ser humano: un hombre generoso y valiente que había dedicado la vida a ayudar a los demás. Iba a verle a la clínica (una sola sala de paredes encaladas y suelo de cemento desnudo), se sentaba en el patio mientras los pacientes pasaban de uno en uno para que les visitara *«el-doktor»* y pensaba en lo especial que era, en lo inteligente y mágico que debía de ser para curar a toda aquella gente.

«Es el hombre más bueno del mundo —había escrito en su diario personal de aquel tiempo—, porque siempre ayuda a los demás, nunca tiene miedo y sabe hacer cosas. Además, regaló medicinas a la señora Hasami porque no tiene dinero, y eso estuvo muy bien.»

Si su cariño hacia su padre había aumentado con la edad, hasta el punto de que cada día parecía descubrir en él nuevos aspectos que debía admirar y respetar, también lo había hecho su necesidad de protegerle. Había percibido muy pronto, con el radar emocional intuitivo de la infancia, que, pese a su amplia sonrisa y la forma de reír y bromear con ella, era un hombre desdichado, abrumado no solo por las presiones de su trabajo, que le dejaban exhausto y sin fuerzas, y que le habían hecho encanecer prematuramente, sino por la desesperanza de la ocupación, la vergonzosa impotencia de ver su tierra natal arrebatada pedazo a pedazo, sin poder remediarlo.

«Tu padre es un hombre orgulloso —le dijo una vez su madre—. Le hiere en lo más hondo ver sufrir así a su pueblo. Le pone muy triste.»

Desde el momento en que tomó conciencia de este dolor, ayudar a su padre fue para ella una misión. De niña, había representado obras de teatro para él, hecho dibujos, escrito relatos en que apuestos médicos salvaban a hermosas princesas de malvados soldados israelíes armados con rifles M16 (tal era la situación de los niños palestinos que sabía cuáles eran las armas que portaban los israelíes antes de saber localizar su país en un mapa). Más tarde, en la adolescencia, empezó a ayudarle en la clínica, preparando té, acompañando a los pacientes, haciendo recados, incluso de enfermera.

—¿Por qué te hiciste médico? —le preguntó un día, mientras comía con sus padres.

El hombre reflexionó durante un largo momento.

—Porque es la mejor manera de servir a mi pueblo —contestó por fin.

—Pero ¿nunca has querido luchar contra los israelíes, matarlos?

Él le cogió la mano.

—Si los israelíes amenazaran a mis seres queridos, sí, lucharía. Lucharía hasta el último aliento, hasta la última gota de mi sangre. Pero no creo que la violencia sea la solución, Laila, por más que odie lo que los israelíes han hecho. Deseo salvar vidas, no arrebatarlas.

Eso ocurrió la tarde que cumplió quince años. Aquella misma noche había visto cómo a la persona a la que más quería en el mundo, el ser humano más bondadoso que había conocido, la sacaban a rastras de su coche y la golpeaban con un bate de béisbol hasta morir.

La comida, por supuesto, había tenido lugar en el hotel Jerusalem.

Cuando Laila llegó, su amiga Nuha ya estaba sentada a una mesa de la terraza delantera, con el rostro sepultado en un ejemplar del *Herald Tribune*. Era una mujer metida en carnes, con mucha laca en el pelo, un poco mayor que Laila. Llevaba gafas de montura metálica y una camiseta con la divisa DERECHO AL REGRESO PALESTINO: SIN REGRESO, NO HAY PAZ. Laila se acercó por detrás, se inclinó y le dio un beso en la mejilla. Nuha miró alrededor, apretó el brazo de Laila y, mientras le indicaba que tomara asiento, le tendió el periódico.

—¿Has visto esta mierda?

Señaló el encabezamiento de un artículo: «EE.UU. condena un cargamento de armas palestino». En la página contigua había otro artículo: «El Congreso aprueba la venta de armas a Israel por valor de 1.000 millones de dólares».

—¡Asquerosos hipócritas! Es como una broma de mal gusto. ¿Cerveza?

Laila asintió y Nuha hizo un gesto a Sami, el camarero.

—¿Cómo va por ahí? —preguntó moviendo la cabeza en dirección a la Ciudad Vieja.

Laila se encogió de hombros.

—Tenso, como cabía esperar. Har-Zion dio una conferencia de prensa, toda la basura habitual sobre Dios, Abraham, y que todo el que critica a Israel es antisemita. Habla bien, hay que reconocerlo.

—Hitler también —resopló Nuha, y encendió un Marlboro—. ¿Los van a expulsar?

—Claro —contestó Laila—. Y Sharon va a bailar como estrella masculina del Bolshoi. Por supuesto que no van a expulsarlos.

Sonaron carcajadas en otra mesa, donde un grupo de hombres y mujeres de aspecto escandinavo (tal vez trabajadores de una ONG, o diplomáticos de poca monta) estaban comiendo. En el exterior se oyó el rugido de un motor cuando un jeep Izuzu israelí pasó a poca velocidad, como un gigantesco reptil blindado. Sami llegó con dos vasos de Taybeh y un platillo de aceitunas.

—¿Os habéis enterado de lo de la bomba? —preguntó, mientras dejaba los vasos y el plato, y encendía una vela en el centro de la mesa.

—Oh, Dios. —Nuha suspiró—. Otra no. ¿Dónde?

—Haifa. Lo acaban de decir en las noticias.

—¿Al-Mulatham?

—Eso parece. Dos muertos.

Laila meneó la cabeza.

—Entre él y Har-Zion van a desencadenar la tercera guerra mundial.

Nuha bebió un largo trago de su cerveza.

—Ya sabes lo que pienso —dijo, al tiempo que dejaba el vaso sobre la mesa y daba una calada al cigarrillo—. Creo que trabajan en comandita. Piénsalo bien: cuanta más gente mata al-Mulatham, más apoyo recibe Har-Zion. Cuanto más apoyo recibe Har-Zion, más excusas tiene al-Mulatham para matar. Se ayudan mutuamente.

—Puede que no andes desencaminada —dijo Laila entre risas—. Tal vez escriba un artículo al respecto.

—Bien, recuerda quién te lo dijo, nena. Sé cómo sois los periodistas. La mayor exclusiva de vuestra carrera, y os atribuís todo el mérito.

Laila volvió a reír. Pese a la expresión alegre de su cara, de repente dio la impresión de que sus pensamientos estaban en otra cosa. «La mayor exclusiva de tu carrera.» ¿Dónde había oído aquella frase hacía poco? Tardó un par de segundos en recordar que era en la carta recibida aquella tarde. ¿Cómo era? «Estoy en posesión de información que podría resultar de incalculable valor para al-Mulatham en su lucha contra el opresor sionista, y me gustaría mucho ponerme en contacto con él. Creo que usted podría ayudarme. A cambio, estoy en condiciones de ofrecerle la exclusiva más grande de su carrera.» Algo por el estilo. Al leerla le había restado importancia al considerarla una broma pesada o una jugarreta del Shin Bet, y aún pensaba que era la explicación más razonable. No obstante, al cabo de dos horas...

—¿Significan algo para ti las iniciales GR? —preguntó de repente.

—¿Perdón?

—GR. ¿Esas iniciales significan algo para ti?

Su amiga pensó un momento.

—¿Greg Rickman? El tío de Save the Children que te tira los tejos.

Laila negó con la cabeza.

—No me tira los tejos. Además, es alguien del pasado.

Nuha la miró confusa.

—Olvídalo —dijo Laila al cabo de un minuto. Levantó la cerveza y bebió un trago—. No tiene importancia. ¿Cómo te ha ido hoy?

Su amiga trabajaba para una organización que seguía las confiscaciones de tierras israelíes en los alrededores de Jerusalén, y no necesitó más ayudas para explayarse en el caso de un granjero anciano a quien las FDI acababan de destruir sus olivos. Laila intentó escuchar, pero su mente estaba en otra parte. La carta, al-Mulatham, su padre, la última comida que habían compartido en el hotel Jerusalem. Había sido una tarde muy dichosa, solo sus padres y ella, risas, conversación, historias. Y unas horas más tarde estaba muerto.

«¡Oh, Dios, mi papá! —había chillado, con el pelo empapado en su sangre—. ¡Oh, Dios, mi pobre papá!»

Y todo lo demás había surgido de ahí.

16

Jerusalén

Un rabino los acompañaba en la casa, un joven delgado y fanático, nacido y criado en Estados Unidos, como tantos colonos militantes, con volutas de barba que se aferraban a su barbilla y gafas de cristal grueso que magnificaban sus ojos, hasta el punto de que parecían ocupar la mitad de su cara. Cuando llegó la noche, reunió a todos en la sala de estar de la casa y empezó a predicar. Eligió como su *parasha*, o parte de texto, el versículo 8, capítulo 17 del Génesis: «Y de darte a ti, y a tu descendencia después de ti, el país donde moras, la tierra de Canán, en eterna posesión, y seré tu Dios».

Har-Zion escuchaba como los demás, asentía y sonreía mientras el rabino les aseguraba que estaban cumpliendo la voluntad de Dios, una cruzada santa que las generaciones futuras contemplarían con la misma sensación de orgullo y gratitud que ellos experimentaban ante los grandes héroes judíos del pasado. Le gustaba que la Torá se comentara de esta manera, sentirse parte del rico tapiz que era la historia del pueblo judío. De niño, después de que su madre hubiera muerto y su padre se hubiera hundido en el infierno de la locura, su hermano Benjamin y él habían pasado juntos muchas horas en el orfanato del gobierno reviviendo las viejas historias, soñando con el día en que ellos también irían al país de los Patriarcas, lo defenderían de los enemigos de Israel, como Josué, David y el gran Judas Macabeo. Para ellos, los relatos eran tan reales como su entorno, una realidad diferente en la que se zambullían para escapar del frío, el hambre y el antisemitismo que vivían a diario.

«La Torá, la Mishná y el Talmud eso es lo único real —les había dicho en una ocasión su padre—. Todo lo demás es ilusorio.»

Su *abba* había sido un hombre devoto. Demasiado devoto, en cierto sentido, pues desaparecía detrás de sus libros de leyes en lugar de procurar el sustento de la familia. Su madre era la que se ocupaba de todo, la que cosía toda la noche para ganar el dinero suficiente con que darles de comer y vestirlos además de alimentar el fuego con leña. Luego su madre murió y, en lugar de aceptar sus responsabilidades, su padre se recluyó todavía más en sus estudios; leía y murmuraba para sí durante días seguidos, y de vez en cuando prorrumpía en gritos de alegría y les decía que había visto una gran menorah en el cielo y que el día de la redención se acercaba, hasta que al final le encerraron, y los enviaron a su hermano y a él a un orfanato gubernamental, donde la menor mención al judaísmo acarreaba los azotes más brutales.

Sí, pensó Har-Zion, se podía ser demasiado devoto. No envidiaba a los que consagraban su vida a la *halajah*, los rabinos, los *matmidim* y los *talmid hajamim*, pero sí, en cierto sentido, su capacidad de retirarse del mundo físico y existir nada más en un paisaje de fe y espíritu. Sin embargo, eso no era para él. Pese a ser *frumm*, estricto en la observancia religiosa, era un hombre de acción. Por eso su hermano y él habían huido del orfanato a Israel. Por eso se había enrolado en el ejército y luchado contra los árabes. Por eso estaba sentado ahora allí. Porque, si sus experiencias anteriores le habían enseñado algo, era que la fe sola no bastaba. También había que actuar, alzarse y defenderse en el mundo real. Mantenerse fiel a la Torá, desde luego, pero siempre que en la otra mano se empuñara un Uzi.

El rabino terminó el sermón y el grupo se disolvió. Las mujeres fueron a la cocina para preparar la cena, y los hombres, a vigilar la casa o a dedicarse al estudio del Talmud. Har-Zion subió a la azotea, donde recibió un par de llamadas en el móvil, una de un donante de Estados Unidos para felicitarle por la ocupación, y la otra de un contacto del gobierno para decirle que era un tocapelotas, pero que, siempre que no hubiera violencia, el gobierno no haría nada para expulsarlos.

—En tiempos como estos, hemos de estar unidos, Baruch —dijo el hombre—. De todos modos, habrá mucha presión internacional, sobre todo de Europa y las Naciones Unidas.

—Que les den por el culo —replicó Har-Zion—. No harán nada. Nunca hacen nada. Son unos gusanos.

Después de colgar estuvo un rato mirando al este, en dirección al monte Scopus y la Universidad Hebrea. Vio que un autobús árabe ascendía trabajosamente la empinada pendiente de la carretera de Ben Adaya, lanzando humo por el tubo de escape. Luego bajó por la escalera, entró en una habitación del segundo piso, encendió la luz y cerró la puerta.

Avi y él se irían aquella noche, decidió, una vez que se hubiera calmado la agitación en el exterior y pudieran salir sin demasiados problemas. El procedimiento de estas acciones siempre era el mismo. Participaba al principio para organizarlo todo y asegurar la máxima publicidad; después, una vez completada la ocupación, dejaba las riendas en manos de otros, para que se encargaran de la colonización, la destrucción de todo rastro de sus antiguos habitantes y su sustitución por una nueva identidad judía. Le esperaban asuntos mucho más importantes: entrevistas, reuniones, su trabajo en el Knesset, al-Mulatham.

Giró la llave en la cerradura, cruzó la habitación para comprobar que los postigos de la ventana estaban cerrados y empezó a desnudarse despacio, con movimientos rígidos. Había un espejo en la pared de enfrente, rajado y sucio; una vez desnudo, avanzó dos pasos hacia él y contempló su reflejo. Desde el cuello hacia abajo la piel era un mosaico remolineante de rojos, marrones y rosados, suave como vidrio y sin vello, más plástico que piel real. Se examinó de arriba abajo, con una mirada de leve sorpresa, como si después de trece años y cien injertos todavía no pudiera dar crédito a sus ojos.

Una mina terrestre, en el sur del Líbano. Esa había sido la causa. Una cosa tosca, improvisada. La mitad de las veces no estallaban. Su Humvee había pasado por encima y la había hecho detonar, de modo que todos sus ocupantes se habían visto envueltos en una cortina de llamas. Habría muerto si Avi, que iba en el vehículo de atrás, no le hubiera rescatado del fuego.

«No tiene la menor posibilidad —habían dicho los médicos del ejército—. Es hombre muerto.» Pero no había muerto. Había sobrevivido, se había aferrado a la vida con feroz determinación, como un hombre que se agarra con la punta de los dedos al borde de un precipicio para no caer. El dolor había sido increíble, semanas, meses, un dolor tan grande que, en comparación, los demás sufrimientos constituían un placer exquisito. Este le desgarraba célula a célula, átomo a átomo, hasta que de él solo quedó el dolor; un ser formado de la agonía primordial más pura e intensa. No obstante, había aguantado, sostenido por la tozuda convicción de que Dios necesitaba que sobreviviera. Y también por la furia. No por lo que le había pasado, que ya era bastante horrible, sino por su hermano menor, su amado Benjamin, que iba en el Humvee con él y murió abrasado por la explosión. El querido y valiente Benjamin.

Se miró en el espejo, fascinado y asqueado al mismo tiempo por la diferencia de textura entre la cabeza y la cara, que por algún milagro habían escapado a los efectos del fuego, y el pálido caleidoscopio cristalino de todo lo demás. Después, con un gruñido, cogió un frasco de bálsamo de la mesa, vertió un poco en la palma de la mano y empezó a frotarse el mosaico de los brazos y el torso.

Tenía que repetir este ritual cinco veces al día. Era preciso que la piel se mantuviera elástica, habían dicho los médicos. Hidratada, flexible. De lo contrario, se cerraría en torno a él como una camisa de fuerza, se rasgaría con cada movimiento repentino o prolongado. Por eso tuvo que abandonar el servicio activo y aceptar un trabajo burocrático en la Inteligencia Militar. Porque no podía prescindir de este ritual. Porque saltarse siquiera una sesión haría que se descosiera, literalmente.

Se aplicó el líquido blanco en los hombros, pecho y estómago, descendió hacia el pene y los testículos, una fruta turgente que colgaba de la superficie de tejido cicatricial lustroso que era su ingle.

«¿Tiene hijos?», le habían preguntado los médicos. Cuando dijo que no, menearon la cabeza con tristeza. Ya no era posible. Sus entrañas estaban arrasadas. Vacías. Incapaces de engendrar vida. No solo habían matado a su hermano, sino también a sus hijos. Su futuro. El futuro con el que su esposa Miriam y él habían soñado tantas veces.

Benjamin, sus hijos, su carne, y tres años antes también Miriam, a consecuencia de un cáncer. Se lo habían arrebatado todo, arrancado como la corteza a un árbol, y solo le quedaban su fe, su furia y su país, Israel. Esa era su familia ahora.

Y también su venganza. Su grito de desafío contra los árabes, los *goyim* y los antisemitas de todas partes. Haría lo posible por asegurar su supervivencia.

Terminó de untarse el bálsamo, dejó a un lado el frasco y se miró en el espejo. Puede que estés cubierto de cicatrices, pensó, pero todavía eres fuerte. Puede que estemos cubiertos de cicatrices, pero todavía somos fuertes. *Va'avarecha me'varakhecha umekalelecha.* Bendeciré a aquellos que os bendigan, y maldeciré a aquellos que os maldigan.

Asintió, dio media vuelta y empezó a vestirse de nuevo.

17

Jerusalén

Había muchos «si» que habrían podido salvar la vida de su padre: si no hubieran ido a Jerusalén para celebrar que Laila cumplía quince años, si hubieran vuelto antes, si no se hubieran desviado hacia el campamento, si hubieran arrojado al soldado israelí en otra parte. Sobre todo, si su padre no hubiera sido un hombre tan bueno. Eso fue, en última instancia, lo que le mató —tanto como los golpes del bate de béisbol—, el que amara a su prójimo, el que fuera humano, el que no pudiera hacer otra cosa que ayudar. Cualquier otra persona habría dado media vuelta y vivido. Pero su padre no era una persona cualquiera, y por eso le habían matado.

Habían encontrado al soldado en la cuneta, en las afueras del campo de refugiados de Jabaliya, ya entrada la noche. Volvían de comer en el hotel Jerusalem y se habían desviado de la carretera principal entre el control de Erez y la ciudad de Gaza con el fin de recoger algo de su padre en la clínica. Los faros del coche iluminaron una forma en la oscuridad, y poco a poco descubrieron que se trataba de un joven, medio desnudo e inconsciente. Su cara había recibido tantos golpes que apenas podía reconocerse como algo humano. Su padre frenó, se apeó del vehículo y se acercó.

—¿Está vivo? —preguntó la madre.

El padre asintió.

—¿Israelí?

Otro gesto de asentimiento.

—Maldición.

La Primera Intifada estaba en pleno apogeo y el sentimiento antiisraelí era muy intenso, sobre todo en la olla a presión que era la Franja de Gaza, donde la revuelta había estallado el diciembre anterior. Era difícil determinar cómo y cuándo había acabado el soldado en la carretera. Lo que estaba claro era que ayudarle en ese momento, en ese lugar, sería muy peligroso. Se odiaba tanto a los palestinos que colaboraban con los israelíes como a los mismos israelíes. Incluso más.

—Déjale —dijo Laila—. Los judíos nos odian. ¿Por qué deberíamos hacer algo por ellos?

Su padre meneó la cabeza.

—Soy médico, Laila. No puedo permitir que alguien muera en el polvo como un perro. Sea quien sea.

Subieron al soldado al coche y le llevaron a la clínica, donde su padre hizo lo que pudo por limpiar las heridas y vendarlas. El soldado recobró el conocimiento mientras le curaban y empezó a agitarse y llorar.

—Cógele de la mano, Laila —ordenó su padre—. Intenta tranquilizarle.

La muchacha obedeció. Era la primera vez que tocaba a un israelí.

Después le envolvieron en una manta, le subieron al coche y salieron del campo con la intención de entregarlo en uno de los puestos de control israelí que bloqueaban la autopista. Apenas habían avanzado cien metros cuando dos automóviles aparecieron de la nada y se colocaron a su lado hasta obligarlos a invadir la cuneta.

—Oh, Dios —susurró la madre de Laila—. Que Dios nos ayude.

Quiénes eran los hombres, a qué facción pertenecían, cómo habían descubierto la buena obra de su padre, y con tanta rapidez, era algo que Laila no descubrió nunca. Solo recordaba una masa repentina de gente alrededor del coche, los rostros ocultos tras kefías de cuadros, el estampido de la pistola cuando dispararon al israelí a quemarropa a través de la ventanilla abierta y el momento en que sacaron a rastras a su padre al grito de «*Radar!*

Ami!» (¡Traidor! ¡Colaboracionista!). Su madre intentó seguirle, pero cerraron la portezuela del coche contra su cabeza y quedó inconsciente. Golpearon a su padre con saña, sin cesar. Una multitud de curiosos se había congregado para mirar, muchos eran pacientes de su padre, pero nadie intentó ayudarle, ni siquiera protestar. Después le esposaron las manos a la espalda y le arrastraron hasta las tierras baldías que rodeaban el campamento. Ella los había seguido, llorando, chillando y suplicando por la vida de su padre, en vano. Le metieron en un agujero, un bate de béisbol apareció como por arte de magia y, con un crujido aterrador, lo descargaron sobre la nuca de su padre, de modo que la cara se hundió en el suelo. Cayeron tres golpes más que le abrieron la cabeza como una sandía, y de pronto, tan repentinamente como se habían materializado, los hombres desaparecieron, y ella se quedó acunando el cuerpo destrozado de su padre, con las largas trenzas negras bañadas en su sangre, mientras los aullidos de perros salvajes resonaban a lo lejos.

—Oh, Dios, mi papá. Oh, Dios, mi pobre papá.

Laila nunca habló con nadie de los acontecimientos de aquella noche, ni siquiera con su madre. Al día siguiente, después del entierro, se cortó el pelo con unas tijeras, incapaz de soportar el olor de la sangre de su padre, que parecía persistir, pese a las veces que se lo había lavado. Dos días más tarde, su madre y ella hicieron las maletas y abandonaron Palestina para regresar a Inglaterra, donde se instalaron con los abuelos de Laila, que tenían una casa grande en un pueblo de las afueras de Cambridge. Se quedó allí cuatro años, hasta el día en que, para horror de su madre, anunció que iba a volver.

—Pero ¿por qué? —gritó su madre—. ¡Por el amor de Dios, Laila! Después de lo que pasó. Después de lo que hicieron. ¿Cómo puedes regresar?

Fue incapaz de explicarlo, aparte de decir que necesitaba arreglar las cosas, lavar la mancha. En cierto sentido, era lo que había estado haciendo desde entonces.

18

Luxor

Solo cuando llegó a casa por la noche recordó Jalifa que tenía invitados a cenar.

—¡Llegarán de un momento a otro! —le reprendió su esposa, Zainab, cuando entró por la puerta, y pasó como una exhalación con una bandeja cargada de *torshi* y *babaghanoush*, hasta desaparecer en la sala de estar de su pequeño y atestado apartamento—. ¿Dónde has estado tanto rato?

—En Karnak —contestó Jalifa, y encendió un cigarrillo—. Trabajo.

Se oyó un estrépito de platos y Zainab reapareció; le quitó el cigarrillo de la boca, le besó en los labios y devolvió el cigarrillo a su sitio. Llevaba un caftán de algodón bordado, con los tres últimos botones desabrochados, lo cual dejaba al descubierto parte de su busto, y se había recogido el pelo, negro como ébano, en una larga trenza que le llegaba casi hasta la cintura.

—Estás muy guapa —dijo él.

—Y tú tienes un aspecto horrible. —La mujer sonrió al tiempo que le tiraba del lóbulo—. ¿Por qué no vas a afeitarte mientras termino con Batah? Procura no despertar al niño. Lo acabo de acostar.

Le besó de nuevo, esta vez en la mejilla, y desapareció en la cocina.

—¿Dónde está Ali? —preguntó Jalifa.

—Se ha quedado a dormir en casa de un amigo. Ponte una camisa limpia. ¡Llevas el cuello hecho un desastre!

Jalifa entró en el cuarto de baño, se desabotonó la camisa y contempló su reflejo en el espejo colgado sobre el lavabo. Zainab tenía razón: su aspecto era horrible. Tenía los ojos apagados e hinchados, los pómulos sobresalían como las costillas de un asno desnutrido y la piel era de un color grisáceo enfermizo, como la superficie de un canal con agua estancada. Arrojó el cigarrillo por la ventana, abrió el grifo de agua fría, se inclinó y se mojó la cara. Luego volvió a mirarse en el espejo.

—¿Qué vas a hacer, eh? —preguntó a su reflejo—. ¿Qué vas a hacer?

Contempló un rato más su imagen meneando la cabeza como si viera algo que no le gustaba. Después se afeitó a toda prisa y fue al dormitorio, donde se aplicó un poco de colonia en la cara y se cambió de camisa. Estaba abrochándose el último botón, inclinado para besar a su hijo Yusuf, que dormía en la cuna, cuando sonó el timbre.

—¡Ya hemos llegado!

La voz de su cuñado Hosni resonó desde el otro lado de la puerta de entrada. Jalifa suspiró.

—Hagas lo que hagas en la vida —susurró al bebé mientras le frotaba la suave frente con la nariz—, prométeme que no acabarás como tu tío.

—¡A ver esos dos! —tronó la voz—. ¿Qué estáis haciendo ahí dentro? ¿O no debería preguntarlo?

Se oyó una risotada cuando la esposa de Hosni, Sama, la hermana mayor de Zainab, le rió la broma, que por lo visto el hombre repetía cada vez que alguien no contestaba al cabo de un nanosegundo de llamar al timbre de una puerta.

—Que Dios nos asista —murmuró Jalifa, mientras iba a recibir a los invitados.

Eran seis en la reunión, Jalifa, Zainab, Sama, Hosni y dos amigos de Zainab de El Cairo: Nawal, una mujer menuda y vehemente que enseñaba árabe clásico en la Universidad de El Cairo, y Tawfiq, un comerciante *mashrabiya* al que todo el mundo llamaba Ojos Desorbitados porque los tenía en forma de platillo. Cenaron alrededor de una mesa pequeña en la sala de estar. Batah, la hija de Jalifa, sirvió la comida, cosa que le gustaba hacer porque así se sentía mayor. Al igual que su madre, llevaba un caftán bordado y se había recogido el pelo en una trenza que le caía sobre la espalda.

—Debo decir, Batah, que cada día estás más guapa —dijo Sama cuando la chica sirvió los cuencos de caldo de pollo—. Me encanta ese caftán. Le he comprado uno igual a Ama. ¡Trescientas libras! ¡Vaya cara!

Al contrario que Batah, la hija de Sama y Hosni era baja, gordita y muy perezosa, una diferencia que su madre intentaba disimular comprándole ropa más cara que la que llevaba su prima.

—Se parece a ti cuando tenías su edad —dijo Nawal dirigiendo una sonrisa a Zainab—. ¡Apuesto a que todos los chicos te perseguían!

—Si fuera un poco más joven, yo te perseguiría a ti —comentó Tawfiq entre risas.

Batah dejó escapar una risita tímida y salió de la sala.

—Ya es hora de que empieces a pensar en un marido para ella —gruñó Hosni, al tiempo que sorbía la sopa.

—¡Por el amor de Dios! —exclamó Zainab—. ¡Solo tiene catorce años!

—Nunca es demasiado pronto para pensar en estas cosas. Hay que planificar por adelantado, esa es la clave. Siempre hay que mirar al futuro. Pensad en el aceite, por ejemplo... —Hosni trabajaba en el ramo de los aceites comestibles y nunca desaprovechaba la oportunidad de desviar la conversación en esa dirección—. Cuando el año pasado volvimos a lanzar la gama de aceite de girasol, llevábamos dieciocho meses preparándolo. ¿El resultado? Las ventas aumentaron un ocho por ciento y nos dieron el premio al Mejor Aceite Doméstico. No se consiguen esos éxitos sin una buena planificación.

Tomó otro sorbo de sopa.

—También recibimos una mención por nuestro aceite de nuez. ¡Está volando de las tiendas!

Los demás procuraron parecer impresionados. Terminaron el primer plato y pasaron al segundo, cordero guisado con guisantes, ocra, arroz y patatas. La conversación derivó hacia los amigos comunes, el reciente partido de fútbol entre Zamelak y al-Ahli en El Cairo, y luego la política. Hosni y Nawal se enzarzaron en un acalorado debate sobre la guerra lanzada por Estados Unidos contra el terrorismo.

—¿Qué estás diciendo? —gritó Hosni—. ¿Que no tendrían que haber hecho nada tras el once de septiembre, tragar y callar?

—Lo que digo es que, antes de empezar a bombardear otros países, tendrían que limpiar su propia casa. A ver, ¿por qué cuando cualquier otro país del mundo apoya el terrorismo es invadido, pero cuando Estados Unidos lo hace se trata de «política exterior»?

Jalifa guardó silencio durante toda la discusión, sin apenas probar la comida. De vez en cuando hacía algún comentario, pero casi todo el tiempo estuvo absorto en sus pensamientos. El cadáver de Malqata, la colección de antigüedades de Jansen, la reunión con Hasani, el curioso encuentro en Karnak... Todo danzaba en su cerebro como reflejos en una sala de los espejos. Y detrás de todo, como el decorado de una obra de teatro, siempre lo mismo, incluso cuando las escenas cambiaban: el curioso tatuaje en el antebrazo de la mujer muerta, un triángulo y cinco números. Como las marcas en la carne para saber su procedencia.

—¿Más cordero?

La voz de Zainab resonó en su oído. Le estaba ofreciendo el cuenco de guisado.

—¿Qué? Oh, no, gracias.

—¿Qué opinas de él, Yusuf?

Tawfiq le miraba expectante.

—¿Cómo dices?

—Estaba a kilómetros de distancia —observó Nawal con una risita—. Debía de estar pensando en tumbas y jeroglíficos.

—¡O en culos de mujeres! —Hosni se echó a reír, y su esposa le propinó una palmada en la muñeca.

—Al-Mulatham —dijo Tawfiq—. ¿Qué opinas de los atentados suicidas?

Jalifa tomó un sorbo de Coca-Cola (como buen musulmán, nunca bebía alcohol), echó la silla hacia atrás y encendió un cigarrillo.

—Creo que cualquiera que mate civiles inocentes a sangre fría es repulsivo.

—Los israelíes asesinan a palestinos a sangre fría y nadie parece quejarse —apuntó Nawal—. Recordad lo que pasó el otro día. Un helicóptero israelí mató a dos niños.

—Eso no lo justifica —repuso Jalifa—. ¿De qué sirve vengarse matando más niños?

—¿Y de qué otra manera pueden defenderse? —contestó Tawfiq—. Se enfrentan al ejército más poderoso de Oriente Próximo, el cuarto ejército más poderoso del mundo. ¿Cómo coño quieres que hagan valer sus derechos? Admito que es horrible, pero es lo que hace la gente cuando la han tratado brutalmente durante cincuenta años.

—Como si la Autoridad Nacional Palestina fuera una gran defensora de los derechos humanos —rezongó Zainab—. Como si nuestro país lo fuera.

—Esa no es la cuestión —dijo Tawfiq—. La cuestión es que la gente no se ata explosivos a la cintura y se vuela en mil pedazos por el placer de hacerlo. Lo hacen porque están desesperados.

—No estoy defendiendo a los israelíes. —Jalifa se encogió de hombros y encendió el cigarrillo de Nawal—. Creo que... Bien, como dice Zainab, no contribuye a mejorar la situación.

—¿Quieres decir que no sientes una punzada de placer cuando te enteras de que ha estallado otra bomba? —preguntó Tawfiq—. ¿Que una vocecilla en tu interior no dice: «Lo tienen bien merecido»?

Jalifa clavó la vista en la mesa, mientras una espiral de humo se elevaba del extremo de su cigarrillo. Antes de que pudiera contestar, Sama intervino.

—Te diré lo que yo siento —dijo—. ¡Me apetece un buen pudin! ¿Estoy oliendo a *umm ali*, Zainab? ¿Qué te parece si ayudo a Batah a servirlo? La cena ha sido espléndida.

Pasaba de la medianoche cuando se acostaron por fin. Zainab se durmió casi al instante. Jalifa dio vueltas sin cesar, mientras oía la respiración de Yusuf en la cuna, veía los paralelogramas de luz que los faros de los coches dibujaban en el techo y notaba los latidos de su corazón. Al cabo de veinte minutos, se levantó y fue al salón, donde accionó un interruptor. Una fuente en miniatura situada en el centro cobró vida. Apretó otro interruptor, y se encendió una hilera de luces de colores dispuestas alrededor del estanque de plástico donde caía el agua de la fuente. Jalifa se sentó en el suelo, con la espalda apoyada contra la pared, y se frotó los ojos. Había construido la fuente con sus propias manos, para dar un poco de color al gris apartamento. No era una obra de arte. El agua no bombeaba bien y las baldosas que rodeaban el estanque estaban mal alineadas, pero le resultaba relajante oír el rítmico fluir del agua y ver el centelleo de las luces.

Estuvo sentado en silencio largo rato, después se inclinó hacia la derecha y encendió un pequeño magnetófono que descansaba sobre un taburete. Le envolvió la voz intensa y ululante de Umm Kalsum, que cantaba una canción de amor y pérdida:

Tus ojos me devuelven a los días que no volverán,
me enseñan a lamentar el dolor del pasado.
Todo lo que veían mis ojos antes de verte
era una vida desperdiciada. ¿Cómo no iba a serlo,
cuando tú eres mi vida, la luz de mi aurora?
Antes de ti, mi corazón nunca conoció la dicha,
solo sentía el sabor del sufrimiento y el dolor.

Percibió un movimiento a su espalda y Zainab apareció en el salón con cara de sueño. Llevaba una camisa de Jalifa (era la prenda que siempre usaba para dormir), sus piernas, largas y esbeltas, quedaban al descubierto. Se inclinó para besarle en la frente y la camisa se le subió hasta las caderas, de modo que Jalifa vislumbró la sombra de su vello púbico. Después se acomodó en el suelo a su lado y apoyó la cabeza en su hombro. Su largo pelo cayó sobre el pecho de su marido como una cascada oscura.

—Esta noche no te lo has pasado bien, ¿verdad? —dijo adormilada.

—Sí —protestó él—. Ha sido...

—Aburrido —terminó ella—. Lo leí en tus ojos. Te conozco demasiado bien, Yusuf.

Él le acarició el pelo.

—Lo siento —dijo—. Tenía otras cosas en la cabeza.

—¿Trabajo?

Jalifa asintió. Le gustaba sentir el pecho de Zainab contra el brazo.

—¿Quieres hablar?

Él se encogió de hombros, pero no dijo nada. La cinta de seda de la voz de Umm Kalsum se enredó alrededor de ambos.

¿Crees que mi corazón todavía puede confiar en ti,
o que las palabras pueden resucitar el pasado?
¿Recuerdas aquellos tiempos,
cuando mis días eran lágrimas, y las lágrimas mi vida?
¿Crees que mi corazón todavía puede confiar en ti,
o que las palabras pueden resucitar el pasado?

—¿Sabes lo que me recuerda esto? —dijo Zainab, mientras le acariciaba la mano y su dedo recorría la pequeña cicatriz en la muñeca, donde un perro le había mordido de pequeño—. Aquel día que fuimos a Yébel el-Silsila. Cuando pescaste aquel siluro para comer y fuimos a nadar al Nilo. ¿Te acuerdas?

Jalifa sonrió.

—¿Cómo podría olvidarlo? Se te quedó atrapado el pie entre unas hierbas y pensaste que un cocodrilo te estaba atacando.

—Y tú resbalaste en el barro y te ensuciaste los pantalones nuevos. ¡Nunca había oído tantas palabrotas!

Jalifa rió y la besó en la mejilla. Ella se apretó más contra él y le rodeó la cintura con los brazos.

—¿Qué pasa, Yusuf? Estabas muy distante esta noche. Y anoche también. ¿Qué te preocupa?

Jalifa suspiró y le acarició el cabello.

—Nada. Cosas de la oficina.

—Cuéntamelo. Quizá pueda ayudarte.

Jalifa guardó silencio un largo rato, con la vista clavada en las gotas centelleantes de la fuente. Después apoyó la cabeza contra la pared y recorrió con los ojos una grieta del techo.

—He hecho algo terrible, Zainab —murmuró—. No sé cómo arreglarlo. O sí, pero me da miedo.

—Tú no haces nada malo, Yusuf —susurró ella, y alzó una mano para acariciarle la cara—. Eres un buen hombre. Lo sé, nuestros hijos lo saben, Dios lo sabe.

—No, Zainab. Soy débil, estoy asustado y te he fallado. Me he fallado a mí mismo.

Se masajeó las sienes. Siguió un largo silencio, roto por el sonido de la cinta y el suave burbujeo del agua de la fuente, y después empezó a hablar, al principio con lentitud, después más rápido, y vomitó toda la historia: Piet Jansen, Hannah Schlegel, Mohammed Yamal, el encuentro en Karnak, todo. Ella escuchaba, mientras le acariciaba la cara y el cuello, con el seno pegado a su hombro.

—En aquel tiempo tuve miedo de hablar —dijo cuando terminó—. Era joven, acababa de llegar a la comisaría, no quería poner en peligro mi futuro. Dejé que condenaran a un inocente porque no tuve redaños para hablar. Y ahora... aún estoy asustado. Asustado de lo que pasará si empiezo a escarbar, si vuelvo a abrir el caso. Encierra mucha maldad, Zainab. Lo presiento. Y no sé si vale la pena arriesgar mi empleo por...

Se interrumpió y meneó la cabeza.

—¿Por qué? Por un hombre como Mohammed Yamal.

—Sí, y... Bien, como dice el jefe Hasani, Jansen está muerto. Lo que descubramos no cambiará las cosas.

Ella le miró a los ojos.

—Hay algo más —dijo—. Lo veo dentro de ti. Lo intuyo. ¿En qué estás pensando, Yusuf?

—En nada, Zainab. Es que...

Apretó las piernas contra el pecho y se inclinó para apoyar la frente sobre las rodillas.

—La mujer era israelí —susurró—. Una judía. Mira lo que están haciendo, Zainab. ¿Vale la pena?, me pregunto. ¿Vale la pena tomarse tantas molestias por alguien así?

Escupió las palabras sin pensarlas. No obstante, en cuanto las hubo pronunciado, comprendió que era esto lo que le atormentaba desde hacía tanto tiempo, no solo ahora, sino quince años antes, cuando había visto a Hasani y el jefe Mahfuz dar palizas a Mohammed Yamal. Que hablar no solo significaría poner en peligro su carrera por un delincuente de poca monta, sino también (y esto era lo que más le daba que pensar, entonces y ahora) por alguien de un país y un credo que había llegado a despreciar. Ese fanatismo le avergonzaba hasta lo más hondo, porque intentaba ser en todo un hombre tolerante y juzgar a cada persona por lo que era, no por sus antecedentes, nacionalidad o fe. Pero costaba. Desde pequeño le habían enseñado que Israel era malvado, que los judíos intentaban conquistar el mundo, que era un pueblo cruel, arrogante y avaricioso, que había cometido atrocidades sin cuento contra sus hermanos musulmanes.

«Son perversos —le repetía su padre de pequeño—. Todos. Expulsan a la gente de su tierra y se la roban. Matan a mujeres y niños. Desean destruir la *umma.* Ten cuidado con ellos, Yusuf. Ten cuidado siempre con los judíos.»

Al crecer, su círculo de experiencias se había ensanchado y había llegado a comprobar que las cosas no eran blanco o negro como le habían dicho. No todos los judíos apoyaban la opresión de los palestinos. Ser israelí no te convertía automáticamente en un monstruo. Como pueblo, los judíos habían padecido horribles sufrimientos.

No obstante, no podía desprenderse por completo de lo que le habían inculcado en la infancia.

En conversaciones con amigos y colegas, siempre que salía a colación el tema, intentaba adoptar una postura moderada, como había hecho aquella noche. En el fondo, sin embargo, en los lugares que solo él conocía, persistía la antigua intolerancia, una mancha oscura que, por más que se esforzaba, no podía borrar. No era algo de lo que se sintiera orgulloso, pues sabía que le disminuía como persona, pero no podía deshacerse de ella más que de su propio tuétano. Había dictado sus actos quince años antes, y daba la impresión de que ahora estaba ocurriendo lo mismo.

—Cuando Tawfiq me preguntó antes si siento placer cuando una bomba estalla en Israel —dijo con voz queda—, si una vocecilla en mi interior dice «se lo merecen»... bien, la verdad es que sí, Zainab. No quise decirlo, pero así es. No puedo evitarlo.

Meneó la cabeza, avergonzado de decir tales cosas, de revelar su secreto.

—Con este caso, me siento como si hubiera en mí dos personas. Una sabe que se ha producido una terrible injusticia, que una mujer ha sido asesinada y han condenado a un inocente, que mi deber es intentar descubrir la verdad. Pero la otra persona dice: a la mierda. ¿A quién le importa que una judía vieja fuera golpeada hasta morir? ¿Para qué voy a meterme en líos? Me odio por eso, pero ahí está.

Zainab se reclinó un poco y le miró entornando sus ojos almendrados, con la cara envuelta en sombras, como cubierta por un fino velo.

—Todos tenemos malos pensamientos —dijo en voz baja—. Lo que importa son nuestros actos.

—Esa es la cuestión, Zainab. No sé si puedo actuar. Mis pensamientos son... Es como si me contuvieran. Para ti es más fácil. Procedes de una familia inteligente y culta. Tus padres viajaban, habían visto algo de mundo. No creciste con estos prejuicios. Pero cuando te dicen desde pequeño que los judíos y los israelíes son malos, que nuestro deber de musulmanes es odiarlos, que si no los matamos ellos nos matarán a nosotros... es difícil pensar de otro modo. Aquí... —añadió dándose unos golpecitos en la cabeza— sé que estas cosas están mal. Y aquí también... —Puso la mano sobre el corazón—. Pero aquí... —Bajó la mano hasta el estómago—. Aquí, en lo más hondo, no puedo evitar odiarlos. Es como si no pudiera controlar mis sentimientos. Me asusta.

Zainab le acarició el pelo y la nuca. Jalifa notó el calor de su muslo contra el suyo. Siguió un largo silencio.

—¿Te acuerdas de mi abuela? —preguntó Zainab de repente, mientras le masajeaba los músculos del cuello y los hombros—. La abuela Yamila.

Jalifa sonrió. Existía un abismo social entre la familia de Zainab, prósperos comerciantes de la parte lujosa de El Cairo, y la suya, campesinos de las calles más pobres de Giza. La abuela Yamila había sido la única que se había tomado la molestia de conseguir que se sintiera bienvenido. Siempre le sentaba a su lado cuando iban a casa de la familia y le hacía toda clase de preguntas sobre su interés por la historia de Egipto, un tema sobre el que había leído mucho. Cuando murió, unos años antes, Jalifa había sentido tanta tristeza como cuando perdió a su madre.

—Claro que la recuerdo.

—Una vez, hace muchos años, cuando yo era pequeña me dijo algo. Ni siquiera recuerdo el contexto, pero sus palabras me impresionaron: «Avanza siempre hacia lo que temas, Zainab. Y analiza siempre lo que no comprendas. Porque así creces y te haces una persona mejor». Nunca te he dicho lo que tenías que hacer en tu trabajo, Yusuf, pero creo que eso es lo que debes hacer en este caso.

—Pero ¿cómo? —Jalifa suspiró—. No puedo llevar a cabo una investigación a espaldas del jefe Hasani.

Ella le cogió la mano, se la llevó a los labios y la besó.

—Yo no sé cómo, Yusuf. Solo sé que te han enviado este caso para ponerte a prueba y no has de echarte atrás.

—Pero podría causar muchos problemas.

—Los superaremos juntos. Como siempre.

Jalifa la miró. Era tan hermosa, tan fuerte...

—Ningún hombre podría desear mejor esposa —dijo.

—Ninguna mujer podría desear mejor marido. Te quiero, Yusuf.

Se miraron un momento, después se besaron, al principio con dulzura, luego más apasionadamente. Zainab pegó los pechos contra él y le rodeó con una pierna.

—¿Recuerdas lo que hicimos aquel día en Yébel el-Silsila? —le susurró al oído—. ¿Después de que te cayeras en el barro y tuvieras que quitarte los pantalones para lavarlos?

Jalifa no contestó. Se limitó a levantarse, la alzó en volandas y volvió al dormitorio, mientras Umm Kalsum seguía cantando.

19

Jerusalén

Son dos, o al menos soy consciente de la presencia de dos. Vienen por detrás y me cogen de los brazos, uno me sujeta la cabeza para que no les vea la cara. No me hacen daño, se muestran tranquilos y hablan con educación. No obstante, cuando me meten en el coche y tiran una manta sobre mi cabeza queda claro que no tolerarán que oponga resistencia.

Vamos en coche unas dos horas, quizá más. Al cabo de pocos minutos pierdo la noción del tiempo y la orientación. Al principio, subimos por una pendiente empinada, luego bajamos, lo que indica que nos dirigimos al sudeste de Jerusalén, hacia Jericó y la llanura del mar Muerto, si bien es posible, incluso probable, que estén dando vueltas para desorientarme y asegurarse de que no nos siguen. En determinado momento, paramos y una tercera persona sube al asiento del acompañante. Huelo a humo de cigarrillo. Farid, creo, aunque no estoy segura.

Por extraño que parezca, no estoy asustada. En la región, he vivido situaciones en las que el instinto me decía que iba a salir malparada, pero esta no es una de ellas. Sea cual sea el propósito de mi secuestro, no es la violencia. Siempre que haga lo que me dicen.

Durante los últimos veinte minutos seguimos una pista llena de baches, después entramos en una especie de pueblo o colonia (¿un campo de refugiados?), porque oigo voces, música de vez en cuando, y el coche gira de un lado a otro como si estuviera recorriendo una serie de callejuelas estrechas. Paramos por fin y, todavía con la manta en la cabeza, me introducen a toda prisa en un edificio. Subimos por un tramo de escalera y entramos en una habitación, donde me obligan a sentarme en una silla de madera. Por debajo de la manta vislumbro un suelo de baldosas azules y blancas, y luego siento que me deslizan sobre la cabeza unas gafas de submarinismo con las lentes tapadas con cinta adhesiva negra, de manera que estoy ciega a todos los efectos. Siento a alguien detrás de mí, una mujer, a juzgar por el sonido de su respiración, y oigo voces en otra parte de la casa, tenues y apagadas. Creo captar un par de palabras en árabe egipcio, que es algo diferente del dialecto palestino, aunque me siento tan desorientada que no estoy segura.

No le oigo entrar o sentarse. Lo único que me avisa de su llegada es una repentina vaharada de loción para después del afeitado Manio (tenía un amigo que la utilizaba). Aunque no puedo verle, intuyo que es un hombre alto, delgado, muy autosuficiente. La mujer que hay detrás de mí avanza y coloca una libreta y un bolígrafo en mis manos. Sigue un largo silencio, durante el cual oigo la respiración suave del hombre, siento su mirada clavada en mí.

—Puedes empezar la entrevista —dice por fin, con voz lenta y calma, educada, una voz que no delata su edad ni su origen—. Tienes treinta minutos.

—¿Y a quién voy a entrevistar?

—Prefiero ocultar mi verdadero nombre. De todos modos, no significaría nada para ti. Mi *nom de guerre* es más apropiado.

—¿Cuál es?

Se oye una exhalación de aliento tenue y jocosa, como si el hombre sonriera.

—Puedes llamarme al-Mulatham. Te quedan ahora veintinueve minutos y medio.

Laila bostezó, dejó a un lado la revista, se puso en pie y entró en su diminuta cocina. Eran las dos y media de la madrugada y, aparte de los apagados ronquidos de Fathi, el vigilante, que ascendían desde las tripas del edificio, el mundo estaba en silencio. Hirvió agua para prepararse un café fuerte y volvió a la sala de estar.

Había llegado a casa media hora antes, borracha, tras haber liquidado dos botellas de vino y varias copas de coñac con Nuha, y se había dado una ducha fría para despejarse. Tras beber varios vasos de agua, había entrado en el estudio y recuperado la carta misteriosa de la papelera, la que había recibido a primera hora del día, con su tinta roja y la fotocopia adjunta.

> Señorita al-Madani:
>
> Hace mucho tiempo que soy un admirador de su trabajo y me gustaría presentarle una propuesta. Hará unos años entrevistó al líder conocido como al-Mulatham...

Había mirado de nuevo la fotocopia, tras lo cual buscó en el archivador, entre sus recortes, la entrevista a la que se refería la misiva. Había aparecido en el *Observer Magazine* bajo el titular: «El oculto sale a la luz. Entrevista exclusiva al hombre más temido de Oriente Próximo». Después de localizarla, fue con ella a la sala de estar y empezó a leer.

> Se le ha descrito como el nuevo Saladino, el Diablo encarnado, el hombre a cuyo lado Hamas y Yihad Islámico parecen los mejores amigos de Israel. Desde que Al-Ijwan al-Filistinioun (la Hermandad Palestina) lanzó su primer ataque suicida hace tres años, a consecuencia del cual murieron cinco personas en un hotel de Netania, ha sido responsable de más de cuatrocientas muertes, la mayoría de ellas civiles. Mientras otros grupos extremistas palestinos han demostrado cierta voluntad de pactar el cese de las hostilidades y entablar negociaciones, al-Mulatham (el nombre significa «el velado» o «el oculto») ha continuado su campaña sin descanso.
>
> Es una campaña que está polarizando la política de una región ya polarizada y que destruye cualquier esperanza de em-

prender un proceso de paz serio, además de empujar inexorablemente a israelíes y palestinos hacia una guerra total.

Las encuestas demuestran que, tras cada ataque, la opinión pública israelí, ya radicalizada por las actividades de otros grupos extremistas palestinos, se escora más a la derecha, y brinda su apoyo a políticos de extrema derecha en alza como Baruch Har-Zion. Al mismo tiempo, frente a la creciente dureza y arbitrariedad de las acciones de venganza israelíes, aumenta el apoyo a organizaciones militantes como la Hermandad Palestina. En palabras del político moderado palestino Saeb Marsudi, un hombre cuya implicación, durante toda su vida, en el activismo palestino (aparte de los seis años de cárcel por ayudar a introducir armas de contrabando en Gaza) confiere un peso particular a sus críticas a al-Mulatham: «Es un círculo vicioso. Los extremistas se alimentan y alientan mutuamente. Cuando al-Mulatham mata a cinco israelíes, los israelíes matan a diez palestinos, de modo que al-Mulatham mata a quince israelíes, y así sucesivamente. Nos zambullimos de cabeza en un mar de sangre».

Lo que diferencia a la Hermandad no es solo la regularidad y ferocidad de sus ataques, sino el hecho de que, pese a los denodados esfuerzos de los servicios de seguridad de Israel y una docena más de países (incluida la propia Autoridad Palestina), no se sabe prácticamente nada de la organización ni del hombre que la dirige. Dónde tiene su base, quién pertenece a ella, cómo recluta a sus «mártires» y cómo financia sus acciones sigue siendo un misterio. No ha surgido ningún confidente creíble, ningún miembro del grupo ha sido detenido. Su grado de organización e impenetrabilidad carecen de precedentes en la historia del activismo palestino, lo que ha conducido a muchos expertos a barajar la posibilidad de que una agencia de seguridad de algún Estado extranjero esté detrás de los ataques. Se han citado Irán, Libia y Siria como posibles patrocinadores en la sombra, al igual que al-Qaeda, la red de Osama bin Laden.

«Los palestinos no son tan buenos —ha comentado un experto en seguridad israelí—. Siempre hay confidentes, siempre se puede encontrar una forma de penetrar. La manera de operar de la Hermandad es demasiado compleja para que se trate de una célula palestina renegada. El incentivo ha de ser externo.»

Pese a tales conjeturas, nadie se ha acercado siquiera a descubrir la verdad sobre al-Mulatham. Y ahora estoy sentada delante de él. El nuevo Saladino. El Diablo encarnado. El hombre más peligroso de Oriente Próximo. Pregunta si me apetece un té y un bizcocho.

Se oyó en el exterior el ruido metálico de la tapa de un cubo de basura. Laila se frotó los ojos, se levantó y caminó hacia la ventana para echar un vistazo a la calle. Dos hombres estaban cargando pan recién horneado en la parte posterior de una camioneta. Más allá, un pequeño grupo de gente había empezado ya a hacer cola ante las oficinas del Ministerio del Interior israelí, con la vana esperanza de conseguir la renovación de su permiso de residencia en la ciudad. Al otro lado de la calle, un baqueteado BMW blanco estaba aparcado delante del Jardín de la Tumba, con matrícula amarilla israelí y, apenas visible en el interior, una figura borrosa sentada inmóvil ante el volante. Había visto el mismo coche, o al menos uno idéntico, aparcado en el mismo sitio varias veces; aunque la explicación racional de su presencia era que se trataba de un vehículo del Shin Bet, encargado de vigilar a los palestinos que guardaban cola, no podía quitarse de encima la sospecha de que el conductor estaba vigilando las ventanas de su piso. Lo miró, más intrigada que incómoda, y meneando la cabeza volvió al sofá y volvió a coger el artículo.

Leyó por encima el resto, una larga serie de declaraciones en las que al-Mulatham justificaba su campaña de violencia y juraba continuarla «hasta que el suelo de Palestina se tiña de rojo con la sangre de los niños judíos», y se detuvo en los últimos párrafos, que siempre le provocaban un escalofrío.

Entonces, de repente, tan bruscamente como ha empezado, la entrevista llega a su fin. Un momento antes estábamos hablando, y al siguiente me ponen en pie y me guían escaleras abajo, con las gafas de submarinismo todavía puestas. Cuando llego a la planta baja, oigo su voz arriba.

—Muchos se preguntarán por qué ha tenido lugar esta entrevista, señorita al-Madani. Para silenciar cualquier duda, haga el favor de informar a los servicios de seguridad de Israel de que a las nueve y cinco minutos de esta noche uno de nuestros agentes se inmolará en nombre de la Palestina libre. Le deseo buen viaje.

Dos horas más tarde me dejan en una cuneta al sur de Belén. Informo a las autoridades israelíes de lo sucedido. Aquella misma noche, a la hora anunciada, una bomba estalla en la plaza Hagar, en Jerusalén Occidental; mueren ocho personas y noventa y tres resultan heridas. Dice más que cualquier entrevista acerca del nihilismo del hombre conocido como al-Mulatham el hecho de que esas personas muertas y heridas estuvieran asistiendo a un mitin pacifista de Gush Shalom.

«Ha perjudicado casi tanto a nuestro pueblo como la creación del Estado de Israel —ha afirmado Saeb Marsudi—. Más, tal vez, porque antes nos consideraban víctimas, y ahora, gracias a él, nos consideran asesinos.»

Sospecho que al-Mulatham consideraría estas palabras un cumplido.

Dejó el artículo a un lado y cogió de nuevo la curiosa carta, que releyó una vez más con el ceño fruncido. Tenía algo, no cabía duda, algo... fascinante. Estaba demasiado cansada para hacer algo más al respecto, de modo que dejó el artículo y la carta sobre la mesa de su estudio, se fue a la cama y cayó dormida en cuanto su cabeza tocó la almohada, con las iniciales GR resonando en el borde de su conciencia como truenos lejanos en una noche oscura de invierno.

20

Península del Sinaí,
cerca de la frontera con Israel

Era un misterio. Era lo único que el anciano podía decir al respecto. Como tantas cosas en el desierto. Luces donde no debería haberlas, figuras tenebrosas que iban y venían en la oscuridad, una habitación perfectamente amueblada en plena desolación. En setenta años, nunca había visto nada semejante. Un gran misterio.

Había empezado un año antes, cuando buscaba a una cabra de su rebaño entre los *wadis* que serpenteaban a lo largo de la frontera con Israel. Había anochecido, y estaba a punto de abandonar la búsqueda cuando, al llegar a lo alto de un risco, reparó en una luz tenue que brillaba dentro de un puesto fronterizo abandonado del ejército. Hacía décadas que no había soldados en esa parte del desierto, ni gente, salvo algún beduino como él, y solo de paso, porque era un lugar yermo y solitario, inhóspito incluso para los acostumbrados a los rigores del desierto. No obstante, ahora había una luz donde antes no la había, y también se veía gente dentro del edificio de piedra.

Bajó con sigilo, olvidada la cabra, y se acercó al edificio de puntillas para mirar por la ventana. Dentro, iluminados por el resplandor untuoso de una lámpara de queroseno, había dos hombres, uno con un puro en la comisura de la boca, una larga cicatriz en la mejilla derecha y un gorro blanco en la cabeza, como los que usaban los *yehudiin*; el otro, más joven, apuesto y de espeso pelo negro, con una kefía sobre los hombros. Estaban encorvados sobre una mesa plegable y miraban un mapa. Hablaban en un idioma que no entendió, y sus dedos seguían líneas sobre el papel arrugado. A su derecha había cómodas butacas junto a la pared. Sobre otra mesa había un termo y un plato de bocadillos a medio consumir.

Miró durante unos minutos y luego, temeroso de que le vieran, se alejó, envuelto en el *schal* para protegerse del frío, y se acuclilló detrás de una roca para ver qué pasaba. En un momento dado, oyó un grito de rabia. Un poco después, el joven salió y orinó contra la pared.

El anciano se quedó allí toda la noche, vigilando, alerta, hasta que, poco antes del alba, la luz se apagó y los dos hombres salieron a la noche y rodearon el edificio. Contó hasta cincuenta y los siguió entre los peñascos dispersos a cierta distancia, hasta que rodeó un saliente rocoso a tiempo de ver un helicóptero grande que se elevaba en el aire y le envolvía en una nube de polvo asfixiante. El aparato flotó un momento y luego se alejó hacia el este.

Después de esto, había visto a las dos figuras misteriosas en numerosas ocasiones. A veces aparecían una o incluso dos veces a la semana. A veces transcurrían hasta dos meses entre visita y visita. En todo caso, siempre llegaban de noche y siempre se iban al despuntar el día, como temerosos de la luz reveladora del sol. Lo comentó a algunos de sus hermanos beduinos, pero se rieron y dijeron que el sol le había ablandado el cerebro; después de eso no volvió a hablarlo con nadie, lo cual le iba bien, porque le gustaba la idea de conocer un secreto del que nadie más estaba enterado.

«Un día participarás en grandes acontecimientos —le había dicho una vez su abuela, cuando era niño, antes de que los *yehudiin* vinieran y estallara la guerra—. Acontecimientos que cambiarán el mundo.»

Agachado detrás de la roca, mientras contemplaba la luz parpadeante y oía las voces de los hombres, había tenido la certeza de que su abuela se refería a esto. Y se sintió feliz porque, en el fondo, siempre había sabido que haría algo más en la vida que cuidar de un rebaño de cabras esqueléticas.

SEGUNDA PARTE

Una semana después

21

Jerusalén

Caminan hacia la cabeza de la marcha, cogidos del brazo, cantando con las demás personas reunidas, cada una de las cuales sostiene una vela encendida, de modo que mil puntos de luz parpadeantes salpican la noche. Ella tiene el pelo castaño y largo, recogido en un moño sobre la cabeza, y lleva un fino vestido de primavera de algodón amarillo que revela las formas de su cuerpo joven y esbelto. Él es más alto que ella; también más grande, un oso al lado de una gacela, de cara enorme y facciones pronunciadas, como algo tallado toscamente en madera, feo y guapo al mismo tiempo. No deja de mirarla, menea la cabeza como si no acabara de creer que está con alguien tan hermoso, tan frágil y delicado. Ella le adivina el pensamiento y ríe.

—Soy yo la afortunada, *Ari-yari* —dice—. Voy a ser la esposa más feliz del mundo.

Llegan a un espacio abierto y la marcha se dispersa, para luego volver a congregarse delante del escenario improvisado donde se pronuncian discursos bajo una pancarta con la palabra PAZ. Se cogen de las manos y escuchan, aplauden, prorrumpen en vítores, se miran constantemente, en sus ojos brillan el amor y la esperanza.

Al cabo de un rato la deja, dice que quiere comprar algo de beber. En cambio, ríe para sí y entra en una floristería abierta hasta altas horas de la noche para comprarle una flor, un lirio blanco, la favorita de ella. De regreso, sonriente al pensar en su expresión de alegría, oye la explosión. Al principio, no está muy seguro de dónde procede el sonido. Entonces ve la columna de humo y echa a correr, con el corazón encogido.

En la plaza hay cadáveres por todas partes, y fragmentos de cuerpos, y gente chillando. Avanza gritando su nombre, sus pies resbalan en la sangre, el pitido de móviles que no contestan resuena en sus oídos, y al final la encuentra bajo un ciprés destrozado, con el vestido hecho jirones, de manera que está casi desnuda. La explosión le ha arrancado las piernas, que yacen cerca.

—Oh, querida —grita con voz estrangulada, la acuna en sus brazos, la sangre caliente de ella le empapa la camisa y los tejanos—. Oh, mi hermosa y querida Galia.

Ella consigue alzar el brazo, apoyar una mano cubierta de ampollas en su nuca y atraer su cara. Le besa con la boca destrozada y sanguinolenta, como una tiza aplastada, y le susurra al oído, con voz apenas audible, palabras que solo él puede oír, palabras que le acompañarán hasta el fin de sus días. Después, la cabeza cae hacia atrás y ella muere.

Perplejo, vacío, más solo que nunca, contempla el cuerpo destrozado, con el lirio todavía en la mano, los pétalos teñidos de rojo. Aullidos de sirenas resuenan en la noche, como si el mismo aire chillara de desesperación.

—¡Arieh!

Sirenas por todas partes.

—¡Arieh!

Luces, gritos, gente que corre.

—Ben Roi, cabronazo, ¿qué cojones estás haciendo?

Arieh Ben Roi despertó sobresaltado y se golpeó la cabeza contra la ventanilla del coche. La petaca había resbalado de su mano, y lo que quedaba del vodka había caído sobre su regazo y mojado los tejanos. Las sirenas aullaban. Su auricular se había vuelto loco.

—¡Muévete, tío! ¡Que te muevas, joder!

Se quedó desconcertado un momento, suspendido entre el pasado y el presente. Después comprendió lo que estaba pasando, abrió la guantera, sacó su pistola Jericho y bajó del taxi. Delante de él, una empinada carretera de asfalto subía hacia la puerta de los Leones, donde un Mercedes negro intentaba frenéticamente dar marcha atrás, con un chirrido de neumáticos. Detrás, una falange de coches de policía había frenado para cerrar la salida de la Ciudad Vieja. Sus luces destellantes proyectaban dibujos psicodélicos sobre los cementerios musulmanes alineados a ambos lados. Se puso a correr, al tiempo que se quitaba la kefía de la cabeza y la tiraba a un lado.

Llevaban más de un mes planeando la operación. Un soplo los había alertado de una gran entrega de droga a los traficantes de la Ciudad Vieja. No había fecha concreta, solo una hora y un lugar: medianoche, la puerta de los Leones. Estaban al acecho desde entonces, disfrazados de vagabundos, traperos, turistas, enamorados. Ben Roi había aparcado las tres últimas noches en la ladera que subía a la puerta disfrazado de taxista árabe, a la espera, vigilando, bebiendo de la petaca. Y ahora, por fin, había llegado el momento. Y él se había dormido.

—Joder —masculló, mientras ascendía por la colina. Delante de él, el coche rugía y patinaba como un animal acorralado—. ¡Mecagüen la leche!

A su derecha había tiradores que avanzaban entre la maleza del cementerio de Yusufiya. Delante, dentro de la puerta de los Leones, cuatro hombres estaban tumbados de bruces sobre los adoquines, rodeados de policías.

—¡Revienta los neumáticos! —chilló su auricular—. ¡Dispara bajo!

Ben Roi se hincó de rodillas y levantó la pistola. La mano le temblaba a causa del vodka, y antes de que tuviera tiempo de afirmarla tres detonaciones sonaron a su alrededor, dos en el cementerio y una en la muralla que dominaba la puerta. Los neumáticos delanteros del Mercedes estallaron a la vez, y el coche se estrelló contra una pared. Se produjo un silencio, y después tres palestinos salieron con los brazos levantados.

—*Udrubu aal ard! Sakro ayunuk!* —gritó una voz amplificada—. ¡Al suelo y con los ojos cerrados!

Los hombres obedecieron. Un enjambre de policías surgió de

las sombras y se precipitó sobre ellos. Les esposaron las manos a la espalda y los registraron.

—Bien, chicos, ya los tenemos —resonó el auricular—. Buen trabajo.

Ben Roi siguió de rodillas, con la respiración entrecortada. Después suspiró, puso el seguro de la Jericho, se levantó y subió la cuesta hacia el Mercedes estrellado, mientras sus dedos acariciaban una menorah colgada de una cadena alrededor del cuello.

—Muy amable por tu parte reunirte con nosotros —dijo un hombre nervudo acuclillado junto a uno de los prisioneros, cuyo cuello atenazaba.

—Maldita radio —murmuró Ben Roi, mientras se daba unos golpecitos en el auricular—. No oía nada.

—Sí, claro.

El hombre le dirigió una mirada escéptica, puso al prisionero de pie y le empujó hacia la furgoneta de la policía más cercana. Ben Roi pensó en seguirle, en defenderse, pero no valía la pena. ¿De qué serviría? Sería una pérdida de tiempo. Que Feldman pensara lo que quisiera. Le importaba una mierda.

Vio que los agentes de la policía científica, con guantes de plástico y bata blanca, se congregaban alrededor del Mercedes. Dio media vuelta, se quitó el auricular y se encaminó hacia su coche, solo, inútil, incapaz de compartir el sentimiento de satisfacción general por un trabajo bien hecho. Recordó el día en que, de pequeño, le expulsaron de clase por mearse encima y experimentó la misma sensación de aislamiento, torpeza, turbación y vergüenza. Siempre se sentía avergonzado. De ser así. De haber degenerado de una manera tan patética. De haber ido a comprar el lirio. De haber sobrevivido.

Cuando llegó al coche miró hacia atrás, subió, puso en marcha el motor y bajó por la colina hasta la carretera de Ophel. A su izquierda quedaba la cavidad arbolada y en sombras del valle del Cedrón; a su derecha, por encima del terraplén amurallado de tres metros que discurría junto a la carretera, se alzaba la ladera herbosa del cementerio musulmán, que se elevaba hacia la hilera de focos de las murallas de la Ciudad Vieja. Pisó el acelerador y puso la tercera. Después de recorrer cien metros, disminuyó la velocidad y, con una mano en el volante, se agachó para buscar la petaca. Casi todo su contenido se había derramado, pero había unas gotas en el fondo, de modo que aminoró aún más la marcha, se llevó la petaca a los labios, echó la cabeza hacia atrás y la vació. Hizo una mueca cuando sintió el ardiente sabor en la garganta y la punzada de autodesprecio.

—Me das asco —masculló—. Eres patético. Patético.

Mantuvo en alto el frasco hasta que las últimas gotas le mojaron la boca, después lo arrojó al asiento posterior y pisó el acelerador de nuevo, al tiempo que giraba el volante para enderezar el coche, que empezaba a invadir el carril contrario, por lo cual recibió el furioso bocinazo de un camión.

—¡Que te den por el culo! —gritó, y él también tocó el claxon—. ¡Que os den por el culo a todos!

El camión pasó como un rayo a su izquierda. En ese mismo momento, algo pareció caer del terraplén a su derecha. Todo ocurrió en una fracción de segundo y, ofuscado por el vodka y el cansancio, su primer pensamiento, carente de toda lógica, fue que un animal de buen tamaño había saltado desde el cementerio. Aminoró la velocidad y miró por el retrovisor, avanzó unos cincuenta metros más hasta que su mente registró que había visto a un hombre saltar desde el terraplén al pavimento, donde ahora estaba agachado y se apretaba la rodilla, que parecía haberse herido. De nuevo la mente de Ben Roi intentó procesar de una manera coherente la información, y rodó otros cincuenta metros más hasta caer en la cuenta de que el hombre debía de ser un traficante de droga que había logrado huir del cerco policial. Paró en el arcén y sacó el *walkie-talkie.*

—¡Aún queda uno! —gritó—. Se dirige al Cedrón. ¿Me recibes? Necesito apoyo. Repito. Necesito apoyo.

Se oyó una tos de la estática, y una voz crepitante contestó a su llamada. Metió el *walkie-talkie* en el bolsillo, cogió la pistola y bajó del coche. El palestino, consciente de que le habían descubierto, había abandonado la carretera para tomar un ancho sendero escalonado que bajaba al valle del Cedrón. Ben Roi se puso a correr y, esquivando un camión cargado de berenjenas que venía de una dirección y un par de taxis procedentes de la otra, cruzó la carretera. Un año antes, una descarga de adrenalina habría recorrido su cuerpo. Ahora tenía sobrepeso, estaba en baja forma y solo se le ocurrió pensar por qué demonios se tomaba la molestia.

—¡Vamos! —se apremió, mientras los pulmones empezaban a arderle—. ¡Vamos, cabronazo gordo!

Llegó a lo alto del sendero y vio que su presa ya había descendido un buen trecho. Alzó la Jericho, pero el hombre estaba demasiado lejos para acertarle, de modo que continuó corriendo, con una punzada de dolor en el costado, falto de respiración. Era evidente que la rodilla entorpecía la marcha del palestino, y de haber estado en buena forma Ben Roi le habría alcanzado en cuestión de segundos. Acortaba la distancia con mucha lentitud, y aún se hallaba a cuarenta metros del hombre cuando llegó al fondo del valle, donde el sendero empezaba a nivelarse y discurría junto a una hilera de antiguas tumbas de roca excavadas en la parte baja de la ladera del monte de los Olivos.

Una fila de luces azules destellantes apareció delante, cortando el paso al fugitivo, que se encaramó a un muro de contención contiguo al sendero y saltó al otro lado. Ahora se encontraba a la derecha de Ben Roi, más abajo. El detective saltó el muro y bajó tras él por una abrupta pendiente llena de hierba. El hombre se desvió a la izquierda y ascendió por una cuesta rocosa contigua a la tumba, en forma de pirámide, de Zacarías. Ben Roi lo siguió resbalando en el suelo arenoso, agarrándose frenéticamente a piedras, zarzas y matas de hierbas, sin dejar de toser y resollar. Notaba que se le acababan las fuerzas, y a mitad de la pendiente le abandonaron por completo, como un coche que se hubiera quedado de repente sin gasolina. Vio impotente que el palestino continuaba subiendo hasta desaparecer.

—Joder —gruñó—. Joder, joder, joder.

Permaneció donde estaba un momento y, cuando hubo llenado de aire sus pulmones agotados, reanudó la marcha. Llegó a cuatro patas a la cumbre y se desplomó al pie de una acacia retorcida. Oyó un estallido de carcajadas.

—¡Madre mía, Ben Roi, mi abuela corre más deprisa que tú!

Feldman, el detective nervudo con el que había hablado antes, se erguía sobre él, acompañado de cuatro policías uniformados, dos de los cuales sujetaban al palestino con una llave. Extendió una mano, que Ben Roi apartó de una palmada.

—*Lech zayen et ima shelcha.* Ve a follarte a tu madre, Feldman.

Se puso en pie con un esfuerzo y avanzó un paso para colocarse frente al fugitivo palestino; era más joven de lo que suponía, todavía un adolescente. Su ojo izquierdo empezaba a hincharse y amoratarse, y tenía un corte en el labio. Feldman hizo una seña con la cabeza a los policías que le inmovilizaban, y estos aumentaron la presión.

—Adelante —dijo guiñando un ojo a Ben Roi—. Ya sabes que tienes ganas de hacerlo. Nosotros no veremos nada.

Ben Roi miró a Feldman, luego al palestino. Dios, le habría encantado hacerlo. Romperle la cara al muy miserable. Demostrarle lo que opinaba de él. De todos los suyos. Avanzó otro medio paso y apretó el puño. En ese momento, una voz suave resonó en su oído, cercana e inconmensurablemente lejana al mismo tiempo, acompañada por la visión fugaz del rostro de una mujer hermosa de ojos grises. Solo duró una fracción de segundo, luego desapareció, junto con la voz. Ben Roi miró al palestino, con la respiración entrecortada, después se tocó la menorah que llevaba al cuello, dio media vuelta y empezó a bajar por la pendiente. Feldman meneó la cabeza.

—Pobre Arieh —murmuró—. El pobre capullo de Arieh.

22

Egipto, entre Luxor y Edfu

Jalifa adelantó al camión y volvió a su carril sin dejar de tocar la bocina. A su izquierda, en la lejanía, una cordillera ondulaba y se expandía como una hilera de castillos de arena derrumbados. A su derecha, más cerca, al otro lado de una serie de campos de banana y caña de azúcar, el Nilo serpenteaba hacia el norte, con la superficie negra y lisa, como una banda de metal pulido. Encendió un cigarrillo, pisó el acelerador y encendió la radio. Shaaban Abd al-Rehim cantaba su éxito «Ana Bakrah Israel» (Odio a Israel). Jalifa escuchó un momento y después cambió de emisora. Dejó atrás un letrero indicador de que faltaban sesenta kilómetros para Edfu.

Había transcurrido más de una semana desde que habían encontrado el cadáver en Malqata, y en ese tiempo no había conseguido descubrir casi ninguna información nueva sobre el misterioso Piet Jansen. Tenía que conducir su investigación a espaldas del jefe Hasani. Llegaba temprano a la oficina, se iba tarde, hacía algunas llamadas a la hora de comer, robaba tiempo a su jornada de trabajo. Sin embargo, dudaba de que, incluso sin estas dificultades, hubiera averiguado mucho más sobre el sujeto. Todo en la vida de Jansen, desde la obsesiva seguridad de su villa hasta la absoluta falta de información sobre su pasado, parecía encaminado a mantener la privacidad de esa vida. Más que privacidad: secretismo, inaccesibilidad.

Había solicitado y recibido la ciudadanía egipcia en octubre de 1945. Al menos eso había averiguado Jalifa gracias a un antiguo contacto en el Ministerio del Interior. Después, había vivido en Alejandría, al frente de una empresa de encuadernación de libros, de éxito moderado, situada en Sharia Amin Fijry, antes de trasladarse a Luxor en marzo de 1972. Primero compró la villa y, siete meses más tarde, el hotel (cambió el prosaico nombre de Buena Bienvenida por el de Menna-Ra). Sus extractos bancarios revelaban que, si no acaudalado, vivía con comodidad, mientras que, según los informes médicos, padecía hemorroides, artritis, juanetes y angina de pecho, además de cáncer de próstata en estado avanzado, diagnosticado en enero de 2003. Su cojera era la secuela de un accidente de coche ocurrido en 1982 que le había destrozado la rodilla derecha.

Había otros datos dispersos. Jansen era asiduo de la biblioteca egiptológica de la Chicago House, se le consideraba un buen jardinero, carecía de antecedentes policiales... pero eso era todo. Cuándo había llegado por primera vez a Egipto, por qué y de dónde, cuál era su relación, si existía, con Hannah Schlegel, todo estaba envuelto en una bruma de misterio. Mucha gente le conocía, por lo visto, pero cuando se la presionaba, nadie parecía saber nada sobre él. Era como si no tuviera pasado, como si no hubiera nada bajo la superficie. Incluso la información aportada por Carla Shaw de que podía ser holandés había llegado a un callejón sin salida cuando la embajada holandesa le comunicó que Piet Jansen era uno de los nombres más comunes del país y que sin una fecha de nacimiento o una población sería imposible seguir su rastro.

Solo había encontrado una pista que podría ser interesante, y se la había facilitado la factura del teléfono del fallecido. Jansen no hacía muchas llamadas, y casi todas eran al Menna-Ra. Solo otro número, de El Cairo, figuraba con cierta frecuencia en la factura: nueve veces en los últimos tres meses. Jalifa lo había investigado en Egypt Telecom, pensando que sería uno de los amigos que Carla Shaw había mencionado durante su interrogatorio de la semana anterior. Sin embargo, esto también demostró ser una pista falsa, pues el número no pertenecía a una dirección privada, sino a un teléfono público del barrio de el-Maadi.

En pocas palabras, apenas había avanzado. Por eso iba en el coche ahora.

Continuó su camino y atravesó pequeños pueblos destartalados. Las colinas y el río, a uno y otro lado, se acercaban unas veces a la carretera y otras se perdían en la distancia, como asustados por el tráfico. El sol se estaba alzando a su izquierda, trepaba por el cielo como una yema de huevo que ascendiera entre agua hirviendo, y su calor creciente hacía que la húmeda tierra aluvial de los cultivos rielara y desprendiera vapor como un pastel recién salido del horno.

Llegó a Edfu media hora después. Cruzó el Nilo por el puente de cuatro carriles de la ciudad y recorrió sus calles polvorientas, antes de continuar hacia el sur, esta vez por la orilla derecha del río. Seis kilómetros más adelante, paró junto a un puesto ambulante para que le orientaran. Pasados dos kilómetros se desvió a la izquierda de la autopista y entró en una pista arenosa que serpenteaba entre campos de cebollas y calabazas y de vez en cuando se internaba en espesos bosquecillos de árboles *falak*, hasta desembocar en una vivienda encalada y adornada que se alzaba junto al río. La casa de Ehab Ali Mahfuz, el ex jefe de Jalifa, el hombre que había dirigido la investigación de la señora Schlegel. Frenó y apagó el motor.

Ir hasta allí era una apuesta arriesgada para Jalifa. Si bien se había jubilado tres años antes, Mahfuz aún tenía mucha influencia. Si la visita le molestaba, bastaría una palabra para que Jalifa fuera degradado a policía de a pie y destinado a alguna comisaría olvidada en medio del desierto occidental. Eso, o ser expulsado del cuerpo.

Sin embargo, si quería reabrir el caso de manera oficial (y había llegado a un punto de sus investigaciones en que ya no podía seguir trabajando extraoficialmente), a Jalifa no le quedaba otro remedio que jugar esa baza. El jefe Hasani no iba a ayudarle. Si pasaba por encima de Hasani y se dirigía al comisario del distrito, por ejemplo, eso le empantanaría en una jungla burocrática que tardaría meses en resolverse. Mahfuz tenía poder para agilizar las cosas de inmediato. La pregunta era si estaría dispuesto a utilizar ese poder. Jalifa no le recordaba como un hombre predispuesto a admitir errores.

Tamborileó con los dedos sobre el volante, cogió un informe mecanografiado de sus descubrimientos, bajó, se acercó a la puerta principal y llamó al timbre. Al cabo de unos momentos, oyó pasos que se acercaban. La puerta se abrió.

—*Sabah el-jayr* —dijo a la mujer que apareció ante él—. He venido a ver al inspector jefe.

—El comandante Mahfuz no desea ver a nadie en este momento —replicó la mujer, que recalcó la palabra «comandante», el rango con el que Mahfuz se había jubilado del cuerpo. Era de edad madura, piel oscura, y vestía ropas negras y *tarha*. El ama de llaves, supuso Jalifa.

—Solo deseo que me conceda unos minutos. He venido desde Luxor. Es importante.

—¿Tiene cita?

Admitió que no.

—Entonces no le verá.

Se dispuso a cerrar la puerta, pero Jalifa se interpuso en el hueco.

—Haga el favor de decirle que ha venido el inspector Yusuf Jalifa —pidió con firmeza—. Dígale que es urgente.

Ella le miró airada y, después de ordenarle que se quedara donde estaba, desapareció en el interior de la casa.

Jalifa se apoyó contra el marco de la puerta y encendió un cigarrillo, al que dio una profunda calada. Pese a sus habituales encontronazos con Hasani, no era una persona dada a los enfrentamientos personales, y situaciones como esta no le resultaban fáciles. Se descubrió pensando en sus años de universitario, cuando una vez llevó la contraria a un profesor delante de toda la clase. Le dijo que se había equivocado en un punto, y experimentó una sensación de miedo cuando levantó la mano y habló.

Dio otra calada, se volvió y miró hacia los campos que acababa de atravesar. A lo lejos vio una figura semidesnuda que picaba en la tierra con una *turia*. Su cuerpo se alzaba y caía con la lenta precisión rítmica de un juguete mecánico.

¿Qué estoy haciendo?, se dijo. ¿Qué coño estoy haciendo?

La mujer regresó un par de minutos después. Jalifa casi esperaba oír que Mahfuz se negaba a verle. Sin embargo, el ama de llaves le ordenó que apagara el cigarrillo y, tras mirarle como diciendo, «yo no apruebo esto», le guió hasta el fresco interior de la casa.

—El comandante no se encuentra bien —explicó con semblante severo, mientras atravesaban una serie de habitaciones en dirección a la parte posterior de la vivienda—. Salió del hospital hace quince días. El médico dijo que no debían molestarle.

Entraron en un amplio salón iluminado por el sol, con suelo de baldosas y una trabajada araña que colgaba del techo. Al fondo, unas puertas de cristal daban acceso a un jardín lleno de flores.

—Está allí —indicó la mujer—. Traeré té. Y no fume.

Miró fijamente a Jalifa para asegurarse de que había comprendido el mensaje, dio media vuelta y desapareció. El detective, antes de salir al jardín, se quedó mirando una gran foto enmarcada de Mahfuz estrechando la mano del presidente Mubarak. Al otro lado de una extensión de césped inmaculadamente cuidado, bordeado de arriates de flores de color rosa y amarillo, una pequeña plataforma de madera se extendía sobre el río. Sobre ella, de espaldas a Jalifa, había una tumbona a la que daba sombra un parasol de rayas verdes y blancas. Murmuró a toda prisa una oración y avanzó sobre la hierba. Llegó al muelle y se agachó bajo la sombrilla.

—Me estaba preguntando cuándo vendría —dijo una voz ronca—. Hace más de una semana que le estoy esperando.

Mahfuz estaba tendido, recostado sobre unos cojines, con una mano sobre el apoyabrazos de la tumbona y la otra aferrando una mascarilla de oxígeno de plástico, comunicada mediante un tubo grueso como un intestino con un cilindro metálico que descansaba a su lado. Jalifa se quedó impresionado por el cambio que había experimentado. La última vez que le había visto, más de cinco años atrás, era un hombre enorme, musculoso, de hombros anchos y aspecto imponente, como un peso pesado (le llamaban el Buey de Edfu). Ahora apenas le reconocía: el cuerpo encogido y convertido en algo que recordaba una tira de cuero viejo, con una cara como una calavera y unos miembros descarnados. Había perdido casi todo el pelo y los dientes, y sus ojos castaños, que Jalifa recordaba brillantes y fieros, tenían ahora el color de las aguas estancadas. Bajo la chilaba blanca se marcaba el bulto de una bolsa de colostomía.

—No queda mucho de mí. —El hombre rió sin alegría al ver la expresión de Jalifa—. Vejiga, intestino, un pulmón, todo fuera. Me siento como una maleta vacía.

Empezó a toser, se llevó la mascarilla a la cara, apretó un botón y aspiró.

—Lo siento —murmuró Jalifa—. No lo sabía.

Mahfuz se encogió de hombros mientras aspiraba oxígeno, y miró una masa de *ward-i-Nil* que flotaba por el río. Su respiración tardó casi un minuto en normalizarse. Bajó la mascarilla e indicó a Jalifa con un gesto de la cabeza que se sentara a su lado.

—Me queda un mes —dijo con voz áspera—. Dos como mucho. Con la morfina, es casi soportable.

Jalifa no sabía qué decir.

—Lo siento —repitió.

Mahfuz sonrió sin humor.

—El castigo —dijo—. Quien siembra vientos recoge tempestades.

Antes de que Jalifa pudiera preguntar a qué se refería, el ama de llaves apareció con una bandeja sobre la que descansaban dos vasos de té. La dejó sobre la mesa de madera, ahuecó los cojines de su jefe, lanzó una mirada severa a Jalifa y se fue.

—*Omm Muhammad* —gruñó Mahfuz—. Una perra miserable, ¿eh? No se lo tome como algo personal. Es igual con todo el mundo.

Se inclinó a un lado y tendió una mano temblorosa hacia el té. No pudo alcanzarlo, y Jalifa se lo tuvo que acercar.

—¿La señora Mahfuz? —preguntó para entablar conversación.

—Murió. El año pasado.

Jalifa inclinó la cabeza. No esperaba nada de esto. Mahfuz bebió el té y le miró por encima del borde del vaso.

—Está pensando que no debería haber venido, ¿verdad? —resolló, pues había leído los pensamientos del detective—. Que el viejo ya está sufriendo bastante. ¿Para qué darle más problemas?

Jalifa se encogió de hombros mientras miraba entre las rendijas de la plataforma las aguas cenagosas que discurrían por debajo.

—Ha dicho que me estaba esperando —murmuró tras un breve silencio.

Mahfuz se encogió de hombros.

—Hasani llamó. Me contó lo que estaba pasando. Que estaba usted husmeando en el caso Schlegel. Si seguía siendo el Jalifa que yo recordaba, sabía que a la larga vendría.

Sonrió para sí, con una expresión más apenada que alegre, y volvió a toser, de forma que el vaso tembló en su mano y gotas de té cayeron sobre su chilaba. Indicó a Jalifa con un gesto que sujetara el vaso, levantó la mascarilla y tomó una larga bocanada de oxígeno. El detective desvió la mirada hacia el río. Era una vista gloriosa: el agua negroazulada, los macizos de juncos susurrantes, una solitaria falúa que pasaba cerca de la orilla opuesta, su vela hinchada aplastando el cielo como una mejilla sobre una almohada. Mahfuz observó la dirección de su mirada y dejó la mascarilla a un lado.

—Mi único consuelo —dijo con voz ronca—. Al menos, moriré con una buena vista.

Se aplicó de nuevo la mascarilla, derrumbado sobre la tumbona, y aspiró el oxígeno como un pez varado en un banco de barro. Jalifa tomó un sorbo de té y se dispuso a sacar los cigarrillos, pero recordó lo que le había dicho el ama de llaves y enlazó las manos sobre el regazo. Al otro lado del jardín, un abejaruco revoloteaba sobre un macizo de rosas.

Por fin Mahfuz se recuperó lo suficiente para quitarse la mascarilla. Jalifa se inclinó para entregarle el informe mecanografiado.

—Pensé que debía ver esto, señor.

Mahfuz tomó el informe, hizo una mueca de dolor cuando cambió de postura y lo leyó con parsimonia, pasando las páginas con manos temblorosas. Cuando llegó al final, lo dejó a un lado y apoyó la cabeza sobre las almohadas.

—Siempre lo sospeché.

Habló en voz tan baja que Jalifa creyó haber oído mal.

—¿Señor?

—Que fue Jansen quien mató a la vieja. Siempre lo sospeché.

Jalifa le miró sorprendido. Mahfuz esbozó una débil sonrisa.

—No se lo esperaba, ¿eh?

Volvió la cabeza un poco y miró hacia la otra orilla del río, donde una manada de búfalos se había acercado al agua para beber. Los huesudos cuartos traseros oscilaban de un lado a otro como péndulos. Jalifa se frotó las sienes y trató de concentrarse. Se sentía como si una pesada ola le hubiera arrollado, asfixiado y desorientado.

—¿Lo sabía? —consiguió musitar.

—No estaba seguro —respondió Mahfuz—, pero las pruebas apuntaban en esa dirección. El sombrero, el bastón, la casa cerca de Karnak. Lo de los pies es interesante. No lo sabía.

Una pequeña burbuja de saliva se formó en la comisura de su boca. Levantó una mano temblorosa y trató de secársela con la manga de la chilaba.

—Yo le conocía. A Jansen. No muy bien, pero lo bastante. A los dos nos gustaban los jardines. Pertenecíamos a la Sociedad de Horticultura. Asistíamos a las mismas reuniones. Un hombre desagradable. Frío. Muy bueno con las rosas. —Todavía intentaba secarse la burbuja—. Cuando vi las señales en el cuerpo de la señora Schlegel y oí lo que dijo el guardia sobre una especie de pájaro, me pareció una extraña coincidencia. Sobre todo por la actitud de Jansen hacia los judíos, y el detalle de que viviera tan cerca del lugar de los hechos. Era circunstancial, de acuerdo, pero si hubiéramos seguido esa pista estoy seguro de que le habríamos detenido.

Bajó el brazo, respirando con dificultad. Se oyó un fuerte chapoteo cuando un par de gansos aterrizaron en medio del río, con las patas extendidas hacia delante y las alas desplegadas. Jalifa notó que le temblaban las manos.

—Pero ¿por qué? —preguntó con voz ronca, perplejo—. Si pensaba que Jansen era culpable, ¿por qué condenaron a Yamal?

Mahfuz estaba mirando los gansos.

—Porque me lo ordenaron. —Una breve pausa—. Al-Hakim.

Una vez más, Jalifa experimentó la sensación de que una pesada ola le caía encima, que todo giraba fuera de control a su alrededor y perdía todos sus puntos de referencia. Hasta su muerte el año anterior, Faruk al-Hakim había sido el jefe del Yihaz Amn al-Daula, el Servicio de Seguridad del Estado de Egipto.

—Sabía que esto siempre me perseguiría —resolló Mahfuz—. Suele pasar con estas cosas. En cierto sentido, es un alivio. Me ha acompañado durante demasiado tiempo. Mejor sacarlo de una vez, plantarle cara.

Se oyó un fuerte bocinazo a la derecha, en un recodo del río, y una gigantesca barcaza del Nilo apareció poco a poco, cargada de piedra arenisca. Su proa dibujaba un profundo pliegue en la lisa superficie del agua, como un cincel que atacara un trozo de madera suave y oscura. Pasó de largo antes de que Mahfuz volviera a hablar.

—Supe desde el principio que iba a ser un caso difícil —añadió, con voz apenas más audible que un susurro—. Siempre lo son cuando interviene la política. Schlegel fue asesinada menos de un mes después de la matanza de Ismailía. ¿Se acuerda? Nueve turistas israelíes asesinados en un autobús. Y ahora, otra israelí muerta. No tenía buen aspecto. Sobre todo con los norteamericanos de por medio. Estaban a punto de firmar un gran programa de préstamos. Había en juego millones de dólares. Ya sabe cómo tratan a Israel. El caso de Schlegel podría haberlo jodido todo. Créame, había mucha gente preocupada en El Cairo. Al-Hakim se ocupó del asunto en persona. Hubo muchas presiones para que se produjera una condena rápida.

Hizo una pausa y trató de recuperar el aliento. Jalifa estaba tamborileando con los dedos sobre las rodillas, intentando comprender lo que oía. Desde el principio había dado por sentado que se trataba de un simple error judicial. Ahora todo apuntaba a que estaba implicado en algo mucho más complejo e insidioso.

—Pero si usted sabía que era Jansen… ¿por qué le dijo al-Hakim que condenara a otra persona?

Mahfuz agitó una mano en un gesto de impotencia.

—Ni idea. No lo supe entonces y tampoco lo sé ahora. Hablé a al-Hakim de Jansen, pero dijo que era intocable. Implicarle en el caso solo serviría para empeorar las cosas. Cabrearía todavía más a los judíos. Esas fueron sus palabras. Si investigábamos a Jansen, los judíos se cabrearían más todavía. Me dijo que encontrara un chivo expiatorio. De manera que acusamos a Yamal.

Su respiración sibilante empeoraba por segundos. Levantó la mascarilla y dio otra serie de bocanadas. Su frágil pecho subía y bajaba espasmódicamente, y las manos le temblaban de manera incontrolable. Jalifa se fijó, con un estremecimiento de asco, en que la bolsa de colostomía que había debajo de la chilaba se llenaba de orina. Se oyó otro bocinazo cuando la barcaza del Nilo desapareció en dirección norte tras doblar otro recodo del río.

—Ese caso me arregló la vida —prosiguió Mahfuz tras bajar de nuevo la mascarilla—. Conseguí un ascenso, mi nombre salió en los periódicos, recibí un telegrama de Mubarak. Pero me sentía culpable de cojones. No por Yamal. Ese tipo era un pedazo de mierda. Se merecía lo que le pasó. Pero su mujer y sus hijos...

Enmudeció y se pasó por los ojos un brazo delgado como un palo. El extraño encuentro con la esposa de Yamal acudió a la mente de Jalifa. «Llega por correo. Sin nota, sin nombre, nada. Solo tres mil libras egipcias, en billetes de cien.»

—Es usted quien ha estado enviándoles dinero —dijo en voz baja.

Mahfuz levantó la vista, sorprendido, y luego agachó la cabeza.

—Era lo menos que podía hacer. Ayudarlos a sobrevivir. Enviar a los niños al colegio. Un bonito gesto vacuo, teniendo en cuenta todo.

Jalifa meneó la cabeza, se puso en pie, caminó hasta el borde del muelle y contempló un banco de percas del Nilo que avanzaban en el fondo.

—¿Lo sabía Hasani?

Mahfuz negó con la cabeza.

—En aquel tiempo no. Se lo conté más tarde, después de que Yamal se colgara. Solo ha intentado protegerme. No le juzgue con excesiva severidad.

—¿Y el expediente? Ha desaparecido de la sala de archivos.

—Hasani lo quemó. Pensamos que era lo mejor. Olvidarlo todo. Relegarlo al pasado. —Lanzó una carcajada amarga—. Pero ese es el problema del pasado, ¿no? Nunca pasa. Siempre está ahí. Aferrado como una sanguijuela. Chupando la sangre. Hagas lo que hagas, digas lo que digas, nunca puedes deshacerte de él. Como una jodida sanguijuela. Te deja seco.

Señaló con un gesto débil el té, para indicar que tenía la garganta seca, que necesitaba líquido. Jalifa avanzó y le pasó el vaso. Mahfuz no pudo contener los temblores, y Jalifa tuvo que sujetarlo para que pudiera beber. Cuando terminó, se desplomó de nuevo, desmadejado y desvalido como una muñeca de trapo.

—Yo era un buen policía —susurró—. Me da igual lo que opine usted. Cuarenta años le entregué al cuerpo. Perdí la cuenta del número de casos que resolví. El robo del expreso de Asuán. Los asesinatos de Gezira. Girgis Whadi. ¿Se acuerda de él? Girgis al-Gazar, el Carnicero de Butneya. Tantos casos... Pero este es el único que me atormenta. Dejé que un asesino se saliera con la suya.

Se estaba cansando mucho, su respiración era cada vez más entrecortada y le temblaban los miembros. Agarró la mascarilla de oxígeno y respiró varias veces, con una mueca de dolor.

—Reabra el caso —murmuró tras dejar la mascarilla a un lado—. Eso es lo que quiere, ¿verdad? Hablaré con Hasani y con quien sea necesario. No servirá de nada a efectos prácticos. Al-Hakim está muerto. Jansen está muerto. Yamal está muerto. Pero al menos podrá descubrir la verdad. Ya es hora.

Se oyeron unos pasos cuando el ama de llaves se acercó a ellos con una pequeña bandeja de enfermería.

—¿Y usted? —preguntó Jalifa.

Mahfuz tosió.

—¿Yo? Habré muerto dentro de unas semanas. Al menos moriré sabiendo que al final he hecho lo que debía.

Se aplicó la mascarilla, respiró de nuevo y después, con las fuerzas que le quedaban, extendió una mano y aferró el brazo de Jalifa.

—Descubra la verdad —susurró—. Por mí, por la esposa de Yamal, por Alá, si me apura. Pero vaya con cuidado. Jansen era un hombre peligroso. Tenía amigos importantes. Secretos desagradables. Intentaré protegerle, pero vaya con cuidado.

Un ojo velado miró a Jalifa y luego se cerró. El detective observó al hombre un momento, después se soltó el brazo y volvió sobre sus pasos. Media hora antes había rezado para que Mahfuz le autorizara a reabrir el caso. Después de lo que había oído, ahora se arrepentía de haberlo hecho.

23

Jerusalén

Laila no se acordaba de cuándo se había convertido en miembro del Club de los Desayunos del American Colony, pero hacía varios años que las reuniones de los viernes por la mañana constaban de manera regular en su agenda semanal. No era un club propiamente dicho, sino más bien una reunión informal en el American Colony Hotel, donde, entre cafés y cruasanes, un grupo de periodistas, trabajadores de ONG y diplomáticos de segundo orden (quien entonces se encontrara en la ciudad) hablaban de los asuntos importantes de ese momento. Al desayuno solía seguir la comida, que daba paso al té y, algunas veces al año, el té precedía a una cena bien regada con alcohol, donde las conversaciones subían de tono, se intercambiaban insultos y, en una ocasión memorable, el jefe de la agencia del *Washington Post* rompió una botella de vino en la cabeza del agregado cultural danés.

Laila llegó poco después de las diez, se detuvo a echar una carta en el buzón del hotel, atravesó el fresco vestíbulo de suelo de piedra y salió al soleado patio central, con su fuente burbujeante, macetas de plantas floridas y mesas metálicas bajo la sombra que arrojaban parasoles de color crema. Varios habituales del «club» ya habían llegado (su amiga Nuha, Onz Schenker, del *Jerusalem Post*; Sam Rogerson, de Reuters; Tom Roberts, el tipo del consulado británico que siempre intentaba ligar con ella), así como un par de caras nuevas que no reconoció, todos sentados bajo un naranjo retorcido. Ya estaban enfrascados en una conversación, de modo que acercó una silla y se sirvió un café de la cafetera que había sobre la mesa. Roberts la miró, sonrió nervioso y después desvió la vista.

—Todo es una broma —decía Rogerson pasándose una mano por la cabeza de cabello ralo—. Es una hoja de ruta que no conduce a ningún lugar, joder. A menos que Israel se enfrente al problema fundamental, es decir, que han jodido a los palestinos y han de hacer concesiones significativas para cambiar las cosas, el derramamiento de sangre continuará.

—Yo te diré cuál es el jodido problema fundamental —rezongó Schenker, con el ceño fruncido, tras dar una calada a un Noblesse—. El problema es que, a fin de cuentas, los árabes no están interesados en hablar de paz. Es una gilipollez ofrecer concesiones cuando lo único que desean es borrar a Israel del mapa.

—Chorradas —dijo Nuha.

—¿De veras? ¿Me estás diciendo que al-Mulatham de repente quiere negociar? ¿Que Hamas va a reconocer el derecho de Israel a existir?

—Venga, Oz, esos no representan al pueblo palestino —intervino una mujer menuda y muy maquillada, de nombre Deborah Zelon, corresponsal de la Associated Press.

—¿Quién lo representa? ¿Qureia? ¿Abbas? ¿Tipos de los que la mitad de la población se ríe y a los que la otra mitad desprecia? ¿Arafat, que solía torturar a su propia gente, que ha malversado los fondos de ayuda, al que ofrecieron la paz en bandeja en Camp David...?

—¡Otra vez no! —gritó Nuha.

—Barak le ofreció el noventa y siete por ciento de Cisjordania —exclamó Schenker al tiempo que le apuntaba con su cigarrillo—. Su propio Estado. ¡Y lo rechazó!

—Lo que le ofrecieron, como bien sabes —replicó Nuha, echando chispas por los ojos—, era un montón de cantones rodeados de asentamientos israelíes ilegales y sin fronteras internacionales. Eso, y una mierda de desierto que habéis utilizado como vertedero de productos tóxicos durante los últimos veinte años. No podía aceptar. Le habrían linchado.

Schenker resopló y apagó el cigarrillo en un cenicero.

Llegó un camarero con más café y una bandeja de cruasanes, seguido un momento después por un hombre de edad avanzada con chaqueta de tweed y gafas en forma de media luna, el cual acercó una silla y se sumó al grupo. Nuha le presentó como profesor Faisal Bekal, de la Universidad de al-Quds. El anciano levantó una mano artrítica a modo de saludo.

—Lamento decirlo —intervino Rogerson, retomando el hilo de la conversación—, pero estoy de acuerdo con Schenker en este último punto. Arafat es un estorbo. Qureia y Abbas tienen buena voluntad, pero carecen de autoridad para llegar a un acuerdo realista y convencer a su pueblo. Los palestinos necesitan un nuevo líder.

—¿Y los israelíes no? —resopló Nuha.

—Pues claro —dijo Rogerson, que cogió una manzana del cuenco que había en el centro de la mesa y empezó a pelarla con su navaja—. Sharon es un desastre increíble. Pero eso no cambia el hecho de que los que tenéis vosotros no son capaces de encontrar una solución al problema. Desde luego, no una solución permanente.

—¿Y quién lo es? —preguntó Deborah Zelon—. Dahlan y Rayub carecen de una base de poder. Erekat no tiene ninguna posibilidad. Barghuti está en la cárcel. No hay nadie más.

El profesor Bekal cogió un cruasán, lo partió en dos y dejó una mitad sobre el borde de la mesa, mientras mordisqueaba la otra.

—Está Saeb Marsudi —murmuró, con voz tenue y algo temblorosa, al tiempo que se limpiaba las migas de los labios.

—¿Usted cree? —preguntó Rogerson.

El anciano ladeó la cabeza.

—¿Por qué no? Es joven e inteligente, y la gente le quiere. Posee buenas credenciales. Hijo de activista, nieto de activista, dirigente de la Primera Intifada, pero lo bastante pragmático para saber que nunca existirá una Palestina libre sin negociación y acuerdo.

—También tiene sangre judía en las manos —resopló Schenker.

—En esta parte del mundo todos tienen sangre de alguien en las manos, señor Schenker —musitó Bekal—. La cuestión es qué hacen ahora, no lo que hicieron en el pasado. Sí, Marsudi introdujo armas de contrabando en Gaza. Y sí, esas mismas armas fueron utilizadas sin duda para matar israelíes. Tal vez a los mismos israelíes que expulsaron a su familia de la tierra que les pertenecía, encarcelaron a su padre y asesinaron a su hermano. El caso es que Marsudi cumplió su condena. Ahora es uno de los pocos palestinos con coraje para oponerse públicamente a la resistencia violenta. Creo que podría hacer cosas buenas.

—Si vive lo suficiente —gruñó Nuha—. Hamas quiere cortarle el cuello.

—Ahí lo tienes, Onz —dijo Rogerson, que había conseguido pelar la manzana formando una única espiral—. Sobre esa base, debería ser vuestra mejor apuesta.

Schenker bebió café y encendió otro Noblesse.

—Todos son igual de malvados —gruñó—. No se puede confiar en esos cabrones.

—¡Escuchad la voz de la razón y la esperanza! —exclamó Deborah Zelon entre risas.

La conversación derivó hacia otros temas, las opiniones volaban como pelotas de ping-pong, el sonido de voces subía y bajaba, su ritmo se rompía de vez en cuando debido a un súbito estallido de carcajadas o gritos, que solían proceder de Onz Schenker, cuya actitud en la conversación parecía abarcar tan solo dos posturas: irritado y muy irritado. Más gente entró en el patio y se sumó al encuentro, hasta que hubo más de veinte personas reunidas, y lo que había sido un debate único se fragmentó poco a poco en una serie de conversaciones entre grupos más pequeños. Tom Roberts se acercó y tomó asiento al lado de Laila.

—Hola, Laila —dijo, y su lengua se demoró un poco en la primera ele de su nombre, una secuela del tartamudeo que había padecido en la infancia—. ¿Cómo te va?

—Bien —dijo ella—. Siento no haberte devuelto la llamada. He estado un poco...

El desechó sus explicaciones con un gesto, como si no importara. Era mayor que ella, cuarentón, alto y delgado, aficionado a la lectura, con gafas redondas, un hombre tímido y modesto. No dejaba de ser atractivo, pero tampoco lo era particularmente. Insulso. Por algún motivo, a Laila le recordaba una jirafa.

—Estás muy callada hoy —continuó, y esta vez se demoró en la eme de «muy»—. Por lo general, le das un buen rapapolvo a Schenker.

Ella sonrió.

—Hoy le he concedido el día libre.

—¿Absorta en otras cosas?

—Podría decirse así.

Había tenido una semana muy ocupada. El día después de quedar con Nuha había escrito dos artículos y medio, una buena marca incluso para ella; uno de ellos era un perfil de Baruch Har-Zion en dos mil palabras para la *New York Review* (había salido aquel mismo día). Después había ido a Gaza para un artículo sobre la violencia doméstica (un problema cada vez más frecuente, y pocas veces reconocido, en la sociedad palestina), y apenas había tenido tiempo de escribirlo cuando *The Guardian* la envió a Limassol para cubrir una conferencia sobre programas de ayuda al pueblo palestino. Había llegado a última hora de aquella misma tarde y dedicado la mitad de la noche a transcribir cintas, hasta que a las cuatro de la madrugada se acostó, aunque no durmió muy bien.

No era el cansancio lo que la preocupaba ahora, sino la maldita carta. No podía apartarla de su mente. Toda la semana había estado acechando entre sus pensamientos, aguijoneándola, intrigándola. «Estoy en posesión de información que podría resultar de incalculable valor para este hombre en su lucha contra el opresor sionista... A cambio, estoy en condiciones de ofrecerle la que, en mi opinión, podría ser la exclusiva más grande de su carrera... La información de la que hablo está íntimamente relacionada con el documento adjunto.» Cuanto más pensaba en ella, más se convencía de que su análisis inicial había sido erróneo, de que la carta no era ni una broma pesada ni un intento de tenderle una trampa, sino que iba en serio. Carecía de pruebas concretas, era tan solo una intuición, la misma intuición que la animaba a seguir una pista.

En el poco tiempo que le quedaba entre escribir artículos y viajar, había intentado averiguar algo sobre el muchacho que había entregado la carta, sin resultado alguno. La curiosa construcción de la frase «me gustaría presentarle una propuesta» hacía pensar que el inglés no era la lengua materna del autor de la misiva, pero por lo demás no tenía la menor pista sobre su identidad (al menos, estaba segura de que era un hombre). Fuera quien fuese, había dicho que seguirían en contacto, pero hasta el momento no había vuelto a saber de él.

Lo cual dejaba como única pista el curioso documento fotocopiado. Se lo había pasado a un contacto de la Universidad Hebrea, el cual había indicado que podía ser una especie de código, aunque no tenía ni idea de cómo descifrarlo. Una búsqueda de «GR» en internet había dado un enorme número de resultados, como esperaba, más de un millón, por el amor de Dios, y después de examinar los treinta primeros lo dejó correr, harta de perder el tiempo. Había llegado a un callejón sin salida.

—¿Puedo ayudarte en algo?

Tom Roberts la estaba mirando, expectante.

—Has dicho que estás absorta en otras cosas —añadió, al observar la expresión de desconcierto de Laila—. He pensado que quizá podría ayudarte.

—Lo dudo —dijo ella, y terminó su café—. A menos que seas un experto en descifrar códigos.

—No lo hago nada mal. Una especie de afición. ¿Cuál es el contexto?

Laila enarcó las cejas con expresión inquisitiva.

—¿Es una carta, un documento oficial? —preguntó él.

—Una carta, creo —contestó la joven—. Antigua. Tal vez medieval. No tiene ni pies ni cabeza. Es una larga secuencia de letras con una especie de firma al final. GR.

El hombre se humedeció los labios mientras pensaba, luego meneó la cabeza para indicar que las iniciales no le decían nada.

—Es mi día libre —dijo después de una breve pausa—. Podría echarle un vistazo, si quieres.

Laila vaciló, pues sabía que Tom se sentía atraído por ella y no quería complicar las cosas. Antes de que pudiera rechazar la oferta, él añadió:

—No hay segundas intenciones. Palabra de *scout*. Creo que, después de seis meses, ya he comprendido el mensaje.

Ella le miró un momento, sonrió y apoyó la mano sobre la de él.

—Lo siento, Tom. Debes de pensar que soy una zorra.

—Es parte del atractivo, si quieres que te diga la verdad —repuso él con una sonrisa melancólica.

Laila le apretó la mano.

—Sería estupendo que le echaras un vistazo, pero con una condición. Has de dejar que te invite a comer.

—Ojalá tuvieras que descifrar un código cada día —comentó Tom con una sonrisa—. ¿Cuándo te va bien?

—Aprovechemos el momento —dijo Laila, al tiempo que echaba la silla hacia atrás y se levantaba—. Creo que, por esta semana, ya tengo bastante de Schenker.

Roberts cogió la chaqueta y se despidieron. Nuha lanzó a Laila una mirada intrigada, que ella devolvió con un movimiento casi imperceptible de la cabeza, como diciendo «no es lo que piensas». Cuando cruzaban el patio en dirección al vestíbulo, la voz de Onz Schenker sonó a su espalda.

—¡Yehuda Milan es la última persona capaz de salvar este país! ¡Héroe de guerra o no, ese hombre no me inspira confianza!

—¿Por qué, Onz? —gritó Rogerson—. ¿Porque podría firmar un acuerdo realista con los palestinos? ¡Es gente como tú la que no inspira la menor confianza!

—¡Eres un antisemita, Rogerson!

—¡Mi mujer es judía, cojones! ¿Cómo puedo ser yo antisemita?

—¡Que te den por el culo, Rogerson!

—¡No, que te den por el culo a ti, Schenker! ¡Que te la metan hasta el fondo de tu gordo y apestoso culo fascista!

Se oyó el ruido de sillas arrastradas por el suelo, un plato que se rompía y una algarabía de chillidos que ordenaban a los dos hombres sentarse y dejar de hacer estupideces. Para entonces, Laila y Tom Roberts ya habían atravesado el vestíbulo del hotel y salían por la entrada principal, cubierta de buganvillas. Las voces de sus colegas se apagaron a su espalda.

24

Tel Aviv, hotel Sheraton

—Cuando la gente me pregunta por qué me opongo a los llamados procesos de paz, por qué creo en un Israel fuerte gobernado por judíos, sin la menor presencia árabe, me gusta contarles la historia de mi abuela.

Har-Zion se apartó del micrófono y bebió un traguito de agua, mientras observaba a los invitados a la comida sentados frente a él. Eran un buen número, en su mayor parte gente dedicada a los negocios, muchos norteamericanos. Cien invitados, doscientos dólares por cabeza. Eso significaba mucho dinero para Chayalei David. Y eso antes de las promesas de donaciones privadas, que doblarían esa suma. Cincuenta mil dólares, más o menos. Mucho dinero.

Pese a eso, no lo estaba pasando bien. Siempre le ocurría en esta clase de actos. Los trajes, la conversación educada, la falsa alegría... eso no era para él. Lo suyo era un campo de batalla, o una muchedumbre de árabes ruidosos protestando por otra ocupación de los Guerreros de David. Lo suyo era la acción.

Miró sin querer el asiento de su derecha, que su esposa Miriam siempre ocupaba antes de que el cáncer se la llevara (Dios, ¿era posible que ya hubieran pasado tres años?). En lugar de su cuerpo menudo y bien vestido vio a un anciano rabino tocado con un enorme *shtreimel* adornado con una franja de piel. Le miró un momento como desconcertado por su presencia, después meneó la cabeza, se inclinó hacia el micrófono y continuó hablando.

—Mi abuela por parte de madre murió cuando yo solo tenía

diez años, de modo que no llegué a conocerla bien. Sin embargo, en esos pocos años que compartí con ella, me di cuenta de que era una mujer notable. Cocinaba como no pueden imaginarse, *borsch*, pescado relleno, *kneidls*. ¡La perfecta abuela judía!

Se oyeron unas cuantas carcajadas en la sala.

—Pero hacía algo más que cocinar. Se sabía la Torá mejor que cualquier rabino que yo haya conocido... sin ánimo de ofender...

Se volvió hacia el rabino, que sonrió magnánimo. Más carcajadas.

—Y cantaba mejor que cualquier *hazzan*. Incluso hoy, cuando cierro los ojos, la oigo cantar el *kerovah*, tan dulce, como un ruiseñor. Si estuviera ahora aquí, les encantaría. ¡Más que yo, desde luego!

Un tercer eco de carcajadas, acompañado por gritos apagados de «¡No es verdad!» Har-Zion levantó el vaso y tomó otro sorbo de agua.

—También era una mujer fuerte. Valiente. Tuvo que sobrevivir dos años en Gross-Rosen.

Esta vez, no hubo gritos ni carcajadas. Todos los ojos se clavaron en él.

—Yo quería mucho a mi abuela —continuó mientras dejaba el vaso sobre la mesa—. Me enseñó muchas cosas, me contó cuentos maravillosos, inventó juegos estupendos. Solo había una cosa de ella que me entristecía: nunca me abrazó contra su pecho como hacen las abuelas. Sobre todo las abuelas judías.

El público guardaba silencio, mientras se preguntaba cómo terminaría la historia. Har-Zion sentía que la piel le hormigueaba debajo del traje, como si llevara una camisa de fuerza llena de pimienta. Introdujo los dedos dentro del cuello de la camisa con la intención de aflojarlo un poco.

—Al principio no me daba demasiada cuenta. No obstante, cuando me fui haciendo mayor, empezó a afectarme. Quizá mi *bubeh* no me quiere, pensaba. Tal vez me he portado mal. Quería preguntarle por qué nunca me abrazaba, pero intuía que no deseaba hablar de eso, de modo que nunca dije nada. Yo estaba triste y confuso.

Detrás de él, su guardaespaldas Avi tosió. Sonó de una manera anormal en el silencio que envolvía la sala.

—Solo después de su muerte, mi madre me dio la solución de este extraño misterio. De jovencita, mi abuela había vivido en un *shtetl* del sur de Rusia. Todos los sábados por la noche, después de beber sin parar, los cosacos se presentaban. Los judíos se encerraban en sus casas, pero los cosacos tiraban la puerta abajo y sacaban a la gente a la calle, donde los golpeaban y, a veces, los mataban. Para ellos era una diversión, un deporte. Al fin y al cabo, solo eran sucios judíos.

Doscientos pares de ojos estaban clavados en Har-Zion. A su lado, el rabino tenía la vista fija en el regazo y meneaba la cabeza con tristeza.

—En una de estas ocasiones, los cosacos capturaron a mi abuela. Tenía quince años en aquel tiempo, una hermosa muchacha de pelo largo y ojos brillantes. Creo que no es preciso contarles lo que le hicieron. Cinco cosacos. Borrachos. En la calle, a la vista de todo el mundo. Después, cuando terminaron, quisieron llevarse un recuerdo de aquella noche. ¿Saben qué recuerdo eligieron?

Dejó que la pregunta flotara en el aire unos momentos.

—Un pecho de mi abuela. Se lo cortaron con un cuchillo y se lo llevaron, un trofeo para colgar en la pared.

Hubo murmullos de horror. Una mujer sentada a una de las mesas delanteras se llevó la servilleta a la boca. El rabino susurró «Santo Dios».

—Por eso mi abuela nunca me abrazó —añadió en voz baja Har-Zion—. Porque sabía que yo notaría algo raro y tenía vergüenza. No quería que supiera de su dolor. No quería que me pusiera triste por su causa.

Calló, a la espera de que las palabras obraran su efecto. Podría haber contado otras historias del mismo cariz. Muchas historias. Sobre sus propias experiencias: las burlas, las palizas, la vez en que, cuando estaba en el orfanato, le metieron un palo de escoba por el recto al grito de «¡dadle por el culo al judío! ¡Dadle por el culo al judío!». Parecía que todos los días de su infancia habían estado ensombrecidos por el miedo y la humillación. Pero prefería no hablar de eso. Nunca había hablado de eso. Ni siquiera con Miriam, su esposa. Era demasiado brutal, demasiado doloroso, peor aún que las quemaduras que le habían destrozado el cuerpo y lo habían dejado como una estatua de cera fundida. Por eso contaba la historia de su abuela, que le tocaba de cerca, pero no tanto como para conseguir que se desmoronara, que se abrieran las compuertas. Había mucho dolor dentro. Mucho horror. A veces tenía la sensación de ahogarse en la negrura.

Tomó un tercer sorbo de agua, tosió para aclararse la garganta y se encaminó hacia la conclusión del discurso. Juró que lo sucedido a su abuela nunca volvería a pasarle a ningún judío, que haría cualquier cosa con tal de defender a su pueblo, de mantener fuerte a Israel. Cuando hubo terminado, el público se puso en pie como un solo hombre, le vitoreó y aplaudió. Agradeció la ovación, mientras sentía un picor incontrolable en la piel; después se sentó con la ayuda de Avi. El rabino le dio unas palmaditas en el brazo.

—Eres un buen hombre, Baruch.

Har-Zion sonrió, pero no dijo nada. ¿Lo soy?, se preguntó. Bueno y malo, bien y mal... palabras que parecían carecer ahora de significado. Solo quedaban la fe en Dios y la lucha por sobrevivir. Era lo que había hecho toda su vida. Lo que su pueblo había hecho toda su vida. Se volvió un poco, con rigidez, echó un vistazo a la menorah de siete brazos grabada en un panel detrás de la mesa, pensó en Laila al-Madani, al-Mulatham y todos los demás, antes de mirar al público y sonreír cuando un fotógrafo se acercó para tomarle una foto.

25

Jerusalén

Era primera hora de la tarde cuando Arieh Ben Roi entró al volante de su baqueteado BMW blanco en la Ciudad Vieja por la puerta de Jaffa. Frenó ante la barrera de hierro electrónica situada ante la comisaría de policía David, un imponente edificio de dos pisos, construido en la piedra de Jerusalén, de un blanco amarillento, con las banderas de Israel y la policía ondeando delante y una alta antena de radio en la azotea, como un árbol despojado de todo su follaje. El guardia de turno le reconoció, activó la barrera y le indicó que siguiera por el túnel arqueado que atravesaba el centro del edificio y penetraba en el recinto amurallado de la parte posterior, donde aparcó al lado de una camioneta Kawasaki Mule blanca de la policía. Detrás de él, dos artificieros estaban ajustando el brazo retráctil de un robot. A su derecha estaban adiestrando un caballo dentro de un recinto vallado, rodeado de arbustos de adelfas en flor. Se sentía fatal, como casi todos los días, y se dijo que debía dejar de beber. Como casi todos los días. Sabía que no lo haría. Era lo único que le calmaba el dolor, que le ayudaba a olvidar. Sin la bebida, la vida sería... insoportable.

Se quedó sentado un momento, con ganas de estar otra vez en su piso, escondido del mundo, a solas con sus pensamientos, y por fin bajó del coche y volvió con parsimonia hacia el túnel. Entró por una puerta baja y subió por un tramo de escalera de piedra hasta el primer piso. Su oficina estaba en mitad de un pasillo encalado, una habitación pequeña y estrecha con muebles de madera contrachapada, un ordenador sobre un carrito y, encima del escritorio, una foto enmarcada de un Ben Roi más joven y en mejor forma, en el momento de recibir la Orden de Conducta Valiente de la policía. Se la habían concedido tres años antes por salvar a una niña palestina de una casa en llamas cerca del Mauristan. Arriesgó su vida derribando a patadas la puerta principal, abriéndose paso entre las llamas hasta el primer piso y sacándola sana y salva por la azotea. En aquel momento, se sintió orgulloso de sí mismo. Ahora pensaba que había cometido una estupidez. Tendría que haber dejado que se quemara. Lástima que no lo hubiera hecho en su momento.

El despacho estaba vacío cuando llegó, y después de cerrar la puerta a su espalda se sentó a su mesa, sacó la petaca y bebió un largo y lento trago. El líquido resbaló por su garganta, y un agradable calor le invadió el pecho y el estómago. Bebió otro trago, y su mente empezó a aclararse, su estado de ánimo mejoró. Un tercer trago, y se sintió preparado para afrontar el día. La puerta se abrió.

—¿Nunca llamas antes de entrar, Feldman? —espetó, mientras ocultaba la petaca bajo el escritorio y trataba de enroscar el tapón.

Feldman reparó en lo que estaba haciendo y meneó la cabeza.

—Por los clavos de Cristo, ni siquiera es la hora de comer.

Ben Roi no le hizo caso y deslizó la petaca en el bolsillo de sus tejanos.

—¿Qué quieres?

—Vamos a iniciar los interrogatorios preliminares de los tipos que detuvimos anoche. Pensé que te gustaría encargarte del que pillaste.

Feldman sonrió cuando dijo «del que pillaste», al recordar la fracasada persecución de Ben Roi en el valle del Cedrón. Menudo mamón.

—¿Dónde está?

—Interrogatorios tres. ¿Crees que podrás apañártelas solo?

Ben Roi hizo caso omiso del sarcasmo, se puso en pie, cogió una carpeta del escritorio y cruzó el despacho. Cuando pasó junto a Feldman, sintió una mano sobre el brazo.

—Aclárate de una vez, tío. No puedes seguir así.

Tras una pausa, Feldman retiró la mano.

—Escucha, Arieh, sé lo que has...

—No sabes ni una mierda, Feldman. ¿Lo has entendido? Ni una puta mierda.

Ben Roi fulminó con la mirada a su colega, salió del despacho y se alejó por el pasillo, luchando contra la tentación de beber otro largo trago de vodka. Compasión y rechazo; por lo visto, era lo único que lograba inspirar últimamente. Compasión por lo ocurrido, y rechazo por su forma de afrontarlo. Lo último podía aguantarlo. La compasión no. Eso no. Eso le degradaba. Ojalá se hubiera quedado con ella en la plaza aquella noche.

Bajó al túnel por la escalera. Se accedía a las salas de interrogatorio por una puerta de la pared opuesta pero, en lugar de ir directamente, giró a la izquierda y luego a la derecha, hasta entrar en un anexo moderno y acristalado situado en la parte posterior de la comisaría. Atravesó un vestíbulo fresco, de luz suave, y accedió a una amplia sala de control, con una doble hilera de monitores de color al fondo. Cada pantalla exhibía una imagen diferente de la Ciudad Vieja (el Muro Occidental, la puerta de Damasco, Haram al-Sharif, el Cardo), transmitida por una de las trescientas cámaras de seguridad apostadas en cada esquina. Las imágenes cambiaban con frecuencia cuando el sistema pasaba de una cámara a otra, y de vez en cuando alguna pantalla se volvía naranja y aparecía el aviso «Cámara fuera de servicio».

Dos mesas de control semicirculares, una dentro de otra como un par de comas invertidas, se habían dispuesto frente a las pantallas, vigiladas por oficiales uniformados. Ben Roi se acercó a estos y dio un golpecito en el hombro de la chica robusta de pelo rubio.

—Necesito unas secuencias de anoche —dijo—. Interior de la puerta de los Leones. A eso de las doce menos cuarto.

La muchacha asintió, llamó a un compañero para decirle que abandonaba el puesto unos minutos y condujo a Ben Roi a una habitación lateral, donde él se sentó ante un ordenador. La chica se inclinó sobre su hombro, seleccionó varios iconos con el ratón hasta localizar las secuencias solicitadas.

Ben Roi contempló el desarrollo de la operación antidroga. De vez en cuando pedía a la chica que rebobinara, aumentara de tamaño algo o pasara a una cámara diferente para seguir al joven palestino al que había dado caza desde el momento en que llegaba a la puerta con sus tres colegas, pasando por la aparición del Mercedes cargado de droga, hasta el punto en que la policía hacía acto de aparición e, inadvertido en la confusión, el hombre saltaba al interior de Haram al-Sharif desde lo alto de una puerta y luego seguía por las murallas de la Ciudad Vieja hasta el cementerio musulmán, y de allí hasta la carretera de Ophel.

—Muy bien, ya es suficiente —dijo por fin—. ¿Puedo obtener una copia?

La rubia desapareció y regresó dos minutos después con un CD. Ben Roi lo guardó dentro de la carpeta que llevaba y salió del centro de control en dirección al edificio principal. La sala de interrogatorios 3 estaba en el sótano, una habitación encalada con suelo de piedra y una sola hilera de luces en el techo. El palestino estaba sentado detrás de una mesa desvencijada de madera contrachapada, con las muñecas esposadas, el ojo izquierdo hinchado y amoratado. Ben Roi acercó una silla y se sentó frente a él.

—Quiero un abogado —murmuró el hombre, con la vista clavada en la mesa.

—Vas a necesitar uno —gruñó el detective, al tiempo que abría la carpeta, dejaba el CD a un lado y sacaba una hoja mecanografiada, el informe de la detención que había redactado por la noche—. Hani al-Hayar Hani-Yamal —dijo, leyendo los datos personales—. Qué nombre más estúpido.

Dejó la hoja.

—Mírame.

El joven alzó la vista mordiéndose el labio. Los ojos le brillaban de miedo. Parecía muy pequeño al lado de Ben Roi, un niño delante de un profesor.

—Vas a decirme la verdad, ¿eh, Hani? A todas las preguntas que te haga. La verdad.

Hubo un gesto imperceptible de asentimiento. El joven tenía los muslos apretados con fuerza, como si esperara un ataque sorpresa por debajo de la mesa. Ben Roi le miró, gozando con su miedo, gratificado por él. Después, sin apartar la vista, deslizó el CD con la mano izquierda sobre la mesa.

—Esto es para ti.

El hombre lo miró perplejo, aterrorizado.

—Todo está ahí —dijo Ben Roi—. Todo lo que pasó anoche. Todo grabado, todo admisible en un tribunal. De modo que nada de mentiras. No quiero chorradas; nada de que pasabas por allí casualmente, que nunca has estado metido en asuntos de drogas. Porque si me tocas los huevos, te haré picadillo. Te liquidaré.

Agarró la muñeca del hombre, la apretó, hundió los dedos en la carne. Después soltó su presa y se reclinó en el asiento.

—Empieza a hablar, patético pedazo de mierda.

26

Luxor

Cuando Jalifa volvió de Edfu, Mahfuz ya había hablado con el jefe Hasani y le había informado de la situación.

Se lo tomó sorprendentemente bien. Mejor de lo que Jalifa había esperado, desde luego. Oyó algunas maldiciones masculladas cuando entró en su despacho, y vio la habitual mirada furibunda de Hasani, pero los chillidos y puñetazos sobre la mesa que había esperado, y para los cuales se había preparado durante todo el viaje de regreso, no se materializaron. Al contrario, el jefe se mostró de lo más comedido durante toda la conversación y aceptó la reapertura del caso sin emitir más que algún murmullo de disentimiento, como si ya no le quedaran energías o voluntad para seguir oponiéndose. Jalifa hasta creyó captar un leve brillo de alivio en sus ojos, como un hombre que ha conseguido por fin quitarse de encima un peso con el que nunca quiso cargar.

—Dejemos clara una cosa —dijo Hasani, mientras miraba por la ventana de su oficina, el peluquín aferrado a su cabeza como un grumo de algodón de azúcar moreno—. Trabajarás solo. Estoy justo de hombres. No puedo prescindir de nadie más. ¿Comprendido?

—Sí, señor.

—Asignaré otro caso a Sariya. Hasta que hayas solucionado este, trabajará en otra oficina.

—Sí, señor.

—No quiero que te vayas de la lengua en la comisaría. No se

lo digas a nadie. Si te preguntan, limítate a decir que han surgido nuevas pruebas y las estás investigando. No entres en detalles.

—Sí, señor.

Se oyó el ruido de cascos de caballos cuando una calesa pasó por la calle. El conductor silbaba a los turistas, los animaba a dar un paseo. Hasani miró un momento, luego volvió a su escritorio.

—¿Qué vas a hacer? —preguntó.

Jalifa se encogió de hombros y dio una calada al Cleopatra que sujetaba entre los dientes.

—Intentar averiguar algo más sobre el pasado de Jansen, supongo. A ver si encuentro algo que le relacione con la señora Schlegel. Algún móvil del asesinato. Todo lo que tenemos en este momento es circunstancial.

Hasani asintió. Abrió el cajón de su escritorio, sacó el llavero de Jansen y lo entregó al detective.

—Vas a necesitarlo.

Jalifa cogió las llaves y las guardó en el bolsillo.

—Tendré que ponerme en contacto con los israelíes en algún momento —dijo—. Por si tienen algo sobre la mujer.

Hasani hizo una mueca, pero no dijo nada. Sostuvo la mirada de Jalifa durante un largo rato y después, despacio, se puso en pie, caminó hasta un archivador y se agachó para abrir el cajón de abajo, del cual extrajo una delgada carpeta roja. Volvió al escritorio y se la entregó a Jalifa. Delante estaba escrito «2345/1: Schlegel, Hannah. 10 de marzo de 1990».

—Supongo que las pistas se habrán enfriado, pero nunca se sabe.

Jalifa contempló el expediente.

—Mahfuz dijo que usted lo había quemado.

Hasani gruñó.

—No eres el único capullo de por aquí que tiene conciencia.

Sostuvo una vez más la mirada de Jalifa y después le despidió con un gesto.

—¡Quiero que me tengas al día con regularidad! —gritó a su espalda—. Lo cual quiere decir exactamente eso.

27

Jerusalén

Cuando terminó la comida para recaudar fondos, y después de acompañar a Har-Zion a su oficina en el edificio del Knesset, en Derekh Ruppin, Avi Steiner tomó un autobús a Romema para mirar el buzón. Sus ojos escrutaron con suspicacia a los pasajeros, no por temor a suicidas (¡Dios, qué irónico sería morir en un autobús a manos de un sicario de al-Mulatham!), sino por si acaso le seguían. Era una posibilidad minúscula (se trataba de un secreto tan celosamente guardado que la mayoría de los implicados ni siquiera sabían que lo estaban), pero cualquier precaución era poca. Por eso Har-Zion confiaba en él y le había apodado Ha-Nesher, el Águila, porque era muy precavido, porque lo veía todo. Ha-Nesher, y también Ha-Ne-eman, el Leal. Habría hecho cualquier cosa por Har-Zion. Cualquier cosa. Era como un padre para él.

Bajó del autobús al final de la calle Jaffa, miró de nuevo alrededor con suspicacia, subió por la colina hasta llegar al corazón de Romema, una aburrida zona residencial con bloques de apartamentos de piedra amarilla, entre los que crecían bosquecillos de pinos y cipreses, cambió de dirección con brusquedad, volvió sobre sus pasos, confirmó y volvió a confirmar que no le seguían, hasta que por fin entró en una tienda con un letrero sobre la puerta que anunciaba «Comestibles, artículos de escritorio, buzones privados».

No miraba el buzón con regularidad, pues la regularidad implicaba una rutina, y la rutina despertaba sospechas. A veces iba tan solo un par de días después de su última visita, a veces esperaba una semana, quince días, incluso un mes. Las precauciones siempre eran pocas.

Los buzones estaban clavados a una pared del fondo, fuera de la vista de la propietaria, una sefardí de edad avanzada que, en los tres años que hacía que frecuentaba la tienda, parecía que nunca se había movido de su butaca, detrás del mostrador de madera contrachapada. Echó un último vistazo alrededor, sacó una llave y abrió el buzón número 13, del cual extrajo un solo sobre que deslizó en el bolsillo de la chaqueta, antes de volver a cerrar con llave el buzón y salir. Había estado en la tienda menos de un minuto.

De nuevo en la calle, zigzagueó otros quince minutos y después abrió el sobre. Contenía una hoja de papel en la que había escrito, con letras mayúsculas para no identificar la caligrafía, un nombre y una dirección. Los memorizó, rompió la hoja en trozos diminutos, los mezcló en la mano y los fue depositando en cuatro cubos de basura diferentes, antes de volver a la calle Jaffa y tomar un autobús de regreso a la ciudad, satisfecho de saber que estaba trabajando por el bien de su pueblo y su patria.

28

Jerusalén

A las cinco de la tarde, Tom Roberts todavía estaba inclinado sobre la mesa del estudio de Laila, rodeado de trozos de papel. Al parecer, no se encontraba más cerca de descifrar el críptico documento que seis horas antes, cuando había empezado a estudiarlo.

Habían vuelto caminando desde el American Colony Hotel, y después de preparar una taza de café Laila le entregó la hoja fotocopiada, que había separado de la carta (como la mayoría de los periodistas, se ceñía a la norma de no proporcionar nunca más información de la necesaria).

—¿No tienes ni idea de cuál es su procedencia? —preguntó él mientras examinaba el documento y jugueteaba con su corbata, distraído.

—En absoluto. Alguien me lo envió por correo. Sabes tanto como yo.

Roberts había dado la vuelta a la hoja para examinar el reverso en blanco. La giró de nuevo y entornó los ojos detrás de las gafas. Con la mano libre se rascó un pequeño eccema que tenía en la nuca, justo por encima del cuello de la camisa.

—Bien, es difícil sin ver el original, pero yo diría que es medieval. De la Alta Edad Media, si hay que hacer caso a la paleografía.

Percibió el escepticismo en la expresión de Laila.

—Estudié ese período para mi doctorado —explicó—. Tengo intuición para estas cosas.

Ella sonrió.

—No sabía que eras el doctor Roberts.

—No suelo anunciarlo en público. La jurisprudencia latina de la Alta Edad Media suele ser un tema de conversación ideal para remediar el insomnio.

La joven rió, y por un momento sus ojos se encontraron, hasta que él desvió la mirada.

—En cualquier caso —continuó—, suponiendo que sea de principios de la Edad Media, no debería ser demasiado difícil descifrar lo que dice. La codificación era muy rudimentaria en aquellos tiempos. No había máquinas Enigma ni nada por el estilo. Vamos a ver.

Laila lo había instalado en la mesa de su estudio, donde Roberts se quitó la chaqueta, aflojó la corbata y puso manos a la obra. Empezó por transcribir la secuencia de letras a otra hoja de papel, para poder leerlas con claridad.

—No sabemos en qué idioma fue codificado —dijo—, aunque, si es medieval, es muy posible que fuera latín, o quizá griego. De momento, dejaremos eso y nos concentraremos en el algoritmo.

Ella enarcó las cejas, intrigada.

—¿Y eso qué es?

—Básicamente, el método que se utilizó para codificar el mensaje. Como he dicho, la codificación de principios del medievo era una ciencia bastante rudimentaria. Al menos, en Europa. Los árabes iban muy por delante, como en casi todo entonces. En cualquier caso, lo más probable es que se trate de un algoritmo muy sencillo, una cifra de sustitución o tal vez una transposición.

Laila volvió a enarcar las cejas.

—Háblame en cristiano, Tom.

—Lo siento —dijo él con una sonrisa—. Uno de mis múltiples defectos es dar por sentado que a la gente le interesa lo mismo que a mí. En síntesis, una cifra de sustitución es cuando creas un nuevo alfabeto al sustituir las letras del alfabeto existente por otras letras o símbolos.

Escribió un alfabeto en una hoja de papel, y debajo un segundo alfabeto en que todas las letras habían avanzado un espacio a la derecha, de modo que la A se convertía en la Z, la B en la A, la C en la B, etcétera.

—Entonces, reescribes el mensaje original, o texto no cifrado, sustituyendo cada letra por su equivalente en el nuevo alfabeto. «Gato» se convierte en FZSN, por ejemplo. O Laila en KZHKZ. Por otra parte, la transposición consiste en reorganizar las letras del texto no cifrado siguiendo un sistema predeterminado, con lo cual se crea un anagrama gigantesco. ¿Te aclaras más?

—Un poco. —Laila se había echado a reír—. Aunque no mucho.

—Un poco ya es bastante, de momento —dijo Roberts. Organizó el mensaje transpuesto ante él y lo miró, mientras se daba golpecitos en las gafas con la punta del lápiz—. Lo que hemos de hacer es determinar el algoritmo y después descubrir la clave, o la fórmula utilizada para crear el texto cifrado. Podría ser algo sencillo, como el método de César, o algo más rebuscado, en cuyo caso tendremos que meternos en análisis de frecuencias.

Esta vez, Laila no se molestó en preguntar de qué estaba hablando. Meneó la cabeza con expresión risueña, le dio unas palmaditas en el hombro y le dejó. Fue a la cocina para preparar una comida sencilla a base de pimientos rellenos, queso y ensalada. Comieron una hora después, pero Tom no había hecho progresos.

—Estoy bastante seguro de que es una cifra de sustitución monoalfabética regular, no una transposición —explicó, mientras se quitaba las gafas y se frotaba los ojos—. Por desgracia, no me encuentro más cerca de descubrir la clave. Es más complicado de lo que pensaba.

Luego habían hablado del trabajo de él en el consulado, del trabajo de ella como periodista, de la situación actual en Oriente Próximo, nada demasiado profundo, una conversación relajada. En un momento dado, él le preguntó acerca de la fotografía enmarcada de su padre que descansaba sobre la mesa, pero ella concluyó la charla al instante, cambiando a otro tema, pues no quería dejarse arrastrar a una conversación personal, ni revelar nada de sí misma. Al cabo de cuarenta minutos, Rogers volvió a forcejear con el misterioso código.

Habían transcurrido cuatro horas y los relojes de la Ciudad Vieja habían dado las cinco, pero aún no lo había descifrado. Exhaló un profundo suspiro y se reclinó en la silla, con las manos enlazadas en la nuca, el escritorio y gran parte del suelo cubiertos de una capa de nieve formada por hojas de papel garabateadas.

—¡Por el amor de Dios! —murmuró meneando la cabeza.

Laila, que había pasado casi toda la tarde acurrucada en el sofá, trabajando en un artículo sobre la conferencia de ayuda a Palestina a la que había asistido en Limassol, entró y se detuvo a su lado.

—Déjalo, Tom —dijo—. Da igual.

—No lo entiendo —se quejó él. Se quitó las gafas y limpió los cristales con el extremo de su corbata—. Los códigos de este período son siempre juegos de niños.

—Puede que, al fin y al cabo, no sea una sustitución monoalfabética —bromeó ella, aunque no comprendía muy bien el término. Solo intentaba animarle.

Tom no dijo nada. Cuando terminó de limpiar las gafas, cogió la hoja con el código transcrito y la sostuvo alejada de su cara para mirarla con atención, mientras balanceaba la pierna izquierda debajo de la mesa.

—Tiene que ser algo fácil —murmuró para sí—. Sé que será de lo más sencillo. Pero no lo veo. No lo veo, joder.

La dejó sobre la mesa y se agachó para recoger un puñado de hojas a las que echó un vistazo, mientras tamborileaba con el extremo acabado en goma del lápiz sobre el brazo de la silla. Una en particular ocupó su atención durante casi un minuto. Sus ojos escudriñaron las hileras de letras garabateadas, la dejó a un lado, volvió a ella un momento después y la examinó con mayor atención. El tamborileo del lápiz cesó, al igual que el movimiento de su pierna. Alejó la hoja, se mordisqueó el labio inferior, la dejó sobre la mesa, tomó una hoja en blanco de la pila que había en el suelo y empezó a escribir en ella, al principio con parsimonia, después más deprisa, mientras sus ojos paseaban entre la hoja que había estado mirando y aquella en la que escribía. Al cabo de medio minuto, se echó a reír.

—¡Laila al-Madani, eres genial!

Ella se inclinó sobre su hombro e intentó leer lo que estaba escribiendo.

—¿Lo has solucionado?

—No, Laila, lo has solucionado tú. Tenías razón. No era una cifra de sustitución. Mejor dicho, no era solo una cifra de sustitución. Quien codificó esto utilizó la transposición y la sustitución. Por sí solo, cada sistema sería sencillo de descifrar. Juntos, consiguen que todo parezca más desconcertante. Sobre todo cuando el mensaje original está en latín medieval, como yo sospechaba.

Había seguido escribiendo mientras hablaba. Se reclinó en el asiento y le enseñó lo que había escrito.

> G. esclarmondae suae sorori sd
>
> temporis tam paucum est ut mea inventio huius magnae rei post maris transitum sit narranda. nunc satis est dicere per fortunam solam eam esse inventam; nec umquam inventa esset nisi nostri labores latebram caecam illuminavissent. quam ad te mitto ut in C. tuta reste. hic autem tanta est stultitia et fatuitas ut necessario peritura sit; quod grave damnum esset, nam res est antiquissima ac potentissima ac gratissima. ante finem anni ierusalem exibo. cura ut ualeas. Frater tuus.
>
> GR

—Lo primero que hicieron —explicó— fue codificar el mensaje utilizando un sencillo cambio de César.

Cogió otra hoja de papel en blanco y escribió el alfabeto, como había hecho antes, sin las letras J y W (no las usaban en el primitivo alfabeto medieval, explicó). Debajo escribió un segundo alfabeto en el que todas las letras se habían desplazado cinco espacios a la derecha.

—Eso proporcionó al autor, supongo que era un hombre, la base principal de codificación. La primera pareja de palabras cambia así de *G. esclarmondae* a *b znxfumgihyuz.*

Parecía entusiasmado, muy complacido consigo mismo, como un científico que explicara un descubrimiento.

—Sin embargo, lo que hizo después, y lo que me ha despistado, fue transponer la primera y segunda letra del mensaje codificado, y la tercera y la cuarta, la quinta y la sexta, y así sucesivamente a lo largo de todo el texto. De modo que *b* se convierte en *z*, *n* en *x*, *f* en *u*, etcétera. Es una forma muy sencilla de transposición, pero si estás trabajando sobre la base de que solo han utilizado la sustitución puede resultar bastante confuso. Solo cuando dijiste que tal vez no estaba utilizando la sustitución empecé a pensar que había pasado algo por alto.

La miró sonriente. Su entusiasmo era contagioso, así que ella se inclinó y le dio un beso en la mejilla.

—Ay, los placeres de la descodificación —comentó Tom entre risas.

—Bien, ¿y qué dice? —preguntó Laila, al tiempo que levantaba la hoja con el texto descifrado—. ¿O es que la traducción no va incluida en el lote?

El hombre frunció el ceño mientras fingía meditar.

—Bien, la verdad es que cobro un plus por ese tipo de servicio. Pero siendo para ti...

Ella rió y le devolvió la hoja.

—Adelante, doctor Roberts. Lúzcase.

Tom cogió la hoja.

—Yo diría que mi latín medieval está un poco oxidado. Ha pasado bastante tiempo desde la última vez que lo utilicé.

—Te aseguro que es mucho mejor que el mío. Adelante.

Tom se reclinó en la silla, se acomodó las gafas y empezó a traducir, despacio, parando de vez en cuando para examinar una palabra que no conocía e intercalando frecuentes comentarios del estilo «Creo que quiere decir esto» o «Aquí estoy parafraseando un poco» o «Puede que me equivoque». Laila tomó una hoja de papel en blanco y escribió lo que iba diciendo.

—«G, a su hermana Esclarmonde, saludos» —empezó—. SD son las iniciales de *salutem dicit*, «te desea salud». «El tiempo es breve, así que el relato de cómo esta gran cosa llegó a mis manos tendrá que esperar a mi regreso de allende los mares. Baste decir que fue encontrada por casualidad, y tal vez no se habría descubierto jamás si nuestro trabajo no hubiera revelado su escondite secreto. Te la envío con la certeza de que estará a salvo en C. Aquí, con tanta ignorancia y estupidez, podría ser destruida, lo cual sería una lamentable pérdida, porque es antigua y posee gran poder y belleza. Abandonaré Jerusalén antes de que termine el año. Confío en que goces de buena salud y rezo por ello. Tu hermano, GR.»

Laila terminó de copiar la traducción, se sentó en el borde del escritorio y la leyó. No era esto lo que esperaba del documento. Parecía una especie de acertijo.

—¿Alguna idea acerca de su significado?

Roberts tomó la hoja y la examinó. Siguió un largo silencio.

—Es muy raro —dijo por fin—. A juzgar por las referencias a «Jerusalén» y «allende los mares», yo diría que fue escrita durante la época de las Cruzadas, aunque solo es una suposición, no lo sé a ciencia cierta.

—¿Y eso cuándo fue? —preguntó ella—. No estoy muy al tanto de la historia de las Cruzadas.

—Yo tampoco —repuso Tom, mientras se rascaba el eccema—. Veamos, la Primera Cruzada arrebató Jerusalén a los sarracenos en 1099 después de Cristo. Más tarde, se formó un estado cruzado en Tierra Santa durante los siguientes doscientos años, hasta el final del siglo XIII, aunque Jerusalén fue reconquistada por Saladino en... —Hizo una breve pausa para pensar—. En 1187, creo. Sí, 1187. Después de la batalla de Hattin. Esto debieron de escribirlo antes, entre 1099 y 1187, diría yo. Aunque, como ya he dicho, podría equivocarme por completo.

Dejó la traducción, se quitó las gafas y empezó a limpiarlas de nuevo.

—Por cierto, el reino de los cruzados fue también conocido como Outremer —añadió—, que significa «allende los mares».

Laila contempló el críptico mensaje.

—¿Crees que el autor de esta carta fue un cruzado?

—No de a pie, por supuesto. La mayoría eran analfabetos. El hecho es que GR sabía latín y era lo bastante culto para codificar, lo cual indica que era un noble, un escriba o un miembro del clero.

Sostuvo las gafas ante él, las examinó y se las caló de nuevo.

—Esclarmonde es un nombre francés medieval, por lo que yo sé, solo utilizado en la región del Languedoc, de modo que cabe suponer que GR era también de ese país. Sin embargo, no tengo ni idea de quién era ni de qué era esa cosa antigua que encontró. Es muy intrigante. Muchísimo.

—¿Y esta «C»? —preguntó la joven señalando la letra del texto.

—Una abreviatura del nombre de un lugar, supongo, pero... —Se encogió de hombros, como diciendo: «Quién sabe».

—¿Es auténtica? —preguntó ella—. ¿No es una falsificación?

Tom volvió a encogerse de hombros.

—No puedo decirlo, Laila. Sin el original no. Incluso entonces... no es mi fuerte. Tienes que hablar con un experto. Un paleógrafo o algo por el estilo. —Sonrió como disculpándose—. Creo que no puedo serte de mucha más utilidad.

—De ninguna manera —dijo Laila, mientras le apretaba el hombro—. Has estado fantástico.

Recogieron todas las bolas de papel, las tiraron a la basura y volvieron a la sala de estar. Laila pensó en ofrecerle una copa, pero decidió no hacerlo. Dio la impresión de que Tom captaba su renuencia, porque dijo que debía irse.

—No sé cómo darte las gracias, Tom —dijo ella, al tiempo que abría la puerta—. Me has ayudado mucho.

—Me lo he pasado en grande. —Tom sonrió—. De veras. Ha sido un desafío. Y la comida ha sido excelente.

Salió al rellano.

—Escucha, Laila, ya sé que dije sin segundas intenciones... y lo dije en serio, pero me estaba preguntando... No quiero acosarte... pero ¿te gustaría...?

Estaba tan nervioso que empezó a tartamudear. Laila avanzó un paso y le dio un beso en la mejilla.

—Me encantaría que quedáramos para cenar —dijo sonriente—. ¿Puedo llamarte?

Tom resplandeció.

—Por supuesto. Maravilloso. Hasta entonces.

Bajó los escalones de dos en dos. Laila cerró la puerta y se apoyó contra ella. Había mentido, por supuesto. No albergaba la menor intención de llamarle. Al menos durante un tiempo. Lo único que deseaba ahora era averiguar más cosas sobre la misteriosa carta.

—¿Quién eres, GR? —murmuró para sí, contemplando la traducción. Ya se había olvidado de Tom Roberts—. ¿Quién coño eres? ¿Qué descubriste? ¿Quién te ha enviado a mí?

29

Jerusalén

Al final del día, Ben Roi volvió a su sucio y solitario apartamento de una sola habitación en Romema, donde se duchó y se puso un poco de colonia. Después se encaminó a pie al piso de su hermana Chava para compartir la cena del sabbat.

Era una noche fría y despejada, con un cielo azul transparente y una ligera brisa del norte. Reinaban un silencio y una tranquilidad anormales, pues las calles estaban casi vacías debido a la observancia del sabbat. Se cruzó con un grupo de judíos *haredim* que, tras salir de la sinagoga, volvían a toda prisa a casa, con sus rizos oscilando como muelles retorcidos, y dejó atrás una fila de mujeres soldado sentadas en un refugio sobre la principal estación de autobús Egged, que reían y fumaban con los M-16 apoyados sobre sus esbeltas piernas enfundadas en pantalones caqui. Por lo demás, la ciudad parecía desierta. Le gustaba así: limpia, vacía, silenciosa. Poseía cierta pureza, como si todo lo sucedido antes hubiera sido borrado y en su lugar hubiera surgido una ciudad nueva, un comienzo nuevo. Ojalá fuera así siempre.

El piso de Chava se hallaba en dirección a la Ciudad Vieja, en Ha-Ma'alot, una elegante avenida bordeada de árboles en el centro de Jerusalén Occidental. Cuando llegó ante el edificio de piedra amarilla, tomó un trago de vodka de la petaca y apretó el botón del portero automático. Siguió una pausa, y después oyó la voz de su sobrino Chaim.

—¿Tío Arieh?

—No —contestó con acento estadounidense—. Soy Spiderman.

El niño reflexionó unos momentos, y luego prorrumpió en carcajadas.

—No eres Spiderman —gritó—. ¡Eres el tío Arieh! ¡Sube enseguida!

Se oyó un zumbido y la puerta se abrió. Ben Roi atravesó el portal, sonriente, y subió en ascensor al cuarto piso. Se metió en la boca un caramelo de menta para disimular el olor a alcohol.

Le gustaba pasar las noches del sabbat en casa de su hermana. Era uno de los pocos compromisos sociales que podía soportar: solamente Chava, su marido Shimon, y los dos críos, Chaim y Ezer, y él. El aspecto religioso no significaba gran cosa para él. Desde la muerte de Galia, su fe, en otro tiempo elemento central de su existencia, se había desmoronado, hasta el punto de que hacía casi un año que no pisaba una sinagoga y ni siquiera respetaba los días de Pascua, Año Nuevo y Yom Kippur; era la primera vez en su vida que lo hacía.

No, no era la religión lo que convertía la noche de los viernes en algo tan especial para él, ni siquiera el hecho de estar con su familia, con los de su sangre, aunque sí fuera importante. Era el sencillo placer de estar con gente feliz, capaz de reír, que veía el mundo como algo lleno de luz y esperanza, en lugar del *maelstrom* de dolor y confusión que era para él. Era una familia satisfecha, cariñosa, unida. Estar con ellos le ayudaba, si no a olvidar, como mínimo a recordar menos.

La puerta del ascensor se abrió y salió al rellano. Chaim, de cuatro años, y su hermano mayor, Ezer, se abalanzaron sobre él.

—¿Has detenido a algún asesino hoy, tío Arieh?

—¿Llevas encima la pistola?

—¿Nos llevarás a nadar la semana que viene?

—¡Al zoo! ¡Al zoo!

Levantó en brazos a los dos niños y entró con ellos en el piso, cerrando la puerta de una patada. Su cuñado, Shimon, un hombre bajo y rechoncho de pelo rizado estilo afro (costaba creer que era un paracaidista condecorado), salió de la cocina con un delantal atado a la cintura. El olor a pollo asado le siguió.

—¿Estás bien, hermano? —dijo dando unas palmaditas en el hombro de Ben Roi.

Este asintió y dejó en el suelo a los niños, que corrieron a su dormitorio, riendo y haciendo ruidos de disparos.

—¿Una copa? —preguntó Shimon.

—¿El rabino es reformista? —gruñó Ben Roi—. ¿Dónde está Chava?

—Preparando las velas. Con Sarah.

El detective frunció el ceño. No esperaba que hubiera nadie más.

—Una amiga suya —explicó Shimon—. No sabía qué hacer esta noche, así que la invitamos a cenar.

Miró hacia el pasillo y bajó la voz para añadir:

—Muy guapa. ¡Y soltera!

Guiñó el ojo y desapareció en la cocina para preparar las bebidas. Ben Roi se encaminó hacia el salón y al pasar junto al comedor miró al interior. Su hermana, una mujer alta de caderas anchas y pelo a lo *garçon*, estaba inclinada sobre la mesa, bendiciendo las velas del sabbat. A su lado había otra mujer, más baja y delgada, de pelo castaño rojizo que le llegaba casi hasta la cintura, vestida con pantalones de algodón, sandalias y camisa blanca. Alzó la vista, le vio y sonrió. Ben Roi sostuvo su mirada un segundo y después, sin corresponder a su sonrisa, continuó hasta la sala de estar. El sonido de la voz de su hermana resonó a su espalda cuando recitó la bendición tradicional del sabbat.

—Baruch ata Adonai, eloheinu melech ha'olam, asher kid'shanu b'mitz'votav v'tzivanu l'hadlich ner shel Shabbat.

Un momento después se le unió Shimon, quien le tendió un whisky generoso. Las dos mujeres se presentaron poco después. Chava le abrazó.

—Me encanta esa loción para después del afeitado —dijo, y le besó en la mejilla—. Te presento a Sarah.

Se apartó de él y señaló a su amiga, que sonrió y tendió la mano.

—Chava me ha hablado mucho de ti —dijo.

Ben Roi estrechó la mano y murmuró un saludo, sin esforzarse mucho por mostrarse educado. La presencia de la mujer le ponía nervioso. Le gustaba cuando estaban los cinco solos, la familia, sin extraños. De esa forma podía ser espontáneo, no tenía que esforzarse. Ahora, con una desconocida, la intimidad de la velada estaba contaminada, desbaratada antes de empezar. Comenzaba a arrepentirse de haber ido.

—No le hagas caso —bromeó su hermana moviendo la cabeza en dirección a él—. Es el superjudío. Dale tiempo hasta el postre, y se convertirá en el alma de la reunión.

La joven sonrió, pero no dijo nada. Ben Roi terminó su whisky en dos tragos largos. Intercambiaron trivialidades durante unos minutos, después Chava se excusó y fue a la cocina para echar un vistazo a la cena. Ben Roi la siguió con el pretexto de volver a llenarse el vaso.

—¿Qué te parece? —preguntó ella cuando estuvieron solos.

—¿A qué te refieres?

—A Sarah, tonto. Es guapa, ¿verdad?

Ben Roi se encogió de hombros y se sirvió otra dosis de whisky de la botella de la alacena.

—No me he fijado.

—Claro. —Su hermana rió mientras abría el horno y examinaba un pollo de buen tamaño que se estaba asando dentro.

Ben Roi levantó una tapa y olfateó el contenido de una olla que hervía sobre los fogones. Sopa de pollo *kneidlach*. Su favorita.

—Es una buena persona —continuó Chava, mientras daba la vuelta al pollo—. Divertida. Inteligente. Amable. Y soltera.

—Eso me ha dicho Shimon —repuso Ben Roi, para luego hundir una cuchara en la olla y tomar un sorbo de sopa.

Chava le dio una palmada en la mano y devolvió la tapa a su sitio.

—Sé lo que estás pensando, Arieh. No intento hacer de celestina...

—Casi me habías engañado, joder.

—*Zedakah!* Ya sabes que en esta casa no se dicen palabrotas.

Ben Roy mascullló una disculpa, buscó en el bolsillo y extrajo una moneda de cinco shekels, que depositó en la hucha.

—No intento hacer de celestina —repitió Chava—. Solo creo...

—¿Qué? ¿Que ya es hora de que me tire a otra?

Se mordió el labio y sacó otra moneda, esta vez de diez shekels, y la introdujo en la hucha.

—Lo siento.

Chava sonrió y le rodeó el cuello con los brazos.

—Vamos, Ari. Por favor. Anímate un poco. No soporto verte así. Ninguno de nosotros lo soporta. Tan triste... Tan... atormentado. A Galia no le habría gustado. Lo sé. Habría querido que empezaras a vivir de nuevo. A ser feliz.

Ben Roi dejó que le abrazara un momento, luego la apartó y tomó un buen trago de whisky.

—Deja que lo afronte a mi manera, hermanita. Necesito tiempo, eso es todo.

—No puedes llorar su pérdida eternamente, Arieh. Has de seguir adelante. En el fondo, lo sabes.

—La lloraré todo el tiempo que me salga de las pelotas, Chava. Es asunto mío y de nadie más.

Esta vez no se disculpó por el exabrupto, y tampoco introdujo una moneda en la hucha. Llenó de nuevo el vaso y se encaminó hacia la puerta de la cocina. Su hermana le cogió del brazo.

—Al menos intenta ser cortés, Arieh. Por favor. Intenta ser simpático.

La miró, vio sus ojos húmedos e implorantes, asintió y salió al pasillo.

Veinte minutos después se congregaron en el comedor, los hombres y los niños tocados con *yamulkas*. Shimon recitó el *kiddush* ante una copa de vino y todos bebieron un sorbo antes de sentarse a cenar. Ezer y Chaim insistieron en sentarse a cada lado de Ben Roi.

—Estás detenido, tío Arieh —explicó Ezer—. Y nosotros somos tus guardianes.

Con un par de copas más, Ben Roi se sentía mejor.

—De acuerdo —dijo—, pero recordad que, si queréis ser buenos guardianes, tenéis que vigilarme todo el rato. Todo el rato. Lo cual significa que no podréis cenar porque os distraeríais.

Los niños aceptaron el desafío. Giraron sus asientos y le miraron. Consiguieron aguantar hasta que se sirvió la sopa, momento en que perdieron el interés. Shimon hizo un gesto con la cabeza a Ben Roi, quien se levantó para acercarse al aparador y abrir una botella de vino.

—Menudos guardianes sois —dijo Sarah, sonriente—. Fijaos, vuestro tío acaba de escapar. Ni siquiera os habéis dado cuenta.

—No ha escapado —explicó Ezer, al tiempo que sorbía la sopa—. Hay más guardias, pero son invisibles.

Todo el mundo rió. La mirada de Ben Roi se cruzó con la de Sarah una fracción de segundo, luego se desvió de nuevo. Volvió a la mesa con la botella abierta.

—¿A qué te dedicas? —preguntó, mientras servía el vino.

—Es maestra —respondió Chava.

—¿Desde cuándo es muda? —espetó Shimon—. Deja que conteste ella.

—Lo siento —se disculpó Chava—. Adelante, Sarah, dile a qué te dedicas.

La joven se encogió de hombros.

—Soy maestra.

Ben Roi sonrió a su pesar.

—¿Dónde?

—En Silwan.

—¿Silwan?

—Es un proyecto especial. Experimental.

Ben Roi enarcó las cejas con perplejidad.

—Damos clase a niños israelíes y palestinos juntos, en el mismo colegio —explicó—. Intentamos integrarlos. Derribar las barreras.

Ben Roi la miró de hito en hito, luego bajó la vista y su sonrisa se desvaneció. Shimon cogió un trozo de *hallah* y rebañó el cuenco.

—¿Has conseguido los fondos que solicitaste?

Sarah negó con la cabeza.

—Para los malditos colonos siempre hay dinero, pero para la enseñanza... Tal como están las cosas ahora, ni siquiera podemos comprar libros para colorear y lápices.

Ben Roi removió un *kneidl* en el cuenco.

—No veo qué sentido tiene —murmuró.

—¿Los libros para colorear?

—Intentar integrar a niños árabes e israelíes.

Ella le miró, y sus ojos centellearon.

—¿No crees que vale la pena intentarlo?

Ben Roi movió la cuchara en un gesto despectivo.

—Mundos diferentes, valores diferentes. Es absurdo pensar que pueden coexistir. Ingenuo.

—La verdad es que hemos hecho grandes avances —explicó la joven—. Los niños juegan juntos, comparten experiencias, forjan amistades. Es asombroso lo tolerantes que pueden llegar a ser.

—Dentro de un par de años se estarán degollando —dijo Ben Roi—. Las cosas son así. Es absurdo fingir lo contrario.

Por un momento, dio la impresión de que Sarah se iba a enzarzar en una discusión con él. Sin embargo, se limitó a sonreír y se encogió de hombros.

—De todos modos, lo probaremos. Nunca se sabe, podría ser positivo. Más positivo que animarlos a que se odien, eso está claro.

Se hizo el silencio, roto al cabo de unos segundos por Chaim, que se puso a contar que habían encontrado una rata en los lavabos de la piscina local y el guardia la había matado con una escoba.

—Bien por él —dijo Ben Roi. Terminó la sopa y miró a Sarah—. Solo hay una forma de tratar con las alimañas. Aplastar a esos hijos de puta.

No dijo mucho más durante el resto de la cena, mientras los demás charlaban, en especial, inevitablemente, sobre *ha-matzav*, la situación política actual. En cuanto terminaron de cenar, cantaron un par de *zemirot*, que Ben Roi tarareó con voz desafinada. Después fueron a la sala de estar para tomar café. A las diez en punto, dijo que debía irse.

—Yo también —dijo Sarah, y se puso en pie—. Ha sido una velada estupenda, Chava. Muchísimas gracias.

Los dos se despidieron, Ben Roi irritado por no poder marcharse solo, y bajaron juntos en el ascensor, sumidos en un silencio embarazoso. Cuando salieron a la calle, preguntó a Sarah en qué dirección iba.

—A la derecha —respondió—. ¿Y tú?

Él también debía ir en esa dirección.

—A la izquierda —contestó.

Siguió una pausa violenta.

—Ah, bien —murmuró la joven por fin—. Ha sido un placer conocerte.

Sonrió y le tendió la mano. Él la miró, asintió, dio media vuelta y empezó a alejarse. Cuando hubo recorrido unos metros, ella le dijo con voz amable:

—Siento lo que pasó, Arieh. Chava me lo ha contado. Lo siento muchísimo. Debió de ser terrible para ti.

Ben Roi aminoró el paso.

«Tú no sientes una mierda —tuvo ganas de gritarle—. Eres una sucia proárabe. Ellos asesinaron a la única mujer que he querido, y tú andas jugando con sus hijos. Eres una *zonah* estúpida e ignorante. Puta.»

No dijo nada. Se limitó a alzar apenas una mano en señal de despedida, aceleró el paso, continuó hasta el final de la calle y desapareció tras la esquina con Ha-Melekh George.

Más tarde, mucho más tarde, después de pasar tres horas bebiendo solo en el Champs Pub de la calle Jaffa, volvió dando tumbos a su piso, puso un CD de Schlomo Artzi y se derrumbó en el sofá. La cabeza le daba vueltas.

Había una puta en el bar, joven, rubia, rusa, con los ojos muy pintados y los brazos transparentes y llenos de pinchazos propios de una heroinómana. Pensó en llevársela a casa para apaciguar su ira y su soledad, pero desechó la idea. Estaba demasiado borracho, no se le empinaría, acabaría despreciándose más todavía, si eso fuera posible. La mujer le había echado los tejos, pero él le dijo que se fuera a la mierda y siguió bebiendo solo, contemplando su reflejo en el espejo que había detrás de la barra, su cara enorme y hosca partida por la juntura vertical entre los dos paneles de cristal, como si le hubieran hendido el cráneo y las dos partes estuvieran separadas por una profunda franja negra. Una vez en casa, tumbado en el sofá, cerró los ojos, pero de pronto sintió náuseas y los abrió casi de inmediato. Su mirada vagó por la habitación, en un esfuerzo por enfocarla en algo. Miró el reproductor de CD, una grieta en el techo, una novela de intriga de Batya Gur, antes de poner la vista en una fila de fotografías enmarcadas que descansaban sobre una estantería de la pared opuesta. Respiró hondo varias veces al tiempo que seguía la hilera de instantáneas, que utilizó para recuperar el equilibrio, como si sus ojos fueran manos, y las fotos, una sólida barandilla de hierro a la que poder aferrarse: su hermana y él colgados cabeza abajo de la rama de un albaricoquero en la granja de la familia; su bisabuelo, el viejo Ezequiel Ben Roi, un ruso severo y barbudo que había emigrado a la Palestina regida por los otomanos en 1882, por lo que los Ben Roi eran una de las familias judías más antiguas de la región; él, el día de la graduación en la escuela de policía; él con Al Pacino, cuya película *Serpico* le había animado a convertirse en policía. Y por supuesto, al final de la hilera, la foto más grande, Galia y él riendo a la cámara, con la extensión ondulada y sedosa del mar de Galilea detrás, en Ginosar, la noche en que él cumplía treinta años, cuando ella le había regalado la petaca de plata y el colgante en forma de menorah que todavía llevaba al cuello.

Contempló la foto, mientras los dedos de su mano izquierda acariciaban el colgante; luego se puso en pie y entró tambaleante en el dormitorio. Al lado de la cama, pegado con celo, había un artículo periodístico fotocopiado, ampliado tres veces, con círculos de tinta roja que rodeaban determinadas palabras y frases: «Jericó y la llanura del mar Muerto»; «Manio»; «un hombre alto y delgado»; «una manera de operar demasiado compleja para que se trate de una célula palestina renegada»; «el incentivo ha de ser externo». Se inclinó hacia la pared, con una mano apoyada a cada lado del artículo, y estudió el texto, como había hecho mil veces aquel mismo año. Luego se derrumbó en la cama y contempló el frasco de loción para después del afeitado sobre la mesita de noche.

—Dolor de barriga —murmuró—. Me das dolor de barriga.

Después cerró los ojos y se durmió, emitiendo fuertes ronquidos, con la mano derecha convertida en un puño, como si estuviera agarrando el tirador del cordón de apertura de un paracaídas.

30

Jerusalén

Era el mismo sueño de siempre, el que tenía todas las noches sin falta. Se hallaba en una celda subterránea, muy pequeña y estrecha, oscura como boca de lobo, de suelo húmedo y resbaladizo y paredes de cemento poroso. Había algo con ella, pero no sabía qué era: una serpiente, quizá, una rata o un escorpión de gran tamaño. Algo peligroso, malvado. Estaba desnuda, su frágil cuerpo pegado a una esquina de la celda, intentando apartarse del camino de la cosa, aterrorizada de entrar en contacto con ella, de sus mordiscos o picaduras. Entretanto, se oía un estrépito lejano de maquinaria, como enormes ruedas de hierro que giraran lentamente, y las paredes empezaron a acercarse, empujándola hacia la criatura y viceversa. Se puso a chillar, llamó a su padre, insistió en que no era un traidor, sino un buen palestino. Las paredes seguían acercándose, empujando sus piernas hacia arriba, de manera que sus partes íntimas quedaron al descubierto. Notó que la criatura se movía entre sus muslos, reptaba sobre su piel, exploraba, olfateaba, ascendía. Intentó quedarse quieta, contener la respiración, pero el tacto era tan repugnante que no pudo evitar agitarse, y la cosa se introdujo entre sus piernas, mordió, cortó y picó, la abrió en canal, se introdujo en su interior.

—¡No! —chilló, y despertó de golpe, agitando los brazos y las piernas—. ¡Dios, por favor, no!

Las convulsiones se prolongaron unos segundos más, y después se derrumbó en la cama, casi ahogada, temblorosa, con un repiqueteo lejano en los oídos. Poco a poco su respiración se calmó y su cuerpo se relajó, pero el repiqueteo continuó. Cuando su mente recuperó la lucidez, comprendió de repente que el teléfono estaba sonando. Miró la esfera luminosa del reloj (la una y media), se levantó de la cama y, frotándose los ojos, entró en el estudio y descolgó el auricular.

—¿Laila?

Era Tom Roberts.

—Es la una y media —dijo ella, con voz adormilada e irritada.

—¿Qué? ¡Mierda, Laila! No tenía ni idea de que fuera tan tarde. Solo quería decirte... Olvídalo, olvídalo. Ya llamaré mañana.

Parecía entusiasmado. Emocionado.

—¿Querías decirme qué?

—Da igual. Llamaré mañana.

—Ya estoy despierta, Tom. ¿Qué quieres?

Todavía estaba nerviosa a causa de la pesadilla, y su tono era seco, suspicaz. Tenía la desagradable sensación de que el hombre iba a salirle con algo embarazoso, a decirle que estaba enamorado de ella o algo por el estilo.

—Es que he estado dándole vueltas en la cabeza a las cosas desde que me fui esta tarde...

Oh, Dios, pensó ella.

—... y creo saber a qué corresponden las iniciales GR.

Laila tardó unos segundos en asimilar las palabras, y solo entonces despertó por completo. Se inclinó para encender una lámpara y buscó papel y lápiz.

—Continúa.

—No sé por qué no se me ocurrió antes —dijo Tom—, al ver las referencias a Jerusalén y a escondites secretos. Se trata de una coincidencia asombrosa. Bien, el caso es que creo que podría ser alguien llamado William de Relincourt.

Ella frunció el ceño, con el lápiz detenido sobre el papel.

—Las iniciales son GR, Tom, no WR.

—Lo sé. Por eso no se me ocurrió de inmediato. La cuestión es que en latín medieval William era Guillelmus.

Laila escribió el nombre y lo subrayó.

—¿Quién es?

—Bien, eso es lo fascinante —dijo Roberts—. Por lo que recuerdo (como ya te dije esta tarde, no soy un experto en ese período), era el tipo que construyó la iglesia del Santo Sepulcro. O la reconstruyó, mejor dicho. La iglesia original era bizantina, me parece. ¿O romana? No me acuerdo. Da igual. La cuestión es que durante la época de las Cruzadas se reconstruyó la iglesia, y mientras estaban excavando los cimientos al parecer el tal Guillermo de Relincourt desenterró un tesoro asombroso.

Laila sintió que se le ponía carne de gallina.

—¿Qué tesoro?

—No lo sé. Creo que nadie lo sabe. La historia aparece en las crónicas de un cruzado, por lo que recuerdo. Guillermo de Tiro, me parece, aunque puede que me equivoque. Parece una coincidencia extraordinaria. Dos personas con las mismas iniciales, en Jerusalén casi en la misma época, encuentran un misterioso objeto oculto. Extraordinario.

Laila escribió un par de notas, después cogió la traducción que habían hecho aquella tarde y la leyó.

—¿Laila?

—Sí, sigo aquí. Estoy releyendo la carta.

Terminó de leer y dejó la hoja, mientras se pasaba la mano por el pelo.

—Esto no es mi fuerte, Tom. Si se trata de política, tengo una agenda llena de contactos, pero historia medieval... No sé nada de eso. Nunca me ha interesado.

Siguió una breve pausa.

—Si quieres, podríamos...

Laila sabía lo que iba a decir, de modo que le cortó de inmediato.

—Prefiero ocuparme sola de la investigación, Tom. Lo siento. Es mi forma de trabajar. Nada personal.

Habló en tono duro, frío. En otras circunstancias, habría pedido disculpas, al fin y al cabo Tom le había hecho un gran favor, pero esa noche no estaba de humor.

—Por supuesto, por supuesto —murmuró él, sorprendido por su brusquedad—. Lo entiendo. Yo hago lo mismo.

—Solo necesito información, Tom. Una pista. Alguien que sepa de estas cosas. ¿Puedes ayudarme?

Le oyó respirar al otro extremo de la línea.

—Por favor —añadió.

Otra pausa.

—Hay un tipo en el Santo Sepulcro —dijo él al fin, en tono herido—. Un sacerdote ortodoxo griego. El padre Sergio, creo que se llama. Un hombre grande y gordo. Sabe todo lo que hay que saber sobre la historia de la iglesia. Ha escrito libros sobre ella. Podría ser un buen punto de partida.

Ella anotó el nombre.

—Gracias, Tom —dijo—. Te debo una.

Intuyó que él necesitaba algo más que eso. Que estaba esperando una palabra amable, un consuelo. Laila no estaba de humor. Guillermo de Relincourt. Solo podía pensar en eso.

—Gracias —repitió—. Te llamaré.

Colgó el auricular, miró un momento el nombre anotado, enchufó el ordenador portátil a la línea telefónica, entró en Google y empezó a buscar.

31

Luxor

Los campos de bananas todavía estaban envueltos en la neblina matutina cuando Jalifa llegó a la villa de Jansen en Karnak. Abrió la cancela y caminó por el sendero de grava hasta el edificio bajo y de una sola planta, con su porche de madera y las ventanas provistas de postigos.

Había dedicado la tarde y la noche anteriores a revisar el expediente de Schlegel, con el fin de tomar notas y refrescar la memoria. Tal como Hasani había sospechado, no le había sido de gran ayuda, si bien le había proporcionado algunos detalles olvidados: fotografías del cadáver de Schlegel, declaraciones de testigos que la habían visto antes de morir, copias de la correspondencia intercambiada con la embajada israelí para enviar el cuerpo a Israel. Pero nada que se pudiera considerar información nueva. Había intentado ponerse en contacto con los dos testigos principales (la camarera que había oído a la señora Schlegel hablar por teléfono en la habitación de su hotel, y el guardia de Karnak que había visto a alguien huir del lugar de los hechos), pero pronto descubrió que el guardia había muerto y que la criada se había casado y había abandonado la zona sin dejar su nueva dirección. Tendría que empezar desde cero.

Llegó a la puerta principal de la villa y, después de probar varias llaves, la abrió y entró en el fresco y oscuro interior. Accionó el interruptor de la luz. Todo estaba igual que el día de su última visita: los sillones, el revistero, el gran óleo de la cumbre de una montaña escarpada, la misma atmósfera de limpieza esterilizada, de seguridad obsesiva. Había media docena de cartas tiradas en el suelo. Se agachó para recogerlas y empezó a examinarlas. Las primeras cinco eran facturas o propaganda. La sexta venía en un sobre escrito a mano y con matasellos de Luxor. Lo abrió y extrajo una hoja de papel barato fotocopiada que anunciaba una conferencia que tendría lugar al día siguiente: «Las iniquidades de los judíos». El orador era un *shayj* llamado Omar Abd al-Karim, un clérigo local famoso por sus sediciosas proclamas antioccidentales. Jalifa observó el anuncio, perplejo por el hecho de que se lo hubieran enviado a Jansen, lo guardó en el bolsillo de la chaqueta, cerró la puerta a su espalda con el pie y se puso a registrar la casa.

Una brecha. Eso era lo que estaba buscando. Una especie de ventana abierta al mundo secreto de Jansen. Algo, lo que fuera, capaz de revelarle alguna cosa más sobre el misterioso propietario de la villa. Algo que le ayudara a abrir una brecha en la fachada impenetrable que el hombre había construido a su alrededor.

Empezó en la sala de estar, seguro de que allí encontraría pistas que le condujeran a la historia de Jansen, pero sin saber si podría interpretarlas. El óleo, por ejemplo. No cabía duda de que le estaba diciendo algo acerca de su propietario, acerca de su vida interior. Pero ¿qué? ¿Que le gustaban las montañas? ¿O había un mensaje más concreto? ¿Que era el paisaje de su país natal, quizá? Pero ¿Holanda no era llana? Tenía la sensación de que ante él se desplegaba toda la información que necesitaba para llegar al corazón de su presa, pero en un código que no podía descifrar.

Estuvo media hora registrando la sala, luego pasó a los dormitorios y por fin al estudio, donde dedicó largo rato a examinar la biblioteca de Jansen. Sacó volúmenes al azar y los hojeó: *Die Südlichen Raume des Temples von Luxor*, de H. Brunner; *Obras completas de Josefo*, traducidas al inglés por William Whiston; *Cathares et templiers*, de Raymonde Reznikov; *From Solon to Socrates*, de Victor Ehrenberg; *The basilica of the Holy Sepulchre*, de G. S. P. Freeman-Grenville. Ya durante su primera visita le había sorprendido la diversidad de temas que abarcaban las lecturas de Jansen, la evidente inteligencia y erudición del hombre. Había obras sobre todas las materias, desde el Egipto predinástico hasta la Inquisición española, desde las Cruzadas hasta las costumbres funerarias de los aztecas, desde la Jerusalén bizantina hasta el arte de cultivar rosas. Era una colección rica, ecléctica y erudita, y Jalifa volvió a experimentar la sensación de que no estaba en consonancia con la vida externa de su propietario.

—¿Quién eras, Piet Jansen? —murmuró para sí—. ¿Quién eras y por qué estabas aquí?

Después de acabar con la librería, prestó atención al escritorio, y luego a dos archivadores. El primero, que contenía carpetas de plástico llenas de documentos legales, comerciales y bancarios, no le reveló mucho más que cuando le había echado un vistazo en su primera visita, once días atrás. El segundo archivador, con sus fundas de diapositivas, resultó ser más interesante, aunque solo fuera porque eran de lugares que él conocía, amaba o siempre había anhelado visitar. Giza, Saqqara, Luxor, Abu Simbel... Todos los grandes monumentos se hallaban allí, fotografiados con habilidad y bien etiquetados, así como numerosos yacimientos más pequeños a los que pocos turistas se molestaban en acercarse: los grandes muros de adobe de el-Kab; la estela divisoria de Ajenatón en Tuna el-Gebel; la tumba de Yehutihotep en Deir el-Bersha. Algunos de los yacimientos, como Gebel Dosha, Kor o Qasr Dush, eran tan desconocidos que Jalifa nunca había oído hablar de ellos.

Le llamó la atención una diapositiva en particular, porque era la única en que aparecía Jansen. Se le veía algo más joven, con el pelo bien peinado y en una postura muy tiesa, de pie en lo que parecía la tumba de Seti I en el Valle de los Reyes, delante de una imagen del rey con los dioses Horus y Osiris. Había algo levemente amenazador en la imagen, la forma en que el hombre miraba sin pestañear a la cámara, con ojos duros e impenetrables, arrogante, con una expresión entre sonriente y desdeñosa.

—Eres malo —susurró para sí Jalifa—. Se ve en la cara, en los ojos. Has hecho cosas malas, cosas crueles.

Contempló la imagen durante largo rato, después regresó al

archivador y examinó a toda prisa el resto de la colección. No se molestó en mirar una por una las diapositivas, sino que levantaba cada funda a la luz y, tras fijarse en seis o siete fotos, la devolvía al archivador y sacaba la siguiente.

Habría pasado por alto la entrada de la tumba si hubiera estado colocada en una funda de plástico normal, como todas las demás diapositivas, porque cuando la encontró había llegado casi al final de la colección y apenas dedicaba una mirada superficial a cada una. La foto se destacó de las demás por su marco de cartón marrón anticuado. Picado por la curiosidad, la sacó y examinó con detenimiento.

Se hallaba entre una serie de diapositivas de puertas de tumbas del Imperio Medio y Nuevo de Deir el-Bahri, en el borde oriental de la necrópolis tebana. Aunque era en blanco y negro, al contrario que sus vecinas, que tenían vivos colores, y estaba algo desenfocada por añadidura, supuso al principio que el tema debía de ser el mismo. Solo cuando la alzó a la luz empezó a albergar dudas, no solo porque no reconocía la puerta (durante los quince años que llevaba en Luxor había explorado casi todas las tumbas de las cercanías), sino sobre todo porque la muralla oscura y ominosa de roca perfectamente lisa en cuya base se abría la puerta era la formación geológica más extraña que había visto en la región de Luxor.

Le dio la vuelta, intrigado, con la esperanza de descubrir una etiqueta aclaratoria como en todas las demás fotos de la colección, pero no fue así, lo cual le decepcionó, pues por algún motivo que no podía explicar intuía que la imagen era importante. La contempló un momento más.

—¿Qué intentas decirme? —musitó—. ¿De quién eres la tumba?

La guardó en el bolsillo donde tenía el anuncio de la conferencia y reanudó su examen de la casa.

Por último bajó al sótano, como había hecho la vez anterior. Descendió por la oscura escalera, que crujió bajo sus pies, accionó el interruptor que había al final y contempló las mesas y los estantes cubiertos de antigüedades. Una vez más, se maravilló del tamaño y diversidad de la colección. Muchas cosas le interesaban, pero ninguna parecía arrojar la menor luz sobre el hombre que las había reunido.

Terminó al lado de la caja fuerte de hierro cúbica que había al fondo de la sala, con su esfera de números y la gruesa manija de latón. Se agachó delante y movió la esfera de un lado a otro, mientras oía los chasquidos del mecanismo interior. Era imposible forzar la puerta, y pese a que durante su larga asociación con el mundo del delito había aprendido a forzar una cerradura sencilla, esta se hallaba más allá de sus pobres posibilidades. Necesitaba la combinación, que el propietario de la caja fuerte se habría llevado a la tumba, o bien...

Se quedó donde estaba un momento, y después, tras resoplar como diciendo: «Qué coño», subió a la sala de estar, descolgó el teléfono y marcó un número. La línea sonó seis veces, hasta que contestó una voz ronca.

—¿Aziz? Soy el inspector Jalifa. No, no, no tiene nada que ver con eso. Necesito un favor.

—Si esto es una trampa...

—Es...

—Porque ahora soy honrado. ¿Lo entiende? Completamente regenerado. Todo aquel rollo... Cosas del pasado. Entonces era una persona diferente.

Aziz Ibrahim Abd al-Shakir (conocido popularmente como el Fantasma, por su habilidad para atravesar las puertas más inexpugnables) abrió la bolsa de las herramientas, extrajo una pequeña almohadilla de espuma, la colocó delante de la puerta de la caja fuerte, se arrodilló sobre ella y movió las rodillas de un lado a otro hasta que estuvo cómodo. Era un hombre bajo y regordete, de nariz bulbosa como un nabo, con manchas de sudor permanentes bajo las axilas. Respiró hondo varias veces, como si fuera a meditar, luego extendió una mano y la pasó con suavidad sobre la parte superior y los costados de la caja, como si estuviera acariciando a un animal nervioso para calmarlo y ganarse su confianza.

—Es algo entre nosotros dos —le tranquilizó Jalifa—. Nadie lo sabrá nunca.

—Eso espero —masculló Aziz. A continuación se inclinó para aplicar el oído a la puerta de la caja. Movió la esfera de un lado a otro y escuchó.

—Tienes mi...

—¡Chist!

Siguió manipulando la esfera durante casi un minuto, con expresión concentrada. Dio la impresión de que las manchas de sudor de las axilas crecían y se extendían. Al cabo de unos minutos se irguió.

—¿Podrás abrirla? —preguntó Jalifa.

En lugar de responder, Aziz buscó algo en la bolsa.

—Caja Chubb, sistema de apertura Mauser —murmuró, mientras sacaba un estetoscopio, una linterna delgada como un bolígrafo y un minimartillo como los que utilizan los geólogos para romper rocas—. Pestillos frágiles, tres, quizá cuatro, palancas dobles. ¡Qué bonita eres!

—¿Podrás...?

—¡Pues claro que podré abrirla! —espetó Aziz—. Puedo abrirlo todo. Excepto las piernas de mi mujer.

Sonrió con amargura de su broma y empezó a dar golpecitos con el martillo alrededor de la esfera, con los ojos cerrados, muy concentrado.

Todo el mundo consideraba a Aziz Abd al-Shakir, incluido él mismo, el mejor reventador de cajas fuertes de Egipto. El hombre que había entrado dos veces en la cámara acorazada principal de las oficinas del Banco Nacional de Egipto en Luxor y reventado la caja fuerte, en teoría inexpugnable, de la American Express en Asuán era una leyenda entre sus compañeros de profesión y entre aquellos cuyo trabajo era conducirle ante la justicia. Jalifa se había topado con él por primera vez en 1992, después de que desvalijara la caja fuerte del Sheraton de Luxor, y sus caminos se habían cruzado varias veces desde entonces. Su encuentro más reciente había tenido lugar dos años antes, cuando el detective le había detenido por robar en una joyería local. En esa ocasión,

Jalifa había escrito al juez para pedirle una sentencia benévola, al saber que al hijo menor de Aziz le habían diagnosticado leucemia. Aziz se enteró de la carta y, con ese curioso código moral que permite a un hombre robar al prójimo, pero al mismo tiempo pagar siempre sus deudas, se puso en contacto con Jalifa para decirle que, si alguna vez necesitaba un favor, solo tenía que pedirlo. Por eso estaba allí ahora.

Dejó a un lado el martillo y cogió el estetoscopio. Apoyó el disco contra la puerta de la caja con una mano, mientras movía la esfera suavemente con la otra, la linterna sujeta en la boca, los ojos cerrados mientras escuchaba con suma atención los movimientos de los pestillos. Jalifa sabía muy bien que había mentido cuando dijo que se había regenerado, sabía que seguía siendo el mismo delincuente de siempre. Sin embargo, necesitaba su experiencia y no pensaba discutir al respecto.

—Buena chica —susurraba Aziz para sí, con una leve sonrisa—. No te me pongas difícil. Oh, qué guapa eres. Guapísima.

Tardó menos de veinte minutos en descubrir la combinación, un motivo de evidente satisfacción, porque, cuando el último pestillo chasqueó, esbozó una amplia sonrisa y plantó un beso en la parte superior de la caja. Sus labios dejaron una marca de humedad en el metal verdigrisáceo.

—¡El Fantasma ataca de nuevo! —dijo entre risas, mientras abría la puerta unos centímetros y recogía su equipo.

Subieron y Jalifa le acompañó a la puerta.

—No te metas en líos —dijo cuando Aziz empezó a bajar por los peldaños de la entrada.

El otro gruñó y caminó hacia la cancela. Se volvió cuando llegó.

—Eres un buen tipo, Jalifa —gritó. Hizo una pausa—. Para ser un cerdo, quiero decir.

Guiñó un ojo y desapareció entre el muro de palmeras y mimosas. Jalifa volvió al sótano, se acuclilló ante la caja fuerte y abrió la puerta. Había tres cosas dentro: un sobre de papel manila de aspecto oficial, que tras una detenida inspección resultó contener el testamento del fallecido; una pistola, de un tipo que Jalifa no había visto jamás, con un cañón delgado que salía de un cuerpo grueso en forma de L, y al fondo de la caja un objeto rectangular envuelto en un pedazo de tela negra. Era muy pesado y, cuando lo sacó de la tela, Jalifa vio un lingote de oro. Sobre su superficie brillante había estampada un águila con las alas extendidas que en sus garras sujetaba los brazos entrelazados de una cruz gamada. Lanzó un silbido.

—¿Qué demonios estaba tramando, señor Jansen? ¿En qué coño estaba metido?

32

Campo de refugiados de Kalandia

La llamada al martirio, cuando llegó, no fue como Yunis Abu Jish había imaginado.

Durante meses había rezado para que le abordaran y le pidieran que se sacrificase por Dios y por su pueblo, había recreado en su mente un proceso de selección intensivo, durante el cual pondrían a prueba en repetidas ocasiones su fe y valentía, y que superaría de manera triunfal.

En realidad, recibió una breve llamada telefónica en la que le informaron de que había sido elegido por al-Mulatham como un posible *shahid*, y le pidieron que reflexionara en profundidad sobre si se sentía digno de aquel honor. De no ser así, no debía hacer nada. Nunca más volverían a entablar contacto con él. En caso afirmativo, debía ponerse la camiseta de la Cúpula de la Roça (¿cómo demonios sabían que tenía una camiseta con la foto de Qubat al-Sajra delante?) y acudir al día siguiente, a las doce, al puesto de control de Kalandia, en la carretera de Jerusalén a Ramallah, donde debería quedarse treinta minutos exactos bajo la valla publicitaria de Master Satellite Dishes. Por lo tanto, debía empezar a prepararse con oraciones y el estudio del sagrado Corán, sin informar a nadie de la situación, ni siquiera a sus familiares más cercanos. Con posterioridad le proporcionarían información más detallada.

Eso fue todo. Ninguna explicación de cómo, por qué o quién le había elegido. Ninguna indicación de cuál sería su misión. La fría precisión de la llamada y la actitud profesional del hombre que habló con él le habían asustado, y cuando la comunicación se cortó permaneció sentado largo rato, temblando, pálido, con el auricular apretado todavía contra el oído. ¿Seré capaz de hacerlo?, se preguntó. ¿Soy lo bastante fuerte? ¿Soy digno? Al fin y al cabo, imaginar es una cosa, y obrar, otra muy distinta. El miedo y las dudas casi le habían abrumado.

Sin embargo, poco a poco sus recelos se calmaron para dar paso primero a la aceptación, después a la determinación y, por último, a una embriagadora sensación de euforia y orgullo. ¡Le habían elegido! Él, Yunis Abu Jish Sabah, héroe de su pueblo, instrumento de la venganza de Dios. Imaginó el honor que sentiría su familia, la alegría de todos los palestinos. La gloria.

Colgó el auricular con un grito de placer y salió corriendo de la casa. Su madre estaba fuera, pelando patatas, y el chico se arrodilló delante de ella y le rodeó la cintura con los brazos.

—Todo irá bien —dijo entre risas—. Todo irá bien. Dios está con nosotros. *Allahu akbar*.

33

Jerusalén

Era casi mediodía cuando Ben Roi emergió por fin de su sopor alcohólico y saltó tambaleante de la cama, al tiempo que tosía y blasfemaba. Tomó una ducha fría, engulló una Goldstar para atajar la resaca, se vistió, se aplicó un poco de loción para después del afeitado y fue en autobús al cementerio judío del monte de los Olivos. En el camino, se detuvo a comprar un lirio blanco.

La visitaba una vez al día, como mínimo. A veces más, si la soledad se le hacía insoportable. De niño pensaba que ir a los cementerios era algo propio de viejos. Una forma de pasar el tiempo cuando no se tenía nada mejor que hacer, cuando se había dejado atrás toda esperanza y alegría. Sin embargo, ahí estaba ahora, cuando aún no había cumplido los treinta y cuatro años, y la visita era el momento fundamental de cada día. De toda su existencia.

Bajó del autobús en la calle Jericho y entró en el cementerio por la esquina izquierda inferior. Empezó a ascender entre las hileras de lápidas rectangulares que cubrían las terrazas de la ladera, que parecía una inmensa escalera fragmentada. A lo lejos, a su izquierda, las siete cúpulas doradas de la iglesia de Santa María Magdalena brillaban bajo el sol de la tarde; más adelante, arriba, se cernía la fea fachada arqueada del hotel Intercontinental en la cumbre de la colina, como una fila de aros dibujados en el limpio cielo azul. Detrás, al otro lado del valle del Cedrón, se erguía la Cúpula de la Roca, con los edificios de la Ciudad Vieja amontonados detrás como un revoltijo de cubos infantiles.

Su tumba estaba a mitad de la subida, en el borde sur del cementerio, una sencilla losa con su nombre y las fechas (nacida el 21 de diciembre de 1976; fallecida el 12 de marzo de 2004), y al pie, una cita del Cantar de los Cantares: «Soy una rosa de Sharon, un lirio de los valles».

La contempló unos instantes, sin aliento a causa de la subida, luego se agachó y depositó la flor sobre la cita, y al lado, una piedrecita que había cogido en el camino, siguiendo la costumbre judía. Se inclinó para besar la tumba, pasó la mano por la superficie amarilla y dejó que sus labios se demoraran un momento en los surcos profundos de su nombre. Después, con un suspiro, se enderezó.

Por extraño que pareciera, nunca había logrado llorar por ella. Por muy intenso, por muy abrumador que fuera el dolor, las lágrimas no brotaban. Lloraba por cosas sin importancia (programas de telebasura, letras de canciones malas, novelas infumables), pero para ella no había nada, salvo un vacío insondable; las lágrimas se iban acumulando en su interior hasta que, en ocasiones, tenía que esforzarse por respirar, como un hombre que se estuviera ahogando y solo fuera capaz de mantener la boca fuera del agua.

Enlazó las manos. Una parte de él creía que debería recitar un *kiddush*, o al menos decir una oración. Desechó la idea. ¿De qué coño servía rezar a un Dios que permitía esas cosas? ¿Que se sentaba en Su trono celestial y contemplaba con indiferencia tanto horror y desdicha? No, pensó, la fe no aporta consuelo. Es algo hueco, vacío, falto de armonía, como una campana agrietada. Hundió las manos en los bolsillos y dio media vuelta. Contempló la Ciudad Vieja y tarareó una antigua canción folclórica judía que su abuelo le había enseñado, acerca de un chico pobre que se enamora de la hija de un rabino rico.

La había detenido. Así se conocieron. Increíblemente vulgar, como salido de una novela romántica barata, pero así había ocurrido. Ella formaba parte de un grupo que protestaba contra la construcción de asentamientos israelíes en las afueras de la ciudad. Él era un miembro del cordón policial enviado para repeler a los manifestantes. Hubo una refriega, ella le dio una patada en la espinilla, él la esposó y arrojó a la parte posterior de una furgoneta de la policía. Todo ocurrió con tanta rapidez que no tuvo tiempo de fijarse en lo guapa que era. Solo más tarde, en la celda de la comisaría, mientras tomaba sus datos y ella recitaba las iniquidades de la ocupación israelí en Cisjordania, Ben Roi descubrió que su mirada se demoraba en la masa rebelde de pelo castaño, los esbeltos brazos bronceados, los ojos grises centelleantes, furiosos y apasionados, y al mismo tiempo tan dulces; unos ojos que traslucían inteligencia y alegría, y que le revelaron que la joven era una buena persona, una persona cariñosa, y que su voz airada y su actitud beligerante no eran más que una fachada.

Podría haber presentado cargos contra ella (tendría que haberlo hecho), pero al final la soltó con una amonestación. El hecho de que ella no demostrara la menor gratitud por este favor (al contrario, dio la impresión de que la enfurecía, como si su benevolencia disminuyera el impacto de la protesta) le atrajo hacia la muchacha todavía más que su físico.

Nunca se había encontrado cómodo entre mujeres, se ponía nervioso, con su cuerpo de oso, su cara de facciones marcadas y enorme nariz, y tardó tres días en reunir el valor necesario para llamarla. Cuando por fin lo hizo, ella creyó que un amigo le estaba gastando una broma. Luego, al darse cuenta de que era quien decía, le mandó a la mierda y colgó. Ben Roi volvió a llamar al día siguiente, y al otro, y al otro, mientras su interés (y humillación) crecía en proporción directa al número de rechazos recibidos, hasta que al final, exasperada, ella accedió a tomar una copa en un bar, «solo para ver si así me dejas en paz de una puta vez».

Incluso en ese caso, es dudoso que algo hubiera ocurrido entre ambos de no ser por los espaguetis. Hasta ese momento se habían esforzado por encontrar algún punto en común mediante una conversación forzada e incómoda, puntuada por silencios violentos y voces airadas cuando ella le arengaba acerca del trato que el gobierno deparaba a los palestinos, y él replicaba que los palestinos se merecían todo lo que les caía encima. Estaban a punto de salir del bar, convencidos de que no tenían nada en común, de que la velada estaba condenada al fracaso, cuando un camarero se topó con él y vertió una bandeja de pasta cubierta de salsa sobre su camisa blanca. Ella estalló en carcajadas, él se revolvió a gritos, pero luego se puso a reír también, al caer en la cuenta de lo ridículo de la situación, y en ese momento de diversión compartida algo se encendió al fin entre ellos, como una cerilla que alumbrara en la oscuridad y ahuyentara las sombras. El camarero le prestó una camiseta, la cual contribuyó a mejorar su estado de ánimo todavía más, porque era demasiado estrecha para él y llevaba impresa la muy inapropiada leyenda ORGULLO GAY. Aceptaron una copa por cuenta de la casa, volvieron a su mesa e iniciaron una nueva conversación, esta vez soslayando la política y hablando de ellos, de su vida, intereses y familia, explorando.

Ella trabajaba de redactora en una pequeña cooperativa editorial especializada en poesía y libros infantiles, y dedicaba tres noches de la semana a trabajar como voluntaria para B'Tselem, la organización pro derechos humanos israelí. Hija de uno de los héroes de guerra más condecorados del país, ahora miembro laborista del Knesset, se había criado en un kibbutz en la frontera norte de Galilea y tenía dos hermanas mayores, que estaban casadas y tenían hijos.

—Perfectas madres judías —dijo—. Yo soy la oveja negra.

—Yo también —admitió Ben Roi—. Todos los hombres de mi familia son granjeros. Mi padre se quedó horrorizado cuando le dije que quería ser policía. Aunque no tan horrorizado como lo estaría ahora si me viera.

Se miró la camiseta. Ella rió.

—¿Qué te llevó a convertirte en un instrumento del régimen fascista? —preguntó la joven.

—Al Pacino, lo creas o no.

—¿Al Pacino?

—Bien, una de sus películas.

Ella levantó una mano.

—Déjame adivinar. —Una pausa—. *Serpico*.

Ben Roi abrió los ojos de par en par.

—¿Cómo lo sabes?

—Es una de mis películas favoritas.

—¡Eres la única persona que conozco que la ha visto! Me encanta esa película. Recuerdo cuando la vi por primera vez, en la tele. Tenía catorce años. Pensé: «Yo quiero ser así». Como Al Pacino. Hacer el bien. Cambiar las cosas. Me encontré con él una vez. Después de salir de la escuela de policía. Nos hicimos una foto juntos. Es bajito.

Tomó un sorbo de vino y sus ojos se encontraron un instante, lo suficiente para que ambos supieran que algo estaba pasando. Con el tiempo, él recordaría aquel primer intercambio de miradas, aquel reconocimiento fugaz e inseguro de un sentimiento compartido, como uno de los momentos más perfectos de su vida.

Se quedaron en el bar casi tres horas, sin parar de hablar, profundizando en el mutuo conocimiento, apartando con delicadeza las capas, antes de, a propuesta de ella, trasladarse a un pequeño restaurante que conocía en el barrio armenio de la Ciudad Vieja, donde comieron *soujuk* y *khaghoghi derev*, y bebieron una botella de un vino tinto aromático y algo amargo. Después, medio borrachos, pasearon por las calles desiertas, intercambiando de vez en cuando una mirada, pero sin hablar mucho, se adentraron en el barrio judío, atravesaron el Mauristan y llegaron por fin a la puerta Nueva, donde, en un local abierto hasta muy tarde, tomaron un último café y él le regaló un lirio blanco que había tomado de un jarrón que descansaba sobre la barra del bar.

—Gracias —dijo ella, y apretó la flor contra su pecho—. Es bonita.

Salieron y se despidieron, mientras una enorme luna pendía sobre ellos como una naranja en un charco profundo de agua negra. Ben Roi tenía muchas ganas de inclinarse y besarla, pero se contuvo porque no quería estropear el momento, convencido de que ella retrocedería asqueada. La joven no tuvo tantos escrúpulos. Apartó la mano que le ofrecía, le agarró por los hombros, se puso de puntillas y le dio un beso apasionado en los labios.

—Lo siento —dijo, al tiempo que se apartaba, con los ojos brillantes—. No he podido resistir la tentación. Debe de ser la loción para después del afeitado que llevas.

—No he pensado que fuera por mi apostura.

Ella volvió a besarle, esta vez con más dulzura y lentitud, y se apretó contra él.

—A mí me pareces guapísimo.

—Tal vez deberías ir al oculista.

Ella sonrió, levantó una mano, tocó su enorme barbilla, su nariz, su mejilla. Se quedaron así un largo rato, mirándose, y después de un abrazo final se separaron y se citaron para dentro de dos noches. Cuando Ben Roi se alejaba, ella le llamó.

—Abre los ojos, Arieh. Mira lo que está pasando en este país. Necesito que lo hagas. Porque nos está envenenando a todos. Y a menos que hagamos algo para cambiarlo, no habrá futuro. Ni para Israel, ni para nosotros, ni para nadie. Abre los ojos. Por favor.

Durante las semanas y los meses siguientes, mientras su relación crecía y se hacía más profunda, mientras el amor que sentía por ella invadía su alma, hizo lo que ella le había pedido y vio cosas que nunca había querido ver, hizo preguntas que nunca había deseado formular. Este despertar le había causado un gran dolor, una gran confusión e incertidumbre. Sin embargo, había seguido su consejo, porque la quería, confiaba en ella y sabía en el fondo que le estaba ayudando a madurar, a convertirse en una persona mejor.

Y después de todo eso, pese a todo eso, la habían matado. Los mismos que ella se había esforzado tanto por defender, por cuya causa había abogado con tanta pasión. Le volaron las piernas, le destrozaron el rostro, su rostro hermoso, tierno, risueño. De manera que ahora, solo en el cementerio, con la vista clavada en su tumba, se le antojó que el futuro con el que ambos habían soñado, un futuro de paz y comprensión, de esperanza y luz, no era más que un espejismo. Como el viajero sediento del desierto que padece la agonía de ver el anhelado oasis evaporarse ante sus ojos, un simple engaño de la luz, deseó haber mantenido los ojos cerrados y no haber vislumbrado jamás el espejismo.

Terminó de musitar su canción, mientras sus dedos acariciaban la menorah colgada del cuello, un pedacito de ella que siempre llevaba consigo, y después, tras inclinarse y besar la tumba una vez más, empezó a bajar por el cementerio.

Cerca del pie de la colina se topó con una figura solitaria con *yamulka* y *tallit*, plantada ante un par de tumbas algo apartadas de las demás, en su propia parcela. El hombre le daba la espalda, y solo al pasar a su lado Ben Roi cayó en la cuenta de que era Baruch Har-Zion. Este se volvió apenas y sus ojos se encontraron un momento; ambos asintieron levemente al reconocer al otro y después Ben Roi continuó hacia la puerta, donde encontró a Avi Steiner, el guardaespaldas de Har-Zion, apoyado contra un muro. Sus miradas se encontraron un brevísimo instante; un fugaz gesto de asentimiento y después Ben Roi salió a la carretera y empezó a caminar hacia la Ciudad Vieja, mientras se preguntaba dónde podría tomar una copa antes de dirigirse a la comisaría y empezar su turno.

34

Jerusalén

Laila cruzó el patio situado ante la iglesia del Santo Sepulcro y se detuvo un momento para contemplar la entrada de doble arco, flanqueada de columnas de mármol esbeltas y sinuosas como árboles jóvenes, para luego adentrarse en el cavernoso y oscuro interior. Un trío de mujeres ancianas estaban arrodilladas ante la Piedra de la Unción. Se persignaron e inclinaron para besar la superficie rosada de la piedra. A su derecha, un tramo de escalera ascendía hacia una capilla dorada que gozaba de una iluminación cálida, el lugar donde la tradición afirmaba que habían crucificado a Cristo. Desde las entrañas del edificio llegaba el sonido de cánticos, que se mezclaban y fundían con un himno entonado en otra parte de la iglesia, de modo que todo el interior parecía vibrar debido a la disonancia. Un grupo de monjes armenios pasó a toda prisa, encabezado por un sacerdote de capa larga y capucha puntiaguda.

Laila se detuvo un momento en la entrada, mientras sus ojos se adaptaban a la escasa luz y su nariz aspiraba el penetrante olor almizclado del incienso. Después caminó hacia la izquierda y entró en la inmensa rotonda abovedada que dominaba el extremo este de la iglesia. Un joven sacerdote ortodoxo griego estaba barriendo el suelo. Se acercó a él y le preguntó dónde podía encontrar al padre Sergio, el contacto que Tom Roberts le había proporcionado la noche anterior.

—Él comida —dijo el sacerdote en un deficiente inglés, e imitó el gesto universal de comer—. Volver diez horas.

—¿Esta noche?

El sacerdote frunció el ceño, confuso, y sonrió de repente.

—No diez horas. Diez...

—¿Minutos?

—Sí, sí. Minuto. Diez minuto.

Laila le dio las gracias, dejó que siguiera barriendo y se encaminó hacia una de las gigantescas columnas de granito que sostenían la cúpula de la rotonda. Tomó asiento en el banco de al lado. Frente a ella se alzaba el edículo, el chillón templete sembrado de iconos, tallado en brecha rosa y amarilla, que indicaba el lugar donde se dio sepultura a Cristo. Detrás, el Katholicon, el coro ortodoxo griego, que dominaba la parte central del edificio; se extendía hacia el este, confinado entre oscuros panales de corredores, galerías, puertas y altares, con la mampostería ennegrecida y pulida por siglos de humo de velas y el roce de los devotos.

Miró alrededor un rato examinando el enorme edificio y la variopinta arquitectura, las multitudes de turistas y peregrinos, y después abrió el bolso, del que extrajo las notas que había tomado la noche anterior.

Su búsqueda en internet había dado como resultado varios miles de páginas con el nombre de Guillermo de Relincourt, la mayoría de las cuales no tenían nada que ver con el hombre que le interesaba. El examen del centenar aproximado que contenía información sobre el individuo en cuestión había revelado que, si bien era el centro de gran cantidad de especulaciones imaginativas, los datos verídicos sobre De Relincourt escaseaban. Lo poco que se sabía (lo único que se sabía, en realidad) procedía al parecer de dos breves pasajes de crónicas medievales, ambos traducidos y reproducidos en cierto número de páginas web.

El más breve, de la *Historia Rerum in Partibus Transmarinis Gestarum* (Historia de los hechos acaecidos en Ultramar), escrita alrededor de 1170, explicaba:

> Después de conquistar la ciudad, los cruzados consideraron la iglesia (del Santo Sepulcro) demasiado pequeña, y le añadieron un edificio alto y sólido. Al principio, Guillermo de Re-

lincourt se encargó de la obra, hasta que se enzarzó en disputas con el rey Balduino y padeció un destino horrendo. También fue construido un campanario.

El segundo pasaje, más largo y detallado que el primero, aparecía en una obra titulada *Massaoth Schel Rabbi Benjamin* (El itinerario del rabino Benjamín), de un judío de la ciudad española de Tudela que había visitado Tierra Santa en 1169, una etapa de un viaje de diez años por el Mediterráneo y Oriente Próximo:

> También se cuenta la historia del francés Gillom de Relincar, que construyó la iglesia conocida por los cristianos como del Santo Sepulcro. En el curso de la magna obra, se dice, cuando estaban cavando zanjas para colocar piedras, como suele hacerse en tales casos, este tal Gillom descubrió un lugar secreto en el que estaba oculto un tesoro de grandísimo poder y belleza, un tesoro como jamás se había conocido. Como era un hombre sabio y no aprobaba el trato dispensado a los judíos, no habló a nadie de este objeto, sino que lo calló, pues debido a su naturaleza habría provocado mucha codicia y envidia entre los cristianos. Sin embargo, nuevas del descubrimiento llegaron al rey Balduino, quien ordenó que se le fuera entregado. Y cuando este tal Gillom se negó, le arrancaron los ojos y arrojaron a un pozo profundo, donde murió al cabo de cuatro días, pues era un hombre fuerte de cuerpo y espíritu. Pocos saben de esta historia, que me la contó Simón el Judío, que la oyó de labios de su abuelo.

Alrededor de estos dos párrafos se habían forjado numerosas teorías y suposiciones, algunas relativamente inocuas, la mayoría absurdas. Una página web, por ejemplo, que se abría con una fanfarria de cantos gregorianos, aseguraba que Guillermo había descubierto el cuerpo momificado de Cristo, lo cual socavaba la doctrina cristiana de la resurrección. Otra, adornada con símbolos astrológicos de aspecto misterioso y titulada «Guardianes sagrados del Portal Cósmico», afirmaba con toda seriedad que De Relincourt había descubierto una especie de portal galáctico que le permitió acceder a dimensiones espaciotemporales superiores, de forma que se sumó a un club exclusivo de viajeros en el tiempo que incluía a Moisés, Tutankhamón, Confucio y el rey Arturo. Había muchas más en la misma línea, que relacionaban a De Relincourt con todo, desde los francmasones hasta el Santo Grial, desde los templarios hasta el Triángulo de las Bermudas. Por lo que Laila pudo deducir, nadie había aportado una explicación razonable al significado de los dos párrafos, y tampoco había salido a la luz ninguna prueba independiente que corroborara la autenticidad de la historia que estaban contando o confirmara la existencia real de alguien llamado Guillermo de Relincourt.

Todo parecía cogido con pinzas. No obstante, pese a esta carencia de pruebas de peso, pese a las dudas persistentes de que la estaban arrastrando a una empresa quimérica, cuanto más leía, más se enganchaba. Incluso con sus escasos conocimientos de la Edad Media, comprendió que si la fotocopia que le habían enviado era de la carta verdadera (lo cual era mucho decir), el original debía de ser un documento histórico de importancia y valor incalculables, y demostraba que De Relincourt no solo era un personaje real, sino que había encontrado un tesoro inimaginable debajo de la iglesia.

Sin embargo, lo que de verdad había despertado su anhelo periodístico, y continuaba haciéndolo, no era la perspectiva de arrojar luz sobre un misterio que contaba novecientos años de antigüedad, por intrigante que fuera, sino la relación entre ese misterio y los acontecimientos actuales. «Estoy en posesión de información que podría resultar de incalculable valor para este hombre en su lucha contra el opresor sionista. La información de la que hablo está íntimamente relacionada con el documento adjunto.» ¿Cómo podía ayudar la historia de Guillermo de Relincourt a un hombre como al-Mulatham? ¿Por qué una leyenda medieval podía ser importante para la Palestina contemporánea? ¿Cuál era el vínculo entre pasado y presente? Estas eran las preguntas que ocupaban su mente en aquellos momentos, que daban vueltas y vueltas alrededor de su cabeza como chispas de una girándula. Era algo importante. Lo intuía. Algo grande. Pero necesitaba más información. Más datos. Más piezas del rompecabezas.

—Él aquí ahora.

Laila alzó la vista. El joven sacerdote ortodoxo griego estaba a su lado, todavía con la escoba.

—Padre Sergio —dijo—. Viene.

Señaló hacia el Katholicon, donde un hombre pasmosamente gordo, con hábito negro y pelo gris sujeto en una cola de caballo, estaba apoyando una escalerilla en el ángulo formado entre una pared y una columna. Laila dio las gracias al sacerdote, se puso en pie, cruzó el coro en dirección al hombre, pasó bajo una araña de latón del tamaño de una rueda de carro y llegó a su lado justo cuando pisaba el primer peldaño de la escalerilla.

—¿Padre Sergio?

El hombre la miró.

—Me llamo Laila al-Madani. Soy periodista. Un amigo mío me dijo que usted podría ayudarme en una historia que estoy investigando.

El sacerdote la miró un momento con ojos brillantes y después bajó al suelo. Tenía un rostro jovial, parecido a una calabaza, surcado por profundas arrugas y medio cubierto por una poblada barba gris. La joven observó que bajo el hábito llevaba calcetines, sandalias y pantalones púrpura abolsados.

—Por lo visto, usted sabe todo lo que hay que saber sobre la historia de esta iglesia —añadió.

El sacerdote sonrió.

—Su amigo exagera. Nadie sabe todo lo que hay que saber sobre la iglesia del Santo Sepulcro. Llevo aquí treinta años y ni siquiera he arañado la superficie. A veces es un lugar extremadamente... desafiante.

Su voz era profunda y resonante, y hablaba en un inglés fluido. Despedía un olor dulzón, tal vez a causa de una loción para después del afeitado o por el perfume a incienso de su hábito.

—¿Qué desea saber? —preguntó.

—Estoy intentando reunir información sobre alguien llamado Guillermo de Relincourt.

La sonrisa del hombre se ensanchó, y se acarició la barba con aire pensativo.

—Guillermo de Relincourt, ¿eh? ¿Por qué le interesa?

Laila se encogió de hombros.

—Es para un artículo que pienso escribir. Misterios de Jerusalén. Color local.

—No es el tipo de artículos que suele escribir.

Reparó en la expresión perpleja de Laila y se puso a reír.

—Oh, sé quién es, señorita al-Madani. No estamos tan aislados del mundo. He leído muchos de sus artículos a lo largo de los años. Muy... directos. No perdona una a los israelíes. Pero no recuerdo que le interese la historia medieval.

—He decidido cambiar de tema por una vez —afirmó Laila, que no deseaba proporcionar demasiada información—. Volveré a meterme con Israel en cuanto haya terminado.

Las risas del sacerdote se redoblaron y en sus ojos apareció un brillo de complicidad, como si supiera que ella no deseaba contarle toda la verdad pero eso no le preocupara.

—En ese caso —dijo, al tiempo que apoyaba la mano sobre su protuberante barriga—, hemos de ayudarla a terminar su artículo lo antes posible. No podemos permitir que los israelíes se confíen, ¿verdad? No obstante, le pediré algo a cambio.

—¿De qué se trata?

—Sujéteme la escalera un momento, mientras intento deshacerme de esos malditos pájaros.

Indicó con la cabeza un par de palomas blancas que no paraban de estrellarse contra las ventanas más altas de la iglesia.

—He de abrir una —explicó—. Para que salgan. De lo contrario, se cagarán sobre los turistas.

Como para confirmar sus palabras, una gruesa gota cayó desde lo alto sobre la araña de latón. El padre Sergio chasqueó la lengua en señal de desaprobación y subió al primer peldaño de la escalera.

—Sujétela bien —dijo—. A veces resbala.

Laila inmovilizó la escalera con el pie mientras el sacerdote empezaba a subir, con una agilidad sorprendente para un hombre de su corpulencia y peso. Cuatro peldaños más arriba, agarró un palo largo de madera apoyado contra la pared y utilizó la otra mano para afianzarse mientras seguía subiendo. Su hábito ondulante permitió a Laila una clara visión de sus piernas y su trasero, embutidos en pantalones. Un grupo de turistas entró y formó un círculo alrededor del *omphalos*, el cuenco de mármol tallado situado en medio de la sala que, según la tradición griega, señalaba el centro del mundo.

—Atrae a toda clase de gente —dijo en voz alta el padre Sergio cuando llegó al final de la escalera—. Guillermo de Relincourt. El año pasado vino un científico italiano que quería examinar toda la iglesia con un... ¿Cómo se llama ese aparato que sirve para medir la radiación?

—¿Un contador Geiger?

—Exacto. Estaba convencido de que Guillermo había descubierto los restos de una nave espacial alienígena y que todavía estaba sepultada bajo el suelo. Un demente.

Empezó a levantar el palo y se aferró a un saliente con la mano izquierda, mientras se estiraba hacia la ventana más cercana, que se hallaba a tres metros sobre él.

—Y hay un grupo norteamericano que cree que descubrió un portal que da a otro mundo.

—Los guardianes del Portal Sagrado —dijo Laila con una sonrisa.

—Ha oído hablar de ellos.

—He visto su página web.

—Locos. Locos de remate. Hasta tenemos un anciano judío que viene cada día porque cree que Relincourt encontró los Diez Mandamientos o algo por el estilo. Es el único judío que he visto aquí. Se pone a rezar delante del edículo como si fuera el Muro de las Lamentaciones, pobre loco. Cada día.

Estaba estirado casi por completo, alzado precariamente sobre el penúltimo peldaño, y trataba de abrir la ventana con el palo. Este resbaló tres veces antes de que por fin lograra situarlo bajo el pestillo y abrir la ventana, pero se inclinó hacia atrás de una forma tan peligrosa que Laila tuvo la desagradable sensación de que iba a caerle encima. El hombre logró mantener el equilibrio, sin dejar de asirse al saliente, y esperó a que las palomas descubrieran la ventana y salieran. En cuanto huyeron, volvió a levantar el palo y utilizó un gancho sujeto al extremo para cerrar la ventana. Bajó al suelo, con la respiración entrecortada y la frente perlada de sudor.

—Necesitamos una escalera más larga —bufó, mientras dejaba el palo en el suelo y se sacudía el hábito—. Siempre lo digo, pero los católicos dicen que no la necesitamos, los sirios que no nos la podemos permitir, los armenios y los coptos no se ponen de acuerdo sobre si debería ser de madera o metálica, y nadie hace nada. Créame, comparados con algunos de aquí, los fanáticos de De Relincourt son ejemplos de sensatez y buen juicio. ¿Té?

Laila declinó el ofrecimiento y, tras dejar el palo y la escalera, los dos volvieron a la rotonda. Dos mujeres, una mayor, la otra joven, ambas vestidas de negro, estaban arrodilladas en el abarrotado edículo, rezando con una vela en la mano. El joven sacerdote griego había desaparecido.

—Bien —dijo el padre Sergio, al tiempo que le indicaba el banco donde Laila se había sentado antes y se acomodaba a su lado—. Ha cumplido su parte del trato. Ahora querrá que le hable de Guillermo de Relincourt. No estoy seguro de si podré contarle gran cosa, pero pregunte lo que quiera. Haré lo posible por ayudarla.

Laila sacó la libreta y el bolígrafo, cruzó las piernas, apoyó la libreta sobre la rodilla y preparó el bolígrafo.

—Lo primero que quería preguntar es acerca de las fuentes —empezó—. He estado mirando en internet y he visto que solo dos escritores medievales citan a De Relincourt: Guillermo de Tiro y...

Repasó sus notas para localizar el nombre del viajero judío.

—Benjamín de Tudela —dijo el padre Sergio.

—Exacto. ¿Conoce los pasajes?

—De memoria no, pero los he leído. Hace mucho tiempo, se lo advierto.

Laila se inclinó y sacó una hoja arrugada del bolso.

—Los imprimí anoche.

Le tendió la hoja. El sacerdote la alejó un poco para que le diera la luz y la leyó. Cuando terminó, se la devolvió.

—Por lo que he podido deducir —prosiguió Laila—, Balduino, o Badouin, como le llama Benjamín, fue rey de Jerusalén entre 1100 y 1118.

El padre Sergio asintió.

—Lo cual significa que tanto Benjamín como Guillermo de Tiro escribieron sesenta o setenta años después de los acontecimientos que describieron.

El hombre reflexionó un momento y volvió a asentir.

—Correcto.

—¿Hay algo más? —preguntó Laila—. ¿Alguna otra crónica que hable de De Relincourt, que proporcione más información? ¿Algo que corrobore la historia?

El sacerdote enlazó las manos sobre el estómago, donde se posaron como dos grandes cangrejos que disfrutaran del sol sobre una roca.

—No que yo sepa. Ninguno de los primeros cronistas cruzados le menciona, Ekkehard de Aura, Alberto de Aquisgrán y... vaya, ¿cómo se llamaba el otro? Fulcher de Chartres, eso es. Silencio absoluto. Por lo visto, solo contamos con Guillermo de Tiro y Benjamín de Tudela.

—Y solo Benjamín dice algo acerca de un tesoro oculto —observó Laila—. Guillermo de Tiro únicamente menciona que De Relincourt y el rey Balduino tuvieron una especie de disputa.

—Supongo que oyeron versiones diferentes de la historia —aventuró el sacerdote—. Es algo habitual en los cronistas medievales. Sobre todo cuando escriben años después de un acontecimiento concreto y lo describen de segunda o tercera mano. Tienen fuentes diferentes, eligen detalles diferentes, según lo que les interese.

—¿Cuál es la versión más fidedigna en este caso?

El hombre enarcó las cejas.

—Es difícil asegurarlo, aunque yo diría que Benjamín de Tudela. Sí, solo estaba de paso por Tierra Santa, al contrario que Guillermo de Tiro, que vivía allí. Sin embargo, los detalles que añade indican que oyó una versión más completa de la historia. En el caso de Guillermo da la impresión de que solo está repitiendo un rumor antiguo.

Laila escribió una nota en la libreta.

—¿Y usted cree que la historia es cierta?

El padre Sergio se encogió de hombros.

—¿Quién sabe? No existen pruebas materiales que la certifiquen, pero tampoco hay motivos para descartarla. Benjamín era un cronista muy escrupuloso. No aceptaba leyendas o cuentos de viejas. Siempre comprobaba sus fuentes. Yo le creo.

Se produjo una repentina salva de flashes cuando un grupo de turistas japoneses invadió la rotonda y empezó a tomar fotos de la cúpula y el edículo. Laila dobló una pierna bajo la otra y apoyó la libreta sobre la rodilla.

—Lo cual conduce a la pregunta obvia —dijo—. Si la historia de Benjamín es cierta, ¿qué descubrió Guillermo? ¿Cuál era ese...? —Echó un vistazo a la hoja impresa—. Ese «tesoro de gran valor, como jamás se había conocido».

El padre Sergio sonrió y empezó a toquetear la goma elástica de su cola de caballo.

—Como usted dice, la pregunta obvia. La única que no puedo contestar, me temo. Aunque imagino que descubrirá que no era una nave espacial.

Rió para sí, mientras sus dedos tiraban de la goma elástica y atusaban el pelo. Delante de ellos, las dos mujeres salieron del edículo, una vez terminados sus rezos, y los turistas japoneses empezaron a entrar, aunque en el estrecho interior solo cabían cuatro personas. Los cánticos que Laila había oído al entrar en el edificio habían cesado y solo quedaba el eco de las voces, como si las piedras de la iglesia estuvieran susurrando entre sí.

—No —repitió el padre Sergio, cuando hubo colocado bien la goma elástica, y apoyó las manos sobre el estómago—. No tengo más idea de lo que Guillermo de Relincourt descubrió que los miles de personas que han especulado sobre el tema durante los últimos novecientos años. Tal vez una reliquia antigua, tal vez los huesos de un santo de los primeros tiempos, tal vez un tesoro de la basílica bizantina original... Lo que sea. No lo sabemos.

Laila se estaba dando golpecitos en el muslo con el bolígrafo.

—Y usted dice que no existen pruebas materiales. ¿No hay nada en la iglesia?

El sacerdote meneó la cabeza.

—Si Guillermo de Relincourt estuvo aquí, no dejó rastro alguno.

La joven levantó el bolígrafo y se rascó la ceja.

—¿Qué hay debajo de nosotros? —preguntó—. ¿Qué había cuando De Relincourt estuvo trabajando?

El sacerdote contempló el techo abovedado un momento, tamborileó con los dedos sobre su estómago, se levantó y, tras indicar a Laila que le siguiera, anadeó hasta la entrada de la rotonda, donde gozaban de una vista sin obstáculos del edículo y la puerta principal de la iglesia.

—Una visita turística rápida —dijo—. Solo para ponerla en antecedentes.

Abrió los brazos como para abarcar el edificio que los rodeaba.

—En la época de la crucifixión, por lo que sabemos, toda esta zona se hallaba fuera de las murallas de la ciudad, que estaban a unos cien metros en dirección sur. —Indicó con un gesto de la cabeza esa dirección—. Según la Biblia y los primeros escritores cristianos, el Gólgota, el monte donde tuvo lugar la crucifixión, estaba allí... —Señaló la capilla elevada ante la que Laila había pasado al entrar—. Mientras que allí... —añadió apuntando con un dedo hacia el edículo—... había una cantera abandonada en la que varios judíos ricos habían ordenado tallar su tumba. Fue en una de esas tumbas, la de José de Arimatea, donde se depositó el cuerpo de Nuestro Señor.

Los últimos turistas japoneses salieron del edículo y trotaron en dirección al Katholicon, sin que las cámaras dejaran de destellar.

—Durante cien años después de la crucifixión, esta zona fue un centro de peregrinación y oración para los primeros cristianos —continuó el padre—. En el año 135, no obstante, Adriano la arrasó y construyó un templo dedicado a los dioses Juno, Júpiter y Minerva. Duró doscientos años, hasta que Constantino el Grande, el primer emperador cristiano, derribó el templo de Adriano y construyó en su lugar una magnífica iglesia que acogía todos los lugares santos.

Señaló de nuevo la capilla elevada y el edículo.

—La iglesia de Constantino fue destruida a su vez durante la invasión persa del año 614. Fue reconstruida dos años después, derribada por un terremoto, vuelta a construir, derribada por el califa fatimí al-Hakim, reconstruida y vuelta a derribar varias veces más, hasta que los cruzados llegaron por fin y erigieron el edificio que vemos hoy, que fue terminado en 1149. Incluso este sufrió grandes cambios en años posteriores. La cúpula de la rotonda, por ejemplo, y el edículo datan del siglo XIX.

Laila escribía a toda prisa en la libreta, intentando no perder ni una palabra.

—Lo que quiero decir —prosiguió el sacerdote, al tiempo que daba un pisotón en el suelo— es que debajo de nosotros yacen los restos de más de mil años de construcción y reconstrucción, hasta llegar al lecho de piedra original. ¿Quién sabe qué encontró De Relincourt cuando empezó a excavar? Judíos, romanos, primeros cristianos, bizantinos, persas, musulmanes... cualquiera de ellos podría haber enterrado algo aquí que Guillermo desenterró. Y antes estuvieron los cananeos, los jebuseos, los egipcios, los asirios, los babilonios y los griegos. Todos estuvieron en Jerusalén en un momento u otro. La verdad es que no sabemos qué había ahí abajo, o quién lo dejó. Para ser sincero, dudo que alguna vez lo sepamos. Lo cual es parte del atractivo de la historia, por supuesto.

Guardó silencio y jugueteó con un botón del hábito. Un par de monjes coptos pasaron corriendo, con sus distintivos gorros negros y cruces de madera tallada. Laila terminó de escribir y miró sus notas, intrigada y decepcionada al mismo tiempo.

—Es como intentar montar un rompecabezas del que faltan la mitad de las piezas y que ni siquiera se sabe qué dibujo forma —murmuró—. Y con los ojos vendados.

El padre Sergio sonrió.

—La historia es así. Un gigantesco rompecabezas.

A sus espaldas se oyó el tenue sonido de un bastón sobre la piedra, que se fue acercando hasta que un anciano pasó de largo, entró en la rotonda y caminó hacia el edículo. Tenía la espalda encorvada y la piel de la cara fofa y cubierta de manchas de la edad. Se detuvo ante el templete y, tras sacar una *yamulka* y un librito negro, empezó a rezar, apoyado con fuerza en el bastón, meciéndose y murmurando para sí.

—Ese es el hombre del que le he hablado —susurró el padre Sergio—. Viene cada día, puntual como un reloj. Convencido de que De Relincourt descubrió los Diez Mandamientos, el Arca de la Alianza o la espada del rey David, he olvidado qué. Algún objeto judío antiguo. Eso es lo que esa clase de historias provocan. Satisfacen alguna necesidad interior, alguna esperanza que no puede resolverse en el mundo real.

Contemplaron al hombre unos momentos, y después Laila pasó las páginas de su libreta.

—Benjamín de Tudela dice que De Relincourt «no aprobaba el trato dispensado a los judíos». ¿Qué significa eso?

El padre Sergio sonrió con tristeza y clavó la vista en la cúpula.

—Los cruzados trataron muy mal a los judíos —dijo con un suspiro—. Mataron a miles mientras atravesaban Europa. Decenas de miles. Cuando se apoderaron de Jerusalén, hacinaron a toda la población judía de la ciudad en la sinagoga principal y le prendieron fuego. Hombres, mujeres, niños. No quedó ni uno. —Meneó la cabeza—. Hicieron lo mismo con los musulmanes. Se decía que la sangre llegaba a la altura de los tobillos en las mezquitas. Cualquiera habría pensado que algo semejante, tamaño horror compartido... acercaría a ambas religiones. Pero ya ve lo que está pasando hoy... —Alzó una mano y se masajeó las sienes—. La Tierra Santa de Dios, y mucho dolor. Siempre mucho dolor.

Siguió masajeándose las sienes un momento, y luego bajó la mano y se volvió hacia Laila.

—Ya es hora de que empiece a preparar el oficio de mediodía.

—Por supuesto —dijo ella—. Gracias por concederme su tiempo.

—No estoy seguro de haber sido de ayuda.

—Me ha ayudado mucho —afirmó Laila.

Devolvió la libreta al bolso y se lo colgó al hombro.

—No deje de escribir —dijo el sacerdote—. Cambiará las cosas.

Ella sonrió, alzó una mano a modo de despedida y se dispuso a marchar.

—Un dato interesante para su artículo —añadió el hombre—. Por lo visto, Hitler estaba obsesionado con él. Con Guillermo de Relincourt. Ordenó a un equipo de estudiosos que investigaran la historia, para intentar averiguar qué había descubierto De Relincourt y adónde había ido a parar. Estaba convencido de que era una especie de arma secreta que podría utilizar contra los judíos. Al menos, eso afirman algunos relatos. Como ya le he dicho, De Relincourt atrae a toda clase de gente extraña. Le deseo lo mejor, señorita al-Madani.

Se despidió de ella con un gesto de la cabeza, enlazó las manos a la espalda y entró en el Katholicon.

35

Luxor

—¿Hola? ¿Hola? Sí, soy el inspector Yusuf Jalifa, de la policía egipcia. Creo que hablé con usted... Jalifa. No, Jalifa. Ja-li-fa. Exacto. Intento localizar a alguien que pueda ayudarme en un caso en el que estoy trabajando, relacionado con una persona de nacionalidad israelí. ¿Qué? No, un caso en el que estoy trabajando... ¿Habla inglés? ¿Qué?... Sí, de acuerdo, esperaré, gracias, gracias.

Jalifa se colocó el auricular del teléfono entre la cabeza y el hombro, sacó un cigarrillo de la cajetilla que tenía delante y chasqueó la lengua, decepcionado. Llevaba casi una hora intentando en vano localizar a alguien de la policía israelí que pudiera proporcionarle detalles sobre la vida de Hannah Schlegel, y le habían mandado de departamento en departamento, de despacho en despacho, de persona en persona, hasta terminar donde había empezado, en la sede central de la policía israelí en Jerusalén, con una mujer que, al parecer, apenas hablaba inglés, y mucho menos árabe. Tenía la sensación de que, por ser egipcio, no le tomaban tan en serio como si hubiera sido, digamos, norteamericano o europeo. Encendió el cigarrillo y exhaló una airada bocanada de humo mientras oía el silencio al otro lado de la línea.

—¿Hola? —dijo, pensando que la comunicación se había cortado—. ¿Hola?

La línea volvió a la vida.

—Le pido que espere —dijo la voz de la mujer, áspera, como si estuviera hablando con un niño díscolo—. Por favor.

La línea enmudeció de nuevo.

—Maldita sea —masculló Jalifa, mordisqueando el filtro del cigarrillo, la mandíbula tensa por la irritación—. Estoy intentando ayudaros, por el amor de Dios. ¡Estoy intentando ayudaros, mujer!

Dio otra calada y se reclinó en la silla. Contempló un cartel de la pirámide escalonada de Zóser en la pared opuesta, después desvió la vista hacia su escritorio, donde estaban alineados pulcramente los objetos que había traído de casa de Jansen: la curiosa diapositiva, el anuncio de la conferencia, el testamento y la pistola. Solo faltaba el lingote de oro, que había confiado a un tal Mohammed Hasun, experto en lingotes del Banco de Egipto, el cual había prometido que intentaría averiguar más sobre el águila y la cruz gamada estampadas en su superficie.

De los restantes objetos, era el testamento de Jansen el que más información había proporcionado. Contenía instrucciones detalladas para la venta de las propiedades y posesiones del fallecido, así como la concesión de legados a diferentes personas y organizaciones, entre ellas el personal del Menna-Ra, el ama de llaves del difunto, la Sociedad Egipcia de Horticultura, el museo de Luxor y, algo incongruente, el Hospital de Animales Brooke para Caballos y Monos.

El mayor legado comprendía, por lo que Jalifa pudo vislumbrar, el grueso de las propiedades del fallecido, y sus herederos eran Anton e Inga Gratz, «por su apoyo a esas causas tan caras a nosotros». Carla Shaw, la directora del Menna-Ra, había mencionado a unos amigos de Jansen, uno de los cuales se llamaba Anton, y Jalifa suponía que debían de ser las mismas personas. Más interesante aún, el número 16 de la calle Urabi, la dirección de los Gratz que constaba en el testamento, se hallaba en el barrio de el-Maadi, en El Cairo. La cabina telefónica cuyo número figuraba con tanta frecuencia en la factura telefónica de Jansen estaba también en ese barrio y, después de buscar su situación exacta con la ayuda de Egypt Telecom, Jalifa había descubierto que se encontraba justo enfrente del bloque de apartamentos en el que residían los señores Gratz, lo cual inducía a pensar que eran las personas con las que Jansen había hablado tan a menudo. Investigaciones posteriores habían revelado que los Gratz no tenían teléfono particular (por eso debían utilizar la cabina), de manera que Jalifa se había puesto en contacto con los vecinos de su rellano para pedirles que pasaran una nota por debajo de la puerta de los Gratz solicitando que se pusieran en contacto de inmediato con la policía de Luxor. Hasta el momento no había obtenido respuesta.

De los demás objetos, la pistola había sido identificada por el señor Salah, el experto en balística de la comisaría, como una Walter P38 de 9 mm semiautomática, un arma poco utilizada en la actualidad, aunque Salah afirmaba que estaba muy buscada entre los coleccionistas de armas de fuego, pues la Walter P38 había sido el arma oficial de los militares alemanes durante la Segunda Guerra Mundial. Su propietario la había mantenido limpia, engrasada y en perfecto estado de funcionamiento, con su cargador de ocho balas lleno. Al igual que con tantos otros aspectos del mundo de Jansen, la información había suscitado más preguntas que respuestas.

No había habido tiempo para descubrir nada acerca de los dos últimos objetos: la hoja volante donde se anunciaba la conferencia y la diapositiva. Jalifa levantó esta última a la luz y dio una calada al cigarrillo, con el teléfono todavía sujeto en la mano izquierda. La imagen de la puerta de la tumba al pie de una muralla de roca vertical no le decía nada y, después de contemplarla un momento, mientras se preguntaba cuál podía ser su importancia, la dejó de nuevo sobre el escritorio y cogió la hoja volante. La leyó con parsimonia, sorprendido como la primera vez por la incongruencia de que alguien con la cultura de Jansen se mezclara con un fundamentalista fanático como el *shayj* Omar Abd al-Karim. Estaba garabateando una nota para recordar que debía pasarse por la reunión que, según la hoja volante, se celebraría al día siguiente cuando la línea resucitó de nuevo.

—¿Hablar usted con embajada israelí en El Cairo?

—Fue en la embajada israelí en El Cairo donde me dieron su número —contestó Jalifa, al tiempo que aplastaba el cigarrillo en el cenicero y procuraba mantener la calma.

La mujer puso la llamada en espera de nuevo, esta vez solo quince segundos, al cabo de los cuales le preguntó si tenía la última dirección conocida de la víctima, o aun mejor «el lugar donde vivía antes de su muerte», lo que Jalifa supuso significaba lo mismo. Cogió el expediente de la señora Schlegel y pasó las páginas.

—Calle Ohr Ha-Chaim, número cuarenta y seis —leyó, luchando con las palabras desconocidas—. Cuarto piso. —Hubo de repetirlo dos veces hasta que la mujer reconoció las señas.

—Ohr Ha-Chaim —dijo ella—. Es Ciudad Vieja. Ha de hablar con comisaría de policía David.

Le dio un número de teléfono.

—¿Con quién debo ponerme en contacto?

—Hable con departamento de investigación. Ellos le ayudan.

—Si es posible, me gustaría saber un nombre —insistió Jalifa, consciente de que si no era muy posible que cualquier secretaria lo despachara sin más—. Alguien con quien pueda hablar directamente. Quien sea. Por favor.

La mujer exhaló un suspiro de irritación, sin hacer el menor esfuerzo por disimular que le consideraba un pelmazo, y le hizo esperar por tercera vez, hasta que al final leyó un nombre que Jalifa anotó en una libreta.

—¿Es un detective? —preguntó.

—Este detective —contestó la mujer, cortante, y colgó.

Tras dejar el auricular en su sitio, Jalifa encendió otro cigarrillo, mascullando entre dientes, confirmadas sus peores sospechas sobre los israelíes. Dio un par de caladas profundas, descolgó el teléfono de nuevo y marcó el número que le había dado la mujer. El timbre sonó siete veces, hasta que alguien contestó.

—Buenas tardes —dijo—. Soy el inspector Yusuf Jalifa, de la policía nacional egipcia. ¿Podría hablar con...?

Miró la libreta.

—El detective Ar-ee-y Ben-Ro-eye.

36

Jerusalén

El teléfono estaba sonando cuando Ben Roi entró en su despacho. Era lo que le faltaba, cocido como estaba por las dos cervezas que había bebido camino de la comisaría, aparte de la insoportable sensación de melancolía que siempre le embargaba después de visitar la tumba de Galia. Levantó el auricular con brusquedad después de maldecir a quien fuera que le llamaba.

—*Ken.*

—Detective Ben Ro-eye.

—Ben Roi —corrigió el israelí con el ceño fruncido. ¿Quién era este *maniak*?

—Perdone. Soy el inspector Yusuf Jalifa, del cuerpo de policía egipcio. La Dirección Central de Policía me ha dado su nombre.

Ben Roi no dijo nada.

—¿Hola?

—*Ken.*

—¿Habla inglés, señor Ben Roi?

—*Ata medaber Ivrit?*

—¿Cómo dice?

—¿Habla usted hebreo?

—Temo que no.

—Por lo visto, tendré que hablar inglés. ¿Qué quiere?

Jalifa dio una calada al cigarrillo. Llevaba menos de quince segundos hablando con el hombre y ya le caía mal.

—Estoy investigando un caso relacionado con una persona de nacionalidad israelí —explicó esforzándose por mantener un tono cortés—. Un asesinato.

Ben Roi cambió el auricular a la mano izquierda y con la derecha extrajo la petaca del bolsillo.

—¿Y qué?

—La víctima era una mujer llamada Hannah Schlegel. Fue asesinada en 1990.

Ben Roi resopló.

—¿Y lo está investigando ahora?

—No, me ha entendido mal. Lo investigamos en su momento. Un hombre fue condenado, pero ahora han salido nuevas pruebas a la luz y hemos reabierto el caso.

Ben Roi desenroscó el tapón de la petaca y bebió un trago.

—¿Condenaron a un inocente?

Era una acusación más que una pregunta. Una acusación de incompetencia profesional. Jalifa apretó los dientes.

—Eso es lo que estoy intentando averiguar.

Ben Roi bebió otro trago.

—¿Qué quiere de mí?

—Estoy intentando obtener... ¿cómo se dice?, información sobre los antecedentes de la víctima. Trabajo, familia, amigos, intereses. Cualquier cosa que pudiera ayudarnos a establecer un móvil del asesinato.

—¿Y?

—¿Perdón?

—¿Por qué me telefonea a mí?

—Ah, ya entiendo. La víctima vivía en... —Jalifa consultó el expediente—. Vivía en la calle Ohr Ha-Chaim. Número cuarenta y seis, cuarto piso. Me dijeron que esa dirección se encuentra... ¿cómo se dice?, dentro de la jurisdicción de su comisaría.

Ben Roi se reclinó en el asiento y con la mano libre empezó a masajearse las sienes. ¡Puta suerte! Eso era lo último que necesitaba, participar en una investigación conjunta con un moraco de mierda. Unos aficionados. Una pandilla de putos aficionados. No tendría que haber descolgado el teléfono.

—Ahora estoy ocupado —dijo de mal humor—. ¿Podría llamarme en otro momento?

—¿Esta tarde?

—La semana que viene.

—Temo que no puedo esperar tanto —repuso Jalifa, que intuía que le estaban dando largas—. Tal vez alguno de sus colegas podría ayudarme.

Alguien un poco más profesional, tuvo ganas de decir. Que se enorgullezca un poco de su trabajo.

—O quizá debería hablar con su superior —añadió.

Ben Roi arrugó la frente aún más. ¡Mierda de árabe! Alejó el auricular y lo fulminó con la mirada, tentado de colgarlo sin más, de enmudecer al hombre. No obstante, intuyó que no se lo iba a quitar de encima con tanta facilidad. ¿Por qué cojones había descolgado?

—¿Inspector Ben Roi? —La voz de Jalifa resonó en la línea.

—Sí, sí —gruñó Ben Roi. Bebió un último trago de la petaca y enroscó el tapón—. De acuerdo, deme otra vez el nombre y la dirección de la mujer.

Tomó un bolígrafo y escribió cuando Jalifa le leyó los datos de Schlegel.

—¿Cuándo la asesinaron?

—El 10 de marzo de 1990. Puedo enviarle las notas del caso, si eso le sirve de ayuda.

—Olvídelo —dijo Ben Roi, consciente de que cuanta más información tuviera, más trabajo le daría. Un par de llamadas, tal vez una visita rápida a la última dirección de la mujer... Era lo máximo que pensaba hacer. Y si no era suficiente... Bien, eso era problema del árabe. Al fin y al cabo, era él quien la había cagado.

—Debería saber algo —continuó el egipcio—. El principal sospechoso del caso es alguien llamado Piet Jansen. Cualquier relación que pudiera descubrir entre este hombre y Hannah Schlegel sería muy útil. O sea...

—Sí, sí, ya lo tengo —le interrumpió Ben Roi—. Piet Hansen.

—Jansen —corrigió Jalifa, sin molestarse en seguir disimulando su irritación—. J... A... N... S... E... N. ¿Ha tomado nota?

La mano de Ben Roi se convirtió en un puño.

—Lo tengo —gruñó.

Jalifa dio una airada calada a su cigarrillo, que apuró hasta el filtro antes de apagarlo en el cenicero.

—Necesitará mis datos para ponerse en contacto conmigo.

—Supongo que sí —replicó Ben Roi, encrespado.

Jalifa se los proporcionó.

—¿Y los de usted? —preguntó.

Ben Roi le dio su correo electrónico.

—¿Móvil?

—No tengo —dijo el israelí, mientras echaba un vistazo a su Nokia.

Jalifa sabía muy bien que estaba mintiendo, pero consideró inútil insistir y se limitó a decir que le agradecería que se ocupara del asunto con la máxima urgencia.

—Claro —dijo Ben Roi con voz ronca.

Se hizo el silencio, dio la impresión de que la línea crepitaba a causa de la antipatía mutua y después Ben Roi dijo que, si eso era todo, tenía trabajo que hacer. Jalifa le dio las gracias, tenso, y ambos hombres se dispusieron a colgar.

—¡Una pregunta!

La voz de Jalifa resonó en la línea. Mierda, pensó Ben Roi.

—¿Qué?

Jalifa estaba pasando a toda velocidad las páginas del expediente.

—Hay algo que no entiendo. En el brazo de la víctima había un... ¿cómo se dice? ¿Un tataje?

—¿Un tatuaje?

—Exacto.

Jalifa localizó una fotografía en blanco y negro del antebrazo de la mujer muerta y la sostuvo ante él.

—Un número: cuatro, seis, nueve, seis, seis. Con un triángulo delante. ¿Se trata de algún ritual judío?

Ben Roi se reclinó en la silla y meneó la cabeza. Ignorante de mierda, moraco antisemita.

—Es el número de un campo de concentración. Los nazis los

tatuaron en los brazos de los prisioneros judíos durante el Holocausto. Claro que, teniendo en cuenta que ustedes no creen en el Holocausto, supongo que no será de mucha ayuda. ¿Algo más?

Jalifa estaba mirando la foto que tenía delante.

—¿Algo más? —repitió Ben Roi en voz más alta.

—No —respondió—. Nada más.

—Estaremos en contacto.

La comunicación se cortó. Jalifa continuó mirando la foto durante un largo rato, con los ojos clavados en las cinco cifras que se arrastraban sobre la piel de la mujer muerta como una procesión de insectos que surgieran del montículo triangular de un hormiguero. Después la dejó a un lado y tomó la pistola de Jansen. La contempló durante un rato con el ceño fruncido y, antes de volver a dejarla sobre la mesa, levantó el bolígrafo y escribió en la libreta «nazi» y «Holocausto», subrayando ambas palabras con una línea negra doble.

37

Jerusalén

> La guerra entre israelíes y palestinos (porque, no se engañen, es una guerra) se libra en muchos ámbitos diferentes y con armas muy diversas. La más evidente, por supuesto, es el enfrentamiento físico: piedras contra fusiles Galil, cócteles molotov contra tanques Merkava, coches bomba y ataques suicidas contra helicópteros Apache y aviones de reacción F-16.
>
> Sin embargo, existen otros elementos en el conflicto que, si bien son menos patentes, no son menos significativos. Diplomacia, religión, propaganda, economía, inteligencia, cultura... Campos de batalla en que la lucha incesante entre mi pueblo y nuestros opresores israelíes se libra a diario. En este artículo me centraré en uno de los teatros de conflicto menos probables, pero en muchos aspectos el más crucial de todos, pues se encuentra en el mismísimo corazón de este conflicto corrosivo: la arqueología.

Laila hizo una pausa, con los dedos sobre el teclado de su portátil, y leyó en voz alta el texto para comprobar que fluía con agilidad y se entendía. Añadió otra frase: «Para los israelíes, la arqueología, en especial el hallazgo de pruebas que apoyen la existencia de un Estado de Israel bíblico en las tierras que ahora ocupa, ha sido desde el principio un componente clave de su guerra contra los palestinos». Después, con un suspiro, se levantó y fue a la cocina para preparar café.

El artículo, para el *Palestine-Israel Journal*, le daba vueltas en la cabeza desde la semana anterior, cuando se había encontrado con el joven Yunis en el campo de refugiados de Kalandia. Era un buen tema, y teniendo en cuenta su velocidad de escritura habitual y el hecho de que ya había organizado el texto en su mente, tendría que haberlo liquidado en un par de horas o menos.

Sin embargo, llevaba trabajando el doble de ese tiempo, desde que había vuelto de hablar con el padre Sergio. Empezaba a anochecer y solo había escrito una pequeña parte de las dos mil palabras que se proponía. Con cualquier otro tema se habría concentrado mejor, pero las referencias a la arqueología y la historia le recordaban sin cesar todo el asunto de Guillermo de Relincourt, de modo que, al cabo de unas cuantas palabras, su mente se dispersaba, la apartaba del trabajo que tenía entre manos y la devolvía a De Relincourt y el misterioso tesoro que se decía había descubierto enterrado bajo el Santo Sepulcro. ¿Cuál era?, se preguntaba una y otra vez. ¿Cuál era su relación con al-Mulatham? Para empezar, ¿quién era el misterioso corresponsal que la había alertado sobre la historia? ¿Qué? ¿Cómo? ¿Quién? ¿Qué? ¿Cómo? ¿Quién? Las preguntas resonaban en su cabeza como un timbre constante, la distraían, pulverizaban su concentración.

Preparó el café al estilo palestino, hirviendo agua en un cazo metálico para luego añadir café y azúcar. Subió a la azotea, con la intención de despejarse, y miró hacia el este. Sobre el monte Scopus se habían encendido las luces de la Universidad Hebrea, frías y cegadoras, como si la cumbre de la colina estuviera cubierta por una capa reluciente de hielo. A la derecha, en el monte de los Olivos, la iglesia de la Ascensión apenas se veía, envuelta en una corona de luz más cálida, como un halo. Sonrió al recordar cuando su padre y ella habían bajado corriendo por la colina desde la iglesia hasta la basílica de Getsemaní, pues él había apostado un dólar a que no le ganaría. Sin embargo, lo había conseguido, y aunque sabía que él la había dejado ganar, que se había rezagado a posta, la certeza no disminuyó ni un ápice su sensación de triunfo cuando cruzó la línea de llegada pactada, alzó sus brazos esqueléticos y lanzó un grito de placer, antes de reclamar su premio.

Era una imagen ambivalente, como tantos recuerdos de él, henchida de felicidad, pero también símbolo de melancolía. Al fin y al cabo, seguía corriendo aquella carrera. Lo había hecho durante los últimos dieciséis años, con su padre siempre pegado a su hombro, a pocos centímetros de ella, animándola, empujándola, sin rezagarse jamás, por más rápido que ella corriera. La diferencia estaba en que, mientras en aquella ocasión se trataba de cubrir una distancia finita, con una clara meta a la vista, una recompensa a su esfuerzo, ahora había... ¿Qué? Nada. Ninguna esperanza de triunfo o placer, y tampoco dicha. Solo la carrera incesante, el trayecto desesperado entre la nada y la nada. Y siempre el recuerdo de su padre detrás de ella, su cráneo destrozado, sus manos esposadas a la espalda como un animal atado en un matadero. Siempre allí. Siempre presente. Siempre espoleándola. Siempre, siempre, siempre.

Se pasó el brazo por los ojos humedecidos para secárselos y contempló la última franja tenue del crepúsculo que se disolvía en la noche. Se levantó una brisa que le acarició la cara. Cerró los ojos, disfrutó la frescura relajante del aire nocturno. Se quedó donde estaba largo rato y deseó poder elevarse sobre las azoteas y volar lejos, escapar del círculo vicioso, dejarlo atrás. Después, con un suspiro, terminó el café y volvió al estudio, se sentó ante el portátil y leyó lo que había escrito. Añadió otro par de frases sin mucho entusiasmo y luego, al darse cuenta de que estaba perdiendo el tiempo, de que estaba demasiado preocupada, cerró el documento en el que estaba trabajando, guardó sus notas y se conectó a internet, entró en Google y tecleó Guillermo de Relincourt en el campo de busca.

Dedicó las seis horas siguientes a repasar todas las páginas pertinentes sobre De Relincourt en busca de una nueva pista, algo que hubiera pasado por alto en su investigación inicial de la noche anterior. Guillermo de Relincourt y el Santo Grial, Guillermo de Relincourt y los rosacruces, Guillermo de Relincourt y los papiros perdidos de la Atlántida, Guillermo de Relincourt y la conspiración vaticana para apoderarse del mundo. Lo leyó todo, y cada nueva página se le antojaba más extravagante que la anterior. Si hubiera estado investigando para un artículo sobre chiflados de la Nueva Era, o sobre la historia considerada como el Nuevo Misticismo, habría sido su día. Pero no encontró nada nuevo que añadir a los datos que ya poseía.

Cuando hubo agotado todos los enlaces de Guillermo de Relincourt, empezó a escribir variaciones, con el fin de ensanchar la red: Guillelmus de Relincourt; Gillom de Relincar; Esclarmonde de Relincourt; De Relincourt judíos; De Relincourt Francia; De Relincourt Languedoc; De Relincourt C.

Nada. A veces no obtenía ninguna página, otras salían docenas, pero irrelevantes, a veces encontraba resultados que ya había visto pero con otro encabezamiento.

Solo una combinación demostró ser, si no útil, al menos interesante, y fue «Guillelmus de Relincourt Hitler», que tecleó al pensar en el último comentario del padre Sergio aquella mañana. Encontró de nuevo más teorías disparatadas, una de las cuales insinuaba que De Relincourt había desenterrado una especie de arma mágica secreta capaz de exterminar a toda la población judía del mundo, un arma de la que, por motivos obvios, Hitler había deseado con todas sus fuerzas apoderarse (y el autor también, a juzgar por el tono antisemita del artículo). No obstante, entre la morralla había cierto número de artículos más verosímiles en los que el nombre de De Relincourt salía a colación como un ejemplo de la bien documentada obsesión del Führer por la arqueología y el ocultismo. La mayoría de las referencias eran breves y carecían de información que permitiera corroborarlas, pero una de ellas, en un artículo de un francés llamado Jean-Michel Dupont, contaba con una intrigante nota a pie de página, una cita del diario de un tal Dietrich Eckart, un ideólogo nazi y el hombre al que Hitler, al parecer, había dedicado *Mein Kampf*:

13 de noviembre de 1938

Soc. Thule. Cena, Wewelsburg. Moral alta después acontecimientos de 9-10, WvS hace una broma sobre la «destrucción de las esperanzas judías». DH dijo que estarían aún más destruidas si lo de De Relincourt saliera bien, tras lo cual larga discusión sobre cátaros, etc. Faisán, champán, coñac. Disculpas de FK y WJ.

Una veloz comprobación reveló que Wewelsburg era un castillo del noroeste de Alemania, el cuartel general de las SS de Himmler; la Sociedad de Thule, una orden casi esotérica dedicada a la promoción de la mitología aria; los «acontecimientos de 9-10», la destrucción masiva de propiedades judías, denominada después *Kristallnacht*, y los cátaros, un nombre que ya había encontrado en otros artículos, una especie de secta herética cristiana que había florecido en los siglos XII y XIII (y, un dato muy interesante, especialmente activa en la región francesa del Languedoc). Las iniciales WvS, FK y WJ, por lo que pudo colegir, pertenecían a Wolfram von Sievers, Friedrich Krohn y Walter Jankuhn, académicos nazis y miembros de la Sociedad de Thule.

Todo era de lo más interesante. Por desgracia, sobre la única parte del extracto que necesitaba desentrañar, es decir, las iniciales DH y el significado de la frase «si lo de De Relincourt sale bien», carecía de más datos. No había número de contacto ni dirección de Jean-Michel Dupont, y tras media hora de zigzaguear por la red con la intención de aclarar la cuestión, llegó a la conclusión de que todo el asunto era otra pista falsa y tiró la toalla.

—¡Mierda! —masculló encolerizada, y dio un puntapié a la pata de la mesa—. ¿Qué coño estoy buscando? ¡Joder!

Ya era casi medianoche. Contempló la pantalla con la vista borrosa a causa del cansancio y después tendió la mano para cerrar el portátil, resignada a que no conseguiría encontrar mucho más aquella noche. En ese momento, más por pura rabia que por la convicción de lograr algo útil, tecleó una última combinación aleatoria de palabras en el campo de busca, como si sus dedos hubieran tomado la iniciativa: «Relincourt Francia tesoro nazis secreto judíos». Se detuvo una fracción de segundo para leer lo que había escrito y luego, más por puro reflejo que por una decisión razonada, sustituyó «Relincourt» por «Guillermo» y pulsó el icono de búsqueda.

Fue el primer resultado de la lista.

> Sociedad Historiográfica de St. John's College... El profesor Magnus Topping, con el impresionante título de «El Pequeño Guillermo y el Secreto de Castelombres: un relato de nazis, tesoros...
> www.joh.cam.ac.uk/historysoc/lent.html

El sitio, como indicaba el título, pertenecía a la Sociedad Historiográfica del St. John's College, de Cambridge, y consistía fundamentalmente en un largo y florido informe sobre los acontecimientos y actividades del trimestre anterior, la mayoría de los cuales, a juzgar por los j-pegs acompañantes de estudiantes ebrios con togas y pelucas naranja, tenían poco o nada que ver con el estudio de la historia. El penúltimo párrafo del informe decía así:

> La última charla de este extraordinario trimestre de charlas (¡no, cornucopia de charlas!) fue pronunciada por nuestro nunca bien ponderado profesor Magnus Topping, con el impresionante título de «El Pequeño Guillermo y el Secreto de Castelombres: un relato de nazis, tesoros, cátaros y la Inquisición». En esta ilustrativa y colorida disquisición, el profesor Topping explicó que sus investigaciones de los anales de la Inquisición en el siglo XIII habían revelado un vínculo inesperado entre el legendario tesoro de los cátaros y el llamado «Secreto de Castelombres»; este último es un castillo de la región francesa de Languedoc donde, según la leyenda medieval, se hallaba un tesoro de valor incalculable, aunque de naturaleza desconocida. Desde este punto de partida se nos condujo a una fascinante excursión al mundo de los cultos mistéricos judíos, los arqueólogos nazis y los horrores sin cuento de la Inquisición católica (el Pequeño Guillermo era un interrogador particularmente brutal), y el efecto global no fue el del típico

seminario de historia, sino más bien el de una intriga histórica absorbente y fascinante. Una velada de lo más memorable, ¡y más aún debido a la asombrosa consunción de una botella entera de Lagavulin a cargo de nuestro honorable orador! ¡Llorad, todos los que no acudisteis!

Al leer esto, la reacción inmediata de Laila fue reírse de la inmadura ampulosidad del estilo, además de experimentar cierta decepción por el hecho de que, al contrario de lo que había esperado, el Guillermo mencionado no tenía nada que ver con el que le interesaba. Era una señal de su cansancio y embotamiento, además de su escepticismo, después de una noche de dar vueltas en un lodazal de chorradas históricas, el que solo tras una segunda lectura estableciera la relación entre el informe y su investigación. Y fue únicamente al leer el fragmento por tercera vez cuando, como un pájaro que alzara el vuelo ruidosamente desde un matorral, la palabra «Castelombres» le llamó la atención.

Castelombres. Languedoc. C.

Por un momento se quedó inmóvil contemplando el nombre y después, al tiempo que experimentaba una descarga de adrenalina, se puso a examinar las notas diseminadas sobre su escritorio, localizó la traducción de la carta codificada y la sostuvo bajo la lámpara, mientras sus ojos recorrían el texto: «Te la envío ahora con la certeza de que estará a salvo en C».

—Oh, Dios mío —susurró.

Repasó el informe una vez más, con gran detenimiento, tomó notas con letra cada vez más ilegible a causa del nerviosismo, a continuación trasladó la página web a su carpeta de favoritos y regresó a Google, donde tecleó «Castelombres» en el campo de búsqueda. Aparecieron seis resultados. Seleccionó el primero: «Genealogía de los condes de Castelombres». Durante un tiempo la pantalla quedó en blanco, después, como niebla disipada por una potente ráfaga de viento, empezó a tomar forma un árbol genealógico, más bien un arbusto, pues había menos de una docena de nombres en sus ramas, como jirones de follaje. El que le llamó la atención se encontraba en el centro.

Genealogía de los Condes de Castelombres

- Raimundo I, «Piernas Largas»
  - Raimundo II (m. 1072)
    - Geralda
    - Raimundo III (m. 1101) ⚭ Esclarmonde de Rolincoeur, «La Sabia»
      - Raimundo-Pedro
      - Roger, «El Justo»
    - Raúl
    - Juana ⚭ Guillermo de Trenceval (m. 1116)

Lo miró y remiró con mucha atención y después, con un grito agudo, tanto de alivio como de placer, dio un puñetazo sobre la mesa.

—¡Lo tengo! —gritó.

38

Pueblo de Queyeram, entre Luxor y Qus

—Los palestinos son nuestros hermanos en Alá. Tenedlo siempre presente. Sus sufrimientos no son lejanos ni abstractos. Son nuestros sufrimientos. Cuando sus casas son destruidas, son nuestras casas las que son destruidas. Cuando sus mujeres son violadas, son nuestras mujeres las violadas. Cuando sus hijos son asesinados, son nuestros hijos los que mueren.

La voz del *shayj* Omar Abd al-Karim, estridente y apasionada, resonaba en la mezquita del pueblo, una sencilla estancia de paredes encaladas desnudas y techo abovedado donde un círculo de ladrillos de vidrio coloreado filtraba y suavizaba el cegador sol de la mañana, de modo que una tenue luz submarina de tonos azules, verdes y grises neblinosos invadía la sala. Varias docenas de hombres, jóvenes en su mayoría, *fellahin*, vestidos con chilabas e *immam*, arrodillados en el suelo cubierto de esteras, contemplaban al orador en su púlpito, con las manos enlazadas sobre el regazo, los ojos brillantes de ira e indignación. Jalifa se hallaba en el umbral de la puerta del fondo, ni dentro ni fuera, y sus dedos jugueteaban con el bolígrafo que llevaba en el bolsillo de la chaqueta.

—Nuestro deber como musulmanes es oponernos a los *yahudiin* con todas nuestras fuerzas —continuó el *shayj*, con voz casi de falsete, mientras su dedo huesudo acuchillaba el aire—. Porque son una raza ignorante. Una raza codiciosa, mentirosa, asesina, enemiga del islam. ¿No fueron acaso los judíos quienes rechazaron al santo profeta Mahoma cuando fue a Yatrib? ¿Acaso no los maldice el sagrado Corán por su perversión e infidelidad? ¿Acaso los *Protocolos de los Sabios de Sión* no descubren su deseo de dominar el mundo, de convertirnos a todos en esclavos?

Era un hombre de edad avanzada, encorvado y de barba poblada, vestido con un caftán oscuro y un casquete de punto, con unas gafas de plástico apoyadas sobre el puente de la nariz. Hacía mucho tiempo se le había prohibido predicar en Luxor (menos por su antisemitismo, sospechaba Jalifa, que por sus ataques abiertos contra la corrupción del gobierno), de manera que limitaba sus actividades a las aldeas de la periferia y viajaba de pueblo en pueblo para esparcir su versión particular del fundamentalismo islámico.

—No puede existir acuerdo con los sionistas —gritaba, mientras descargaba un puño artrítico sobre el borde del atril—. ¿Habláis con la cobra que escupe? ¿Entabláis amistad con el toro furioso? No, hay que maldecirlos, expulsarlos, borrarlos de la faz de la tierra como la pestilencia que son. Es nuestro deber como musulmanes. Como dice el sagrado Corán: «Hemos preparado para los infieles un castigo ignominioso. Hemos dispuesto el infierno como prisión de los infieles».

Hubo murmullos de asentimiento por parte de sus oyentes. Uno de ellos, un muchacho con una sombra de barba en la barbilla y el labio superior, de unos catorce o quince años, agitó un puño en el aire y vociferó, «*Al-Maut li yahudiin!*» (¡Muerte a los judíos!), coreado por el resto de la congregación, hasta que toda la sala tembló con los gritos de «¡Muerte! ¡Muerte! ¡Muerte!». Jalifa los miró con los labios apretados. Luego exhaló un suspiro y salió al atrio de la mezquita, donde se calzó los zapatos que había dejado junto con los demás, alineados en pulcras hileras como coches en un embotellamiento de tráfico. Se detuvo un momento y oyó que el *shayj* llamaba al *Yihad*, a la Guerra Santa contra los israelíes y todos aquellos que los apoyaban, y a continuación salió al ardiente sol de la mañana.

Estaba asqueado por lo que acababa de oír. ¿Cómo no iba a estarlo? Utilizar las enseñanzas del santo Profeta para incitar a la violencia y el odio, citar el Corán como justificación del fanatismo, los prejuicios y la intolerancia... Era algo que rechazaba con todas las células de su cuerpo.

No obstante... no obstante...

¿Acaso no había una parte de él que también estaba de acuerdo? Una parte que, cuando escuchaba las noticias de otro palestino asesinado por los israelíes, de otra familia cuya casa habían destruido, de otro huerto arrasado por las excavadoras, también deseaba alzar el puño al aire, pedir venganza y destrucción a gritos, corear «¡Muerte, muerte, muerte!» junto con sus hermanos musulmanes.

Meneó la cabeza y, tras encender un cigarrillo, se acuclilló en un delgado gajo de sombra junto a la entrada de la mezquita. Jamás había experimentado tal confusión: sobre su adscripción, sobre sus creencias, sobre lo que debería creer. Incluso en sus momentos más desesperados (la abrumadora pobreza de su juventud, la muerte de sus padres y de su hermano mayor, el forzado abandono de sus estudios en la Universidad de El Cairo), siempre había existido un núcleo de certeza interior, una pizca de solidez y seguridad. Pero ahora cada giro de su investigación, cada senda por la que le conducía (judíos, israelíes, fundamentalistas), parecía abrir grietas más anchas en su persona. «Ve hacia lo que temes. —Eso le había dicho Zainab—. Investiga lo que no entiendas. Pues así maduras y te conviertes en una persona mejor.» Pero no se sentía madurar. Al contrario, más bien tenía la impresión de que todo se estaba desmoronando en su interior, fragmentándose como un espejo roto en una serie de partes constituyentes dentadas y contradictorias que, incluso cuando el caso se cerrara por fin, dudaba que fuera capaz de volver a unir en un todo armonioso.

Dio una calada al cigarrillo y contempló la polvorienta calle que se extendía delante de la mezquita. El pueblo se hallaba tan solo a veinte kilómetros al norte de Luxor, pero bien podría decirse que pertenecía a otro mundo, un poblado destartalado de humildes viviendas de adobe y corrales llenos de maleza. El único edificio que daba una sensación de solidez o durabilidad era el que tenía detrás. Con sus ropas de ciudad y las facciones del Bajo

Egipto (piel pálida, pelo liso) destacaba como un pulgar hinchado entre los habitantes de piel más oscura y vestimenta tradicional de Saidi, un hecho que solo contribuía a intensificar su sensación de distanciamiento e incomodidad.

—Maldita sea —masculló, abatido.

Transcurrieron otros veinte minutos antes de que el sermón llegara a su fin. La congregación recitó la *shahada*, cantó «*Al-salamu aleikum wa Ramat Allah*» y empezó a salir al porche delantero para calzarse. Jalifa se puso en pie, volvió a quitarse los zapatos, los dejó caer en el porche y empezó a abrirse paso entre la muchedumbre hasta el interior de la mezquita, sin hacer caso de las miradas suspicaces que le lanzaban. El *shayj* había bajado de su púlpito y se hallaba al fondo de la sala, apoyado en un bastón, hablando animadamente con un pequeño grupo de seguidores. Jalifa sabía muy bien los peligros de abordarle así. Unos años antes, los partidarios del *shayj* habían propinado una buena paliza a un par de policías de paisano que habían intentado infiltrarse en una de sus reuniones, cerca de Qift. La alternativa era presentarse con un furgón lleno de uniformes y detener al hombre, un acto de provocación que, teniendo en cuenta la popularidad del *shayj* y la naturaleza independiente de estos pueblos alejados, habría provocado graves disturbios. Jalifa prefería una opción menos ofensiva, aun cuando entrañara un elemento de riesgo personal.

Se detuvo un momento en el umbral y luego empezó a cruzar la sala. Las esteras del suelo amortiguaron el ruido de sus pasos. Estaba a punto de llegar al grupo cuando repararon en él. Los hombres enmudecieron y se volvieron en su dirección.

—¿*Shayj* Omar?

El anciano alzó la vista y le miró a través de sus gafas.

—Soy el inspector Yusuf Jalifa. De la policía de Luxor.

El grupo de seguidores se movió de manera imperceptible y se cerró alrededor de su líder. Proyectaban suspicacia como irradia calor un carbón ardiendo. El *shayj* le miró, con el cuerpo ladeado en un leve ángulo, como un árbol castigado por los elementos.

—¿Ha venido a detenerme? —preguntó, en tono más jocoso que preocupado.

—He venido para hablar con usted —contestó Jalifa—. Sobre un hombre llamado Piet Jansen.

Un miembro del grupo, una figura enorme como un toro, de ojos juntos y pecas en las mejillas, lanzó una exclamación airada.

—*Ya kalb!* —escupió—. ¡Perro! ¡Estás hablando con un hombre santo! ¿Cómo te atreves a insultarle así?

El hombre avanzó medio paso, hinchando el pecho. Aunque Jalifa sabía muy bien que no debía responder al desafío, también era consciente de que retroceder significaría una admisión de debilidad que le costaría superar. No se movió del sitio, simplemente alzó las manos mostrando las palmas, para comunicar que no quería problemas. Siguió un breve y tenso silencio. Después, muy despacio, introdujo la mano en el bolsillo, sacó el sobre con la hoja volante dentro y, como si ofreciera un hueso a un perro aullador, se lo tendió al *shayj*.

—Envió esto al señor Jansen —dijo.

Otra pausa inquietante. Luego, tras un leve gesto de asentimiento, el *shayj* indicó con un gesto al hombre pecoso que cogiera el sobre y se lo pasara. Le dio la vuelta en la mano y miró la dirección escrita en el anverso.

—No es mi letra —dijo, y alzó la vista.

Estaba jugando al gato y el ratón, desafiando a Jalifa a que le siguiera.

—No me interesa quién lo envió —dijo el detective—. Me interesa por qué lo envió.

Otro del grupo, un hombre pequeño y rechoncho con un *schal* blanco en la cabeza, cogió el sobre que sostenía el *shayj* y lo devolvió a Jalifa.

—¿No has oído? ¡No es su letra! ¿Cómo va a saber por qué lo enviaron?

—Porque no enviarían la propaganda de una de sus reuniones a un *kufr* como Jansen sin su permiso —explicó Jalifa, mientras guardaba el sobre en un bolsillo—. Como él sabe muy bien.

Su tono fue más brusco de lo que deseaba, más belicoso, y a los seguidores no les gustó. Volvieron a murmurar en señal de desaprobación, pero esta vez, como una llama que prendiera en madera seca, los murmullos se convirtieron en gritos y los hombres rodearon a Jalifa, le apostrofaron y empujaron, como si su ira se alimentara de sí misma. El *shayj* golpeó el atril con el bastón, y el ruido resonó en la sala como un disparo.

—*Halas!* —exclamó—. ¡Basta!

El tumulto terminó con la misma rapidez que había empezado. Los hombres se apartaron a un lado, de modo que Jalifa y el *shayj* quedaron frente a frente. Siguió un largo silencio, roto solo por el rebuzno de un asno en la calle, y después el *shayj* hizo un ademán a sus seguidores.

—Dejadnos.

El pecoso empezó a protestar, pero el *shayj* repitió su orden y los hombres salieron de la mezquita entre gruñidos y murmullos. El anciano cogió el Corán del púlpito y se encaminó hacia la pared del fondo, donde se acomodó sobre un cojín.

—Es usted muy estúpido o muy valiente para presentarse así —dijo, al tiempo que dejaba el libro y el bastón sobre la estera que había a su lado y cruzaba las piernas esqueléticas—. Un poco de ambas cosas, tal vez. Aunque más estúpido que valiente, creo. Y arrogante. Como todos los policías.

Cogió el Corán y empezó a pasar las páginas. Jalifa se acuclilló ante él y ahuyentó una mosca que había volado sobre su cabeza y que ahora describía círculos en el aire. El asno seguía rebuznando.

—¿Desaprueba mi sermón? —preguntó el anciano sin dejar de pasar las páginas del Corán.

Jalifa se encogió de hombros sin comprometerse.

—Responda a la pregunta, por favor.

—Sí —dijo el detective, con voz menos firme de lo que habría deseado—. Me ha parecido que era... *ghir islami.* Antiislámico.

El *shayj* sonrió.

—¿Le caen bien los judíos?

—No he venido para...

El *shayj* levantó una mano para interrumpirle. Jalifa experimentó la incómoda sensación de que el anciano, aunque tenía los ojos clavados en el libro apoyado sobre su regazo, le miraba fijamente y veía no solo su forma física, sino todo su interior, sus pensamientos, sus sentimientos. Cambió un poco de postura.

—¿Es usted musulmán?

Jalifa murmuró un «sí» impaciente.

—Y, no obstante, le caen bien los judíos.

—No creo que ambas cosas sean incompatibles.

—¿Así que le caen bien los judíos?

—Yo no... Eso no es...

El detective ahuyentó la mosca, perplejo, irritado consigo mismo por haber pemitido que le arrastraran a la discusión pese a no desearlo. El *shayj* seguía pasando páginas, cuyo papel amarillento emitía un ruido similar a un susurro bajo sus dedos, hasta que por fin llegó a la sura que al parecer estaba buscando. Posó un dedo sobre el texto, dio la vuelta al libro y lo extendió hacia Jalifa.

—Léalo, por favor.

—Esto no es lo que...

—Solo es una *aleya*. Lea, por favor.

Jalifa tomó el libro a regañadientes, consciente de que si deseaba obtener alguna información del anciano no tenía otro remedio que plegarse a sus reglas. El pasaje estaba a mitad de la página, y era de la quinta sura, *al-Maida*, la Mesa. El detective la miró y se mordió el labio.

—«Oh, fieles creyentes —leyó a toda prisa y en tono monótono, como para acabar la lectura lo antes posible y distanciarse de lo que estaba diciendo—. No toméis a judíos y cristianos como amigos. Son amigos entre sí, pero aquellos de vosotros que los toméis como amigos seréis como ellos.»

El *shayj* asintió con aire de aprobación.

—¿Lo ha oído? Son las palabras del santo profeta Mahoma. Son claras y no dejan lugar a la ambigüedad. Ser amigo de los judíos, de los que profesan cualquier otra fe, simpatizar con ellos, sentir algo por ellos que no sea odio, asco y repulsión, es ir contra la voluntad de Alá Todopoderoso, bendito sea su nombre.

Extendió una mano temblorosa y recuperó el libro. El detective deseaba discutir, decirle que ese no era el islam que él conocía y amaba, citar otros pasajes que hablaban bien de los *ahl el-kitab*, que los alababan, pero se había quedado en blanco y no lograba encontrar las palabras que necesitaba. O tal vez no deseaba encontrarlas. El *shayj* reparó en su expresión preocupada y sonrió, sin demasiada cordialidad.

—Ser musulmán es someterse a la voluntad del Todopoderoso —añadió. Cerró el Corán y acarició su portada—. Ese es el significado del islam. Si no te sometes, no puedes ser musulmán. Lo uno o lo otro. Blanco o negro, luz o oscuridad. No hay medias tintas.

Se llevó el libro a los labios y lo depositó sobre su regazo.

—Bien, dice que desea hablar del *sais* Jansen.

Jalifa se secó con la manga el sudor de la frente mientras trataba de serenarse y concentrarse. Después de lo que acababa de decirse, la investigación se le antojaba curiosamente lejana, perteneciente a otra realidad.

—El señor Jansen murió hace dos semanas —musitó. La mosca seguía dando vueltas sobre su cabeza, con un zumbido insoportable—. Estamos investigando ciertas... irregularidades de su estilo de vida. Encontré la hoja volante en su casa. Me pareció incongruente que se la enviaran a un hombre como él. Un *kufr*. No tiene nada que ver con sus típicos partidarios.

El *shayj* no dijo nada, simplemente se inclinó y empezó a masajearse el tobillo, con la vista alzada hacia la cúpula y su círculo interior de ladrillos de vidrio coloreado.

—¿Y bien? —insistió Jalifa—. ¿Por qué se la envió?

El anciano continuó frotando su huesuda extremidad, hundiendo los dedos en la piel quebradiza.

—Cortesía.

—¿Cortesía?

—El *sais* Jansen se había mostrado extremadamente... generoso. Me pareció cortés comunicarle que pensábamos en él.

La mente de Jalifa empezó a despejarse. El caso estaba adquiriendo una mayor definición. Como expulsada por esta circunstancia, la mosca se alejó y fue a estrellarse contra una ventanita del fondo de la sala.

—¿De qué modo había sido «generoso»?

—Hizo un donativo. Para uno de nuestros proyectos.

—¿Qué proyecto?

El *shayj* dejó de tocarse el tobillo y, tras enlazar las manos sobre el regazo, por fin miró directamente a Jalifa.

—Para ayudar a aquellos de nuestro pueblo que sufren bajo la opresión de los sionistas —afirmó en un leve tono acusador, como si Jalifa, al negarse a manifestar un odio total y absoluto a los judíos, se hubiera aliado con los enemigos del islam.

—¿Ayudar de qué forma?

El *shayj* seguía mirándole fijamente.

—Recogemos dinero. Lo enviamos a Palestina. Para comida, ropa, libros escolares. Causas caritativas. Nada ilegal.

—¿Y Jansen contribuía?

—Se puso en contacto con nosotros. Hace seis semanas, dos meses. Entregó un donativo.

—¿Así, sin más?

El *shayj* se encogió de hombros.

—A nosotros también nos sorprendió que un *kufr* acudiera a nosotros de esta manera. Abordó a uno de mis hombres en Luxor y dijo que quería ayudarnos. Preguntó si podía hablar conmigo. Por regla general, yo no me mezclo con esa gente. En este caso, no obstante, nos ofrecía una cantidad de dinero muy elevada. Cincuenta mil libras egipcias.

Jalifa lanzó un silbido. ¿Qué coño hacía Jansen regalando tanto dinero a un hombre como el *shayj*?

—¿Se reunió con él? —preguntó.

El anciano asintió al tiempo que se mesaba la barba con una mano arrugada.

—¿Y?

—Nada. Charlamos. Dijo que había oído hablar de nuestro trabajo con los palestinos, que lo admiraba, que le gustaría ayudarnos. Me entregó el dinero en metálico. ¿Quién era yo para rechazarlo?

A Jalifa empezaban a dolerle las piernas después de estar acuclillado tanto rato. Se enderezó y estiró.

—Pero ¿por qué acudió a usted? Hay docenas de organizaciones que recaudan dinero para los palestinos. Organizaciones benéficas oficiales, legales. ¿Por qué buscar a...?

El *shayj* sonrió.

—¿A un hombre de mi reputación?

—Exacto. Jansen debía de conocer los peligros que entrañaba: saber que si le veían con usted tendría problemas. No obstante, se presenta sin más, le entrega todo ese dinero y no quiere nada a cambio.

Jalifa continuó estirándose, frotándose las rodillas, hasta que un súbito pensamiento le hizo detenerse.

—¿Pidió algo a cambio?

El *shayj* no dijo nada; se limitó a mirarle, con una leve sonrisa insinuada en las comisuras de su boca, como las ondas que deja en la arena una ola. Jalifa volvió a acuclillarse frente a él.

—¿Pidió algo? —repitió.

Una vez más no obtuvo respuesta. El pulso del detective se aceleró de manera imperceptible.

—Pidió algo a cambio, ¿verdad? ¿Qué? ¿Qué quería?

Sin apartar la mirada ni un segundo del rostro de Jalifa, el *shayj* inclinó la cabeza hacia un lado, luego hacia el otro, y las vértebras de su cuello chasquearon como una llave en su cerradura.

—Que le ayudara a ponerse en contacto con al-Mulatham.

Jalifa abrió los ojos de par en par, asombrado.

—¿Habla en serio?

—¿Por qué iba a mentir? Eso fue lo que me pidió.

Jalifa meneó la cabeza. Cada vez que creía acercarse un poco al misterio de Jansen, una nueva información parecía alejarle más que nunca del hombre, como un cazador que, después de acechar a su presa con todo sigilo, la tiene al alcance de su mano y descubre que ha vuelto a desaparecer.

—¿Por qué? —preguntó—. ¿Por qué quería ponerse en contacto con él?

El *shayj* se encogió de hombros.

—Dijo que se hallaba en posesión de algo que podía ayudarle.

Un arma que podría utilizar contra los judíos. Algo que les causaría un gran daño.

Se oyó un estruendo en el exterior cuando alguien empezó a martillear un trozo de metal. Jalifa apenas reparó en el sonido.

—¿Qué clase de arma?

El *shayj* alzó los brazos.

—No lo dijo. Me contó que se estaba muriendo, que no le quedaba mucho tiempo de vida, que su deseo era que ese instrumento fuera a parar a manos de alguien que lo utilizara bien. Que lo utilizara para hacer daño a los judíos. Eso dijo. Que alguien lo utilizara para hacer daño a los judíos.

El ruido paró un momento, luego empezó de nuevo, más fuerte, y resonó en el interior de la mezquita.

—¿Y usted le ayudó?

El *shayj* resopló.

—¿Cree que tengo la dirección de al-Mulatham? ¿Su número de teléfono? ¿Que puedo llamarle como si tal cosa? Admiro a ese hombre, inspector, me alegro cada vez que acaba con una vida israelí. Si nos conociéramos, le abrazaría y llamaría hermano. Pero no tengo más idea que usted de quién es y dónde está.

Se quitó las gafas y empezó a limpiarlas con el borde de su caftán. El martilleo cesó de nuevo y un silencio pesado y sepulcral cayó sobre la mezquita.

—Le di el nombre de algunas personas que conozco en Gaza —dijo por fin el anciano, al tiempo que se calaba las gafas—. Era lo menos que podía hacer, después de su generoso donativo.

—¿Se puso en contacto con ellos?

—No tengo ni idea. Y tampoco deseo saberlo. No volví a tratar con él después de aquel primer encuentro. Y, por si se le ocurre preguntarlo, no traicionaré la confianza de mis amigos palestinos dándole sus nombres.

Miró de hito en hito a Jalifa, descruzó las piernas, cogió el bastón en una mano y el Corán en otra y empezó a ponerse en pie. Se detuvo en mitad del movimiento, sin duda a causa del dolor, y Jalifa le ayudó a incorporarse, pues el respeto por sus mayores se impuso al rechazo a las opiniones del anciano. Una vez erguido, el *shayj* se sacudió el caftán y se dispuso a cruzar la estancia. Al llegar a la puerta, se volvió.

—Recuerde, inspector, que existen la luz y la oscuridad, el islam y el vacío. No hay medias tintas. Ha llegado el momento de que elija.

Sostuvo la mirada de Jalifa un momento y después salió de la mezquita. Por lo visto, la entrevista había terminado.

39

Puesto de control de Kalandia, entre Jerusalén y Ramallah

Tal como le habían ordenado, Yunis Abu Jish fue al puesto de control de Kalandia a mediodía, con su camiseta de la Cúpula de la Roca, y se situó bajo una gigantesca valla publicitaria de Master Satellite Dishes.

Durante las últimas veinticuatro horas, desde que había recibido la llamada del representante de al-Mulatham, su estado de ánimo había oscilado entre el terror más absoluto y la euforia desatada. En un momento dado, se ponía a temblar como muerto de frío, abrumado por la magnitud de lo que le habían invitado a hacer. Al instante siguiente le invadía una alegría embriagadora, como aquella vez en que, de niño, fue a la playa y rodó entre las olas tibias y espumosas, escupiendo, riendo y pensando que no existía mejor sensación en el mundo.

Mientras contemplaba las colas de vehículos que avanzaban lentamente hacia la barrera israelí, no sentía miedo ni júbilo. De hecho, no sentía casi nada; tan solo una convicción vaga, fría, la férrea aceptación de que esto era lo que había que hacer, el destino escrito para él. ¿Qué otra cosa le quedaba, al fin y al cabo? ¿Toda una vida de abyección y amargura, de presenciar impotente cada día cómo los israelíes arrebataban más tierra a su pueblo, más capas de dignidad? ¿El incesante ciclo de humillación, vergüenza y pesar?

No, no podría soportarlo. Hacía ya mucho tiempo que le costaba aguantar. Esta era la solución. El único camino. La senda que confería fortaleza y dignidad, que le permitía influir en los acontecimientos en lugar de ser atropellado una y otra vez por ellos. Y si el destino era la muerte... Bien, ¿acaso su existencia no era como estar enterrado en vida?

Se quedó media hora exacta bajo la valla, tal como le habían indicado, sin dejar de consultar su reloj cada poco para asegurarse. Después, con un gesto de la cabeza, como diciendo: «Ya tienes la respuesta», se encaminó hacia el campo de refugiados donde vivía, cuyos edificios surgían entre el paisaje como feas setas grises.

40

Luxor

Cuando Jalifa regresó de su entrevista con el *shayj* Omar, el señor Mohammed Hasun, el funcionario del Banco Egipcio al que había confiado el lingote de oro de Jansen, lo esperaba en su despacho. Era un hombre rechoncho, muy bien vestido, con el pelo untado de brillantina, gafas con montura metálica y unos zapatos negros de un brillo sorprendente. Cuando el detective abrió la puerta del despacho lanzó un grito ahogado y apretó un maletín Samsonite plateado contra su pecho, como si temiera que alguien intentara apoderarse de él. Se relajó cuando vio que no le iban a atracar, aunque un tic en el ojo izquierdo indicó que no estaba del todo tranquilo.

—Me ha dado un susto —le reprendió, mientras el ojo se abría y cerraba como el intermitente de un coche—. He traído el... Ya sabe...

Tamborileó con los dedos sobre el maletín.

Jalifa se disculpó por haberle asustado.

—Aunque no creo que nadie vaya a atracarle en plena comisaría —añadió.

El funcionario le dirigió una mirada desaprobadora.

—Me han atracado en muchos lugares increíbles y mucha gente increíble, inspector, incluyendo, me entristece decirlo, mi suegro. Con el oro toda precaución es poca. No lo olvide.

Sostuvo la mirada de Jalifa un momento para subrayar la gravedad de su mensaje. Luego se levantó de la silla, se acercó al escritorio de Jalifa y dejó el maletín encima.

—En cualquier caso, le he echado un vistazo, tal como me pidió. Interesante. Muy interesante. ¿Tiene tiempo?

—Por supuesto.

—En ese caso, si no le importa...

Indicó la puerta con un movimiento de la cabeza. Jalifa se volvió y la cerró.

—Y la, ejem... —El funcionario emitió una tosecita nerviosa y guiñó el ojo mirando la cerradura—. Solo para asegurarnos.

Jalifa se volvió de nuevo y esta vez giró la llave.

—¿Quiere que cierre también los postigos?

Lo dijo en broma, pero Hasun le tomó la palabra y respondió que sí, que dadas las circunstancias era una buena idea. Meneando la cabeza en un gesto de exasperación, Jalifa se acercó a la ventana y cerró los postigos de hierro, de forma que la habitación quedó en penumbra.

—¿Así?

—Mucho mejor —dijo Hasun—. Cualquier precaución es poca.

Se inclinó para encender la lámpara de la mesa, al tiempo que paseaba la vista por la habitación con expresión suspicaz, como si, pese a la evidencia de sus propios ojos, no estuviera del todo convencido de que se encontraban solos. A continuación abrió el maletín, levantó la tapa y sacó el lingote, todavía envuelto en el paño negro con el que Jalifa lo había encontrado. Lo depositó bajo la luz. Jalifa se colocó detrás de él y encendió un cigarrillo. Exhaló una espesa nube de humo gris azulado.

—¿Qué ha descubierto?

—Mucho, la verdad —dijo el hombre apartando el paño. Los cristales de sus gafas se tiñeron de un tono amarillento cuando la luz se reflejó en la rutilante superficie del lingote—. Sí, sí, ha sido muy instructivo. Después de treinta años en la profesión, aún conservo la capacidad de sorprenderme. Un material extraordinario. Verdaderamente extraordinario.

Tocó el lingote, con nerviosismo, con reverencia; luego se enderezó, introdujo la mano en el maletín, extrajo un informe mecanografiado del bolsillo interior y lo dejó sobre la mesa al lado del lingote.

—Los detalles básicos son patentes —empezó—. Lingote trapezoidal normal, de veintiséis por nueve por cinco centímetros, doce kilos y cuarto. Novecientas noventa y cinco partes de oro por millar, lo cual significa veinticuatro quilates, quizá un poco más.

—¿Valor?

—Bien, eso fluctúa en función del mercado, pero con los precios actuales yo diría que unas quinientas veinte mil libras egipcias. Ciento cuarenta mil dólares.

Jalifa tosió. El humo del cigarrillo remolineó frente a él como una cortina rasgada que ondeara al viento.

—*Abadan!* ¡No es posible!

Hasun se encogió de hombros.

—Es oro. El oro es valioso. Sobre todo si es de esta calidad.

Tendió la mano de nuevo y palmeó el lingote con gesto satisfecho, como si felicitara a un animal doméstico que hubiera demostrado una habilidad particularmente impresionante. Jalifa se inclinó para contemplarlo, con las manos aferradas al borde de la mesa.

—¿Y el sello? —Indicó con la cabeza el águila y la esvástica grabadas en la superficie de la barra—. ¿Ha averiguado algo al respecto?

—Por supuesto —respondió Hasun—. Y aquí es donde las cosas empiezan a ponerse interesantes.

Tendió las manos, las enlazó e hizo crujir los nudillos, como un pianista a punto de iniciar un recital.

—Nunca había visto un sello semejante —dijo—. De modo que me puse a investigar un poco. No le aburriré con los detalles.

Dijo esto último con expresión anhelante, como si pensara que aburrir a Jalifa con los detalles era algo que le fuera a proporcionar un gran placer. El detective lo intuyó y no dijo nada, ansioso por ir al grano.

—En cualquier caso —continuó el funcionario tras una pausa, cuando se dio cuenta de que no iba a recibir la invitación a que se explayara—, parece que el águila y la esvástica eran la marca de la casa de la moneda del Estado prusiano, que hasta el final de la

Segunda Guerra Mundial fue la casa de la moneda alemana. Con sede en Berlín.

Jalifa seguía contemplando el lingote, mientras lianas de humo de cigarrillo se escapaban por las comisuras de su boca.

—Eso no fue difícil de descubrir. Un rápido vistazo a unos cuantos manuales, un par de llamadas telefónicas. La historia se complica con... —Tomó el lingote con ambas manos y, con un esfuerzo, le dio la vuelta—. Con esto.

Señaló una hilera de cifras minúsculas, apenas visibles, grabadas en la esquina superior izquierda de la parte inferior de la barra. Jalifa lanzó un gruñido de sorpresa. Las había pasado por alto en su primer, y superficial, examen del lingote.

—¿Un número de serie? —preguntó, vacilante.

—Exacto. Algunos lo llevan, otros no. En caso de estar, permite conocer la historia del lingote: dónde fue colado, cuándo... todo eso.

—¿Y este?

—Oh, este ha sido muy instructivo. Sí, sí, muy instructivo. Pero no ha sido fácil. Los números no forman parte de un sistema universal o algo por el estilo. Se refieren a un registro en papel de la institución que acuñó el lingote. Pasé la mitad del día de ayer y casi toda esta mañana telefoneando a Alemania para seguir su rastro. Los archivos de la casa de la moneda del Estado prusiano fueron destruidos o desperdigados en 1945. El Bundesbank no tiene registros. Para ser sincero, estaba a punto de rendirme, hasta que alguien del museo del Bundesbank me aconsejó que intentara ponerme en contacto... —hizo una pausa mientras echaba un vistazo al informe— ... con la Degussa Corporation. En Dusseldorf. Era una de las principales empresas de fundición alemanas. Trabajó mucho para los nazis, sin la menor duda. Ahora es perfectamente legal, por supuesto. Diversos intereses...

—Sí, sí —le interrumpió Jalifa, impaciente—. Pero ¿qué ha descubierto?

—Bien, el archivero de Degussa..., un tipo agradable, muy educado... —respondió recalcando la última palabra, como si insinuara que al archivero de Degussa jamás se le habría ocurrido interrumpir a alguien a mitad de una frase, como Jalifa acababa de hacer—, revisó sus registros y, aunque parezca asombroso, logró encontrar un número que coincidía. Los alemanes son tan eficientes...

—¿Y?

Jalifa tenía la cara inclinada hacia el lingote, y un largo cilindro de ceniza sobresalía de manera precaria del extremo de su cigarrillo.

—Bien, da la impresión de que el lingote formaba parte de un grupo de cincuenta fundidos por Degussa en 1944. Mayo de 1944, para ser exactos. Fueron entregados a la casa de la moneda el día diecisiete de dicho mes, y de allí trasladados al Reichsbank, el antecesor del Bundesbank.

—¿Y después?

—Al parecer, casi todos se volvieron a fundir y colar después de la guerra.

—¿Casi todos?

—Bien, es evidente que este sobrevivió. Y, según el hombre de Degussa, al menos otros dos.

Hizo una pausa para lograr un efecto melodramático y se irguió en toda su estatura, como un actor a punto de recitar un soliloquio.

—Fueron encontrados en Buenos Aires. En 1966. Por agentes secretos israelíes. En casa de un hombre llamado... —Volvió a consultar su informe—... Julius Schechtmann, un antiguo oficial del ejército nazi que había escapado a Argentina al acabar la guerra y vivía allí con nombre falso. Los israelíes encontraron su pista y le llevaron, junto con los lingotes, a Israel. Se hallan ahora en el Banco Central de Jerusalén.

—¿Y Schechtmann?

Una nueva pausa efectista, un encogimiento de hombros.

—Los israelíes le ahorcaron.

Se oyó un fuerte ruido en la calle, cuando un vendedor de butano pasó bajo la ventana en su carro tirado por un asno y golpeó los cilindros metálicos con una llave inglesa para alertar de su llegada a los posibles clientes. El cigarrillo de Jalifa se había consumido por completo y, después de tirar la colilla a la papelera, encendió otro y se frotó los ojos con el índice y el pulgar. Cada vez que conseguía nueva información relacionada con el caso, se le antojaba más retorcido y desconcertante. Era como si estuviera sumergido en el agua y moviera frenéticamente los brazos en su intento por llegar a la superficie, solo para ver cómo se hundía cada vez más. Siguió un largo silencio.

—¿Algo más? —inquirió al fin con voz cansada, como si se estuviera preguntando cuántos giros más iba a dar la investigación.

Hasun se encogió de hombros.

—Pues no. Algunos detalles técnicos sobre la composición del oro, pero creo que carecen de importancia.

Pasó la mano una vez más sobre el lingote para quitar la ceniza de cigarrillo que se había posado sobre la brillante superficie. Después volvió a envolverlo en el paño negro.

—¿Quiere guardarlo aquí?

Jalifa dio una calada al cigarrillo.

—¿Le importaría guardarlo en el banco?

—Será un placer.

Hasun devolvió el lingote al maletín, después se acercó a las ventanas y abrió los postigos. Parpadeó cuando la cegadora luz de la tarde se coló en la habitación. En la calle se oían voces discordantes y el ruido del carrito del vendedor de butano.

—De hecho, sí hay algo más —dijo en tono súbitamente pensativo, calmo—. Algo raro. Inquietante, en mi opinión. Casi me aguó la fiesta.

Cruzó el pie derecho tras la pierna izquierda y frotó la superficie del zapato contra la pantorrilla.

—Como ya he dicho, la serie numérica permite conocer el lugar y la fecha de la fundición del lingote. En algunos casos, queda registrada más información: el nombre del capataz a cargo de la fundición, la persona de la casa de moneda que lo ordenó, esas cosas. Detalles sin importancia. —Cambió la posición de las piernas, y esta vez frotó el zapato izquierdo contra la pantorrilla derecha—. Los archivos de Degussa no contenían nada de eso.

En cambio, poseían documentación del lugar donde fundieron el oro.

Terminó de lustrarse los zapatos y se volvió hacia Jalifa poco a poco, mientras su mano tabaleaba nerviosa sobre el antepecho de la ventana. El detective enarcó las cejas en un gesto interrogante.

—Al parecer, procedía de un lugar llamado Auschwitz. Por lo visto, inspector, su lingote está hecho de oro extraído de los dientes de judíos muertos.

Cuando el funcionario se marchó, Jalifa se quedó mirando el techo del despacho, sentado con las piernas cruzadas sobre la esquina del escritorio, mientras guirnaldas de humo remolineaban alrededor de su cabeza como un turbante.

Había tareas apremiantes: Hasani le exigía un informe sobre los progresos realizados hasta el momento; el amigo de Jansen en El Cairo aún no se había puesto en contacto con él y era preciso localizarle, y tampoco estaría de más llamar al maldito israelí, comprobar si había movido el culo y empezado a investigar el pasado de la señora Schlegel. Mucho que hacer. Mucho trabajo pendiente. Y lo que hacía era quedarse sentado mirando el techo, pensando en empastes de oro, dientes rotos y la hilera de cifras tatuadas en el antebrazo de Hannah Schlegel.

Sabía algo del Holocausto, por supuesto. Generalidades, rumores, ningún detalle preciso. Nunca había experimentado la necesidad de profundizar en la materia. Aceptaba que había ocurrido; el detective israelí le había acusado falsamente de negarlo. Al mismo tiempo, se le antojaba muy lejano, muy abstracto, sin importancia para él o su mundo. Hasta ahora. Ahora, daba la impresión de haberse convertido en algo relevante.

Echó la cabeza hacia atrás y lanzó una sucesión de anillos de humo hacia el techo, donde se desintegraron y convirtieron en una neblina persistente. Transcurrieron cinco minutos, diez; el reloj de pared desgranaba los segundos como el latido de un corazón mecánico. Luego, como si hubiera tomado una decisión, Jalifa posó los pies en el suelo, cogió su chaqueta y se fue de la comisaría.

Al salir a la calle torció a la derecha, luego a la izquierda, se abrió paso entre el gentío de la tarde hasta internarse en el zoco, pasó ante cafés, tiendas de recuerdos, puestos callejeros de especias donde se amontonaban pétalos de hibisco y azafrán rojo en polvo, y al fin entró en un local muy bien iluminado, un cibercafé con media docena de ordenadores alineados a lo largo de la pared del fondo. Saludó con un gesto de la cabeza al propietario, un chico de pelo afro y hebilla de cinturón en forma de moto, el cual le indicó el ordenador de la punta izquierda, al lado de una chica europea con los hombros quemados por el sol. Se sentó y, tras un momento de vacilación, conectó con Yahoo! y tecleó «Holocausto» en el campo de busca; se estremeció ligeramente al hacerlo, como un niño que metiera la mano en el fuego, asustado, pero al mismo tiempo ansioso por saber qué se siente al tocar las llamas.

41

Jerusalén: Ciudad Vieja

—¿Qué les hemos hecho nosotros para que vengan aquí a decirnos cómo hemos de gobernar nuestro país? ¿Es que ni siquiera nos van a permitir defendernos? *Meshugina!* ¡Todos ellos! *Meshugina!*

El anciano agitó ruidosamente su *Yediot Ahronot*, irritado, y sus finos labios compusieron un rictus de indignación, como una babosa a la que han echado sal. Ben Roi bebió un trago de cerveza y contempló el objeto de la ira del hombre, una primera plana sobre un grupo de pacifistas europeos que habían ido a Israel para protestar contra el muro de trescientos kilómetros de largo que el gobierno estaba erigiendo entre Israel y Cisjordania. La fotografía acompañante mostraba a un actor inglés del que Ben Roi nunca había oído hablar cogido del brazo de un grupo de palestinos delante de una excavadora de la FDI, bajo el epígrafe «Famosos condenan muro del apartheid».

—¡Nazis! —gritó el viejo, arrugando el periódico como si intentara estrangularlo—. Eso nos llaman. ¿Lo ve aquí? ¡Mi hermano murió en Buchenwald y me llaman nazi! ¡Qué vergüenza! ¡Malditos *goyim*!

Arrojó el diario a un lado y se derrumbó en la silla, meneando la cabeza. Por un breve instante Ben Roi pensó en decir algo, contar al hombre lo mucho que despreciaba a aquellos bienintencionados extranjeros que venían a quejarse y condenar, para luego volver corriendo a sus bonitas y seguras casas y a sus bonitos y seguros países, al tiempo que se felicitaban por ser tan caritativos y solidarios, mientras los pobres y oprimidos palestinos de mierda se dedicaban a hacer volar por los aires a mujeres y niños.

Calló, no obstante. Temía que la furia se apoderara de él si abundaba en la cuestión, que le hundiera en un abismo de negrura y, antes de darse cuenta de lo que estaba haciendo, le empujara a gritar y blasfemar, a dar puñetazos sobre la mesa, hasta ponerse en evidencia. No, lo mejor era tener la boca cerrada. Era más seguro. Acarició la menorah que colgaba de su cuello, la apretó como si intentara dominar algo que acechaba en su interior, vació la cerveza, se levantó, tiró un billete de veinte shekels sobre la mesa y salió a la calle, a ver si podía averiguar algo sobre la mujer asesinada y echar una mano al maldito egipcio.

Ohr Ha-Chaim, más descuidada y menos exclusiva que las manzanas circundantes, era una calle empinada, lóbrega y claustrofóbica situada al final del barrio judío, cerca del sector armenio, con suelo pavimentado, lustroso a causa de las incesantes pisadas, y casas altas apiñadas a ambos lados. El número 46 estaba a mitad de la cuesta, un edificio de piedra austero cuya parte superior estaba dividida en apartamentos (cuerdas de tender vacías colgaban en parábolas poco tensas de muchas ventanas), y cuyo sótano se hallaba ocupado por una atestada *yeshiva*, que contaba con su propia entrada. A llegar, Ben Roi consultó la arrugada hoja de libreta donde había anotado los detalles que el egipcio le había proporcionado la tarde anterior, subió hasta la puerta principal y apretó el botón del piso cuarto.

Habría podido ir antes (no había tenido mucho trabajo durante las últimas veinticuatro horas), pero no le había gustado el tono del egipcio ni se sentía inclinado a hacerle ningún favor. De hecho, había pensado en demorarlo todavía más, sobre todo porque la noche anterior, pese a que Ben Roi le había dejado claro que no las deseaba, el muy capullo le había enviado por fax montones de notas sobre el caso, hasta tal punto que la máquina se encalló y comenzó a emitir pitidos y chillidos como un niño lloroso, hasta que, presa de un ataque de furia, la arrancó de su base y la arrojó al otro extremo de la habitación.

No, no sentía el menor deseo de ser útil. Al final, no obstante, había decidido que lo mejor sería acabar de una vez por todas, antes de que Jediva o como quiera que se llamara el muy cabrón empezara a telefonear y dar la lata, cosa que sin duda haría.

Apretó el botón de nuevo y miró por la ventana del sótano las filas de jóvenes *haredim* inclinados sobre sus Talmud, con sus *pe'ot* oscilando como colas de perros de aguas, los rostros cenicientos y de aspecto enfermizo detrás de sus gafas (le habían dicho en una ocasión que Jerusalén era la ciudad con mayor concentración de ópticas de todo el mundo). Su boca se curvó en una mueca despectiva («pingüinos» los llamaba Galia) y apretó el timbre por tercera vez. Obtuvo respuesta al fin.

—*Shalom?*

Una joven se había asomado a una ventana. Su rostro regordete estaba enmarcado en la tradicional *sheitel*, la peluca utilizada por las esposas de los judíos ortodoxos. Ben Roi explicó quién era y el motivo de su presencia.

—Acabamos de mudarnos —dijo la mujer—. Los anteriores inquilinos solo vivieron aquí un par de años.

—¿Y antes de ellos?

La mujer se encogió de hombros y se volvió para gritar a alguien que había detrás de ella.

—Con quien ha de hablar es con la señora Weinberg —dijo—. En el número dos. Lleva aquí treinta años. Conoce a todo el mundo. Lo sabe todo.

A juzgar por su tono, debía de opinar que la señora Weinberg era una vieja entrometida. Ben Roi le dio las gracias, paseó la vista sobre el panel de botones y oprimió el timbre del número dos. Apenas había retirado el dedo cuando la puerta principal se entreabrió y reveló a una anciana menuda y arrugada, poco más alta que una niña, que vestía una bata de boatiné y zapatillas baratas, y tenía las manos abultadas y retorcidas por la artritis.

—¿Señora Weinberg? —Sacó su tarjeta de identificación—. Soy el inspector Ben Roi, de la policía de...

La mujer dejó escapar un gritito ahogado y se llevó una mano a la garganta.

—¡Oh, Dios! ¿Qué ha pasado? Se trata de Samuel, ¿verdad? ¡Dígame qué le ha pasado!

Ben Roi aseguró que a Samuel, fuera quien fuese, no le había sucedido nada. Solo deseaba hacerle algunas preguntas. Acerca de una mujer que había vivido en el piso de arriba. Por un momento, dio la impresión de que la mujer no le creía. Su pecho subía y bajaba, y tenía los ojos empapados en lágrimas de miedo. Se fue calmando poco a poco, y con un gesto le invitó a entrar en su piso, que estaba en la planta baja del edificio, a la derecha del portal.

—Samuel es mi nieto —explicó mientras andaban—. El mejor chico del mundo. Le han destinado a Gaza, Dios nos ayude, durante su servicio militar. Cada vez que pongo las noticias, siempre que suena el teléfono... La preocupación no me deja dormir. Es tan solo un *boychik*, un niño. Todos son niños.

Le condujo hacia una pequeña sala de estar, estrecha y oscura, con una cómoda grande de madera en un extremo y dos butacas ante un televisor viejo en blanco y negro, sobre el cual descansaba una jaula con un periquito amarillo. Había fotografías por todas partes y un olor persistente a algo dulzón y bastante desagradable que Ben Roi no logró identificar. A mierda de pájaro, quizá, o a alguna fritanga. Intentó no pensar en él. Oyó en algún lugar del piso el parloteo de la Radio del Ejército de Israel.

La anciana le condujo hasta una de las butacas y desapareció un momento para apagar la radio. Regresó con un vaso de zumo de naranja y se lo ofreció. El detective no había pedido nada, pero lo aceptó de todos modos, bebió un sorbo por cortesía y lo dejó sobre la mesita auxiliar que había junto a la butaca. La mujer se acomodó en la otra, recogió del suelo unas hebras enredadas de lana azul y blanca y se puso a tejer con las agujas muy cerca de los ojos. Sus manos se movían con una destreza sorprendente para alguien tan encorvado y artrítico. Al parecer estaba confeccionando una *yamulka*, con parte de la circunferencia ya terminada al final de dos hebras de lana, y Ben Roi sonrió para sí al recordar una anécdota acerca de su abuela, la madre de su padre, quien durante la guerra de

1967 había tejido gorros rojos idénticos para todos los hombres de la compañía de artillería de su hijo, más de cincuenta, y como resultado la compañía se ganó el sobrenombre de las Yamulkas Llameantes, apodo que, por lo que sabía, todavía conservaban.

—¿Cuáles son esas preguntas?

—¿Hummm?

—Dijo que quería hacerme algunas preguntas. Sobre el cuarto piso.

—Sí, claro.

Ben Roi miró la hoja de libreta que todavía sostenía en la mano y trató de concentrarse.

—¿Es por esa tal Goldstein? Porque si no lo he dicho cien veces no lo he dicho ninguna. Va a terminar mal. Vivió aquí dos años, y cuando se fue toda la manzana aplaudió. Recuerdo una vez, era viernes, sabbat, por el amor de Dios...

—Es acerca de una mujer llamada Hannah Schlegel —la interrumpió Ben Roi.

—Ah. —El ruido de las agujas cesó.

—La mujer que vive arriba dice que usted la conocía.

La anciana contempló su labor un momento, después la dejó sobre su regazo y se reclinó en la butaca.

—Algo terrible —musitó—. Terrible. Asesinada. Por árabes. En las pirámides. A sangre fría. Terrible.

Enlazó las manos, cuyos nudillos protuberantes les daban aspecto de corteza de árbol deforme.

—Una mujer muy callada. Muy reservada. Pero siempre decía buenos días. Tenía... —Separó las manos y se dio unos golpecitos en la cara interior del antebrazo izquierdo—. Ya sabe... Números. Auschwitz.

El periquito se puso a cantar de repente, luego enmudeció y empezó a picotearse las patas, moviendo la cabeza arriba y abajo como el corcho de una caña de pescar en aguas agitadas. Ben Roi tomó otro sorbo de zumo de naranja.

—La policía egipcia ha vuelto a abrir el caso —explicó—. Quieren que les proporcionemos algunos detalles personales sobre la señora Schlegel. Trabajo, familia, ese tipo de cosas. Lo básico.

La mujer enarcó las cejas, claras y finas, y siguió haciendo calceta, pero las agujas trabajaban con más lentitud que antes y el círculo de lana de la *yamulka* crecía apenas bajo sus dedos como un alga extraña.

—No la conocía bien —dijo—. No éramos amigas. Un saludo de vez en cuando. Era reservada. Casi nunca sabías si estaba en casa. Todo lo contrario que la señora Goldstein. Siempre sabías si estaba. ¡Los ruidos que se oían! *Oy vey!*

Arrugó la cara en un gesto de desagrado. Ben Roi se palpó los bolsillos en busca de un bolígrafo y al cabo de un momento cayó en la cuenta de que no llevaba ninguno. Había uno en un jarrón de cristal que descansaba sobre la cómoda, pero no quería pedirlo, porque podría parecer que era poco profesional. A la mierda, pensó. Tomaré algunas notas cuando vuelva a la comisaría.

—Ya vivía aquí cuando yo me mudé —explicaba la anciana—. Eso fue en 1969. Vinimos de Tel Aviv, Teddy y yo. Agosto de 1969. Él siempre había querido vivir aquí. Yo no estaba tan segura. Cuando vi por primera vez la casa, pensé: *Clog iz mir!* ¿Qué estamos haciendo en un vertedero como este? Escombros de los árabes por todas partes, la mitad de los edificios derruidos. Ahora no viviría en ningún otro sitio, por supuesto. Ese es él. —Alzó las agujas para señalar una foto sobre el estante del medio de la cómoda: un hombre rechoncho y bajo, con un sombrero de paño y un *tallit*, de pie ante el Muro Occidental—. Llevábamos casados cuarenta años. No como los chicos de hoy. Cuarenta años. ¡Cómo le echo de menos!

Alzó una muñeca y se secó los ojos. Ben Roi clavó la vista en el suelo, incómodo.

—Ella ya vivía aquí. Cuando llegamos. Se trasladó justo después de la liberación, al parecer.

Ben Roi se removió en su butaca.

—¿Y antes de eso?

La anciana se encogió de hombros y contempló su labor.

—Creo recordar que dijo que había vivido en Mea Sharim, pero no estoy segura. Procedía de Francia. Antes de la guerra. Hablaba en francés para sí cuando bajaba por la escalera.

—Y dice usted que estuvo en Auschwitz.

—Bien, eso me contó el doctor Tauber. Ya sabe, el doctor Tauber, del número dieciséis.

Ben Roi no le conocía, pero no dijo nada.

—Vi su tatuaje un par de veces, por eso supe que había estado en un campo de concentración. Nunca hablaba de ello. Era muy reservada. Pero un día yo estaba hablando con el doctor Tauber (un hombre encantador, murió hará unos cuatro o cinco años, descanse en paz) y él dijo: «¿Sabe esa señora que vive encima de usted, la señora Schlegel?», y yo dije: «Sí», y él añadió: «¿A que no lo adivina?» (era muy bueno contando historias, poquito a poco). «Vinimos juntos en el mismo barco. En 1946. Desde Europa.» Los ingleses intentaron cortarles el paso en Jaffo, por lo visto, pero ellos se lanzaron al mar y fueron nadando hasta la playa. Había más de un kilómetro de distancia. De noche. Y luego, veinte años después, acaban viviendo en la misma calle. ¡Qué casualidad!

Se oyó un ruido de pasos en el piso de arriba, como si alguien estuviera corriendo. La anciana miró al techo.

—¿El doctor Tauber le dijo que ella había estado en Auschwitz?

—¿Humm?

—Hannah Schlegel.

Por un momento, la mujer pareció no comprender. Después cayó en la cuenta de qué le hablaba el hombre.

—Oh, sí, sí. Dijo que charlaron en el barco. Le he dicho que vinieron en el mismo barco, ¿verdad? Pasaron dos semanas a bordo. Seiscientas personas. Apretadas como sardinas. ¿Se lo imagina? ¡Sobrevivir a los campos y después tener que pasar por eso! Dijo que era guapa. Muy joven y muy guapa. Dura. Amargada. El hermano no dijo ni una palabra en todo el viaje, por lo visto. Se pasaba el día mirando el mar. Traumatizado.

Ben Roi no recordaba que el detective egipcio hubiera mencionado ningún hermano. Se mordisqueó el labio y decidió dejar el orgullo a un lado, se levantó, caminó hasta la cómoda y cogió el bolígrafo del jarrón. Miró a la señora Weinberg con las cejas enarcadas, como diciendo: «¿Le importa?». La mujer estaba perdida en sus pensamientos y ni siquiera pareció darse cuenta de que se había movido de la butaca.

—Pobres criaturas —decía—. No debían de tener más de quince o dieciséis años. Haber padecido semejante calvario. ¿Cómo es este mundo? ¿Cómo es este mundo que permite que cosas como esas le ocurran a un niño, o a quien sea?

Ben Roi se sentó de nuevo en su butaca y garabateó con el bolígrafo en la palma de su mano para que la tinta se moviera.

—¿Aún vive? —preguntó—. El hermano.

La anciana se encogió de hombros.

—Según el doctor Tauber, estaba... Ya sabe... —Se llevó el índice a la sien, el gesto que comunica trastornos, locura—. ¿Qué cabía esperar? Inyecciones, abierto en canal, como un animal.

Ben Roi alzó la vista. Tenía la palma de la mano llena de rayas de bolígrafo.

—¿Qué quiere decir?

—Bien, eran gemelos, ¿no? ¿No se lo he dicho? Estaba segura de que sí. La señora Schlegel y su hermano. Y ya sabe una de las cosas que hacían con ellos en los campos. Experimentos. Habrá leído acerca de ello.

A Ben Roi se le hizo un nudo en la garganta. Había oído hablar de ello. Los médicos nazis utilizaban a los gemelos humanos como conejillos de Indias, los sometían a los más viles y dolorosos experimentos genéticos, los mutilaban, esterilizaban, los hacían pedazos. Una carnicería.

—Santo Dios —consiguió murmurar.

—No es de extrañar que el pobre chico estuviera un poco... —Volvió a llevarse el índice a la sien—. Pero la chica no. Era dura. Fuerte. Eso dijo el doctor Tauber. Delgada como una cerilla, pero por dentro fuerte como un hierro. Cuidaba de su hermano. No le perdía de vista.

Miró a Ben Roi.

—¿Sabe lo que dijo? Cuando iban en el barco. «Voy a encontrarlos.» Eso me contó el doctor Tauber. No lloraba, no se quejaba. Solo dijo: «Aunque tarde el resto de mi vida, voy a encontrar a la gente que nos hizo esto. Y cuando los encuentre, los mataré». Dieciséis años de edad, por el amor de Dios. Ningún niño tendría que sentir esas cosas. Issac. Así se llamaba el hermano. Isaac Schlegel.

Paró de tejer y, con un suspiro, dejó las agujas y la lana a un lado, se puso en pie y se acercó a la jaula del periquito. Dio unos golpecitos en los barrotes con la uña. El pájaro se deslizó sobre el palo hacia ella y agitó las alas, piando.

—Bonito —le arrulló ella—. ¿Quién es más bonito que tú?

Ben Roi había extendido la página de la libreta sobre su muslo y estaba tomando notas en los espacios en blanco disponibles.

—¿Sabe si su hermano vive todavía? —inquirió, y repitió la pregunta un par de minutos más tarde.

—No sabría decirle —contestó la anciana, mientras deslizaba un dedo por los barrotes de la jaula produciendo un ruido rítmico—. No llegué a conocerle.

—¿Vivía con ella?

—Oh, no. Estaba demasiado enfermo. La última vez que supe de él estaba en Kfar Shaul. Me lo dijo el doctor Tauber.

Kfar Shaul era una clínica psiquiátrica situada al noroeste de la ciudad. Ben Roi anotó el nombre.

—Al parecer, su hermana le visitaba cada día. Pero nunca hablaba de él. Conmigo no, al menos. No tengo ni idea de si aún vive. El tiempo pasa para todos, ¿verdad?

El periquito había saltado al columpio y se estaba meciendo. La mujer le silbó una tonada desafinada.

—Y dice que venían de Francia.

—Bien, eso me dijo ella. Fue la única vez que sostuvimos una conversación de verdad. En veinte años. ¿No le parece increíble? Ella llegó cargada de compras (debía de ser *Pesah*, porque llevaba una bolsa llena de cajas de pan ázimo), y nos pusimos a hablar en el pasillo. No me acuerdo de qué, pero dijo que había nacido en Francia, de eso estoy segura. Y habló de una granja y un castillo. ¿O lo estoy imaginando? No recuerdo los detalles. Aún veo aquellas cajas de pan ázimo, con tanta claridad como si las tuviera delante. Es curioso lo que retiene la mente, ¿verdad?

Silbó de nuevo al periquito e introdujo una mano en el bolsillo de la bata.

—¿Sabe si tenía más parientes? —preguntó Ben Roi—. ¿Marido, hijos, padres?

—Yo no los vi.

La anciana estaba buscando algo en el bolsillo.

—Vivía sola, pobre mujer. Sin familia, sin amigos. Completamente sola. Yo al menos tenía a mi Teddy, Dios le tenga en Su gloria. Cuarenta y cuatro años estuvimos juntos, y nunca me alzó la voz. Aún me despierto pensando que sigue aquí.

Había inclinado el cuello hacia un lado para mirar el bolsillo, mientras la mano continuaba su exploración.

—¿Y el trabajo? —preguntó Ben Roi—. ¿La señora Schlegel tenía un empleo?

—Creo que hacía algo en Yad Vashem. Archivera o algo así. Se iba pronto por las mañanas y volvía tarde, con los brazos cargados de papeles, carpetas y Dios sabe qué más. Un día se le cayeron y la ayudé a recogerlos. Había algo sobre Dachau, con un sello de Yad Vashem encima. Dios sabe por qué quería traerse a casa eso después de lo que había sufrido. ¡Ajá!

Sacó la mano del bolsillo con una especie de nuez pequeña o semilla capturada entre el índice y el pulgar y la movió ante la jaula como diciendo: «¡Mira lo que tengo!». Después, aferrando la muñeca con la otra mano para que no temblara, introdujo la semilla entre los barrotes. El periquito trinó entusiasmado y saltó del columpio.

Ben Roi observó sus notas para ver si podía preguntar algo más. Reparó en el nombre que el detective egipcio le había proporcionado.

—¿Le dice algo el nombre de Piet Jansen? —inquirió.

La anciana reflexionó un momento.

—Conocí a una tal Renée Jansen —dijo—. Vivía a dos calles de nosotros en Tel Aviv. Llevaba una prótesis de cadera y tenía un hijo en la marina.

—He dicho Piet Jansen.

—No le conozco.

Ben Roi asintió y consultó su reloj. Hizo un par de preguntas más: ¿Sabía si la señora Schlegel tenía enemigos? ¿Algún interés poco usual? ¿La conocía algún otro vecino? La mujer no pudo aportar más información, y por fin, con la sensación de que ya había hecho lo que cabía esperar, el policía dobló la hoja de libreta, devolvió el bolígrafo al jarrón y dijo que ya no necesitaba molestarla más. La mujer le obligó a terminar el zumo de naranja («¡Si no bebe, se deshidratará!») y le acompañó hasta el portal del edificio.

—Ni siquiera sé dónde la enterraron —dijo, mientras abría la puerta de la calle—. Fuimos vecinas durante veintiún años y ni siquiera sé dónde está su tumba. ¿Me informará si lo averigua? Me gustaría decir un *kiddush* por ella en su *yahrzeit*. Pobre mujer.

Ben Roi murmuró algo, sin comprometerse, le dio las gracias y salió a la calle. Dio un par de pasos y se volvió.

—Una última cosa. No sabrá qué fue de las posesiones de la señora Schlegel, ¿verdad?

La anciana le miró y enarcó un poco las cejas, como sorprendida por la pregunta.

—Se quemaron, por supuesto.

—¿Se quemaron?

—En el incendio. Habrá oído hablar del incendio.

Ben Roi la miró sin comprender.

—Al día siguiente de su muerte. ¿O dos días después? Unos chicos árabes treparon por la tubería de desagüe de atrás, cubrieron todo de petróleo y le prendieron fuego. Destruyeron el piso. Si la señora Stern no hubiera dado la voz de alarma, todo el bloque habría ardido. —Meneó la cabeza—. Pobre mujer. Sobrevivir a los campos de exterminio para acabar su vida así, asesinada, con su hogar destruido. ¿En qué mundo vivimos? Gente asesinada, niños enviados al ejército... ¿En qué mundo vivimos?

Exhaló un profundo suspiro, alzó la mano en señal de despedida y cerró la puerta. Ben Roi se quedó plantado en la calle, con la frente llena de arrugas, como surcos de un arado en una ladera rocosa.

42

Jerusalén

Maldito Castelombres. La noche anterior, Laila se había sentido eufórica al hallar la nueva pista, convencida de que era lo que necesitaba para resolver el enigma de Guillermo de Relincourt. Ahora, sin embargo, después de pasarse un día escarbando e investigando, no sabía mucho más que antes de oír hablar del jodido lugar.

Antes que nada había llamado a Cambridge, con la esperanza de hablar con el profesor Magnus Topping, pero un portero de la universidad le había informado de que el profesor no tenía teléfono («El timbre le molesta, señora») ni dirección de correo electrónico («Prefiere su máquina de escribir, señora»).

—¿Y cómo demonios puedo ponerme en contacto con él? —había preguntado ella, mientras imaginaba a un malhumorado académico, fumador de pipa, atrincherado en un estudio forrado de libros, ajeno por completo al mundo exterior.

—Bien, señora —había contestado el portero, empeñado en introducir un educado aunque paternalista «señora» en cada frase—, podría escribirle, aunque, entre usted y yo, no suele contestar las cartas. O podría pasarse por su casa, que por lo general es la mejor manera de localizarle.

—Llamo desde Jerusalén.

—Ah. Bien, entonces será difícil, ¿verdad, señora?

Una vez eliminada la opción Topping, había vuelto a internet. Al contrario que Guillermo de Relincourt, Castelombres apenas aparecía en la red. Medio día de cuidadosa búsqueda no había añadido ninguna más a las seis páginas de la noche anterior, de las cuales la sexta había resultado ser de «Sanitarios de Porcelana Castelombres», una empresa radicada en Amberes. De las otras cinco, una era la genealogía truncada que le había proporcionado la relación con Esclarmonde de Rolincoeur, otra una mala traducción de un artículo académico francés sobre la tradición trovadoresca del Languedoc en el siglo XII; una página dedicada a la historia de la Cábala y el misticismo judío; una nota a pie de página de un artículo sobre un sabio medieval judío llamado Rashi, y una referencia de pasada a la sección «Ruinas encantadas» de un sitio llamado «Francia secreta».

De estas páginas había recogido información diversa, retazos aleatorios de un misterio mayor. Sin embargo, no constituían la revelación que esperaba. Al contrario, lejos de ayudar a aclararle todo el asunto de Guillermo de Relincourt, la pista de Castelombres solo había parecido complicar más la búsqueda, al añadir ángulos nuevos y confusos a una imagen que ya semejaba tan oscura y desordenada como una composición de Braque, un batiburrillo de elementos dispares que apuntaban a algo relevante, sin resolverse jamás en una forma reconocible.

Se inclinó hacia la libreta que tenía delante, mientras se preguntaba qué significaba aquello, adónde la conducía.

Castelombres

«El Castillo de las Sombras». Sede de los condes de Castelombres. Castillo destruido en la Cruzada Cátara de 1243. Solo quedan unas pocas ruinas (¡fantasmas!). Dept. Ariège.

Pueblo de Castelombres a 3 km de distancia.

Esclarmonde de Rolincoeur (Relincourt). «Esclarmonde la Sabia», «La Dama Blanca de Castelombres». Casada con Raimundo III de Castelombres, *c.* 1097. No existen detalles biog. Famosa por su inteligencia, belleza, caridad, etc. Figura popular en la tradición trovadoresca.

Bona domna Esclarmonda,
Comtessa Castelombres,

Era bella e entendia
Esclarmonda la blanca
Jaufré Rudel (1125-1148), idioma occitano.

C. importante centro de cultura. Famoso por tolerancia religiosa. Muchos estudiosos judíos. Cábala.

«Lo Privat de Castelombres»: el Secreto de Castelombres. Referencias en trovadores. Esclarmonde la «protectora». Nadie sabe a ciencia cierta de qué secreto se trataba.

Lo que más le frustraba era saber que había dado un salto adelante significativo. Los vínculos eran demasiado estrechos, las similitudes demasiado grandes, para que fuera una mera coincidencia. No le cabía la menor duda de que Esclarmonde la Blanca era la misma Esclarmonde a la que Guillermo de Relincourt había enviado su carta codificada, ni de que «C» y el castillo de Castelombres eran lo mismo. Y si todas esas piezas encajaban, cabía suponer que esa cosa «antigua» que Guillermo había encontrado, de «gran poder y belleza», estaba relacionada con el misterioso «Secreto de Castelombres».

Por lo demás, no parecía progresar. Se había puesto en contacto con un par de expertos de la Universidad Hebrea, incluido el profesor de la Cábala Gershom Scholem, el cual había añadido algunos detalles al cuadro general. Castelombres no solo había atraído a estudiosos judíos, le informó, sino que, desde mediados del siglo XII, daba la impresión de ser un lugar de peregrinación judía. Por qué y qué tenía que ver con Guillermo de Relincourt o el llamado «tesoro de los cátaros» no estaba claro. Era como si Laila hubiera saltado un abismo solo para estrellarse contra una muralla de roca.

Releyó sus notas una vez más. Después recogió la hoja que la noche anterior había impreso de la página web de la Sociedad Historiográfica del St. John's College y volvió a leerla. «En esta ilustrativa y colorida disquisición, el profesor Topping explicó que sus investigaciones de los anales de la Inquisición en el siglo XIII habían revelado un vínculo inesperado entre el legendario tesoro de los cátaros y el llamado "Secreto de Castelombres".»

Cuantas más vueltas le daba, más se convencía de que Topping era la clave; de que podía navegar por la red *ad infinitum*, llamar a todos los expertos, pero que sin hablar con él cara a cara nunca avanzaría. A juzgar por lo que el portero de la universidad le había dicho, la única manera de hablar con Topping era subir a un avión y volar a Inglaterra.

—De ninguna manera —murmuró—. De ninguna manera, joder.

No obstante, incluso mientras lo decía, dejó a un lado la hoja impresa y empezó a pasar las páginas de su agenda en busca del número telefónico de su amigo Salim, de la agencia de viajes.

43

Jerusalén

De vuelta en su despacho, Ben Roi dio un tiento a su petaca y contempló el informe de tres cuartos de página en la pantalla del ordenador. Había hecho todo cuanto se podía esperar de él, se dijo. Había entrevistado a la vieja de Ohr Ha-Chaim. Había llamado a Kfar Shaul para preguntar acerca del hermano de Schlegel (todavía vivo, al parecer, aunque en un estado «muy alterado»). Incluso se había puesto en contacto con Yad Vashem y confirmado que Schlegel había trabajado para ellos (a tiempo parcial, en el departamento de archivos). Sí, podría haber explorado otras posibilidades, no había investigado en profundidad. ¿Y por qué debía hacerlo? «Información sobre sus antecedentes», le había pedido Jediva. Y eso le daría. Teclearía un par de líneas más, imprimiría el informe y lo dejaría así. Lo enviaría por correo electrónico y se lavaría las manos.

Excepto... Excepto...

El incendio de mierda. No podía quitárselo de la cabeza. Lo último que la señora Weinberg le había dicho; que habían prendido fuego a las posesiones de Hannah Schlegel. No podía quitárselo de la mente. ¿Por qué?, se preguntaba una y otra vez (pese a sus desesperados esfuerzos por no pensar), ¿por qué un grupo de críos árabes se arriesgarían a entrar en el barrio judío y trepar por una cañería, con el único propósito de empapar de petróleo el piso de una vieja y pegarle fuego? Era absurdo. Había tratado con rateros árabes, y con vándalos árabes, pero esto no encajaba en ninguna de ambas categorías.

Los dolores de estómago. Así los llamaba su mentor, el viejo comandante Levi. «Los dolores de estómago, Arieh, es lo que diferencia a un buen detective de un gran detective. El buen detective buscará pruebas y utilizará la lógica para descubrir que algo no encaja. Pero el gran detective presentirá que algo no encaja incluso antes de ver la prueba. Es un instinto que se siente en las tripas. Un dolor de estómago.»

Ben Roi había sentido aquellos dolores de estómago, un temblor incierto en la boca del estómago, un sexto sentido que le indicaba que las cosas no eran lo que parecían. Los había sentido en el caso de la estafa Revehot, cuando todo el mundo le decía que estaba dando palos de ciego, hasta que el experto en informática recuperó los archivos eliminados y demostró que sus sospechas eran ciertas. Y los había sentido en el asesinato del colono Shapiro, cuando todas las pruebas apuntaban al chico árabe, pero él estaba convencido de que era inocente, de que existía otra explicación. Había recibido muchas críticas por aquel caso, pero él había seguido indagando; al final había encontrado la cuchilla en el sótano del rabino y la verdad había aflorado. «Estoy orgulloso de ti, Arieh —le había dicho el comandante Levi al entregarle la mención al trabajo policial sobresaliente—. Eres un gran detective, y aún lo serás más, siempre que hagas caso de esos dolores de estómago.»

Sin embargo, este último año había dejado de hacerles caso, por supuesto. De hecho ya no los tenía, salvo en todo lo relacionado con al-Mulatham. Cumplía y punto, hacía lo que le ordenaban, pero el viejo fuego, la pasión por llegar al meollo del asunto, el deseo de ser como Al Pacino en la película, todo eso se había desvanecido, estaba muerto. Todo le daba igual. El bien, el mal, las mentiras, la justicia, la injusticia... Daba igual. Todo le importaba una mierda.

Hasta ahora. Porque ahora padecía uno de los dolores de estómago más fuertes que había experimentado, y no remitía. No quería tenerlo, le irritaba sentirlo, pero no había remedio, le estaba devorando las entrañas. Críos, incendio deliberado, mujer asesinada, barrio judío. Algo no encajaba. Algo no encajaba de ninguna manera.

—Maldito seas, Jediva —masculló—. Que te den por el culo.

Vaciló unos minutos, con el deseo desesperado de lavarse las manos de todo el asunto, pero luego, incapaz de contenerse, descolgó el teléfono de un manotazo y tecleó un número.

—¿Feldman? —dijo cuando le contestaron—. Necesito encontrar un expediente sobre un caso de incendio deliberado de hace quince años... No es asunto tuyo, joder. Solo dime dónde he de mirar.

Tardó casi dos horas en localizar el expediente, que por algún motivo inexplicable había terminado en el archivo de Moriah, otra comisaría de policía regional de la ciudad. Había ordenado que se lo enviaran y ahora estaba sentado con los pies apoyados en el borde del escritorio, leyendo y dando de vez en cuando un tiento a su petaca.

El dato que le llamó la atención de inmediato, y que solo sirvió para aumentar sus recelos, fue la fecha y la hora del incendio. La señora Weinberg le había dicho que había tenido lugar uno o dos días después de la muerte de Hannah Schlegel. Según el informe, había ocurrido el mismo día de su asesinato, tan solo unas horas más tarde, una coincidencia extraordinaria, que hasta el más obtuso de los investigadores habría considerado sospechosa.

Por desgracia, no había nada más en el expediente que explicara esta preocupante sincronía, lo que resultaba decepcionante. Había declaraciones de los vecinos de la señora Schlegel, entre ellos la señora Weinberg; fotografías del piso incendiado; formularios de la detención de tres chicos árabes arrestados por el delito, dos de los cuales se habían declarado culpables y fueron condenados a dieciocho meses de cárcel cada uno, mientras que el tercero, el más joven, identificado en su hoja de detención tan solo como «Ani», había sido puesto en libertad sin cargos debido a su edad (siete años en aquel tiempo) y a la falta de pruebas contra él.

Por qué habían elegido aquel piso en particular para perpetrar el incendio, aquel día en particular, a aquella hora en particular, y qué relación tenía el atentado, si existía, con el asesinato de Hannah Schlegel eran preguntas que seguían sin respuesta. «Lo hicimos por una apuesta», fue todo cuanto dijeron los chicos, y el interrogador de la policía, muy satisfecho por haberles arrancado una confesión de culpabilidad, no había hecho más esfuerzos para profundizar en el asunto.

Ben Roi repasó el informe dos veces. Después echó hacia atrás la cabeza y terminó el vodka de su petaca. Nada encajaba, y eso le provocaba dolores de estómago. La cuestión era qué podía hacer al respecto. El incendio había ocurrido una década y media atrás, las pistas ya habrían desaparecido, los causantes debían de haberse mudado o cambiado de nombre, o ambas cosas. Podía pasar meses intentando llegar al meollo del asunto. ¿Y para qué? Para un impertinente moraco antisemita.

—*Zoobi!* —masculló—. ¡Joder! ¿De qué sirve? Dolores de estómago o no.

Cerró el expediente, lo arrojó sobre el escritorio, descolgó el teléfono y marcó el número de los archivos de Moriah, con la intención de comunicarles que había terminado de tomar notas. En ese instante algo le llamó la atención, una línea escrita a lápiz en la parte posterior del expediente, casi borrada. No se había fijado antes. Acercó la carpeta. Era apenas legible, y tuvo que forzar la vista para leerla: «Ani: Hani al-Hajar Hani-Yamal. Nacido 11/2/83. Campo al-Amari».

Miró la anotación con los ojos entornados, después se inclinó a su izquierda, muy despacio, como de mala gana, buscó entre una pila de papeles y extrajo el expediente del palestino que había capturado dos noches antes, después de la redada en la Ciudad Vieja. Lo abrió y miró el formulario de detención del hombre.

NOMBRE: Hani al-Hajar Hani-Yamal
EDAD: 20
FECHA DE NACIMIENTO: 11 de febrero de 1983
DIRECCIÓN: Ginna Lane, 14, campo de al-Amari, Ramallah

—*Shalom*, archivo.

El auricular resonó en su oído. Sus ojos paseaban entre la nota escrita a mano y el formulario de detención.

—Archivo —repitió la voz.

—Sí —dijo—. Soy Ben Roi, de David.

—Hola. ¿Has terminado con ese expediente?

Ben Roi se mordió el labio, vacilante.

—No —dijo tras una larga pausa—. Creo que voy a necesitarlo un rato más.

44

Luxor

Había oscurecido cuando Jalifa salió por fin del cibercafé, con los ojos llorosos y la boca seca de tanto fumar. Paseó por el zoco (luces brillantes, música estridente, grupos de gente apiñada) y se encaminó hacia la Corniche el-Nil. En el camino se detuvo a comprar una lata de Sprite, antes de bajar por un tramo de escalera desgastada hasta el muelle del Nilo, donde el agua oscura gorgoteaba a sus pies.

Por extraño que fuera, después de todo lo que había visto y leído, todas las imágenes, testimonios, estadísticas y descripciones, solo podía pensar en su familia. Zainab, Batah, Ali, el pequeño Yusuf, los cuatro puntos cardinales de su mundo, su luz, su vida. ¿Cómo me sentiría si fueran ellos?, se preguntó. Zainab, esquelética y con los ojos hundidos, mirando a la cámara como un fantasma enloquecido. Batah y Ali en un pozo con otros mil cadáveres amontonados, anónimos como pilas de madera podrida. ¿Cómo me afectaría? ¿Cómo podría vivir con ese tormento?

Había perdido a seres queridos, por supuesto: su padre, su madre, su hermano mayor Ali, cuyo nombre había puesto a su hijo para honrarle. Sin embargo, perder a alguien en semejante sinrazón, de una forma tan odiosa y sangrienta... Verlos muertos de hambre, apaleados, rotos, destruidos. Era algo que jamás había experimentado. Que ni siquiera podía imaginar experimentar. Era demasiado terrible, demasiado doloroso, como el ruido de una uña arañando una pizarra.

Suspiró y terminó el Sprite, y su mente derivó hacia los momentos felices que habían compartido, los dulces y dichosos momentos familiares. El día que habían navegado río arriba en una falúa para celebrar el decimotercer cumpleaños de Batah y se pararon a comer en una islita desierta antes de volver a Luxor al anochecer; Batah iba de pie en la proa, con el cabello oscuro removido por el viento. La vez que habían ido al mercado de camellos de Bilesh en El Cairo, antes incluso de que naciera Yusuf, y Batah lloró porque los animales parecían tan flacos y tristes, y Ali pujó en broma por uno de los animales, puja aceptada por el subastador, lo cual provocó todo tipo de discusiones y alborotos. Su propio cumpleaños, tan reciente, treinta y ocho años, cuando su mujer y sus hijos le prepararon una fiesta sorpresa y, disfrazados de egipcios antiguos, lo recibieron con gritos y vítores cuando llegó a casa.

Se echó a reír al recordarlo (el pequeño Yusuf con un tocado *nemes* de papel higiénico, Zainab como la reina Nefertiti), y su risa resonó entre los mástiles de las falúas amarradas al muelle, antes de convertirse en una especie de sollozo, mientras la vista se le nublaba como si hubiera abierto los ojos bajo el agua. Estas personas son muy preciadas para mí, pensó; paso muy poco tiempo con ellas, y apenas puedo mantenerlas con mi miserable sueldo de policía, que no ha subido en cinco años, y es menos de lo que Hosni gana en un solo mes. Si de repente me los arrebataran... ¿Cómo podría soportarlo? Sabiendo que habría podido hacer mucho más por ellos, que habría podido darles mucho más de mí.

Me esforzaré, susurró para sí. Pasaré más tiempo en casa, no trabajaré tanto. Seré mejor padre y esposo.

Pero solo cuando acabe este caso, dijo otra voz. Solo cuando sepa la verdad sobre Piet Jansen y Hannah Schlegel. Solo cuando obtenga todas las respuestas.

Miró al otro lado del río, cuya agua susurraba a sus pies, y las luces verdes de los minaretes de un par de mezquitas cercanas le miraron en la oscuridad como ojos de serpiente. Después aplastó la lata y la tiró de una patada al río, dio media vuelta y subió a la Corniche, arrepentido de no haber cerrado la boca y olvidado todo.

45

Jerusalén

Hani al-Hajar Hani-Yamal había sido trasladado el día anterior a una celda de Zion, la comisaría regional más grande de Jerusalén, de modo que Ben Roi fue allí para interrogarle, no sin antes llamar para solicitar permiso.

La comisaría, un complejo tétrico e imponente de edificios al borde de lo que en otros tiempos había sido el recinto ruso de la ciudad, tenía ventanas mugrientas con barrotes y pegotes discontinuos de hiedra en sus paredes, coronadas por tubos enmarañados de tela de alambrada. Al tiempo que para delincuentes comunes, funcionaba desde hacía mucho tiempo como centro de interrogatorio principal de sospechosos de militancia palestina, y se había ganado una reputación siniestra por la brutalidad y los malos tratos infligidos a los prisioneros. Los palestinos la llamaban al-Moscobiyyeh, Moscú en árabe, y pronunciaban su nombre con una mezcla de miedo y aprensión.

El lugar siempre había dado malas vibraciones a Ben Roi (un par de años antes había rechazado un ascenso porque significaba el traslado a dicho centro), y cuando entró por una puerta de la parte posterior, donde había un grupo de afligidas mujeres árabes que suplicaban recibir noticias de familiares retenidos allí, sintió que el estómago se le encogía, como un animal asustado que se acurrucara para protegerse.

Se presentó a un sargento de guardia, firmó un par de formularios y le acompañaron por un laberinto de pasillos sucios y mal iluminados, hasta bajar al sótano, donde le condujeron a una pequeña sala de interrogatorios en la que había una mesa, dos sillas y, aunque pareciera incongruente, un cartel de un tulipán púrpura pegado con celo en la pared del fondo. Se oían ruidos apagados procedentes de otros puntos de la comisaría (el timbre de un teléfono, alguien que chillaba, un gemido apenas audible que podía ser una carcajada o un sollozo), y tuvo la desagradable sensación de que no se trataba de ruidos externos, sino de los ecos fantasmales de todas las personas que habían tenido la desgracia de caer en este lugar. Esperó a que el sargento saliera, se sentó, sacó la petaca y bebió un largo trago para confortarse.

Al cabo de cinco minutos la puerta volvió a abrirse y entró otro policía conduciendo al hombre que Ben Roi había arrestado dos noches antes. Por algún motivo, solo llevaba una camiseta y unos calzoncillos boxer demasiado grandes, sin pantalones. El policía le acercó a la mesa, le sentó, le esposó la muñeca izquierda a una pata de la silla, una posición forzada que dejó al prisionero inclinado hacia delante, y se fue.

—Llame cuando haya terminado —dijo—. Estaré en la tercera habitación de la derecha.

Salió y cerró de un portazo, dejando solos a Ben Roi y el palestino. Aparte del ojo amoratado de la noche de la detención, el hombre presentaba ahora una fea escarapela de morados en la mejilla izquierda. Estaba sin afeitar y despedía un olor agrio a sudor y excrementos, que poco a poco fue impregnando la habitación. Miró a Ben Roi y luego clavó la vista en el suelo, mientras se removía en su asiento, incómodo por la postura que le obligaban a adoptar las esposas. Ben Roi sacó una tableta de chicle del bolsillo y se la metió en la boca.

—¿Qué ha pasado con tus pantalones?

El palestino se encogió de hombros, sin decir nada.

—¿Alguien te los ha robado?

El palestino no contestó. Ben Roi repitió la pregunta.

—Nadie robarlos —respondió el hombre, mientras paseaba de un lado a otro los ojos inyectados en sangre.

—Entonces, ¿qué ha sido de ellos?

El hombre retorció su muñeca esposada.

—Yo enfermo —musitó tras una breve pausa, ruborizado—. Necesito cagar. Lo digo al guardia pero no me deja salir. Suplico, pero él solo ríe. Así que me cago en los pantalones. Otros hombres en la celda me dan estos, pero nadie tener pantalones nuevos. ¿Vale?

Alzó la vista, los ojos henchidos de humillación y odio. Ben Roi le miró, examinó la mejilla púrpura, los calzoncillos, la muñeca esposada, mientras el ruido que hacía al mascar el chicle resonaba en la habitación como unos pies chapoteando en una ciénaga. Pasó medio minuto y, con un gruñido de irritación, se puso en pie, avisó al prisionero de que, si intentaba alguna treta, acabaría con el otro ojo morado, pero peor aún, y salió de la habitación. Regresó un momento después con un llavero, se inclinó y abrió las esposas. El palestino se enderezó y se masajeó la muñeca. Ben Roi volvió a sentarse y abrió el expediente del incendio, que había traído consigo.

—Voy a hacerte unas preguntas —masculló, mientras contemplaba las notas—. Las mismas reglas de antes: si me vienes con chorradas, cobrarás. ¿Está claro?

El palestino seguía masajeándose la muñeca. Ben Roi levantó la vista.

—¿Está claro?

El palestino asintió.

—Muy bien. El 10 de marzo de 1990, tú y otros dos chicos fuisteis al barrio judío y prendisteis fuego a un apartamento. ¿Te acuerdas?

Hani-Yamal soltó un gruñido de asentimiento. Ben Roi se inclinó hacia él.

—¿Por qué?

Al final, no obtuvo gran cosa. El palestino se mostró nervioso y evasivo, convencido de que Ben Roi intentaba tenderle una trampa para que admitiera su culpabilidad. Sin embargo, el problema no era ese, sino que no parecía saber mucho. Su primo Mayi, uno de los dos muchachos condenados por el incendio, le había atraído a la empresa con la promesa de que le daría veinte dólares si actuaba de vigía. No había subido al piso, solo esperado en la callejuela de abajo, mientras los otros dos trepaban e incendiaban la propiedad de la anciana. Ignoraba por completo por qué lo habían hecho y si tenían algo en contra de la mujer. Ben Roi insistió, sondeó, engatusó, sin éxito, hasta comprender que no iba a sacarle nada más, de modo que puso fin al interrogatorio.

—El tal Mayi... —Pasó las páginas del expediente—. ¿Aún vive en el campo de al-Amari, calle al-Din, número dos?

El palestino clavó la vista en sus pies, silencioso.

—Vamos, no me cabrees.

El hombre frunció el ceño.

—Yo no delatar.

—No te estoy pidiendo que delates, idiota de mierda. Tengo la dirección delante de mí. Solo necesito que la confirmes.

El palestino alzó la vista, con los ojos rebosantes de desconfianza y vacilación, y después asintió apenas. Ben Roi garabateó una nota, cerró el expediente, se puso en pie, caminó hacia la puerta y se asomó al pasillo para anunciar que había terminado. Cuando volvió a entrar en la habitación, el palestino había girado en su asiento y le estaba mirando.

—¿Qué?

—¿Por qué sacarlas?

El hombre indicó las esposas abiertas sobre la mesa. Ben Roi no contestó; volvió a la mesa y recuperó el expediente.

—¿Por qué hacer esto? —insistió Hani-Yamal.

Se oyó el ruido de pasos que se acercaban por el pasillo.

—¿Siente pena por mí?

—No, no siento la menor pena por ti —gruñó Ben Roi, irritado por la pregunta.

—Entonces, ¿por qué hacer esto?

Ben Roi le miró, con el expediente en la mano, los dedos hundidos en el cartón. ¿Por qué le había quitado las esposas? No podía explicarlo. Una voz en su cabeza: la de ella, pero también la de él, un Arieh anterior, un yo olvidado. Un Arieh que pensaba haber perdido para siempre.

—Porque si necesitas jiñar de nuevo no quiero que lo hagas delante de mí —contestó malhumorado—. No he venido aquí para oler tu sucia mierda árabe.

Se dirigió hacia la puerta y, tras despedirse con un movimiento de la cabeza del policía que acababa de llegar, se alejó por el pasillo. Las preguntas del palestino le molestaban más que la pérdida de tiempo que había significado el interrogatorio.

46

Península del Sinaí,
cerca de la frontera con Israel

El hombre contempló las estrellas y enrolló alrededor de un dedo una borla de su kefía.

—¿Sabes lo que me decía mi padre? Que Tierra Santa es un espejo del mundo entero. Cuando esta tierra sufre, el mundo también. Y cuando reine la paz, entonces, y solo entonces, habrá esperanza para todos los demás países.

A su lado, una segunda figura, de más edad, también estaba mirando las estrellas, con un puro encajado entre los dientes. Su extremo encendido alternaba entre un rojo encendido y un naranja feroz, mientras iba dando lentas caladas.

—¿Aún vive tu padre?

El hombre más joven negó con la cabeza.

—Murió en el ochenta y cuatro. En Ketziot. ¿Y el tuyo?

El que fumaba también negó con la cabeza.

—En el sesenta y ocho. Altos del Golán. Una bala en el vientre.

Guardaron silencio, cada uno absorto en sus pensamientos, el desierto los rodeaba oscuro y silencioso. El gozne oxidado de un postigo chirrió a su espalda como el canto de un gigantesco insecto nocturno. Una estrella fugaz destelló en el cielo un instante, antes de desaparecer. Extrañas formaciones rocosas retorcidas acechaban en las sombras, como garras que surgieran de un pozo oscuro y profundo. A lo lejos, un ave sobresaltada alzó el vuelo de repente y chilló muy fuerte.

—¿De veras crees que saldrá bien? —preguntó por fin el más joven, al tiempo que se frotaba los ojos—. ¿Crees que podremos convencerlos?

Su compañero se encogió de hombros, pero no dijo nada.

—A veces, me preocupa que pueda ser demasiado tarde. Hace diez años, tal vez cinco... quizá habría sido posible. Pero ahora, después de todo lo que ha pasado...

Suspiró e inclinó la cabeza hacia el pecho. El hombre del puro le miró un momento, avanzó un paso y apoyó una mano sobre su hombro.

—Venderlo era la parte más difícil. Esto... —añadió señalando con la cabeza el edificio que había detrás— ... solo fue el primer paso. Pero ahora hemos dado el paso necesario para seguir avanzando. Hemos de hacerlo. Por tu padre. Por mi hija. Por nuestros pueblos.

El joven alzó la vista con rostro inexpresivo, pero luego, de manera inesperada, sonrió.

—Quién lo habría pensado, ¿eh? ¡Tú y yo! ¡Reunidos aquí como amantes!

El del puro también sonrió.

—Si nosotros lo hacemos, los demás también podrán. ¿Qué te parece si nos ponemos en contacto con Jerusalén una vez más, solo para estar seguros?

El joven asintió, dio media vuelta y los dos entraron en el edificio, cada uno rodeando los hombros del otro.

47

Jerusalén

—¿Adónde quiere que le lleve?

El taxista miró a Ben Roi con suspicacia.

—Al campo de al-Amari. Calle al-Din.

El taxista meneó la cabeza, mientras tamborileaba nerviosamente con los dedos sobre el volante del Peugeot.

—Está al otro lado de la frontera. Usted israelí. Peligroso.

—Quiero un coche, no un jodido sermón —gruñó Ben Roi, que no estaba de humor para discusiones—. O me llevas tú, o me busco otro. Elige. Y deprisa.

El taxista se mordió el labio, dividido entre el deseo de ganarse una buena pasta y la inquietud de llevar a un israelí en un taxi. Al final, la economía ganó la partida, y de mala gana abrió la portezuela del pasajero.

—Si quiere ir a al-Amari, a al-Amari le llevaré —murmuró—. Es su funeral.

Ben Roi subió y partieron. El hombre condujo en silencio, siguiendo Derej Ha-Shalom hasta la autopista principal entre Jerusalén y Ramallah, y luego aceleró en dirección norte. El nuevo barrio judío de Pisgat Ze'ev se desplegó a su derecha, hileras de casas de piedra amarilla idénticas desfilando a través del paisaje como la vanguardia de un gigantesco ejército, cosa que, en cierto sentido, eran. Ben Roi las miró por la ventanilla abierta, el pelo alborotado por la brisa. Su rostro impasible e inexpresivo desmentía la inquietud que sentía.

El taxista tenía razón. Era peligroso para alguien como él cruzar la frontera. Un policía israelí, solo, en una zona bajo control de la Autoridad Nacional Palestina, con el actual clima político... peligroso de cojones. Las otras opciones eran implicar a las autoridades palestinas en el caso, o bien montar una operación militar a gran escala con coches blindados y Dios sabe qué más. Ambas posibilidades podrían retrasarle varios días. Y los dolores de estómago eran demasiado fuertes para eso. Quería saber qué había pasado con aquel incendio premeditado. Necesitaba saberlo. Con un poco de suerte, entraría y saldría sin que nadie se fijara en él. Y si no... Palpó la chaqueta con la mano y notó el tranquilizador bulto metálico de su pistola Jericho bajo la tela.

Llegaron al puesto de control de Kalandia e hicieron cola durante veinte minutos, antes de que les dieran permiso para pasar y aceleraran de nuevo. En este lado, el palestino, la carretera estaba llena de socavones, los edificios se veían desaliñados y en un estado deplorable, como si no solo hubieran cruzado una barrera entre dos zonas del mismo país, sino una frontera tras la que se extendía una tierra diferente y mucho más pobre. Tres kilómetros más adelante encontraron otro puesto de control, esta vez palestino: un par de bidones de petróleo colocados de cualquier manera en la carretera, con un solo policía con boina roja y aspecto aburrido a su cuidado. Después se desviaron a la izquierda por una empinada carretera lateral que descendía hacia una masa gris y sombría de edificios de cemento y bloques cenicientos, apilados unos sobre otros como un montón de huesos blanqueados por el sol. El taxista aminoró la velocidad y paró.

—Bienvenido a al-Amari —gruñó.

Contemplaron el lugar durante unos minutos, y después siguieron bajando. Se detuvieron un momento para preguntar por la dirección a un chico con el pelo cubierto de polvo y entraron en el campo propiamente dicho. Sus decrépitos edificios grises se cerraron a su alrededor, los habitantes (ancianos con kefías de cuadros, grupos de *shebab* haraganeando en las esquinas de las calles) les lanzaron miradas suspicaces cuando pasaron. El coche traqueteaba en la carretera sembrada de baches. Festones de cables de electricidad colgaban sobre sus cabezas, cintas multicolores con pintadas en árabe cubrían hasta el último centímetro cuadrado de espacio (Hamas, al-Mulatham, Muerte a Israel, La Intifada vencerá), y de vez en cuando se veían hileras de carteles con las imágenes de mártires suicidas locales.

¿Qué coño estoy haciendo en este cagadero?, pensó Ben Roi, al tiempo que reprimía el deseo de decir al taxista que diera media vuelta y saliera de inmediato. Debo de estar como una regadera, se dijo.

Siguieron avanzando, las calles se hicieron más estrechas y las dificultades para maniobrar el coche aumentaron. Ben Roi se sentía cada vez más inquieto. Por fin, después de lo que se le antojó una eternidad, aunque no fueron más que un par de minutos, doblaron una esquina muy cerrada y pararon delante de un callejón atestado de basura y materiales de construcción desechados.

—Al-Din —dijo el taxista—. ¿Qué número busca?

—El dos.

El hombre se asomó por la ventanilla y miró el callejón.

—Ese. —Señaló una pesada puerta de acero, la primera de la izquierda, sobre la cual había un número árabe de gran tamaño—. ¿Quiere que espere?

—Claro que sí, joder —murmuró Ben Roi, y salió del coche.

Miró alrededor, nervioso, desprotegido; imaginó ojos que miraban, voces que susurraban. Luego dio una palmada tranquilizadora a la Jericho, comprobó que llevaba el móvil conectado y recorrió el callejón, entre montañas de latas de pintura desechadas y sacos de escombros. La puerta que el taxista había indicado estaba entreabierta, y dentro se oía el sonido de una televisión. Llamó a la puerta.

—*Aiwa, idchol, al-bab maftouh.*

Una mujer dijo algo dentro, una mujer de edad avanzada, a juzgar por su voz. Ben Roi vaciló, pues no entendía qué había dicho.

—*Idchol!*

Siguió vacilando, pues suponía que le habían invitado a entrar, pero no estaba seguro. Tras una pausa, se oyó otra voz, esta vez masculina, más joven.

—*La, la, istani hinnak, ya om. Ana rai'h.*

Se oyó un leve siseo, como cuando una bicicleta rueda sobre un suelo de cemento, y la puerta se abrió. Un hombre joven (veintimuchos o treintaipocos, muy delgado, con tejanos y una camiseta roja del Manchester United) apareció sentado en una silla de ruedas ante él. Ben Roi vio por encima de su hombro una sala desnuda con suelo de baldosas, un par de imágenes enmarcadas en la pared (fotografías, citas del Corán) y, a través de una puerta del fondo, una diminuta cocina. La mujer se hallaba fuera de su vista, a la derecha.

—*Mi-in hinak?* —preguntó la anciana.

—*Esraeli* —contestó el joven, mirando a Ben Roi.

—*Esraeli! Shu bidu?*

—*Ma-baarif* —contestó el joven—. ¿Qué quieres? —preguntó a Ben Roi.

El detective sacó su tarjeta de identificación y la mostró.

—Policía de Jerusalén. Busco a alguien llamado Mayi.

Los ojos del hombre se entornaron con suspicacia.

—Yo soy Mayi.

—Mayi al-Sufi, primo de Hani Hani-Yamal.

—*Shu bidu?* —preguntó de nuevo la mujer, preocupada, insistente.

El joven agitó una mano con impaciencia para indicarle que se callara.

—Sí, soy yo.

Ben Roi miró la silla de ruedas.

—¿Desde cuándo...?

Los ojos del hombre lanzaron chispas.

—Dos años. Desde que una bala de goma me rompió la columna. Una bala de goma israelí. ¿Qué quieres?

Ben Roi se removió inquieto.

—He de hacerte algunas preguntas.

El joven resopló.

—Esta zona es palestina. Careces de autoridad aquí.

—Entonces, traeré al ejército y te llevaré a rastras hasta Jerusalén. ¿Es eso lo que quieres? —Miró al hombre—. Pensé que sería más fácil así. Para ambos. Una cosa informal. Tú me dices lo que necesito saber, yo me largo y nunca más vuelves a saber de mí. Tú eliges.

El joven sostuvo su mirada, con expresión de antipatía y desconfianza, y después, con un gruñido de resignación, retrocedió hacia el interior. Ben Roi le siguió y cerró la puerta a su espalda, aliviado de abandonar la calle.

—*Shu bidu, Mayi? Shu aam bi-mil? Rah yuchudna?*

La anciana estaba sentada en un viejo sofá a su derecha. Vestía un *mendil* y un *thobe* bordado, y enlazaba y desenlazaba las manos sobre su regazo. Mayi se acercó a ella en la silla y le tocó el brazo, habló deprisa en árabe, explicó lo que estaba pasando, la tranquilizó.

—Ha tenido malas experiencias con los israelíes —explicó al tiempo que giraba la silla hacia Ben Roi—. Todos hemos tenido malas experiencias con los israelíes.

Los tres se miraron, con el único sonido de las voces de la televisión. Después, de mala gana, el joven señaló con la cabeza un catre en la pared junto a la puerta, para indicar a Ben Roi que se sentara. Este así lo hizo y miró a la anciana, hasta que la intensidad de su mirada le incomodó; entonces, desvió la vista hacia la pared, donde colgaban enmarcados un par de antiguos documentos legales árabes. Escrituras de propiedad, supuso. Ya las había visto en otros hogares palestinos: un recordatorio patético y desafiante de las tierras que antaño les habían pertenecido y que todavía esperaban recuperar, en vano.

—¿Es por lo de Hani? —preguntó el joven, al tiempo que sacaba un paquete de Marlboro de una bolsa que colgaba de la silla y extraía un cigarrillo con los dientes—. ¿La acusación de tráfico de drogas?

Ben Roi negó con la cabeza.

—Pues ¿qué?

—Es por algo que hicisteis en 1990. Un piso que quemasteis. En la Ciudad Vieja.

El joven lanzó un resoplido de sorpresa.

—Eso fue hace quince años. Ya cumplí mi condena.

—Lo sé.

—¿Y?

—Quiero que me digas por qué lo hiciste. Por qué incendiaste el piso.

El joven volvió a resoplar, encendió el cigarrillo, se propulsó al otro lado de la sala y cogió un cenicero que descansaba sobre el televisor. Lo apoyó sobre la rodilla y volvió al lado de la mujer.

—Has hecho el viaje en balde, tío. Ya lo conté todo en su momento.

—Repítemelo.

—Yo era un crío. Fue por diversión. Poca cosa.

—Si queríais incendiar una propiedad israelí, había objetivos más fáciles en el centro del barrio judío.

Mayi hizo un gesto despectivo.

—Era una machada. Ese era el único objetivo. Estás perdiendo el tiempo, tío.

—¿Por qué ese piso en particular?

No hubo respuesta.

—¿Por qué ese piso en particular? —repitió Ben Roi.

—¡Yo qué coño sé! Fue el que elegimos. No hubo ningún motivo especial. Todo esto ya lo dije en su momento.

—Sabes que la propietaria del piso fue asesinada aquel mismo día.

El hombre murmuró algo.

—¿Qué dices?

—Lo supimos después —explicó Mayi—. En la comisaría.

Miró la televisión y luego, como acuciado por un pensamiento repentino, volvió la cabeza hacia Ben Roi.

—Eh, si estás intentando acusar...

—No te estoy acusando de nada.

—Porque yo sé que vosotros...

—¡No te estoy acusando de nada! La mujer fue asesinada en Egipto. Es imposible que participarais.

El joven gruñó algo y dio una airada calada al cigarrillo, cuya ceniza arrojó al cenicero apoyado sobre su rodilla.

—Sin embargo, me estás mintiendo en relación con el incendio —añadió Ben Roi al cabo de una breve pausa—. Lo sé, y tú también. Una mujer es asesinada, y dos horas más tarde alguien quema su piso. Demasiada coincidencia, Mayi. Hay algo más. Algún otro motivo. Quiero saber por qué lo hicisteis.

La anciana farfulló algo, preguntó qué estaba pasando. El joven murmuró una respuesta y miró al detective.

—Ya lo dije en su momento y lo repito ahora: lo hicimos para demostrar nuestra valentía. ¿Lo has entendido? Eso es todo. No hay nada más. Si no me crees, detenme y acúsame.

Miró al detective, desafiante, y después desvió la vista hacia la pantalla de la televisión, donde dos hombres estaban peleando, rodando una y otra vez en lo que parecía un gran charco de aceite negro. Ben Roi echó un vistazo a sus notas, miró luego a la mujer y después el título de propiedad manoseado que colgaba en la pared. Sabía que el joven le estaba engañando, lo veía en la tensión de sus hombros, en las caladas breves y nerviosas que daba al cigarrillo. No obstante, el chico había advertido que el detective estaba dando palos de ciego, que no tenía pruebas de que mintiera. Podía detenerle, interrogarle a fondo, interrogarle hasta la saciedad. No serviría de nada. Se aferraría a su versión de 1990, como estaba haciendo ahora. No iba a sacarle nada más. A menos...

El detective se puso en pie despacio, se acercó a la televisión y la apagó. No se sentía orgulloso de lo que iba a hacer, pero no se le ocurría otra forma de alcanzar su objetivo.

—Podría ponerle las cosas difíciles a tu primo —dijo.

Dio la impresión de que el joven contenía el aliento.

—Le espera una pena de dos años, solo por asociación ilícita. Si se le acusara de tráfico de estupefacientes, podrían caerle cinco o seis. Quizá más. ¿Crees que lo llevaría bien?

—Cabrón de mierda.

Ben Roi apretó los dientes. No se sentía cómodo cuando practicaba estos juegos psicológicos. Nunca se había sentido cómodo, ni siquiera después de la muerte de Galia, cuando hacer daño a los palestinos parecía haberse convertido en el imperativo de su existencia. No obstante, ahora que había dado el pistoletazo de salida, ya no podía echarse atrás.

—Seis años en Ashkelon —continuó—. Seis años con violadores, asesinos y maricones. Y son buenos chicos comparados con los celadores. Eso sería chungo, Mayi. No estoy seguro de que Hani lo superara. Bien, ¿vas a decirme por qué incendiasteis aquel piso?

La anciana vio la expresión atormentada de su hijo y farfulló algo, angustiada, pues quería saber lo que estaban diciendo. El joven contestó, sin dejar de mirar a Ben Roi, y dio la impresión de que su cuerpo se tensaba contra el cinturón que le sujetaba a la silla.

—Israelí de mierda.

El detective no dijo nada.

—Cabronazo.

El cigarrillo se había quemado hasta el filtro, y lo aplastó con mano temblorosa en el cenicero, con los músculos del brazo hinchados. Miró la colilla, meneó la cabeza con amargura, como si estuviera contemplando su propio reflejo, puso las manos sobre las ruedas de su silla y se impulsó al otro lado de la sala, dejó el cenicero sobre el televisor y volvió al lado de la anciana. Siguió un largo silencio.

—¿Extraoficialmente? —murmuró al fin.

Ben Roi asintió.

—¿Y Hani? ¿Le dejarás en paz? ¿No le perjudicarás?

—Te doy mi palabra.

El joven lanzó un resoplido de desdén. Miró a Ben Roi y luego clavó la vista en el suelo.

—Me pagaron —musitó con voz apenas audible.

Ben Roi avanzó medio paso.

—¿Quién?

—Mi tío. Hacía negocios con un hombre de El Cairo. Exportación de frutas: naranjas, limones... Un día llamó ese hombre y le pidió un favor. Quería que ese piso se quemara. Dijo que pagaría bien. Quinientos dólares. Pero había que hacerlo deprisa. Sin preguntas. Mi tío me llamó.

—¿Sabes quién era ese hombre?

Mayi negó con la cabeza.

—Nunca hablé con él. Mi tío se encargó de todo. —Empezó a frotarse los ojos—. Gad, Getz, algo por el estilo. No era un nombre egipcio.

Ben Roi lo anotó en su libreta.

—¿Dónde está tu tío?

—Murió. Hace cuatro años.

Se oyó un ruido metálico fuera, como si alguien hubiera dado una patada a una lata de pintura. Ben Roi estaba demasiado absorto en el interrogatorio para reparar en él.

—Así que el tal Gad, o Getz, llama desde El Cairo, ofrece quinientos dólares para incendiar el piso de esa anciana...

—No sabíamos de quién era el piso. Solo nos dio la dirección.

—¿Y tu tío no te dijo nada? ¿Ninguna explicación?

El joven negó con la cabeza.

—¿No te pareció extraño?

—Pues claro que me pareció extraño. ¿Qué debíamos hacer? ¿Rechazarlo? Necesitábamos el dinero.

Ben Roi le miró. Luego volvió al catre y se sentó de nuevo.

—Bien, os dijo que incendiarais el piso. Y después, ¿qué?

El joven se encogió de hombros.

—Ya lo dije en su momento: fuimos al barrio judío. Hay un callejón detrás del edificio. Hani se quedó a vigilar, nosotros trepamos hasta el piso, entramos por una ventana trasera, lo cubrimos todo de petróleo y le prendimos fuego. Alguien nos vio bajar, nos persiguieron, nos detuvieron. Eso fue todo. Ya lo dije en su momento.

—¿Qué había allí?

—¿Qué quieres decir?

—En el piso. ¿Qué había?

—¿Cómo coño quieres que lo recuerde? ¡Fue hace quince años!

—Has de recordar algo.

—¡No lo sé! Muebles, una mesa, una tele... Lo normal. Lo que todo el mundo tiene.

Sacó otro Marlboro, lo sujetó entre los dientes y lo encendió. Se oyó otro ruido metálico en el exterior, y lo que sonó como un susurro apagado.

—Había muchos papeles.

—¿Papeles?

—Por eso el piso ardió tan deprisa. Había papeles por todas partes.

—¿Periódicos?

—No, no. Expedientes y cosas por el estilo. Fotocopias. Montones, por todas partes. Como una especie de...

Hizo una pausa, mientras intentaba encontrar la palabra correcta. Ben Roi recordó que la señora Weinberg le había dicho que la señora Schlegel volvía a casa cargada de papeles de Yad Vashem.

—¿Un archivo? —apuntó.

—Sí, algo así como un archivo. Apenas podías moverte por culpa de los papeles. Y en una pared de la sala de estar había una fotografía enorme, ampliada, así de grande... —Indicó el tamaño con las manos—. Un hombre. Con una especie de uniforme. En blanco y negro. Como si la hubieran tomado hacía mucho tiempo. Era la única foto del piso.

Más voces fuera, sonido de pasos. Por lo visto, toda una multitud estaba desfilando por el callejón.

—¿Reconociste al hombre de la foto? —preguntó Ben Roi, ajeno a los sonidos.

—Nunca le había visto. Como ya he dicho, era antigua. En blanco y negro. Creo que no era de ningún familiar.

El detective le miró con aire inquisitivo.

—¿Cómo lo sabes?

—No lo sé. Es que... no parecía de la familia. Ampliada de aquella manera, pegada con celo a la pared. Era más como... —Dio otra calada al cigarrillo—. Como las fotos que se ven en las comisarías. De gente buscada. Esa impresión daba. Una foto de la policía. Era rara.

Sujetó el cigarrillo entre los dientes y se impulsó hacia el televisor, recuperó el cenicero, lo depositó sobre la rodilla y entró en la cocina. Se oyó el gruñido de tuberías, el ruido de agua que salía de un grifo. Reapareció un momento después, con un vaso de agua entre los muslos.

—Esto es todo lo que sé —dijo—. Nada más.

Volvió al lado de la anciana y giró la silla. Ben Roi hizo unas cuantas preguntas más, pero estaba claro que el joven le estaba diciendo la verdad. Al cabo de un par de minutos, tras aceptar que no iba a sacar nada más en limpio, cerró la libreta y se levantó.

—De acuerdo —murmuró—. Eso es todo.

Parecía absurdo decir adiós, pues no había sido exactamente una visita social, de modo que deslizó la libreta en el bolsillo, hizo un leve gesto con la cabeza y se encaminó hacia la puerta. En ese momento, la anciana farfulló algo a su espalda.

—*Ehna mish kilab.*

Ben Roi se volvió.

—¿Qué ha dicho...?

Mayi alzó la vista y dio una calada al cigarrillo.

—¿Qué ha dicho? —repitió Ben Roi.

El joven exhaló una nubecilla de humo.

—Dice que no somos perros.

La anciana miraba fijamente al detective. La expresión de su rostro no era de temor ni de desafío, sino de cansancio e infinita tristeza. Ben Roi abrió la boca para decir algo, para hablarle de Galia, de que la habían asesinado, volado las piernas, las mismas personas cuyos rostros se exhibían en carteles por todo el campo como jodidos héroes. Sin embargo, no se le ocurrió qué decir, no encontró palabras para expresar adecuadamente la magnitud de su soledad y su odio, de modo que meneó la cabeza, dio media vuelta y abrió la puerta.

—*Al-Maut li yehudi! Al-Maut li yehudi!*

Un fuerte alboroto estalló en su cara. El callejón, antes desierto, estaba atestado de hombres jóvenes que enseñaban los dientes, con los puños apretados, los ojos encendidos con el brillo jubiloso de los cazadores sedientos de sangre que han acorralado a su presa. Se produjo un brevísimo silencio, una fracción de segundo, como una ola que alcanzara su altura máxima antes de desplomarse sobre una playa, y entonces la turba se precipitó hacia él entre gritos.

—Iktelo! Iktelo! Uktul il-yehudi!

Ben Roi no tuvo tiempo de reaccionar. Una docena de manos le agarraron por la chaqueta, la camisa, el pelo y le arrastraron al callejón. Alguien le quitó la pistola de la funda y la disparó al aire junto a su oído, ensordeciéndole. En la retaguardia de la multitud, divisó al muchacho palestino a quien el taxista había pedido ayuda para orientarse. Reía y aplaudía con los brazos en alto. Le pusieron una cuerda alrededor del cuello y la apretaron. Alguien le golpeó en el estómago (con un bate de béisbol, una viga de madera) y se dobló en dos, falto de aire.

Estoy muerto, pensó, horrorizado pero al mismo tiempo indiferente, como si estuviera viendo un vídeo de un ataque antes que protagonizarlo. Dios misericordioso, estoy muerto.

Intentó rodearse la cabeza con los brazos para protegerse de la lluvia de golpes que caían sobre él, pero se los inmovilizaron a la espalda. Le escupían desde todos lados, un líquido tibio y viscoso que le resbalaba por las mejillas y el mentón como babosas. Notó que le arrastraban por el callejón como si estuviera atrapado en un alud de barro.

Y entonces, tan de repente como había empezado, el ataque cesó. En un momento dado le estaban golpeando y arrastrando, y al siguiente, de manera inexplicable, la multitud se apartó de él y retrocedió hasta las paredes del callejón, dejándole doblado por la cintura, con un sonido estridente y agudo que resonaba en sus oídos. Al principio lo achacó a los puñetazos, pero después, cuando empezó a recuperar los sentidos, comprendió que era el chillido de una mujer. Se quedó donde estaba, tosiendo, aterrorizado de que el menor movimiento por su parte desencadenara un nuevo estallido de violencia. Luego se incorporó, muy despacio, con la cuerda todavía al cuello como una especie de corbata de broma.

Mayi estaba en el umbral de la puerta de su casa, pálido, con las manos agarradas a las ruedas de la silla. Su madre, encorvada, frágil, se hallaba fuera, agitaba las manos, gritaba a la muchedumbre, los reprendía. Aunque era la persona más menuda del callejón, los hombres parecían acobardados por su presencia, incapaces de sostener su feroz mirada. Continuó chillando durante casi un minuto, con voz ronca, gesticulando, y después avanzó un paso hacia Ben Roi.

—*Kifak?*

Ben Roi miró alrededor, con la sangre latiendo en sus sienes, todo el cuerpo tembloroso, sin saber qué decía la mujer.

—¿Estás herido? —gritó Mayi.

Por sorprendente que fuera, teniendo en cuenta la ferocidad del ataque, no había salido demasiado maltrecho. Algunas contusiones, un corte en el labio, la desagradable quemadura de la cuerda alrededor de su cuello... Heridas superficiales, nada grave. Intentó hablar, pero tuvo la impresión de que las palabras se atoraban en su garganta y al final solo pudo asentir apenas, como un muñeco de madera con el cuello roto. La anciana se agachó para coger su pistola, que había caído en la confusión, se acercó a él cojeando y se la devolvió. Levantó su frágil brazo y pasó la manga del vestido sobre la barbilla de Ben Roi, que estaba manchada de sangre.

—*Ehna mish kilab* —dijo en voz baja—. *Mish kilab.*

Él sostuvo su mirada un momento, después se alejó por el callejón, mientras se quitaba la cuerda del cuello y enfundaba la pistola. El susurro de la multitud le siguió como una ráfaga de viento enfurecida. El taxista le esperaba al final del callejón junto a su coche, tembloroso.

—Yo decirle peligroso venir aquí —escupió—. Yo dije...

—¡Me importa una mierda lo que dijiste! —replicó, airado, Ben Roi. Abrió la portezuela del pasajero, se arrojó al interior del vehículo y extrajo la petaca del bolsillo—. Sácame de este jodido cagadero. Sácame ya.

48

Israel, aeropuerto Ben Gurion

Salim, el amigo que Laila tenía en la agencia de viajes, le había reservado asiento en un vuelo de British Airways a mediodía con destino a Heathrow. Había un servicio anterior de El Al con el mismo destino, pero era más caro y, en cualquier caso, se había propuesto firmemente no utilizar jamás las líneas nacionales israelíes, de modo que había elegido el vuelo posterior, más barato.

Kamel, su chófer, la había dejado en el Ben Gurion a las ocho y media de la mañana, en el aparcamiento principal del aeropuerto, frente a la gigantesca escultura de la menorah obra de Salvador Dalí. El hombre estaba de un humor de perros, peor que de costumbre, y en cuanto Laila y su equipaje estuvieron fuera del coche, cerró con brusquedad la portezuela del pasajero y se alejó sin despedirse.

—Que te den por el culo a ti también —masculló Laila cuando el vehículo se alejó.

Comprobó que llevaba su billete y pasaporte, y se quedó mirando la menorah surrealista, con la sensación de que siempre lo hacía cuando llegaba al aeropuerto. Observó sus brazos torcidos, su maciza y deslustrada superficie de latón remolineante, lo cual daba la impresión de que toda la escultura se estaba fundiendo. Como emblema de los Guerreros de David de Har-Zion, exhibida cada vez que se apoderaban de otro pedazo de tierra árabe, la menorah era un símbolo que poseía connotaciones malévolas para ella. Al mismo tiempo, casi a su pesar, le encontraba algo hipnótico, su simetría curva, la forma en que los brazos se alzaban hacia fuera y hacia arriba, como para abrazar el cielo. El año anterior había leído un artículo sobre su importancia icónica para el pueblo judío, y averiguado que en la antigüedad, antes de que los romanos se la llevaran en el año 70 d.C., la menorah original había sido el más reverenciado de todos los objetos sagrados del templo. Al contemplar la escultura de Dalí, con su dedicatoria al «Pueblo de Israel, el pueblo elegido», experimentó desagrado, pero también una indefinible sensación de que algo los unía. Como sucedía con su actitud hacia Har-Zion, pensaba a menudo.

Siguió mirándola un buen rato, luego cogió su bolsa y se encaminó hacia la terminal de salidas.

Salir de Israel siempre era complicado. Había perdido la cuenta del número de veces que había tomado el vuelo por los pelos (en un par de ocasiones ni lo había conseguido) porque el personal de seguridad israelí insistía en registrar su equipaje con una minuciosidad digna de mejor causa, y la sometía a una serie interminable de preguntas acerca de adónde iba, por qué, con quién se reuniría, cuándo regresaría, en fin, todo su itinerario, con una batería de preguntas adicionales, por si acaso, sobre su familia, amigos, colegas y su vida, tanto profesional como privada. «Ya tiene suficiente para escribir mi puta biografía», había replicado en una ocasión a su interrogador, un exabrupto que, lejos de acelerar los trámites, solo había servido para intensificar el interrogatorio.

Les sucedía lo mismo a todos los palestinos que utilizaban el aeropuerto (la suspicacia, la chulería, la actitud obstruccionista). Sospechaba que con ella era aún peor debido a su reputación como periodista («Tienen todos tus detalles archivados —le había dicho una vez Nuha, solo medio en broma—, y cuando introducen tus datos, aparece un cartel en la pantalla que dice, "Urgente: joded lo máximo posible a esta persona"»).

Hacía lo que podía para facilitar las cosas, llegaba siempre media hora antes de la primera facturación de equipajes y procuraba meter en la maleta lo mínimo posible, ni agenda, ni literatura antiisraelí, y ningún objeto eléctrico (la única excepción inevitable era el móvil). Nunca le había servido de nada, y ese día tampoco. Fue la primera persona en llegar a su vuelo y la última en embarcar. Como siempre, su móvil fue inspeccionado por un experto en explosivos que, gracias a un accidente nada fortuito, consiguió borrar todos los números almacenados en su memoria. Como siempre («¿De qué coño vais? —había querido gritar—. ¡Los únicos que ponen bombas en los teléfonos móviles son los putos israelíes!»).

Cuando por fin ocupó su asiento (había pedido ventanilla o pasillo, y acabó en medio, cosa poco sorprendente) y pasó las páginas del libro que había comprado el día anterior sobre la historia de los cátaros, no la consoló el hecho de haber conseguido pasar. Si abandonar Israel era difícil, no era nada comparado con la odisea de regresar.

49

Luxor

Jalifa apagó su enésimo cigarrillo del día, vació su vaso de té y se derrumbó en la silla, agotado.

Estaba en su despacho desde las cinco de la madrugada, y eran ya casi las dos del mediodía. Nueve horas dándose con la cabeza contra un muro de ladrillo.

En primer lugar había enviado por fax fotografías de Jansen a la Interpol y a la policía holandesa, con la vana esperanza de que apareciera algo en sus archivos (no había sido así), y después se había pateado Luxor durante un par de horas, visitando las tiendas de algunos de los anticuarios más prestigiosos de la ciudad, con la intención, fallida, de establecer algún vínculo entre Jansen y el mercado de objetos robados. Estaba claro que el hombre no había tratado de vender los artículos hallados en su sótano.

A continuación había regresado a su despacho, donde pasó el resto de la mañana sentado a su escritorio repasando lo que había descubierto durante las últimas dos semanas, anotando en fichas los elementos del caso que consideraba fundamentales (Tot, al-Mulatham, los nazis, Faruk al-Hakim, todo); después, como un epigrafista que reuniera los fragmentos de una inscripción destrozada, intentó disponer las fichas en una pauta reconocible. Por más que lo intentó, empero, no consiguió distinguir nada inteligible ni averiguar adónde le conducían las pistas.

Encendió otro cigarrillo, abandonó el despacho con un gruñido malhumorado y salió de la comisaría a la calle el-Matuf para respirar un poco de aire puro y despejarse. Había un puestecito de bebidas en la esquina con Sharia Karnak Temple. Pidió un vaso de *karkaday* y, acuclillado junto a la pared de la comisaría, bebió el frío líquido color rubí, mientras observaba a un chico de la panadería que pasaba en bicicleta con una gigantesca bandeja de *aish baladi* sobre la cabeza.

La verdad era que se estaba quedando sin opciones. Faruk al-Hakim había muerto, de modo que no podía hablar con él, y, aunque faltaban por indagar algunas pistas de escasa importancia, la investigación, tal como él lo veía, había llegado a depender de dos factores clave: hablar con los amigos de Jansen en El Cairo y obtener alguna información útil del desagradable detective israelí. Los Gratz seguían negándose a dar señales de vida. No cabía duda de que estaban en casa, porque dos vecinos habían informado, por separado, de que habían oído voces dentro de su apartamento. Por motivos que solo ellos conocían, la pareja se estaba haciendo la remolona y, a menos que se presentara en El Cairo y llamara a su puerta en persona, Jalifa no albergaba inmediatas esperanzas de hacerlos hablar.

De modo que solo quedaba Ben Roi. El policía maleducado, incompetente y perezoso. Jalifa ya había llamado a su despacho cuatro veces aquella mañana, y en cada ocasión le había respondido el contestador automático, en cada ocasión había dejado un mensaje cada vez más brusco, preguntando si el israelí había logrado averiguar algo acerca de Hannah Schlegel. El hombre aún no había contestado, lo cual alimentaba sus sospechas de que le estaba dando largas, de que no le tomaba en serio.

Exhaló un suspiro de frustración y terminó su *karkaday*, cerró los ojos y dejó que el sol de mediodía le acariciara la cara, tibio y relajante, todavía carente del feroz calor abrasador que llegaría con el verano.

—Maldito seas, Ben Roi —murmuró, mientras daba una calada al cigarrillo—. Que te den por el culo

—Veo que todo va bien.

Abrió los ojos. Su ayudante, Mohammed Sariya, estaba de pie a su lado.

—Creo que es la primera vez en la vida que le oigo maldecir —añadió Sariya, impresionado.

—Es la primera vez que me las tengo que ver con los putos israelíes —gruñó Jalifa, al tiempo que arrojaba el cigarrillo a la alcantarilla y se ponía en pie. Devolvió el vaso al vendedor callejero, cogió del brazo a Sariya y los dos volvieron a la comisaría.

—Me han dicho que estás trabajando con Ibrahim Fathi —dijo.

Fathi era otro detective de la comisaría, conocido popularmente como al-Homaar, el Burro, porque encaraba el trabajo policial de una forma desprovista de imaginación, con más empeño que brillantez. No era sorprendente que fuera uno de los favoritos de Hasani.

—¿Algo interesante?

—Un par de mercaderes de bananas que falsificaban el peso en al-Bayadiya —contestó Sariya—. Y un misterioso caso de robos múltiples de pollos en Bayarram. Nunca había tenido tantas emociones cuando trabajaba con usted.

Jalifa sonrió. Jamás lo habría admitido, pero le preocupaba la posibilidad de que a Sariya le gustara trabajar con al-Homaar, atenerse a las reglas para variar. Le tranquilizó darse cuenta de que no era así, y se sintió menos aislado. Había echado mucho de menos a su ayudante durante los últimos días.

Pasaron entre los puestos de guardia situados a cada lado de la entrada de la comisaría y empezaron a subir por la escalera principal.

—Hablando en serio, ¿cómo le va? —preguntó Sariya mientras subían—. No muy bien, por lo que deduzco.

Jalifa se encogió de hombros, pero no dijo nada.

—¿Puedo hacer algo? Llamadas, por ejemplo.

Jalifa sonrió y le palmeó el brazo.

—Gracias, Mohammed, pero creo que debo seguir actuando solo. No estoy agobiado. Solo desorientado. Como de costumbre.

Llegaron al final de la escalera. El despacho de al-Homaar, donde Sariya estaba trabajando, se hallaba al final del pasillo a la derecha; el de Jalifa se encontraba a la izquierda.

—Infórmame de cómo acaba el caso de los mercaderes de bananas —dijo, al tiempo que soltaba el brazo de Sariya. Le guiñó un ojo y se alejó. Dio un par de pasos y se volvió—. ¡Eh, Mohammed! Una cosa.

Sariya le acompañó hasta su despacho. El teléfono estaba sonando cuando entraron.

—¿Quiere que conteste? —preguntó Sariya.

Jalifa hizo un gesto despectivo.

—Será Hasani, para saber cómo me va. Que espere.

Se encaminó hacia su mesa y, sin hacer caso del teléfono, empezó a buscar entre las pilas de papeles amontonados, hasta que sacó la diapositiva que se había llevado de casa de Jansen.

—No creo que sea nada, pero a ver si puedes descubrir dónde está la tumba. Para ser sincero, es algo más personal que profesional, de modo que no pierdas demasiado tiempo. Hazlo cuando tengas un momento.

Sariya alzó la diapositiva a la luz. El teléfono continuaba sonando, insistente, ruidoso, atronando la habitación.

—Y será mejor que no le digas nada a Fathi —añadió Jalifa, al tiempo que lanzaba una mirada de irritación al teléfono—. No le haría ninguna gracia saber que trabajas para los dos a la vez.

50

Jerusalén

—Vamos, estúpido *shmuck* árabe, ¿dónde cojones estás?

Ben Roi tamborileaba con los dedos sobre el escritorio, impaciente, con el ceño fruncido, el auricular pegado al oído. Tenía un humor de perros por lo sucedido en el campamento, y se había irritado aún más al oír los cuatro mensajes que el egipcio le había dejado en el contestador de su despacho. «Inspector Ben Roi, tenga la amabilidad de llamarme.» «Inspector Ben Roi, confiaba en haber recibido ya noticias de usted.» «Inspector Ben Roi, le ruego que me informe sobre el curso de sus investigaciones.» «Inspector Ben Roi, ¿ha empezado a investigar el caso del que hablamos?»

Casi había puesto en peligro su vida por ese hombre, y el único agradecimiento que recibía eran mensajes como esos. No tendría que haberse molestado ni en devolverle las llamadas. Tendría que haberle dejado en ascuas unos cuantos días más. Enseñarle modales. De hecho, bien pensado, eso era justo lo que iba a hacer. Colgar y que el muy mamón esperara.

La línea se conectó.

—*Sabah el-jir.*

—¿Jediva?

Una brevísima pausa.

—Jalifa. Ja... li... fa... Supongo que es usted, inspector Ben Roi.

—Sí, soy yo —dijo el israelí, y resistió la tentación de añadir «moraco de mierda». A cambio, dio un viaje a la petaca.

Al otro extremo de la línea, Jalifa encendió un cigarrillo y mordió con fuerza el filtro. Cada vez que hablaban, el hombre le caía peor, en especial porque, al haberle pillado desprevenido, le hacía sentirse desorganizado e incompetente.

—Esperaba que me llamara antes —dijo, con la intención de reafirmar su posición.

—Bien, pues le estoy llamando ahora —gruñó Ben Roi—. Lo antes que he podido.

Ambos guardaron silencio, como si presintieran que efectuar el siguiente movimiento sería una señal de debilidad. No debo dar la impresión de que le necesito, pensó Jalifa, y dio una calada al cigarrillo. No debo parecer demasiado interesado, pensó Ben Roi, y tomó otro trago de vodka.

Fue el egipcio quien se rindió primero.

—¿Y bien? —preguntó. Su intento de aparentar indiferencia no tuvo demasiado éxito—. ¿Ha descubierto algo?

Ben Roi asintió con aire satisfecho, con la sensación de haber ganado la primera mano. Sí, contestó, había descubierto algo. Muchas cosas. Dejó que transcurrieran unos segundos de silencio, levantó las piernas y las cruzó sobre la esquina de la mesa, complacido al imaginar a Jalifa con los puños apretados de impaciencia al otro lado de la línea, y después prosiguió.

Lo primero fueron los datos personales de Hannah Schlegel: Francia, Auschwitz, el trabajo de archivera en Yad Vashem, el hermano, todo cuanto la señora Weinberg le había contado el día anterior. El suave rasgueo de una pluma sobre papel resonaba en el auricular mientras Jalifa tomaba notas. Hacía preguntas una y otra vez (¿en qué lugar de Francia? ¿Qué archivaba? ¿Ha hablado con su hermano?), a las que Ben Roi respondía con monosílabos, en parte porque no le gustaba que le interrumpieran, pero sobre todo porque, en el fondo, sabía que no había investigado tan rigurosamente como habría debido y, al no poder proporcionar las respuestas adecuadas, podía parecer demasiado descuidado.

—¡Y yo qué coño sé! —replicó en un momento dado, después de haberse visto obligado a admitir que no había seguido una pista—. Solo he tenido dos días, joder.

Jalifa sonrió satisfecho al otro lado de la línea, contento de tener algo que criticar, pues cada pregunta sin respuesta parecía alterar el equilibrio de poder en su favor.

—Lo entiendo muy bien —dijo, en el tono más solidario pero condescendiente que fue capaz de adoptar—. Dos días es poco tiempo. Sobre todo si tenía otras cosas que hacer.

Gilipollas, pensó Ben Roi, que alejó el auricular de su oído para hacerle un corte de mangas.

Terminó el apartado de datos personales y pasó a hablar del incendio de la casa. Pisaba terreno más firme porque había hecho un buen trabajo. Procedió con parsimonia, empezando con lo que la señora Weinberg le había referido, y después avanzó paso a paso: Hani Hani-Yamal, la visita a al-Amari, la admisión de Mayi de que le habían pagado para quemar el apartamento, la descripción del interior del piso. De nuevo Jalifa le interrumpió con numerosas preguntas, pero esta vez Ben Roi contaba con las respuestas y, bien a su pesar, el egipcio se vio obligado a admitir que era una buena labor policial, de cuya autoría se habría sentido orgulloso.

Tal vez no es tan estúpido como yo creía, concedió. Maleducado, insensible, ofensivo. Pero estúpido no.

El israelí dispuso su narración de tal manera que la información fundamental, la revelación de quién había ordenado el incendio, llegó al final de la historia. A esas alturas, Jalifa ya estaba tan absorto en lo que le contaba que ni siquiera se molestaba en hacer más preguntas, sino que se limitaba a escuchar y tomar notas. Cuando el israelí mencionó por fin el nombre que el joven palestino le había dado (Gad, Getz), lanzó un leve silbido.

—¿Le conoce? —preguntó Ben Roi, que intentó sin éxito disimular su interés.

—Tal vez sí, tal vez no —contestó Jalifa—. Piet Jansen tenía un amigo íntimo llamado Anton Gratz, quien también vive en El Cairo. Es una coincidencia muy extraña.

Se preguntó por qué demonios habría deseado Gratz destruir el piso de Hannah Schlegel y luego, meneando la cabeza, se reclinó en el asiento y miró su libreta para examinar las notas que había tomado.

—Me interesa el episodio del barco —añadió tras una larga pausa—. Cuando la señora Schlegel llegó por primera vez a Israel. Cuando dijo... —Recorrió las notas con la pluma, en busca de la cita.

—«Voy a encontrarlos» —colaboró Ben Roi—. «Aunque tarde el resto de mi vida, voy a encontrar a la gente que nos hizo esto. Y cuando los encuentre, los mataré.»

—Exacto. ¿A qué se refería?

—A quienes le hicieron lo que fuera en Auschwitz, supongo —gruñó el israelí—. Los médicos, los científicos. A juzgar por lo que dijo la señora Weinberg, lo pasó fatal allí.

Jalifa dio una profunda calada al cigarrillo. Antes de que la tarde anterior hubiera buscado información en internet, apenas sabía nada de Auschwitz, solo el nombre. Incluso ahora le costaba creer que un lugar semejante hubiera existido. Cámaras de gas, hornos crematorios, experimentos médicos... Dio otra calada. Recordó la cicatriz que había visto en el abdomen de Hannah Schlegel, una cicatriz en zigzag, como un reptil que serpenteara. ¿Era un legado del campo?, se preguntó. ¿La habían abierto en canal, inspeccionado su interior, extraído algún pedazo? Por un momento, apareció en su mente la imagen de una muchacha atada a una camilla de hospital, desnuda, afeitada, llorando, aterrorizada, llamando a su madre. Hizo una mueca y meneó la cabeza, en un intento de expulsar la visión.

—¿Cree que Jansen pudo haber sido uno de esos médicos? —preguntó—. ¿Pudo estar relacionado, de alguna manera, con esos experimentos?

Sabía que era un tiro a ciegas, que explicaba algunas cosas, pero dejaba casi todo sin resolver. Ben Roi contestó de inmediato.

—Todos los médicos de Auschwitz fueron ejecutados o encarcelados al acabar la guerra. Mengele escapó a Sudamérica, pero murió hace treinta años. Su señor Jansen no estaba implicado en experimentos médicos nazis.

Jalifa asintió, decepcionado pero no muy sorprendido, y se reclinó en la silla, al tiempo que exhalaba una larga cinta ondulante de humo y repasaba sus notas una vez más. Contaba con un buen material. No se trataba de revelaciones espectaculares, desde luego, pero sí al menos nuevos datos importantes que añadir al rompecabezas. Las experiencias de la señora Schlegel durante la guerra, el «archivo» de su piso, su hermano gemelo, el incendio intencionado... Combinado con lo que ya había descubierto, eran pistas nuevas significativas. Quizá por primera vez desde el inicio de la investigación, sintió un vago optimismo, una sensación de que, pese a la bruma de incertidumbre en que todo parecía envuelto aún, al menos empezaba a avanzar, a acercarse al meollo del asunto.

Sin embargo, todavía quedaba mucho camino por andar, y para recorrer esa distancia necesitaba más: más datos, más información, más perspectivas.

Algunos podía indagarlos él mismo, por supuesto. Ya había decidido que su siguiente movimiento sería ir a El Cairo para ver al misterioso señor Anton Gratz. Sin embargo, había otras pistas que no podía seguir solo, o al menos no con tanta facilidad. Le gustara o no, aún necesitaba a Ben Roi. No podría avanzar sin él. Lo cual era frustrante, pues, si bien debía admitir que le había impresionado parte del trabajo llevado a cabo por el israelí, eso no quería decir que le considerara más aceptable como persona.

Ben Roi, por su parte, se enfrentaba más o menos al mismo dilema, aunque desde una dirección opuesta: cómo reconocer que quería participar en el caso sin parecer demasiado interesado. De acuerdo, tal vez el egipcio no era tan incompetente como había pensado al principio. Algunas de las preguntas que hacía, algunos comentarios, denotaban inteligencia. Seguía siendo un moraco pelmazo e impertinente, y estaba listo si pensaba que iba a arrastrarse para pedirle favores.

Una vez más siguió un largo y tenso silencio, pues ninguno de los dos hombres quería efectuar el siguiente movimiento, expresar su opinión, por temor a conceder al otro una ventaja invisible. Esta vez, fue Ben Roi quien cedió.

—Veré qué más puedo descubrir —dijo malhumorado y a toda prisa, como si bebiera algo desagradable.

—Muy bien —repuso Jalifa, aliviado y algo sorprendido. Se sentó a su mesa de nuevo y apagó el cigarrillo en un cenicero—.

Le enviaré por fax una foto de Jansen. Y un informe de lo que he descubierto hasta ahora.

—De acuerdo. Será mejor que apunte el teléfono de mi móvil.

Jalifa recordaba muy bien que el israelí había negado tenerlo. Considerando que se estaba portando de una manera inesperadamente cooperadora, no quería correr el riesgo de provocarle, de modo que no dijo nada y tomó un bolígrafo para anotar el número. A continuación, se produjo otro silencio, pues ninguno sabía cómo acabar la conversación.

—Me pondré en contacto con usted —dijo por fin Ben Roi.

—De acuerdo —repuso Jalifa—. Espero recibir noticias suyas.

Estaba a punto de colgar, cuando levantó de nuevo el auricular.

—Ben Roi...

—¿Qué?

—Una cosa... Puede que sea importante, o no.

—¿Sí?

Jalifa hizo una pausa.

—Piet Jansen... al parecer intentaba ponerse en contacto con al-Mulatham. Dijo que tenía algo que podría serle útil en su lucha contra Israel. Creo que es mejor que lo sepa.

Después de colgar, Ben Roi estuvo sentado varios minutos sin hacer nada, con la vista perdida, acariciando la menorah colgada al cuello. Después se puso en pie y se acercó a un archivador metálico que había en un rincón del despacho. Sacó un llavero del bolsillo, lo abrió, se acuclilló y sacó una gruesa carpeta llena de papeles. Cerró el archivador de una patada, volvió a su escritorio, se sentó y abrió el expediente. En la parte superior había una foto de una joven de pelo negro corto. Su nombre, Laila al-Madani, estaba escrito en una nota adhesiva pegada al pie de la foto.

51

Cambridge, Inglaterra

Pasaban de las cinco cuando Laila llegó por fin a Cambridge. Era una tarde cálida y brumosa, impropia de la estación, con un cielo caliginoso y aromas de cerezos en flor y césped recién podado en el aire. Había llegado desde Londres en tren, y en otras circunstancias habría recorrido a pie los casi tres kilómetros que separaban la estación del centro de la ciudad; hacía años que no visitaba esta parte del mundo y le habría gustado volver a ver algunos lugares queridos de los tiempos en que había vivido aquí con sus abuelos, después de que su madre y ella huyeran de Palestina. Sin embargo, el tiempo se le echaba encima y estaba ansiosa por localizar al escurridizo profesor Topping.

Al salir de la estación, paró un taxi y diez minutos después atravesaba la entrada en forma de arco del St. John's College. El conserje le informó de que el estudio del profesor Topping se encontraba en la escalera I del Segundo Patio; después de darle las gracias, Laila cruzó un gran patio silencioso (césped inmaculado, edificios Tudor de ladrillo rojo, capilla ornamentada de ventanas arqueadas) y pasó a otro.

La escalera I se hallaba al fondo a la izquierda. Había un tablón clavado en la pared con casillas que indicaban quiénes de los que ocupaban las habitaciones del edificio se encontraban allí en ese momento. La del profesor Topping indicaba «ausente», lo que hizo que Laila experimentara cierto pánico (joder, pensó, he venido hasta aquí para nada), hasta que bajó por la escalera un corpulento estudiante con una camiseta de rugby roja y blanca, el cual, al preguntar ella por el paradero del profesor, le aseguró que se encontraba en sus aposentos.

—Le he oído gritar —explicó—. No haga caso del tablón. Hace dos años que vivo en el piso situado bajo el que él ocupa y jamás ha puesto «presente».

Aliviada, aunque no muy tranquila (el profesor no parecía el tipo de persona que recibía con alegría a visitantes inesperados), empezó a subir por la escalera. Los peldaños de madera chirriaron y crujieron bajo sus pies, y continuó hasta el último piso, donde encontró una puerta con la inscripción PROFESOR TOPPING pintada al lado en la pared.

Titubeó al imaginar, como había hecho la tarde anterior, a un académico viejo y cascarrabias con gafas de media luna, chaqueta de tweed y mechones de vello sobresaliendo de las orejas, pero avanzó un paso y llamó a la puerta. No hubo respuesta. Volvió a llamar.

—¡Ahora no!

—¿Profesor Topping?

—¡Ahora no!

Su tono era airado y hostil. Laila se preguntó si tal vez debía ir a tomar un café y regresar cuando el hombre estuviera de mejor humor. Sin embargo, no había hecho un viaje tan largo para rendirse ante el primer contratiempo, de modo que apretó los dientes, levantó la mano y llamó con los nudillos por tercera vez.

—Le agradecería que me concediera un momento de su tiempo, profesor Topping —exclamó.

Siguió una pausa breve y amenazadora, la calma que precede a la tempestad, y después se oyó el sonido de unos pasos que se acercaban a toda velocidad. Se abrió una puerta interior, y después la exterior, a la que había llamado.

—¿Es que no entiende el inglés, joder? ¡He dicho que ahora no! ¿Qué coño le pasa?

Por un momento, se quedó demasiado sorprendida para hablar, pues, en lugar del anciano académico que esperaba ver, se encontró ante un hombre alto, apuesto, de cabello oscuro y poco más de cuarenta años, vestido con bermudas y camisa de algodón con el cuello abierto que dejaba ver el vello negro de su pecho. La sorpresa solo duró un instante; después, enfurecida, le apostrofó.

—¡Que le den por el culo, capullo presuntuoso! He venido desde Jerusalén porque no tiene un puto teléfono como cualquier ser humano normal, de modo que haga el favor de ser un poco respetuoso, joder.

Suponía que le cerraría la puerta en las narices, pero el profesor se limitó a mirarla, un poco impresionado. Después arqueó las cejas, dio media vuelta y volvió al interior. Laila se quedó en el umbral, sin saber qué hacer.

—Entre —gritó el hombre sin volverse—. Puede que sea un capullo presuntuoso, pero al menos sé cuándo debo ceder. Cierre la puerta al entrar. Las dos. No quiero sentar un precedente.

Demasiado sorprendida para discutir, Laila obedeció, cerró ambas puertas y le siguió al interior del estudio.

Todo estaba manga por hombro, hasta el último centímetro de espacio disponible (suelo, repisa de chimenea, antepecho de ventana, escritorio) cubierto de montañas tambaleantes de papeles y libros, como si un tornado especialmente violento hubiera arrasado la habitación. Tan absoluto era el caos que tardó un momento en darse cuenta de que dos montículos en forma de butaca cerca de la ventana eran exactamente eso, un par de butacas sepultadas bajo ropas desechadas y volúmenes manoseados de la *Historia medieval de Cambridge.* Topping se abrió camino hacia ellas y empezó a despejar una para que Laila pudiera sentarse.

—No he oído bien su nombre.

—Laila. Laila al-Madani.

—¿Y es usted...?

—Periodista.

—Ya me parecía que no pertenecía al mundo académico —dijo el hombre, al tiempo que retrocedía e indicaba la butaca, despejada de su camuflaje de libros y ropa sucia—. Demasiado atractiva.

Su tono era tan práctico que logró decirlo sin que sonara

como una mala frase de película barata. Laila se sentó, mientras él se habilitaba un espacio en la otra butaca.

—¿Café? —preguntó, y movió la cabeza en dirección a una pequeña puerta que se hallaba en una esquina de la habitación, a través de la cual Laila vio una cocina pequeña y estrecha. Declinó la invitación.

—¿Una copa?

—Es demasiado temprano para mí.

Dio la impresión de que su respuesta sorprendía en cierta manera al hombre, como si la posibilidad de que existiera una relación entre una copa y el momento del día jamás se le hubiera pasado por la cabeza. No insistió. Terminó de despejar su butaca, fue a la cocina, sacó una botella de Budwar de la nevera y la abrió con el borde del aparador.

—¿De veras ha venido desde Jerusalén? —preguntó—. ¿O solo intentaba hacerme sentir culpable?

Ella le aseguró que había dicho la verdad.

—Supongo que debería sentirme halagado —afirmó el hombre mientras se sentaba frente a ella—. La mitad de mis alumnos ni siquiera se digna venir a mis aposentos desde el otro lado de la universidad.

Bebió un trago de cerveza, estiró las piernas y la miró.

—¿Y bien?

Laila le sostuvo la mirada un momento (vaya si era guapo) y después se agachó para buscar algo en su bolsa.

—Quería preguntarle acerca de una conferencia que dio hace unas semanas —dijo—. El Pequeño Guillermo y el Secreto de Castelombres. —Se enderezó tras coger la libreta, el bolígrafo y la hoja impresa de la página web de la Sociedad Historiográfica del St. John's College—. He intentado investigar este asunto de Castelombres para un artículo que estoy escribiendo, pero creo que no voy a ningún sitio. He tratado de extraer información de internet, pero... Bien, a juzgar por la descripción de su conferencia, tuve la impresión de que tal vez podría proporcionarme algo más detallado.

El hombre enarcó las cejas, sorprendido.

—¿Y ha venido de tan lejos solo para esto?

—Bien, es evidente que habría sido mucho más fácil si usted hubiera tenido teléfono o correo electrónico...

El hombre esbozó la sombra de una sonrisa, como dándole la razón, se inclinó y tomó otro trago de cerveza.

—Debo decir sin más dilación que la conferencia fue más un divertimento que una disertación sesuda —aclaró—. El tema que me interesa es la identidad cultural en el Languedoc medieval, en especial los archivos de la Inquisición del siglo XIII, de modo que todo este rollo sobre secretos, tesoros enterrados y actividades misteriosas de los arqueólogos nazis me trae al pairo. —Clavó la vista en la botella de cerveza—. Aunque fue interesante. Muy interesante. Incluso importante.

Siguió una breve pausa, como si el profesor estuviera absorto en sus pensamientos, después meneó la cabeza y tendió la mano.

—¿Qué ha averiguado hasta el momento?

Laila sacó la página con las notas que había tomado el día anterior y se la pasó. El hombre la examinó.

—Para ser sincero, no estoy seguro de que pueda añadir gran cosa a esto. Como ya le he dicho, no es mi especialidad. Y aunque lo fuera... —Se encogió de hombros y le devolvió la hoja. Sin embargo, debió de reparar en la expresión decepcionada de la joven, porque se apresuró a añadir—: De todos modos, me atrevería a decir que puedo proporcionarle información general, sobre el contexto y todo eso. Es lo menos que puedo hacer, teniendo en cuenta que ha venido de tan lejos. Si le sirve o no..., bien, será usted quien lo juzgue.

Se levantó y caminó hacia su escritorio, donde empezó a buscar en una enorme montaña de papeles apilados.

—¿Ha estado alguna vez en Castelombres? —preguntó.

Ella admitió que no.

—Vale la pena ir. Aunque no hay mucho que ver. Una ventana de piedra, algunos muros derruidos. Todo invadido de malas hierbas. Pero resulta evocador. Te invade una sensación de melancolía. El castillo de las sombras. Eso es lo que el nombre significa. Muy apropiado. ¡Ajá! —Extrajo un fajo de papeles de la pila—. Las notas de mi conferencia —explicó.

Pasó las páginas, apoyado sobre el borde del escritorio; el movimiento provocó que la montaña de papeles tras él, ya en precario equilibrio, se viniera abajo. No hizo caso.

—Muy bien —dijo—, empecemos por el principio. Por lo que podemos deducir de las fuentes contemporáneas, tan escasas que casi podríamos calificarlas de inexistentes (un par de genealogías incompletas, algunos títulos de propiedad, testamentos, ese tipo de cosas), Castelombres no tenía nada de extraordinario, al menos hasta finales del siglo XI. Era el típico señorío de escasa importancia del Languedoc. Sus señores eran propietarios de tierras e inmuebles, se casaban con otros nobles de la región, hacían donaciones a instituciones religiosas, juraban fidelidad a los condes de Foix. De lo más normal. Después, alrededor de 1100, las cosas empezaron a cambiar de repente. Un cambio muy drástico.

Laila se inclinó hacia delante, y un estremecimiento recorrió su espina dorsal. Si el resultado de sus investigaciones era correcto, y no tenía motivos para pensar que no fuera así, había sido alrededor de 1100 cuando Guillermo de Relincourt descubrió el misterioso tesoro bajo la iglesia del Santo Sepulcro y lo envió a su hermana en Castelombres.

—Una vez más, las fuentes son escasísimas —continuó Topping—. Algunos poemas trovadorescos, un par de fugaces referencias en crónicas contemporáneas y, lo más importante, dos fragmentos de cartas escritas por el erudito judío contemporáneo Rashi. El caso es que todas parecen coincidir en que, a partir de principios del siglo XII, Castelombres empieza a atraer una atención creciente. El motivo es que comienzan a propagarse rumores de que es el lugar donde se guarda un tesoro extraordinario, de poder y belleza sin parangón.

—¿Se sabe qué era? —preguntó Laila, procurando mantener la voz serena.

Topping negó con la cabeza.

—Ni idea. Ni siquiera las fuentes parecen muy seguras. Algunas se refieren a él como «Lo Tresor», otras se limitan a llamarlo secreto o misterio, lo cual implica una especie de significado alegórico o simbólico. No queda claro.

Acabó su cerveza y arrojó la botella a una papelera que se hallaba a un metro y medio de distancia, donde aterrizó con un sonido metálico.

—Aunque no contemos con detalles precisos, sabemos dos cosas con seguridad. En primer lugar, fuera cual fuese este misterioso objeto o secreto, estaba íntimamente relacionado con Esclarmonde de Castelombres, esposa del conde Raimundo III, a quien desde el primer momento parece que se consideró un guardián o figura protectora. En segundo lugar, al parecer poseía un profundo significado para la fe judía. En fecha tan temprana como 1104, según Rashi, los jefes de las principales comunidades judías del Languedoc (Toulouse, Béziers, Narbona y Carcasona) visitan el castillo. Hacia 1120 llegan judíos de lugares tan lejanos como Córdoba y Sicilia. Y hacia 1150 da la impresión de que el lugar había sido consagrado como centro de peregrinación judío y de estudio de la Cábala. Una vez más, debo insistir en la escasez de las fuentes. Aun así, está claro que algo muy extraño estaba ocurriendo en Castelombres durante ese período.

Laila estaba sentada en el borde de la butaca.

—Continúe.

Topping meneó la cabeza.

—Por desgracia, a partir de mediados del siglo XII las fuentes enmudecen por completo. Lo siguiente que sabemos acerca de Castelombres, y lo último, aparece en la llamada *Crónica de Guillaume de Pelhisson*, que documenta que en 1243, durante la cruzada cátara, el castillo fue arrasado por fuerzas de la Iglesia católica, sus tierras repartidas y la casa de Castelombres borrada de la faz de la tierra. Del misterioso secreto o tesoro, fuera lo que fuese, no se vuelve a hablar nunca más.

Hizo una pausa y miró a Laila por encima de sus notas.

—Al menos hasta que encontré una curiosa referencia hace unos meses, en un documento de la Inquisición que estaba estudiando en la Bibliothèque Nationale de París. El motivo de que todo volviera a empezar.

Se oyó un sonido metálico apagado cuando una campana dio la media hora en el exterior.

—¿Sabe algo acerca de los cátaros? —preguntó.

Laila había leído por encima un libro sobre el tema durante el viaje, de manera que, junto con el material que ya había encontrado en internet, se había hecho una idea básica de la secta.

—Un poco —contestó—. Sé que era una secta herética cristiana que floreció en el Languedoc durante los siglos XII y XIII. Creían... —Echó un vistazo a las breves notas que había garabateado en el avión—. Creían que el universo estaba regido por un Dios de la Luz y un Dios de las Tinieblas, y que todo el mundo material era obra del Dios malo. La Iglesia católica emprendió una cruzada contra ellos. Se atrincheraron en el castillo de Montségur y, justo antes de que este cayera, lograron sacar un fabuloso tesoro burlando a los sitiadores. —Le miró—. Eso es todo lo que sé, me temo.

El hombre asintió con la cabeza, impresionado.

—Es mucho más de lo que la mayoría de la gente sabe, se lo aseguro.

Siguió un breve silencio y los dos se miraron. Después Topping se levantó, fue a la cocina de nuevo y se procuró otra cerveza.

—¿Está segura de que no le apetece una? —preguntó.

—Venga.

El hombre abrió dos botellas, tendió una a Laila y se sentó frente a ella. Estiró las piernas (largas, blancas, delgadas), de modo que sus pies quedaron a escasos centímetros de la butaca que ocupaba Laila.

—Desde hace mucho tiempo el tesoro de los cátaros ha sido objeto de especulaciones —dijo, retomando el hilo de su relato—. Algunas académicas, la mayoría fantasías desbocadas. Ha dado pie a toda clase de teorías acerca de su naturaleza, desde sacos de oro hasta el Santo Grial, pasando por textos religiosos cátaros. La verdad es que, al igual que con el secreto de Castelombres, las fuentes no aclaran nada.

Tomó un trago de cerveza.

—Conocemos la existencia del tesoro gracias a los testimonios que ofrecieron ante la Inquisición los supervivientes del asedio a Montségur. Cuando el castillo se rindió a los cruzados católicos en marzo de 1244, unos doscientos defensores se negaron a renunciar a sus creencias y fueron quemados en la hoguera. A los demás se les concedió la libertad con la condición de que entregaran una confesión completa a los interrogadores de la Inquisición. Han sobrevivido veintidós de estas declaraciones, que suman unas cuatrocientas páginas, y de ellas cuatro mencionan la historia del misterioso tesoro salvado in extremis.

Laila levantó la botella para beber un trago, pero la bajó de nuevo y tomó una nota.

—El pasado diciembre, me topé con lo que parece ser parte de la confesión de un vigesimotercer superviviente de Montségur. También habla del tesoro de los cátaros, pero aporta otros detalles bastante interesantes.

El profesor parecía muy tranquilo, repantigado en la butaca con la botella en la mano. Pese a todo, Laila adivinó por el brillo de sus ojos y la leve aceleración de sus frases que estaba tan entusiasmado como ella por la historia.

—La habían archivado, supongo que por error, con documentos muy posteriores —continuó el profesor—. Era una transcripción del interrogatorio de un superviviente de Montségur llamado Berenger d'Ussat, llevado a cabo por un inquisidor que respondía al nombre de Guillaume Lepetit, Guillermo el Pequeño, o el Pequeño Guillermo, como yo prefiero llamarle. Berenger describe cómo, hacia la Navidad de 1243, unos tres meses antes de que Montségur cayera, cuatro dirigentes cátaros... —consultó sus notas—..., Amiel Aicart, Petari Laurent, Pierre Sabatier y un hombre llamado Hugon, lograron escapar del castillo al amparo de la noche, cargados con un importante tesoro. En sí, no era particularmente impresionante. Las otras cuatro confesiones acerca del «tesoro» dicen exactamente lo mismo. Lo que viene a continuación, no obstante, sí es fascinante, porque cuando Guillermo, el interrogador, presiona a Berenger para que proporcione más información sobre este misterioso tesoro, dice... —De nuevo bajó la vista hacia sus notas—... «*Credo ut is Castelombrium relatam est unde venerit et ibi sepultam est ut nemo eam invenire posset.*»

Lo cual, traducido, más o menos significa: «Creo que fue devuelto a Castelombres, de donde procedía, y fue enterrado allí para que nadie lo encontrara».

Laila se quedó boquiabierta.

—¡Dios mío! ¡El tesoro de Montségur y el Secreto de Castelombres son la misma cosa!

Topping se enderezó en su butaca y bebió un trago de cerveza.

—Hemos de reconocer que no es más que un testimonio sin corroborar —afirmó—. Es más que posible que Berenger estuviera intentando confundir a sus inquisidores, darles pistas falsas. Aun así, se trata de una idea enigmática. Muy enigmática. Y quizá no debería resultar tan sorprendente. Al fin y al cabo, Castelombres se encuentra a menos de diez kilómetros en línea recta de Montségur, por lo que es lógico deducir que existía cierta relación entre los dos castillos. Además, la amistad de los cátaros con los judíos era bien conocida, de modo que también es lógico deducir que, ante una fuerza invasora católica y antisemita, los defensores de Montségur ofrecieran refugio al secreto o tesoro alojado en Castelombres. En cuanto a si los señores de Castelombres adoptaron el credo cátaro... —Se encogió de hombros—. Dudo que lleguemos a saberlo algún día, si bien, teniendo en cuenta su relación con los judíos y el hecho de que su castillo fuera destruido por los cruzados, no me extrañaría nada. Para ser sincero, no existen argumentos sólidos. Lo importante es que hay motivos fundados para pensar que lo que hasta ahora parecían ser dos misterios, son en realidad uno solo.

Laila aún no había probado la cerveza. Levantó la botella y tomó un trago rápido mientras se esforzaba por analizar todo cuanto había oído y relacionarlo con lo que sabía: Guillermo de Relincourt descubre un objeto bajo la iglesia del Santo Sepulcro y lo envía a su hermana Esclarmonde en Castelombres; Castelombres se convierte en el foco de un misterioso culto judío; el objeto se traslada a Montségur para protegerlo durante el cataclismo de la cruzada cátara y, cuando Montségur cae, es devuelto a Castelombres y enterrado.

Todo parecía encajar pero, por fascinante que fuera, no la ayudaba a avanzar. Todavía ignoraba muchas cosas, todavía quedaban muchas preguntas por contestar: ¿qué era el misterioso objeto? ¿Por qué era tan importante para los judíos? ¿Cuál era su utilidad para al-Mulatham? ¿Qué había sido de él?

—En la reseña de su conferencia se decía algo acerca de arqueólogos nazis —dijo. Bebió otro trago y cruzó el pie izquierdo bajo la rodilla derecha—. ¿Cómo encajan en la historia?

Topping sonrió.

—Me estaba preguntando cuándo llegaría a esa parte. Es la más curiosa de toda la historia.

Se levantó y caminó hacia la ventana. Miró el patio de abajo. Aparte del sonido apagado de música procedente de una habitación contigua, reinaba un silencio absoluto.

—Las transcripciones de la Inquisición constituyen un tema de estudio muy oscuro —añadió el profesor tras una breve pausa—. No hay mucha gente interesada en ellas. Hay algunos documentos de la Bibliothèque Nationale que no se examinan desde hace años, incluso décadas. En una ocasión me topé con uno que no se había abierto desde mediados del siglo XIX.

Laila se dio unos golpecitos con el bolígrafo sobre la rodilla, mientras se preguntaba adónde quería ir a parar.

—Según los registros de la Bibliothèque —continuó el profesor, al tiempo que se volvía hacia ella—, la última vez que alguien miró el archivo en el que encontré la transcripción de Berenger d'Ussat fue a principios de septiembre de 1943, durante la ocupación alemana de París, cuando la examinó un estudioso alemán llamado Dieter Hoth.

El nombre pareció inspirar una tenue relación en las profundidades de la mente de Laila. Estaba tan saturada de información que no pudo pensar de inmediato en el motivo.

—Continúe.

—Bien, al principio pensé que este tal Hoth, del cual no había oído hablar nunca, lo cual es extraño, dado lo limitado del campo de estudio, debía de haber pasado por alto la transcripción de Berenger, porque no había datos de que hubiera publicado algo al respecto. De todos modos, por pura curiosidad, consulté a un contacto que tengo en Toulouse, un especialista en nazismo, ¿y a que no lo adivina? Menos de una semana después de echar un vistazo al archivo, el mismo Dieter Hoth aparece en pleno Languedoc y se hospeda en el pueblo moderno de Castelombres, esta vez acompañado de una unidad de la guardia de asalto de las SS. ¿Qué cree que hacían allí?

Laila meneó la cabeza. Topping tomó un trago de cerveza y se apoyó contra el antepecho de la ventana, al tiempo que sonreía con ironía.

—Excavar.

La joven lanzó una exclamación ahogada.

—¡No hablará en serio!

—Eso me dijeron.

—¿Encontraron algo?

De nuevo la sonrisa irónica.

—Por lo visto sí, aunque no puedo decirle exactamente qué. Como ya he dicho, los arqueólogos nazis no son mi especialidad.

Miró un momento a Laila, fue a la cocina y empezó a buscar en una alacena. Ella se reclinó en la butaca y bebió su cerveza. La cabeza le daba vueltas; había tanto que investigar, tantos caminos que explorar...

—¿Quién es su amigo? —preguntó al cabo de un momento—. El de Toulouse.

—Yo no le llamaría amigo —contestó Topping—. Es un simple conocido. Le conocí hace un par de años, cuando pasaba un año sabático en la Universidad de Toulouse. Es el propietario de una tienda de antigüedades cerca de St. Sernin. Un hombre raro. Excéntrico. Sabe todo lo que hay saber acerca de los nazis. Se llama Jean-Michel Dupont.

Al igual que Dieter Hoth, dio la impresión de que el nombre pulsaba un lejano timbre en la mente de Laila. Cerró los ojos para concentrarse. Dieter Hoth, Jean-Michel Dupont, Dieter Hoth, Jean-Michel Dupont. ¿De qué le sonaban esos nombres?

De repente, lo recordó. ¡Por supuesto! De la web, la otra noche. El artículo sobre arqueólogos nazis, con la nota a pie de página que contenía las iniciales DH que no había logrado identificar. Abrió los ojos de par en par, buscó entre sus notas y sacó la hoja impresa.

> *13 de noviembre de 1938*
>
> Soc. Thule, cena, Wewelsburg. Moral alta después acontecimientos 9-10, WvS hace una broma sobre la «destrucción de las esperanzas judías». DH dijo que estarían aún más destruidas si lo de De Relincourt saliera bien, tras lo cual larga discusión sobre los cátaros, etc. Faisán, champán, coñac. Disculpas de FK y WW.

—Dios mío —susurró—. Él lo sabía. De Relincourt y Castelombres. Estableció la relación.

—¿Cómo? —preguntó Topping.

Ella no le hizo caso.

—¿Qué fue de ese tal Dieter Hoth?

Topping entró en la sala mordisqueando una manzana.

—Al parecer, murió a finales de la guerra. Un proyectil de la artillería rusa le voló la cabeza. Justo lo que merecía, según el sentir general.

Dio otro mordisco a la manzana y se apoyó contra la puerta de la cocina.

—¿No le apetece comer algo? Conozco una taberna griega muy agradable en Trumpington Street.

Ella le miró distraída.

—¿Me está tirando los tejos, profesor Topping?

Él sonrió.

—Por supuesto.

52

Jerusalén

Har-Zion enrolló en sentido contrario a las agujas del reloj las correas de cuero de los *tefilin* alrededor del bíceps de su brazo izquierdo y de sus dedos enguantados, con cuidado de que el estuche que contenía los pasajes sagrados quedara justo al lado de su corazón, sin dejar de recitar las palabras sagradas:

—Bendito seas, oh, Señor nuestro Dios, Rey del Universo, que nos has santificado con Tus leyes y ordenado que nos pusiéramos las filacterias.

El bíceps y la mano tendrían que haber estado desnudos, pues así lo prescribía la Torá. No obstante, debido a su piel delicada, le resultaba incómodo dejarlos al descubierto y había conseguido una dispensa rabínica que le permitía mantener cubiertas esas partes de su cuerpo.

Terminó de enrollar las siete tiras y sujetó la segunda *tefillah* a su frente, colocando el estuche de las escrituras entre los ojos. Después movió la cabeza en dirección a Avi para indicarle: «Espérame», se echó un chal de plegarias sobre los hombros y atravesó la explanada iluminada por focos en dirección al HaKotel Ha-Ma'aravi, el Muro Occidental, último vestigio del antiguo templo, el lugar más sagrado del mundo judío.

Hacía tiempo que no iba allí, más de una semana. Le habría gustado ir más a menudo, cada día si fuera posible, pero debido a sus múltiples compromisos no tenía tiempo. Esa noche, sin embargo, había encontrado un rato. Había cosas que no podía delegar.

Llegó al Muro y se situó en el extremo de la izquierda, alzó la vista hacia la pared de veintitrés metros de altura, hecha de gigantescos bloques de piedra, que se cernía sobre su cabeza como un intrincado tablero de juego, con todas las grietas de la parte inferior llenas de una caspa de papeles doblados en que estaban escritas las oraciones y súplicas de visitantes anteriores. De día, la zona estaba abarrotada de turistas con *yamulkas* de cartón improvisadas, judíos *haredim* con chaquetas y sombreros negros, niños que realizaban la ceremonia de su *bar mitzvah*. Ahora no había nadie en el Muro, aparte de él y un solitario devoto hasídico a su derecha, que se inclinaba una y otra vez mientras rezaba, como un cuervo que recogiera granos de comida. Echó una rápida ojeada alrededor, después apoyó una mano sobre la piedra, bajó la cabeza y empezó a recitar la *shema*.

«Como un cuento que ha cobrado vida.» Así había descrito el Muro su hermano Benjamin, cuando los dos llegaron allí por primera vez muchos años antes, después de su épico viaje desde las tinieblas de la Unión Soviética. «Como algo salido de un libro o una canción.» Har-Zion había guardado aquella imagen en su corazón, la había pulido y embellecido con el tiempo, de manera que ahora, erguido bajo la altísima matriz de piedra amarilla, se sentía en presencia no de algo muerto e inanimado, una reliquia petrificada de un mundo olvidado hacía mucho tiempo, sino de algo vibrante, vivo e importante. Una voz. Así lo imaginaba en su mente. Una voz profunda y sonora que le cantaba desde el vacío sobre cosas que habían existido en otros tiempos (reyes y profetas, el Arca y la Menorah, Moisés, David, Salomón y Esdras), pero también, lo más importante, de cosas futuras: el pueblo de Dios reunido de nuevo, el templo reconstruido, el Sagrado Candelabro vuelto a fundir y lleno de luz. Algunos lo llamaban el Muro de las Lamentaciones y acudían allí a llorar, a mesarse los cabellos, obsesionados con los siglos de exilio y pérdida. Har-Zion no. Para él, era el Muro de los Cánticos; no era un lugar de dolor y nostalgia, sino de esperanza, de dicha y esperanza, un recordatorio tangible y material de que Dios estaba con ellos, de que no los había abandonado, de que eran Su pueblo elegido, precioso por encima de todos los demás. De que perdurarían, al igual que el Muro había perdurado, con independencia de lo que la naturaleza y los hombres intentaran contra ellos.

Continuó recitando. Las palabras de la oración ascendían y remolineaban en el suave zumbido musical de su voz, hasta que llegó al final y enmudeció. En ese momento, una figura alta de hombros anchos se detuvo a su lado, jadeando como si hubiera estado corriendo. Se refugió en un profundo charco de sombras en el extremo izquierdo del Muro, de modo que la oscuridad ocultaba su rostro. El solitario hasídico ya se había marchado, los dos hombres estaban solos.

—Llegas tarde —observó Har-Zion, con voz apenas audible.

El hombre se hundió aún más en las sombras y murmuró una disculpa.

Har-Zion metió la mano en el bolsillo y extrajo una hoja de papel doblada, que deslizó en el hueco entre dos bloques de mampostería.

—Todos los detalles están aquí. El nombre del chico, su dirección de contacto. Limítate a seguir las instrucciones. Será...

Se oyeron pasos que se acercaban y un joven soldado se dirigió al Muro, hasta detenerse a unos metros a su derecha. Har-Zion movió un dedo para indicar a su compañero que la conversación había terminado. Se inclinó para besar el Muro, después dio media vuelta y, sin mirar atrás, atravesó la explanada hacia el punto donde le esperaba su guardaespaldas Avi.

Cinco minutos después, cuando el joven soldado terminó de rezar sus oraciones y se marchó, el hombre sacó de la grieta la hoja doblada y la guardó en el bolsillo de los pantalones.

53

Cambridge

Laila se levantó a las cinco de la madrugada, cuando Topping aún dormía, recogió en silencio sus cosas, salió de puntillas del dormitorio y se fue de la casa.

No estaba segura de por qué se había acostado con él. Había sido un buen compañero (ingenioso, encantador, atento), y el polvo había sido fantástico, uno de los mejores de su vida. Pese a ello, en ningún momento se había abandonado a la experiencia. Solo se había permitido desaparecer en el torbellino del sexo. Incluso cuando le había cabalgado, con sus pequeños y prietos pechos perlados de sudor, se había mantenido en parte al margen de la experiencia, encerrada en sus pensamientos, dándole vueltas a lo que había averiguado, a los acontecimientos de Oriente Próximo, como si su cuerpo fuera un simple vehículo inanimado, programado en piloto automático, mientras ella, el conductor, iba sentada dentro concentrada en algo muy diferente.

Cerró la puerta principal y salió a la calle desierta, con hileras de pulcras casas victorianas a cada lado, el mundo que la rodeaba todavía gris y silencioso, ya no oscuro, pero tampoco luminoso, esa tierra de nadie que separa la noche de la aurora.

La noche anterior había llamado a Jean-Michel Dupont, el contacto de Topping en Toulouse, y le había explicado que estaba interesada en Dieter Hoth y sus excavaciones en Castelombres. Se había citado con él en la tienda de antigüedades a la una y media de la tarde, y luego había reservado un pasaje en el vuelo de

British Airways que despegaba de Heathrow a las diez. De pronto se le ocurrió que, con tanto tiempo por delante, podía ir andando hasta Grantchester, echar un vistazo a la vieja casa donde había ido a vivir después de la muerte de su padre. Hacía mucho tiempo que sus abuelos habían fallecido, pero su madre, por lo que ella sabía, aún residía allí con su segundo marido. Un abogado. ¿O era banquero? Laila no estaba segura. No hablaba con ella desde que había vuelto a casarse, seis años antes, incapaz de perdonar lo que consideraba una grotesca traición a la memoria de su padre.

Sí, pensó, sería estupendo volver a ver la casa, con su tejado cubierto de musgo, el jardín lleno de ciruelos y manzanos, lo más lejos posible del polvo y el horror de Palestina. Incluso estuvo a punto de cruzar la calle en dirección a la vía peatonal que, si la memoria no la engañaba, conducía a través de las vegas que bordeaban los límites orientales de la ciudad. No obstante, se detuvo después de recorrer unos pocos metros, meneó la cabeza como diciendo: «¿Qué coño vas a hacer allí?», dio media vuelta y se alejó en dirección contraria, hacia la estación, mientras las lágrimas asomaban a sus ojos al pensar en lo sola que estaba en el mundo, una soledad absoluta e irrevocable.

54

Egipto, entre Luxor y El Cairo

Jalifa bebió el café tibio ofrecido durante el vuelo en un vaso de plástico, mordisqueó la punta de una galleta y miró por la ventanilla del avión el mundo en miniatura que se desplegaba a sus pies. Era una vista espectacular: el Nilo, los campos de cultivo, el desierto occidental como una sábana amarilla arrugada. En otras circunstancias, se habría pasado todo el viaje mirando el paisaje con ojos maravillados. Al fin y al cabo, solo era la segunda vez en su vida que subía a un avión, y no debía de haber mejor manera de apreciar el milagro natural que era Egipto, la extraordinaria yuxtaposición de vida y tierra yerma (*Kemet* y *Deshret*, decían los antiguos, la Tierra Negra y la Tierra Roja), que verlo desde el aire, extendido de horizonte a horizonte como un inmenso mapa desplegado.

Esa mañana, sin embargo, estaba absorto en otras cosas y, después de mirar por la ventanilla unos momentos, desvió la vista de nuevo, apuró el café y se concentró en el caso que tenía entre manos.

Había querido viajar a El Cairo la tarde anterior, después de su conversación con Ben Roi. Por desgracia, el protocolo del cuerpo dictaba que no podía aparecer en el territorio de otra comisaría sin una especie de notificación oficial, y cuando por fin logró sortear todos los trámites burocráticos el último avión con destino a la capital ya había despegado. Lo cual demostró ser un golpe de suerte, porque el retraso le había permitido indagar un poco en los antecedentes de los misteriosos señores Gratz, con resultados muy interesantes.

Para empezar, resultaba que Anton Gratz había estado al frente de una empresa mediana de importación de frutas y verduras. Según Ben Roi, el Gad o Getz que había ordenado la destrucción del piso de Hannah Schlegel en Jerusalén se dedicaba al negocio de la fruta. Jalifa ya había dado por sentado que Getz y Gratz eran la misma persona, pero esta nueva información parecía confirmarlo.

Por otra parte, tal vez más enigmáticas eran las similitudes entre los antecedentes de los Gratz y los de su amigo Piet Jansen. Al igual que Jansen, ambos eran extranjeros. Al igual que Jansen, ambos habían solicitado y obtenido la ciudadanía egipcia en octubre de 1945. Y al igual que Jansen, ninguno parecía poseer una historia definida antes de esa fecha. De dónde procedían, cuándo, por qué, si Gratz era su auténtico apellido... preguntas a las que Jalifa había sido incapaz de encontrar respuesta. Cuanto más escarbaba, más tenía la sensación de que, como Jansen, los Gratz tenían algo que ocultar. Y cuanto más escarbaba, más tenía la sensación de que los tres intentaban ocultar lo mismo.

Con todo, la información más relevante que había podido obtener, una auténtica revelación, concernía a las solicitudes de ciudadanía de los señores Gratz. Los documentos originales se habían perdido o destruido, algo que parecía inevitable. Lo que quedaba, según un contacto de Jalifa en el Ministerio del Interior, era un registro administrativo básico de la recepción y posterior aprobación de ambas peticiones. ¿Y quién había sido el funcionario responsable de dicha aprobación? Nada más y nada menos que Faruk al-Hakim, el hombre que, cuatro décadas después, impediría que Jansen fuera investigado por el asesinato de la señora Schlegel. Indagaciones posteriores habían revelado que al-Hakim también se había encargado de la petición de ciudadanía de Jansen, de forma que, por primera vez, se establecía una clara relación entre ambos hombres. Más importante aún, eso implicaba que al-Hakim sin duda debía de saber a qué se dedicaban Jansen y los Gratz antes de octubre de 1945, y qué intentaban ocultar con tanta desesperación. Sin embargo, no explicaba por qué se había mostrado tan celoso a la hora de proteger a Jansen en los noventa, pero reforzaba la convicción de Jalifa de que la clave del asesinato de Hannah Schlegel y el posterior encubrimiento, la clave de todo cuanto le preocupaba durante la última quincena, se hallaba en aquellos años cruciales previos a la llegada de Jansen a Egipto. Y las únicas personas que, al parecer, podían arrojar alguna luz sobre aquellos años eran las que iba a ver.

Cuando el avión empezó a descender hacia El Cairo, las ruinas de Saqqara desfilaron lentamente debajo, como vistas a través de aguas claras y profundas. Jalifa cerró los ojos y rezó para que el viaje no fuera una pérdida de tiempo, para que, cuando regresara a Luxor aquella noche, tuviera una idea clara de la esencia del caso.

El-Maadi, la zona residencial de El Cairo donde vivían los Gratz, se halla en los límites del sur de la ciudad. Es un barrio tranquilo y arbolado, habitado por diplomáticos, políticos retirados y hombres de negocios acaudalados, con sus caras villas y largas avenidas sombreadas por eucaliptos, a un mundo de distancia de la pobreza y el caos que define casi todo el resto de la capital egipcia.

Jalifa llegó justo después de mediodía, tras haber tomado el metro en el centro de la ciudad. Un vendedor de cacahuetes apostado cerca de la estación le explicó cómo llegar a la calle Orabi, y diez minutos después se hallaba ante el bloque de apartamentos de los Gratz, un enorme edificio rosa con aparatos de aire acondicionado sujetos a las paredes exteriores, un aparcamiento subterráneo y, enfrente, la cabina cuyo número había aparecido tantas veces en la factura telefónica de Piet Jansen.

Se demoró unos momentos en la escalera de entrada, aturdido por la deprimente idea de que, por mucho que trabajara, nunca podría permitirse vivir en un sitio como ese. Después arrojó el Cleopatra a medio fumar, entró en el vestíbulo acristalado y subió en ascensor a la tercera planta. El piso de los Gratz se hallaba a mitad de un pasillo muy bien iluminado, con una puerta de madera barnizada en cuyo centro, como un gran colmillo curvo, sobresalía una pesada aldaba de latón, bajo la cual había un buzón de latón a juego.

El detective se paró un momento, con la sensación de que los siguientes acontecimientos acelerarían o paralizarían la investigación. Después, con un profundo suspiro, tendió la mano hacia la aldaba. No obstante, antes de que sus dedos la tocaran, lo pensó una vez más, bajó la mano, se acuclilló y empujó con suavidad la tapa del buzón. A través de la abertura rectangular distinguió un pasillo alfombrado, muy limpio y pulcro, con habitaciones a ambos lados. De una de estas (la cocina, a juzgar por el escurreplatos y la esquina de una nevera visibles a través de la puerta) llegaba el tenue sonido de música, una radio o una casete, y más leve aún, el ruido de alguien que se movía. Aplicó el oído al buzón para asegurarse de que no eran imaginaciones suyas, aferró la aldaba y llamó tres veces con fuerza.

Contó hasta diez y, al no obtener respuesta, llamó de nuevo, esta vez en cuatro ocasiones, con firmeza y seguridad. Tampoco hubo respuesta. Se acuclilló y volvió a abrir el buzón, pensando que tal vez quien estaba en la cocina era un enfermo o un impedido al que le costaba llegar a la puerta. No había nadie en el pasillo.

—¡Hola! —exclamó—. ¿Hay alguien ahí? ¡Hola!

Nada.

—¡Señor Gratz! Soy el inspector Yusuf Jalifa, de la policía de Luxor. Hace tres días que intento ponerme en contacto con usted. Y sé que está ahí. Haga el favor de abrir la puerta. —Esperó diez segundos, y seguidamente añadió—: Si no lo hace, no tendré más remedio que suponer que está obstruyendo de forma deliberada una investigación policial y me veré obligado a detenerle.

Era un farol, pero pareció obrar el efecto deseado. Se oyó un tenue sollozo estrangulado procedente de la cocina y después, poco a poco, vacilante, una mujer mayor, regordeta y menuda, seguramente la señora Gratz, dio unos pasos en dirección a la puerta, apoyada en un bastón metálico, mirando el buzón con cara de terror.

—¿Qué quiere de nosotros? —preguntó, con voz débil e insegura—. ¿Qué hemos hecho?

Era evidente que no se encontraba bien, pues tenía las dos pantorrillas vendadas y la piel de la cara se veía agrietada y cenicienta, como masilla seca. Jalifa sintió una punzada de culpabilidad por haberla asustado hasta tal extremo.

—No ha de tener miedo —dijo en el tono más tranquilizador y afectuoso que la situación permitía—. No voy a hacerle daño. Solo quiero hacerles unas preguntas a usted y a su marido.

La mujer meneó la cabeza y un mechón de pelo blanco se soltó del moño al que estaba sujeto y osciló sobre su cara, lo que le dio el aspecto de una persona trastornada.

—Mi marido no está aquí. Ha... salido.

—En ese caso, me gustaría hablar con usted, señora Gratz. Acerca de su amigo Piet...

—¡No!— La mujer retrocedió y alzó a medias el bastón, como dispuesta a repeler un ataque—. ¡Nosotros no hemos hecho nada! Obedecemos la ley. Pagamos nuestros impuestos. ¿Qué quiere de nosotros?

—Como ya he dicho, señora Gratz, he de hacerle algunas preguntas. Sobre Piet Jansen, Faruk al-Hakim...

Al mencionar este último nombre, los temores de la mujer parecieron redoblarse y todo su cuerpo tembló como si un par de manos invisibles hubieran agarrado sus frágiles hombros y la zarandearan con violencia.

—¡No conocemos a nadie llamado al-Hakim! —chilló—. Nunca hemos tenido nada que ver con él. ¿Por qué no nos deja en paz? ¿Por qué nos hace esto?

—Si usted pudiera...

—¡No! ¡No le dejaré entrar en ausencia de mi marido! ¡No quiero! ¡No quiero!

Siguió retrocediendo por el pasillo, aferrando el bastón con una mano y la otra apoyada contra la pared.

—Por favor, señora Gratz —dijo Jalifa, al tiempo que se ponía de rodillas. Se daba cuenta de lo ridículo que resultaba intentar conversar en esa postura, pero no se le ocurría otra manera de proceder—. No tengo el menor deseo de asustarla o perjudicarla. No obstante, creo que usted y su marido se hallan en posesión de información importante relacionada con el asesinato de una mujer israelí llamada Hannah Schlegel...

Si el nombre de al-Hakim había provocado una reacción tremenda, no fue nada comparada con la expresión de miedo cerval que reflejó la cara de la mujer. Se apoyó contra la pared, con una mano en la garganta como si le costara respirar, mientras abría y cerraba la otra sobre el puño del bastón.

—Nosotros no sabemos nada —dijo con voz entrecortada—. No sabemos nada, por favor.

—Señora Gratz...

—¡No hablaré con usted! Sin mi marido no. ¡No puede obligarme! ¡No puede!

Empezó a sollozar; violentos espasmos recorrieron su cuerpo, lágrimas enormes brotaron de sus ojos. Jalifa se quedó como estaba un momento; después, con un suspiro, bajó la tapa del buzón y se puso en pie, con las piernas entumecidas.

Era inútil insistir. La mujer estaba demasiado alterada. No iba a decirle lo que sabía acerca de Hannah Schlegel (porque sin duda sabía algo) en el estado en que se encontraba. Algunos de sus colegas se habrían limitado a echar la puerta abajo de una patada y detener a la mujer, pero ese no era el método de Jalifa. Encendió un cigarrillo, dio un par de caladas, se acuclilló de nuevo y empujó la tapa. La anciana estaba donde la había visto por última vez.

—¿A qué hora volverá su marido a casa, señora Gratz?

La mujer no contestó.

—¿Señora Gratz?

La anciana murmuró algo inaudible.

—¿Cómo dice?

—A las cinco.

Jalifa consultó su reloj. Cuatro horas y media.

—¿Seguro que estará a esa hora?

Ella asintió apenas.

—Muy bien —dijo el detective tras una breve pausa—. Volveré. Haga el favor de decírselo a su marido.

Pensó en añadir: «Y nada de tretas», pero fue incapaz de imaginar qué tretas podrían emplear, de modo que bajó la tapa, se levantó y se dirigió hacia el ascensor. A mitad de camino, oyó la voz de la mujer, frágil, desesperada, que le llamaba.

—¿Por qué nos acosa así? Ellos también son sus enemigos, ¿no? ¿Por qué los ayuda? ¿Por qué? ¿Por qué?

Jalifa se detuvo, pensó en volver sobre sus pasos para preguntar a qué se refería, pero desechó la idea, llegó al ascensor y apretó el botón de la planta baja. Las cosas no habían salido como él esperaba.

Después de que el detective se fuera, la anciana se quedó donde estaba durante un buen rato. Luego caminó despacio hacia la sala de estar, situada al fondo del apartamento. Un hombre bajo y tieso, de fino bigotillo y rostro enjuto y arrugado, como una pieza de fruta seca, esperaba justo detrás de la puerta, con las manos pegadas a los costados, como en posición de firmes durante un desfile militar. La mujer se acercó a él arrastrando los pies. El hombre abrió los brazos y la atrajo hacia sí con ternura.

—Calma, calma, querida —dijo en alemán, con dulzura—. Te has portado muy bien. Calma, calma.

La anciana apretó la mejilla contra el pecho del hombre, temblando como una niña asustada.

—Lo saben —susurró—. Lo saben todo.

—Sí —convino el hombre—. Eso parece.

Mientras la abrazaba, le acariciaba la nuca y la espalda con la intención de calmarla. Luego la apartó, tomó el mechón de pelo que colgaba sobre su cara y lo devolvió al moño.

—Siempre hemos sabido que podía pasar esto —dijo en voz baja—. Era absurdo pensar que duraría eternamente. Hemos tenido mucha suerte. Eso es lo principal. ¿Verdad que hemos tenido mucha suerte?

La mujer asintió débilmente.

—Esta es mi chica. Mi hermosa Inga.

Introdujo la mano en el bolsillo, extrajo un pañuelo y lo pasó por los ojos y las mejillas de la mujer para enjugar sus lágrimas.

—¿Por qué no vas a vestirte mientras yo pongo un poco de orden? Es inútil alargar las cosas, ¿eh? Deberíamos estar preparados para cuando vuelvan.

55

Toulouse

La tienda de antigüedades de Jean-Michel Dupont se hallaba en una calle tranquila y sinuosa del centro de Toulouse, a unos cien metros de la espectacular erupción de ladrillo rojo que era la basílica de St. Sernin, la punta de cuyo campanario se alzaba sobre los tejados como un faro que se elevara sobre un mar agitado de olas anaranjadas.

Tal como habían acordado, Laila llegó a la una y media del mediodía. Se detuvo un momento para examinar la fachada de la tienda, con sus escaparates repletos de objetos y el letrero descolorido que anunciaba LA PETITE MAISON DES CURIOSITÉS, luego abrió la puerta y entró. Una campanilla resonó ruidosamente sobre su cabeza.

El interior olía a cera y humo de puro, y estaba abarrotado de todo tipo de cosas, desde muebles hasta libros, desde cuadros hasta cristalería, desde loza hasta adornos de latón, aunque el grueso de la colección parecía ser de naturaleza militar. Había maniquíes vestidos con uniformes cubiertos de brocado, estanterías llenas de gorras y cascos, y contra una pared, flanqueada por un oso disecado y el cristal de una vidriera, una larga vitrina que alojaba una colección de bayonetas y pistolas.

—*Vous désirez quelque chose?*

Un hombre gordo, corpulento, había aparecido en la parte posterior de la tienda. Vestía pantalones de pana y la bata tradicional de campesino bretón, y llevaba el pelo largo hasta los hombros y una perilla veteada de gris. Un par de gafas de media luna colgaban de su cuello mediante una cadena de oro. Sujetaba un cigarrillo a medio fumar entre los dedos manchados de nicotina de la mano derecha. Debido a sus mofletes y la expresión seria de su rostro parecía un sabueso de gran tamaño.

—¿Monsieur Dupont?

—*Oui.*

Laila se presentó, en francés. El hombre asintió para indicar que había reconocido su nombre, alojó el cigarrillo en la comisura de la boca, se adelantó y le estrechó la mano. Le pidió que pasara por detrás del mostrador y subiera por un tramo de escalera hasta el primer piso. Se detuvo un momento al llegar, asomó la cabeza entre una cortina de cuentas y sostuvo una breve conversación en voz baja con alguien que había en la habitación.

—Mi madre —explicó—. Vigilará la tienda mientras nosotros hablamos.

Continuó hasta el segundo piso, donde abrió una pesada puerta de madera y la guió hasta un amplio despacho y estudio que ocupaba toda la planta superior del edificio. Había dos paredes forradas de librerías, una tercera ocupada por una larga mesa de trabajo, cubierta de todo tipo de elementos de informática (discos duros, pantallas, teclados, pilas de discos y CD). En la cuarta pared, la más alejada de Laila, había una gran vitrina acristalada similar a la que había visto en la planta baja.

El hombre preguntó si le apetecía café y, cuando Laila aceptó, se fue a un extremo de la mesa de trabajo y empezó a manipular una cafetera eléctrica. Ella se quedó unos segundos junto a la puerta y después, picada por la curiosidad, empezó a pasear por la sala. Examinó primero una librería (una mezcla de manuales para anticuarios e historias del Tercer Reich), y luego la vitrina de la pared del fondo. A primera vista parecía contener una colección de objetos militares, como los exhibidos abajo, y solo al cabo de un momento cayó en la cuenta, con un ligero estremecimiento, de que albergaba una colección de objetos militares específicamente nazis: medallas, bayonetas, fotografías, complementos del uniforme. En una estantería había una fila de cruces de hierro con cintas rojas, blancas y negras; en otra, una hilera de cuchillos, cada uno con la insignia de las SS grabada en el mango y la leyenda «*Mein Ehre Heisst Treue*» inscrita en la hoja.

—Cuchillos de honor de las SS —explicó Dupont, que se había acercado a ella con una taza humeante—. «Mi honor es la lealtad.»

—¿Vende estas cosas? —preguntó Laila, al tiempo que tomaba la taza.

—No, no. En Francia es ilegal. Es una simple afición privada. ¿La desaprueba?

Ella se encogió de hombros.

—No es el tipo de cosas que querría tener en casa, dadas las connotaciones morales.

El hombre sonrió.

—Mi interés es puramente estético, se lo aseguro. No simpatizo más con las actividades del Tercer Reich que un coleccionista de, digamos, objetos romanos simpatiza con la predilección de esa civilización por la esclavitud y la crucifixión. Es la artesanía lo que me atrae, no la ideología. Eso, y el contexto histórico. Al fin y al cabo, se trata de objetos importantes. Si conociera más sobre ellas, usted también se sentiría atraída.

La joven volvió a encogerse de hombros, poco convencida.

—¿No me cree? Venga, le enseñaré algo.

La guió hasta el otro extremo del estudio, donde había una caja fuerte empotrada en la pared. Movió la esfera, la abrió y sacó una cajita cuadrada forrada de cuero negro, levantó la tapa y se la acercó. Dentro, sobre un lecho de terciopelo, había una cruz de metal negro, coronada por un magnífico broche de plata en forma de hojas de roble y espadas cruzadas, estas últimas con incrustaciones de lo que parecían diamantes diminutos.

—La Cruz de Caballero con Hojas de Roble, Espadas y Diamantes —explicó—. El máximo honor militar nazi. Una de las veintisiete concedidas, y la única que no premió un acto militar. Vale más que todo el resto de mi colección. Más que todo lo que contiene este edificio. Más que el edificio en sí, probablemente. —Hizo una pausa—. Creo que el personaje condecorado es el motivo de su visita.

Ella le miró con los ojos abiertos de par en par.

—¿No será... Dieter Hoth?

El hombre asintió.

—¿Cómo demonios la consiguió? —preguntó Laila, que avanzó un paso para contemplar la medalla.

—Una historia larga y aburrida —contestó el anticuario agitando su cigarrillo—. No le haré perder el tiempo contándosela. Solo quería que se diera cuenta de que, ahora que conoce el contexto, usted también se ha sentido atraída, bien a su pesar. El hecho de que Hoth fuera un hombre extremadamente desagradable no cuenta. A usted le interesa su historia, y por eso se siente inevitablemente atraída hacia el material que queda de esa historia. Las consideraciones morales no entran en la ecuación.

Mantuvo el estuche extendido un momento más y luego lo devolvió a la caja de caudales. Invitó a Laila a sentarse en una butaca de cuero que crujió bajo su peso, y después se acercó a una estantería y recorrió con un dedo los lomos de los libros alineados sobre ella.

—¿Qué desea saber exactamente sobre nuestro amigo el doctor Hoth? —preguntó, con la cabeza ladeada para leer el título de los libros.

—Cualquier cosa que pueda decirme sobre lo que fue a hacer a Castelombres —contestó Laila. Dejó el café y rebuscó en su bolso—. Según Magnus Topping, usted ha investigado en profundidad el tema. —Sacó bolígrafo y libreta, y se reclinó en la butaca—. También quería preguntarle acerca de una nota a pie de página en un artículo que escribió para la web, donde relacionaba a Hoth con un hombre llamado Guillermo de Relincourt.

Dupont asintió, sin dejar de recorrer los lomos de los libros con el dedo. Por fin sacó un volumen y sopló sobre la portada para quitar el polvo, pasó las páginas y se lo entregó a Laila, abierto por el centro.

—Dieter Hoth —dijo, e indicó una fotografía granulada en blanco y negro—. Uno de los escasos retratos que existen de él.

Un hombre alto y apuesto, observó Laila, de mejillas hundidas, ojos color carbón y larga nariz aguileña. Vestía uniforme de oficial nazi, con sendos pares de rayos en las puntas del cuello.

—¿Hoth era de las SS? —preguntó, sorprendida.

—La Ahnenerbe —contestó Dupont—. Lo que podría llamarse el cerebro de las SS. Era arqueólogo de profesión. Muy brillante, según todos los testimonios. Era el jefe del departamento egipcio de la Ahnenerbe.

La sorpresa de Laila aumentó.

—¿Era egiptólogo?

—Arqueólogo egiptólogo sería una descripción más precisa. Sí, Egipto era su especialidad.

—¿Y qué demonios hacía excavando en el sur de Francia?

Dupont lanzó una risita, un sonido ronco y profundo, como el motor de un coche al arrancar.

—Una pregunta interesante. Para la cual, por lo que yo sé, nadie ha aportado una respuesta satisfactoria.

Dio una última calada al cigarrillo, se acercó al banco de trabajo y, tras apagarlo en un cenicero, se subió a un taburete giratorio poco seguro. Desde lo alto les llegó el sonido de palomas zureando y el roce de garras sobre las tejas.

—Para comprender la trayectoria de Hoth, ha de tener en cuenta hasta qué punto estaban obsesionados los nazis con la historia —prosiguió el francés por fin—. Para Hitler y los demás, no bastaba con que el Tercer Reich fuera una potencia militar. Como todos los regímenes despóticos, deseaba justificar y conferir validez a su poder envolviéndolo en un aura de legitimidad histórica.

Sacó del bolsillo una cajita de hojalata, extrajo otro cigarrillo y lo encendió.

—Desde el principio, la arqueología y los arqueólogos desempeñaron un papel crucial en este proceso. Himmler en particular comprendía su importancia. En 1935 fundó la Ahnenerbe, la Sociedad del Patrimonio Ancestral, un departamento especial de las SS encargado de encontrar material que apoyara el ideal de la supremacía histórica alemana. Se enviaron expediciones a todas partes del mundo, a Irán, Grecia, Egipto, incluso al Tíbet.

—¿Para excavar?

—En parte sí. Himmler estaba decidido a encontrar pruebas

que demostraran que la cultura germánica aria no estaba confinada al norte de Europa, sino que era la principal fuerza motriz de toda la civilización moderna. Sin embargo, la Ahnenerbe también robaba. Saqueó a una escala sin precedentes. Envió miles, decenas de miles de objetos a Berlín, a mayor honra y gloria del Tercer Reich. Si estaban obsesionados con el pasado, aún lo estaban más con los restos del pasado. Porque si se controla sus restos, en cierto sentido se controla la historia.

—¿Qué pinta Hoth en todo esto? —preguntó Laila.

—Bien, como ya le he dicho, era un arqueólogo brillante. También era un devoto y entusiasta defensor del partido nazi. Su padre, el industrial Ludwig Hoth, era amigo íntimo de Goebbels. Por consiguiente, solo fue cuestión de tiempo que solicitaran la colaboración de Hoth, o tal vez se prestó voluntariamente, no estamos seguros, a utilizar su talento en beneficio de la maquinaria nazi. Solo contaba veintitrés años cuando se formó la Ahnenerbe, pero Himmler en persona le nombró responsable de la unidad egipcia, con permiso especial para excavar y saquear tantos objetos egipcios antiguos como pudiera.

Dupont dio una calada al cigarrillo y agitó una mano ante la cara para dispersar las nubes de humo gris azulado.

—Durante los tres años siguientes, Hoth viajó por todo Egipto, en teoría llevando a cabo excavaciones legítimas bajo el manto de la Deutsche Orient-Gesellschaft, pero en realidad se dedicó a robar todo cuanto pudo y pasarlo de contrabando a Alemania. Estamos hablando de miles de objetos. Existe una carta de Himmler a Hans Reinerth, otro arqueólogo nazi, en la cual se queja en broma de que, gracias a Hoth, el castillo de Wewelsburg, el cuartel general de las SS, empezaba a parecer un escenario de la película de Boris Karloff en el papel de la Momia.

—¿Cómo liga todo esto con Castelombres? —interrumpió Laila—. No veo la relación.

—Ahí está la cuestión —dijo Dupont—. No parece haber ninguna relación. Por eso la historia es tan misteriosa. Hasta 1938, la actividad de Hoth se centra exclusivamente en la arqueología del antiguo Egipto. No muestra el menor interés por ninguna otra rama de la historia, y mucho menos por esas patrañas simplonas y casi místicas que tanto atraían a gente como Himmler: el Santo Grial, la Atlántida, toda esa basura. Podía ser un ladrón y un saqueador pero, al contrario que muchos arqueólogos nazis, Hoth nunca se dejó arrastrar por las fantasías.

»Sin embargo, en noviembre de 1938, este hombre para quien la Tierra de los Faraones ha sido todo, al que se considera el mejor excavador egiptólogo de su generación, que no ha mostrado antes el menor interés por otro tema, abandona Egipto de repente y se dedica a investigar lo que podría describirse como una serie de oscuras leyendas medievales acerca de un tesoro enterrado. Es extraordinario. No se trata solo de un cambio de orientación, sino de un cambio de carácter. Me sorprende que no haya suscitado más atención.

Laila frunció el ceño, al tiempo que daba unos golpecitos sobre la libreta con el bolígrafo.

—¿Qué ocurrió en 1938? ¿Qué motivó este repentino cambio de interés?

Dupont se encogió de hombros.

—Nadie parece saberlo. Hoth y su equipo están excavando en Egipto, en un yacimiento situado a las afueras de Alejandría, y de repente vuelve corriendo a Berlín para reunirse en secreto con Himmler, reunión, por cierto, considerada tan importante que Himmler anula una cita para cenar con el Führer a fin de asistir. Un par de días después, Hoth aparece en Jerusalén, donde toma medidas en la iglesia del Santo Sepulcro y hace preguntas sobre una leyenda acerca de un tesoro enterrado que se remonta ochocientos años atrás.

—Guillermo de Relincourt —dijo Laila.

El francés asintió.

—Eso es solo el principio, no obstante. Durante los siguientes cinco años, Hoth va de un lado a otro de Europa y Oriente Próximo investigando, al parecer, todas las disparatadas historias de tesoros conocidas en la época. Visita bibliotecas, accede a colecciones de manuscritos particulares, excava en todas partes, de Turquía a las islas Canarias, hasta que al final aparece en Castelombres en septiembre de 1943, lo cual parece la culminación de todo el extravagante episodio.

—¿No existe ninguna pista de por qué hizo todo eso? —inquirió Laila—. ¿Qué buscaba?

Dupont negó con la cabeza.

—Es posible que solo estuviera cumpliendo órdenes. Tratando de hacer realidad alguna fantasía quijotesca de Himmler. Al fin y al cabo, era un nazi convencido. Habría hecho cualquier cosa que su superior le hubiera ordenado. O puede que perdiera los papeles. No sería el primer estudioso que se vuelve loco por culpa de su trabajo.

—Pero usted no cree eso.

—No —contestó Dupont—. No lo creo. Creo que estaba buscando algo. Algo tan importante, de tal trascendencia para toda la maquinaria histórica nazi que estaba dispuesto a cambiar de vida por completo con el fin de encontrarlo.

Contempló el extremo del cigarrillo y luego miró a Laila.

—Fuera lo que fuese que buscaba, creo que lo encontró en Castelombres.

Sostuvo la mirada de Laila un momento y después, con una sonrisa irónica, se bajó del taburete, caminó hacia la cafetera y volvió a enchufarla.

—Por desgracia, no puedo demostrarlo. Desde el principio, las excavaciones en Castelombres se vieron envueltas en un velo de secreto exagerado, incluso para los parámetros nazis. Solo sabemos que Hoth llegó al castillo en septiembre de 1943, al frente de un equipo de excavaciones pesadas y una unidad de élite de la Sonderkommando Jankuhn, una división de las SS especializada en excavaciones y saqueos. Y se fue de allí tres semanas después llevándose consigo una misteriosa caja.

Laila se inclinó hacia él, entusiasmada.

—¿Sabemos qué contenía?

Dupont negó con la cabeza.

—Por desgracia, no. Sabemos adónde la llevaron, porque, tres días después de partir de Castelombres, Hoth y la caja aparecieron en el castillo de Wewelsburg, en el noroeste de Alemania, donde los recibieron, nada más y nada menos, Heinrich Himmler y, no se lo pierda, el Führer en persona.

—¡No!

—Algo muy extraño —admitió Dupont, y dio una calada al cigarrillo—. Contamos con la anotación que hizo en su diario uno de los ayudantes de Himmler, el cual refiere que, en cuanto Hoth llegó, se le hizo entrega de la Cruz de Caballero que ha visto antes, tras lo cual Hitler pronunció un discurso en el que declaró que el contenido de la caja era una clara señal de que él, el Führer, estaba destinado a terminar lo que Tito había empezado.

Laila entornó los ojos.

—¿Qué significa eso?

—Bien, la nota no aporta más detalles, pero yo diría que, casi con toda seguridad, se trata de una referencia al Holocausto. Tito conquistó Jerusalén en el año 70 de nuestra era y expulsó a los judíos de Tierra Santa; en cierto sentido, los campos de concentración y las cámaras de gas eran la ampliación lógica de ese acto. Qué importancia pudo tener el descubrimiento de Hoth en la Solución Final... —Alzó las manos como diciendo: «No tengo ni idea»—. Uno de los muchos elementos fascinantes de la incursión que durante cinco años hizo Hoth en el mundo de los arcanos medievales, no obstante, es el repentino interés que empieza a mostrar por el judaísmo y la historia de los judíos. Incluso aprendió a hablar hebreo. Y eso que era un hombre famoso por su virulento antisemitismo.

Se oyó un crujido detrás cuando la cafetera empezó a hervir.

—¿Más café?

Laila negó con la cabeza y, mientras el anticuario se preparaba una taza, contempló su libreta, al tiempo que daba vueltas en su mente a cuanto acababa de oír e intentaba encajarlo en el entramado de lo que había descubierto en los últimos días. El discurso de Hitler en Wewelsburg se le antojaba particularmente relevante. Si el objeto que constituía el meollo de todo el misterio estaba de alguna forma, aunque fuera oscura, relacionado con la expulsión de los judíos de Tierra Santa y su posterior persecución por los nazis, eso explicaría algo que la tenía perpleja desde el principio: por qué podía ser de interés para alguien como al-Mulatham. Sin embargo, aún no estaba más cerca que antes de descubrir qué era la maldita cosa.

—¿Qué pasó después? —preguntó—. Después de que Hoth llegara a Wewelsburg, quiero decir.

Dupont estaba sirviendo el café en una taza, con un cigarrillo sujeto entre los dientes.

—No sabemos nada. La misteriosa caja desapareció en las profundidades del castillo. Hoth volvió a Berlín, donde aceptó un trabajo burocrático en la Ahnenerbe. Da la impresión de que el misterioso asunto llegó a su fin bruscamente.

Revolvió el líquido, se quitó el cigarrillo de la boca y bebió.

—No obstante, hay una cosa bastante curiosa, que puede que esté relacionada o no. Sucedió más de un año después de que Hoth llegara a Wewelsburg, a finales de 1944. En aquel momento, el curso de la guerra se había vuelto de manera inexorable contra los nazis. Los norteamericanos y los ingleses estaban invadiendo Alemania desde el oeste; los rusos, desde el este. Aunque el Führer todavía insistía en que podrían dar la vuelta a la situación, el alto mando nazi sabía que los días del Tercer Reich estaban contados. Empezaron a apartar oro y tesoros artísticos robados del camino de los ejércitos aliados que avanzaban, y los enviaron al extranjero o los escondieron en lugares secretos de Alemania, por lo general en minas abandonadas.

Bebió un poco de café y volvió al taburete giratorio, con la taza en una mano y el cigarrillo en la otra.

—En medio de este caos, en diciembre de 1944, Dieter Hoth aparece de repente en el campo de concentración de Dachau, en el sur de Alemania, acompañado, según declaraciones del subcomandante del campamento, Heinz Detmers, de dos camiones, uno de los cuales contiene una caja de madera bastante grande.

Los ojos de Laila se abrieron de par en par.

—El...

—Tal vez sí, tal vez no —dijo Dupont, adivinando la pregunta—. Debía de ser algo muy importante para que Hoth en persona hiciera ese viaje, pero si era la misma caja que se llevó de Castelombres... —Se encogió de hombros—. Solo sabemos que ordenó formar un grupo de trabajo compuesto por seis prisioneros y volvió a marcharse. Es posible que hubiera llevado la caja para enterrarla en algún lugar cercano, o quizá para embarcarla con destino al extranjero. También es posible que su visita tuviera un propósito muy diferente. No lo sabemos. Al día siguiente estaba de vuelta en su despacho de Berlín. Nunca más volvió a saberse nada de la caja.

—Le mataron a finales de la guerra, ¿verdad?

Dupont asintió.

—Él y un grupo de oficiales de las SS intentaron huir de Berlín antes de que cayera en manos de los rusos. Un cohete katiusha los alcanzó cuando trataban de cruzar el puente de Weidendammer. No quedó gran cosa de él, a juzgar por todos los indicios. Le volaron la cabeza y las dos piernas. Solo lograron identificarle porque llevaba su Cruz de Caballero y cierto número de objetos de un yacimiento que había saqueado en Egipto.

Dio una última calada al cigarrillo y lo apagó en el cenicero.

—Imagino que era lo que se merecía. Un hombre fascinante, un erudito brillante, pero un ser humano muy imperfecto. Es una tragedia, si se para a pensarlo, que una mente tan magnífica se plegara a tan horribles fines.

Suspiró, enlazó las manos tras la nuca y contempló la luz del cielo. Laila se reclinó en su butaca y se frotó los ojos, agotada de repente. Lo que Guillermo de Relincourt había descubierto en Jerusalén, lo que había enviado a su hermana en Castelombres, lo que habían trasladado a Montségur para salvarlo, lo que luego Diether Hoth había desenterrado y llevado a Alemania parecía perdido de nuevo. Tan cerca, y sin embargo tan lejos.

—Si tiene tiempo, debería visitar St. Sernin —decía Dupont—. Una parte data de la época de la Primera Cruzada.

Laila musitó un «sí», distraída. No estaba escuchando. Solo podía pensar en qué demonios haría a continuación.

56

El Cairo

Después de salir del bloque de apartamentos de los Gratz, Jalifa paseó un rato por el-Maadi. Admiró las casas lujosas, se detuvo en un puesto callejero donde tuvo el capricho de comprar una estatuilla de madera tallada del dios halcón Horus, convencido de que sería un buen regalo para su esposa Zainab. Después, con casi cuatro horas por delante, regresó a la estación de metro y tomó un tren al centro de la ciudad.

Siempre que se encontraba en El Cairo con tiempo libre, acababa en el Museo de Antigüedades Egipcias de Midan Tahrir, y ahí era donde pensaba ir ahora, con la esperanza de perderse, al menos por un rato, en su prodigiosa colección de objetos antiguos. Su viejo amigo y mentor el profesor Mohammed al-Habibi, conservador jefe del museo, estaba dando conferencias en Europa, lo cual era una pena, porque pocas cosas le gustaban más en el mundo que pasear por las galerías del museo en compañía del profesor. Incluso sin él, no obstante, era un lugar mágico, y mientras el tren traqueteaba en dirección norte a través de los barrios polvorientos, experimentó una punzada de emoción e impaciencia al pensar en los prodigios que le aguardaban.

Había ocho estaciones entre el-Maadi y Sadat, la estación más cercana al museo. Por qué bajó cuatro antes de su destino, no tenía ni idea. En un momento dado estaba oscilando de un lado a otro en el vagón abarrotado, contemplando los edificios apiñados que desfilaban ante la ventana, y al siguiente, sin ser consciente de que se había apeado, se hallaba en una calle desierta, ante la estación de Mar Girgus, con la estatuilla de Horus en una mano, mirando un muro de piedra muy bien cuidado, el cual cercaba un amasijo asimétrico de casas, monasterios e iglesias: el Masr al-Qadimah, la Ciudad Vieja de El Cairo.

Aunque conocía la capital casi como la palma de su mano, nunca había visitado ese barrio, una laguna curiosa en sus incursiones geográficas, teniendo en cuenta su fascinación por la historia, puesto que, como indicaba su nombre, era la parte más antigua de la metrópoli, con edificios, o partes de edificios, que databan de la época romana (la ciudad no existía en los tiempos del antiguo Egipto, cuando la capital, Menfis, se hallaba más al sur).

Se quedó parado durante casi un minuto, parpadeando, desorientado, como si acabara de despertar de un sueño profundo y se encontrara en un lugar muy diferente de aquel en que se había acostado. Después, empujado por un impulso que era incapaz de explicar ni resistir, cruzó la calle y bajó por un tramo de escalones de piedra desgastados, los cuales le condujeron bajo el muro que rodeaba el recinto hasta la colmena de edificios que encerraba.

Reinaba un silencio sobrenatural, y todo estaba muy quieto, la atmósfera espesa y húmeda, intemporal, como si las leyes físicas que imperaban en el resto de la ciudad estuvieran en suspenso en ese rincón concreto y todo se hallara sumido en una especie de vacío silencioso e inmutable. Se detuvo, sin saber muy bien qué demonios hacía allí, pero al mismo tiempo imbuido de la curiosa sensación de que su presencia tal vez no se debía al azar, sino que existía un propósito definido. Avanzó de nuevo para enfilar una estrecha calle pavimentada que se extendía ante él como un corte de escalpelo efectuado en las entrañas enmarañadas del barrio. Edificios de piedra y ladrillo ruinosos formaban paredes a ambos lados, salpicadas aquí y allá por gruesas puertas de madera, como bocas correosas, la mayoría cerradas a cal y canto, pero algunas entreabiertas, lo cual permitía vislumbres fugaces de los mundos secretos que custodiaban: un huerto bien cuidado, una habitación llena hasta el techo de leña, una capilla copta invadida por las sombras, con sus columnas estriadas envueltas por la luz de las velas.

De vez en cuando se abrían travesías a derecha o izquierda, silenciosas, desiertas, que le invitaban a desviarse a otra parte del barrio. Siguió su camino por la calle pavimentada que serpenteaba de un lado a otro, hasta que al fin, como un río que desembocara en un estanque, accedió a un polvoriento espacio abierto, en el centro del cual se alzaba un edificio cuadrado de dos pisos construido en piedra amarilla, con ventanas en forma de arco y una cornisa tallada que seguía el borde de su tejado plano. Un cartel plantado en el exterior rezaba: SINAGOGA BEN ESDRAS. PROPIEDAD DE LA COMUNIDAD JUDÍA DE EL CAIRO.

Nunca había visto una sinagoga, y mucho menos entrado, así que por un momento vaciló, pues una parte de él deseaba dar media vuelta y regresar sobre sus pasos. Sin embargo, la sensación de que era ahí donde debía estar, de que de alguna manera inexplicable e involuntaria le habían llamado, era tan intensa que venció todas sus dudas, de modo que, con la estatuilla en la mano, se acercó al edificio y atravesó la entrada arqueada.

El interior estaba fresco y bien iluminado, ornamentado, silencioso. El suelo era de mármol blancogrisáceo, una hilera de lámparas de latón colgaba del techo y, a cada lado, una fila de columnas sustentaban una galería baja de madera. Las paredes estaban pintadas con dibujos geométricos en verde, oro, rojo y blanco, y al fondo de la sala, más allá de un púlpito de mármol octogonal, un tramo de cinco peldaños ascendía a un santuario de madera adornado con exquisitez, con la superficie incrustada de marfil y nácar, y líneas de escritura hebrea grabadas en sus puertas.

Vaciló una vez más, embargado por una curiosa sensación de expectación, después avanzó con parsimonia y atravesó toda la sinagoga hasta detenerse al pie de los escalones que conducían al santuario. Un par de lámparas de latón de forma peculiar, casi tan altas como él, se alzaban a ambos lados, cada una con un largo tallo vertical del que surgían seis brazos que se curvaban con gracia hacia fuera y arriba, tres a un lado, tres al otro, cada uno rematado, al igual que el pie, por una bombilla en forma de llama. Pese a la magnificencia de los demás adornos del edificio, por algún motivo fueron estas lámparas lo que más le llamaron la atención, como si fueran el motivo de su expectación. Se acercó a una, tendió una mano y la cerró alrededor del liso tallo.

—«Harás un candelabro de oro puro, y seis brazos saldrán de sus costados, y sus capiteles, sus cálices y sus flores formarán una sola pieza con él.»

Jalifa giró en redondo, sobresaltado. Creía que estaba solo, tenía la certeza de estar solo. Ahora, no obstante, vio que a su derecha, lejos, semioculto en la penumbra bajo la galería, había un hombre sentado en uno de los bancos de madera dispuestos a lo largo de las paredes de la sinagoga. Llevaba una vestidura azul oscuro y un gorro que parecían fundirse con las sombras (la razón de que no hubiera reparado antes en él, probablemente), y una barba blanca que le llegaba casi hasta la mitad del pecho. Sus ojos eran de un azul extraordinario y parecían refulgir en la oscuridad como estrellas en un cielo nocturno.

—Se llama menorah —dijo el desconocido con voz suave y musical.

—¿Cómo dice?

—La lámpara que sujeta. Se llama menorah.

Jalifa cayó en la cuenta de que su mano todavía aferraba el tallo del candelabro. La retiró, avergonzado, como si le hubieran sorprendido tocando algo que no debía.

—Lo siento —dijo—. No tendría que haber...

El desconocido agitó una mano y sonrió.

—Es bueno que le interese. La mayoría de la gente pasa de largo sin fijarse. Si quiere tocar, adelante, se lo ruego.

Miró fijamente a Jalifa (el detective no había visto jamás unos ojos tan azules y brillantes) y después se levantó y caminó hacia él, con movimientos curiosamente ágiles y dinámicos, casi como si estuviera flotando. Si bien el pelo y la barba eran blancos como el hielo, cuando se acercó a la luz Jalifa vio que su piel era suave y tersa, sin arrugas, y el cuerpo bien recto, de modo que era imposible adivinar su edad. Producía una sensación desconcertante. No amenazadora, solo... extraña. Como si no fuera de este mundo, como si no existiera en el tiempo real, sino que formara parte de un sueño.

—¿Es usted el... imam de aquí? —preguntó el detective; apenas reconoció su propia voz, que sonó extrañamente apagada, como si estuviera hablando bajo el agua.

—¿El rabino? —El hombre sonrió de nuevo, mientras su mirada se posaba en la estatuilla de Horus que Jalifa sujetaba en la mano izquierda—. No, no. Aquí no hay rabino desde hace más de treinta años. Yo soy un simple... guardián. Como mi padre antes que yo, y su padre antes que él, y el suyo antes que él. Cuidamos de... las cosas.

Su tono era prosaico, distendido. No obstante, la elección de las palabras, la forma en que su mirada escrutaba y envolvía a Jalifa, penetraba en su interior, parecían insinuar un significado más profundo, cierto grado de mutua comprensión que trascendía lo que se verbalizaba. Si bien siempre había desdeñado a quienes creían en lo paranormal (*hunkum-funkum*, como decía el profesor al-Habibi), el detective no podía escapar a la inquietante convicción de que el hombre no solo sabía muy bien quién era él, sino que era, de una manera indefinible, el responsable de su presencia allí. Meneó la cabeza, desconcertado, y retrocedió medio paso. Siguió un largo silencio.

—¿Significa algo la palabra «menorah»? —preguntó por fin, con la intención de entablar conversación, de aligerar la atmósfera de gravedad que parecía rodearlos.

El desconocido bajó la mirada hacia Jalifa (le sacaba casi una cabeza). Después, con una leve sonrisa de complicidad, como si hubiera estado esperando la pregunta, se volvió hacia la lámpara, y sus ojos color zafiro centellearon a la luz de sus bombillas en forma de llama.

—En hebreo quiere decir «candelabro» —contestó con voz queda—. La lámpara de Dios. Un símbolo de grandísimo poder para mi pueblo. El Símbolo. El signo de los signos.

Lejos de aligerar la atmósfera, Jalifa intuyó que su pregunta solo había servido para espesarla más. Pese a eso, a pesar de sí mismo, no pudo evitar sentirse atraído por las palabras del hombre, como si estuviera escuchando una especie de encantamiento.

—Es... bonita —murmuró, mientras recorría con los ojos el tallo de la lámpara y la suave curva de sus brazos.

—A su manera —repuso el hombre—. Aunque, como todas las reproducciones, no es más que una sombra del original; la primera lámpara, la verdadera, la que el gran orfebre Bezalel forjó en los albores del tiempo, en los días de Moisés y el Éxodo de Egipto. —Tocó con la yema de los dedos el brazo exterior de la lámpara—. Esa sí era muy bonita —añadió, y sus ojos destellaron como si un par de mariposas azul eléctrico se hubieran posado a cada lado del puente de su nariz—. Siete brazos, capiteles en forma de flores, cálices como almendras, toda ella forjada con un solo bloque de oro macizo: el objeto más bello de la historia. Se alzaba en el tabernáculo desierto y en el primer templo que Salomón construyó, y en el segundo templo también, hasta que llegaron los romanos y se perdió para el mundo. Sucedió hace casi dos mil años. Tal vez alguna vez volverá a ser vista... —Se encogió de hombros—. Quién sabe. Quizá algún día...

Guardó silencio un momento, mientras contemplaba el candelabro con una expresión extraña y distante en los ojos, como si estuviera recordando tiempos pretéritos. Después bajó la mano y se volvió hacia Jalifa.

—En Babilonia —prosiguió—. Es lo que dice la profecía. En Babilonia se encontrará la verdadera menorah, en la casa de Abner. Cuando llegue el momento.

Una vez más, por alguna razón que no pudo explicar, el detective tuvo la inquietante sensación de que las palabras del hombre decían más de lo que parecían expresar, de que, aunque no comprendía muy bien su significado, no por ello dejaba de ser importante. Sostuvo un momento su mirada y después apartó la vista. Sus ojos vagaron por el interior de la sinagoga, hasta que se posaron en el reloj que colgaba sobre la entrada.

—¡Maldita sea!

Estaba seguro de que solo llevaba quince minutos dentro, veinte a lo sumo. No obstante, según el reloj, pasaban de las cinco, lo cual significaba que había estado en la sinagoga más de tres horas. Consultó su reloj, que confirmó sus temores, y meneando la cabeza con perplejidad dijo que debía irse.

—He perdido por completo la noción del tiempo.

El hombre sonrió.

—La menorah puede provocar ese efecto. Es una fuerza muy... misteriosa.

Los dos hombres se miraron, y Jalifa experimentó la fugaz sensación de que caía, como si se precipitara desde una gran altura a un charco de agua azul. Movió la cabeza en un gesto de despedida y se dirigió hacia la entrada de la sinagoga.

—¿Puedo preguntarle su nombre? —dijo el hombre antes de que saliera.

Jalifa se volvió.

—Yusuf —contestó. Después, más por educación que por verdadero interés, preguntó—: ¿Y usted?

El hombre sonrió.

—Soy Shomer Ha-Or. Como mi padre antes que yo, y su padre antes que él. Espero volver a verle, Yusuf. De hecho, sé que lo haré.

Antes de que el detective pudiera preguntar qué quería decir, el hombre agitó la mano a modo de despedida y se encaminó de nuevo hacia las sombras del lateral de la sinagoga, con aquellos peculiares movimientos ágiles, hasta que desapareció de la vista como si hubiera partido de este mundo.

57

Jerusalén

El Centro de Salud Mental Kfar Shaul, un grupo de edificios amarillos y blancos carentes de la menor distinción, a la sombra de los árboles y rodeado por una valla de escasa altura, se halla situado en una cuesta empinada en el límite noroeste de Jerusalén, en el punto en que las afueras de la ciudad empiezan a disgregarse y fragmentarse, y se confunden con las pendientes cubiertas de pinos de Judean Hills. Ben Roi llegó a última hora de la tarde, aparcó ante la puerta principal, se acercó a la cabina de seguridad e informó al guardia de que tenía cita para ver a un paciente. Llamaron a otra parte del recinto, y tres minutos más tarde llegó una mujer regordeta de mediana edad con bata de médico, la cual se presentó como doctora Gilda Nissim y le acompañó hasta el hospital.

Ir allí era, si no exactamente un acto desesperado, sí la última línea de investigación viable que le quedaba a Ben Roi. Pese a que había trabajado toda la noche anterior y todo el día, no había conseguido establecer un vínculo entre Piet Jansen y Hannah Schlegel. Sí, había desenterrado algunos datos más sobre el pasado de la señora Schlegel: las fechas exactas de su internamiento en Auschwitz, el hecho de que su hermano y ella habían sido trasladados al campo desde Recebedou, un centro de tránsito en el sur de Francia. La información era demasiado fragmentaria para construir una imagen clara de la vida de la víctima, y mucho menos para explicar por qué Piet Jansen, o cualquier otra persona, había deseado matarla.

Sólo había vislumbrado un tenue destello de luz durante una visita al Memorial del Holocausto de Yad Vashem, donde la señora Schlegel había trabajado de archivera a tiempo parcial. Según uno de sus antiguos colegas, su trabajo consistía sobre todo en archivar, catalogar, colaborar en peticiones de investigación sencillas, tareas administrativas generales, nada fuera de lo corriente. Al mismo tiempo (y eso fue lo que dio a Ben Roi motivos para pensar), también había llevado a cabo una especie de investigación particular, aunque el ex compañero ignoraba de qué naturaleza. No obstante, pensaba que estaba relacionada con Dachau, pues en varias ocasiones había visto a Schlegel examinar documentación y testimonios de supervivientes de aquel campo de concentración en particular. La señora Weinberg, la antigua vecina de Schlegel, también había afirmado haberla visto con expedientes sobre Dachau, y Mayi, el chico que había quemado su casa, había explicado que el piso estaba lleno de papeles y documentos, «como una especie de archivo». El detective estaba convencido de que todos estos datos poseían importancia, y de que en cierta manera la «investigación particular» de la señora Schlegel estaba relacionada con su asesinato y con Piet Jansen. Sin embargo, había sido incapaz de descubrir dicha relación y al final se había visto obligado a admitir que, si bien era importante para la investigación, también se le antojaba sin futuro.

Por lo tanto, solo quedaba Isaac Schlegel, el hermano de la fallecida. Y, a juzgar por todo lo que había llegado a sus oídos, estaba como un cencerro.

—Me han dicho que el señor Schlegel está muy jodido —dijo mientras la doctora Nissim y él atravesaban los terrenos del hospital siguiendo una senda asfaltada que ascendía entre edificios de piedra diseminados, separados por terrazas de flores, pinos y cipreses.

La mujer le dirigió una mirada de desaprobación.

—Está muy trastornado, si es eso a lo que se refiere —replicó—. Sufría un síndrome de estrés postraumático agudo, como resultado de sus experiencias durante la guerra, y cuando su hermana murió... Bien, eso acabó de trastornarle. Estaban muy unidos. No debería esperar gran cosa de él. Por aquí.

Se desviaron a la izquierda y, tras rodear un cercado en el que dos hombres obesos en pijama jugaban al ping-pong, llegaron a un bloque moderno de una sola planta, construido en piedra blanca, con un letrero en el exterior que anunciaba el Centro Psicogeriátrico del Ala Norte. Atravesaron la entrada acristalada y recorrieron un pasillo desierto, de iluminación acogedora, que olía a productos de limpieza y verduras hervidas. Solo se oían el zumbido del aire acondicionado y, procedente de una habitación que se hallaba más adelante, la voz apagada de un hombre que decía algo acerca de Saúl, Sedecías y el Juicio Final. Ben Roi miró a la doctora.

—¿No será...?

—¿El señor Schlegel? —La mujer emitió un gruñido desabrido—. No se preocupe. Isaac tiene muchos problemas, pero imaginar que es un profeta del Antiguo Testamento no se cuenta entre ellos. Además, hace quince años que apenas pronuncia una palabra.

Se detuvieron ante una puerta cercana al final del pasillo. Nissim llamó con suavidad y la abrió a continuación. Asomó la cabeza.

—Hola, Isaac —dijo en tono tranquilizador—. Te he traído a un visitante. No has de tener miedo. Solo va a hacerte algunas preguntas. ¿Te parece bien?

Si hubo respuesta, Ben Roi no la oyó.

—Le concedo veinte minutos —dijo la mujer, al tiempo que volvía a salir al pasillo—. Vendré a buscarle cuando sea la hora. Y recuerde que esto no es una comisaría de policía. Pórtese bien con él, ¿de acuerdo?

Sostuvo la mirada del detective un momento y después, con un leve movimiento de la cabeza, volvió sobre sus pasos. Ben Roi vaciló, sin saber qué esperar, incómodo. Siempre había detestado este tipo de lugares, su esterilidad gélida, desprovista de carácter, el ambiente soporífero, como si hasta el aire estuviera drogado. Cruzó la puerta y la cerró a su espalda.

Se encontraba en una habitación luminosa, muy espartana, con una cama, una mesa y docenas y docenas de dibujos a lápiz pegados con celo a las paredes, desde el suelo hasta el techo, como papel pintado mal encolado, muy sencillos, como los que adornan cualquier guardería. Schlegel estaba sentado en una butaca delante de la ventana, un hombre demacrado, de aspecto frágil, vestido con un pijama verde claro y zapatillas. Tenía la mirada clavada en el jardín y un libro, de portada arrugada y manoseada, entre sus manos huesudas.

—¿Señor Schlegel?

El anciano no contestó. Ben Roi esperó un momento, y a continuación cogió un taburete de madera, cruzó la habitación y se sentó frente al paciente.

—Señor Schlegel —repitió, procurando que su voz no transmitiera la menor amenaza—. Me llamo Arieh Ben Roi. Trabajo para la policía de Jerusalén. Quería hacerle algunas preguntas. Sobre su hermana Hannah.

El hombre parecía no haber reparado en su presencia, porque continuaba mirando por la ventana, con los ojos hundidos e inexpresivos.

—Sé que es difícil para usted —prosiguió el detective—, pero necesito su ayuda. Intento capturar al hombre que asesinó a su hermana. ¿Me ayudará, señor Schlegel? ¿Tendrá la bondad de contestar a mis preguntas?

Nada. Ni una señal de que le hubiera oído, ni una reacción, ni una respuesta, solo la mirada perdida y catatónica, vidriosa e inexpresiva, como un pez que mirara desde el mostrador de una pescadería.

—Por favor, señor Schlegel.

Nada.

—¿Me oye, señor Schlegel?

Silencio.

—¿Señor Schlegel?

Silencio.

—Joder.

Ben Roi levantó las manos e hizo crujir los nudillos detrás de la nuca, desconcertado. Si hubiera estado interrogando a un sospechoso, habría insistido, acosado, amenazado, exigido información, pero, como había dicho la doctora, esto no era una comisaría de policía y no podía emplear métodos de comisaría.

Transcurrieron varios minutos, durante los cuales ambos permanecieron sentados en silencio, como jugadores de ajedrez. Al rato, tras aceptar que la conversación era imposible, Ben Roi se levantó y deambuló por la habitación mirando los dibujos pegados en las paredes. Debía de haber cerca de un centenar, y al principio no prestó excesiva atención a lo que plasmaban; se limitó a echarles un vistazo, sin el menor interés, pues los consideraba simples productos de una mente trastornada. Sin embargo, poco a poco advirtió que, por infantiles que fueran (dibujos torpes y sencillos que cualquier niño de cinco años habría podido pergeñar), tal vez no eran tan inconexos como al principio había pensado. Al contrario, daba la impresión de que, tomados en conjunto, formaban una especie de narración sinuosa, como un mural.

Bajó la vista hacia un dibujo que había al lado de la puerta. Representaba un barco con una chimenea, líneas azules ondulantes que eran olas y, de pie en la proa, dos figuras como palos cogidas de la mano. Los dos dibujos siguientes plasmaban casi la misma escena, pero luego venía otro en que las dos figuras, todavía cogidas de la mano, parecían suspendidas en el aire delante de la proa, como si saltaran al mar. Recordó que la señora Weinberg le había hablado de que la señora Schlegel y su hermano se habían visto obligados a nadar hasta la costa, después de que el barco en el que viajaban a Palestina hubiera sido rechazado por los ingleses en Haifa, y de repente comprendió que esa era la escena que plasmaba.

—Es su vida —susurró para sí.

Giró en redondo.

—Es su vida, ¿verdad? Es la historia de su vida.

Se volvió de nuevo y siguió la narración, primero hacia adelante, después hacia el pasado, observando un dibujo tras otro hasta reconstruir toda la historia.

Muchas imágenes correspondían a cosas que ya había descubierto sobre la vida de Hannah Schlegel. Sobre la cama, por ejemplo, entre los últimos dibujos de la colección, había tres que representaban a una figura pequeña a la que golpeaba en la cabeza otra figura mucho mayor, sobre un fondo amarillo que recordaba un desierto, tal vez una referencia a su asesinato en Egipto. Del mismo modo, todo un bloque de dibujos diseminados alrededor de la puerta, más de veinte, todos en negro o gris, ofrecían escenas nada ambiguas de los horrores de Auschwitz: una chimenea humeante, rollos de alambre de púas, seis cuerpos colgados de un patíbulo y, horripilante por su sencillez, dos figuras atadas a camas, con zigzags sanguinolentos de lápiz rojo en sus ingles y tajos negros que surgían de sus bocas, en lo que Ben Roi interpretó como un aullido de agonía.

Otros dibujos eran menos fáciles de interpretar. La primera imagen de la narración, por ejemplo, era la de una casa rosada grande con un sol brillante que se alzaba detrás de ella y cuatro caras que miraban por diferentes ventanas, todas sonrientes. ¿Era un recuerdo de la infancia de Schlegel?, se preguntó. ¿La hermana y el hermano en su hogar, con sus padres, antes de que su mundo se derrumbara? ¿O poseía un significado totalmente diferente?

De manera similar, intercaladas a intervalos regulares en la colección, como un motivo recurrente, el estribillo de una canción o una poesía, había una serie de imágenes de menorahs de siete brazos, pintadas con lápiz amarillo intenso. ¿Una alusión a la fe y herencia del artista, quizá? ¿O una forma que al anciano le resultaba tranquilizadora? No estaba claro.

Un grupo de dibujos en concreto llamó la atención de Ben Roi, sobre todo porque parecían marcar una especie de transición entre el optimismo infantil de los primeros dibujos, efectuados con colores alegres y brillantes, y los tonos más oscuros y melancólicos del resto de la colección. Eran cuatro en total, y todos plasmaban lo mismo: el arco de una puerta o cancela, muy alto y estrecho, en cuyos lados redondeados se enroscaban tentáculos de hiedra verde. La primera del grupo presentaba a dos figuras, probablemente Hannah y su hermano, en el centro del arco, cogidos de la mano y sonrientes. La siguiente representaba casi la misma escena, pero esta vez las figuras estaban escondidas tras una especie de arbustos y miraban a otro grupo de figuras cavar con azadones delante del arco. La secuencia se rompía debido a la primera de las menorahs, que luego se repetían tanto en la colección, para reanudarse con una imagen de los hermanos Schlegel huyendo del arco, perseguidos por las figuras provistas de azadones. El último dibujo de la secuencia retrataba a una especie de gigante malvado, de feroces ojos rojos, que atenazaba a las dos figuras más pequeñas, una en cada mano. Sus sonrisas habían sido sustituidas por parábolas negras que simbolizaban terror y angustia.

Cuanto más miraba Ben Roi los dibujos, más le gritaba su instinto (el dolor de estómago) que eran los más trascendentales de toda la colección, el momento en que todo empezó a torcerse para Isaac y Hannah Schlegel, y por tanto, aunque no sabía por qué, la clave de la posterior vida y muerte de Hannah Schlegel. Los contempló durante largo rato, estudiando cada matiz y trazo, y después volvió a su taburete y se sentó.

—Señor Schlegel —dijo—, ¿qué puede decirme sobre los dibujos que hay al lado de la mesa? Los del arco.

Preguntó por preguntar no porque esperara respuesta. Para su sorpresa, sin embargo, Schlegel apartó poco a poco la vista de la ventana, la posó primero en él, luego en el libro que descansaba sobre su regazo y por último en Ben Roi de nuevo. El detective acercó el taburete unos centímetros, hasta que sus rodillas casi tocaron las del anciano.

—Son importantes, ¿verdad? —insistió, procurando hablar con voz calma y lenta, como alguien que se acercara de puntillas a un pájaro herido e hiciera lo posible por no asustarlo—. Explican por qué asesinaron a su hermana.

Era una mera suposición, un disparo al azar, pero dio en la diana, pues el anciano parpadeó y, como a cámara lenta, una única lágrima cristalina se formó en su ojo izquierdo, osciló como un equilibrista sobre la cuerda floja en el párpado inferior, y cayó por fin sobre la mejilla.

—¿Qué ocurrió en ese arco? —preguntó Ben Roi—. ¿Quiénes son los de los azadones?

Schlegel volvió a bajar la vista hacia el libro, luego la alzó, con las pupilas húmedas y grises, una mirada distante y vaga en los ojos, como si no estuviera mirando algo de la habitación, sino un lugar lejano en el tiempo y en el espacio.

—Por favor, Isaac. ¿Qué ocurrió en ese arco? ¿Quién es el gigante de los ojos rojos?

El anciano no contestó. Continuó con la vista clavada en la lejanía, canturreando para sí, mientras acariciaba el libro con una mano. Ben Roi intentó retener su atención, retenerle en el presente, pero fue inútil. Después de aquella breve chispa de conciencia, el anciano se había replegado de nuevo en su mundo, como un guijarro que se hundiera en las profundidades de un lago oscuro. El detective siguió haciendo preguntas durante un rato, y luego, al comprender que perdía el tiempo, que el momento había pasado, suspiró y consultó su reloj. Los veinte minutos casi se habían agotado. Como para corroborarlo, oyó unos pasos que se acercaban por el pasillo.

—Mierda —masculló.

Tamborileó con los dedos sobre sus rodillas, derrotado, y al introducir la mano en el bolsillo para coger la petaca sacó sin querer una hoja de papel arrugada, una fotocopia de la foto de Piet Jansen que Jalifa le había enviado por fax la tarde anterior. La había traído con la esperanza de que Schlegel pudiera decirle algo al respecto, pero ahora aceptó que era una intención vana. La arrojó a la papelera que había junto a la silla del anciano, desenroscó la petaca y bebió un largo trago. Estaba tan concentrado en engullir la mayor cantidad de líquido posible antes de que llegara la doctora Nissim, que no se fijó en que Schlegel se inclinaba despacio para recuperar el papel y contemplaba la foto en blanco y negro. Solo cuando hubo vaciado el contenido de la petaca y volvía a enroscar el tapón, reparó en lo que hacía el anciano.

—¿Le suena? —gruñó, mientras guardaba la petaca en el bolsillo, hablando más para sí que para Schlegel—. Aunque supongo que ya nada le suena, ¿verdad?

Si captó el sarcasmo, el anciano no lo demostró. Lo que sí hizo, de repente, fue tender la foto hacia Ben Roi, abrir la boca y emitir el chillido más feroz, terrorífico y ensordecedor que el detective había oído en su vida.

Tal vez no había obtenido todas las respuestas que deseaba, pero al menos una cosa estaba clara: Isaac Schlegel sabía muy bien quién era Piet Jansen. Y sentía pavor de él.

58

El Cairo

En cuanto abandonó el intrincado laberinto de la Ciudad Vieja, pasó bajo sus muros y regresó al mundo exterior, el encuentro en la sinagoga pareció desvanecerse en la mente de Jalifa como la niebla matutina bajo el calor del sol. Cuando llegó a la estación de metro, le costaba recordar los detalles del interior de la sinagoga y cómo era el hombre que había conocido en ella. Y cuando estuvo de vuelta en el-Maadi, mientras caminaba a buen paso por sus avenidas flanqueadas de árboles en dirección al bloque de apartamentos de los Gratz, empezó a preguntarse si todo aquello no había sido más que una especie de elaborada fantasía. Solo recordaba con claridad los penetrantes ojos azul zafiro y la curiosa lámpara de siete brazos, y hasta eso salió catapultado a los recovecos de su conciencia cuando, al doblar una esquina, vio un grupo de coches de policía y ambulancias delante del edificio de los Gratz. El bloque debía de albergar a docenas de residentes, pero supo de inmediato, por intuición, que los amigos de Piet Jansen eran el motivo del tumulto. Echó a correr.

—¿Qué pasa? —preguntó a un policía, al tiempo que mostraba su tarjeta de identificación.

—Han oído tiros —contestó el hombre—. Dos muertos.

—¡Oh, Dios! ¿Cuándo?

—Hará un par de horas, tal vez más. No estoy seguro. Acabo de llegar.

Se maldijo por no prever que algo así podía suceder, pasó bajo la cinta policial y, sin soltar la estatuilla de Horus, entró en el edificio y subió corriendo a la tercera planta.

El piso de los Gratz estaba lleno de gente, policías de paisano, fotógrafos, policía científica con bata blanca y guantes de goma, y se oía el parloteo entrecortado que siempre parecía acompañar a este tipo de escenas, en parte agitación, en parte nerviosismo. Preguntó quién estaba al mando y le indicaron una puerta a mitad del pasillo, de la cual surgía el destello incesante de cámaras fotográficas. Se encaminó hacia ella y, tras un momento de vacilación (Ha sido culpa mía, pensó. Yo soy el causante de esto), entró.

Se encontró en un dormitorio, con una cama doble al fondo, la pared de atrás salpicada de sangre coagulada. La cama estaba cubierta por lo que Jalifa creyó al principio que era una especie de sábana o manta, pero al cabo de un momento reparó en que se trataba de una gran bandera roja con la esvástica en el centro. La tela, empapada en sangre y sembrada de trocitos de carne y piel, estaba hundida y arrugada, como si alguien se hubiera acostado encima. Aún persistía un leve rastro de cordita en el aire (ácido, corrosivo), y otro olor que no logró identificar, como de almendras quemadas. Había una sola bolsa de cadáveres negra en el suelo, al lado de la cama, lisa, reluciente, como una crisálida gigantesca.

—¿Quién es usted?

Un hombre gordo y barbudo, el detective encargado del caso a juzgar por su actitud, le miraba desde el otro lado de la habitación. Jalifa se acercó, mostró su identificación de nuevo y explicó el motivo de su presencia.

—¿Qué ha pasado?

El hombre gruñó, sacó una barrita de Mars del bolsillo y rompió el envoltorio.

—Una especie de pacto suicida, al parecer. El tipo se voló los sesos... —explicó tocando la bolsa de cadáveres con la punta del zapato—. Y la mujer ingirió medio frasco de ácido prúsico. Los vecinos oyeron el disparo, nos llamaron. No hay terceros implicados, por lo que sabemos.

Dio un mordisco a la barrita de chocolate, sin que al parecer le afectaran las paredes y sábanas manchadas de sangre.

—Nunca había visto nada semejante —farfulló con la boca llena—. Los dos tirados en la cama, cogidos de la mano, la habitación como un matadero, él con uniforme militar, ella vestida de novia, por el amor de Dios. Chungo.

Se metió el resto de la barrita en la boca, dio media vuelta e indicó por gestos al fotógrafo que quería más fotos de la bandera manchada de sangre. Jalifa sacó su paquete de cigarrillos, pero tras recibir una mirada desaprobadora de un agente de la policía científica lo guardó de nuevo.

Está maldito, pensó; todo el caso. Haga lo que haga, vaya a donde vaya, todo son callejones sin salida, muerte y horror. Lo odio. Odio todo este asunto.

—¿Dónde está el cuerpo de la mujer? —preguntó al cabo de un momento.

—¿Hum? —El detective se volvió hacia él—. Ah, la han llevado al As-Salam International. Para hacerle un lavado de estómago, o lo que haga falta en estas circunstancias.

Jalifa tardó un segundo en captar el significado de estas palabras.

—Pensaba... —Un escalofrío le recorrió la columna vertebral—. Me dijeron que los dos habían muerto.

—¿Qué? No, no, la vieja sobrevivió, por los pelos. Veinte minutos más y habría terminado como su marido. —Dio otro empujón con el pie a la bolsa de cadáveres—. Afortunada. O no, según como se mire. A quién se le ocurre ponerse un puto vestido de novia. Lo más raro que he visto...

No pudo terminar la frase, porque Jalifa ya había dado media vuelta y salido escopeteado de la habitación.

59

Francia

Laila desvió el coche alquilado, un Renault Clio color morado, hacia la cuneta, dejó el motor en marcha y se inclinó para mirar a través del parabrisas las murallas del castillo de Montségur en lo alto. Se quedó así un momento contemplando los muros grises desnudos, la cumbre rocosa en forma de cráneo sobre la que se alzaba el castillo, como un barco sobre la cresta de una ola. Después se reclinó en el asiento y echó un vistazo al plano desplegado sobre el asiento del pasajero, volvió a la carretera y continuó su camino.

Tardó otros veinte minutos en llegar a Castelombres. Había comprado un par de guías en Toulouse, lo cual fue una suerte porque sin ellas le habría costado encontrar el pueblo de Castelombres (apenas una hilera de casas y granjas dispersas que ni siquiera aparecía en el plano), y no habría tenido la menor esperanza de localizar su castillo en ruinas, que se hallaba a tres kilómetros de la aldea y lejos de la pista forestal. Incluso con las guías, las ruinas no eran fáciles de encontrar, pues había que ascender por una pista empinada que serpenteaba hasta lo alto de las colinas, después cruzar a pie dos campos cenagosos y seguir subiendo a través de un espeso bosque de espinos y boj gigantesco, por un sendero difícil que en otro tiempo debía de estar bien conservado, pero que ahora se hallaba tan invadido de malas hierbas que no se distinguía de la vegetación circundante. Tan lejos se hallaba el castillo, tan escondido, que Laila estaba a punto de volver sobre sus pasos, convencida de que se había equivocado de camino, cuando el bosque dio paso de repente a una amplia terraza herbosa cortada en la ladera, con vistas espectaculares de las colinas circundantes y, al fondo, el valle. Un letrero de madera roto a su izquierda anunciaba: ... ÂTEAU DE CASTELOMBRES.

Quien había destruido el castillo hizo un buen trabajo, porque apenas quedaba nada de él, solo algunos bloques dispersos de piedra, un par de paredes desmoronadas, la más alta de las cuales le llegaba a la rodilla, y una sola columna agujereada caída de costado en una masa de hierba, como un tronco podrido. Solo una cosa daba idea del edificio monumental que debió de ser: un magnífico arco al final de la terraza, muy alto, muy estrecho; sus piedras estaban rodeadas de zarcillos serpenteantes de hiedra negra y su vértice formaba una punta afilada que parecía arañar el cielo, como una plumilla que escribiera en una hoja de pergamino gris.

Laila caminó hacia allí, pues supuso que debía de ser una puerta, y al llegar se dio cuenta de que eran los restos de una ventana, de hermosa construcción, con una delicada tracería de lazos, espirales y, en algunos puntos, apenas visibles bajo la gruesa capa de hiedra, flores diminutas talladas en la piedra. El lugar producía una sensación de melancolía casi insoportable, un ojo solitario que contemplaba las colinas, y después de echar un vistazo, Laila dio media vuelta, se ciñó la chaqueta para protegerse del viento frío que había empezado a soplar de repente desde el sur y caminó entre las ruinas.

Con independencia de lo que hubieran hecho allí, los alemanes no habían dejado huella de su presencia, y al cabo de veinte minutos Laila se aburrió del lugar y se encaminó hacia el sendero por el que había subido. En ese momento, oyó un crujido de ramas algo más abajo, acompañado por el lento sonido de unas pisadas, que fue aumentando de intensidad hasta que una mujer de edad avanzada y cara encarnada salió del follaje a la terraza, calzada con botas Wellington y cubierta con una pesada chaqueta marrón. Llevaba en la mano una gran cesta de mimbre llena en sus tres cuartas partes de setas.

—*Bonjour* —dijo cuando vio a Laila. Su pronunciado acento

del Languedoc alargó y desfiguró la palabra, que sonó algo así como «bangyur».

Laila le devolvió el saludo en francés y añadió, por pura educación, un par de comentarios elogiosos sobre la cosecha de setas de la mujer.

—Ah, no está mal —dijo la campesina, sonriente—. Ya no es temporada, pero todavía se pueden encontrar si se sabe buscar. ¿Es usted española?

—Palestina.

La mujer enarcó las cejas, algo sorprendida.

—¿Está de vacaciones?

—Soy periodista.

—Ah.

Se encaminó hacia el bloque de piedra más cercano, dejó la cesta encima y empezó a examinar su contenido.

—Supongo que ha venido para escribir un artículo sobre los alemanes —aventuró la mujer tras un breve silencio.

Laila se encogió de hombros y hundió las manos en los bolsillos de la chaqueta.

—¿Se acuerda de ellos? —preguntó.

La mujer negó con la cabeza.

—La verdad es que no. Solo tenía cinco años en aquel tiempo. Recuerdo que se alojaban en una casa que había al final del pueblo, y que mi padre nos decía que no habláramos con ellos, que no nos acercáramos al castillo, pero aparte de eso...

Se encogió de hombros, alzó una gran seta amarilla, la olió, asintió con la cabeza en un gesto de satisfacción y la tendió hacia Laila.

—*Girolle* —explicó.

Laila se inclinó y percibió el aroma de la seta, un olor orgánico e intenso.

—Preciosa —dijo—. ¿Qué cree que encontraron aquí arriba?

La mujer gruñó y devolvió la seta a la cesta.

—No creo que encontraran nada. Imagino que es una buena historia, pero la verdad es que la gente había estado cavando aquí durante siglos, en busca de un tesoro enterrado. Si había algo que encontrar, lo habrían descubierto mucho antes de que llegaran los alemanes. Eso creo yo, al menos. Habrá otros que no estarán de acuerdo.

A lo lejos se oyó el retumbar de un trueno.

—¿Ha oído hablar de la caja que se llevaron? —preguntó Laila.

La mujer desechó la idea con un ademán.

—Sí, pero yo nunca la vi. Además, aunque se llevaran una caja, eso no significa que contuviera nada. Igual estaba llena de piedras, por lo que sabemos. O vacía. No, creo que todo es un cuento. Tonterías.

Alzó otra seta, la examinó, chasqueó la lengua y la arrojó entre la maleza.

—Si quiere un buen artículo sobre Castelombres, escriba acerca de los niños.

Laila frunció el ceño.

—¿Los niños?

—Los niños judíos. Los gemelos. A veces, creo que es el motivo de que todo el mundo en el pueblo dedique tanto tiempo a hablar de tesoros, cajas y todo eso. Para intentar olvidar lo que les pasó. Para distraer la atención.

Laila volvió a fruncir el ceño, sin comprender.

—¿Qué gemelos?

La mujer dejó a un lado la cesta y se sentó sobre la piedra. Se oyó otro trueno distante, los árboles susurraron y sisearon cuando el viento estremeció sus ramas.

—Sus padres los enviaron aquí desde París —explicó la mujer mientras observaba las colinas boscosas—. Después de la invasión alemana. Pagaron a una familia de la localidad para que cuidara de ellos. Pensaban que aquí, en el sur, lejos de la zona ocupada, estarían a salvo, porque eran judíos. Como ya he dicho, yo solo tenía cinco años entonces, pero los recuerdo muy bien, sobre todo a la niña. Jugábamos juntas, aunque ella era mayor que yo. Diez u once años. Hannah. Así se llamaba. Y su hermano, Isaac. Gemelos idénticos. —Suspiró y meneó la cabeza—. Fue algo terrible. Terrible. —Miró a Laila—. Los alemanes los descubrieron. Aquí, en el castillo. Estaban jugando, no pretendían hacer ningún daño, solo eran unos niños, pero a los alemanes les dio igual. Nadie debía acercarse a las ruinas. El hombre que estaba al mando, un hombre horrible, perverso, los bajó al pueblo y los plantó en medio de la calle. Nunca lo olvidaré, por más que viva, los dos inmóviles uno al lado del otro, aterrorizados, tan pequeños, y el hombre chillando que si alguien desobedecía sus órdenes otra vez le haría lo que iba a hacer a aquellas sabandijas judías. Así los llamó. Sabandijas judías. Y entonces les pegó, delante de todos nosotros, con sus propias manos. Niños pequeños. Les pegó hasta dejarlos inconscientes. Y nadie en el pueblo, ni una sola persona, hizo nada por ayudarlos. Ni una sola voz se alzó, ni siquiera cuando los arrojaron dentro de un camión y se los llevaron.

Meneó la cabeza con tristeza.

—Isaac y Hannah, así se llamaban. A veces me pregunto qué fue de ellos. Supongo que murieron en las cámaras de gas. Sobre ellos debería escribir. Es el verdadero secreto de Castelombres, no toda esa basura sobre tesoros enterrados. Pero, siendo palestina, ese tipo de cosas quizá no le interesen.

Desvió la vista de nuevo hacia las colinas y a continuación, con un suspiro, se levantó, cogió la cesta, echó un vistazo al cielo, que se había teñido de un tétrico gris, y dijo que debía marcharse.

—Ha sido un placer conocerla —añadió—. Espero que disfrute el resto de su estancia.

Sonrió, alzó una mano a modo de despedida, dio media vuelta y tras cruzar la terraza, con la cesta de setas oscilando en su mano, desapareció en un bosquecillo de abetos que había pendiente arriba. Se oyó un tercer trueno, esta vez más cercano, y empezó a llover, gotas pesadas como lágrimas que cayeron como si el cielo estuviera llorando.

60

El Cairo

—Oh, mi pobre Anton. Mi pobre y querido Anton. ¿Por qué no nos han dejado morir juntos? Tal como deseábamos. ¿Por qué me están torturando así?

La mano de Inga Gratz reptó sobre la sábana y aferró la muñeca de Jalifa, una presión fría, pegajosa, de una firmeza sorprendente. El detective se encogió, asqueado por el contacto, como si una enorme araña venenosa hubiera enroscado las patas en su brazo. Sin embargo, no hizo ademán de apartar la mano de la anciana. Presentía que toda la investigación dependía de este encuentro, y si al dejar que la mujer le tocara la animaba a ser más sincera, a decirle lo que necesitaba saber, estaba dispuesto a soportarlo, aunque le provocara débiles náuseas.

Pasaban de las once de la noche. Durante cinco horas había paseado de un lado a otro del pasillo, ante la habitación de Inga Gratz, fumando sin parar, recordando una y otra vez la escena que había presenciado en el bloque de apartamentos, mientras esperaba a que la mujer recobrara la conciencia. Cuando por fin lo hizo, los doctores se habían mostrado reacios a dejarle entrar en la habitación; dijeron que la paciente estaba demasiado débil, que Jalifa debería aguardar a la mañana siguiente. Con una brusquedad poco habitual, él insistió en que le dejaran entrar, amenazó con elevar el asunto al máximo nivel, y al final cedieron y le permitieron una entrevista de quince minutos, siempre que una enfermera estuviera presente.

—Sabandijas —estaba murmurando la mujer, mientras sus dedos se cerraban y abrían sobre la muñeca de Jalifa. Su voz sonaba apagada, tal vez como resultado de los fármacos que le habían administrado—. Usted tiene que comprenderlo. Sabandijas. Todos ellos. Chupasangres. Estábamos haciendo un favor al mundo. Deberían darnos las gracias.

Miró a Jalifa, con el rostro de una palidez mortal a la suave luz de la lámpara de mesa, con dos tubos de plástico que descendían desde su nariz, como gusanos que surgieran de la madriguera de su cráneo. Luego desvió la vista y empezó a llorar. Había otro tubo intravenoso clavado en su brazo, y con la mano libre intentó arrancarlo, lo cual provocó que la enfermera, parada cerca de la puerta, avanzara para apartarle la mano y depositarla con cuidado bajo las sábanas. Siguió un largo silencio, roto solo por el sonido de la respiración irregular de la anciana y, al otro lado de la ventana, el rítmico tut-tut de un aspersor en los jardines del hospital.

—Dieter —dijo por fin la anciana, sin mirar a Jalifa, con voz apenas audible, un susurro.

—¿Cómo dice?

—El verdadero nombre de Piet. Dieter. Dieter Hoth.

El detective tardó un momento en establecer la relación. Cuando lo hizo, agachó la cabeza y suspiró, al tiempo que una leve sonrisa se insinuaba en las comisuras de su boca, aunque no había humor en la expresión, solo una especie de autorreproche cansado. ¡Por el amor de Dios! Hoth, eso era lo que la señora Schlegel había susurrado a Yamal trece años atrás, cuando estaba agonizando en el templo de Karnak. Hoth, no Tot. Todo este tiempo había estado persiguiendo un nombre erróneo. ¿En cuántas cosas más se habría equivocado?, se preguntó; ¿cuántos callejones sin salida habría recorrido?

—¿Era un... nazi? —inquirió.

La mujer asintió sin fuerzas.

—Todos lo éramos. Estábamos orgullosos de serlo. De servir

a nuestra patria, a nuestro Führer. Nadie lo entiende ahora, pero era un buen hombre. Un gran hombre. Habría convertido el mundo en un lugar mejor.

Volvió la cabeza hacia él, con aquella mirada indefensa e implorante todavía en sus ojos, aunque Jalifa vio ahora algo más en el fondo, algo en que no se había fijado antes: crueldad, insensibilidad, como si aquel cuerpo debilitado no fuera más que el envoltorio de un ser diferente, mucho más malvado. Apretó los dientes, más asqueado que nunca por la presa pegajosa sobre su muñeca.

—¿Y Hannah Schlegel? —preguntó—. ¿Él la mató? Piet Jansen, Dieter Hoth.

La mujer volvió a asentir, apenas una inclinación de la cabeza.

—Ella sabía quién era Piet. Vino a por él. Sabandijas. Nunca se cansan de buscar.

Apretó los labios y alzó la vista hacia el techo, mientras su cuerpo se estremecía débilmente como si estuviera recibiendo diminutas descargas eléctricas. Siguió otra pausa prolongada, y en el silencio reinante el tictac del reloj de pared resonó de una manera anormal. Después, lentamente, sin fuerzas, la mujer empezó a narrar, paso a paso, fragmento a fragmento, la historia de su vida (su verdadero nombre era Elsa Fauch, esposa de Wolfgang Fauch, ambos antiguos celadores del campo de concentración de Ravensbruck) y la de su amigo Dieter Hoth: quién era, de dónde procedía, su trabajo con las SS. Jalifa dejó que hablara a su ritmo, a su manera, y de vez en cuando intercalaba una pregunta o un comentario cuando daba la impresión de que la mujer perdía el hilo de la narración, pero por lo demás escuchaba en silencio, mientras todos los elementos del caso, todas las cosas que le habían desorientado durante las dos últimas semanas, se resolvían en su mente en un todo claro y coherente.

—Todos huimos juntos —musitó la mujer, con la vista clavada en el techo, los ojos entornados—. Al final de la guerra. Abril de 1945. Wolfgang, Dieter, otro hombre llamado Julius Schechtmann y yo. Julius fue a Sudamérica, nosotros a Egipto. Dieter tenía contactos, gente que podía ayudarnos.

En la mente de Jalifa, otra pieza del rompecabezas encajó en su lugar.

—Faruk al-Hakim —dijo.

Ella asintió.

—Dieter conocía a su familia. Entonces era joven, un empleado. Pero inteligente, ambicioso. Nos llevamos dinero, oro en lingotes, todo lo que pudimos reunir. Pagamos a Faruk y él nos ayudó a desaparecer. Más tarde, llegaron otros. Faruk también les echó una mano. Le pagábamos una cuota anual y él se encargaba de que no se hicieran preguntas. Era un buen negocio para él.

La entrevista con el jefe Mahfuz destelló en la mente de Jalifa. «Hablé a al-Hakim de Jansen, pero dijo que era intocable. Implicarle en la investigación solo serviría para empeorar las cosas. Cabrearía todavía más a los judíos.» No me extraña, pensó Jalifa. Al investigar a Jansen habría salido a la luz toda la trama nazi. Habría parecido que Egipto era un paraíso para asesinos y criminales de guerra. Además, habría privado a al-Hakim de una lucrativa actividad. Era mucho mejor dejar a Jansen en paz y culpar a otro del asesinato de la señora Schlegel. Aunque fuera inocente.

—Vivíamos bien —estaba explicando la mujer—. Fundamos un negocio, hicimos nuevos amigos. En una época, formábamos un buen grupito. Todos han muerto. Wolfgang, Dieter y yo éramos los últimos. Solo quedo yo.

Suspiró y movió su cuerpo frágil bajo las sábanas, sin soltar el brazo de Jalifa.

—Teníamos que estar en guardia, por supuesto. Sobre todo después de lo que le pasó a Julius. Le colgaron, las malas bestias. En general, nos dedicábamos a nuestras cosas sin más preocupaciones. Pensábamos que pasaríamos el resto de nuestra vida en paz y tranquilidad.

—Hasta que llegó Hannah Schlegel —dijo Jalifa en voz baja.

La anciana hizo una mueca al oír el nombre y sus delgados y pálidos labios dejaron al descubierto los dientes, de modo que el detective tuvo la impresión de no estar mirando a un ser humano, sino a un animal feroz, un perro o un lobo.

—Sabe Dios cómo encontró a Dieter —murmuró ella—. Había sido muy precavido, había hecho todo lo posible para borrar sus huellas. Antes de irnos de Berlín hizo creer que había fallecido, dejó algunos efectos personales en un cadáver, para que pareciera que había muerto durante un bombardeo ruso. Pero así son los judíos, ¿verdad? Vampiros. Siempre a la caza, siempre sedientos de sangre. Siempre, siempre, siempre.

Empezaba a ponerse nerviosa, se removía en la cama, su respiración era cada vez más entrecortada. La enfermera puso una mano en su frente cenicienta con la intención de calmarla. Jalifa aprovechó la oportunidad para liberar su brazo, incapaz de seguir soportando el tacto de su piel, como si el contacto le infectara, inyectara veneno en su corriente sanguínea. Echó la silla hacia atrás, lejos del alcance de la anciana, cruzó las piernas y esperó a que se serenara.

—Nunca nos contó toda la historia —continuó la paciente, una vez que la enfermera la hubo calmado lo suficiente—. Algo acerca de Francia, una excavación... nunca quedó muy claro. Solo dijo que la había enviado a los campos en 1943, y cuarenta y cinco años después aparece inopinadamente en un hotel de Luxor y pide entrevistarse con él. —Meneó la cabeza—. Al principio, pensó que quería chantajearle. La típica codicia judía. Pero luego, cuando se encontraron, la perra estúpida se puso a pedir a gritos justicia y venganza, dijo que tenía un cuchillo, que iba a matarlo. Dieter tenía casi setenta años entonces, pero aún era fuerte, estaba en forma. Le dio una buena paliza y después la liquidó con su bastón. O al menos pensó que la había liquidado. Después nos enteramos por Faruk de que aún estaba viva cuando la dejó. —Soltó un gruñido—. Son como cucarachas. Es difícil matarlos.

Jalifa meneó la cabeza, incapaz de creer lo que estaba oyendo, que alguien pudiera decir semejantes cosas con tal frialdad, con tal indiferencia, y mucho menos una anciana. No puedo entenderlo, pensó. Todo en este caso, todas sus ramificaciones... es como si estuviera en otro mundo, extraviado en una habitación completamente a oscuras donde todos mis instintos y sentidos, todo cuanto conozco y valoro, no contaran para nada. No lo entiendo. No entiendo nada.

—¿Fue Jansen quien les pidió que quemaran el piso de Hannah Schlegel? —acertó a preguntar.

La anciana asintió.

—Nos llamó para explicarnos lo sucedido, nos advirtió de que la mujer tal vez había dejado notas, información acerca de cómo le había localizado. Le había quitado el billetero, donde encontró su dirección. Wolfgang se puso en contacto con unos socios de la empresa en Jerusalén. Se ocuparon de todo.

Cerró los ojos, y sus feos dedos arrugados toquetearon el borde del cubrecama.

—Pobre Dieter. No volvió a ser el mismo después de eso. A todos nosotros nos afectó, pero él se llevó la peor parte. Estaba aterrorizado. Paranoico. Convencido de que iban a aparecer más, de que le llevarían a Israel y le juzgarían. Dejó de vernos, puso cerraduras en todas las ventanas, dormía con una pistola al lado de la cama. Cuando Faruk murió el año pasado, aún se asustó más, porque sin él ya nadie podía protegernos. Le provocó cáncer. Lo creo a pies juntillas. La preocupación, el estar mirando siempre por encima del hombro. Podría haberla matado en Karnak, pero la perra judía se la jugó al final. Nos la jugó a todos. Como siempre. Gentuza. Sabandijas.

Estaba agotando las pocas fuerzas que le quedaban, y la enfermera, que aún estaba de pie al lado de la cama, tosió y dio unos golpecitos sobre su reloj, para indicar que había llegado el momento de terminar el interrogatorio. Jalifa asintió, se levantó y se encaminó hacia la puerta, pero dio media vuelta antes de llegar.

—Una última cosa —dijo—. Antes de morir, parece que el señor Jansen intentó ponerse en contacto con el terrorista palestino al-Mulatham. Dijo que se encontraba en posesión de un arma que podría utilizar contra los judíos. ¿Sabe algo de eso?

Para su sorpresa, la anciana emitió una risita desagradable, como barro burbujeante.

—El enigma de Dieter —dijo, con un poco más de energía en su voz—. Anton y yo lo llamábamos así. Siempre hablaba de eso, sobre todo después de tomar un par de copas. Había encontrado algo que contribuiría a destruir a los judíos. «Aún puedo perjudicarlos, Inga», decía. «Aún puedo hacer daño a esos hijos de puta.»

Rió de nuevo, bajó las manos y se hundió en la almohada como si fuera un montón de nieve, mientras abría y cerraba los ojos.

—¿Le dijo qué era esa cosa? —preguntó Jalifa.

—No —contestó ella—, nunca.

—¿Dónde?

La mujer se encogió de hombros.

—Creo que en una ocasión habló de una caja fuerte, pero otra vez dijo que había dejado los detalles a un viejo amigo, de modo que quién sabe. Dieter podía ser muy reservado.

Suspiró y clavó la vista en el techo.

—Una nueva generación, en eso confiaba. Alguien a quien poder pasar el testigo, que ayudara a Alemania a ser fuerte de nuevo. Pero los años pasaban y no aparecía nadie, y después descubrió que tenía cáncer, de modo que decidió entregarlo a los palestinos. «Hay que darlo a quien lo necesita», dijo. Enviamos una carta en su nombre.

—¿Una carta? —Jalifa entornó los ojos.

—A una mujer palestina. De Jerusalén. Dieter pensaba que ella podría ayudarle. Al-Madani, así se llamaba. Laila al-Madani. No tengo ni idea de si ella le contestó. Eso espero. Hemos de seguir luchando. Demostrar a los judíos que no se van a salir con la suya. Sabandijas, eso es lo que son. Una plaga. Estábamos haciendo un favor al mundo. Usted ha de comprenderlo. Al fin y al cabo, somos sus amigos. Siempre hemos sido sus amigos.

Sus ojos se cerraban poco a poco, y su voz era cada vez más débil y lejana. Jalifa la miró, mientras intentaba, sin conseguirlo, sentir algo de compasión por ella, y luego se encaminó hacia la puerta. Cuando llegó, la mujer logró alzarse en la cama y le llamó.

—No corro peligro, ¿verdad? ¿No se lo dirá a los israelíes? ¿Me cuidará? Ellos también son sus enemigos, al fin y al cabo.

Jalifa se detuvo una fracción de segundo y, sin contestar, salió al pasillo y cerró la puerta.

61

Campo de refugiados de Kalandia,
entre Jerusalén y Ramallah

Yunis Abu Jish se levantó antes del alba, tras un par de horas de sueño inquieto. Después de lavarse en el grifo que había frente a su casa, una construcción provisional de ladrillos de ceniza, volvió a su dormitorio y empezó sus oraciones matutinas, en voz baja para no despertar a los cuatro hermanos menores con los que compartía la habitación.

Habían transcurrido tres días desde que recibió la llamada de al-Mulatham, y durante ese tiempo sus familiares habían percibido un cambio radical en el joven. Su rostro, ya de por sí demacrado y pálido, daba la impresión de haberse hundido todavía más en la catacumba ósea de su cráneo, como si lo hubieran chupado desde dentro, al tiempo que sus ojos de espesas pestañas parecían haberse hecho más grandes y oscuros, hasta adquirir una negrura insondable y opalescente, como agua de turbera.

Su comportamiento también había sufrido una transformación pasmosa. Si antes era hablador y extravertido, ahora se mostraba retraído, esquivaba la compañía de los demás, pasaba todo el tiempo solo, abismado en la oración y la contemplación solitaria.

«¿Qué pasa, Yunis? —le había preguntado su madre en más de una ocasión, alarmada por el súbito cambio que habían experimentado el aspecto y el comportamiento de su hijo—. ¿Estás enfermo? ¿Quieres que llame al médico?»

Le habría gustado dar explicaciones, compartir la carga que llevaba encima, una carga que aumentaba con cada día que pasaba, pues, por más que creía en la justicia de su causa, no era fácil afrontar la propia muerte. Le habían prohibido de manera expresa hablar del asunto, y en consecuencia había tranquilizado a su madre, y a todos los que se interesaban por su estado de salud, explicando que se encontraba bien, que estaba preocupado por algunas cosas y que no debían sufrir por él. Que con el tiempo lo comprenderían.

Terminó sus oraciones, recitó la *rekah* final y la *shahada*, y se quedó un momento mirando al menor de sus cuatro hermanos, Salim, de tan solo seis años, que dormía en el colchón dispuesto sobre el suelo, con un brazo esquelético estirado al costado, como si estuviera buscando algo. No por primera vez durante los dos últimos días experimentó una punzada de horror al pensar en lo que le habían pedido, en el hecho de que se separaría para siempre de sus seres más queridos. Solo duró unos segundos, para dar paso a la convicción de que era por amar tanto a estos seres que había tomado su trascendental decisión. Se inclinó y acarició el pelo del niño, susurrando palabras de afecto, explicando cuánto lamentaba el dolor que le causaría. Después se enderezó, tomó el Corán de la estantería situada junto a la cama y salió al amanecer gris y frío para continuar sus solitarios preparativos.

62

Jerusalén

Pasaban de las once de la mañana cuando Laila llegó por fin a su apartamento de Jerusalén Oriental. El calor era asfixiante, anormal para la época del año, el cielo estaba nublado y la atmósfera, que envolvía la ciudad como una gasa pegajosa, era pesada y soporífera. Tiró el móvil y la bolsa de viaje sobre el sofá, escuchó los mensajes del contestador (la habitual sarta de insultos, amenazas de muerte y preguntas sobre su último artículo), se desnudó y entró en el cuarto de baño para darse una ducha.

¿Qué hago ahora?, pensó, mientras el agua le caía sobre la cabeza y la cara. ¿Qué hago a continuación?

Lo que Hoth había descubierto en Castelombres (pese al escepticismo de la campesina francesa de la cesta de setas, Laila estaba segura de que Hoth había descubierto algo) parecía haber desaparecido de nuevo en el caos desencadenado al final de la Segunda Guerra Mundial. Si quedaba alguna documentación escrita sobre su paradero, no se había hecho pública. Y si bien, según Jean-Michel Dupont, todavía había miles de páginas de documentos y expedientes nazis que debían examinarse con detenimiento (decenas de miles), podría tardar meses, incluso años, en encontrar la información que buscaba. Eso en el caso de que dicha información existiera, cosa que no era segura.

¿Qué más? Estaba el chico palestino, el que le había entregado la misteriosa carta. Suponía que era factible hacer indagaciones sobre su identidad, seguirle el rastro, que la encaminaría hacia la persona que había escrito la carta. También podía volver a la iglesia del Santo Sepulcro y hablar otra vez con el padre Sergio, para comprobar si había pasado algo por alto en el primer encuentro, alguna pista sobre lo que Guillermo de Relincourt había desenterrado del suelo enlosado de la iglesia.

Ambas opciones se le antojaron inútiles. El padre Sergio había insistido en que no existían pruebas de lo que De Relincourt había encontrado, y tratar de localizar al chico palestino sería como buscar una aguja en un pajar. En un campo lleno de pajares. En un país lleno de malditos pajares. Todos los caminos parecían desembocar en un callejón sin salida.

Cerró el grifo del agua caliente con un suspiro de desaliento y abrió el del agua fría, para refrescarse y despejar la cabeza. En ese momento algo destelló en su mente, un recuerdo fugaz, algo relacionado con el problema que la atormentaba. Se desvaneció casi al instante, como una estrella fugaz que se disipa nada más aparecer, y la dejó con la sensación frustrante de que había pasado por alto algo importante, un rayo de luz infinitesimal. Giró el grifo y cerró los ojos, con la intención de rastrear el curso de sus pensamientos hacia atrás: el chico palestino, el padre Sergio, la iglesia, el suelo enlosado. Eso era, el suelo. El suelo enlosado de la iglesia. ¿Por qué era tan importante? ¿Qué intentaba recordar?

—*Yalla* —masculló—. Vamos. ¿En qué estoy pensando? ¿Qué es? ¿Qué?

Por un momento, su mente siguió en blanco, y después oyó un sonido muy tenue. Un golpecito seco. Un golpecito seco que resonaba de una manera extraña, como algo que repiqueteara sobre la piedra. Clac clac clac. ¿Qué coño era? ¿Un martillo? ¿Un escoplo? No lograba identificarlo. Abrió los ojos, volvió a cerrarlos, se obligó a pensar en otra cosa y luego volvió a desviar su mente, como si intentara sorprender al sonido por detrás, pillarlo desprevenido antes de que pudiera escapar. Tuvo éxito. ¡Por supuesto! Era el sonido de un bastón, el del viejo judío que el padre Sergio le había señalado. «Viene cada día, puntual como un reloj. Convencido de que De Relincourt descubrió los Diez Mandamientos, el Arca de la Alianza o la espada del rey David. He olvidado qué. Algún objeto judío antiguo.»

En aquel momento había supuesto que el hombre era uno de los chiflados que revoloteaban alrededor de la historia de De Relincourt como polillas en torno a la llama de una vela. De hecho, era lo más probable. No obstante, después de lo que había descubierto sobre el Secreto de Castelombres, y sobre todo su relación con el judaísmo y la historia de los judíos, no podía dejar de preguntarse si el viejo sabía algo que pudiera ayudarla. Era un tiro a ciegas. Sin embargo, puesto que las demás líneas de investigación parecían haber llegado a un callejón sin salida, solo le quedaban tiros a ciegas. Al menos, valía la pena seguir la pista, aunque no diera ningún fruto, que parecía lo más probable.

Salió de la ducha, cogió una toalla, se secó y fue a su dormitorio. Se puso bragas, sujetador y una camisa, antes de que alguien empezara a aporrear la puerta.

—Espere —gritó.

El que llamaba no la oyó, o bien no estaba dispuesto a esperar, porque los golpes continuaron, cada vez más fuertes e insistentes, de modo que todo el piso parecía vibrar. Irritada, y de repente recelosa (los golpes eran demasiado persistentes para que se tratara de Fathi, el portero, o de algún conocido), se puso tejanos y zapatillas de deporte, agarró una toalla para secarse el pelo empapado, se acercó de puntillas a la puerta y aplicó el ojo a la mirilla.

En el rellano había un hombre corpulento y ancho de espaldas, un israelí, de nariz grande y rostro hosco, con una pistola Jericho encajada de forma amenazadora bajo el cinturón de sus tejanos. Por algún motivo, a Laila le dio mala espina al instante, como si presagiara peligro.

—¿Sí?

El hombre se detuvo cuando estaba a punto de llamar de nuevo y luego se inclinó hacia la puerta, de manera que su ojo aumentó de tamaño en la mirilla.

—Policía de Jerusalén —gruñó—. Abra.

Ben Roi había subido a su coche nada más terminar de hablar con Jalifa y había recorrido la distancia que separaba la comisaría de la calle Nablus en menos de tres minutos, para lo cual había sido preciso saltarse dos semáforos en rojo. Además había estado a punto de atropellar a un anciano *haredim* que había empezado a cruzar la calle sin molestarse en mirar a ambos lados.

Hoth, Gratz, Schlegel, la comunidad nazi fugitiva... Una historia extraordinaria, fascinante. Por otro lado, en cierto sentido resultaba decepcionante que al final el egipcio pareciera haber solucionado el caso sin su ayuda. Que su propia contribución a la investigación, al final, no hubiera resultado fundamental para la resolución del caso.

No obstante, no eran ni la fascinación ni la decepción lo que le espoleaba ahora, sobre todo después de lo que Jalifa le había dicho al final de la conversación, casi a modo de despedida, acerca de Laila al-Madani y la carta que Hoth le había enviado para pedirle que le ayudara a ponerse en contacto con al-Mulatham. Ahora experimentaba una descarga de adrenalina, la adrenalina feroz, en estado puro, de un boxeador que, tras meses de entrenamiento, está a punto de subir al cuadrilátero para enfrentarse a un contrincante largo tiempo anhelado.

Siempre había sabido que al final se enfrentaría con ella. O al menos durante el último año, después de leer el artículo escrito por al-Madani. No podía explicarse muy bien su obsesión por la periodista, y tampoco existían explicaciones racionales para el intenso dolor de estómago que le había provocado. Desde luego, si uno se fijaba bien, muy bien (cosa que él había hecho durante los últimos doce meses), se captaban indicios, taras imprecisas en la tela de la vida y obra de al-Madani, como las entrevistas que había hecho (¡a casi todos los terroristas suicidas, por el amor de Dios, a casi todos los terroristas suicidas!). Nada manifiesto, no obstante. Nada concluyente. Nada que explicara el grado de desconfianza y odio que había despertado en él. Solo sabía que, con aquel artículo, la periodista había quedado grabada en su mente como el único vínculo humano y tangible con el hombre que había asesinado a su amada Galia, y en ese sentido no había dudado jamás que sus caminos llegarían a cruzarse. Que hubiera sucedido como consecuencia de este caso era inesperado. O quizá no. Tal vez era el motivo de que se hubiera visto arrastrado a la investigación, una certeza subconsciente de que eso sería lo que los reuniría. No sabía decirlo, y tampoco le importaba. Lo único importante era que, después de un año de vigilar y esperar, de investigar, seguir pistas, obsesionarse y padecer el dolor de estómago, por fin había llegado el momento de encontrarse cara a cara, de mirarla a los ojos y averiguar qué veía en ellos.

—Vamos —repitió, al tiempo que asestaba otro puñetazo a la puerta—. Abra.

—Primero la placa —dijo la voz de Laila desde el otro lado.

Ben Roi blasfemó, introdujo la mano en el bolsillo y sacó la placa, que acercó a la mirilla. Siguió una larga pausa, mucho más larga de lo necesario para que ella leyera los datos de la tarjeta, como si le hiciera esperar a propósito, para subrayar el hecho de que no se sentía intimidada por él, hasta que se oyó un chasquido y la puerta se abrió.

—Siempre es un placer dar la bienvenida a la Policía Nacional israelí —dijo Laila, mientras se secaba el pelo con una toalla.

Era más baja de lo que él esperaba, más delgada, casi de adolescente los pequeños montículos de los pechos, las caderas estrechas, detalles que no se captaban en las fotografías que le había hecho mientras estaba sentado, noche tras noche, frente a su apartamento, mirando sus ventanas, viéndola entrar y salir. También existía cierta dureza en ella, sobre todo en los ojos color esmeralda, la forma en que le miraban sin parpadear, sin arredrarse por su corpulencia, por el hecho de que habría podido volverla del revés con una sola mano.

—¿Y bien? —preguntó ella.

Estaba tan absorto observando cada detalle del físico de la joven, que no captó al instante la pregunta, y ella tuvo que repetirla.

—¿Y bien?

Él meneó la cabeza.

—He de hacerle algunas preguntas —contestó, y avanzó un

paso para entrar en el piso. Ella extendió una mano ante la puerta y le cortó el paso.

—No sin un mandamiento judicial. ¿Tiene un mandamiento judicial?

Ben Roi no lo había pedido.

—Puedo ir a buscar uno —rugió—. Y cuando vuelva, no seré tan cordial.

Laila resopló.

—Ya estoy temblando. O me enseña el mandamiento judicial, o haga las preguntas que le dé la gana desde ahí. Y deprisa. Llego tarde a una cita.

La actitud de la periodista era serena, segura, despectiva, y por un breve instante Ben Roi se descubrió pensando en su primer encuentro con Galia, cuando la había detenido en la manifestación antiasentamientos y le había tratado con similar desdén. Hizo una mueca, asombrado por la analogía, y avanzó otro paso, hasta que su cuerpo ocupó todo el marco de la puerta.

—Hace poco le enviaron una carta. Una carta en la que le pedían ayuda para ponerse en contacto con al-Mulatham.

Laila no dijo nada.

—¿Sabe de qué estoy hablando?

Siguió una brevísima pausa, como si Laila estuviera sopesando la posibilidad de contestar. A continuación se echó la toalla al hombro y reconoció que sí, que había recibido dicha carta.

—¿Y?

Otra pausa, de nuevo para sopesar las posibilidades.

—Y nada. La leí, la rompí, la tiré a la papelera. Como hago con todas las tonterías que me envían.

Ben Roi examinó sus facciones en busca de pistas reveladoras de que estaba mintiendo: la tensión de la boca, la dilatación de las pupilas, un temblor sudoroso. Nada. O estaba diciendo la verdad, o era mejor, mucho mejor, que cualquiera con quien se había topado hasta el momento.

—No le creo —dijo, para ponerla a prueba.

Ella rió, sin bajar la vista.

—Me importa una mierda lo que crea. Recibí la carta, la leí

y la tiré. Y antes de que lo pregunte, ya no está en la papelera, aunque estoy segura de que, si va al vertedero municipal, solo tardará un par de semanas en localizarla.

Ben Roi apretó los puños intentando resistir el ansia de abofetearla.

—¿Qué decía la carta?

—Parece que ya lo sabe —contestó ella.

—¿Qué decía exactamente?

Ella se cruzó de brazos y suspiró, como una maestra que estuviera hablando con un alumno retrasado en los estudios.

—No sé qué decía exactamente, pues no me molesté en memorizarla. «Estoy intentando ponerme en contacto con al-Mulatham, creo que usted podría ayudarme, le pagaré lo que quiera», algo por el estilo. Chorradas, a fin de cuentas. Solo le eché un vistazo. Si quiere la versión completa, tendrá que ponerse en contacto con sus colegas del Shin Bet. Imagino que fueron ellos quienes la enviaron.

Una vez más, aunque tenía la vista clavada en ella y el oído aguzado, Ben Roi no captó el menor indicio de que estuviera mintiendo, el menor atisbo de falsedad en sus facciones o su voz. Lo cual era inquietante, porque todos sus instintos le decían que estaba mintiendo, de manera que, o sus instintos se equivocaban, su radar estaba averiado sin remedio, o la mujer poseía un grado de autocontrol casi sobrehumano. Solo en el fondo de su mirada se insinuaba algo diferente de lo que estaba verbalizando, una especie de tenue neblina, como lodo removido en el fondo del mar. Si traducía doblez u otro aspecto de su psique, no sabía decirlo. Tal vez era un simple efecto de la luz.

—¿La carta hablaba de un arma? —insistió—. ¿Algo que pudiera utilizarse para perjudicar al Estado de Israel?

No que ella recordara, fue la respuesta. En ese caso, tal vez le habría prestado más atención.

—¿Significa algo para usted el nombre de Dieter Hoth?

No.

—¿Piet Jansen?

La misma respuesta.

—He oído hablar de David Beckham, si eso le sirve de algo.

Y así continuaron. Ben Roi hacía preguntas, Laila las contestaba con desdén burlón, hasta que el policía se quedó sin preguntas y guardó silencio.

—¿Eso es todo? —preguntó ella, con los brazos en jarras—. Porque, a pesar de que me lo estoy pasando muy bien, tengo cosas que hacer.

Detrás de ella el teléfono empezó a sonar.

—¿Es todo? —repitió.

El hombre la fulminó con la mirada, los puños apretados, consciente de que la entrevista no había dado los frutos apetecidos. Ella había ganado. Al menos, el primer asalto.

—De momento —contestó.

—Bien, ya sabe dónde vivo. Como ya he dicho, siempre es un placer dar la bienvenida a la Policía Nacional israelí.

Hizo un gesto con la cabeza para indicar al detective que debía retroceder y empezó a empujar la puerta. Cuando estaba medio cerrada, le miró a través de la abertura, mientras el teléfono seguía sonando.

—Que conste que no tengo ni puta idea de quién es al-Mulatham, dónde está o cómo encontrarle. Estoy segura de que eso no le disuadirá de seguir acosándome, pero quería decirlo por si alguna vez me hacen caso.

El contestador automático se conectó y la voz grabada resonó en el piso: «En este momento no puedo contestar. Deje un mensaje y me pondré en contacto con usted».

—Y una observación personal —añadió—. No tengo ni idea de qué loción para después del afeitado usa usted, pero apesta. Debería cambiar de marca.

Ben Roi entornó los ojos. Se oyó un pitido agudo y otra voz flotó hasta el pasillo, profunda y grave.

«¡Laila! Magnus Topping. Te llamo para saber si has llegado bien y decirte... ejem..., bien, que fue un placer conocerte. Además, olvidé mencionarte algo cuando estuviste aquí, un dato interesante para tu artículo. Al parecer, el arqueólogo alemán, el que estuvo excavando en Castelombres, Dieter Hoth, tenía los pies palmeados. He pensado que eso te gustaría, un toque de color. En cualquier caso, llámame si quieres. Que te vaya bien.»

Otro pitido, luego silencio.

Laila miró a Ben Roi, Ben Roi miró a Laila. Siguió una pausa, la calma que precede a la tempestad, y después, con un rugido, el israelí extendió una mano para entrar por la fuerza en el piso. Ella fue más rápida. Le cerró la puerta en las narices, se oyó el chasquido de cerraduras, el sonido apagado de unos pies que corrían.

—¡Puta mentirosa! —gritó el policía.

Sacó la pistola Jericho del cinturón y cargó contra la puerta. Esta resistió. Probó de nuevo, tomando carrerilla desde más lejos. Se oyó un crujido, pero la puerta no cedió.

—¡Puta árabe mentirosa!

Probó por tercera vez, resoplando como un toro herido. Esta vez, la puerta se vino abajo. Ben Roi se tambaleó, recuperó el equilibrio y miró alrededor. El bolso y el móvil de la mujer estaban sobre el sofá. Ni rastro de ella. Se precipitó al estudio, al cuarto de baño; tampoco estaba allí. En el cuarto de baño vio la escalera de cemento que subía, la puerta abierta al final. Subió de tres en tres los peldaños y salió a la azotea, con el cielo inmenso y blanco sobre él, la ciudad extendida alrededor. Nada. Dio media vuelta, pensando que tal vez no la había visto en el piso, y entonces oyó un bocinazo en la calle, corrió hacia el borde de la azotea, se aferró a la barandilla de hierro oxidada y miró hacia la calle Nablus. La vio de inmediato; corría entre el tráfico, demasiado lejos para poder alcanzarla.

—¡Puta! —chilló, impotente—. ¡Puta mentirosa!

Si la joven le oyó, no lo demostró, porque siguió corriendo, cruzó la calle Sultan Suleiman y desapareció entre la multitud que se apretujaba frente a la entrada de la puerta de Damasco. Ben Roi maldijo, sacó el móvil del bolsillo, tecleó un número y se llevó el aparato al oído.

—¿Puesto de guardia? Ben Roi. Necesito una alerta inmediata sobre Laila al-Madani. Laila al-Madani. Sí, la periodista. Máxima prioridad. Está en la Ciudad Vieja. Repito, máxima prioridad.

63

Luxor

—A las siete y media, las ocho como mucho. En cuanto termine aquí. Yo también te quiero. Más que a nada en el mundo.

Jalifa se llevó el teléfono a los labios y envió una lluvia de besos por la línea, con los ojos entornados, como si pudiera sentir la boca de Zainab en lugar del plástico frío e impersonal del auricular. Siguió así un momento y, con un último «te quiero», colgó y se reclinó en la silla, con la vista clavada en la estatuilla de Horus que había comprado en El Cairo, los ojos enrojecidos e hinchados de agotamiento.

Casi había terminado, gracias a Dios. Ya había informado de todo a Ben Roi, con quien se había puesto en contacto nada más regresar de El Cairo. Ya solo quedaba mecanografiar un informe para el jefe Hasani y poner en movimiento algunas ruedas burocráticas (solicitar que trasladaran los objetos del sótano de Jansen al museo de Luxor, llenar un formulario para solicitar el perdón póstumo para Mohammed Yamal), tras lo cual podría lavarse las manos de todo el maldito caso y recuperar alguna apariencia de vida normal.

Unas vacaciones, eso era lo que deseaba. Tiempo a solas con su familia, sin pensar en muertes, asesinatos y odio. Tal vez podrían viajar a Asuán, visitar a su amigo Shaaban, que trabajaba en el hotel Old Cataract; o bien ir a Hurgada unos días, algo de lo que hablaban desde hacía años, pero nunca se llevaba a la práctica. Sí, eso haría: llevar a la familia a la playa. No se lo podían permitir, pero a la mierda. Conseguiría reunir el dinero. Sonrió al pensar en las caras de Ali y Batha cuando les hablara del viaje. Después, con un suspiro, encendió un Cleopatra y se inclinó hacia el escritorio.

Porque antes de empezar a pensar en vacaciones, cerrar el caso de una vez por todas y relegarlo al infierno de los archivos de la comisaría, quedaba un último detalle por resolver: la naturaleza de la misteriosa «arma» que Piet Jansen había intentado entregar al activista palestino al-Mulatham.

Era un fleco secundario del caso y, francamente, bien podía hacer la vista gorda. Al fin y al cabo, había logrado su objetivo: demostrar que Jansen había asesinado a Hannah Schlegel, el móvil y por qué al-Hakim le había protegido con tanto ahínco. La cuestión del arma solo tenía importancia para los israelíes, no para su investigación. Pese a eso, y pese al dolor sordo en la boca del estómago, el cual le advertía de que continuar profundizando solo causaría más problemas, confusión y penalidades, una parte de él (la parte «contumaz, testaruda y capulla», como la describía el jefe Hasani) era incapaz de tirar la toalla.

Dio una calada al cigarrillo y recogió el fajo de notas que había tomado después de su entrevista con Inga Gratz. En una caja de seguridad. Eso había dicho la anciana cuando le había preguntó al respecto. «Creo que en una ocasión habló de una caja de seguridad, pero en otra dijo que había confiado todos los detalles a un viejo amigo, así que quién sabe.»

En cuanto a cajas de seguridad, ya sabía por indagaciones efectuadas al principio de la investigación que ningún banco egipcio importante guardaba en su cámara acorazada una caja a nombre de Piet Jansen. Una rápida ronda de llamadas tras haber hablado con Ben Roi había bastado para confirmar que tampoco constaba un tal Dieter Hoth en sus registros, y eso fue antes de empezar a husmear en bancos extranjeros. De todos modos, aunque llamara a todos los bancos de Egipto, a todos los bancos del mundo, intuía que no iba a servirle de nada. Todo cuanto sabía sobre Piet Jansen, todo cuanto había descubierto durante estas dos últimas semanas, le decía que había obrado con mucha cautela, con grandes dosis de astucia e inteligencia para borrar su rastro, sobre todo en lo tocante a algo tan importante como esto. Si tenía una caja de seguridad, estaría bien escondida. Demasiado bien escondida para que él la localizara sin una búsqueda larga y complicada.

De modo que solo quedaba el otro comentario de la mujer acerca de que había confiado todos los detalles a un viejo amigo. ¿Qué amigo?

Durante todo el trayecto de vuelta desde El Cairo no había dejado de pensar en esto, dando vueltas en su mente a las palabras de la anciana, repasando y analizando cada aspecto del caso, intentando descubrir a quién podría haberse referido Jansen, en quién habría confiado lo bastante para entregarle ese tipo de información. Estaba claro que los Gratz no lo sabían. Al-Hakim era una posibilidad, pero estaba muerto, así como los otros miembros del círculo de fugitivos al que había pertenecido Jansen. Tal vez se trataba de alguien con el que ni siquiera se había topado en sus investigaciones. Alguien de la época en que Jansen trabajaba para las SS, por ejemplo, o como arqueólogo. O quizá de más atrás aún. Alguien sepultado en las arenas del tiempo. Alguien más difícil de rastrear todavía que la caja de seguridad de Jansen. Parecía una perspectiva desprovista de toda esperanza.

Revisó sus notas una, dos, tres veces y después, con un suspiro de agotamiento, se levantó y caminó hacia la ventana del despacho.

—Déjalo estar —murmuró para sí—. Por una vez en tu puta vida, deja de ser contumaz, testarudo y capullo, y déjalo estar.

Terminó el cigarrillo y, con los codos apoyados en el antepecho de la ventana, contempló las escenas que se desarrollaban en la calle: un turista que regateaba con el propietario de un comercio; dos viejos sentados en el borde del pavimento jugando a *siga* en el polvo; un niño mimando a un esquelético perro lobo, que agitaba las patas y meneaba la cola, disfrutando de sus atenciones. Esta última imagen le evocó algo, una escena que había presenciado antes, aunque no lograba recordarla. Después de pensar un rato, se encogió de hombros y desistió, volvió al escritorio y empezó a ordenar sus notas.

Bajo una pila de papeles encontró una bolsa de pruebas que contenía la pistola de Jansen; debajo de otra, el llavero y la cartera del fallecido. Cogió la cartera, la miró, volvió a dejarla y siguió ordenando. Al cabo de unos momentos, no obstante, se detuvo y la cogió de nuevo, con el ceño fruncido. Le dio vueltas en la mano, echó un vistazo a la ventana y después la abrió, introdujo los dedos en uno de los bolsillos interiores y sacó la arrugada fotografía en blanco y negro del perro lobo de Jansen. En ese instante, las palabras de Carla Shaw resonaron en su mente, el comentario que había hecho cuando la interrogó en el Menna-Ra: «Arminius. Piet siempre hablaba de él. Decía con frecuencia que era el único amigo de verdad que había tenido. La única persona en la que había confiado. Hablaba de él como si fuera humano».

Caja de seguridad, viejo amigo.

—Maldición —susurró, mientras una curiosa expresión de desconcierto aparecía en su rostro, en parte emoción, en parte renuencia.

Vaciló. Luego se inclinó y descolgó el teléfono.

Bastaron dos llamadas. Banco de Alejandría, sucursal de Luxor, caja de seguridad a nombre del señor Arminius.

—No te jode.

64

Jerusalén

—*Yalla, yalla.* Vamos, vamos. ¿Dónde coño estás?

Laila consultó su reloj, consciente de que a cada minuto que pasaba los israelíes se iban acercando más, y después se refugió en las sombras que se formaban junto a las paredes de la iglesia del Santo Sepulcro. Daba la impresión de que los martilleos de su corazón resonaban en todo el edificio, como si alguien estuviera golpeando sus cimientos con una almádena de hierro.

No tenía ni idea de cómo se había enterado el detective de la carta que le habían enviado, la petición de ayuda para establecer contacto con al-Mulatham, la existencia de Dieter Hoth... En ese momento carecía de importancia. Lo que sí sabía, lo que había sabido en cuanto le vio, era que el hombre era peligroso, más peligroso que todos los israelíes con los que se había cruzado en su vida, excepto, tal vez, Har-Zion. Por eso le había mentido. Por eso había huido (fue entonces cuando reparó en el baqueteado BMW blanco aparcado fuera, el mismo BMW que había visto tantas veces vigilando su apartamento por las noches). Y por eso había ido allí para encontrar al viejo judío, la última y desesperada oportunidad de arrojar alguna luz sobre lo que Guillermo de Relincourt había descubierto bajo el suelo de la iglesia. Era un tiro a ciegas. El viejo debía de estar loco o senil. Tal vez ambas cosas. Sin embargo, era lo único que podía hacer. Tenía que averiguar qué se llevaba entre manos. Jugar esa última baza...

—Vamos —mascullό, mientras daba un puñetazo a la columna que tenía al lado—. ¡Por favor! ¿Dónde coño estás?

Transcurrieron otros veinte minutos, lentos, agónicos, una tortura de nervios e impaciencia. Estaba a punto de rendirse, convencida de que el viejo no acudiría, cuando por fin oyó el sonido, procedente del otro lado de la iglesia, que con tanta desesperación aguardaba: el rítmico repiquetear de un bastón.

El anciano entró en la rotonda y, como había hecho cuando ella le vio por primera vez, se encaminó hacia el cubo del edículo. Extrajo una *yamulka* y una Torá de la chaqueta y se puso a rezar, con el cuerpo oscilando atrás y adelante, el sonido de su voz ronca flotando hacia la cúpula, como el susurro de hojas mecidas por la brisa. Hasta que el hombre terminó, ella se quedó donde estaba, vigilante, a la espera; cuando el anciano se puso el gorro y guardó el libro de oraciones en el bolsillo, salió de las sombras y, tras lanzar una mirada nerviosa hacia la entrada de la iglesia, se acercó a él y le tocó con suavidad el codo.

—Disculpe.

El hombre se volvió poco a poco, con movimientos torpes, como un juguete de cuerda cuyo mecanismo empieza a fallar.

—Me gustaría hablar con usted sobre un hombre llamado Guillermo de Relincourt. Un sacerdote de la iglesia me dijo que usted tal vez sabría algo acerca de él.

De cerca parecía más decrépito y demente que desde lejos. Tenía el cuerpo encorvado y retorcido, el rostro surcado por unas arrugas tan profundas que daba la impresión de que cualquier sacudida lo desintegraría. Exudaba un olor desagradable a ropa sucia, mezclado con otro más profundo y elemental: olor a pobreza, fracaso y decrepitud. Solo sus ojos parecían contar una historia diferente, pues, aunque estaban inyectados en sangre e ictéricos, también se veían vivos, concentrados, como si indicaran que su cuerpo podía estar destrozado, pero su mente no.

—No le robaré mucho tiempo —añadió la joven, al tiempo que lanzaba otra mirada de angustia hacia la entrada—. Solo un par de minutos. Cinco a lo sumo.

El hombre no dijo nada, se limitó a mirarla, con la boca entreabierta como un tajo en un trozo de cuero gastado. Siguió un embarazoso silencio, roto solo por el agitar de alas de una paloma que se puso a volar alrededor de la cúpula blanca y dorada de la rotonda. Después, con un gruñido y una sacudida de la cabeza, el hombre dio media vuelta y empezó a alejarse. Laila dio por sentado que no deseaba hablar con ella, y el corazón le dio un vuelco. Sin embargo, para su sorpresa y alivio, en lugar de dirigirse hacia la entrada de la iglesia, el anciano se acercó al banco en el que cuatro días antes se había sentado ella con el padre Sergio y tomó asiento, indicando con un gesto que se acomodara a su lado. La joven lanzó otra mirada hacia la puerta y luego se sentó.

—Usted es la mujer árabe, ¿verdad? —dijo el viejo, al tiempo que se inclinaba sobre su bastón. Su voz sonó cascada y débil, como si se oyera por una conexión telefónica deficiente—. La periodista.

Ella admitió que era periodista.

El hombre asintió.

—Conozco su trabajo. —Al cabo de un segundo añadió—: Basura. Mentiras, intolerancia, antisemitismo. Me da asco. Usted me da asco.

Volvió la cabeza hacia Laila, y después clavó la vista en el suelo.

—Aunque, para ser sincero, no tanto como me doy yo. Mi *onesh olam*, mi eterno castigo: vivir en un mundo donde los únicos que desean escuchar lo que he de decir son aquellos a los que menos deseo decirlo.

Sonrió apenas, una expresión que no comunicaba la menor alegría, se encorvó y atacó con el bastón una hilera de hormigas que desfilaban a lo largo del borde de una grieta entre las piedras.

—Hace sesenta años que intento decírselo. He escrito cartas, he concertado citas. Pero no me escuchan. ¿Por qué iban a hacerlo, después de lo que hice? Tal vez si pudiera enseñarles algo... pero no puedo. Es solo mi palabra. Y no van a escucharme. Después de lo que hice no. Así que quizá debería sentirme agradecido por su interés. Aunque dudo que me crea. Sin pruebas no. Y no hay pruebas. Ninguna fotografía, ni una copia, nada. No hay nada que hacer. Hoth se lo quedó todo.

Laila estaba a punto de interrumpir aquel monólogo inconexo, desesperada por centrar la conversación en Guillermo de Relincourt, aterrorizada por la perspectiva de que una patrulla de la policía israelí irrumpiera de un momento a otro en la iglesia para detenerla. Sin embargo, el último comentario la detuvo. Giró en el asiento, y sus temores se desvanecieron cuando se concentró en lo que el hombre acababa de decir.

—¿Conoció a Dieter Hoth?

—¿Hum? —El viejo continuaba hostigando a la fila de hormigas—. Oh, sí. Trabajé para él. En Egipto. En Alejandría. Yo era su epigrafista.

«Hoth y su equipo están excavando en Egipto, en un yacimiento a las afueras de Alejandría, y de repente sale corriendo hacia Berlín para una reunión de alto secreto con Himmler.» Laila sintió un nudo en la garganta cuando recordó las palabras de Jean-Michel Dupont. Este hombre sabe algo, pensó. Dios mío, sabe algo. Solo que...

—Pensaba que Hoth era antisemita. ¿Por qué...?

—¿Empleó a alguien como yo? —La boca del hombre se torció de nuevo en aquella amarga sonrisa, más bien una mueca, mientras sus dedos se abrían y cerraban sobre el puño del bastón—. Porque ignoraba que yo era judío, por supuesto. Ninguno lo sabía; ni Jankuhn, ni Von Sievers, ni Reinerth. Ninguno. Nunca sospecharon. No es de extrañar, teniendo en cuenta que yo era el más antisemita de todos.

Exhaló un suspiro (un sonido de desesperación que emergió de las profundidades como aire que escapara de un globo pinchado) y, recostado contra la columna que había detrás del banco, alzó la vista hacia la cúpula.

—Los engañé a todos. A todos y cada uno. Qué listo. Iba a los mítines, cantaba los himnos, participaba en las quemas de libros. El nazi perfecto. ¿Y sabe por qué? —Se estemeció—. Porque me apasionaba la historia. Quería ser arqueólogo. ¿No le parece increíble? Me arranqué el corazón porque quería cavar agujeros en el suelo. Como judío, no podía obtener las cualificaciones necesarias, tal como estaban las cosas en aquellos tiempos. Así que dejé de ser judío y me convertí en uno de ellos. Me cambié el nombre, obtuve documentos falsos, me afilié al partido nazi. Traicioné todo. Porque quería cavar agujeros en el suelo. No es extraño que se nieguen a escucharme. Un judío que dio la espalda a su propio pueblo. Un *moser.* ¿Le extraña?

Miró a Laila con los ojos húmedos, y luego apartó la vista. Ella comprendió que estaba disgustado, que debía tratarle con mucho tacto, pero no había tiempo. Ya no quedaba tiempo.

—¿Qué ocurrió en Alejandría? —preguntó, procurando, sin conseguirlo, disimular la urgencia de su tono—. ¿A qué se refería cuando dijo que no tenía fotografías ni copias?

El hombre no contestó. Siguió mirando un rayo de luz que descendía desde la claraboya de la cúpula como una gruesa cuerda dorada.

Laila calló un segundo y, más por instinto que por creer que serviría de algo, añadió:

—Sé lo que es eso. Mentir. La soledad. Lo entiendo. Somos iguales. Ayúdeme, se lo ruego. Por favor.

Detrás de ellos se oyeron gritos y pasos apresurados, lo que hizo que Laila se sobresaltara. Sin embargo, vio que eran un par de sacerdotes jacobitas sirios que corrían a rezar, con los hábitos aleteando a su alrededor. Se volvió casi de inmediato y reparó en que el anciano la miraba fijamente. Sostuvo su mirada, y dio la impresión de que los ojos del anciano escudriñaban en su interior, mientras su labio inferior temblaba un poco. Siguió otra pausa insoportable.

—Cuatro de noviembre —dijo el anciano, con voz apenas audible.

—¿Cómo dice?

—Fue cuando la descubrimos. El cuatro de noviembre. La inscripción.

Hablaba en voz tan baja que Laila tuvo que inclinarse a la derecha para oír lo que decía.

—Se cumplían dieciséis años del día en que Carter descubrió la tumba de Tutankhamón. Irónico, si se para a pensarlo: los dos hallazgos más importantes de la historia de la arqueología tuvieron lugar en la misma fecha. Aunque el nuestro era más importante. Muchísimo más. Casi valía la pena haber mentido y traicionado para estar presente.

Se oyó otro tumulto detrás de ellos (voces, pisadas sobre la piedra) cuando un grupo de turistas entró en la rotonda, todos vestidos con idénticas camisetas amarillas. Laila apenas se fijó en ellos.

—Sí —musitó el viejo—. Casi valió la pena mentir. Casi. No del todo.

Emitió un gruñido, alzó una mano temblorosa y se secó una gota de saliva que se había formado en la comisura de su boca.

—Estaba en un bloque de piedra arenisca. Rectangular, más o menos así de grande. —Levantó la otra mano para indicar el tamaño—. Principios del bizantino, alrededor de 336 después de Cristo, reinado de Constantino I. Texto tripartito en griego, latín y copto. Una proclama imperial, dirigida a los ciudadanos de Alejandría. Se había vuelto a utilizar en los cimientos de un edificio islámico posterior, por eso se había conservado en tan buen estado.

Laila notó que su corazón se aceleraba y los pulmones se quedaban sin aire, como cuando de niña jugaba a ver cuánto tiempo podía contener la respiración. Dímelo, pensó, vamos, dímelo.

—Anunciaba la conclusión y consagración de la iglesia del Santo Sepulcro —continuó el hombre—. Esta iglesia. Describía la conversión de Constantino al cristianismo, su devoción al Dios único y verdadero, su rechazo de todas las demás creencias. Lo habitual. Nada extraordinario. De no ser por la última parte. Lo importante estaba en la última parte.

Los turistas con camiseta amarilla se habían congregado delante del edículo, donde su guía les estaba explicando la historia de la iglesia. Uno de ellos, un joven de pelo grasiento largo hasta los hombros, estaba tomando fotos digitales con su teléfono móvil. El aparato emitía un pitido cada vez que tomaba una instantánea.

—Al principio no podíamos creerlo —susurró el anciano meneando la cabeza—. El *lujnos megas*, el *candelabrum iudaeorum*.

Pensamos que nos habíamos equivocado, que se refería a otra cosa. Era demasiado increíble. Todo el mundo pensaba que se había quedado en Roma. Que Genserico y los vándalos se lo habían llevado en el año 455, cuando saquearon la ciudad.

Laila se mordió el labio, confusa.

—No entiendo. ¿Qué se llevaron?

El hombre no pareció oírla.

—Doscientos cincuenta y cinco años estuvo allí, en el Templum Pacis, el Templo de la Paz. Desde que Tito lo descubrió entre las ruinas de Jerusalén. Tito se lo llevó de Jerusalén y, dos siglos y medio después, Constantino lo devolvió. Eso decía la inscripción. Por eso era tan extraordinaria. Documentaba cómo regresó de Roma y fue enterrado en una cámara secreta bajo el suelo de la nueva iglesia de Constantino, una ofrenda al único Dios verdadero, un símbolo de la luz eterna de Cristo.

Extendió una mano temblorosa.

—Justo allí estaba. Justo delante de nosotros. Durante ochocientos años. Escondido. Olvidado. Hasta que Guillermo de Relincourt lo descubrió. He intentado decírselo. Se lo dije cuando me entregué al final de la guerra, se lo dije durante los interrogatorios, no he parado de decírselo desde entonces. Pero no me creen, por culpa de lo que hice, y porque no tengo pruebas. Y es que no existen pruebas. Hoth lo guardaba todo. Estaba delante de nuestras narices.

Laila apenas podía contener su desesperación. ¡El hombre estaba hablando en clave!

—¿Qué era? —preguntó con voz ronca—. ¿Qué había delante de nuestras narices? ¿Qué enterró Constantino debajo de la iglesia?

El hombre abrió los ojos y la miró. Se oyó un pitido cuando el turista de pelo largo tomó otra foto con su teléfono móvil.

—Ya se lo he dicho. El *candelabrum iudaeorum*. El *lujnos megas*. El *lujnos iudieoun*.

—¡No le entiendo! —La voz de Laila pareció atronar en la rotonda, y varios turistas se volvieran a mirarla—. ¿Qué es eso? ¡No le entiendo!

Dio la impresión de que su vehemencia asustaba al hombre. Hubo una pausa, y después, poco a poco, se explicó.

—Oh, Dios —susurró la joven cuando el anciano terminó—. Santo Dios Todopoderoso.

Se quedó petrificada un momento, demasiado estupefacta para moverse, luego clavó la vista en el hombre del móvil, se levantó y corrió hacia él.

65

Luxor

La caja de seguridad ya estaba preparada para Jalifa cuando llegó al Banco de Alejandría. Descansaba sobre una mesa, en un cubículo del sótano del banco. La subdirectora, una mujer de mediana edad con los labios pintados de rojo y un pañuelo de seda en la cabeza, le acompañó y le pidió que llenara unos formularios, abrió la tapa de la caja y se fue después de decirle que, si necesitaba algo, estaría fuera.

Jalifa esperó a que la puerta se cerrara, con los dedos tamborileando sobre la mesa. Tuvo la impresión de que la habitación, carente de ventanas, se encogía a su alrededor, y después, con un profundo suspiro, como si fuera a lanzarse a un estanque de agua helada, abrió la caja y miró su contenido.

Lo primero que vio fue un monedero. Un monedero femenino de plástico barato, encima de una gruesa carpeta de cartón. Lo cogió y lo abrió, aunque sabía por instinto, antes de examinar el interior, que era de Hannah Schlegel. Había algunas libras egipcias y shekels israelíes, un carnet de identidad verde plastificado y, embutidas en un bolsillo lateral, dos fotografías tamaño pasaporte, en blanco y negro, de bordes desgastados por el tiempo. Las sacó y las dejó sobre la mesa, una al lado de la otra. En una aparecía una familia: un hombre, una mujer y dos niños pequeños (Hannah e Isaac Schlegel con sus padres, supuso), los cuatro ante la puerta de una casa grande, sonriendo y saludando a la cámara. La otra plasmaba a los mismos niños, pero mayores, sentados en la parte posterior de una carreta de madera, riendo, con las piernas colgando sobre la trampilla, abrazados.

Siempre que pensaba en la señora Schlegel, Jalifa veía una anciana, un cuerpo cubierto de sangre tendido en el suelo de Karnak. De alguna manera, estas imágenes de su infancia (una niña guapa, inocente, ajena por completo a los horrores que la esperaban) le perturbaron más que cualquier otro aspecto de la investigación. Las contempló largo rato, estremecido por lo mucho que se parecía a su hija (el cabello largo y negro, las piernas flacas), y después, con un suspiro, dejó las fotos y el monedero a un lado y concentró su atención en la carpeta.

Fuera lo que fuese que esperaba (durante los últimos días le había pasado por la cabeza toda clase de ideas disparatadas en relación con la misteriosa arma de Hoth), el contenido de la carpeta fue como un jarro de agua fría. Interesante sí, incluso enigmático. Sin embargo, no se trataba de la extraordinaria revelación que estaba aguardando.

Fotografías y documentos, eso fue lo que encontró cuando desató la cinta que sujetaba la carpeta y la abrió, una voluminosa selección de material diverso que, tras una inspección más detenida, descubrió que estaba más relacionado con la arqueología y la historia que con las armas y el terrorismo. Había copias en papel de calco, planos, fotocopias de páginas de libros de los que nunca había oído hablar (*Historia Rerum in Partibus Transmarinis Gestarum*; *Massaoth Schel Rabbi Benjamin*), fotografías de todo tipo de cosas, desde yacimientos e interiores de iglesias, hasta un gran arco de triunfo con un friso en relieve que representaba a una multitud de hombres con toga que cargaban a hombros una gigantesca lámpara de siete brazos (el Arco de Tito en Roma, según una nota escrita en el dorso). Nada hacía pensar, no obstante, en ningún arma, algo que pudiera utilizarse, según había dicho la señora Gratz, para ayudar a destruir a los judíos.

Fue examinando la colección, perplejo, echando un simple vistazo a algunas cosas, demorándose en otras: una copia en papel de calco de una antigua inscripción en griego, latín y copto, una fotografía ampliada de una frase escrita en latín («*Credo ut is Cas-*

telombrium relatam est unde venerit et ibi sepultam est ut nemo eam invenire posset»), una funda de plástico que protegía una hoja de pergamino amarillento con seis líneas de escritura, compuestas al parecer por una selección al azar de letras, y firmadas al pie con las iniciales GR.

No tenía ni idea de qué significaba todo aquello, aunque a medida que examinaba el material tenía la creciente sensación de que sus elementos no eran tan aleatorios como había supuesto de entrada. Al contrario, estaban relacionados de alguna manera, eran partes de un único proyecto de investigación. Ni siquiera era capaz de imaginar cuál era el proyecto y, pese a su fascinación por la historia, tampoco lo intentó. Lo importante era que, cuanto más se adentraba en el contenido de la carpeta, más se convencía de que la afirmación de Hoth de que se hallaba en posesión de un arma secreta, una terrible fuerza que podría desatar contra los judíos, no era más que una fanfarronada. La bravuconada de un viejo solitario, asustado y paranoico, desesperado por convencer a quienes le rodeaban, y tal vez a sí mismo, de que todavía era alguien temible.

—Te estabas echando un farol, ¿no? —murmuró cuando se acercó al final del montón—. No había ningún arma. Te estabas echando un farol, viejo loco asesino.

Sonrió, aliviado de que sus temores carecieran de todo fundamento, encendió un cigarrillo y cogió el último objeto de la colección, un sobre de papel manila marrón sobre el cual estaba escrita la palabra «Castelombres». Dentro había una serie de fotos en blanco y negro. Las primeras eran unos planos generales de los restos cubiertos de hierba de un edificio en ruinas (el único detalle arquitectónico identificable era una alta ventana arqueada); las restantes documentaban la excavación de una zanja en el centro de los restos, llevada a cabo por un grupo de hombres en mono que utilizaban zapapicos y excavadoras mecánicas.

Empezó a pasarlas con la mano, al principio deprisa, como quien mezcla las cartas de una baraja, después más despacio cuando, pese a todo, el avance de la excavación despertó su interés. En cada foto, la zanja se veía más ancha y profunda. A unos tres metros de profundidad, una especie de caja empezó a revelarse, de oro, a juzgar por el brillo metálico de su superficie, con algo cerca que parecía parte de un brazo o una rama curva. Un brazo similar surgió al lado, y luego otro, y después más superficie de la caja, sobre la cual parecía descansar otra más pequeña. Sólo entonces se dio cuenta de que no eran cajas, sino los escalones de un trabajado pedestal, de cuyo centro se elevaba un grueso tallo en la dirección de los brazos curvos. El curioso objeto emergía centímetro a centímetro de la tierra; cada fase estaba captada en película, hasta que al fin, en la última fotografía, se había liberado por completo de la presa de la tierra, izado de la zanja y depositado sobre una lona impermeabilizada ante la ventana de piedra, cuyo contorno arqueado parecía rodearlo y envolverlo como el marco de una foto.

Jalifa contempló esta última imagen durante casi un minuto, con los ojos entornados, mientras el cigarrillo se quemaba entre sus dedos sin que se diera cuenta, después se inclinó para buscar entre los papeles que ya había examinado y sacó la fotografía del arco de triunfo, con el friso que plasmaba un candelabro de siete brazos. Alzó las dos fotografías, una al lado de la otra, y comparó los objetos: el candelabro del friso y el candelabro de la excavación. Eran idénticos.

El curioso encuentro en la sinagoga de El Cairo acudió a su mente. «Se llama menorah. La lámpara de Dios. Un símbolo de gran poder para mi pueblo. El Símbolo. El signo de los signos.»

Contempló las dos fotografías paseando sus ojos entre ambas y luego, poco a poco, se levantó y caminó hacia la puerta. La subdirectora le estaba esperando fuera.

—¿Todo va bien? —preguntó la mujer.

—Bien —dijo el policía—. Bien. Me estaba preguntando... ¿Sería posible enviar un fax a Jerusalén desde aquí?

66

Jerusalén

Laila apoyó la cabeza contra la pared de la celda y alzó la vista, al tiempo que levantaba las rodillas hasta el pecho y se abrazaba los tobillos. Tenía ganas de orinar. Echó un vistazo al inodoro de aluminio sin asiento que había en un rincón. Resistió la tentación de utilizarlo. Sabía que la estaban vigilando, y no quería darles la satisfacción de verla de aquella manera. A la larga tendría que hacerlo, pero de momento podía esperar. Suspiró y apretó los muslos, intentando no pensar en el rectángulo de cristal unidireccional empotrado en la pared de acero.

La habían detenido en cuanto salió de la iglesia del Santo Sepulcro, hacía ya cuatro horas; toda una patrulla, incluido el detective que la había interrogado en su piso: pistola apoyada en su sien, tendida de bruces en el suelo, esposada. No se había tomado la molestia de resistirse, consciente de que solo lograría empeorar las cosas. En la comisaría habían dejado que la angustia se apoderara de ella durante un rato, y luego la habían interrogado durante dos horas, solo ella y el detective. Le había seguido la corriente, había contado todo: Guillermo de Relincourt, Castelombres, Dieter Hoth, la Menorah, todo cuanto había descubierto durante los últimos días. No había actuado así porque estuviera asustada, aunque no se había sentido cómoda ante el hombre sentado enfrente, con los ojos clavados en ella como si estuviera leyendo sus pensamientos más ocultos. No, había colaborado porque ya no había motivos para seguir mintiendo. Al parecer, el israelí ya sabía todo acerca de la Lámpara. Para conocer los demás detalles, le bastaría con examinar sus libretas de notas y ponerse en contacto con las personas a las que había entrevistado. Las evasivas solo habrían sido una pérdida de tiempo. Su única y magra esperanza residía en que el detective comprendiera la importancia del hallazgo de la Menorah, las atroces consecuencias que tendría si caía en malas manos, y aceptara la oferta que le había hecho al final del interrogatorio. «Usted me necesita —había dicho Laila sosteniendo su mirada—. Me importa una mierda la Menorah, pero sí me importa lo que sucedería si alguien como al-Mulatham se apoderara de ella. Ha de permitir que le ayude. Porque si al-Mulatham se le adelanta...»

Dudaba de haberle convencido, pero era lo único que podía hacer, dadas las circunstancias. Las ruedas se habían puesto en movimiento. Si ella iba a tener un papel decisivo en los futuros acontecimientos era algo que, como decía su padre, solo Dios sabía. Lo único que podía hacer ahora era esperar.

Apretó los muslos, apoyó la frente sobre las rodillas y cerró los ojos. En la pantalla de su mente se proyectó una imagen, inquietante e inesperada, de una menorah de oro, de cuyas lamparillas, por algún motivo, no brotaban rayos de luz, sino gotas viscosas de sangre roja.

Al otro lado de la puerta, Ben Roi la espiaba a través de la ventana de observación, mientras una serie de pensamientos confusos desfilaban por su mente. La Menorah, al-Mulatham, el artículo del periódico, Galia, loción para después del afeitado. Todo se apretujaba y colisionaba en su cabeza, aparecía, desaparecía, se fundía, se desintegraba. Solo una idea seguía fija y clara, firme en el centro del *maelstrom*, como una secuoya solitaria en el ojo de un huracán, y era esta: la Menorah puede ayudarme.

Cómo, no estaba seguro. Aún no. No tenía un plan claro. Solo sabía que esta era la oportunidad que había esperado durante tanto tiempo: el medio de, si no recuperar a su amada Galia, sí de vengarla. La Lámpara sería su arma. Y también su cebo. Sí, de esa forma la utilizaría. Como cebo. Un señuelo para sacar de su escondite al asesino de su amada. Lo que le conduciría hasta al-Mulatham. O viceversa.

Dio un tiento a la petaca y recorrió el pasillo hasta su despacho, cerró con llave la puerta a su espalda, se acercó al escritorio y sacó las imágenes que el egipcio le había enviado por fax un rato antes.

—Santo Dios —murmuró, igual que cuando las había visto por primera vez—. Dios Todopoderoso.

Contempló las fotos, con las manos temblorosas por la magnitud del asunto, volvió a guardarlas, descolgó el teléfono y marcó un número. Cinco timbrazos, tras los cuales una voz resonó al otro lado de la línea.

—*Shalom* —murmuró, mientras sus dedos acariciaban el colgante de plata que pendía alrededor de su cuello—. ¿Puede hablar? Ha ocurrido algo y creo que le interesa saberlo.

67

Jerusalén

En el corazón del barrio judío de la Ciudad Vieja, en el extremo sur del Cardo, se exhíbe al público dentro de una vitrina de plexiglás grueso una menorah de oro: seis sinuosos brazos se curvan hacia fuera desde un tallo central, tres a un lado y tres al otro; el conjunto se eleva como un árbol desde una base hexagonal. La inscripción acompañante explica que es la réplica exacta de la Menorah original, la verdadera Menorah, la Menorah fabricada por el gran orfebre Bezalel, la primera réplica fundida desde la caída del templo, acaecida dos mil años antes.

Mientras el día moría y la noche caía lentamente, Baruch Har-Zion se detuvo ante la reproducción, echó hacia atrás la cabeza y lanzó una carcajada de alegría y satisfacción profundas, larga y vibrante, como jamás había pensado en lanzar de nuevo. Tan solo la noche anterior había rezado para recibir una señal, una confirmación de que estaba haciendo lo que debía, de que toda la sangre y el horror eran necesarios. Y ahora había llegado. Clara, definida, sin medias tintas. La verdadera Menorah. Después de tantos siglos. Y a él se le había revelado. A él, de entre todos los mortales. No podía dejar de reír.

Detrás de él, Avi, el guardaespaldas, avanzó un paso.

—¿Qué hacemos?

Har-Zion alzó una mano enguantada y apoyó un dedo sobre la pantalla de plexiglás, mientras el eco de su carcajada se desvanecía.

—Nada —contestó—. Aún no. Esperaremos, vigilaremos. Ellos no han de saber que nosotros lo sabemos. Aún no.

Avi meneó la cabeza.

—No puedo creerlo. Aún no puedo creerlo.

—Eso es lo que dicen todos, Avi, todos los que reciben la llamada de Dios. Abraham, Moisés, Elías, Jonás... todos dudaron al principio. Pero es Su voz. Él ha revelado este prodigio. Y no lo habría hecho de no haber querido que lo supiéramos. Es la señal. Benditos somos, porque en vida veremos alzarse de nuevo el templo.

Movió los hombros, con la piel tensa bajo la camisa, y se acercó todavía más a la pantalla. ¿Quién lo habría pensado? ¿Quién lo habría imaginado? No obstante, él siempre lo había sabido. Era el elegido. El salvador de su pueblo. Y ahora solo tenía que esperar. Ben Roi seguiría la pista. Y cuando la encontrara...

—Gracias, Señor —susurró—. No te fallaré. *Ani mavtiach.* Te lo prometo. No te fallaré.

68

Luxor

—Me debes quince libras. ¿Quieres otra?

Jalifa terminó su té, se puso en pie, cerró de un golpe el tablero de backgammon e indicó que no, no quería jugar otra partida.

—Cobarde —dijo Pelirrojo sonriendo, y dio una chupada a su pipa de *shisha*.

—Siempre lo he sido y siempre lo seré —repuso Jalifa, al tiempo que abría su billetero y contaba sus pérdidas—. Aunque en este momento lo que me da miedo no es que sigas ganándome, sino llegar tarde a casa. Zainab está cocinando, y he prometido que llegaría a casa a las ocho.

Su amigo exhaló una nube de humo de tabaco con aroma a manzana, extendió la mano y señaló con el pulgar hacia abajo, para indicar que Jalifa era un calzonazos. Los demás bebedores de té que los rodeaban lanzaron sonoras carcajadas. La devoción del detective a su esposa era objeto de la rechifla general.

—¡Es hora de que el inspector Calzonazos vuelva a casa! —gritó uno.

—¡Jalifa el Encoñado! —chilló otro.

—De día, sabueso de la policía —vociferó un tercero—. De noche...

—¡El ratón de Zainab! —gritaron todos al unísono, al tiempo que emitían chillidos ratoniles.

Jalifa rió. Nunca le habían molestado estas chanzas inocentes, y esa noche hasta le hacían gracia, como una señal de que se reintegraba a la vida normal después de los trastornos de las dos últimas semanas. Entregó a Pelirrojo sus ganancias (no recordaba la última vez que había jugado a backgammon con sus amigos y ganado) y, después de decir a todos que fueran a ahogarse al Nilo, recogió las dos bolsas de plástico que había dejado apoyadas contra la pata de su silla y se fue del café. Los chillidos ratoniles le persiguieron durante unos veinte metros, hasta que se desvanecieron en el bullicio del zoco al anochecer.

Se sentía bien. Estupendamente. Hacía siglos que no se sentía tan bien, como si le hubieran quitado un gran peso de encima. Había entregado su informe final al jefe Hasani, enviado todo el material sobre la Menorah a los israelíes, para que hicieran con él lo que les saliera de los huevos, y ahora volvía a casa, donde le esperaban Zainab y los críos, con una bolsa llena de folletos sobre Hurgada, el centro turístico del mar Rojo. Solo había una nota discordante: cuando había pedido a Hasani que pasara una copia del informe al jefe Mahfuz, su superior le había informado de que el hombre había fallecido la noche anterior. La noticia le había entristecido, aunque no demasiado. Como el propio Mahfuz había dicho, al menos había muerto sabiendo que, al final, había obrado bien.

Se detuvo a saludar a Mandur, el vendedor de camisetas, un hombre regordete y corto de vista cuya costumbre de perseguir a posibles clientes, exaltando las virtudes de sus productos, se había convertido casi en una atracción turística, y después continuó su camino, con las bolsas oscilando al costado, pensando en playas, olas y, lo mejor de todo, Zainab en bañador. ¡Dios, qué imagen! Antes de darse cuenta, se encontró ante el bloque de apartamentos grisáceo en el que vivía, uno más en una hilera de bloques idénticos erigidos en el borde norte de la ciudad, como una fila de monolitos de piedra agujereada. Se detuvo un momento para terminar el cigarrillo que estaba fumando, después subió por la escalera de peldaños de cemento hasta la cuarta planta, con el mayor sigilo posible, e introdujo la llave en la cerradura de su piso. No abrió al instante, sino que se quitó los zapatos, se acuclilló, buscó en el interior de una de las bolsas de plástico, extrajo un par de chanclas de goma, que se calzó, y a continuación se puso sobre la cara unas gafas de submarinismo y se metió en la boca un tubo de buceo, se enderezó y entró en el apartamento, casi incapaz de contener la risa al pensar en la broma que les iba a gastar.

—Aquí estoy —exclamó, con las palabras distorsionadas por la boquilla de goma encajada entre los labios—. ¡Soy yo!

No hubo respuesta. Avanzó por el pasillo, mientras se preguntaba dónde estaba todo el mundo.

—¡Soy yo! —gritó—. ¡El submarinista ha vuelto a la superficie!

Tampoco obtuvo respuesta. Asomó la cabeza en la cocina, vacía, rodeó la fuente y se encaminó hacia la sala de estar, situada al fondo del piso, al tiempo que le asaltaba la idea de que tal vez le estaban gastando una broma a él. ¡Qué risa! Vio que la puerta de la sala de estar estaba entreabierta, se detuvo un momento para limpiar la mascarilla, que se había empañado, empujó la puerta y entró imitando con los brazos el movimiento de alguien que nada.

—Caramba, vamos a ver qué pasa aquí...

Enmudeció. Zainab, Ali y Batah estaban sentados en el sofá, pálidos y asustados. Enfrente había dos hombres con traje gris, uno de pie y el otro sentado. La chaqueta del primero revelaba el contorno inconfundible de una pistola automática Heckler & Koch. Yihaz Amn al Daula. No cabía la menor duda. Servicio de Seguridad del Estado.

—¡Papá! —Ali saltó del sofá y corrió a su lado con los ojos brillantes de lágrimas—. ¡Quieren llevarte, papá! Dicen que alguien quiere hablar contigo. Van a enviarte a la cárcel.

Jalifa se quitó la mascarilla y el tubo, y miró a Zainab, que parecía aterrorizada.

—¿Qué pasa? —preguntó intentando mantener la voz serena, mostrarse fuerte ante su familia.

El hombre sentado (el de mayor edad y por tanto, casi con toda seguridad, el de mayor rango) se puso en pie.

—Es lo que dice el chico. Alguien quiere hacerle unas preguntas. Ha de acompañarnos. Ahora. Sin discutir.

Miró a su compañero y ambos sonrieron.

—Aunque tal vez quiera quitarse las zapatillas. No creo que las vaya a necesitar donde vamos.

Un coche tipo limusina esperaba al otro lado de la calle (de líneas aerodinámicas, negro, con cristales ahumados; no entendió cómo no se había fijado antes) y, escoltado por los dos hombres, se acomodó en el asiento trasero, con el más joven de los agentes a su lado y el mayor delante, al lado del conductor, un hombre también con traje gris a medida y pelo muy corto. Antes de que las portezuelas se cerraran del todo, puso en marcha el motor y el coche rodó sobre el cemento irregular con la agilidad depredadora de una pantera al acecho.

Jalifa preguntó qué estaba ocurriendo, adónde le llevaban, si todo aquello estaba relacionado con Piet Jansen y Faruk al-Hakim, de lo cual estaba seguro. Los hombres no dijeron nada, se limitaban a mirar al frente, con la impasibilidad amenazadora propia de los verdugos. Al cabo de un par de minutos desistió, encendió un cigarrillo y miró por la ventanilla. Se maldijo por su ingenuidad, por imaginar que podía revelar la corrupción de alguien tan poderoso como al-Hakim y no pagarlo caro. El Yihaz siempre cuidaba de los suyos. Y siempre castigaba a los que se cruzaban en su camino. Dios, cómo había podido ser tan ingenuo. En la oscuridad, el extremo de su Cleopatra esbozaba dibujos naranja contra el fondo de la ventanilla debido al temblor de su mano.

Al principio se dirigieron hacia el centro de Luxor, en dirección, supuso, a uno de los muchos edificios gubernamentales que allí se concentraban. Sin embargo, cuando dejaron atrás Luxor General, lo cual solo sirvió para aumentar su angustia, se desviaron por una carretera de segundo orden en dirección este, hacia el aeropuerto. Jalifa preguntó una vez más adónde iban y una vez más no obtuvo respuesta. Tenía la sensación de que el silencio le estrujaba el corazón y los pulmones, como si un grueso lazo de cuerda le ciñera el torso poco a poco y le impidiera respirar.

Les abrieron la barrera de acceso al aeropuerto sin hacer preguntas, bordearon el aparcamiento y les indicaron por señas que salieran por una puerta lateral a la zona de las pistas. El velocímetro del coche subió hasta los ciento cincuenta kilómetros por hora cuando el chófer pisó el acelerador en dirección al extremo más alejado del aeropuerto, donde pararon junto a un Learjet cuyos dos motores ya estaban en marcha. Cuando le hicieron salir del coche preguntó por tercera vez, con voz desesperada, qué estaba pasando, adónde se dirigían, qué iba a ser de él. En lugar de contestar, los dos agentes le condujeron escaleras arriba hasta la cabina del avión, señalaron un asiento de piel e indicaron que se abrochara el cinturón de seguridad.

Una vez cerrada la puerta, gritaron instrucciones en dirección a la cabina del piloto y el avión empezó a correr por la pista, aminoró la velocidad un breve momento, como para reunir fuerzas antes de acelerar de nuevo y elevarse en el aire majestuosamente. Jalifa vio cómo la mole iluminada del edificio de la terminal disminuía de tamaño, luego se reclinó en el asiento y clavó la vista en el techo de la cabina. Oyó a su espalda que uno de los agentes murmuraba algo en su teléfono móvil.

Aunque fuera asombroso, dadas las circunstancias, debió de amodorrarse, porque de pronto alguien le sacudió el hombro y le ordenó que se levantara. Aturdido, se desabrochó el cinturón y obedeció. Estaban de nuevo en tierra. Por un momento, pensó que tal vez solo había soñado el despegue y todavía seguían en Luxor. Mientras bajaba por la escalerilla hasta la pista, se dio cuenta de que no podía ser un sueño, porque se hallaba en otro aeropuerto, más pequeño que el de Luxor, de diferente trazado, con un olor en el aire que al principio no logró identificar, pero que luego reconoció como de agua salada. El mar. ¿Qué demonios...? Consultó su reloj. No era Hurgada, desde luego, habían estado en el aire demasiado rato, casi cincuenta minutos. ¿Alejandría? ¿Port Said? No habían volado lo suficiente. ¿Dónde? ¿Sharm al-Sheij? Sí, podía ser Sharm al-Sheij. O Taba, quizá. Sí, sí, Sharm al-Sheij o Taba, pero no acertaba a imaginar qué demonios estaban haciendo en la península del Sinaí. En cualquier caso, no era su destino final, porque al bajar le condujeron hacia un helicóptero Chinook CH-47 que los aguardaba, agazapado en la pista como una gigantesca mantis religiosa. Apenas habían tenido tiempo de subir a su panza larga y estrecha y abrocharse los cinturones de seguridad cuando los rotores cobraron vida y estuvieron de nuevo en el aire alejándose en la noche.

—Que Dios me ayude —susurró al recordar los rumores que había oído acerca de que el Yihaz arrojaba a gente desde helicópteros en lugares desiertos para que sus cuerpos se pudrieran entre las rocas y la arena—. Ayúdame, Dios mío, por favor.

Volaban hacia el norte, a juzgar por la posición de la luna, y la cabina vibraba con el rítmico bub-bub de los motores. Bajo ellos se deslizaba un paisaje desértico color mercurio, con la superficie rasgada por crestas afiladas y recorrida por arroyos que se retorcían como serpientes sobre la tierra. Transcurrieron veinte minutos y volvieron a descender. Las ruedas bulbosas del helicóptero se posaron sobre la piel del desierto, las hélices dejaron de girar poco a poco y un denso y siniestro silencio invadió el interior del vehículo. Un agente se inclinó para darle un golpecito en el brazo.

—Arriba.

Jalifa se desabrochó el cinturón con manos temblorosas y siguió a los hombres hasta la parte delantera de la cabina, donde abrieron la portezuela y vieron un rectángulo de noche en el que apenas se distinguía un paisaje de pendientes y colinas bajo un cielo estrellado.

—Fuera.

Jalifa vaciló. ¿Por qué le habían llevado allí? ¿Qué iban a hacerle? Luego saltó, sus pies hollaron el suelo del desierto y el vello de los brazos se erizó a causa del frío. Los dos agentes se quedaron detrás de él, en la puerta del Chinook.

—Vaya hacia allí —dijo uno de ellos.

El hombre alzó el cañón de la pistola para señalar hacia la derecha, en dirección a un edificio de piedra bajo que se encontraba a unos cien metros, al pie de una pendiente rocosa, de contornos oscuros y escasamente definidos, las ventanas iluminadas por un tenue resplandor amarillento, como ojos monstruosos que perforaran las tinieblas. ¿Un refugio beduino? ¿Un antiguo puesto fronterizo del ejército? Fuera lo que fuese, a Jalifa no le gustó. Se volvió hacia los hombres, pero estos se limitaron a dar unos golpecitos sobre sus armas e indicarle por señas que avanzara, de modo que echó a andar.

Cuando hubo recorrido unos cincuenta metros se detuvo y miró hacia atrás. Reparó por primera vez en dos helicópteros estacionados uno al lado del otro más allá del que le había transportado, y después siguió caminando, cada vez más convencido de que iban a ejecutarle, de que no existía otra explicación para su presencia allí, en plena noche, en el culo del mundo. Tal vez debería huir a las profundidades del desierto, esconderse entre las rocas. Al menos de ese modo tendría una oportunidad, aunque fuera remota. Sin embargo, no se decidió a hacerlo, no consiguió reunir la adrenalina necesaria para mover las piernas, de manera que siguió andando hasta llegar al edificio y detenerse ante la puerta de hierro oxidado. Lanzó una última mirada hacia el Chinook y luego, mientras murmuraba una oración, convencido de que su vida estaba a punto de terminar, extendió una mano temblorosa, abrió la puerta y entró. Se preguntó, con cierta indiferencia, si llegaría a oír el disparo que le mataría, o si todo se oscurecería y se encontraría transportado de repente a un mundo diferente por completo.

—*Mesa el-jir*, buenas tardes, inspector. Le pido disculpas por haberle traído de esta manera pero, dada la urgencia de la situación, no nos quedó otra alternativa. Sírvase té, por favor.

69

Desierto del Sinaí, cerca de la frontera con Israel

Jalifa parpadeó. Se hallaba en una habitación espartana de techo bajo (paredes de piedra, suelo de cemento, cubierta de hojalata acanalada). En cada extremo había una mesa de campamento plegable con un par de lámparas de aceite que arrojaban una luz anaranjada, viscosa y trémula. Delante de él había tres hombres sentados en butacas desgastadas. Un cuarto hombre se hallaba de pie al fondo de la habitación, apoyado contra la pared, la cara semioculta en las sombras. El aire estaba impregnado de olor a queroseno y humo de puro.

Alivio. Esa fue su reacción inmediata. Le embargó una repentina euforia al comprender que, fuera cual fuese la causa de su presencia en aquel lugar, no iban a matarle. Casi al instante la alegría dio paso al asombro, pues la persona que le había hablado, uno de los hombres sentados en las butacas, inconfundible con las gruesas gafas cuadradas y el cabello plateado, no era otro que Ahmed Gulami, el ministro de Asuntos Exteriores de su país. Jalifa abrió la boca para decir algo, preguntar qué demonios estaba pasando, pero su sorpresa y estupor eran tales que fue incapaz de pronunciar palabra y, al cabo de un momento, volvió a cerrarla. Siguió un prolongado silencio, durante el cual los cuatro hombres le miraron y solo se oyó el suave siseo de las lámparas, y en el exterior, el crujido oxidado de los postigos de hierro de las ventanas. Después Gulami señaló un termo que había sobre la mesa más cercana a él.

—Por favor, inspector, tome un poco de té —repitió—. Supongo que le hará falta después del viaje. Y si fuera tan amable de cerrar la puerta... La noche es fría.

Jalifa, aturdido, cerró la puerta y se acercó a la mesa, donde llenó un vaso de porexpán con el contenido del termo. A continuación, Gulami le indicó que tomara asiento en una silla de tijera de lona baja, a su lado. El hombre que estaba de pie siguió inmóvil, pero los otros dos movieron sus butacas para mirar a Jalifa.

El detective ya había reconocido al más joven, un hombre apuesto de casi cuarenta años y pelo negro, con una kefía de cuadros rojos y blancos sobre el hombro. Saeb Marsudi, el activista palestino convertido en político, un héroe no solo para su pueblo sino, tras liderar la Primera Intifada a finales de los ochenta, para todo el mundo árabe (Jalifa todavía recordaba las míticas imágenes televisivas de Marsudi envuelto en la bandera palestina, arrodillado y rezando ante una hilera de tanques israelíes que avanzaban). El otro hombre, de mayor edad, estatura mediana, flaco, con un casquete blanco en la cabeza, un puro sujeto entre los dientes y, en la mejilla derecha, una cicatriz dentada en forma de hoz que descendía desde la altura del ojo a la barbilla... Jalifa le había visto antes, aunque al principio fue incapaz de precisar dónde. Solo al cabo de unos segundos recordó que había sido en la villa de Piet Jansen, la primera noche que había ido, en la foto de la portada de *Time*. Masan, Maban, algo así. Un político. ¿O era un soldado? Israelí, en cualquier caso.

No consiguió identificar al cuarto hombre, el que estaba de pie, aunque había algo en él (el cuerpo recio, como el de un oso, el rostro hosco, la forma en que bebía sin parar de la petaca que sostenía en la mano) que no le gustó. Rufianesco, fue su impresión inmediata. Y también borrachín, a juzgar por el aspecto. Repugnante. Le miró un momento, luego bajó la vista y tomó un sorbo de té.

—Bien —dijo Gulami, al tiempo que sacaba una ristra de cuentas de ámbar del bolsillo de la chaqueta y empezaba a pasarlas entre el índice y el pulgar de la mano izquierda—. Ahora que estamos todos, pongamos manos a la obra.

Se volvió hacia Jalifa.

—Para empezar, inspector, debo subrayar la absoluta confidencialidad de lo que va a oír esta noche. La absoluta confidencialidad. Usted no ha estado en este lugar. No ha visto a esta gente. Esta reunión no ha tenido lugar. ¿Me he expresado con claridad?

El detective deseaba formular numerosas preguntas, además de toda una serie de comentarios sobre la forma en que le habían tratado. Sin embargo, no pensaba hacerlo ante alguien tan poderoso como el ministro de Asuntos Exteriores de su país, de modo que se limitó a murmurar un «sí». Gulami sostuvo su mirada, mientras las cuentas pasaban entre sus dedos con un suave chasquido; después asintió, se reclinó en la butaca y cruzó las piernas.

—Creo que Saeb Marsudi no necesita presentaciones.

Señaló al hombre de la kefía, que inclinó la cabeza en dirección a Jalifa. El detective observó que sus manos estaban enlazadas con tal fuerza que daba la impresión de que la piel de los nudillos iba a reventar.

—El general de división Yehuda Milan —continuó Gulami señalando con la cabeza al hombre del puro—. Fue uno de los soldados más notables de su país y ahora es uno de sus políticos más respetados. Además de uno de sus políticos más esclarecidos y valientes, debería añadir.

Milan también saludó con la cabeza a Jalifa, al tiempo que daba una lenta chupada a su puro.

—El inspector detective Arieh Ben Roi. —Gulami movió la ristra de cuentas hacia la figura que estaba de pie en un rincón—. Creo que ya se conocen.

Por pura educación, Jalifa alzó una mano a modo de saludo, irritado consigo mismo por no haber adivinado antes la identidad del hombre. Ben Roi no hizo ningún esfuerzo por devolverle el saludo; se limitó a mirarle desde las sombras, con una expresión claramente hostil.

—Se lo voy a repetir, inspector —continuó Gulami—. Lo que oiga esta noche no debe salir de estas cuatro paredes y el interior de su cabeza. Hay mucho en juego, más de lo que usted cree, y no quiero que se frustre porque alguien se vaya de la lengua. ¿Me ha entendido?

Jalifa murmuró otro «Sí, señor». Ansiaba saber qué estaba pasando, pero intuía que no le tocaba a él preguntar, que fuera cual fuese el motivo de su presencia, se le revelaría cuando Gulami lo considerara pertinente. El ministro de Asuntos Exteriores le miró a través de sus gruesas gafas de montura negra y después se volvió hacia Milan y Marsudi, los cuales inclinaron apenas la cabeza, como diciendo: «De acuerdo, dígaselo».

—Muy bien. —Gulami se reclinó en la butaca y contempló sus cuentas. Cuando habló de nuevo, bajó la voz, como si a pesar de estar en un lugar remoto y aislado tuviera miedo de que le oyeran—. Durante los últimos catorce meses, el gobierno de la República Árabe de Egipto ha brindado este edificio al *sais* Marsudi y al general de división Milan como un lugar seguro y neutral en el que poder reunirse y hablar, lejos de los focos de los medios y las presiones de sus situaciones políticas nacionales. Ambos han dedicado su vida a luchar por sus respectivos pueblos, ambos han sufrido grandes pérdidas personales en nombre de esos pueblos...

Milan se removió en su asiento, al tiempo que miraba a Ben Roi.

—... y ambos, cada uno por su cuenta, han llegado a la conclusión de que esos mismos pueblos están condenados a la catástrofe hasta que sean capaces de encontrar una forma nueva de relacionarse, un camino diferente. Su propósito es intentar abrir ese otro camino, desarrollar propuestas para un acuerdo viable, *inshallah*, y duradero que acabe con el conflicto que ha asolado su tierra durante tanto tiempo.

Jalifa no se esperaba eso. Se mordió el labio, mientras paseaba la vista entre los tres hombres sentados, con una vaga sensación de miedo que empezaba a insinuarse entre sus costillas, como un nadador que, consciente ya de que está demasiado lejos de la orilla, empieza a darse cuenta de que se halla en aguas más profundas de lo que había imaginado.

Siguió una pausa, y las palabras de Gulami parecieron pender en el aire como un eco que perdurara en el fondo de una gran caverna. Después, el ministro de Asuntos Exteriores extendió una mano hacia Marsudi para invitarle a hablar. El palestino se inclinó en su asiento.

—No le haré perder el tiempo con detalles, inspector —empezó. Sus ojos castaños brillaban a la luz de las lámparas de queroseno—. Para los propósitos actuales, le bastará saber que, durante los encuentros celebrados aquí en los últimos catorce meses, y no sin algunas palabras agrias, se lo puedo asegurar —dijo lanzando una mirada a Milan—, hemos elaborado algunas propuestas que, en el nombre de la paz, van más allá, aceptan riesgos mayores y ceden más de lo que se había contemplado antes en cualquiera de los dos bandos.

Había una taza de agua en el suelo, a su lado. La levantó y bebió un sorbo.

—Somos simples particulares, compréndalo, no representamos a nuestros gobiernos, no existe respaldo oficial a estas conversaciones, no poseemos autoridad legislativa para llevar a la práctica las propuestas que hemos desarrollado. Lo que sí tenemos, precisamente porque, como ha explicado el *sais* Gulami, hemos dedicado tanto tiempo a luchar por nuestras causas —añadió desviando de nuevo la vista hacia el israelí—, es fe y confianza en la mayoría de nuestros pueblos. Fe y confianza suficientes, creo, para que escuchen y, con la ayuda de Dios, apoyen ideas que, viniendo de otros compatriotas, serían desechadas en el mejor de los casos como una utopía imposible y, en el peor, como alta traición.

A su lado, Milan expulsó una nube de humo de habano. La cicatriz de su mejilla pareció brillar a la tenue luz como una delgada vena de cristal.

—No nos hacemos ilusiones —dijo, recogiendo el testigo, con voz profunda, ronca y lenta, como una serie de notas tocadas en los pistones más bajos de un oboe—. Las propuestas que hemos formulado son muy controvertidas, exigirán inmensos sacrificios por ambas partes. Su puesta en práctica comportará dolor, conflictos y recelos. Hará falta una generación, dos, tal vez tres, para que las heridas empiecen a cicatrizar. Incluso entonces, habrá muchos de ambos bandos que se nieguen a apoyarnos.

—Y pese a eso —intervino de nuevo Marsudi—, creemos que, si somos capaces de persuadir a la mayoría de nuestro pueblo de que las acepte, estas propuestas ofrecen la mejor, tal vez la única, posibilidad de dar una solución realista y duradera a los problemas de nuestra tierra. También creemos que, cuando los dos aparezcamos en público juntos, enemigos implacables durante tanto tiempo, unidos en la causa de la paz, una buena parte de nuestro pueblo se convencerá. Hay que convencerlos, la verdad. Porque, tal como están las cosas ahora...

Se encogió de hombros y guardó silencio. Milan dio una chupada al puro, Gulami siguió acariciando sus cuentas, en el rincón Ben Roi manoseaba su petaca, con el ceño fruncido; Jalifa ignoraba si se debía a que desaprobaba lo que acababa de oír, o porque algún otro pensamiento ocupaba su gigantesca cabeza. Bebió un poco de té, que ya empezaba a enfriarse, sacó sus cigarrillos y encendió uno. Transcurrieron quince segundos, veinte.

—No lo entiendo —dijo. Su voz era débil, reflejaba que estaba intimidado, la voz de un niño sentado en una habitación llena de adultos—. ¿Qué tiene que ver todo eso con al-Hakim?

Por un momento, Gulami pareció no comprender el comentario. Después emitió un gruñido jocoso al darse cuenta de lo que estaba pensando Jalifa.

—¿Pensaba...? —Chasqueó la lengua y meneó la cabeza—. Faruk al-Hakim era un pedazo de mierda. Una desgracia para su profesión y su país. Usted nos ha hecho un favor a todos al revelar lo que era en realidad. Tenga la seguridad de que no le hemos traído hasta aquí para castigarle por descubrir sus sórdidos secretillos.

Jalifa dio otra nerviosa calada al cigarrillo y exhaló el humo antes de que hubiera tenido tiempo de penetrar en sus pulmones.

—Entonces, ¿por qué? ¿Por qué me están contando todo esto?

Gulami sostuvo su mirada un momento y después desvió la vista hacia Milan. El israelí se reclinó en su asiento y miró a Jalifa. Siguió una pausa interminable.

—¿Qué sabe acerca de la Menorah, inspector? —preguntó por fin.

Una vez más, el detective se mostró sorprendido. Vaciló, desconcertado. La mirada de Milan parecía quemarle.

—No veo que tiene...

La mano de Gulami se posó sobre su brazo, suave pero firme, y le indicó con un apretón que debía contestar a la pregunta. Jalifa se encogió de hombros, impotente.

—No sé... Es... Estaba en el templo de Jerusalén. Se perdió cuando la ciudad cayó en manos de los romanos...

Refirió en un murmullo todo lo que había averiguado durante los dos últimos días, lo cual no era mucho. Milan escuchaba en silencio, sin dejar de mirarle ni un solo momento. Cuando terminó, el israelí se levantó despacio de su asiento, se acercó al termo y se sirvió una taza de té, mientras la luz de la llama oscilante de la lámpara de queroseno teñía de naranja el humo de su puro, de modo que parecía envuelto en una capa de fuego. Siguió otra larga pausa antes de que Milan empezara a hablar, y su voz de barítono pareció más profunda y grave todavía, apenas audible.

—Toda fe, inspector, posee algo, un objeto, un símbolo, que es sagrado por encima de los demás y más que ningún otro encierra su esencia. Para los cristianos es la Cruz, para los musulmanes la Kaaba de La Meca. Para el pueblo judío, mi pueblo, es la Lámpara Sagrada. «Y el Señor os dará una luz eterna», como dijo el profeta Isaías, y esto es lo que la Lámpara siempre ha representado para nosotros: la luz de la creación, de la fe, del ser. Por eso, de todos los objetos que contenía el antiguo templo, era el más venerado y el más querido. Por eso, en nuestros tiempos, fue elegido como el emblema del Estado de Israel. Porque no hay nada más precioso para nosotros, ningún símbolo más puro de lo que somos y nos esforzamos por ser como pueblo. Porque, en pocas palabras, la luz de la Sagrada Menorah revela nada menos que el rostro de Dios nuestro Señor. No puedo exagerar su poder y significado.

Dio una larga y lenta calada al puro y dejó que la frase flotara en el aire unos momentos, mientras su rostro desaparecía tras una espesa cortina de humo.

—Y ahora, inspector... —Se volvió hacia Jalifa lentamente. Su sombra se proyectó y osciló en la pared que tenía detrás—. Gracias a usted, la Menorah original, la primera Menorah, la Menorah de las menorahs, la que Bezalel forjó en la antigüedad y se creía perdida para siempre, ahora, de repente, después de tantos siglos, ha vuelto. Una vez más, no puedo exagerar la importancia de esto. Ni, lo más importante, del peligro.

Alzó un poco la voz al pronunciar la última palabra, cuyas sílabas parecieron hincharse y resonar, llenar la habitación. La sensación de miedo que había embargado a Jalifa durante los últimos diez minutos, la sensación de que, en contra de su voluntad, se estaba enredando cada vez más en algo que no acababa de comprender, se hizo más intensa de repente.

—Esto no es mi...

Gulami le apretó el brazo de nuevo para indicar que callara, que escuchara. Milan dio una calada al puro, sin dejar de mirar a Jalifa.

—Es una curiosa peculiaridad de la región en que vivimos, inspector, que los símbolos siempre hayan importado más que las vidas humanas. La muerte de un individuo puede ser trágica, pero con el tiempo la tristeza se desvanece. En cambio, la profanación de algo sagrado nunca se olvida ni perdona. Imagine la reacción de su pueblo si, por ejemplo, la Kaaba fuera destruida por cazas israelíes. A nosotros nos pasa lo mismo con la Menorah. Si un objeto tan mítico como ese cayera en malas manos, las manos de alguien como al-Mulatham, y fuera mancillado, destruido por él... créame, la herida colectiva que tal sacrilegio infligiría sería más profunda que mil atentados suicidas. Diez mil. Las pérdidas humanas pueden ser compensadas. Sin embargo, cuando se pierde algo sagrado, el dolor jamás remite. Ni en una generación, ni en dos, ni en tres. Nunca. Y tampoco la furia.

Dio unos golpecitos al puro para dejar caer la ceniza, levantó una mano y se frotó los ojos, con el rostro de pronto demacrado y los hombros hundidos como si hubieran de soportar un gran peso.

—Nuestros dos pueblos se hallan al borde del abismo, inspector. Saeb y yo creemos que podemos alejarlos de él, incluso ahora, incluso después de tanta sangre derramada. Sin embargo, si al-Mulatham encontrara la verdadera Menorah, o si la encontrara cualquier lunático fundamentalista de nuestro bando, y le aseguro que hay muchos, todos esperando una bandera así tras la cual agrupar a las fuerzas del fanatismo...

En el rincón de la habitación, Ben Roi se removió incómodo, mientras sus dedos acariciaban el colgante que portaba alrededor del cuello.

—Si eso sucediera, créame, nos lanzaríamos de cabeza al vacío y ningún proceso de paz conseguiría rescatarnos.

El cigarrillo de Jalifa se había consumido en su mano y una tenue excrecencia de ceniza colgaba del extremo. Algo se avecinaba, lo presentía. Algo que no quería oír.

—Al-Mulatham desconoce la existencia de la Menorah —murmuró—. Hoth murió antes de que pudiera decírselo.

Marsudi negó con la cabeza.

—No estamos seguros. Sabemos que Hoth hizo todo cuanto pudo por ponerse en contacto con al-Mulatham. Tal vez fracasó, pero tal vez no. Tal vez al-Mulatham está buscando la Menorah en este mismo momento. Tal vez otros la estén buscando. No podemos correr ese riesgo.

Jalifa tenía la garganta seca y el estómago encogido. Intuía que le estaban manipulando. Se sentía acorralado, como cuando era niño y una pandilla de chicos mayores le perseguía por las calles apartadas de Giza y al final siempre le alcanzaban y apaleaban.

—¿Por qué me cuentan todo esto? —repitió.

Se oyó un resoplido en el fondo de la habitación.

—¿Por qué cojones cree que se lo están contando?

Era la primera vez que Ben Roi hablaba.

—Fue usted quien empezó este rollo. Ahora, ayude a concluirlo.

Jalifa paseó la mirada alrededor. Sentía un latido en la frente, como si hubiera algo vivo en su interior que estuviera golpeándole las sienes.

—¿Qué quiere decir «ayude a concluirlo»? ¿Por qué me han traído aquí? ¿Qué está pasando?

Habló en tono desesperado. Gulami se quitó las gafas, las miró y volvió a ponérselas. Como Milan, su rostro adquirió de repente una expresión cansada y tensa.

—Hay que encontrar la Menorah, inspector —dijo en voz baja—. Y deprisa. Hay que encontrarla sin que nadie más se entere de que todavía existe.

Siguió una pausa, mientras Jalifa asimilaba las palabras. Después se levantó.

—No.

Fue casi un grito, que le sorprendió por su vehemencia, pero fue incapaz de contenerse, incluso delante de alguien tan poderoso como Gulami. No quería participar en esto. No quería saber nada de Israel, el judaísmo, las menorahs... Desde el primer momento no había querido saber nada, pese a lo que Zainab había dicho acerca de investigar lo que no se comprende, madurar y convertirse en una persona mejor. Lo único que deseaba, lo único que siempre había deseado, era llevar una vida discreta, normal, vulgar, estar con su familia, seguir trabajando, ir ascendiendo. Pero esto... Era demasiado grande, demasiado grande para él.

—No —repitió al tiempo que negaba con la cabeza.

—¿Qué coño quiere decir «no»?

Ben Roi había avanzado un paso, con los ojos encendidos. Jalifa no le hizo caso y habló a Gulami.

—Soy un policía. Esto... ¡no tiene nada que ver conmigo!

—Todo lo contrario —replicó, airado, Ben Roi—. ¿Es que no ha escuchado?

Jalifa siguió sin hacerle caso.

—No es mi responsabilidad. No quiero mezclarme en esto. No quiero implicarme.

—¿Qué coño le importa a nadie lo que quiera usted? —gritó Ben Roi, con la cara congestionada—. Hay cosas más importantes en juego.

—Por favor, Arieh. —Milan intentó apoyar una mano sobre el hombro de Ben Roi, pero este se zafó.

—¡Quién coño se cree que es!

—¡Arieh!

—«No quiero implicarme.» ¿Quién se cree que es este moraco? ¡Vaya morro!

Jalifa giró en redondo, con los puños apretados. No solía perder los estribos, solo le había ocurrido dos, tal vez tres veces en su vida, pero esta vez los perdió por completo.

—¡Cómo te atreves! —replicó enfurecido, sin importarle ya dónde ni con quién estaba—. ¡Cómo te atreves, arrogante hijo de puta judío!

—¡Jalifa!

Tanto Gulami como Marsudi se pusieron en pie.

—*Ben Zohna!* —rugió Ben Roi, y se lanzó hacia delante agitando los brazos—. ¡Hijo de puta! ¡Voy a matar a este cabrón!

Milan consiguió agarrarle de la chaqueta y retenerle. Marsudi se plantó ante Jalifa, que también estaba avanzando, y le sujetó por los hombros.

—*Lech tiezdayen, zayin!* —gritó con desprecio Ben Roi, al tiempo que hacía un corte de mangas al egipcio—. ¡Que te den por el culo, capullo!

—*Enta ghebee, koos!* —espetó Jalifa, quien también hizo un corte de mangas—. ¡Que te den por el culo, maricón!

Hubo más insultos e imprecaciones, mientras los dos hombres pugnaban por lanzarse el uno contra el otro, hasta que al final Gulami exclamó: «*Halas!* ¡Basta!», y ambos enmudecieron, con la respiración entrecortada. Gulami, Marsudi y Milan se miraron con los labios apretados, y a continuación el ministro de Asuntos Exteriores ordenó a Jalifa que saliera de la casa y se calmara. Después de lanzar una mirada asesina a Ben Roi, el detective se encaminó hacia la puerta, la abrió y salió a la noche tras cerrar con un portazo. Dio dos profundas bocanadas de aire, limpio, fresco, reconfortante, y se dirigió a una fila de rocas negras dentadas que se hallaban a treinta metros, donde se sentó y encendió un cigarrillo.

Transcurrieron varios minutos. El mundo estaba sumido en el silencio, aparte del leve susurro de la brisa, el cielo sembrado de una número increíble de estrellas, como salpicaduras de pintura blancoazulada. Luego se oyó el crujido de la puerta al abrirse y el ruido de pasos sobre la grava. Alguien se detuvo detrás de él. Marsudi.

—*Ezayek?* —preguntó el palestino al tiempo que apoyaba una mano sobre el hombro de Jalifa—. ¿Se encuentra bien?

El detective asintió.

—*Ana asif* —murmuró—. Lo siento. No tendría que haber...

La mano de Marsudi le dio un apretón tranquilizador.

—Créame, eso no ha sido nada comparado con algunas de las cosas que este lugar ha oído en los últimos catorce meses. Vivimos tiempos difíciles. Es inevitable que se crucen palabras fuertes.

Volvió a apretarle el hombro y se sentó al lado de Jalifa. Siguió una larga pausa. El silencio que los rodeaba era absoluto, ese silencio que solo se encuentra en los desiertos y en las cumbres de las montañas. Luego Marsudi señaló el cielo.

—¿Ve esa constelación de las cuatro estrellas brillantes? —preguntó—. Allí no. Sí, esa. La llamamos tanque. Esa línea de estrellas que hay debajo son las orugas, después está la torreta, y allí, el cañón.

Jalifa siguió el movimiento del dedo del palestino, que trazaba la forma poco a poco, y se dio cuenta de que recordaba vagamente la silueta de un tanque.

—Y allí... —añadió Marsudi moviendo la mano hacia otra constelación—... el Kalashnikov. Fíjese, la culata, el cañón, el gatillo. Y allí... —Tomó el codo de Jalifa y le hizo girar—. Eso es la granada: cuerpo, brazo, espoleta. Todos los demás pueblos del mundo miran el cielo y ven belleza. Solo en Palestina alzamos la vista y vemos objetos de guerra.

A lo lejos, un chacal empezó a aullar, pero el sonido se interrumpió apenas iniciado. Jalifa dio una calada al cigarrillo y se ciñó la chaqueta para protegerse del frío.

—No puedo hacerlo —susurró—. Lo siento, pero no puedo trabajar con ellos.

Marsudi sonrió con tristeza, echó hacia atrás la cabeza y escudriñó la noche.

—¿Cree que yo no siento lo mismo? Mi padre murió en una prisión israelí. Cuando tenía nueve años, vi volar por los aires a mi hermano, alcanzado por el proyectil de un tanque, justo delante de mí. ¿Cree que después de eso deseaba hablar con ellos, venir aquí y negociar? Créame, tengo más motivos para odiarlos que usted.

Siguió con la vista clavada en el cielo, la cara pálida como la de un muerto a la luz de la luna.

—Pero vine aquí —añadió con voz queda— y hablé con ellos. ¿Y sabe una cosa? Durante estos últimos catorce meses, Yehuda y yo nos hemos hecho amigos. Nosotros, que hemos dedicado toda la vida a luchar el uno contra el otro. Buenos amigos.

Jalifa terminó el cigarrillo y lo lanzó a las sombras. La colilla siguió ardiendo un momento, como la punta del cuerpo de una luciérnaga antes de fundirse con la oscuridad.

—Es Ben Roi —murmuró—. Si fuera otro... Pero Ben Roi... es peligroso. Lo veo en sus ojos. En sus movimientos. No puedo trabajar con él.

Marsudi asintió y hundió las manos en los bolsillos de los pantalones.

—¿Tiene mujer, inspector?

Jalifa asintió.

—Por lo visto Ben Roi iba a casarse.

—¿Y?

Siguió un breve silencio.

—Un mes antes de la boda, su prometida fue asesinada. Un atentado suicida. Al-Mulatham.

—*Allahu akbar*. —Jalifa agachó la cabeza—. No lo sabía.

Marsudi se encogió de hombros, sacó las manos de los bolsillos y se dio unos golpecitos en los labios con el índice y el dedo corazón para pedir un cigarrillo a Jalifa. Este sacó uno del paquete, se lo entregó y encendió. La llama del mechero iluminó por un momento el rostro delgado y hermoso del palestino, antes de que se sumiera en las tinieblas de nuevo.

—Dentro de seis días habrá un mitin en el centro de Jerusalén —dijo en voz baja—. Yehuda y yo hemos elegido ese mitin para dar a conocer lo que hemos estado haciendo aquí este último año. Presentaremos nuestras propuestas y anunciaremos la formación de un nuevo partido político, un partido mixto de israelíes y palestinos que buscará la cooperación y la paz, y que trabajará para llevar a la práctica nuestras propuestas. Como dijo Yehuda, las cosas tardarán años, generaciones en cambiar, pero creo que podemos conseguirlo, lo creo con sinceridad, a menos que la Menorah caiga en malas manos. Si eso sucede, todo nuestro trabajo, todas nuestras esperanzas, todos nuestros sueños...

Dio otra larga calada y clavó la vista en el suelo.

—Ayúdenos, inspector. De musulmán a musulmán, de hombre a hombre, de ser humano a ser humano... haga el favor de ayudarnos.

¿Qué podía decir Jalifa? Nada. Exhaló un profundo suspiro, restregó el suelo con el pie y asintió. Marsudi le tocó el hombro, enlazó un brazo en el suyo y le condujo de vuelta al edificio.

La reunión se prolongó una hora más. Casi toda la conversación corrió a cargo de Jalifa y Ben Roi, fría y formal, sin mirarse a los ojos, aportando toda la información que poseían sobre Hoth y la Menorah, con la intención de estrechar la búsqueda, desarrollar posibles líneas de acción. Los demás hombres intercalaron algún comentario, pero por lo demás escucharon en silencio mientras los dos detectives hablaban. Era pasada la medianoche cuando callaron por fin.

—Deberíamos abordar una última cuestión —dijo Milan, mientras apagaba su puro—. Esa mujer, al-Madani. ¿Qué hacemos con ella?

Gulami vació el contenido del vaso que sostenía en la mano.

—¿No puede permanecer detenida hasta que esto esté solucionado? —preguntó.

Marsudi negó con la cabeza.

—Es muy popular entre mi pueblo. Y muy querida. Mantenerla detenida atraería demasiada atención. Algo que no necesitamos en la actual situación.

—¿Entonces? —inquirió Gulami, que estrujó el vaso y lo arrojó al otro lado de la sala.

Nadie contestó. Tenían la vista perdida, absortos en sus pensamientos, mientras la estancia se llenaba de cuñas aterciopeladas de sombras a medida que las lámparas de queroseno se iban apagando. Transcurrió un minuto.

—Podría trabajar conmigo.

Era Ben Roi. Todos levantaron la vista.

—Sabe tanto como nosotros —añadió—. Lo de Hoth, el descubrimiento de la Menorah, tal vez más. Y comprende lo que ocurriría si al-Mulatham le pone las manos encima. Deberíamos utilizarla.

Parecía una propuesta razonable, de modo que Gulami, Marsudi y Milan asintieron. Solo Jalifa parecía dudar; con el ceño fruncido, escrutaba el rostro de Ben Roi, observaba cómo se humedecía los labios con la lengua una y otra vez, un tic que había visto a menudo durante los interrogatorios policiales, cuando el interrogado estaba nervioso e intentaba ocultar algo. Aquí hay algo más, se dijo. Algo que no nos estás diciendo. No se trata de una mentira, pero... algo te llevas entre manos. ¿O acaso el hombre le desagradaba tanto que no podía aceptar la sinceridad de nada de lo que decía? Antes de que se decidiera, Gulami se puso en pie y dio por terminada la reunión.

Cuando se encaminaron hacia los helicópteros, Jalifa se descubrió andando detrás de Ben Roi, el cual le sacaba una cabeza y era casi el doble de ancho. Después de todo lo sucedido aquella noche, no sentía grandes deseos de hablarle, de tener el menor contacto con él, salvo lo absolutamente necesario para terminar el trabajo. No obstante, sus buenos modales se impusieron, de modo que se colocó a su lado y le dijo que, pese a lo ocurrido antes, lamentaba lo sucedido a su novia, pues él tenía mujer e hijos y no podía imaginar cómo sería perder a un ser querido. Ben Roi le miró, masculló un «Que te den por el culo» y se alejó.

—Una extraña coincidencia, ¿verdad? —La voz de Gulami les llegó desde la cabeza del grupo—. Un egipcio, un israelí y un palestino iniciaron todo este proceso. Ahora, su supervivencia depende de un egipcio, un israelí y un palestino. Me gusta pensar que se trata de una buena señal.

—Dios lo quiera —dijo Milan.

—Dios lo quiera —dijo Marsudi.

70

Campo de refugiados de Kalandia,
entre Jerusalén y Ramallah

El sobre estaba esperando a Yunis Abu Jish cuando despertó al amanecer, deslizado bajo la puerta de su casa, si bien no tenía ni idea de quién lo había entregado, ni cómo ni cuándo. Dentro había una sencilla nota mecanografiada en la cual se le informaba de que su martirio tendría lugar al cabo de seis días. A las cinco en punto de la tarde de aquel día debía hallarse ante la cabina de la esquina entre las calles Abu Taleb e Ibn Jaldún de Jerusalén Oriental, donde recibiría las órdenes definitivas.

Leyó la nota tres veces y después, tal como se le indicaba, salió a la sucia y estrecha callejuela que había detrás de la casa y la quemó. Mientras el papel se retorcía, ennegrecía y transformaba en cenizas, experimentó unas náuseas repentinas. Se puso a gatas y empezó a vomitar.

TERCERA PARTE

Tres días después

71

Luxor

—¿Qué es? ¿Qué han encontrado?

Jalifa se inclinó sobre la barandilla de la galería, nervioso y agitado.

—El armazón de una bicicleta, inspector —contestó una voz.

—¡Maldición! ¿Estás seguro?

—Creo que mis hombres saben reconocer una bicicleta.

—¡Maldita sea!

El detective escupió su cigarrillo a medio consumir y lo pisó, al tiempo que mascullaba frustrado por la última falsa alarma. Delante de él, inclinados con sus *turias* entre los restos del jardín de Dieter Hoth, cuyos pulcros arriates y césped inmaculado se veían ahora surcados por una serie de zanjas y montones de arena y barro, se hallaban cuatro docenas de trabajadores con chilabas manchadas de tierra. Habían estado cavando tres días con sus noches. *Gurnawis fellahin*, peones agrícolas de las aldeas de la orilla occidental del río Nilo, los mejores excavadores de Egipto. Si había algo enterrado en el jardín, serían ellos quienes lo desenterraran. Pero no habían encontrado nada, solo un par de tuberías de cemento, los restos podridos de un antiguo *shaduf* de madera, y ahora, parte de una bicicleta. Era evidente que Dieter Hoth no había ocultado la Menorah allí. En el fondo, Jalifa siempre lo había sabido.

Cansado, desalentado, contempló el caos desplegado ante él, encendió otro cigarrillo e indicó al *rais* de la cuadrilla que sus hombres dieran por concluida la jornada laboral y guardaran sus herramientas, dio media vuelta y entró en la villa. Aquí también la devastación era absoluta: la mitad de las tablas del suelo levantadas, montones de libros y papeles esparcidos por todas partes, agujeros dentados abiertos en las paredes encaladas y los techos, los escombros de tres días de búsqueda frenética. Tres días de búsqueda vana, porque el resultado había sido el mismo: ni rastro de la Menorah, ni la menor pista sobre su paradero, ni siquiera una mención del maldito objeto.

Parado en el vestíbulo, con el cigarrillo entre los labios, en medio del caos, reconoció que había llegado al final del camino. Habían registrado a fondo el despacho de Jansen en el hotel Menna-Ra (un juego con la palabra menorah, se dio cuenta ahora), su antigua casa en Alejandría, incluso su Mercedes azul. Resultado: *mafish haga*, nada. La otra posibilidad, que Inga Gratz, la amiga de Hoth, le hubiera ocultado algo la noche en que la interrogó, era de momento imposible de verificar, pues la anciana había entrado en coma a las pocas horas de que la hubiera dejado, un estado del que, según los médicos, tardaría un tiempo en salir, si es que lo hacía. No había nadie más con quien hablar, ningún lugar que registrar, ninguna piedra que remover. Con independencia de lo que Hoth hubiera hecho con la Lámpara, daba la impresión de que las respuestas no iban a encontrarse en Egipto.

Se quedó en la villa otros veinte minutos, paseando de habitación en habitación, sin saber si debía sentirse aliviado por haber hecho todo lo posible y poder abandonar la cacería con el honor intacto, o decepcionado por no haber obtenido más resultados. Después cerró con llave la casa y se dirigió a la comisaría para telefonear a Ben Roi, con el fin de comunicarle que su búsqueda había fracasado. El israelí no iba a alegrarse. A juzgar por las conversaciones que habían mantenido durante los últimos días (breves, tensas, monosilábicas), estaba claro que las cosas no le iban mejor que a Jalifa. El tiempo y las opciones se estaban agotando, y la Lámpara continuaba oculta.

72

Jerusalén

Mientras atravesaban los jardines del Centro de Salud Mental Kfar Shaul y dejaban atrás sus bonitas terrazas de plantas en flor y el conjunto de edificios de piedra bien espaciados, Laila estuvo tentada de hacer alguna referencia a la historia del lugar, de preguntar a Ben Roi si sabía que el más antiguo de los edificios había formado parte de la aldea palestina de Deir Yasin, escenario en 1948 de una espantosa matanza cometida por paramilitares judíos: dos docenas de hombres, mujeres y niños asesinados a sangre fría. Sin embargo, una mirada a su acompañante (sus ojos inyectados en sangre por la falta de sueño, su boca en un permanente rictus de tensión y desagrado) bastó para revelarle que la información no sería bien recibida, así que no dijo nada y siguió subiendo en silencio por la colina.

Una investigación conjunta palestino-israelí, eso era lo que el hombre le había propuesto cuando entró inopinadamente en su celda tres mañanas antes. Los dos trabajarían en equipo para intentar localizar la Menorah, junto con otro tipo llamado Jalifa que seguía otra pista en Egipto, todo bendecido oficialmente, todo con el mayor secreto, todo por un bien superior. ¿Estaba dispuesta? ¿Colaboraría?

Laila se había quedado sorprendida, por supuesto. Y también se habían despertado sus sospechas, si bien había sido ella la primera en lanzar la idea de la investigación conjunta (sin creer ni por un momento que el israelí la aceptaría). El brillo demente en los ojos de Ben Roi, su intento no del todo conseguido de hablar en tono calmo y razonable, todo en él gritaba que su propuesta ocultaba algo, propósitos que no quería confesar. Aun así, había demasiado en juego para negarse a cooperar, de modo que Laila había accedido de inmediato y sin rechistar a todo cuanto le pidió.

Igualmente inesperada, y alarmante, había sido la insistencia del detective en que, durante el tiempo que se prolongara la investigación, se mudara a su apartamento de Jerusalén Occidental. Una vez más, todos los sistemas de alarma de su cuerpo se habían disparado para advertirle de que el plan estaba menos relacionado con el hecho de disponer de un lugar donde poder trabajar sin despertar sospechas, tal como él afirmaba, que con su deseo de tenerla vigilada en todo momento. Laila había callado sus preocupaciones y aceptado la oferta asegurando que era una idea muy buena, dadas las circunstancias, y que si quería continuar participando en la búsqueda de la Menorah tenía que plegarse a las normas de Ben Roi. En cualquier caso, y teniendo en cuenta lo que había en juego, tenía tantas ganas de no perderle de vista como él a ella. Así que el detective había firmado los formularios de liberación, la había llevado a su apartamento para que cogiera el ordenador portátil y ropa (Laila vio de inmediato que habían registrado a fondo el piso en su ausencia) y después fueron al piso de Ben Roi en Romema, cuya sala de estar se había transformado en oficina improvisada.

Allí habían permanecido desde ese momento, tres días enteros, tensos, incómodos, claustrofóbicos. Cada mañana empezaban a trabajar a primera hora, hacían llamadas, enviaban correos electrónicos, navegaban por la red, seguían todas las pistas que se les ocurrían, así hasta bien entrada la noche, sustentándose de café, bocadillos y, en el caso de Ben Roi, incesantes lingotazos de vodka. Luego Laila se desplomaba en el sofá para dormir unas horas de sueño inquieto, y él desaparecía en su habitación, aunque daba la impresión de que no dormía mucho, porque en varias ocasiones ella había despertado en plena noche y le había oído pasear arriba y abajo, susurrando en su móvil, y una vez le descubrió parado en el pasillo, mirándola, con una palidez mortal en el rostro y los labios temblorosos. En un par de ocasiones, al principio, ella había intentado romper el hielo, entablar algún tipo de diálogo, preguntarle por su vida, por la fotografía de la joven que había sobre la librería, lo que fuera, pero él resoplaba y le decía que estaba allí para ayudarle a encontrar la Menorah, no para escribir su puta biografía. De modo que Laila había continuado telefoneando, enviando correos electrónicos, investigando, pendiente de no perder la concentración. Y siempre la atmósfera asfixiante e insidiosa de mutua antipatía y recelo.

La visita de Hoth a Dachau, ese era, desde el principio, el foco central de sus investigaciones. Cabían pocas dudas de que la caja que había llevado con él contenía la Menorah. Pero ¿adónde la había trasladado después? ¿Por qué había exigido seis prisioneros? Eran las preguntas que necesitaban respuesta. Y eran las preguntas que no había forma de dilucidar. Expertos en Dachau, expertos en el Tercer Reich, expertos en la Ahnenerbe, expertos en seguir el rastro de tesoros nazis saqueados, incluso expertos en infraestructura alemana de transporte durante la Segunda Guerra Mundial... se habían puesto en contacto con todos ellos, preguntado e investigado, pero sin éxito. La mayoría ni siquiera había oído hablar de Hoth, y los que sí sabían algo de él no tenían ni idea de por qué había ido al campo de concentración o adónde había ido después. Laila se había vuelto a poner en contacto con Magnus Topping (sí, le encantaría cenar con él la próxima vez que fuera a Inglaterra), con Jean-Michel Dupont, con media docena de amigos y socios de Dupont, todo en vano. Nadie sabía nada, nadie podía ayudarlos.

En tres largos y duros días de investigación solo habían salido a la luz dos datos nuevos: el tipo de camiones que Hoth había llevado con él (Opel Blitz de tres toneladas, el transporte habitual del ejército alemán) y, de los archivos de Yad Vashem, el nombre de los seis prisioneros de Dachau que se marcharon con Hoth: Janek Liebermann, Avram Brichter, Yitzhak Edelstein, Yitzhak Weiss, Eric Blum y Marc Wesser; los cuatro primeros, judíos; los dos últimos, un comunista y un homosexual, respectivamente.

Ninguno de ellos había regresado al campo. Todos los intentos de localizarlos, de descubrir si alguno de ellos sobrevivió a la guerra, habían fracasado. En suma, habían llegado a un callejón sin salida.

Por ello, al cabo de tres días, habían salido por fin del apartamento de Ben Roi para ir a Kfar Shaul. Porque la única posibilidad residía en que, durante su larga búsqueda hasta localizar a Hoth, Hannah Schlegel hubiera conseguido averiguar también el paradero de la Menorah. Y hubiera comunicado dicha información a su hermano Isaac. «Vaya pérdida de tiempo —había rezongado Ben Roi durante el trayecto—. Ese tipo lleva diez años sin hablar. Es un vegetal.»

Sin embargo, era la única posibilidad que quedaba.

Tal como les habían indicado por teléfono, subieron hasta el Centro Psicogeriátrico del Ala Norte, donde los recibió la doctora Gilda Nissim, la mujer que había acompañado a Ben Roi en su primera visita. Los saludó con un breve gesto de la cabeza y, tras lanzar una mirada suspicaz a Laila, los guió a través de las puertas de cristal del ala y por el pasillo de iluminación acogedora. Sus zapatos rechinaron sobre el pulido suelo de mármol, mientras el aire acondicionado siseaba como un susurro espectral en el interior del edificio. Cuando llegaron a la habitación de Isaac Schlegel les soltó un breve discurso para informarles de que la anterior visita de Ben Roi había alterado muchísimo al paciente, que no toleraría que volvieran a molestarle de tal manera y que disponían tan solo de quince minutos. A continuación abrió la puerta y Ben Roi entró. Laila vaciló y luego le siguió. La doctora estaba a punto de dar más instrucciones cuando Ben Roi se volvió y con un breve «Gracias» le dio con la puerta en las narices.

—Jodida metomentodo —masculló.

La habitación no había cambiado desde su última visita: cama, mesa, dibujos a lápiz en todas las paredes y, en una butaca junto a la ventana, vestido con pijama y delgado como un espantapájaros, Isaac Schlegel, con la vista clavada en el mismo libro manoseado que acunaba en el regazo. Ben Roi cogió un taburete y se sentó delante de él. Laila se quedó donde estaba, observando los numerosos dibujos de menorahs de siete brazos.

—Siento tener que molestarle de nuevo, señor Schlegel —empezó sin más preámbulos el detective—, pero he de hacerle más preguntas. Sobre su hermana Hannah.

Intentó hablar en un tono sereno y tranquilizador para no asustar al anciano. No lo consiguió, porque, en cuanto oyó la voz del detective, Schlegel abrió los ojos de par en par, nervioso, y empezó a mecerse en la silla, mientras sus manos se abrían y cerraban sobre el libro y un tenue gimoteo escapaba de su boca. Ben Roi se mordió el labio, pues no estaba de humor para esas cosas.

—No ha de tener miedo —añadió, al tiempo que forzaba una sonrisa no del todo compasiva—. No vamos a hacerle daño. Solo queremos hablar con usted. No estaremos mucho rato, se lo prometo.

Una vez más, sus intentos de tranquilizar al hombre no surtieron el efecto deseado. El lloriqueo aumentó de intensidad, y el anciano se meció con más violencia.

—Sé que esto es difícil, señor Schlegel, y siento haberle alterado la otra vez, pero es muy...

Las manos de Schlegel se cerraron en puños y los apoyó en las sienes, como un boxeador que intentara parar una lluvia de golpes, sus gemidos se convirtieron en sollozos agudos y resonaron en la habitación. La boca de Ben Roi dibujó una mueca iracunda, y también apretó los puños, debido a la frustración.

—Escuche, Schlegel, sé que usted...

—¡Por el amor de Dios!

Laila se adelantó y miró al detective como diciendo: «¡Qué coño te pasa!». Luego se acuclilló junto al anciano y cogió uno de sus puños entre las manos.

—Chist —dijo con dulzura, mientras acariciaba la piel translúcida—. No pasa nada. No pasa nada, cálmese.

Casi de inmediato el ataque empezó a remitir. El hombre comenzó a mecerse más despacio y sus sollozos se calmaron hasta convertirse en un leve murmullo, como el ronroneo de una nevera o un ordenador.

—Eso es —dijo la periodista en voz baja, sin dejar de acariciar la mano del anciano—. No debe tener miedo. Todo irá bien. No tiene por qué estar asustado.

Ben Roi la miró, y un destello momentáneo de inseguridad alumbró en sus ojos, como si aquella exhibición de ternura le incomodara, le desconcertara. Después sacó la petaca, se reclinó en el asiento y dio un veloz trago. Laila siguió hablando al viejo, calmándole, relajándole, le cantó un fragmento de una nana que su padre le cantaba cuando era pequeña, hasta que el hombre se tranquilizó por completo y sus ojos grises y opacos fijaron la vista en su regazo, con la mano entre las de Laila. Ella le concedió otro medio minuto; después, convencida de que se había ganado la máxima confianza que podía conseguir de él, se arrodilló ante Schlegel dando la espalda a Ben Roi.

—Isaac —dijo con ternura, con una voz que era poco más que un susurro—, necesitamos tu ayuda. ¿Nos ayudarás?

Detrás de ella, Ben Roi lanzó un resoplido despectivo. Laila no le hizo caso y concentró toda su atención en la figura esquelética que tenía delante.

—¿Nos hablarás de la Menorah, Isaac? La visteis, ¿verdad? Hannah y tú. En el castillo en ruinas. Como en tus dibujos. ¿Te acuerdas? En Castelombres. Cuando erais niños.

Schlegel siguió con la mirada clavada en el libro, mientras el sol de la mañana se colaba por la ventana y bañaba su rostro esquelético. El tenue zumbido seguía brotando de su nariz.

—Por favor, Isaac.—Le estrechó la mano, rogándole en silencio que hablara con ella—. Estamos intentando encontrar la Menorah. Para protegerla. ¿Sabes dónde está? ¿Sabes qué fue de ella?

Nada.

Laila siguió repitiendo las mismas preguntas, al tiempo que intentaba contener su desilusión, mantener la voz serena. Después, al no obtener respuesta, ni siquiera un destello de comprensión o lucidez, suspiró, retiró la mano y agachó la cabeza, reconociendo que, como Ben Roi había dicho, aquello era una pérdida de tiempo.

—Amarillo.

Ni siquiera fue un susurro, sino más bien una leve alteración del aire alrededor de los labios de Schlegel, que tal vez podía ser una palabra. Laila alzó la vista, convencida de que eran imaginaciones suyas. El anciano seguía mirando su libro.

—Amarillo.

La palabra fue más decidida esta vez, inconfundible, aunque apenas audible. Laila notó que Ben Roi se inclinaba.

—Dios mío.

Laila volvió a coger la mano de Schlegel.

—¿Qué es amarillo, Isaac? ¿Qué quieres decir?

Por un momento no hubo respuesta. Luego, poco a poco, el anciano levantó la vista. Sostuvo la mirada de Laila un instante, y dio la impresión de que sus ojos habían adquirido cierto brillo, como una luz vista a través de un cristal esmerilado. Después soltó la mano que le sujetaba la joven, la alzó y apuntó un dedo tembloroso hacia arriba y a la derecha, hacia los cuatro dibujos que plasmaban el arco de Castelombres, en medio de los cuales había un quinto dibujo de una menorah de siete brazos.

—Amarillo —susurró por tercera vez. Todo su cuerpo temblaba como debido al esfuerzo que le suponía pronunciar la palabra.

—¿Qué quiere decir «amarillo»? —Ben Roi estaba tan inclinado hacia el anciano que sus rodillas se hundieron en la espalda de Laila—. ¿La Menorah es amarilla?

El viejo siguió señalando un buen rato, luego dejó caer el brazo y sujetó el libro con fuerza.

—Mira el amarillo.

Laila lanzó una mirada de perplejidad a Ben Roi, clavó la vista en los ojos del anciano y posó las manos sobre las de él.

—¿Fue eso lo que te dijo Hannah, Isaac?

Schlegel estaba estrujando el libro, lo retorcía, doblaba el lomo.

—Mira el amarillo —repitió.

—¿Qué significa eso? —La voz de Ben Roi era áspera y potente—. ¿Qué amarillo?

Schlegel siguió retorciendo el libro, sin responder.

—¿El dibujo amarillo? —insistió el detective—. ¿Eso quería decir su hermana? ¿Mira el dibujo amarillo? ¿El dibujo de la Menorah?

Siguió una pausa, y luego se oyó el roce de madera sobre linóleo cuando Ben Roi echó hacia atrás el taburete y se levantó. Se dirigió al dibujo de la Menorah y lo miró, en busca de algún significado oculto en los sencillos trazos de lápiz amarillo. Nada. Arrancó la hoja de la pared y miró el reverso. En blanco. Miró a Laila y luego empezó a examinar los demás dibujos de menorahs y los arrancó, con movimientos cada vez más bruscos. Nada. Schlegel tenía la vista clavada en el regazo.

—¡Por favor, Isaac! —susurró Laila, con las manos sobre las del hombre—. ¿Qué quería decir Hannah? ¿Qué quería decirnos? Ayúdanos, Isaac, por favor. ¡Por favor!

Intuía que el hombre se estaba recluyendo en sí mismo. Continuó insistiendo, apretándole las manos, acariciando las palmas huesudas como si así pudiera extraerle una última información. Sin embargo, el momento había pasado; con un gruñido de exasperación, se acuclilló y alzó la vista al techo, al tiempo que meneaba la cabeza. Ben Roi dio un puñetazo en la pared.

—Joder —masculló.

Después, recorrieron en silencio, desalentados, los jardines del hospital. Solo se oía el trino atonal de los pájaros en los pinos y en los cipreses, y desde algún lugar situado a su derecha, el lejano repiqueteo de una pelota de ping-pong. Ben Roi intentaba concentrarse, pensar en lo que debían hacer a continuación, en cómo demonios iban a seguir adelante.

Aparte de algunos minutos robados aquí y allí, hacía setenta y dos horas que no dormía, y estaba destrozado, más destrozado de lo que nunca había creído posible. Su mente estaba confusa y aturdida, y ya no estaba seguro de qué coño estaba haciendo ni por qué. Tres días antes, todo le parecía claro: el artículo, las entrevistas, la loción para después del afeitado... Todo encajaba. No alejarse de ella, mantenerla vigilada, esperar a que aparecieran las grietas. Pero no habían aparecido, era demasiado inteligente, demasiado controlada, de modo que, pese a todo, comenzaba a albergar dudas, a preguntarse si tal vez se había equivocado (su forma de tratar a Schlegel... ¿Podía alguien así...?). Sí, aún sentía el dolor de estómago (¡Dios, y menudo dolor de estómago!), pero ¿podía confiar en él? ¿Podía confiar en sí mismo? No lo sabía, ya no sabía una mierda. Y no lo sabría, a menos que encontraran la Menorah. Cuando ella...

—¿Qué hacemos ahora?

—¿Hum? —Aún estaba absorto en sus pensamientos.

—¿Qué hacemos ahora? —repitió Laila.

El detective meneó la cabeza, mientras se esforzaba por regresar al presente.

—Rezar para que ese gilipollas de Jalifa descubra algo.

—¿Y si no?

—Volveremos a los teléfonos. Y no pararemos hasta encontrar lo que buscamos.

Aflojó el paso y la miró, con los ojos llenos de recelo y antipatía. Luego continuó bajando por la colina, seguido de Laila. Al llegar al pie de la elevación subieron al BMW, atravesaron la cancela de metal blanco del hospital y giraron para tomar la autopista principal en dirección a Jerusalén. En ese momento, Laila vislumbró un Saab azul aparcado ante un garaje abandonado, frente a la entrada del hospital. El conductor estaba inclinado sobre el volante como si los mirara. Solo lo vio una fracción de segundo, antes de que Ben Roi acelerara.

Detrás de ellos, Avi Steiner encendió el motor del Saab.

—Vuelven a moverse —murmuró en su walkie-talkie—. Kanfei Nesharim, dirección este. Los sigo.

Puso la primera, se adentró en el tráfico y sorteó varios coches hasta colocarse detrás de ellos.

73

Luxor

De nuevo en su despacho, Jalifa mordisqueó un nabo en salmuera que había comprado cuando volvía de la villa de Hoth y, con un suspiro de resignación, levantó el teléfono y marcó el número del móvil de Ben Roi. Sonó cuatro veces, y después estableció comunicación. Como de costumbre, el israelí no se entretuvo con formalidades.

—¿Y bien?

—Nada —contestó el egipcio.

—¡Mierda!

—¿Usted?

—¿A usted qué coño le parece?

Jalifa meneó la cabeza y se preguntó si el hombre sería capaz de formar una frase sin soltar un taco. Nunca en su vida...

—¿Ha vuelto a ver al hermano? —inquirió procurando mantener un tono cortés y no pensar en lo grosero que le parecía el israelí.

—Acabo de terminar con él.

—¿Y?

—Una mierda. Ese tipo es un zombi. Se queda sentado todo el rato, toqueteando su libro y emitiendo ruidos extraños.

Se oyó una voz femenina (Laila al-Madani, seguramente) que preguntaba a Ben Roi qué estaban diciendo, a lo que el israelí contestó con un agresivo «¡Espere!».

—¿No había nada en casa de Hoth? —La voz de Ben Roi irrumpió en la línea de nuevo—. ¿Está seguro?

—Seguro —contestó Jalifa—. He registrado hasta el último centímetro.

—¿El jardín?

—También...

—¿Y el...?

—Y el coche. Y su hotel. Y la policía de Alejandría ha registrado su anterior residencia. Ya no queda nada más que mirar, Ben Roi. Aquí no. En Egipto no. No hay nada.

—Bien, pues habrá pasado algo por alto.

—No he pasado nada por alto. —Jalifa apretó el puño—. Aquí no hay nada, se lo digo yo.

—Bien, pues siga buscando.

—No me está escuchando. No queda nada. ¿Qué quiere que haga? ¿Excavar todo Luxor?

—¡Si hace falta sí! Hemos de encontrarla. He de...

El israelí se interrumpió de repente, como si reprimiera un comentario que no había deseado hacer. Siguió una brevísima pausa, y luego continuó hablando, intentando mantener la voz serena.

—Ya sabe lo que hay en juego. Siga buscando.

El egipcio alzó una mano, desesperado. ¡Era como hablar con un ladrillo!

—De acuerdo. Veré qué puedo hacer. —Se inclinó hacia el escritorio, a punto de colgar—. A propósito, ¿de qué va el libro?

—¿Cómo?

—Ha dicho que el hermano de la Schlegel tenía un libro.

Siguió otra pausa, debida a la sorpresa que se había llevado el israelí, y después hubo un breve diálogo cuando preguntó a Laila. Lo siguiente, tan estruendoso que Jalifa se vio obligado a apartar el auricular del oído, fue un chirrido de neumáticos acompañado por un coro de pitidos, cuando el coche cambió de dirección repentinamente.

—¿Ben Roi?

—¡Volveré a llamarle! —gritó el israelí. Luego dijo a Laila—: ¿Por qué coño no me dijo...?

La línea enmudeció.

74

Jerusalén

El joven cruzaba con cautela la obra, sujetando con fuerza una bolsa de deporte en la mano derecha. Se detenía de vez en cuando para comprobar si le vigilaban o seguían, una precaución innecesaria puesto que la obra estaba abandonada desde hacía cinco meses; además, se hallaba en la periferia de la ciudad, lejos de las zonas pobladas. Pasó ante una pila de bovedillas, bordeó una red de zanjas para cimientos demolidos, de las cuales surgían varas de hierro oxidadas como arbolillos arrancados por el viento, hasta que llegó a un gran contenedor de transporte metálico situado justo en el centro de la obra, con la puerta asegurada por un voluminoso candado. Paseó la vista alrededor, extrajo unas tenazas de la bolsa, rompió la cerradura, abrió la puerta y entró. Dentro hacía calor y olía a humedad, polvo y alquitrán. Al fondo había una lona impermeabilizada (el único contenido del interior), se acercó a ella y ocultó debajo la bolsa, alisó el material para que recuperara su forma original, volvió a salir y aseguró la puerta con un candado nuevo. Lanzó una última mirada alrededor, extrajo una sola llave del bolsillo, se agachó y la enterró en la arena, al pie de la esquina izquierda del contenedor. Luego se enderezó y atravesó a toda prisa la obra, mientras las borlas de su *tallit katan* asomaban por debajo de su camisa, como tentáculos de medusa que remolinearan en una corriente violenta.

75

Jerusalén

—¿Por qué coño no nos lo dijo antes?

—Porque no lo preguntaron —contestó la doctora Gilda Nissim, que caminaba delante de ellos por el pasillo, en dirección a la habitación de Isaac Schlegel—. ¡Soy psiquiatra, pero eso no significa que pueda leer en la mente de la gente! ¡Y haga el favor de cuidar su vocabulario!

Ben Roi abrió la boca, al parecer con la intención de gritar a la mujer, pero logró contenerse y emitió un gruñido de exasperación. Laila aceleró el paso y alcanzó a la doctora.

—¿Dice que su hermana se lo dio antes de ir a Egipto?

Nissim asintió, mientras intentaba no perder los estribos.

—La señora Schlegel pasó por aquí camino del aeropuerto. Estuvo un cuarto de hora con él, le dio el libro y volvió a marcharse. Fue la última vez que la vio. No lo ha perdido de vista desde entonces.

—¡Mecagüen la leche! —masculló Ben Roi mirando con expresión ceñuda la nuca de la mujer.

Llegaron a la habitación de Schlegel pero, en lugar de detenerse, Nissim siguió andando y atravesó unas puertas de cristal que había al final de la unidad, mientras explicaba que, a esa hora del día, al paciente le gustaba sentarse al sol. Subieron por un tramo de escalones que cruzaban una zona rocosa plantada con geranios en flor y matas de lavanda con la espiga púrpura, y luego enfilaron un estrecho sendero de piedra blanca hasta el punto más alto del recinto hospitalario, donde había una loma herbosa rodeada de pinos, muy tranquila, muy plácida, con el aire impregnado del olor penetrante de las agujas de pino. El brumoso mar forestal de las Judean Hills se extendía alrededor. Nissim indicó con un gesto de la cabeza la figura solitaria sentada en un banco de cemento y, tras dirigir una mirada severa a Ben Roi, se rezagó. El detective y Laila continuaron adelante hasta llegar al banco. Él se puso detrás y ella se sentó al lado del anciano, que, como siempre, aferraba con fuerza el libro. La joven apoyó una mano sobre su brazo.

—Hola otra vez, Isaac. —Siguió un breve silencio—. Nos gustaría ver tu libro. El que Hannah te regaló. ¿Podemos echarle un vistazo? ¿Te parece bien?

Había temido que el anciano no les dejara verlo, que su petición le asustara. Lejos de ello. Con un tenue suspiro, como aliviado por la petición, Schlegel apartó poco a poco las manos y dejó que Laila lo cogiera. Ben Roi se inclinó y estiró el cuello para verlo.

Era un volumen delgado, de bolsillo, muy arrugado, con una sencilla portada verde en la que estaba impresa la silueta en tinta negra de un pino. Debajo, en inglés, estaba el título: *Paseos veraniegos en el Parque Nacional de Berchtesgaden*. Laila miró a Ben Roi, enarcó las cejas y abrió el libro por el índice.

Había diez paseos listados, cada uno con un nombre (la Senda de Konigsee, la Senda de Watzmann, la Senda de Weiss-Tanne...), y también un código de color, que al parecer correspondía al de las marcas que servían para señalizarlos. Al último del libro, la Senda del Hoher Goll, le correspondía el amarillo.

—Mira el amarillo —susurró Laila, con el corazón acelerado.

Ben Roi no dijo nada y se sentó a su lado. Ella empezó a hojear el libro a toda prisa, en busca de la sección que les interesaba.

—La Senda del Hoher Goll —anunció al cabo de un momento, y alisó el libro sobre el regazo.

Como los otros nueve capítulos, este empezaba con una sencilla silueta a tinta negra, en este caso de una montaña de cumbre plana y peñascosa; un largo cerro escarpado descendía hacia la derecha hasta terminar en un despeñadero abrupto, sobre cuyo borde se alzaba lo que parecía una casita. A continuación, se reseñaban datos básicos sobre el paseo (longitud: 19 km; tiempo: 5-6 horas; dificultad: nivel 3, sobre 5), seguidos de un plano a escala en que el sendero estaba indicado con una línea de puntos zigzagueante y seis páginas de texto que describían el paseo en detalle, con recuadros intercalados que proporcionaban información adicional acerca de la flora y fauna locales, puntos de interés histórico, etcétera. En el último tercio del texto, al final de una página, había un párrafo resaltado con rotulador rojo:

> Cruzad la carretera y tomad la senda que hay justo enfrente, detrás de la gasolinera abandonada. Tras una ascensión de treinta minutos, empinada en algunos puntos, llegaréis a un espacio abierto frente a la entrada de la mina de sal abandonada de Berg-Ulwemerk (para más información sobre la tradición de las minas de sal de la región, véase introducción, p. 4). Sobre vuestras cabezas, si el tiempo lo permite, veréis la cumbre del majestuoso Hoher Goll (2.522 m), a la derecha el tejado y la torre de radio del Kelsteinhaus o Nido de Águilas, el antiguo salón de té de Hitler (véase recuadro). Debajo hay vistas maravillosas de Obersalzburg, Berchtesgaden y el río Berchtesgadener Ache. La senda continúa a la izquierda, junto al pequeño túmulo de piedra (véase recuadro al dorso).

Laila y Ben Roi intercambiaron una mirada de desconcierto, sin saber muy bien qué tenía que ver aquello con Dieter Hoth o la Menorah. La periodista pasó la página. El recuadro mencionado también estaba resaltado. Se titulaba «Los esqueletos de Hoher Goll». Volvieron a mirarse, y luego empezaron a leer.

> En mayo de 1961, en el punto indicado por este túmulo, unos excursionistas de paso descubrieron seis esqueletos, después de que, por la noche, cayera una tormenta de una violencia inusitada y barriera el mantillo de la tumba poco profunda en que estaban enterrados. Todos eran varones, todos presentaban heridas de bala. Los restos de tela inducen a pensar que eran víctimas de un campo de concentración, aunque no ha

> podido establecerse su identidad ni el motivo de su presencia en las estribaciones del Hoher Goll. Ahora están enterrados en el cementerio de Berchtesgaden. Quienes pasan suelen añadir una piedra a la pila en señal de respeto.

Guardaron silencio mientras asimilaban la información, y después los dos dijeron a la vez:

—Los prisioneros de Dachau.

Su tono era nervioso, emocionado. Laila entregó el libro a Ben Roi y empezó a buscar en su bolso, sacó la libreta y pasó las páginas. El papel emitió un sonido áspero bajo sus dedos.

—Jean-Michel Dupont —murmuró—. Dijo algo acerca de los nazis, la forma en que...

Encontró la página que buscaba, la recorrió con un dedo y empezó a leer.

—«Al final de la guerra, los nazis enviaron al extranjero tesoros saqueados, o bien los ocultaron en lugares secretos de Alemania, por lo general en minas abandonadas.»

Alzó la vista para mirar a Ben Roi y luego ambos se pusieron en acción. Laila cogió el libro y empezó a anotar detalles de la mina y su emplazamiento, con una caligrafía tan nerviosa que, tras escribir unas cuantas palabras, tuvo que arrancar la página y empezar de nuevo. Ben Roi se puso en pie y habló con rapidez en su móvil, paseando de un lado a otro, acuchillando el aire con la mano como si intentara acelerar las cosas.

Cinco minutos después, todo estaba arreglado: dos plazas en el vuelo de las once y cuarto de Ben Gurion a Viena, después enlace con Salzburgo, el aeropuerto más cercano a Berchtesgaden, donde los esperaría un coche de alquiler. Dejando aparte posibles retrasos inesperados, estarían en Alemania a última hora de la tarde.

—Démonos prisa —dijo Ben Roi, mientras empezaba a bajar por la ladera de la loma—. Si perdemos ese vuelo, no hay otro hasta mañana.

—¿Y Jalifa?

—Que le den por saco. Ahora sabemos dónde está lo que nos interesa. Ese tipo no pinta nada.

Desapareció bajo la cresta de la loma. Laila se volvió hacia Schlegel, que durante todo el rato había permanecido silencioso e inmóvil, mirando hacia las colinas arboladas. Tomó sus manos y depositó el libro en ellas.

—Gracias, Isaac —susurró—. No decepcionaremos a Hannah. Te lo prometo.

Vaciló un instante antes de inclinarse hacia él para besarle en la mejilla. El anciano movió levemente la cabeza y pareció murmurar algo, aunque en voz demasiado baja para que Laila captara lo que decía. «Mi hermana», tal vez, no estaba segura. Le apretó el brazo, se levantó y siguió a Ben Roi. Los dos llegaron corriendo a la parte inferior del recinto hospitalario y salieron a la calle. Laila aún tenía en la mano la bola de papel arrugado que antes había arrancado de la libreta y, cuando llegaron al coche, la arrojó a una papelera antes de subir y cerrar la portezuela.

Apostado al otro lado de calle, Avi Steiner los vio alejarse y desaparecer entre el tráfico. Después murmuró algo en su walkie-talkie, puso en marcha el motor de su Saab, se alejó despacio del garaje, dobló la esquina, se detuvo ante la papelera y bajó.

76

Jerusalén

Har-Zion estaba al lado del teléfono cuando empezó a sonar, mirando por la ventana de su apartamento mientras se aplicaba crema a los brazos y el torso desnudos. Al inclinarse para levantar el auricular hizo una mueca de dolor; incluso con la crema, daba la impresión de que su piel se volvía cada vez más tirante desde hacía unos meses. Contestó con un breve «*Ken*» y escuchó en silencio. Poco a poco, la expresión de dolor que había torcido su boca se transformó en una sonrisa.

—Prepara el Cessna —dijo al fin—. Habla con nuestra gente del aeropuerto. Tendremos que plantar un rastreador, solo para estar seguros. Espérame abajo dentro de veinte minutos. Ah, sí, Avi, yo voy, claro que voy.

Colgó el teléfono, se puso más pomada en la palma de la mano y la aplicó lentamente sobre el estómago, mientras contemplaba la Ciudad Vieja, sus cúpulas, torres y, apenas visible, el largo mosaico rectangular del Muro Occidental. Por un momento, solo por un breve momento, se permitió fantasear: un ejército, un gran ejército, todos los hijos de Israel unidos, desfilando ante el Muro con la Menorah a la cabeza, antes de subir al monte del Templo y destruir los lugares de culto árabes. Después enroscó el tapón del frasco, entró en el dormitorio y empezó a prepararse.

77

Luxor

—Bien, pues dígale que me llame, por favor. Jalifa. ¡Jalifa! Ja... li... fa... Sí, claro que lo sabe... ¿Qué? ¡Sí, es urgente! Muy urgente. ¿Cómo dice? ¡De acuerdo, de acuerdo, gracias, gracias!

Jalifa colgó el teléfono con un gesto brusco. Siguió sentado un momento, masajeándose las sienes, después se puso en pie, salió como una exhalación del despacho y recorrió el pasillo hasta entrar en otra habitación, donde cogió un atlas de una estantería de la pared. De nuevo en su escritorio, examinó a toda prisa el índice, abrió la página que le interesaba y empezó a seguir las líneas de latitud y longitud con los dedos hasta localizar el nombre del lugar que buscaba: «Salzburgo». Encendió un cigarrillo y miró el mapa.

Había transcurrido una hora desde que había hablado con Ben Roi. Tal como acordaron, había esperado a que el israelí le telefoneara; al no recibir noticias de él, e impaciente por saber si habían sonsacado algo al hermano de la señora Schlegel, llamó a su móvil. Ocupado. Le había concedido cinco minutos más y llamado de nuevo. Todavía ocupado. Diez minutos después, probó suerte por tercera vez, pero entonces el móvil estaba apagado. Sin ningún motivo concreto empezó a experimentar una sensación de inquietud en la boca del estómago, una vaga premonición de problemas, más intensa a medida que pasaban los minutos y el móvil seguía apagado, hasta que, convencido de que algo iba mal, se puso en contacto con la comisaría de David.

Al igual que en su primer encuentro con la burocracia de la policía israelí, había tropezado con un sinfín de obstáculos y problemas, hasta que al final le pasaron con una secretaria que, en un inglés vacilante, le explicó que el inspector detective Ben Roi y un colega estaban camino de Austria. De Salzburgo. No sabía por qué habían ido allí ni cuándo iban a volver, y tampoco gozaba de libertad para revelar dicha información en caso de que la poseyera. Jalifa habría querido insistir, solicitar que le pasaran con alguien de mayor rango, pero eso significaría explicar por qué estaba tan ansioso por ponerse en contacto con el detective y, como se suponía que todo este maldito asunto de la Menorah era secreto, no tuvo más remedio que ceder y pedir a la mujer que dijera a Ben Roi que le llamara si se ponía en contacto con la comisaría.

—¿Qué coño está haciendo? —masculló, con la vista clavada en el atlas abierto—. ¿Qué cojones...?

La puerta de la oficina se abrió y Mohammed Sariya asomó la cabeza.

—Ahora no, Mohammed.

—He de...

—¡He dicho que ahora no! ¡Estoy ocupado!

Su tono fue más desabrido de lo que había deseado, pero la noticia sobre Ben Roi le había trastornado y no estaba de humor para chistes. Sariya pareció algo sorprendido por su brusquedad, pero no dijo nada; se encogió de hombros, alzó las manos como para decir «Lo siento», y se marchó. Jalifa pensó en salir tras él (nunca era grosero con su ayudante, nunca), pero estaba demasiado cabreado, de modo que terminó el cigarrillo, tiró la colilla por la ventana y sepultó la cabeza entre las manos.

Habían descubierto algo, eso parecía claro. Algo importante. Algo cuya pista debía seguirse en Austria. Por un breve momento se preguntó si estaba sacando las cosas de quicio, si existía una explicación inocente para el silencio de Ben Roi, como que hubiera olvidado llamar debido al entusiasmo suscitado por la nueva pista, o que su móvil careciera de cobertura y, con las prisas por llegar al aeropuerto, no hubiera tenido tiempo de parar en una cabina.

Pero no. Cuanto más pensaba en ello, cuanto más repasaba lo ocurrido durante los últimos días, todo lo que había visto y oído sobre Ben Roi, más se convencía de que no se trataba de un simple descuido por parte del israelí, sino de una maniobra deliberada para apartarle del caso en un momento crucial. ¿Por qué? ¿Algo personal? ¿Porque no le caía bien a Ben Roi? ¿Quería arrogarse todo el mérito del descubrimiento de la Menorah? ¿O se trataba de algo más importante, de un juego más insidioso? No tenía ni idea. Solo sabía que el israelí no era de fiar.

Encendió otro cigarrillo y tamborileó con los dedos sobre el escritorio. Entonces tomó una decisión. Descolgó el teléfono y marcó el número del móvil particular que Gulami le había dado la otra noche, por si ocurría algo grave. Cinco timbrazos, y después el buzón de voz. Colgó y marcó otra vez. El mismo resultado. Llamó a la oficina de Gulami. El ministro estaba reunido con el presidente Mubarak, no estaría libre hasta última hora del día, no quería que se le molestara en ninguna circunstancia. Maldición.

Se levantó, caminó hacia la ventana, dio unos golpecitos nerviosos con los nudillos sobre el cristal, volvió a su escritorio y llamó a uno de sus contactos en *al-Ahram*, para preguntar cómo podía comunicarse con Saeb Marsudi. El contacto le dio un contacto en Ramallah, el cual a su vez le dio un contacto en Jerusalén, el cual le dio otro contacto en Ramallah, que le facilitó el número de una oficina de Gaza, donde le dijeron que no tenían ni idea del paradero de Marsudi. ¡Maldición!

Hizo varias llamadas más, sin obtener ningún resultado, y salió de su oficina para lavarse la cara e intentar despejarse. Cuando pasó ante el último despacho antes de llegar al lavabo, vio a Mohammed Sariya sentado solo ante un escritorio, comiendo. Arrepentido por su comportamiento anterior, asomó la cabeza por la puerta.

—¿Mohammed?

Sariya levantó la cabeza.

—Lo siento. No quería hablarte así. He sido un poco...

Su ayudante agitó una cebolleta en su dirección para indicar que las disculpas no eran necesarias.

—Olvidado.

—No era nada importante, ¿verdad?

Sariya mordió la cebolleta.

—Era sobre esa puerta.

Jalifa meneó la cabeza, sin comprender.

—La foto que me dio, aquella diapositiva. La que encontró en la villa de Jansen.

Con tantas cosas en la cabeza, Jalifa la había olvidado por completo.

—Escucha, ya hablaremos de eso en otro momento, Mohammed. Ahora las tumbas no se encuentran en el número uno de mis prioridades.

—Claro —repuso Sariya—. Pero me dio la impresión de que esta le iba a interesar.

Jalifa volvió a menear la cabeza.

—¿Qué quieres decir?

—Bien, no era una tumba.

—No era una... Entonces, ¿qué era?

—Una mina —respondió Sariya—. De Alemania. Una mina de sal, para ser exacto.

Por un momento, Jalifa vaciló en el umbral; después, intrigado, entró en el despacho.

—Continúa.

Su ayudante se metió el resto de la cebolleta en la boca, se agachó para coger una carpeta de cartón grande de debajo del escritorio, extrajo primero una hoja con notas escritas, luego tres fotografías grandes y, por último, la diapositiva que Jalifa había encontrado en la villa de Jansen.

—Encargué la copia de seis por cuatro habitual —empezó señalando la diapositiva—. Pero no se apreciaba nada que no pudiera verse antes. Solo cuando los chicos del laboratorio hicieron una ampliación descubrí algo interesante.

Alzó la primera de las ampliaciones. Era el mismo portal que Jalifa recordaba: oscuro, imponente, abierto en la base de una pared elevada de roca gris lisa. Ahora, sin embargo, justo sobre el dintel distinguió unas toscas letras grabadas en la piedra, tan desdibujadas que habían resultado invisibles en la diapositiva. Se inclinó para escudriñar las letras.

—*Glück Auf* —leyó con pronunciación deficiente.

—Significa «buena suerte» —explicó Sariya—. En alemán. Hablé con su embajada.

—¿Consiguieron identificar la tumba a partir de eso?

—La mina —corrigió Sariya—. Y no, no lo consiguieron. Al parecer, es el saludo tradicional de los mineros. Utilizado en toda Alemania.

—Entonces, ¿cómo lo lograron?

—Bien, pedí a los chicos de fotografía que hicieran un zoom de la parte superior de la puerta y volvieran a ampliar la foto, pero en serio, y... —Alzó la siguiente foto—. ¿Ve algo?

Jalifa examinó la fotografía. Parecía igual que la anterior, salvo por lo que semejaba una gotita blanca en la esquina superior derecha de la puerta, justo debajo de la «f» de GLÜCK AUF.

—¿Qué es eso?

—¡Muy bien! —dijo Sariya con una sonrisa—. Todavía haremos de usted un detective.

Alzó la tercera y última fotografía, de grano muy grueso, un pequeño fragmento del dintel, con la palabra «Auf» y debajo, borrosa pero legible, pintada en la piedra en una zona no mayor del tamaño de una moneda, la leyenda SW16.

—Al principio pensé que era una pintada —explicó—. Aun así, lo envié a la embajada, por si les sonaba de algo. Ellos se pusieron en contacto con un experto en minas de Alemania. Esta mañana me han llamado y resulta que es...

—¿Parte de un sistema numérico?

—Exacto. Utilizado en una ciudad llamada... —Consultó la hoja llena de anotaciones—. Berchtesgaden. Para identificar las minas de sal. Esta mina en particular se llama... —Consultó de nuevo la hoja—. Berg-Ulmewerk. Abandonada desde finales del siglo XIX. Hasta me han enviado un fax e información sobre esta mina. Muy eficientes, los alemanes.

Buscó en el interior de la carpeta y extrajo un fajo de hojas de fax que entregó a Jalifa, el cual se sentó en el borde del escritorio.

Había un par de páginas escritas en alemán (de nada le servían, puesto que no sabía el idioma), un plano y la foto de una montaña. No estaba seguro pero, a juzgar por la cumbre lisa y escarpada, se parecía a la del óleo colgado en la sala de Hoth. Sintió una opresión en el pecho, una descarga de adrenalina.

—Esta ciudad, Berder lo que sea, ¿dónde está exactamente?

—Berchtesgaden —corrigió su ayudante—. En el sur de Alemania. Cerca de la frontera con Austria.

Un segundo después, Jalifa se puso en pie y volvió corriendo a su despacho. El atlas seguía abierto sobre la mesa, de modo que lo cogió y empezó a examinar la página. Tardó cinco segundos en encontrar lo que buscaba. Berchtesgaden. A menos de veinte kilómetros de Salzburgo, que era el aeropuerto más próximo. Descolgó el teléfono de un manotazo y tecleó un número. Tres timbrazos, y después la voz del jefe Hasani resonó en la línea.

—¿Señor? Jalifa. He de solicitar unas dietas de viaje.

Un barboteo estridente.

—Me temo que un poco más lejos. —Se mordió el labio—. Austria.

El barboteo aumentó de intensidad.

78

Aeropuerto Ben Gurion

Cuando hubieron recogido sus pasaportes, recorrido los sesenta kilómetros que distaba el aeropuerto y entrado en el edificio de la terminal, los pasajeros ya estaban subiendo al avión con destino a Viena. Ben Roi exhibió su tarjeta de identificación para saltarse los primeros controles de seguridad de la zona de salidas (la primera y única vez que Laila conseguía pasar sin que la sometieran a un interrogatorio minucioso e interminable) y llegar a la cola de facturación. El segundo control de seguridad, a la entrada de la sala de embarque, fue más difícil, pues uno de los guardias insistió en llevarse a Laila a un cubículo para registrarla, pese a que Ben Roi insistió en que estaba bajo su custodia y no representaba amenaza. Cuando la autorizaron a continuar, sonó la última llamada para abordar el vuelo.

—*Ghabee!* —masculló, impaciente, Laila cuando le devolvieron la mochila, después de registrar el contenido—. ¡Idiota!

Se colgó la bolsa al hombro y se volvió para seguir a Ben Roi, que ya estaba avanzando hacia la puerta de embarque. En ese momento distinguió, más allá de las cabinas de control de pasaportes, medio oculta tras una columna, una figura alta y musculosa que parecía mirarla directamente. Sus ojos se encontraron una fracción de segundo, y después el hombre retrocedió y desapareció de la vista.

Afuera, Avi Steiner cruzó el aparcamiento y subió al asiento trasero de un Volvo.

—Van a subir.

Har-Zion asintió y se inclinó para dar una palmada en el hombro del conductor. El coche se puso en marcha. Atravesaron una puerta de seguridad situada al final de la terminal y salieron a la pista, dejaron atrás una fila de bodegas de carga y pararon al lado de un hangar que albergaba un Cessna Citation negro. Cuatro hombres (altos, delgados, inexpresivos) los esperaban junto a la escalerilla, todos tocados con una *yamulka* negra y provistos de una bolsa de viaje de lona. Har-Zion y Steiner bajaron y, tras un silencioso saludo, los seis desaparecieron en el interior del avión. La puerta se cerró a su espalda y los motores empezaron a chirriar y ronronear.

79

Egipto

Ya había perdido el único vuelo diario directo desde Egipto a Austria, de manera que tuvo que buscar otra forma de llegar a Salzburgo haciendo escala en otra ciudad europea. Después de casi una hora de llamadas telefónicas, lo mejor que pudo encontrar fue una tortuosa ruta vía Roma e Innsbruck, que no le dejaba en su destino hasta pasada la medianoche. A esas alturas, Ben Roi ya habría llegado a la mina, hecho lo que se proponía y regresado, de modo que Jalifa ya empezaba a pensar que estaba perdiendo el tiempo, que no podría atrapar al israelí, cuando, con la última llamada, encontró justo lo que necesitaba, un vuelo chárter directo de Luxor a Munich, que salía a la una y cuarto de la tarde. Munich se hallaba a tan solo ciento treinta kilómetros por carretera de Berchtesgaden; si bien no era la solución ideal, no podía aspirar a nada mejor, dadas las circunstancias.

Tuvo el tiempo justo de llamar a Zainab para decirle que iba a hacer un breve viaje de trabajo («No debes preocuparte por nada. Estaré de vuelta mañana a esta hora»), antes de salir disparado hacia el aeropuerto. Tan precipitado fue todo, una loca carrera contrarreloj, que solo cuando estuvo a bordo del avión y este corría por la pista, se le ocurrió que era la primera vez en toda su vida que salía de Egipto.

80

Salzburgo

Aterrizaron en Viena a las tres y media de la tarde, y en Salzburgo una hora después. Recogieron el coche de alquiler y se dirigieron hacia el sur por la autopista; Ben Roi conducía, Laila consultaba el plano. Los Alpes bávaros se cerraban alrededor como un anillo de murallas derruidas, laderas empinadas cubiertas de árboles que ascendían a ambos lados. En las zonas inferiores no había nieve, pero más arriba, allí donde los bosques de abedules, olmos, fresnos y enebro daban paso a hileras apretujadas de pinos y píceas, todo quedó envuelto de repente en una neblina blancuzca, y si bien no pronunciaron palabra, ambos miraron hacia arriba con creciente preocupación, temerosos de que, después de haber llegado hasta allí, su destino fuera inaccesible. Sin embargo, no podían hacer nada al respecto y siguieron adelante en silencio. Al cabo de diez kilómetros, salieron de la autopista para tomar la carretera comarcal que llevaba a Berchtesgaden. Un río espumeante discurría a su derecha, y el cemento húmedo se deslizaba veloz bajo el coche como una cinta que se rebobinara. Laila observó que Ben Roi no dejaba de mirar por el retrovisor, aunque no había tráfico en la carretera.

81

Munich

Aunque su avión aterrizó veinte minutos antes de lo previsto, Jalifa perdió todo ese tiempo y más en el control de pasaportes, donde incluso con su identificación oficial de policía de Egipto tardó en convencer a la agente de servicio (una mujer robusta, con cara de amargada, pelo muy corto y los pechos más grandes que Jalifa había visto en su vida) de que no era un inmigrante ilegal que intentaba colarse en el país para aprovecharse del sistema de seguridad social (el hecho de que tuviera un billete de vuelta abierto y no hablara alemán tampoco contribuyó a solucionar las cosas). Cuando consiguió convencerla, comprar un plano, recoger el Volkswagen Polo que había alquilado, salir del aeropuerto y tomar la autopista que iba hacia el este, ya empezaba a anochecer y las últimas bocanadas de luz diurna se disolvían rápidamente en la bruma espesa e indefinida del ocaso.

En otras circunstancias se habría tomado las cosas con más calma, se habría concedido tiempo para contemplar el nuevo entorno: las verdes praderas, las onduladas colinas cubiertas de bosques, los pueblos, muy bonitos con sus iglesias con cúpula de bulbo y pulcras casas de tejado rojo. Todo le resultaba extraño, completamente distinto del desierto abrasado por el sol que constituía su mundo. Sin embargo, dada la ventaja que le llevaba Ben Roi, no quedaba tiempo para esos lujos, y tampoco estaba de humor para disfrutar de ellos. Después de lanzar una rápida mirada al paisaje, pasó al carril más rápido de la autopista y pisando el acelerador avanzó en dirección al crepúsculo, sin hacer caso de los letreros que indicaban que la velocidad máxima era de cien kilómetros por hora.

Tan solo en un momento del viaje se permitió unos instantes de distracción. Había entrado en una estación de servicio Dea para llenar el depósito y comprar cigarrillos, y estaba a punto de subir al coche cuando, en un terraplén herboso que había al otro lado de la gasolinera, vio una pequeña mancha de nieve, no más grande que la manta de la cunita de un niño, un recuerdo de lo que había sido una capa más extensa. Nunca había visto la nieve, al menos de verdad, y mucho menos la había tocado. Aunque oía cómo los minutos se desgranaban en su cabeza, fue incapaz de resistir la tentación de acercarse y apoyar la mano sobre la superficie helada, donde la retuvo un momento como si acariciara un animal desconocido, antes de volver corriendo al coche y proseguir su camino.

Ya verás cuando se lo diga a Zainab, pensó, con la palma todavía fría. No me creerá. ¡Nieve! *Allahu akbar!*

82

Berchtesgaden

Pararon en una ferretería de la carretera que se hallaba a unos cinco kilómetros de Berchtesgaden para comprar linternas y ropa de invierno. Después salieron de la autopista y empezaron a subir por las montañas.

Aunque ya había oscurecido, el cielo estaba iluminado por las primeras estrellas nocturnas y por una luna llena color hielo que bañaba todo cuanto los rodeaba de un resplandor plateado, como si el paisaje no fuera algo natural, sino una maqueta de peltre. Grupos de luces desperdigadas indicaban pueblos aislados y granjas, y en las tierras bajas varios pares de faros delanteros avanzaban poco a poco en la oscuridad por la autopista Berchtesgaden-Salzburgo. Sin embargo, no encontraron coches en la carretera que habían tomado, y después de atravesar el pueblo de Oberau, con su conjunto de casas alpinas de tejados rojos y verdes, las luces de las viviendas desaparecieron también y dejaron el mundo en silencio, desierto y sosegado, desprovisto de todo rastro de humanidad, salvo la propia carretera y, cada kilómetro más o menos, un gran letrero que anunciaba que seguían algo llamado Rossfeld-Hohen-Ringstrasse.

—¿Estás segura de que vamos bien? —preguntó Ben Roi, mientras ponía las luces largas.

Laila asintió y puso un dedo en el plano.

—La carretera va dando vueltas a las estribaciones del Hoher Goll y luego desciende de nuevo hacia Berchtesgaden. Según el libro de Schlegel, el camino que va a la mina empieza en el punto más elevado. Hemos de buscar una especie de edificio en ruinas.

El israelí gruñó, lanzó una nueva mirada por el espejo retrovisor, pisó el freno al tomar una curva cerrada y aceleró. Los faros taladraron las tinieblas.

Se hallaban muy por encima de la línea en que empezaba la nieve, y todo cuanto los rodeaba se encontraba sumergido bajo una capa inmaculada de un blanco reluciente: nieve en la tierra, nieve en los árboles, nieve amontonada que formaba muros de un metro de alto a ambos lados. No obstante, la calzada estaba despejada, y continuaron ascendiendo sin obstáculos por la ruta serpenteante, con curvas cada vez más cerradas. La abrupta pared del Hoher Goll cada vez más amenazadora, ante ellos. Luego la carretera discurrió por un terreno liso a lo largo de un kilómetro, entre un espeso bosque de pinos, antes de empezar a descender. De inmediato, en la punta de una larga curva, los faros del coche iluminaron un pequeño edificio en ruinas situado en un claro, a la izquierda de la carretera; sus paredes de piedra derruidas estaban cubiertas por una gruesa capa de nieve. Cuando se acercaron y aminoraron la velocidad, Laila señaló un pequeño letrero de madera con una flecha amarilla que indicaba hacia arriba.

—La Senda del Hoher Goll —dijo.

Pararon y bajaron. Por un momento se quedaron quietos examinando los alrededores, envueltos en el silencio, expulsando nubes de vapor helado por la boca. Después, sin decir nada, se pusieron las botas, los chaquetones y los guantes, encendieron las linternas y empezaron a adentrarse en el bosque siguiendo lo que en meses más cálidos debía de ser un camino o sendero, pero que ahora no era más que una reluciente avenida de nieve que ascendía suavemente entre las hileras apretadas de pinos.

La ascensión no fue difícil durante los primeros doscientos metros, ya que la cuesta era suave y solo se hundían en la nieve hasta los tobillos. Poco a poco, empero, la pendiente se hizo más pronunciada y la nieve, más profunda, primero hasta las pantorrillas, después hasta las rodillas, y en algunos puntos hasta los muslos, de modo que su avance fue lento, dificultoso y agotador. Hacía un frío terrible, y los troncos de árboles apiñados alrededor hacían que se desorientaran, por lo que se detenían cada vez con mayor frecuencia para comprobar que no se habían salido del sendero, el cual se negaba a seguir una línea recta y prefería serpentear de un lado a otro como si quisiera quitárselos de encima. De no ser por las flechas amarillas clavadas a intervalos regulares en los troncos de los árboles, y el hecho de saber que no debían parar de ascender, habrían perdido mucho antes el sentido de la orientación.

El libro de Isaac Schlegel indicaba que había una subida de media hora hasta la mina. Debido a las condiciones atmosféricas, tardaron casi una hora y media en notar que el suelo se allanaba bajo sus pies y, cubiertos por una corteza de nieve de cintura para abajo, desembocaron, como si salieran de un túnel, en un amplio claro situado al pie de una pared de roca negra.

—Gracias a Dios —jadeó Laila, sin aliento.

Ben Roi sacó la petaca y, entre toses, bebió varios tragos largos.

Se concedieron medio minuto y después, todavía sin aliento, avanzaron hacia un par de escalones y levantaron las linternas. Iluminaron la pared rocosa hasta localizar la entrada de la mina, un rectángulo oscuro con tablas de madera clavadas de través para impedir el acceso. Intercambiaron una breve mirada, sin distinguir las facciones del otro a causa del velo de vapor que surgía de sus bocas, y luego atravesaron el claro entre montículos de roca y escoria cubiertos de nieve hasta llegar a la mina. Tres patadas no demasiado fuertes y unos cuantos tirones bastaron para acabar con la débil barrera, la cual dejó al descubierto un pasadizo tétrico y oscuro que se adentraba en la ladera, con el techo sostenido a intervalos regulares por puntales de madera y sus estrechos confines invadidos por una negrura tan sólida que Laila pensó que podría arrancar un pedazo si tendía la mano. Durante un breve y angustioso momento se encontró sumergida en su pesadilla recurrente (la celda subterránea, el animal al acecho, la oscuridad siniestra), antes de que el ruido de Ben Roi al avanzar la devolviera a la realidad. Le siguió, con la sensación de que las paredes la aplastaban, el corazón martilleando en su pecho, hasta que, al cabo de diez metros, el israelí se detuvo de repente. Su enorme cuerpo bloqueaba todo el pasillo.

—¡Joder!

—¿Qué?

—¡Joder!

Laila llegó a su lado y el haz de su linterna se unió al de él para arrojar un tubo de luz hacia la negrura. Cuarenta metros más adelante, el pasillo terminaba abruptamente, cortado por una pared de enormes rocas desmoronadas en el punto donde el techo de la caverna se había derrumbado.

—¡Joder! —repitió Ben Roi.

83

Berchtesgaden

Jalifa entró en Berchtesgaden procedente del norte, por la carretera de Bad Riechenhall. El interior del Polo estaba invadido de humo de tabaco, y el cenicero del salpicadero rebosaba de colillas. Frenó delante de la estación de tren para consultar el plano y, cuando volvió a ponerse en marcha, lanzó una mirada burlona a un grupo de hombres que caminaban por la acera de enfrente vestidos con pantalones cortos de cuero (¡Dios mío, con este tiempo!), antes de girar a la derecha para cruzar el río Berchtesgadener Ache y dirigirse hacia las montañas.

Según el plano que los alemanes habían enviado por fax a Sariya, se accedía a la mina Berg-Ulmewerk por una especie de senda o pista forestal que nacía en la Rossfeld-Hohen-Ringstrasse, la carretera por la que ahora circulaba. Sin embargo, ni en el plano enviado por fax ni en el que había comprado en el aeropuerto, quedaba claro dónde comenzaba la senda, o si estaba señalizada, y cuanto más ascendía, más espesa se hacía la nieve y más densos eran los bosques de pinos, mayor era su preocupación, pues a menos que encontrara un letrero que indicara «A la mina» no iba a ser capaz de localizarla.

Empezaba a preguntarse si no sería mejor dar media vuelta y dirigirse al pueblo más cercano, para que le proporcionaran indicaciones más detalladas, cuando, al salir de una curva en el que parecía el punto más elevado de la carretera, sus faros delanteros iluminaron la fachada de un edificio de piedra en ruinas, a la derecha de un claro. Al otro lado había un coche estacionado en la cuneta, y un rastro de huellas se internaba en el bosque. Ben Roi. Tenía que ser él. Paró, apagó el motor y bajó.

Si pensaba que hacía frío en las tierras bajas, no era nada comparado con la atmósfera helada que le envolvió. Dio la impresión de que el aire gélido de las montañas le despojaba de la ropa, como si estuviera desnudo dentro de una gigantesca nevera. Por un momento, se quedó literalmente sin respiración, como si le hubieran dado un puñetazo en el estómago, y si bien se recuperó lo bastante para encajarse un cigarrillo en la boca y encenderlo, le castañeteaban tanto los dientes que le costó un gran esfuerzo dar una calada.

Pateó el suelo un rato con el fin de entrar en calor y después se metió en los bolsillos de la chaqueta todos los papeles que pudo encontrar (planos, documentación del coche alquilado, hasta el libro de instrucciones del Volkswagen), cerró la portezuela con llave y se internó en el bosque. Sus zapatos crujieron sobre la nieve y los pinos se cerraron a su alrededor como los barrotes de una enorme jaula.

Consiguieron apartar un par de piedras pequeñas de lo alto del montón de escombros producidos por el derrumbe, confiando contra toda esperanza en que podrían pasar al otro lado. Ni por asomo. Detrás de las rocas más pequeñas había otras más grandes, mucho más grandes, enormes losas dentadas que habría costado mover con diez personas y el equipo adecuado. Solos los dos, y sin más ayuda que las manos desnudas, era una causa perdida. Se esforzaron durante media hora, con las linternas en precario equilibrio sobre un viejo cubo de hojalata, y después tiraron la toalla.

—Estamos perdiendo el tiempo —jadeó Laila, con el rostro perlado de sudor pese al frío—. Pasar al otro lado es imposible.

Ben Roi no dijo nada. Se limitó a recostarse contra la pared con la respiración agitada, y después de mascullar un «joder» cogió una linterna y retrocedió hacia el rectángulo gris de la entrada de la mina. Laila aguardó un momento antes de coger la segunda linterna, cuyo haz rodó un momento sobre el suelo e iluminó lo que parecía un leve surco en la roca, a sus pies, de tan solo unos centímetros de longitud y apenas visible bajo el polvo y la tierra. Bajó la linterna, con el ceño fruncido, después se agachó y la sostuvo con una mano mientras barría el suelo con la otra. La prolongación del surco se hizo visible, y aparecieron otros. Daba la impresión de que discurrían en líneas paralelas: un par seguía la dirección del pasillo desde la entrada hasta el derrumbe, y el otro se curvaba en el punto donde ella estaba acuclillada y penetraba en la pared entre dos puntales del techo.

—Mira esto —exclamó, sin dejar de barrer el suelo con la mano.

Ben Roi casi había llegado a la entrada de la mina. Se detuvo y dio media vuelta.

—Aquí había raíles —gritó Laila—. En el suelo. Se internaban en la mina. Y aquí hay otro ramal.

El israelí vaciló antes de encaminarse hacia donde la joven estaba agachada. La luz de su linterna se unió a la de ella para iluminar los surcos paralelos que se desviaban del eje principal del túnel. Los miró, luego retrocedió e iluminó la zona de la pared en la que desaparecían los surcos. Laila le imitó. Aunque estaba mugrienta y su superficie era irregular, ahora que miraban con detenimiento repararon en que allí la roca era de un tono más claro que la del resto del túnel, y también de una textura algo diferente. Ben Roi se acercó, pasó la mano sobre la superficie y la golpeó con un puño.

—¡Es cemento! —masculló—. Aquí había una abertura. Alguien la cerró, intentó que tuviera el mismo aspecto que el resto del túnel.

—¿Crees...?

El hombre asestó otro puñetazo en la pared, esta vez más fuerte. Laila no estaba segura, pero creyó percibir un tenue sonido a hueco. Había una vieja punta de zapapico en el suelo, de modo que la cogió y golpeó con ella la pared. De nuevo el sonido a hueco, ahora más claro. Se miraron y entonces Ben Roi cogió la punta, pasó la linterna a Laila y empezó a picar. Un golpe, dos, tres, y se abrió una pequeña rendija. Cambió de posición, se concedió más espacio para asestar los golpes y reanudó el trabajo. La grieta se ensanchó y amplió, nacieron grietas complementarias como radios de una rueda, el sonido a hueco aumentó de intensidad a cada golpe, hasta que por fin un pesado fragmento de cemento se desprendió y cayó al suelo revelando un tosco muro detrás. Las palabras «*Mein Ehre...*» estaban trazadas en él con pintura blanca.

—... *Heisst Treue* —susurró Laila, completando la frase, cuya última parte se había perdido bajo el cemento. Miró a Ben Roi—. El lema de las SS.

—Hoth, asqueroso cabrón —murmuró el detective—. ¡Asqueroso cabrón nazi!

Dio manotazos sobre los bloques para comprobar su solidez, y después utilizó la punta del pico para rascar alrededor de uno, con el fin de aflojar los gruesos grumos de cemento que lo sujetaban. Salieron con facilidad, se derrumbaron casi en el momento en que la punta del pico los atacó y, al cabo de un minuto, casi habían liberado el bloque de sus vecinos. Ben Roi tiró la punta y dio una patada a la pared. El bloque tembló, pero resistió. Le propinó otra patada con todas sus fuerzas, y esta vez el bloque voló hacia atrás y desapareció con un golpe sordo, como un tapón al salir de una botella, dejando una oscura cavidad rectangular. El israelí recuperó la linterna y se inclinó al tiempo que dirigía el haz hacia el hueco.

—*Oy vey!*

—¿Qué ves?

—*Oy vey!*

—¿Qué?

Ben Roi retrocedió para dejar pasar a Laila, la cual alzó su linterna, acercó la cara a la cavidad y escudriñó las tinieblas, mientras el vapor de su aliento remolineaba a la luz del rayo.

Otro túnel se extendía delante de ella, más estrecho que el principal y en ángulo recto con este. A lo largo de las paredes se materializaron un instante a la luz de la linterna, para luego replegarse de nuevo en la oscuridad, cuando la joven movió el haz de un lado a otro, docenas y docenas de cajas y cajones apilados, algunos de madera, otros de metal, unos grandes, otros pequeños, la mayoría, por lo que pudo distinguir, marcados con una esvástica y la insignia de las SS.

—Dios Todopoderoso —susurró.

Contempló la escena durante medio minuto, hipnotizada, inquieta de repente por dar la espalda a Ben Roi, y se volvió. El israelí estaba justo detrás de ella, y en la mano sostenía un cincel de hierro oxidado que debía de haber recogido mientras ella miraba por la cavidad. Se puso tensa un momento, pensando que iba a atacarla. No obstante, el detective se limitó a tendérselo y levantó la punta de zapapico que había dejado caer antes.

—Manos a la obra —dijo.

Tardaron menos de cinco minutos en ensanchar el hueco hasta convertirlo en una auténtica abertura. En cuanto fue lo bastante grande, arrojaron al suelo las herramientas y penetraron en el túnel, con Ben Roi al frente. El sonido entrecortado de su respiración dio la impresión de llenar el pasadizo, como si estuvieran en el interior de un inmenso pulmón de piedra.

Movieron de un lado a otro las linternas, con la vana intención de ver hasta dónde se extendía el corredor. Luego avanzaron hacia la caja más cercana y se acuclillaron delante de ella. Era cuadrada, de metal, y en la tapa había, pintadada en negro, una calavera con dos tibias cruzadas. Ben Roi la abrió.

—*Chara!* —gruñó—. ¡Mierda!

Dentro, envueltos en papel parafinado, como trozos de queso, había dos docenas de bloques de goma dos. Ben Roi y Laila los miraron, nerviosos, y luego se desplazaron hasta la siguiente caja, que era de madera y rectangular. Había una palanca encima. Ben Roi la tomó, abrió la tapa y apartó una capa de paja, la cual dejó al descubierto una colección de fusiles Mauser relucientes. En el fondo había un compartimiento lleno de cargadores.

—Es un arsenal —murmuró Laila—. Es un puto arsenal.

Cogieron un fusil y lo examinaron (parecía en perfecto estado, incólume después de casi sesenta años enterrado en la oscuridad de la mina), luego lo dejaron en su sitio y empezaron a internarse en el túnel, parando cada pocos metros para abrir más cajas. La mayoría contenían armas y utensilios de demolición. También había otras cosas. Una caja estaba repleta de cientos de Cruces de Hierro, otra de fajos de billetes de banco, otra de botellas de vino polvorientas (Château d'Yquem 1847, Château Lafite 1870). Una caja plana apoyada contra la pared, a unos veinte metros de la entrada del túnel, tenía una etiqueta pegada en la que se leía: «1 Vermeer, 1 Breughel (Altere), 2 Rembrandt».

—Dios Todopoderoso —seguía murmurando Laila—. Dios Todopoderoso.

Pese a que la colección era espectacular, no había ni rastro de la Menorah, de manera que siguieron avanzando por el túnel, internándose cada vez más en la montaña hasta que al fin, tras recorrer unos cincuenta metros, vieron que el túnel parecía ensancharse más adelante y que los esperaba una negrura todavía más impenetrable que la que habían encontrado hasta el momento. Movieron de un lado a otro los haces de las linternas para ver qué les aguardaba, y luego siguieron adelante. Recorrieron unos veinte metros más, hasta que las paredes del túnel desaparecieron de repente y se encontraron en un saliente ancho y liso que desembocaba en la nada.

—Es una caverna —susurró Laila.

Caminaron hasta el borde del saliente, donde había una especie de montacargas rudimentario que permitía descender hasta el suelo de la cueva; era una sencilla plataforma de madera rectangular con una barandilla en cada extremo, que corría sobre dos carriles verticales clavados en la pared rocosa. Lo probaron con los pies, para asegurarse de que la madera no estaba podrida, después subieron y enfocaron sus linternas al vacío.

Con todo envuelto en la oscuridad, era imposible hacerse una idea de las dimensiones de la caverna. Dado que los rayos de sus linternas ya estaban debilitados cuando llegaban al techo, y que ni siquiera podían iluminar la pared del fondo, dedujeron que era grande. Muy grande. Abajo (diez, quince metros) distinguieron más cajas. Muchísimas más.

—¿Cuánta mierda de esta hay aquí? —murmuró Ben Roi.

Movieron las linternas alrededor durante casi un minuto con la intención de hacerse una idea de su entorno, y después empezaron a buscar una forma de poner en marcha el montacargas. Había una caja de control sujeta a una de las barandillas, con un largo cable eléctrico que colgaba de la parte inferior y una palanca en la parte frontal. Ben Roi tiró de esta. Nada.

—No hay corriente —dijo.

Soltó la palanca que aún sostenía en la mano y se inclinó sobre la barandilla. Apuntó la luz de la linterna hacia la negrura, con la intención de localizar la fuente de electricidad. Había más cables enrollados en el suelo de la caverna, algunos serpenteaban entre las cajas, y uno, el más grueso, trepaba por la pared rocosa junto al montacargas. Lo siguió con el haz de la linterna por encima del borde del saliente, a lo largo de la galería de piedra y a través de una puerta baja que se hallaba unos metros a la izquierda de la abertura del túnel. Se acercaron y entraron en una cámara pequeña labrada en la roca, donde el cable alimentaba un enorme generador. Una manivela oxidada colgaba de un lado como un brazo retorcido.

—¿Crees que aún funcionará, después de tanto tiempo? —preguntó Laila.

—Solo hay una forma de averiguarlo —contestó Ben Roi, al tiempo que le entregaba su linterna.

Se agachó, agarró la manivela con las dos manos y tiró hasta que dio medio giro. Nada. Lo intentó de nuevo. Nada. Movió los hombros, se acuclilló para poder imprimir más fuerza y tiró. El generador emitió una tosecilla y se estremeció levemente.

—Venga —masculló Laila.

El detective tiró de la manivela una y otra vez, y cada giro producía un chisporroteo más fuerte, hasta que, en el noveno intento, una explosión de luz iluminó la caverna a su espalda. Salieron corriendo hacia el saliente.

—Joder —exclamó Laila, sin aliento.

Como ya habían deducido, se encontraban en un balcón natural situado en un extremo de una inmensa caverna, grande como un hangar, de unos treinta metros de alto, cuarenta de ancho y setenta de largo, con las paredes y el techo recorridos por vetas onduladas de roca gris y naranja. No era la caverna en sí lo que los dejó estupefactos, sino su contenido, porque si en el túnel había docenas de cajas, aquí (iluminadas por el resplandor helado de ocho gigantescas lámparas voltaicas) había cientos: fila tras fila, hilera tras hilera, pila tras pila, divididas en bloques por estrechas avenidas que estaban invadidas por un espeso tráfico de objetos diversos, estatuas, ametralladoras, cuadros, bidones de petróleo, hasta un par de motos. Era asombroso, increíble. Y también siniestro, porque en el otro lado de la caverna, colgada del techo y cubriendo casi toda la pared del fondo, había una gigantesca bandera, roja, blanca y negra, con una esvástica en el centro.

—Joder —repitió Laila.

Subieron de nuevo a la plataforma del montacargas, con las linternas en la mano, mientras el generador gemía a su espalda.

—Nunca la encontraremos —murmuró Laila—. Es imposible. Tardaremos días, semanas.

Ben Roi no dijo nada. Sus ojos pasearon alrededor de la caverna. Al cabo de diez segundos, alzó la linterna y señaló hacia el suelo.

—Ni hablar.

Debajo de ellos había un amplio pasillo central que recorría la caverna de punta a punta, desde el montacargas hasta la pared del fondo; era la única parte del suelo suficientemente libre de obstáculos. Al final, sola bajo la bandera nazi, como si la hubieran dejado aparte a propósito, había una caja cuadrada, de la altura de un hombre.

—Esa es —dijo Ben Roi.

—Sí —susurró Laila—. Sí.

Tras mirar la caja unos momentos, Ben Roi cogió la palanca y movió hacia delante la palanca de control del montacargas. Se oyó un fuerte crujido, y la plataforma de madera descendió poco a poco, con movimientos temblorosos, hasta detenerse a escasos centímetros del suelo de la caverna. Bajaron de un salto y echaron a andar, sin que sus pies hicieran ruido sobre la piedra lisa, entre las pilas de cajas que se alzaban como muros a cada lado de ellos.

La caverna se les antojó aún más imponente e inmensa ahora que la veían desde el suelo. A mitad de camino, el gruñido del generador desfalleció unos momentos y quedaron sumidos en la oscuridad, pero al cabo de pocos segundos el motor se recuperó y una luz helada volvió a bañar la cueva. Aguardaron para ver si el fallo se repetía y después siguieron adelante, la bandera nazi cada vez más grande, la caja cada vez más cercana, hasta que se detuvieron a un par de metros de ella, con la respiración acelerada y entrecortada, la frente perlada de sudor. Ben Roi entregó la palanca a Laila.

—Las damas primero.

La joven vaciló al ver que las pupilas del detective se habían dilatado, e intuyó que se acercaba el desenlace de lo que llevaba días maquinando, pero aceptó la palanca, dejó a un lado la linterna y se acercó a la caja.

—El momento de la verdad —dijo, al tiempo que forzaba una sonrisa nerviosa.

—Oh, sí —susurró Ben Roi.

En la esquina posterior izquierda de la caja la madera estaba astillada y agrietada, de modo que Laila introdujo la barra en el hueco y empezó a levantar la tapa. Estaba muy bien clavada, y tuvo que esforzarse para moverla. Ben Roi la observaba.

—Galia —dijo al cabo de un momento.

—¿Qué dices?

—Se llamaba Galia.

Laila sacó la barra, volvió a introducirla y la movió con todas sus fuerzas.

—¿Quién?

—En mi sala de estar. La fotografía. De la mujer. Me preguntaste quién era. Se llamaba Galia.

Ella le miró. ¿De qué coño estaba hablando?

—Bien —dijo.

—Mi prometida.

—Bien —repitió Laila.

La tapa empezaba a levantarse, los clavos gemían y rechinaban a medida que salían de sus sitios. Laila se desplazó al costado de la caja, después a la parte delantera, de forma que dio la espalda a Ben Roi. El israelí empezó a pasarse la linterna de una mano a la otra, con la vista fija en la nuca de la joven.

—Íbamos a casarnos.

Ya solo quedaban un par de clavos. Bajo la tapa, Laila distinguió una masa de paja amarillenta.

—Junto al mar de Galilea —añadió Ben Roi—. Al amanecer. Es muy hermoso a esa hora del día.

—¿Qué pasó? —preguntó ella—. ¿Te plantó?

La linterna se inmovilizó en la mano derecha de Ben Roi.

—Voló por los aires.

Los hombros de Laila se tensaron.

—Una semana antes de la boda. En Jerusalén. Plaza Hagar. Al-Mulatham.

Se oyó un fuerte crujido cuando el último clavo cedió. La tapa resbaló hacia atrás y cayó al suelo con estrépito. Laila apenas se dio cuenta. Oh, Dios, pensó, esa es la cuestión. Mataron a su novia. Y ahora... Notó que Ben Roi avanzaba con la mano alzada. Giró en redondo con un furioso y desesperado estallido de energía, y trató de golpearle con la palanca para protegerse. Él ya esperaba su reacción, porque se agachó y la golpeó en la mejilla con la linterna. Laila cayó al suelo.

—Has de creerme —dijo con voz estrangulada, aturdida, confusa, mientras notaba cómo las rodillas del detective se hundían en su región lumbar—. Yo no soy...

Ben Roi abrió la cremallera de la mochila de la joven y rebuscó en el interior. Después le puso una mano bajo la barbilla y le echó la cabeza hacia atrás. Rugía como un animal.

—¡Yo uso Manio, puta árabe asesina! —escupió—. ¿Entiendes? ¡Yo uso Manio! ¿Dónde coño está él? ¡Dímelo! ¡Dímelo o te rompo el puto cuello!

Al final, la ascensión a la mina no fue tan dificultosa como Jalifa esperaba, aunque sí bastante dura, sobre todo en el último tramo, cuando el frío empezó a encarnizarse con sus manos y pies. El hecho de que Ben Roi y Laila ya hubieran abierto un sendero a través de la nieve facilitó su avance, y a base de detenerse cada cien metros más o menos para prender fuego a algunos de los papeles que llevaba encima y frotarse frenéticamente las manos sobre la fogata de planos, hojas de fax y páginas de libretas, consiguió, si no entrar en calor, al menos evitar una muerte segura por congelación.

Una vez arriba, se detuvo en la linde del bosque para orientarse, envuelto en un silencio absoluto, salvo por el sonido de su respiración y el ruido de las ramitas heladas al romperse, y se encaminó hacia la mina. Mientras atravesaba el claro, reparó en otro sonido, una especie de retumbo vibrante, apenas audible, pero que aumentaba de intensidad a medida que avanzaba. Cuando llegó a la entrada de la mina se había definido en el gemido lejano, pero inconfundible, del motor de un generador.

Entró en la mina, se detuvo y escuchó. No cabía la menor duda de que el ruido procedía del interior, aunque no sabía muy bien de dónde. Escudriñó las tinieblas pero, aparte de un trozo de pared y el suelo que tenía delante, iluminado por la luna, no logró ver nada, tan solo una negrura aterciopelada e impenetrable. Encendió el mechero, lo levantó sobre su cabeza y empezó a avanzar. El ruido del generador era cada vez más fuerte, así como los latidos de su corazón.

Recorrió veinte metros y se detuvo. Había algo más adelante, apenas definido, una especie de neblina fantasmal que flotaba en el aire pegada a la pared de la derecha, como un fuego fatuo. Se frotó los ojos, con la sospecha de que eran imaginaciones suyas, y luego siguió caminando. Tuvo la impresión de que la neblina se expandía y espesaba cuanto más se acercaba a ella; luego cayó en la cuenta de que no estaba viendo una aparición paranormal, sino una tenue corona de luz que brotaba de una abertura practicada en la pared de la derecha. Se acercó y miró por ella el túnel que había al otro lado.

—*Allahu akbar!* —murmuró, mientras contemplaba las hileras de cajas y cajones, la caverna iluminada al final del túnel.

Pasó a través de la abertura. En ese momento, oyó el chillido de una mujer. Se irguió, aguzó el oído (sí, se trataba de un chillido) y avanzó. Dos metros más adelante encontró una caja abierta llena de fusiles. Mauser, el mismo que había utilizado en la escuela de policía. Sacó uno y lo examinó, a continuación lo cargó, guardó un cargador en el bolsillo de la chaqueta y siguió andando. El resplandor que se veía al final del túnel aumentó de intensidad, así como el ruido del generador, hasta que salió a la ancha plataforma de piedra en la que Ben Roi y Laila habían desembocado un cuarto de hora antes.

En ese instante, el generador falló por segunda vez, las luces de la caverna parpadearon y se apagaron, de manera que apenas habían reparado sus ojos en el alto techo abovedado, la masa de cajas y cajones y la gigantesca bandera nazi que colgaba de la pared del fondo, cuando todo quedó sumido en la negrura. Se quedó petrificado, desorientado, y permaneció así durante lo que se le antojó una eternidad, aunque en realidad fueron unos pocos segundos, hasta que el motor volvió a la vida y, con la misma rapidez que había invadido la caverna, la oscuridad fue expulsada por un estallido de luz blanca. Jalifa se acercó al borde del saliente, dobló una rodilla, levantó el fusil y movió el cañón sobre el mar de cajas.

—¡Ben Roi!

No hubo respuesta.

—¡Ben Roi! ¿Estás ahí?

Tampoco obtuvo respuesta. Estaba a punto de gritar por tercera vez cuando, como un lobo que rugiera desde la maleza, la voz del israelí resonó desde abajo.

—¡Jalifa, cabrón de mierda! ¿Qué coño estás haciendo aquí?

Se produjo un movimiento en la galería inferior, y Ben Roi apareció entre dos cajas, con una metralleta Schmeisser en una mano y la otra cerrada sobre el cuello de la chaqueta de Laila. La arrastró hasta la mitad del pasillo central y la obligó a ponerse de rodillas. La joven tenía sangre coagulada alrededor de la nariz y un moratón en la mejilla izquierda, como una mancha de nacimiento.

Animal, pensó Jalifa. Sucio animal judío.

Amartilló el fusil y bajó el cañón.

—¡Tira el arma, Ben Roi!

El israelí no dejaba de torcer la boca y tenía los ojos desencajados e inyectados en sangre. Parecía enloquecido, perturbado.

—¡Escúchame, Jalifa!

—Era el mejor tirador de mi clase y te estoy apuntando entre los ojos —gritó el egipcio, mientras su dedo se tensaba sobre el gatillo—. Tira el arma.

—¡Escucha, idiota de mierda!

—¡Tira el arma!

—¡Va a venir! ¿Lo entiendes? Al-Mulatham. Va a venir. ¡En busca de la Menorah! Ella trabaja para él, la muy puta.

Laila miraba a Jalifa, frenética, implorante. Meneó la cabeza con un gesto débil y esbozó con los labios la palabra «*la*», no. Jalifa trasladó el peso de su cuerpo de un pie al otro en un intento de mantener el fusil inmóvil pese al temblor de sus manos.

—¡No te lo voy a repetir, Ben Roi! ¡Tira el arma y apártate!

—No me jodas, Jalifa —aulló el israelí—. Lo ha admitido. Trabaja para él. ¡Va a venir! ¡Mató a Galia y ahora va a venir!

Su voz se había alzado hasta convertirse casi en un chillido. Se ha vuelto loco, pensó Jalifa.

—Tira el arma y hablaremos —gritó.

—¡No hay tiempo, cabronazo! ¡Va a venir! ¡Al-Mulatham va a venir!

Agarró a Laila del pelo y apoyó el arma contra su nuca.

—¡Díselo! —exclamó—. ¡Dile lo que me has contado!

—¡Déjala en paz, Ben Roi!

—¡Díselo, puta!

—¡Ben Roi!

—¡Que reclutas terroristas! ¡Que todo el artículo era mentira! ¡Díselo, puta asesina árabe!

La estaba zarandeando como una muñeca de trapo, agitando su cabeza de un lado a otro.

—¡Por favor! —chilló la joven.

Jalifa aumentó la presión sobre el gatillo, gritó otra advertencia y, al ver que el israelí no daba muestras de calmarse, disparó al suelo, a su izquierda. El proyectil rebotó en la piedra, saltó hacia la pared del fondo y se hundió entre las pilas de cajas. Ben Roi se quedó petrificado, con la respiración entrecortada y un brillo de locura en los ojos. Permaneció así un segundo; luego lanzó un rugido de furia impotente, soltó el pelo de Laila y retrocedió un paso, con la metralleta en la mano. Jalifa amartilló el arma para depositar otra bala en la recámara. Laila cayó al suelo.

—Gracias a Dios —masculló, al tiempo que se llevaba las manos a la cabeza. Respiró hondo dos veces y miró a Jalifa—. Trabaja para Har-Zion —dijo con voz ronca—. Los Guerreros de David. Están enterados de la existencia de la Menorah. Nos están siguiendo.

El israelí lanzó una carcajada de incredulidad, mientras paseaba la vista entre Laila y el egipcio.

—¡Paparruchas! —chilló—. ¡Está mintiendo!

—¡Es la verdad! Los he visto. En Jerusalén, en el aeropuerto. Les está pasando información.

—¡Está mintiendo, Jalifa! ¡Está mintiendo, joder!

—Nos ha engañado a todos —explicó Laila, mientras se ponía en pie para apoyarse contra una caja—. A usted, a mí, a todos. Es un Chayalei David. Van a venir a por la Lámpara. Van a desencadenar una guerra.

—¡No le creas!

—Hemos de sacarla. Antes de que sea demasiado tarde.

—Árabe mentirosa...

Avanzó un paso hacia ella y levantó la Schmeisser. Jalifa disparó otro tiro. La bala volvió a rebotar de un extremo a otro de la caverna antes de desaparecer entre las columnas de cajas.

—¡Es el último aviso, Ben Roi! —exclamó el egipcio—. ¡Tira el arma!

—¡No sabes lo que haces! —gritó el israelí dejando escapar gotas de saliva entre sus labios—. Por favor, Jalifa, has de creerme. La he estado vigilando, la he seguido. ¡Trabaja para al-Mulatham!

Estaba empezando a farfullar. Se controló con un esfuerzo sobrehumano y habló con más parsimonia.

—Escucha —añadió, tras aspirar grandes bocanadas de aire; su voz sonaba tensa debido al esfuerzo que le representaba contenerse—. Escribió un artículo. Hace un año. Justo después de la muerte de Galia. Una entrevista con al-Mulatham. Dijo que llevaba loción para después del afeitado Manio. Dijo que la había reconocido. Pero yo uso Manio, Jalifa, y ella no la reconoció. Uso Manio y me preguntó qué loción utilizaba. No lo sabía. ¡No lo sabía, joder!

Jalifa miró perplejo a Laila, que enarcó las cejas como diciendo: «Yo tampoco lo entiendo». Ben Roi advirtió el intercambio de miradas y agitó la cabeza, frustrado.

—¡Tienes que entenderlo, por el amor de Dios! —gritó—. Era ficticio. Ella lo inventó. La loción para después del afeitado, el encuentro, todo el puto artículo. Lo inventó. Para desorientar al personal. Para proteger al verdadero al-Mulatham. Para proteger a su jefe.

Su voz se estaba acelerando de nuevo. Luchó por controlarse, alzó una mano y la cerró alrededor de la menorah que llevaba al cuello.

—La he investigado. Desde aquel artículo. Un año entero. Todos los terroristas, Jalifa. Todos los putos terroristas suicidas de al-Mulatham. Los ha entrevistado a todos. Hasta el último. Así los recluta. Por mediación de ella. Los entrevista, anuncia que están disponibles, pasa sus nombres. Así va el rollo. Ese es el sistema. ¡Está hundida en la mierda hasta el cuello!

—¡Está loco!

—¡Explícalo, pues! —gritó el israelí, con los ojos tan desorbitados como si fueran a salir disparados de su cabeza—. ¡Explica por qué has entrevistado a todos los terroristas de al-Mulatham!

—¡No puedo explicarlo! —exclamó la joven negando con la cabeza, impotente—. Una coincidencia, una trampa... ¡No lo sé! Ya me interrogó el Shin Bet después de escribir el artículo.

—¡Llevaba un rastreador encima, por el amor de Dios! —Ben Roi rebuscó en su bolsillo, extrajo un pequeño objeto metálico del tamaño de una cajetilla de cigarrillos y lo blandió en el aire con expresión triunfal—. ¡Lo llevaba en el bolso, Jalifa! ¡Al-Mulatham nos está siguiendo, joder!

—Me registraron el bolso en el aeropuerto —gritó Laila—. Jamás habría podido pasar nada por el estilo.

—Entonces, ¿cómo? ¿Cómo?

—No lo sé —respondió la joven, y se llevó una mano a la frente, confusa y desorientada—. Alguien me lo habrá colocado para inculparme. ¡No lo sé!

—¡Puta mentirosa! —aulló el israelí, que ya no se molestaba en fingir calma o sensatez—. No te creas ni una palabra de lo que dice, Jalifa. Está fingiendo. Trabaja para al-Mulatham. Siempre ha trabajado para al-Mulatham. ¡Es una asesina! ¡Asesinó a mi Galia!

—¡Para él, todos somos asesinos! —gritó Laila—. Todos los palestinos, todos los árabes. Al-Mulatham mató a su novia y todos somos culpables. Por eso se vendió a Har-Zion.

—¡Chorradas, puta!

—¡Nos están siguiendo!

—¡No le creas, Jalifa! Es una asquerosa...

Sonó un tercer disparo, el cual los hizo callar, y la bala desapareció en un montón de lonas impermeabilizadas. La detonación del fusil resonó en la caverna. Laila se recostó contra una caja, Ben Roi se quedó con las manos caídas a los costados, los dos con la vista alzada hacia la plataforma de piedra, inmóviles, como acusados que esperaran el veredicto en la sala de un tribunal. Jalifa se mordió el labio, pestañeó para desembarazarse de una gota de sudor que le había caído sobre un párpado, intentó ordenar sus pensamientos. No dudaba de que Laila estaba en lo cierto respecto a Ben Roi. No obstante, algo en los ojos del israelí, su forma de argumentar... Le recordaba a Mohammed Yamal durante el interrogarorio del caso Schlegel, muchos años antes: la misma furia desesperada, las mismas afirmaciones de inocencia. Resultó que Yamal había dicho la verdad. Pero Ben Roi... Las palabras de su padre resonaron en el fondo de su mente: «Cuídate de ellos, Yusuf. Cuídate siempre de los judíos». Parpadeó para liberarse de otra gota de sudor, paseó la vista entre Laila y Ben Roi, y luego amartilló el fusil.

—Suelta el arma, Ben Roi.

—¡No!

—¡Suéltala y ponte de rodillas!

—¡No sabes lo que estás haciendo! No sabes lo que estás haciendo, estúpido árabe...

Sonó un cuarto disparo, y la bala rozó el suelo a menos de dos centímetros del pie derecho de Ben Roi. El israelí bajó la vista, la alzó, miró a un lado; sus ojos parecieron lanzar chispas de acero fundido, con la boca tan retorcida en una mueca de rabia que dio la impresión de que se le iba a desprender la mandíbula. Después emitió un aullido de desesperación e impotencia, tiró a un lado la Schmeisser y cayó de rodillas. Laila se apresuró a coger el arma, retrocedió y le indicó por señas que se tendiera boca abajo.

—¿Cuánto tardarán esos Guerreros de David en...? —empezó Jalifa.

Enmudeció cuando el frío cañón de una pistola se apoyó en su nuca.

—Creo que esto contesta a tu pregunta. Deja el fusil en el suelo y levanta las manos.

Durante una fracción de segundo Jalifa pensó en dar un grito para avisar a Laila. Era una idea suicida, y la desechó incluso antes de formularla por completo. Dejó el Mauser en el suelo y enlazó los dedos sobre su cabeza. Retiraron el cañón de la pistola y una mano ruda le retorció un brazo a la espalda para obligarle a ponerse en pie y darse la vuelta.

Había seis hombres, incluido el que le sujetaba el brazo: implacables, serios, inexpresivos, todos con anoraks de esquí y, aunque pareciera incongruente, casquetes negros en la cabeza. Cinco iban armados con Uzi. El sexto, el mayor del grupo, y al parecer el que había hablado (un individuo regordete y corpulento, con las manos enguantadas y pálido rostro barbudo), empuñaba una pistola Heckler & Koch. Con la clarividencia que presta el miedo, Jalifa le reconoció al instante por la foto de la portada de *Time* que había visto en la sala de estar de Piet Jansen: Baruch Har-Zion.

Eres un hijo de puta, Ben Roi, pensó. Un mentiroso judío hijo de puta.

Se intercambiaron palabras en un idioma que no entendió, hebreo seguramente, y cuando uno de los individuos avanzó hacia la parte delantera del saliente, el hombre que sujetaba el brazo de Jalifa le obligó a volverse de nuevo hacia el mar de cajas. A estas alturas, Laila había barruntado que algo estaba sucediendo arriba y se había aplastado contra una de las cajas, pálida, apuntando todavía con la Schmeisser a Ben Roi, que yacía de bruces en el suelo. Por un momento, Jalifa temió que los israelíes empezaran a disparar, pero se limitaron a mirar a la joven, inexpresivos, las Uzi preparadas en el costado, mientras uno de ellos, un hombre alto de pelo cortado al cero que parecía ser el lugarteniente de Har-Zion, avanzaba hasta el borde de la galería de piedra, se asomaba y miraba el montacargas parado abajo.

Se produjo otro intercambio de murmullos y después el hombre pelado al rape se colgó la Uzi al hombro, se puso de rodillas, pasó por encima del borde y empezó a bajar utilizando como escalerilla una de las vías verticales del montacargas. Al cabo de medio minuto, se oyó un zumbido de maquinaria cuando el montacargas empezó a subir, de forma que el hombre se alzó poco a poco ante ellos como si levitara. Cuando llegó a la altura del saliente paró el motor y, a una señal de Har-Zion, todos subieron a la plataforma. Jalifa aún tenía sujeto el brazo a la espalda, y el cañón de la Uzi estaba apretado contra su oído. Otra señal, y empezaron a descender entre ruidos metálicos y sacudidas, hasta que el montacargas paró al llegar abajo.

Tendido en el suelo, Ben Roi intentaba doblar el cuello para ver qué estaba pasando. Laila había salido al centro del pasillo, con la Schmeisser levantada como para impedirles el paso. Cuando llegaron ante ella, Jalifa intentó atraer su atención, advertirle de que debía conservar la calma, de que no cometiera ninguna estupidez, pero la periodista estaba pendiente de Har-Zion; ambos se estaban mirando, los ojos de él grises y duros como el granito, los de ella verde esmeralda y feroces, con un rictus desafiante en la boca. A continuación, Laila asintió y entregó el arma a uno de los hombres de Har-Zion, se pasó el dorso de la mano por la nariz ensangrentada y se apartó a un lado.

—Ya era hora de que llegarais.

Fue tan inesperado que Jalifa tardó en comprender lo que Laila había dicho. Cuando lo hizo, se quedó boquiabierto. Ben Roi, en el suelo, con la cabeza inclinada en un ángulo anormal para poder mirar por encima del hombro, tampoco parecía entender lo que estaba presenciando. Toda una gama de expresiones apareció en su rostro, hasta que por fin se petrificó en una mueca de incredulidad y horror.

—Oh, Dios —susurró, con la frente pegada al frío suelo de piedra—. Oh, Dios mío, no, por favor.

Por un momento, todo el mundo permaneció inmóvil, como el plano congelado de una película. A continuación, Ben Roi se puso de rodillas y luego de pie, aturdido, como un boxeador que se levantara de la lona tras recibir una paliza. Laila retrocedió para acercarse a los israelíes y sus ojos se posaron un momento en Jalifa. Un tenue rubor cubrió sus mejillas, tal vez por vergüenza o a causa de alguna otra emoción que el egipcio no pudo identificar. Ben Roi parecía haberse olvidado de ella, pues tenía la vista clavada en Har-Zion.

—Los palestinos no son tan buenos —murmuró con voz estrangulada por la furia—. La forma de operar de la hermandad es demasiado compleja para que se trate de una célula palestina renegada. El incentivo ha de ser externo.

Jalifa intentaba poner en orden sus pensamientos, averiguar qué estaba sucediendo.

—No lo entiendo —susurró, mientras paseaba la vista entre Ben Roi, Laila y Har-Zion. La cara de este último había perdido todo color; su piel era de un blanco sucio translúcido, como alabastro manchado.

—Es lo que te he dicho, Jalifa —repuso Ben Roi—. Ella trabaja para al-Mulatham. Recluta a sus terroristas, escribe artículos falsos sobre él, todo lo que te he dicho. Solo me equivoqué en una cosa. —Apretó los puños, sin dejar de mirar a Har-Zion—. Resulta que al-Mulatham está asesinando a su propio pueblo.

Una vez más, el egipcio intentó procesar la información, ordenar sus pensamientos.

—¿Quieres decir...?

Todo el cuerpo de Ben Roi empezó a temblar.

—Él es al-Mulatham —rugió—. Él es quien controla todo, los terroristas árabes, el jefe israelí. Mata a su propio pueblo. ¡A su puto pueblo!

Jalifa estaba estupefacto. Tenía la sensación de que toda la caverna se estrechaba alrededor de él, como un globo al que hubieran extraído el aire. Se hizo el silencio por un momento, y después, con un aullido animal de odio y furia, Ben Roi se lanzó hacia delante. Era un hombre fuerte, pero también obeso, agotado y enfrentado a profesionales. Antes de que alcanzara su objetivo, dos hombres de Har-Zion intervinieron y, con fría precisión coreográfica, le pararon en seco. Uno le golpeó en el estómago con su Uzi, mientras el otro, colocado detrás de él, le hacía una llave y le enderezaba. Jalifa se puso en tensión, con los puños apretados, pero no podía hacer nada con una pistola apoyada en la sien. Laila tenía la vista clavada en el suelo, mientras el rubor de sus mejillas se esparcía y aumentaba de intensidad.

—¿Por qué? —gritó con voz estrangulada Ben Roi, pugnando por soltarse—. ¿Por qué, en nombre de Dios?

Har-Zion movió los hombros para aliviar la tirantez de su piel quemada, que cada vez le picaba más debajo de la chaqueta.

—Para salvar a nuestro pueblo —contestó con voz fría y serena, en contraste con la de Ben Roi.

—¡Aniquilándolo!

—Demostrándole de una vez por todas que nunca podrá haber paz con los árabes. Que su propósito es, y siempre ha sido, destruirnos, y que para sobrevivir no nos queda otra elección que hacerles lo mismo.

Ben Roi se revolvió, luchó, escupió.

—¡Tú la mataste! —gritó—. ¡Tú la mataste, asqueroso animal!

Har-Zion volvió a mover los hombros, con rostro impenetrable.

—De haber existido otra forma, la habría aceptado. Pero no hay otra forma. Nuestro pueblo ha de comprender cómo son los árabes.

—¿Acaso Hamas no está haciendo un buen trabajo? —chilló Ben Roi—. ¿El Yihad Islámico tampoco?

—Por desgracia no.

—¿Por desgracia?

—Sí, por desgracia —respondió Har-Zion en tono más severo, y por primera vez sus ojos revelaron una sombra de irritación—. Porque, por muchos de los nuestros que maten, seguimos intentando convencernos de que solo si negociamos, si cedemos un poco, la situación mejorará y nos dejarán criar a nuestros hijos en un clima de paz y seguridad.

—Estás loco de atar.

—No —espetó Har-Zion, y esta vez la exasperación que reveló su mirada fue inconfundible—. ¡Son los que hablan de concesiones y retirada los que están locos! Fueron las concesiones lo que encendió los hornos de Auschwitz, la retirada lo que cavó los pozos de la muerte de Babi Yar. Y ahora nos empeñamos en cometer de nuevo la misma equivocación, la que siempre hemos cometido, año tras año, siglo tras siglo, el error fundamental del pueblo judío: ¡creer por un solo momento que podemos confiar en los *goyim*, que pueden ser amigos nuestros, desear otra cosa que no sea conducirnos a las cámaras de gas y barrernos de la faz de la tierra!

Empezaba a levantar la voz, las palabras surgían de su boca como balas del cañón de un fusil.

—No necesitamos procesos de paz —continuó—. Tratados, acuerdos, hojas de ruta, conferencias. Nada de eso. Si deseamos sobrevivir, solo necesitamos una cosa, y es la furia. La misma furia que ha sido dirigida contra nosotros durante toda la larga noche de nuestra historia. Solo esto nos protegerá, nos proporcionará la fuerza necesaria para sobrevivir. Y esto es lo que al-Mulatham ha aportado. Por eso lo hemos creado. Por eso existe.

Se interrumpió, con la frente, amplia y pálida, perlada de sudor, mientras el picor de la piel, cada vez más insoportable, como ocurría cuando no se aplicaba la pomada a la hora que tocaba, le provocaba escalofríos. Ben Roi le miró, sin molestarse ya en forcejear para soltarse, con los ojos apagados y vidriosos, abriendo y cerrando la boca como si no encontrara palabras adecuadas para comunicar la magnitud de su odio.

—*Moser* —susurró al fin—. *Rodef.*

Los labios de Har-Zion se tensaron. Sostuvo la mirada del detective, luego alzó una mano enguantada para hacer una señal al hombre del pelo cortado al rape. Este avanzó y, sin que diera la impresión de echar el brazo hacia atrás, descargó su puño en la base de la pelvis de Ben Roi, unos pocos centímetros por encima de la ingle.

—*Allahu akbar* —murmuró Jalifa, con una mueca de dolor y los puños en los costados, en un gesto de impotencia.

Ben Roi emitió un grito estrangulado y se derrumbó. Le alzaron de nuevo y recibió otro golpe, esta vez en lo alto del pecho, justo debajo de la garganta. Cayó a cuatro patas y vomitó sobre el suelo de piedra.

—Aquí solo hay un traidor, y eres tú —dijo Har-Zion, de pie junto a él. Su voz había recuperado el tono sereno y contenido—. Tú y, por lo que sé de ella, tu novia también. Lamento algunas muertes, pero la de ella no.

Ben Roi murmuró algo y trató de extender un brazo, pero todavía estaba aturdido por los golpes y su movimiento carecía de energía. Har-Zion hizo otra seña y el hombre rapado al cero levantó un pie y descargó el talón contra la sien de Ben Roi, que salió despedido contra una caja, con la parte superior de la oreja partida.

—¡Basta! —gritó Jalifa, incapaz de contenerse, olvidando la presión de la Uzi en su nuca debido al asco que sentía por lo que estaba presenciando—. ¡Basta, en el nombre de Dios!

Har-Zion se volvió despacio hacia él, con movimientos rígidos, le dirigió una mirada dura y desagradable, y luego dijo algo en hebreo. La Uzi bajó y de pronto Jalifa notó que le agarraban por el cuello. Ben Roi había conseguido sentarse, y manaba sangre de su oreja destrozada.

—Déjale marchar, Har-Zion —dijo con voz ronca—. Él no tiene nada que ver con esto.

Har-Zion lanzó una risita desdeñosa.

—¿Habéis oído eso? Nos condena por defender a nuestro pueblo, mientras él suplica por su amigo árabe. No sé lo que será, pero os aseguro que este pedazo de mierda no es judío.

Hizo un gesto con la cabeza al hombre del cráneo rasurado, que volvió a levantar la bota y la hundió en la ingle de Ben Roi. Mientras el detective se retorcía de dolor, el lugarteniente dio media vuelta, se acercó a Jalifa y le asestó un puñetazo en el plexo solar, con la precisión controlada y meticulosa de un cirujano que diseccionara un cadáver. Jalifa había recibido golpes antes, en numerosas ocasiones (tenía la impresión de que había pasado la mitad de su juventud enredado en peleas a puñetazos en las callejuelas de Giza, donde se había criado), pero ninguno como ese. Fue como si el puño se hundiera hasta la mitad de su cavidad estomacal, interesara sus órganos vitales y expulsara todo el aire de sus pulmones. Un batiburrillo de pensamientos e imágenes remolinearon en su mente (Zainab, la mancha de nieve en la gasolinera de la autopista, el extraño hombre de ojos azules de la sinagoga de El Cairo), antes de que, inesperada, repentinamente, la niebla de dolor se evaporara y se descubriera mirando a los ojos de Laila al-Madani.

—¿Por qué? —susurró—. ¿Por qué?

Si la mujer respondió, no la oyó, porque aquel momento de lucidez se desvaneció con la misma rapidez que había aparecido. Su mente se nubló, su cabeza cayó hacia atrás y todo se oscureció.

No estaba seguro de cuánto tiempo había permanecido inconsciente, pero debía de ser un buen rato, porque cuando recobró el conocimiento dos de los israelíes le arrastraban por el pasillo central y sus pies resbalaban sobre el suelo (¡Me van a destrozar los zapatos!, fue su primer pensamiento). Ben Roi avanzaba cojeando delante de él, con una Uzi apoyada en la nuca, el cuello y la chaqueta manchados de una capa de sangre coagulada procedente de la oreja partida. Al fondo de la caverna, Har-Zion y Laila observaban cómo el hombre del cráneo rasurado atacaba la caja de la Menorah con una palanca. Mientras se acercaban, el panel frontal de la caja se desgajó con un crujido de madera y dejó al descubierto un espeso bloque de paja de cuyo interior surgían tentadores destellos dorados.

Al darse cuenta de que el prisionero había recobrado el conocimiento, los israelíes lo enderezaron y empujaron con rudeza contra una pila de cajas. Jalifa sintió náuseas y todo pareció girar a su alrededor, hasta que poco a poco la sensación desapareció. Ben Roi estaba a su lado, y por un momento sus ojos se encontraron. Ambos asintieron levemente con la cabeza para indicar que se encontraban bien, antes de volver a dedicar su atención a la escena que se desarrollaba ante ellos.

Hubo una pausa, la atmósfera cambió de improviso, se llenó de expectación. Después Har-Zion y su lugarteniente avanzaron y empezaron a retirar la paja protectora. Sus cuerpos tapaban la abertura, de modo que Jalifa solo vislumbraba vagos destellos del objeto que estaban liberando: un brazo curvo, la esquina de un pedestal, fugaces centelleos dorados. No vio bien el objeto hasta que quedó al descubierto por completo y los dos hombres se apartaron a un lado.

La había visto antes, por supuesto, en la fotografía hallada en la caja de seguridad de Dieter Hoth. Sin embargo, la foto era en blanco y negro, y no lograba transmitir cabalmente la magnificencia estremecedora de la obra de arte que ahora estaba contemplando. Era de la altura de un hombre, con la base compuesta por dos escalones hexagonales de cuyo centro, como si fuera un jarro decorativo, brotaba un tallo vertical, con seis brazos que surgían de sus costados, tres a la derecha y tres a la izquierda, uno encima del otro, cada uno coronado, al igual que el tallo, por una lamparilla en forma de címbalo pequeño. Esa era la forma de la Menorah, pero su belleza era muchísimo más extraordinaria. Los brazos estaban adornados del modo más exquisito, con protuberancias, bulbos y cálices en forma de la flor del almendro. Alrededor de la base había imágenes maravillosamente trabajadas en relieve de frutas, hojas, parras y flores, tan realistas que casi podía olerse su fragancia. El oro era de un tono tan intenso que casi parecía rojo. Su simetría poseía un equilibrio tan perfecto, un porte tan sinuoso y grácil, que no parecía algo metálico, sino vivo, algo que crecía, respiraba y estaba recorrido por savia. Aturdido, dolorido, y tal vez a punto de morir, Jalifa no pudo contener su asombro, y meneó la cabeza mientras admiraba el esplendor resplandeciente del objeto. La reacción de los israelíes fue más exagerada todavía. Ben Roi murmuraba sin parar «*Oy vey*». La cara granítica de Har-Zion adquirió una expresión casi infantil de embeleso.

—Y Dios dijo: Hágase la luz —susurró—. Y la luz se hizo. Y Dios vio que la luz era buena.

Solo una persona parecía indiferente al objeto; era Laila. Se mantenía algo apartada de los demás, atrincherada en sí misma, sin traicionar la menor emoción, salvo por el leve rubor que aún teñía sus mejillas y por el movimiento de sus manos, que se abrían y cerraban de manera involuntaria. Por un brevísimo instante posó la vista en los ojos de Jalifa, pero enseguida la desvió, incapaz de sostener su mirada.

Transcurrieron varios minutos mientras contemplaban la Lámpara, cuya belleza, lejos de disminuir, aumentaba a medida que se hacían más patentes la riqueza y sutileza de sus adornos, hasta que el hombre del pelo rapado rompió el hechizo.

—Deberíamos sacarla de aquí —dijo con voz áspera y tosca, como una piedra arrojada a un estanque de agua calma.

Har-Zion no dijo nada. Continuó mirando la Menorah, con los ojos húmedos de emoción, y después hizo una señal a tres de sus hombres. Avanzaron, con las Uzi colgadas al cuello, agarraron la Lámpara, contaron *echat, shtayim, shalosh* (uno, dos, tres) y empezaron a levantarla. Aunque eran fuertes y musculosos, el peso era demasiado para ellos, y solo lograron cargarla al hombro cuando se les sumó un cuarto hombre, los rostros desfigurados por el esfuerzo, las rodillas dobladas.

Steiner apuntó con su arma a Jalifa y Ben Roi, y el grupo, como un solo hombre, empezó a avanzar por el pasillo, deteniéndose cada veinte metros para que los porteadores de la Lámpara recuperaran el aliento, hasta que llegaron al final de la caverna y depositaron el preciado objeto sobre la plataforma del montacargas. Las planchas de madera crujieron bajo su peso. Los israelíes subieron, acompañados de Laila, y accionaron la palanca de control. Los detectives se quedaron en el suelo de la caverna, mientras la plataforma ascendía poco a poco. Se detuvo al cabo de tres metros, y una hilera de Uzi les apuntó.

—Caballeros, aquí nos separamos —dijo Har-Zion, con la boca curvada en una sonrisa de triunfo—. Nosotros, por la providencia de Dios, para reconstruir el templo e inaugurar una nueva edad de oro para nuestro pueblo. Vosotros...

Los miró de hito en hito y movió de nuevo los hombros para intentar aflojar el guante asfixiante de piel quemada en que su cuerpo estaba encerrado. Después indicó a sus hombres que abrieran fuego.

—¡No!

La voz de Laila resonó en la caverna.

—No —repitió—. No.

Los hombres de Har-Zion miraron a su jefe, pero este no hizo la menor seña, de manera que se quedaron inmóviles, con el dedo apoyado en el gatillo de sus Uzi. En el suelo de la caverna, Ben Roi y Jalifa intercambiaron una mirada.

—No —gritó la mujer por cuarta vez, en tono desesperado, casi histérico, sin dejar de abrir y cerrar las manos.

Había querido hablar antes, cuando golpearon a los dos hombres, pero no se había atrevido, abrumada por la vergüenza y el desprecio a sí misma. Ahora, sin embargo, no pudo contenerse. Apenas era consciente de lo que decía, simplemente intuía que toda su existencia se había concentrado en este momento y que, pese a todo, pese a los años de mentiras y traiciones, no podía permanecer callada mientras mataban a dos hombres a sangre fría delante de ella. Era absurdo, desde luego, teniendo en cuenta la cantidad de gente que había muerto a lo largo de los años por culpa de sus actos, sabiendo hasta qué punto tenía las manos manchadas de sangre. Nunca podría redimir sus actos. Tampoco lo buscaba. Solo sabía que, mientras miraba a los dos detectives (pálidos y resignados), la voz de su padre había resonado de pronto en su cabeza como una campana, más fuerte que nunca, con las palabras que pronunció la noche de su muerte: «No puedo permitir que nadie muera en el polvo como un perro, Laila. Sea quien sea». Al oírlas había experimentado un anhelo desesperado e incontrolable de saber que incluso ahora, después de todas las mentiras, el horror y la carnicería, incluso entre la negrura que la envolvía, aún quedaba algo de su padre en su interior, un último vestigio de su hermosa luz. Aún era su hija, por oscuro que fuera el mundo que se había construido.

Avanzó hasta la parte delantera del montacargas. Sus ojos se encontraron con los de Jalifa una fracción de segundo, antes de volverse hacia los israelíes y situar su delgado cuerpo ante los fusiles.

—Has ganado —gritó a Har-Zion—. ¿No te das cuenta? Has ganado, por el amor de Dios. Perdónales la vida. Por una vez, deja de matar y perdónales la vida.

Siguió una pausa. El rugido del generador hacía temblar las paredes de la caverna, la Menorah centelleaba bajo la luz gélida de las lámparas. Har-Zion asintió por fin.

—La mujer tiene razón. Es hora de dejar de matar.

Dio la impresión de que el cuerpo de Laila se relajaba un poco. Casi al instante, se puso en tensión de nuevo, cuando se fijó en la fría sonrisa que aparecía en el rostro de Har-Zion.

—Al menos un poco. Estos... —Movió la mano en dirección a Jalifa y Ben Roi—. Sus vidas no significan nada. Sin embargo, al-Mulatham ha logrado su propósito. Como dice la señorita al-Madani, hemos ganado. Con la Menorah a nuestro lado, nadie podrá detener nuestra causa. Un último esfuerzo, y nos libraremos por completo de la Hermandad Palestina. Y todo lo que la acompaña. Todo lo que la acompaña.

Al pronunciar la última frase, miró al hombre del pelo rapado, al tiempo que movía la cabeza en dirección a Laila. El otro asintió para indicar que había comprendido y, con una calma pasmosa, avanzó y estampó la palma de su mano sobre el pecho derecho de Laila con tal fuerza que la lanzó al vacío. Por un instante dio la impresión de que colgaba en el aire, como suspendida del techo de la caverna por un cable invisible, para luego desplomarse en silencio y estrellarse contra el suelo con un ruido estremecedor.

—Gracias, señorita al-Madani —gritó Har-Zion—. El Estado de Israel agradecerá eternamente sus esfuerzos. Árabe o no, se ha ganado el título de *Eshet Hayil.* Una mujer valerosa.

Supo al instante que se había roto la columna, y seguramente muchas más cosas, aunque, como no sentía nada desde el cuello hacia abajo, no estaba segura. De todos modos, no tardaría mucho en morir. Lo cual no le importaba. Lo curioso era que, como para compensar el hecho de que ya no sentía nada, sus demás sentidos parecían haberse agudizado. Percibió el olor intenso y resinoso de las tablas de madera de pino de que estaban hechas las cajas. Sus oídos captaban sonidos en los que, en circunstancias normales, jamás habría reparado.

Lo más extraño de todo era que parecía haber desarrollado la capacidad sobrenatural de ver cuatro o cinco cosas diferentes a la vez, sin siquiera mover la cabeza. Har-Zion estaba de pie sobre el montacargas, riendo con sus seguidores. A su izquierda, Ben Roi parecía conmovido, pese a lo mucho que había deseado para ella un final semejante. Y arrodillado a su lado, sosteniéndole la mano (¿cómo había podido moverse con tal celeridad?), estaba Jalifa. Hasta vio su propio rostro, como si estuviera mirándose, la sombra de una sonrisa aleteando en las comisuras de su boca, aunque no transmitía alegría o satisfacción, sino más bien una especie de infinita soledad desesperada que no podía encontrar otra expresión para manifestarse.

Siempre había sabido que terminaría así. Desde que regresó de Inglaterra y empezó a trabajar como delatora para Har-Zion y la inteligencia militar israelí. Las circunstancias constituían una sorpresa (¡en una cueva gigantesca llena de tesoros saqueados por los nazis, por el amor de Dios!), pero la violencia no. Siempre lo había dado por sentado. La verdad era que estaba sorprendida de haber durado tanto.

Jalifa le estaba diciendo algo, pero Laila no podía oír su voz, algo extraño dado que captaba otros muchos sonidos menos definidos. De todos modos, no necesitaba oír, porque sabía lo que decía por el movimiento de sus labios. Era una sola palabra, repetida una y otra vez, una pregunta, la misma que le había hecho antes.

Ley? ¿Por qué?

¿Qué podía decir? Nada, en realidad. Le habría gustado explicarse, de veras. Que al menos una persona se enterara. Confesiones en el lecho de muerte. Pero ¿cómo podía explicárselo para que lo comprendiera? Para que alguien comprendiera. Que había hecho lo que había hecho no por los motivos habituales que impelían a la gente a colaborar (dinero, coacción, ideología). No, lo había hecho porque la noche en que cumplió quince años, en un sucio vertedero de las afueras del campo de refugiados de Jabaliya, bajo un cielo tachonado de estrellas, mientras los perros ladraban a lo lejos, había visto cómo la persona a la que más amaba en el mundo, su padre, apuesto, valiente y cariñoso, el hombre más grande que había existido, moría apaleado con un bate de béisbol. A manos de su propio pueblo. La escena observada por su propio pueblo. Por eso se había puesto en contacto con Har-Zion y había ofrecido sus servicios. Por eso había colaborado en la patraña de al-Mulatham. Por eso, en cuanto se enteró de la existencia de la Menorah, había llamado a Har-Zion desde la iglesia del Santo Sepulcro y hecho todo cuanto estaba en sus manos para entregarle la Lámpara. Porque habían matado a la única persona que quería y desde aquel momento los había odiado a todos, había jurado que les haría pagar por ello, hasta el último palestino. Ese era el motivo. Esa era la respuesta. Pero ¿cómo podía explicarlo, hacerse comprender? ¿Cómo comunicar siquiera un átomo de la desdicha y la soledad y el odio y la desesperación que la habían consumido durante estos últimos diecisiete años? No podía. Era imposible. Siempre lo había estado y siempre lo estaría. Estaba desesperadamente sola.

Contempló la cara de Jalifa (una cara bondadosa, valiente, hermosa, como la de su padre en muchos aspectos) y trató de apretarle la mano. En ese momento, con el curioso don de la visión múltiple que parecía haber adquirido a consecuencia de la caída, vio que Har-Zion extendía el brazo y le apuntaba a la cabeza con la pistola. Adelante, pensó, hazlo. Ya es hora. Al menos he intentado hacer una buena acción antes del fin. Algo de lo que mi padre se habría sentido orgulloso.

Cerró los ojos y se encontró de nuevo en el fondo de la zanja, aferrando la mano de su padre, con el cabello oscuro empapado de sangre.

—Oh, Dios, mi papá. Oh, Dios, mi pobre papá.

Entonces sonó el disparo.

La cabeza de la mujer dio una sacudida y un limpio agujero negro se abrió justo encima de su ceja izquierda, un hililllo de sangre resbaló sobre su mejilla y cayó al suelo, donde formó un charco viscoso del tamaño de un plato. Por un momento Jalifa se quedó demasiado conmocionado para moverse, con la mano inerte de la periodista todavía en la suya, mientras el eco del disparo resonaba en toda la caverna. Meneó la cabeza, soltó la mano con dulzura, se levantó y retrocedió hasta donde se encontraba Ben Roi, y los dos miraron la hilera de Uzi que les apuntaban.

Tendría que haberse sentido asustado. Más asustado de lo que estaba, teniendo en cuenta lo que iba a suceder. Ya fuera porque estaba debilitado a causa de los golpes, o porque su muerte era tan inevitable que su cuerpo se negaba a reaccionar, experimentaba una curiosa sensación de calma. Zainab y los niños constituían su única preocupación. Eso, y el hecho casi seguro de que no recibiría un entierro digno de un musulmán. Aunque tenía la certeza de que Alá lo comprendería. Alá lo comprendía todo. Por eso era..., bien, Alá.

Miró a Ben Roi y sus ojos se encontraron. Habría preferido morir en compañía de otras personas, pero tal vez había sido demasiado duro con el tipo. Era grosero, sí. Arrogante, beligerante. No era la clase de persona que habría elegido como amigo. No obstante, era un buen policía, daba la impresión de que había hecho una excelente investigación. Y quién sabe, si su esposa hubiera muerto así, asesinada sin motivo alguno, tal vez él, Jalifa, habría terminado igual. Nunca se sabe. Intentó murmurar algo, disculparse, admitir que su decisión de confiar en la palabra de Laila antes que en la de Ben Roi no se había debido a un análisis objetivo de la situación, sino a ciegos prejuicios, al hecho de que no podía creer a un judío antes que a una hermana árabe. Sin embargo, no logró encontrar las palabras apropiadas, de modo que calló. Continuaron mirándose un momento más, luego asintieron con la cabeza y alzaron la vista hacia el montacargas, con los puños apretados, a la espera de las balas.

La negrura invadió la caverna.

Durante un breve instante de confusión, Jalifa pensó que estaba muerto. Casi de inmediato, los gritos de los hombres de Har-Zion le hicieron comprender que el generador debía de haber fallado de nuevo y las luces se habían apagado. Tan inesperada fue la circunstancia, y tan desconcertante, que no reaccionó, sino que se quedó petrificado. Los instintos de Ben Roi se dispararon antes, de modo que agarró a Jalifa por el cuello de la chaqueta, le hizo girar y ambos echaron a correr por el pasillo central. Una fracción de segundo después, las Uzi dispararon, estallidos rojos y blancos perforaron la oscuridad, las balas acribillaron el suelo y se hundieron en las pilas de cajas con un ra-ta-ta-ta de madera agujereada. Los detectives tropezaron, cayeron de bruces, volvieron a levantarse y continuaron hacia delante dando tumbos, hasta estrellarse contra la pared rocosa situada bajo la plataforma del montacargas. Se oyeron más gritos, y el tiroteo cesó con tanta brusquedad como había empezado. Se quedaron inmóviles y escudriñaron la oscuridad.

Cuando el generador había fallado antes, había vuelto a ponerse en marcha casi de inmediato. Esta vez, siguió en silencio. Oyeron susurros, se encendió una linterna, luego otra, a continuación se produjo un tenue crujido cuando alguien empezó a trepar por el raíl vertical del montacargas hacia el saliente, con la intención de poner en marcha el generador. Una linterna iluminaba al que subía, y otro haz de luz empezó a pasearse sobre las pilas de cajas para localizarlos. Por lo visto, a los hombres de Har-Zion no se les había ocurrido que podían estar justo debajo de ellos. De momento.

—Hay que moverse —susurró Ben Roi al oído de Jalifa, con voz apenas audible—. Hemos de escondernos entre las cajas.

Jalifa le apretó el brazo para hacerle saber que le había entendido. Un grito procedente de arriba indicó que el escalador había llegado al balcón y se encaminaba hacia la cámara del generador.

—Hay que moverse —repitió Ben Roi—. No hay tiempo.

Transcurrieron veinte segundos, mientras intentaban pensar en una estrategia adecuada, conscientes de que, en cuanto salieran de debajo de la plataforma, los oirían o el haz de la linterna los descubriría. Por fin, desesperado, Jalifa introdujo una mano en el bolsillo, sacó el cargador de cinco balas que había guardado antes y lo apretó contra el brazo de Ben Roi. El israelí comprendió enseguida en qué estaba pensando.

—Tíralo hacia la izquierda —susurró—. Nosotros iremos en línea recta. Cógeme la mano.

—¿Qué?

—¡Para no perdernos, idiota!

Arriba sonó un chisporroteo mecánico cuando el hombre de Har-Zion empezó a girar la manivela del generador. En ese instante, la luz de la linterna se desvió de súbito de las cajas y empezó a trazar círculos sobre el suelo, poco más allá del montacargas. Se detuvo un momento en el cuerpo de Laila y luego empezó a retroceder hacia el escondite de los detectives. Era cuestión de segundos que los descubrieran, de modo que Jalifa agarró la mano de Ben Roi y arrojó el cargador hacia la otra punta de la caverna. Dio la impresión de que flotaba en el aire una cantidad de tiempo imposible y, cuando el rayo de la linterna paseaba justo delante de sus pies, el cargador se estrelló en el suelo con una fuerte detonación.

El efecto fue instantáneo. El haz de luz se alejó, oyeron correr a los israelíes hacia el lado izquierdo del ascensor y sonó una salva de disparos ensordecedores. En cuanto empezó, Jalifa y Ben Roi echaron a correr cogidos de la mano, siguiendo en la oscuridad lo que suponían era, y esperaban que fuera, el pasillo central. Se encogían a cada paso por temor a darse de bruces con una caja o algún otro obstáculo. No fue así y, espoleados por el miedo y la adrenalina, recorrieron la mitad de la longitud de la caverna antes de aflojar el paso, soltarse las manos e internarse a tientas en uno de los estrechos pasillos laterales que formaban las pilas de cajas, tropezando con los objetos de que estaba sembrado. Los disparos fueron aminorando, hasta cesar por completo.

Jalifa y Ben Roi se quedaron donde estaban, intentando recuperar el aliento. La oscuridad los envolvía como un sudario de terciopelo negro y la caverna estaba sumida en el silencio, salvo por el ruido insistente de la manivela del generador y el parloteo de voces israelíes, casi inaudibles al principio, pero cada vez más apremiantes. Ben Roi estiró el cuello y escuchó.

—Mierda.

—¿Qué?

—Fuego.

—¿Qué?

—Los disparos. Deben de haber hecho arder las cajas.

Mientras hablaba, su nariz percibió el olor a madera quemada.

—Este lugar es un puto polvorín —rugió Ben Roi—. ¡Va a estallar!

No era necesario que se lo dijera a Jalifa. Este había visto la caverna con sus propios ojos: barriles de petróleo, cajas de municiones, explosivos, pilas de madera seca.

—¡Maldita sea! —exclamó—. ¡Maldita sea!

Encendió el mechero, protegió la llama con una mano para ocultar la luz y empezó a mirar a su alrededor en busca de algo que pudieran utilizar para defenderse y salir de la cueva. Los hombres de Har-Zion estaban gritando; el pánico se traslucía cada vez más en sus voces, a medida que el fuego se esparcía. El chirrido de la manivela del generador se hizo más insistente.

—¡Vamos! —gruñó Ben Roi—. ¡Necesitamos pistolas!

—¡No hay!

Jalifa se internó más en el pasillo, sin preocuparse ya por el ruido que hacía, al tiempo que movía el encendedor de un lado a otro. Descubrió cuadros, esculturas, parte de una araña. Ningún arma, no obstante, y empezaba a desesperar cuando, por fin, al apartar un saco lleno de billetes de banco, dio con una caja larga de metal, la abrió y vio que contenía una docena de metralletas

Schmeisser nuevas. Al lado, había otra caja idéntica llena de cargadores.

—*Hamdu-lillah*, alabado sea Dios —murmuró.

Sacó una metralleta y se la entregó a Ben Roi, junto con un par de cargadores. Cogió otra para sí, y se estaba familiarizando con el mecanismo desconocido cuando se produjo una ráfaga de disparos. Se tiraron al suelo, suponiendo que iba dirigida contra ellos, pero los gritos alarmados de los hombres de Har-Zion revelaron que había estallado una caja de municiones.

—Esto se va a convertir en un puto volcán —masculló Ben Roi.

Se pusieron en pie y, mientras avanzaban por el pasillo, una corona naranja invadió la parte de la caverna que quedaba a su derecha. Cuando llegaron al final del pasillo, se oyó una fuerte explosión (un barril de petróleo, supuso Jalifa, o varios), seguida casi de inmediato por el rugido del generador cuando cobró vida al fin; la gélida luz blanca barrió la caverna, de forma que todo adquirió definición. Los hombres de Har-Zion lanzaron un grito de alegría y el montacargas reanudó su lento ascenso con un gemido y un fragor metálico. Ben Roi asomó la cabeza y volvió a ocultarla.

—Están a mitad de camino —susurró—. Hay uno en el saliente. Yo me ocuparé de él. Contaré hasta tres. ¿De acuerdo?

Amartillaron las Schmeisser.

—Uno... Dos...

Otra fuerte explosión, y toda la caverna pareció estremecerse y temblar.

—¡Tres!

Salieron al pasillo central.

El incendio era peor de lo que el egipcio había supuesto. En cuestión de minutos había prendido un buen montón de cajas de la derecha, unas fauces de fuego que devoraban todo cuanto estaba a la vista y hacían estragos en el material apilado. Columnas de llamas lamían las paredes de la cueva, fragmentos de escombros al rojo vivo surcaban el aire como luciérnagas y una espuma sucia de humo gris rodaba poco a poco a lo largo del techo.

Captó todo esto en una fracción de segundo, antes de apoyar una rodilla en el suelo y abrir fuego; la Schmeisser tembló y se agitó en sus manos. A su lado, Ben Roi le imitó, y roció la pared de la caverna con una lluvia de balas.

Por lo visto, el ataque pilló por sorpresa a Har-Zion y sus seguidores. Ben Roi consiguió abatir al del saliente, Jalifa eliminó a otros dos del montacargas; el segundo se derrumbó sobre la palanca de control del ascensor e invirtió el sentido de la marcha. La plataforma se detuvo y, con un chirrido indignado, empezó a descender de nuevo, con la Menorah impasible en el centro, sus brazos dorados resplandecientes a la luz del incendio. Sin embargo, la ventaja de que gozaban fue breve. Los israelíes eran soldados profesionales y, tras un momento de confusión, los tres que quedaban en pie (Har-Zion, Steiner y otro) se arrojaron al suelo del montacargas y se pusieron a disparar con suma precisión. Jalifa retrocedió al interior de un pasadizo formado por dos hileras de cajas. Ben Roi resistió un momento sin moverse, pero luego se refugió al otro lado del pasillo central.

—¡No deben llegar a los controles! —gritó.

Era lo que uno de los israelíes estaba intentando. Har-Zion y Steiner le cubrían mientras rodaba sobre la plataforma y tiraba del cadáver derrumbado sobre la palanca. Jalifa lanzó una andanada de balas contra él, pero se vio obligado a retroceder casi al instante. Ben Roi tuvo más éxito, pues consiguió alcanzar al israelí en el costado. El hombre se desplomó junto a la base de la Menorah.

El ascensor casi había llegado al suelo de la caverna. En un último y desesperado esfuerzo por hacerlo subir, Steiner vació su Uzi en el pasillo, gritó algo a Har-Zion y, mientras este le cubría con su pistola Heckler & Koch, gateó sobre la plataforma, apartó el cuerpo de su compañero abatido y dio un manotazo a la palanca de control con el fin de que cambiara de dirección. El montacargas se detuvo un momento como si tomara aliento, y después empezó a subir a regañadientes.

Har-Zion emitió un grito de triunfo, que se desvaneció tan pronto como salió de su boca al darse cuenta de que su pistola se había quedado sin munición. Un hombre con libertad de movimientos habría tardado escasos segundos en introducir un nuevo cargador en la recámara pero, debido a la tirantez de su piel quemada, no pudo proceder con rapidez. Gritó algo, y Steiner contestó que él también se había quedado sin munición; Ben Roi decidió aprovechar la oportunidad que le brindaba ese momento de confusión. Gritó a Jalifa que le siguiera, saltó de su escondite y corrió hacia el montacargas. Se tambaleó un momento cuando una potente explosión sacudió toda la caverna, pero recuperó el equilibrio y continuó corriendo, con el dedo apoyado en el gatillo de su Schmeisser.

Sus primeros disparos salieron muy desviados y desaparecieron en el infierno de su derecha. Los siguientes rebotaron en la pared de roca que se alzaba sobre el montacargas. La tercera salva, en cambio, encontró su objetivo: perforó el torso y el cuello de Steiner, que se estampó contra uno de los raíles verticales del ascensor. Se quedó inmóvil un momento, mientras de su boca surgían burbujas de sangre, con una expresión de leve sorpresa en el rostro; después, poco a poco, mientras la plataforma ascendía bajo él, su cuerpo resbaló por el raíl y quedó atrapado bajo las robustas ruedas metálicas que se deslizaban por él. Se oyó un chirrido cuando el montacargas intentó superar el obstáculo y las ruedas machacaron y redujeron a pulpa el cadáver, hasta que al fin, incapaz de resistir más la tensión, el motor estalló en una lluvia de chispas y el ascensor se detuvo a un metro y medio del suelo.

Har-Zion estaba buscando todavía un nuevo cargador, chillando de dolor cuando sus movimientos provocaban que la carne seca se partiera y se rasgara bajo su ropa. Al ver que estaba indefenso, Ben Roi dejó de correr. Llegó hasta él, levantó la Schmeisser y apoyó el cañón contra la cabeza de Har-Zion; la furia de sus ojos parecía reflejarse en las columnas de llamas que saltaban alrededor, como si el fuego no fuera más que una proyección de su rabia interna.

—Esto es por Galia, cabrón —susurró.

Cuando ya estaba a punto de disparar, se contuvo. Había soñado con ese momento tanto tiempo, cada día del año anterior... Apoyar una pistola contra la cabeza del hombre que había asesinado a su novia, acabar con él como habían acabado con Galia. Sin embargo, ahora que había llegado el momento, ahora que la pistola estaba donde debía y le bastaba con mover el dedo, no se decidía. Así no, a sangre fría no. Se mordió el labio, ansioso por disparar, por dar rienda suelta a su odio, pero una vocecita en su interior, la voz de ella, le decía que eso no estaba bien, que no le serviría de nada, que más que curarle le haría daño. Har-Zion intuyó su conflicto interior.

—Ayúdame —dijo con voz ronca, al tiempo que volvía la cabeza hacia Ben Roi—. Haz lo que quieras conmigo una vez fuera, pero ayúdame a salvar la Menorah, por el amor de Dios.

Ben Roi le miró, con la mano temblorosa, la cara cubierta de sudor por el creciente calor provocado por el incendio. Después, con un gruñido de desesperación, apartó la pistola. De inmediato, Har-Zion empezó a ponerse en pie, dolorido.

—Tendremos que izarla —añadió—. Necesitamos un cable o una cuerda. ¿Dónde está el árabe?

Ben Roi miró alrededor. Suponía que Jalifa estaba detrás de él, que le había seguido cuando corría hacia el ascensor. En realidad, el egipcio lo había intentado. Sin embargo, al salir de su escondite, una fortísima explosión, la misma que casi había derribado a Ben Roi, había hecho caer media docena de cajas sobre él, y el impacto le había dejado inconsciente. Estaba tendido de bruces en medio del pasillo, y una caja grande le inmovilizaba las piernas. Ben Roi corrió hacia él, se puso de rodillas y apartó la caja.

Al principio pensó que estaba muerto. No obstante, consiguió encontrarle el pulso y, sin tiempo para pensar si podía tener algún hueso roto, se inclinó, lo cargó al hombro y volvió hacia el ascensor, tosiendo a causa del humo. Har-Zion había encontrado una cuerda y la estaba enrollando alrededor del tallo de la Menorah.

—Sacaremos la Lámpara y volveremos a por él —gritó—. Ayúdame.

Ben Roi negó con la cabeza.

—Primero le sacaré.

—¡No! ¡Hemos de salvar la Menorah!

—Primero le sacaré —repitió Ben Roi. Después de depositar a Jalifa sobre la plataforma, subió y volvió a cargarlo al hombro. En ese momento, notó el cañón de una pistola en la nuca.

—La he vuelto a cargar —dijo con voz ronca Har-Zion—. Déjale en el suelo. La Menorah es lo primero.

Tras un breve silencio, otro barril de petróleo estalló al fondo de la caverna, un géiser de llamas se elevó casi hasta el techo, y envolvió y consumió la gigantesca bandera nazi. Ben Roi, sin hacer caso de la pistola, avanzó hacia el raíl más cercano del montacargas. Har-Zion levantó la pistola y disparó al aire.

—¡Déjale! —gritó—. ¿No lo entiendes? Hemos de salvar la Lámpara. ¡Déjale y ayúdame!

—Si me matas, nunca la sacarás —replicó Ben Roi mientras examinaba el raíl—. Le subiré y volveré.

—¡No! —chilló Har-Zion, y lanzó otro tiro de advertencia—. ¿Lo has comprendido ahora?

El detective, sin hacerle caso, pasó sobre el cuerpo ensangrentado de Steiner, agarró una de las barras horizontales dispuestas entre los raíles como los peldaños de una escalerilla y empezó a trepar. El cuerpo de Jalifa colgaba sobre su hombro como una gigantesca muñeca de trapo. Har-Zion seguía gritando y agitando la pistola.

—¡Hemos de salvarla! ¿No lo entiendes? ¡Es tu fe! ¡Tu fe!

Ben Roi siguió adelante, concentrado en lo que estaba haciendo, subiendo peldaño a peldaño, con los ojos desencajados por el esfuerzo, mientras chorros de cenizas al rojo vivo remolineaban alrededor y le quemaban los brazos y las mejillas. El primer cuarto del trayecto fue bien, pero a mitad de camino le flaquearon las fuerzas y empezó a tener calambres en los músculos de los brazos y las piernas. Cada vez subía con mayor lentitud; la carga le debilitaba cada vez más. Intentó pensar en Galia, en su familia, en Al

Pacino, cualquier cosa con tal de olvidar el dolor de sus miembros, engañar a su cuerpo y hacerle creer que no estaba tan agotado. Consiguió salvar tres cuartas partes de la distancia, se hallaba a tres metros del saliente, pero se detuvo y supo que no iba a llegar más allá, que no quedaba más gasolina en el depósito, ni siquiera la suficiente para volver a bajar.

Tendré que dejarle caer, pensó, con las manos temblorosas a causa del esfuerzo de sujetarse al peldaño, las piernas a punto de ceder. Tendré que dejarle caer, de lo contrario caeré yo.

No supo por qué, en ese momento de desesperación, de pronto empezó a recitar la *shema*. Ni siquiera fue consciente de que lo estaba haciendo hasta que ya había pronunciado unos versos. Se diría que había surgido de su interior, como agua burbujeante de un arroyo seco. Antes de la muerte de Galia la rezaba cada día. Durante el último año no había brotado de sus labios. No obstante, ahora la estaba murmurando para sí, la gran oración del pueblo judío, su pueblo, la proclamación de su fe en Dios: «Escucha, oh, Israel, el Señor es nuestro Dios, el único Señor...».

Fue alzando la voz, el murmullo se transformó en cántico y el cántico en canción, tal como el viejo rabino Gishman le había enseñado en las clases de hebreo años antes: «Y amarás al Señor tu Dios, con todo tu corazón, con toda tu alma y con todas tus posesiones, y estas palabras que hoy te enseño las llevarás en tu corazón».

Mientras cantaba sintió que la fuerza regresaba a sus miembros, con lentitud al principio, apenas perceptible; luego con más intensidad, hasta fluir por todo su cuerpo como la savia de un árbol, de forma que, sin siquiera darse cuenta, había ascendido un peldaño, y después otro, y otro, y de pronto se encontraba en el saliente y corría por el primer túnel en dirección al mundo exterior. Atravesó el hueco de la pared, se internó por el túnel principal, con Jalifa oscilando sobre su hombro, mientras el eco de las explosiones resonaba a sus espaldas, hasta que atravesó la puerta de la mina y salió a la noche. Sus pies pisaron nieve prístina, y vio el cielo tachonado de estrellas.

Aspiró profundas bocanadas de aire, deliciosamente frío, limpio y puro después del interior de la caverna lleno de humo, se encaminó hacia el pequeño túmulo y depositó a Jalifa al lado. El egipcio gruñó y murmuró algo, pero Ben Roi no tenía tiempo para quedarse a su lado; se limitó a frotarle un poco de nieve en la cara para intentar reanimarle, y luego corrió de vuelta a la mina.

Cuando llegó al saliente de piedra, toda la caverna parecía ser presa de las llamas, que devoraban las pilas de cajas, se aferraban a las paredes y el techo. En su ausencia, Har-Zion había subido hasta el saliente y dejado allí un cabo de la cuerda, antes de volver a descender por la razón que fuera. Ahora se hallaba de pie sobre la plataforma del montacargas —una isla diminuta en un mar de fuego— y miraba con ojos desorbitados la muralla de fuego que se acercaba a toda velocidad. Ben Roi le llamó.

—¡He intentado subirla yo solo, pero pesa demasiado! —gritó Har-Zion en cuanto oyó la voz del detective—. Tú tira. Yo la sostendré desde abajo.

Ben Roi se protegió la cara del calor, que era casi insoportable, agarró la cuerda, retrocedió unos metros y empezó a tirar. La Menorah subió centímetro a centímetro, mientras Har-Zion la sujetaba por la base. Cuando estuvo a suficiente altura, el hombre se puso debajo, la sostuvo sobre los hombros y empezó a trepar por el raíl del montacargas, peldaño a peldaño, lanzando chillidos de dolor cuando debajo de su chaqueta la piel se cuarteaba y rasgaba como una camisa de papel. Ríos de sangre le resbalaban por los brazos y las piernas, se introducían en los guantes y los zapatos.

—Oh, Dios —exclamaba—. ¡Oh, Dios, por favor!

Habían levantado la Lámpara unos tres metros por encima del suelo de la caverna, cuando una enorme explosión envió una ola de calor al rostro de Ben Roi, que cayó hacia atrás y soltó la cuerda. La Menorah se estrelló en la plataforma. El detective permaneció inmóvil un momento, aturdido, luego se puso en pie y caminó hasta el borde.

—*Oy vey* —susurró.

Har-Zion yacía de bruces bajo el tallo de la Lámpara, mirando entre sus brazos como si fueran los barrotes de una jaula. Un hilillo de sangre brotaba de la comisura de su boca, aunque era evidente que estaba vivo porque sus labios se movían, sus manos enguantadas se cerraban y abrían alrededor del brazo curvo más exterior de la Menorah. Las llamas estaban lamiendo la plataforma y, mientras Ben Roi contemplaba la escena horrorizado, avanzaron poco a poco y la envolvieron. La Menorah se retorció a causa del calor, sus brazos se doblaron y dio la impresión de que el oro se desprendía como escamillas de piel para dejar al descubierto algo opaco y negro, hasta que todo se fundió sobre el cuerpo de Har-Zion.

Ben Roi miró hasta que todo desapareció y después, incapaz de soportar por más tiempo el calor, regresó hacia el túnel. En ese momento, una fuerte explosión hizo estremecer la caverna, y luego otra, y otra, las detonaciones se transformaron en un rugido atronador y un puño de fuego invadió el pasillo a su espalda. Se puso a correr, atravesó el hueco de la pared, avanzó por el túnel principal de la mina y salió de nuevo a la noche. Apenas tuvo tiempo de levantar a Jalifa y arrastrarle al otro lado del túmulo, cuando se produjo un estallido ensordecedor y, como un tren expreso al surgir de un túnel, una lengua de fuego brotó de la entrada de la mina, cruzó el claro e incendió los árboles que había en el borde del pinar. Dio la impresión de que la explosión duraba una eternidad, mientras el suelo temblaba y llovían escombros a su alrededor. Al fin empezó a calmarse y las llamas fueron menguando hasta convertirse en destellos vacilantes cerca de la destrozada entrada de la mina.

Detrás del túmulo, Jalifa, consciente de nuevo, agarró el brazo de Ben Roi.

—Gracias —dijo con voz ronca—. Gracias.

El israelí meneaba la cabeza, con los brazos extendidos a ambos lados como si flotara en una piscina.

—Era de plomo —susurró—. Estaba hecha de plomo. Una capa de oro, plomo debajo.

Resopló, cogió un puñado de nieve y se la aplicó a la oreja cortada.

—Muy típico de los putos judíos, ¿eh? Nunca desperdician la oportunidad de ahorrar dinero.

Decidieron que lo mejor era salir de Alemania lo antes posible. Ben Roi hizo unas cuantas llamadas por el móvil, no encontró ningún vuelo a Israel, pero sí un chárter a El Cairo directo desde Salzburgo, que partía a las seis de la mañana. Faltaban cinco horas. Reservó dos plazas.

—Desde allí habrá un enlace con Ben Gurion —dijo—. Mejor eso que esperar aquí.

Fueron al aeropuerto, devolvieron los coches alquilados, se lavaron y, tras dormir un rato, despegaron a la hora prevista. En cuanto estuvieron en el aire, Ben Roi volvió a dormirse. Jalifa intentó hacer lo mismo, pero no lo consiguió porque estaba agotado, de manera que bebió café y miró por la ventanilla. Vio que, hacia el este, un pálido reborde rojo se insinuaba en el cielo, para luego esparcirse y alargarse, hasta que la luz invadió todo el horizonte.

Algo le estaba atormentando. No tendría que ser así. Los acontecimientos de la noche habían conducido el caso Schlegel a la conclusión más definitiva a la que una investigación podía aspirar. Pese a ello, no podía quitarse de encima la molesta sensación (en realidad, ni siquiera se trataba de una sensación, sino más bien de un vago destello en el fondo de su mente) de que quedaba un cabo suelto, un último detalle para dar por terminado el caso.

Terminó su café, reprimió las ansias de refugiarse en el lavabo para fumar un cigarrillo y, mientras contemplaba la aurora, su mente repasó de forma desordenada lo ocurrido durante las últimas semanas, la confusión de personas, lugares y acontecimientos, hasta terminar en el Valle de los Reyes, donde todo había empezado: Pelirrojo, Amenhotep II, el pequeño Ali hablando de faraones y tesoros y trampas ocultas. ¿Qué nombre se le había ocurrido? El horrible Orangután. Sonrió. ¡El horrible Orangután, nada menos! Bordado.

—¿Café?

La azafata se había inclinado hacia él con una cafetera. Jalifa levantó la taza, se reclinó en el asiento y volvió a sumirse en sus pensamientos.

El horrible Orangután. Hor-anj-amun. Visir del faraón Tutmosis II. Habían descubierto su tumba tan solo unos meses antes, en Saqqara, con la cámara sepulcral todavía intacta, atestada hasta las vigas de una fabulosa colección de objetos funerarios, entre ellos un magnífico sarcófago de piedra arenisca. Solo por eso era uno de los descubrimientos más importantes de los últimos años. Lo que la convertía en única era que, debajo de la cámara principal, el equipo de excavación había topado con una cámara secundaria, cuidadosamente oculta, que contenía una serie de objetos todavía más extraordinarios, y un sarcófago aún más espectacular, el cual albergaba el cadáver del propietario de la tumba. Resultó, pues, que el recinto superior era una fachada, un facsímil perfecto para invitar a los ladrones a pensar que habían encontrado su objetivo, cuando en realidad se hallaba bajo sus pies. Extraordinario.

Sopló sobre el café y miró por la ventanilla (todo el cielo era una banda resplandeciente roja y dorada), mientras sus pensamientos zigzagueaban de nuevo, hasta que al fin se centraron en el extraño encuentro que había tenido en la Ciudad Vieja, en la sinagoga de Ben Esdras. ¿Cómo se llamaba tipo? Shobu Ha-Or. ¿Shobu? No, Shomu. Shomer. Eso era. Shomer Ha-Or. Un hombre raro, misterioso. Como si le hubiera estado esperando para hablarle de la menorah de la sinagoga.

«Como todas las reproducciones, no es más que una sombra del original. Era muy bonita. Siete brazos, capiteles en forma de flores, cálices como almendras, toda ella forjada con un solo bloque de oro macizo: el objeto más bello de la historia.»

Podía dar fe de ello. Había sido hermosa. Una obra de arte fabulosa, aunque hubiera plomo debajo.

«En Babilonia. Es lo que dice la profecía. En Babilonia se encontrará la verdadera menorah, en la casa de Abner.»

Detrás de él empezaban a servir el desayuno, y la voz de la azafata flotaba por el pasillo mientras preguntaba a los pasajeros si querían desayuno inglés o continental.

«Babilonia. Un solo bloque de oro macizo.»

Algo le estaba atormentando.

«Hor-anj-amun. Cámara falsa. Engañar a los ladrones.»

Le estaba atormentando mucho.

El carrito del desayuno se detuvo junto a su fila y la mujer empezó a servir. Ben Roi se despertó y pidió el desayuno inglés. Jalifa se decantó por el continental.

—Shomer Ha-Or.

—¿Qué?

—¿Significa algo el nombre Shomer Ha-Or? —preguntó Jalifa—. En hebreo.

Ben Roi estaba quitando el papel de aluminio de su bandeja de plástico. Sacó los cubiertos de su envoltorio de celofán.

—Guardián de la luz —contestó—. Guardián, protector. Algo por el estilo. ¿Por qué?

El egipcio no contestó, se limitó a mirar su bandeja. Hacía un momento se moría de hambre. Ahora, de pronto, había perdido el apetito.

84

El Cairo

Aterrizaron justo después de las once, en una mañana transparente y calurosa, con el cielo azul y un gordo sol amarillo en su centro, como una gota de grasa.

Ben Roi quería tomar enseguida un vuelo de enlace. No había ninguno hasta la noche, de modo que accedió a compartir un taxi hasta la ciudad, donde iría a la embajada israelí, se ducharía y cambiaría de ropa, y pediría que un médico le examinara la oreja. Jalifa dio instrucciones en árabe al conductor y se marcharon.

No hablaron durante el recorrido, se limitaron a mirar por las ventanillas mientras la metrópoli los envolvía con celeridad. Cuando llegaron al Nilo, giraron al sur hacia la Corniche y la siguieron a lo largo de un par de kilómetros, hasta desviarse hacia el interior de nuevo, en dirección al centro de la ciudad, donde se abrieron paso entre el tráfico caótico antes de doblar una esquina y desembocar en una calle ancha y desierta, con una estación de metro a un lado y, enfrente, una especie de recinto amurallado lleno de árboles e iglesias. Pararon.

Ben Roi nunca había estado en El Cairo, pero estaba muy seguro de que aquello no era la embajada israelí. Preguntó a Jalifa qué estaba pasando, irritado.

—He de comprobar algo —contestó el egipcio, y bajó del coche—. Solo tardaremos unos minutos. Creo que tú también deberías venir.

Ben Roi refunfuñó pero, ante la insistencia de Jalifa, se apeó del vehículo, mascullando para sí. Pagaron al taxista, cruzaron la calle y, después de descender por una escalinata de piedra, pasaron al interior del recinto y salieron a una estrecha calle pavimentada entre paredes altas de ladrillos rojos y amarillos. El silencio era absoluto; la atmósfera, cargada y polvorienta.

—¿Qué coño de lugar es este? —preguntó Ben Roi paseando la vista alrededor.

—Se llama el Masr al-Qadima —contestó Jalifa. Sacó los cigarrillos y encendió uno—. El viejo El Cairo. La parte más antigua de la ciudad. Algunas zonas se remontan a la era romana. —Dio una calada—. Claro que entonces tenía otro nombre. —Miró a Ben Roi—. Entonces se llamaba Babilonia. Babilonia de Egipto.

El israelí enarcó las cejas como diciendo: «¿A mí qué me cuentas?». Jalifa se encajó el Cleopatra en la boca y le indicó con un gesto que le siguiera. De vez en cuando pasaban junto a una puerta o una ventana con postigos, pero no vieron a nadie ni oyeron el menor sonido, salvo sus pisadas y, en una ocasión, una canción lejana, dulce y etérea. La calle se desvió a la derecha, después a la izquierda, y luego a la derecha de nuevo, antes de desembocar en el espacio bordeado de árboles que se abría ante la sinagoga de Ben Esdras.

El israelí volvió a preguntar qué estaba pasando, Jalifa siguió sin contestar, tiró el cigarrillo y le indicó con un gesto que entrara en el edificio. Se detuvieron un momento en la entrada, admiraron el púlpito de mármol, las galerías de madera, las paredes y el techo muy trabajados, y después avanzaron hasta detenerse ante el elevado santuario de madera situado al final de la sinagoga, flanqueado por las menorahs de latón.

—Bienvenido, Yusuf. Sabía que volverías.

Como en su visita anterior, Jalifa estaba seguro de que no había nadie en la sinagoga. No obstante, ahí estaba de nuevo el hombre alto de pelo blanco, sentado en las sombras, bajo la galería. Levantó una mano a modo de saludo y miró a los dos detectives antes de acercarse a ellos. Jalifa presentó a su acompañante.

—Arieh Ben Roi —dijo—. De la policía israelí.

El anciano asintió, como si esperara esa respuesta, con los

ojos clavados en la menorah que colgaba del cuello de Ben Roi. Jalifa se removió inquieto. Ahora que había llegado el momento, no estaba seguro de cómo verbalizar lo que tenía en mente. Tampoco estaba muy seguro de lo que tenía en mente. El hombre pareció comprender su dilema, porque avanzó un paso y apoyó una mano en su hombro.

—La trajeron aquí hace mucho tiempo —dijo con voz plácida—. Setenta generaciones atrás. Lo ordenó el sumo sacerdote Matías. Cuando supo que la ciudad santa iba a caer en manos de los romanos.

Jalifa parpadeó.

—La...

—¿Otra? —Una vez más, dio la impresión de que el hombre sabía lo que estaba pensando Jalifa antes que él mismo—. La forjó Eleazar el orfebre. Enviaron la original a Egipto junto con mi antepasado, para que esperara aquí la llegada de tiempos mejores. Nuestra familia la ha custodiado desde entonces.

Ben Roi abrió la boca, pero volvió a cerrarla, perplejo. Siguió un largo silencio.

—¿Nunca se lo ha contado a nadie? —preguntó Jalifa.

El anciano se encogió de hombros.

—No había llegado el momento.

—¿Y ahora sí?

—Oh, sí. El momento ha llegado. Las señales por fin se han cumplido.

Jalifa observó sorprendido que los ojos del hombre estaban anegados de lágrimas, pero de alegría, no de pena. El anciano le miró, y luego, muy despacio, se volvió hacia la menorah más cercana, tendió la mano y tocó con la yema de los dedos uno de los brazos.

—«Tres señales te guiarán —recitó con voz repentinamente lejana, como si resonara a través de una inmensa extensión de espacio y tiempo—. La primera, el menor de los doce vendrá con un halcón en la mano; la segunda, un hijo de Ismael y un hijo de Isaac entrarán como amigos en la Casa de Dios; la tercera, el león y el pastor serán uno, y una lámpara colgará de su cuello. Cuando estas cosas ocurran, habrá llegado el momento.»

Se hizo el silencio de nuevo, y las palabras del hombre parecieron perdurar en el aire frío e inmóvil del interior de la sinagoga. Después, se volvió y sus ojos azul zafiro centellearon.

—Tu llegada ha cumplido la primera señal —prosiguió, y sonrió a Jalifa—. Pues el menor de los doce hijos de Jacob era José, Yusuf en la lengua árabe. Y has traído contigo un halcón. La segunda señal... —Tendió las manos para abarcar a ambos detectives—. La habéis cumplido los dos. Pues el pueblo musulmán se remonta a Ismael, y de su hermano Isaac desciende la raza judía. Un musulmán y un judío juntos en la Casa de Dios. En cuanto a la tercera señal...

Ladeó la cabeza e indicó el colgante de Ben Roi.

—¿Y el león? —preguntó Jalifa, y su voz le sonó extrañamente profunda y ajena—. ¿Y el pastor?

El anciano no dijo nada, se limitó a mirar a Ben Roi.

—Mi nombre —murmuró el israelí—. Arieh significa león en hebreo. Roi es pastor. Escucha, ¿de qué va toda esta mierda?

La sonrisa del hombre se ensanchó y lanzó una risita.

—Permíteme que te enseñe algo, amigo mío. Permitidme que os lo enseñe a los dos. Setenta generaciones, y ahora, por fin, ha llegado la hora de la revelación.

Tomó a los dos del brazo y los condujo hasta un rincón del fondo de la sinagoga, donde sacó una llave y abrió una puerta baja practicada en los paneles de madera que forraban las paredes.

—Nuestra sinagoga fue construida a finales de siglo IX, sobre las ruinas de una antigua iglesia copta —explicó, mientras bajaba por una escalera que conducía a un espacioso sótano con el suelo de losas, donde solo había una pila de sillas de madera plegables y, en el centro, una gran estera—. Que a su vez se alzaba sobre las ruinas de un edificio todavía más antiguo, que databa de la era romana. Cuando mis antepasados llegaron aquí, este edificio era la casa del jefe de la comunidad judía de Babilonia, un hombre muy sabio y santo. Se llamaba Abner.

Caminó hasta la estera, se agachó y agarró una esquina.

—De aquella casa solo queda una pequeña parte, una cripta muy profunda que utilizaban para almacenar vino. Ha sobrevivido incólume, mientras en la superficie los siglos han transcurrido lentamente y los edificios han aparecido y desaparecido.

Apartó la estera y dejó al descubierto una losa de piedra con una cavidad en el centro, más grande que las que la rodeaban, más pulimentada, mucho más antigua. La levantó con la ayuda del detective y apareció una abertura, con un tramo de escalera desgastada que bajaba. Jalifa no estaba seguro, pero creyó distinguir un tenue destello de luz abajo.

—Venid —indicó el hombre—. Está esperando.

Los guió escaleras abajo y entró en un pasadizo estrecho de techo con voladizos y paredes de ladrillo polvorientas. La luz era ahora inconfundible, un intenso resplandor procedente del otro lado de una esquina situada al final del pasadizo. Avanzaron en dicha dirección, la luz más potente a cada paso que daban, más profunda y más intensa, y notaron un levísimo hálito de perfume en el aire, apenas perceptible pero al mismo tiempo extrañamente embriagador, de tal forma que empezaron a marearse. Llegaron al final del pasadizo y doblaron la esquina.

—Oh, Dios mío —dijo Ben Roi con un hilo de voz—. Oh, Dios Todopoderoso.

Delante de ellos había una cripta excavada en la roca, de paredes y techo toscos e irregulares, cuyo interior estaba bañado por la luz más cálida, acogedora y exquisita que Jalifa había visto en su vida. La fuente de la luz, al fondo, era una menorah de siete brazos, con siete llamas parpadeantes que se alzaban de sus lamparillas, idéntica a la que habían descubierto en la mina, pero al mismo tiempo diferente en todo; su oro infinitamente más rico y cautivador, su forma infinitamente más grácil y elegante, sus adornos tan sutiles y realistas que, a su lado, flores, hojas y frutas de verdad hubieran parecido groseras imitaciones.

Los detectives se miraron un momento y luego siguieron al hombre del pelo banco, hasta que se detuvo ante el candelabro. La luz los bañó como una ola de oro, inundó sus ojos, invadió hasta el último resquicio de sus cuerpos.

—¿Mantiene las lamparillas encendidas? —preguntó Ben Roi con voz débil, apenas audible.

—Las lamparillas no se han tocado desde que trajeron aquí la Menorah —contestó el anciano, cuyos ojos azules centelleaban—. Se encendieron entonces y así han permanecido. Sus mechas nunca se han consumido, su aceite nunca se ha agotado.

Los detectives menearon la cabeza, maravillados, y avanzaron unos centímetros, con la vista clavada en las llamas. Jalifa nunca había visto llamas semejantes; contenían todos los colores del arco iris y muchos más, colores que Jalifa ni siquiera sabía que existieran, tan puros, tan perfectos, tan hipnóticos que, a partir de aquel momento, todos los que viera serían insufriblemente sosos y monocromos en comparación. Parecían arrastrarle hacia dentro, remolineaban y trazaban espirales a su alrededor, le acariciaban la cara como si estuviera pasando a través de un velo transparente, antes de apartarse para revelar inmensos espacios abiertos, espacios que, de alguna manera (nunca podría explicarlo bien), contenían a todas las personas que había conocido, todos los lugares en que había estado, todas las cosas que había hecho: toda su vida desplegada ante él, con una claridad y realidad perfectas. Estaban su padre y su madre, su hermano Ali, su graduación en la academia de policía, el día en que, a los cinco años, huyó de casa y trepó a lo alto de la Gran Pirámide de Keops. Y en medio, más claro y brillante que todo lo demás, riendo y saludando con la mano como si los estuviera viendo por una ventana, Zainab y sus hijos.

—Veo a Galia.

Jalifa se volvió. Horrorizado, vio que Ben Roi había tendido la mano y la mantenía dentro de una de las llamas. Levantó el brazo con la intención de apartar al israelí, pero el hombre de cabello cano se lo impidió.

—La luz de Dios no puede hacer daño a aquellos cuyo corazón es puro —murmuró—. Déjale.

Ben Roi estaba sonriendo y dio la impresión de que la llama crecía para envolver toda la mano en un guante brillante de luz dorada.

—Puedo tocar su pelo —susurró—, su cara. Está aquí. Galia está aquí.

Empezó a reír, mientras sus dedos se movían en la llama como si estuviera acariciando la piel de alguien amado. Continuó así durante unos momentos, hasta que su rostro se demudó y emitió un sollozo ahogado. Luego otro, y otro, y otro, cada uno más fuerte que el anterior, y todo su cuerpo pareció temblar debido a la intensidad de su dolor. Retiró la mano y se inclinó hacia delante, aferrándose los costados, pero las convulsiones eran cada vez más fuertes y al final cayó de rodillas, sollozando de forma incontrolable, mientras las lágrimas surgían de su interior como agua de una presa rota, hasta dejarle vacío.

—La quería tanto... —repetía—. Oh, Dios, la quería tanto...

Jalifa quiso murmurar unas palabras de consuelo, pero se le antojaron inadecuadas, de modo que avanzó y apoyó una mano sobre el hombro de Ben Roi. Los sollozos continuaron, las lágrimas resbalaban por el hosco rostro del israelí, que no cesaba de emitir aullidos de dolor, hasta que al fin, apenas consciente de lo que hacía, Jalifa avanzó otro paso, se puso en cuclillas y abrazó al hombretón.

—La quería tanto... —dijo Ben Roi con un hilo de voz—. La echo de menos. Oh, Dios, la echo mucho de menos.

El egipcio no dijo nada, se limitó a abrazarle, y la luz de la Menorah los envolvió como una capa reluciente, los atrajo y los unió. El anciano sonrió, dio media vuelta y salió de la cripta.

Cuando subieron por fin a la sinagoga, no vieron por ninguna parte al hombre. Le llamaron, pero no hubo respuesta, y después de pasear de un lado a otro durante varios minutos salieron del edificio.

Habían llegado a mediodía. Sin embargo ahora, de manera inexplicable, estaba amaneciendo, como si la cinta transportadora del Tiempo hubiera saltado, roto el ritmo normal del ciclo del día. Vieron hacia el este los remolinos rosa y verde que manchaban el cielo sobre las cumbres dentadas de las colinas de Muqattam.

Después avanzaron y se sentaron en un banco bajo el tronco de un gigantesco laurel de Indias. En ese momento, un niño vestido con una chilaba blanca se acercó con una bandeja en la que llevaba dos vasos de té; sus ojos eran azules y brillantes como zafiros.

—El abuelo dijo que les diera esto cuando salieran —explicó, y les tendió la bandeja—. Los estará esperando en la sinagoga cuando estén preparados.

Tomaron los vasos y el niño se marchó a toda prisa. Jalifa encendió un cigarrillo y contempló las últimas estrellas que centelleaban en el cielo. Siguió un largo silencio.

—¿Qué hacemos con eso? —preguntó al fin.

A su lado, Ben Roi se había inclinado y estaba soplando el té.

—Haz el bien —murmuró—. Intenta cambiar las cosas.

—¿Qué?

—Fue lo último que Galia me dijo. Antes de morir. Haz el bien. Intenta cambiar las cosas. Era nuestra frase. —Miró a Jalifa y luego bajó la vista—. No se lo había contado a nadie.

El egipcio sonrió y bebió su té. Era muy dulce y muy fuerte, el líquido transparente y de un color pardo rojizo, casi rubí. Justo como le gustaba.

—Traería problemas —observó Ben Roi tras otro breve silencio, y sorbió un poco de té—. Si la gente descubre que la hemos encontrado. Tal como están las cosas. Hay otros Har-Zion. Y también otros al-Mulatham.

Jalifa dio una calada al cigarrillo. El sol asomaba la cabeza sobre las colinas, una delgada hoz de un rojo brillante.

—Es demasiado... poderosa —continuó Ben Roi—. Demasiado... especial. Si regresara... Creo que no estamos preparados. Las cosas ya están bastante complicadas.

Dejó el vaso a un lado y cruzó los brazos. Un par de abejarucos descendieron del árbol y empezaron a picotear el suelo con sus largos picos, saltando de un lado a otro. Los detectives se miraron y asintieron con la cabeza, sabiendo que los dos pensaban lo mismo.

—¿De acuerdo? —preguntó Ben Roi.

—De acuerdo —respondió Jalifa. Terminó el cigarrillo y lo aplastó con el tacón del zapato.

—Llamaré a Milan. Le diré que está a buen recaudo. No querrá saber nada más.

—¿Es de confianza?

—¿Yehuda? —Ben Roi sonrió—. Sí, es de confianza. Por eso le llamé para hablarle de la Menorah. Es una buena persona. Como su hija.

—¿Su hija?

—Pensaba que te lo había dicho —dijo Ben Roi—. Estoy seguro de que lo hice.

—¿Decirme qué?

El israelí se pasó una mano por el pelo.

—Yehuda Milan era el padre de Galia.

Les preocupaba que su decisión disgustara al anciano. Sin embargo, cuando le encontraron y se la comunicaron, asintió con la cabeza y esbozó su enigmática sonrisa.

—Nuestra tarea era custodiar la Lámpara y, cuando llegara el momento, revelar su paradero —dijo en voz baja—. Lo hemos hecho. No cabía esperar otra cosa, ni de nosotros ni de vosotros.

Se oyó un ruido de pasos y el niño entró corriendo en la sinagoga. Se paró al lado de su abuelo, que le rodeó los hombros con un brazo.

—¿Qué hará ahora? —preguntó Jalifa.

—¿Ahora? —El hombre se encogió de hombros—. Nosotros solo somos los guardianes, este es nuestro hogar. Eso no cambiará. Nada cambiará.

—¿La Lámpara?

—La Lámpara se quedará donde está. Hasta que sea la voluntad de Dios trasladarla. Mientras sus cálices ardan, siempre habrá luz en el mundo, por oscuras que parezcan las cosas.

El niño le tiró de la vestidura, se puso de puntillas y le susurró algo al oído. El hombre rió y le besó en la frente.

—Dice que os diga que, cuando yo haya muerto y él sea el guardián, ambos podréis venir a ver el Candelabro siempre que lo deseéis.

Los detectives sonrieron.

—Que Dios os acompañe, amigos. Ahora lleváis dentro la luz de la Menorah. No permitáis que se apague.

Sostuvo su mirada un momento, y los dos hombres experimentaron una extraña sensación de ingravidez, como si flotaran en el aire. Después, con una inclinación de la cabeza, el hombre tomó la mano del niño, dio media vuelta y se adentró en las sombras que se formaban bajo la galería de madera de la sinagoga, para desaparecer de la vista como si jamás hubiera existido. De pronto, cuando salían del edificio, Ben Roi se llevó la mano a la cabeza.

—Se me ha curado la oreja —dijo.

85

El Cairo

—Última llamada para los pasajeros del vuelo cuatrocientos treinta y uno de Egyptair con destino Asuán vía Luxor.

Eran las seis de la tarde y Jalifa regresaba por fin a casa. Habría tomado un vuelo anterior, pero cuando había hablado con Zainab ella insistió en que, ya que se encontraba en El Cairo, aprovechara para hacer unas cuantas visitas sociales. En consecuencia, había desayunado con sus viejos amigos Tawfik y Narwal en el Groppi de Midan Talaat Harb; después pasó el día en el Museo de Antigüedades con su mentor, el viejo profesor al-Habibi, que acababa de regresar de una gira de conferencias por Europa, y volvió al Groppi con su amigo de la infancia Abdul Wasami el Gordo, quien, haciendo honor a su apodo, había conseguido dar buena cuenta de seis pastelillos rellenos de nata y chocolate, tres pedazos de *basbousa* y una enorme rebanada de *katif* untada de miel («Aquí me paro —había anunciado con cara de hombre virtuoso—. Esta noche salimos a cenar, y no quiero perder el apetito»).

Ahora Jalifa estaba preparado para volver a casa.

—Última llamada para los pasajeros del vuelo cuatrocientos treinta y uno de Egyptair.

Al otro lado de las barreras de seguridad vio que los últimos pasajeros atravesaban las puertas de cristal y entraban en el autobús que los conduciría al avión. Se volvió y paseó la mirada por la sala de embarque en busca de Ben Roi, que había reservado un vuelo a las ocho que saldría de la terminal internacional. Habían acordado encontrarse aquí para despedirse. El aeropuerto estaba abarrotado de turistas, entre ellos, un numeroso grupo de mujeres inglesas que, por algún motivo, llevaban sombreros idénticos. Ni rastro del israelí. Le concedió otro minuto y después, teniendo en cuenta que ya habían llamado a su vuelo, se encaminó hacia el puesto de seguridad.

—¡Jalifa!

El israelí se abría paso entre el rebaño de inglesas, con dos enormes bolsas de plástico en la mano. El egipcio salió a su encuentro.

—Pensaba que no llegarías a tiempo.

—No conseguía encontrar la puta terminal.

Ben Roi dejó las bolsas en el suelo, se pasó una mano por la frente perlada de sudor, sacó la petaca y dio un largo trago. Cuando la bajó, percibió una vez más la mirada desaprobadora de Jalifa.

—No pongas esa cara de cabreo —gruñó—. Es esa porquería de hibisco. ¿Cómo se llama?

—¿*Kardcady*?

—Eso es. Muy refrescante. En fin, ya era hora... Limpiar un poco el sistema, ya sabes.

Aunque desconocía la frase, Jalifa intuyó lo que el israelí quería decir y sonrió. Se miraron y enseguida desviaron la vista. Ninguno de los dos sabía muy bien qué decir. Jalifa echó un vistazo a las bolsas de plástico y reparó en su contenido.

—¿Libros para colorear? —preguntó sorprendido.

—¿Qué? Ah, sí. Mientras paseaba por la ciudad vi que los vendían. Conozco a una maestra que trabaja en una escuela donde estudian juntos niños israelíes y palestinos, y no pueden permitirse... —Ben Roi se interrumpió, avergonzado de repente—. He pensado que ella los necesitaría —murmuró.

Jalifa asintió.

—Debe de ser guapa esa maestra.

—Sí, ya lo creo. Tiene el pelo largo y...

Ben Roi enmudeció de nuevo, con el ceño fruncido, como si le hubieran engañado para confesar algo que no quería.

—Que te den por el culo, Jalifa.

No había rencor en su tono, y bajo la expresión ceñuda se adivinaba cierto buen humor. Los altavoces sonaron de nuevo.

—Última llamada para los pasajeros del vuelo cuatrocientos treinta y uno de Egyptair. Hagan el favor de presentarse en la puerta de embarque de inmediato.

—Es mi vuelo —dijo Jalifa.

Siguió una pausa, mientras los dos pugnaban por encontrar las palabras adecuadas, hasta que Ben Roi extendió la mano.

—*Ma-salaam, saheb.* Adiós, amigo.

Jalifa rió.

—Creo que dijiste que no hablabas árabe.

—Pregunté a alguien de la embajada —explicó Ben Roi encogiéndose de hombros—. Pensé que sería un gesto amable por mi parte.

Jalifa asintió y tomó la mano del israelí.

—*Shalom, chaver.* Adiós, amigo.

Esta vez fue Ben Roi quien rió.

—Creo que dijiste que no sabías hebreo.

—Lo busqué en un diccionario —dijo Jalifa—. Pensé que sería... un gesto amable por mi parte.

Se estrecharon las manos, sin dejar de mirarse, luego se soltaron, se dijeron adiós y se separaron. Jalifa acababa de atravesar la barrera de seguridad, el último pasajero en hacerlo, cuando oyó un grito detrás de él.

—¡Espera! ¡Espera!

El egipcio volvió a cruzar la barrera.

—Un día de estos voy a olvidarme la puta cabeza —murmuró Ben Roi. Buscó en una de las bolsas y sacó un paquete pequeño que entregó a Jalifa—. Para tu mujer y tus hijos. *Halva.* Nuestro dulce nacional. Lo cogí en la embajada.

El egipcio protestó, pero Ben Roi agitó una mano, rebuscó en un bolsillo y extrajo un paquetito, del tamaño de una caja de cerillas, envuelto en papel marrón.

—Y esto es para ti. Un detallito.

Jalifa volvió a protestar, el israelí volvió a desechar sus protestas y le metió el paquete en el bolsillo. Se miraron un momento, vacilantes, como si ambos reprimieran el deseo de hacer algo que deseaban pero no sabían si estaba bien. Después, al mismo tiempo, abandonaron toda prudencia y se fundieron en un abrazo. Los brazos de Ben Roi rodearon por completo a Jalifa, más menudo.

—Hasta la vista, cabronazo árabe.

Jalifa sonrió, con la cara apretada contra el inmenso pecho del israelí.

—Hasta la vista, arrogante hijo de puta judío.

Continuaron abrazados un momento, después se separaron y cada uno siguió su camino. Ninguno de los dos se volvió a mirar.

Más tarde, cuando el avión surcaba el aire en dirección al sur, hacia su casa y su familia, el único lugar en que deseaba estar, Jalifa metió la mano en el bolsillo, sacó el paquete que Ben Roi le había dado y lo contempló. Creía adivinar cuál sería su contenido. Por fin retiró el envoltorio con cuidado y vio una cajita de plástico. Dentro, sobre un lecho de papel de seda, estaba la menorah de plata que Ben Roi llevaba al cuello. La dejó en su palma, sonriente, cerró la mano, apoyó la cabeza contra la ventanilla y contempló el hilillo del Nilo, una vena azul en miniatura que, contra toda probabilidad, aportaba vida y esperanza a un desierto yermo.

86

Jerusalén

Era una multitud, varios miles de personas, formando unas quince filas a lo largo de la calle Sultan Suleiman, apretujadas en el semicírculo de peldaños de piedra que bajaban hasta la puerta de Damasco. Hombres y mujeres, viejos y jóvenes, israelíes y palestinos, algunos con velas encendidas, otros con pancartas y carteles, otros con fotografías enmarcadas de los seres queridos que habían muerto debido a la violencia desatada entre ambos pueblos, todos con la vista clavada en el escenario improvisado delante de la puerta, donde dos figuras (una tocada con una *yamulka* blanca, la otra con una kefía de cuadros) se hallaban de pie ante un solo micrófono. De vez en cuando estallaba una salva de aplausos, pero en general la muchedumbre guardaba silencio, atenta a lo que decían aquellos dos.

En el centro de esta multitud, Yunis Abu Jish se abría paso lentamente, con el chaleco provisto de explosivos ceñido alrededor del estómago, el rostro ceniciento y perlado de sudor. Tal como le habían indicado, había ido a la cabina telefónica de la esquina de Abu Taleb con Ibn Jaldún, donde la gente de al-Mulatham le había dado las últimas órdenes: recoger el chaleco en la obra abandonada, dirigirse a la puerta de Damasco, acercarse lo máximo posible a la tarima y tirar del cable detonador.

—*Allahu akbar* —musitó, avanzando muy despacio para evitar que los explosivos se movieran—. *Allahu akbar, Allahu-akbar, Allahu akbar.*

Delante, los dos hombres hablaban por turnos, inclinados sobre el micrófono.

—... final de la violencia... sacrificios en nombre de la paz... odio o esperanza... nuestra última oportunidad...

Apenas oía sus voces, perdido en el *maelstrom* de su propia mente. Llegó al pie de la escalera, atravesó la explanada que había ante la puerta, se acercó a la tarima y se colocó justo en el medio, debajo de los oradores.

—... retirada incondicional de Cisjordania y la Franja de Gaza... reconocimiento del derecho de Israel a existir... abandono del Derecho al Regreso... compensación para los refugiados... Jerusalén será nuestra capital compartida... respeto y comprensión.

—*Allahu akbar. Allahu akbar. Allahu akbar.*

Mareado, presa de náuseas, muerto de miedo, obligó a su mano derecha a introducirse en la chaqueta, asió el primer cable que armaba los explosivos, tiró de él y agarró el segundo.

—... un mundo nuevo... juntos como amigos... esperanza en lugar de desesperación... luz en lugar de oscuridad...

—*Allahu akbar. Allahu akbar. Allahu akbar.*

Dio un pequeño tirón. Paró. Tiró de nuevo. Permaneció inmóvil. Y así se quedó, aferrando el detonador, mientras encima de él los dos hombres se abrazaban y la muchedumbre empezaba a cantar.

Glosario

Abba: En hebreo, «padre».

Abbas, Mahmud (1935): Político palestino. Primer ministro de la Autoridad Nacional Palestina entre mayo y septiembre de 2003 y presidente de la misma desde 2005. También conocido como Abu Mazen.

Abraham: Patriarca judío considerado padre del pueblo judío.

Abu Simbel: Yacimiento arqueológico en el sur de Egipto donde se encuentra uno de los monumentos más importantes de la civilización egipcia, el Templo del Sol de Ramsés II.

Abu Sir: Grupo de pirámides situado al sur de Gizeh perteneciente a la V Dinastía (*c.* 2465-2323 a.C.).

Abu Zaabal: Prisión egipcia cerca de El Cairo.

Abydos: Centro de culto al dios Osiris y recinto funerario de algunos de los primeros reyes egipcios. Situado a 90 km al norte de Luxor.

Acuerdos de Paz de Oslo: Conjunto de propuestas de paz negociadas en secreto por israelíes y palestinos en Oslo y firmadas en Washington en 1993.

Ahl al-Kitab: «Gente del libro»; para los musulmanes, fiel de una religión que tiene como libro sagrado la Biblia (judíos y cristianos).

Aish baladi: Pan parecido al de pita elaborado con harina integral.

Ajenatón: Faraón de la XVIII Dinastía. Gobernó entre 1353 y 1335 a.C. Padre de Tutankhamón.

Al-Ahram: Literalmente, «las pirámides». Periódico egipcio de gran tirada.

Al-Ajbar: Periódico egipcio.

Al-Quds: Nombre árabe de Jerusalén.

Al-Wadi al-Gadid: Prisión egipcia en el oasis de Kharga.

Aleya: Verso del Corán.

Alim al-Simsim: Versión egipcia del programa infantil estadounidense *Barrio Sésamo*.

Aliyah: Literalmente, «la ida». Emigración a la tierra de Israel.

Amarna: Nombre moderno de Ajetatón, ciudad fundada por el faraón Ajenatón en la orilla oriental del Nilo, a medio camino entre El Cairo y Luxor.

Amenhotep I: Faraón de la XVIII Dinastía. Gobernó entre 1525 y 1504 a.C. Su tumba no ha podido ser identificada con certeza.

Amenhotep II: Faraón de la XVIII Dinastía. Gobernó entre 1427 y 1401 a.C.

Amenhotep III: Faraón de la XVIII Dinastía. Gobernó entre 1391 y 1353 a.C. Padre de Ajenatón y abuelo de Tutankhamón.

Amir, Yigal: Extremista judío. Asesinó al primer ministro israelí Itzhak Rabin en 1995.

Anj: Símbolo cruciforme. Antiguo símbolo egipcio de la vida.

Arafat, Yasir (Gaza, 1929-París, 2004): Representante y dirigente *de facto* del pueblo palestino desde finales de la década de 1960 hasta su muerte en noviembre de 2004. Presidente de la Autoridad Nacional Palestina desde 1996. También se le conoce con el nombre de Abu Amar.

Arminius (*c.* 18 a.C.-21 d.C.): Mítico guerrero germánico de la antigüedad, famoso porque derrotó al ejército romano en la batalla de los bosques de Teutoburgo (9 d.C.).

Ashkelon: Prisión israelí.

Autoridad Nacional Palestina: Gobierno palestino semiautónomo con autoridad en la Franja de Gaza y Cisjordania. Creada tras los Acuerdos de Paz de Oslo (1993).

Ayalon, Ami: Director del Shin Bet (1996-2000).

Babaghanoush: Plato egipcio elaborado con *tahini* y puré de berenjena.

Babi Yar: Barranco cercano a Kiev donde, durante la Segunda Guerra Mundial, se perpetró una matanza en la que cien mil personas, principalmente judías, murieron fusiladas por los escamotes alemanes.

Banana Island: Enclave turístico de Luxor célebre como punto de encuentro de homosexuales.

Bar mitzvah: Ceremonia que marca la mayoría de edad religiosa de un muchacho judío.

Barak, Yehud: Primer ministro israelí (1999-2001).

Barghouti, Marwan (1958): Conocido activista y político palestino. Encarcelado por los israelíes en 2002.

Basbousa: Pastelillo dulce egipcio elaborado con semolina, frutos secos y miel.

Batya Gur: Popular escritor israelí.

Beir Seit, Universidad: Universidad palestina situada en la ciudad de Ramallah.

Beni Hassan: Importante necrópolis egipcia del Imperio medio situada en la orilla oriental del Nilo, a medio camino entre al-Minya y Mallawi.

Bezalel: Renombrado artesano judío de la época del Éxodo. Autor del Arca de la Alianza y de la primera Menorah.

Borsch: Sopa de remolacha.

Buchenwald: Campo de concentración nazi situado en Alemania.

Butneya: Barrio de El Cairo famoso por sus ladrones y traficantes de drogas.

Cábala: Enseñanza mística del judaísmo.

Camp David: Residencia de campo del presidente de Estados Unidos en Maryland. Escenario de las fallidas conversaciones de paz entre el entonces primer ministro israelí Yehud Barak y Yasir Arafat en julio de 2000.

Cardo: Calle cubierta de la parte judía de la vieja Jerusalén que en tiempos romanos era la principal vía pública de la ciudad.

Carter, Howard (1874-1939): Arqueólogo británico que en 1922 descubrió la tumba de Tutankhamón.

Cartonnage: Bandas de lino o papiro empapadas en yeso utilizadas para confeccionar máscaras funerarias y féretros en el antiguo Egipto.

Cartucho: Anillo ovalado que contenía el nombre de un faraón en escritura jeroglífica.

Casa de Oriente: Anteriormente, despacho en Jerusalén de la Autoridad Nacional Palestina. Ocupado por los israelíes desde 2001.

Champollion, Jean-François (1790-1832): Erudito francés que descifró la escritura jeroglífica.

Chicago House: Sede de la misión arqueológica de la Universidad de Chicago en Luxor.

Chilaba: Túnica tradicional que visten tanto hombres como mujeres en Egipto.

Chilaba *suda*: Túnica negra que visten las campesinas egipcias.

Constantino I (274-337): Llamado el Grande. Primer emperador romano convertido al cristianismo.

Copto, período: Etapa que abarca desde la introducción del cristianismo en Egipto en el siglo II hasta la conquista árabe en 639-641.

Cuernos de Hattin: Batalla en la que Saladino derrotó a los cruzados en 1187.

Dahlan, Mohammed (1961): Político y activista palestino.

David: Héroe y rey judío que vivió entre los siglos XI y X a.C. Padre de Salomón.

***Debir* (Santísimo)**: La parte más sagrada del antiguo templo, donde se guardaba el Arca de la Alianza.

Deir el-Bahri: Emplazamiento del templo funerario de la reina Hatseput (reinó entre 1473 y 1458 a.C.), en la orilla occidental del Nilo.

Deir el-Bersha: Necrópolis del Imperio medio situada en la orilla oriental del Nilo, frente a la moderna ciudad de Mallawi.

Deir Yasin: Antiguo pueblo palestino a las afueras de Jerusalén, escenario de una matanza perpetrada por paramilitares judíos en 1948.

Deutsche Orient-Gesellschaft: Sociedad Oriental Alemana. Institución dedicada al estudio de la historia y la arqueología de Oriente Próximo.

XXVIII Dinastía: La historia del antiguo Egipto se divide en tres imperios (antiguo, medio y nuevo), que a su vez se dividen en dinastías. La XXVIII Dinastía comprende catorce gobernantes y abarca el período entre 1550 y 1307 a.C. Fue la primera de las tres dinastías del Imperio nuevo (1550-1070 a.C.).

Dunum: Medida de superficie equivalente a diez áreas.

École Biblique: Instituto fundado en 1890 para el estudio de la Biblia y la arqueología de Tierra Santa.

Eid el-Adha: Fiesta del Sacrificio, una de las celebraciones más importantes del calendario musulmán.

El-Kab: Yacimiento arqueológico situado en la orilla oriental del Nilo, a 70 km al sur de Luxor. Incluye el espectacular recinto de una ciudad que data del primer período dinástico (2975-2920 a.C.).

Erekat, Saeb (1955): Político y académico palestino.

Eretz Israel Ha-Shlema: Literalmente, «el Gran Israel al completo», es decir, toda la tierra que Dios le prometió a Abraham en la Biblia.

Erez, control de: Principal punto de entrada a la Franja de Gaza desde Israel.

Esdrás: Legislador judío de la Antigüedad.

Estrella de David: Estrella de seis puntas, uno de los primeros símbolos del judaísmo. En hebreo se la denomina *Magen David*, Escudo de David.

Even Shetiyah: Literalmente, «piedra angular». La roca expuesta del monte Moria sobre la que se construyó el antiguo templo.

Farid: Marca de cigarrillos de Oriente Próximo.

Fatah: Facción palestina fundada por Yasir Arafat a finales de la década de 1950. La palabra significa «victoria» en árabe y es además el acrónimo del Movimiento para la Liberación Nacional de Palestina.

Fayenza: Loza fina elaborada a partir de cuarzo cocido con un vidriado exterior. Utilizada habitualmente en el antiguo Egipto para fabricar joyas, recipientes pequeños, etcétera.

FDI: Fuerza de Defensa de Israel, esto es, el ejército israelí.

Fellaha (plural *fellahin*): Campesino.

Fortaleza Antonia: Fortaleza adyacente al recinto del Templo en la antigua Jerusalén. Construida por Herodes el Grande.

Frumm: Palabra yiddish que significa «estricto en la observancia religiosa».

Gaddis, Attaia (1887-1972): Célebre fotógrafo egipcio.

Gebel Dosha: Yacimiento arqueológico en el norte de Sudán.

Gefitte (pescado): Plato tradicional judío que consiste en albóndigas de pescado hervido.

Genserico: Rey de los vándalos entre 428 y 477. En 455 saqueó Roma.

Goldstar: Marca de cerveza israelí.

Goldstein, Baruch: Extremista judío que se convirtió en héroe para los colonos judíos de la derecha después de que en 1994 mató a tiros a veintinueve fieles musulmanes en Hebrón antes de morir linchado.

Goy (plural *goyim*): Término despectivo *yiddish* para referirse a los no judíos.

Groppi's: Famosa cadena de cafeterías de El Cairo.

Gross-Rosen: Campo de concentración nazi en Polonia.

Guerra del Ramadán: Nombre que los árabes dan a la guerra del Yom Kipur de 1973.

Gush Shalom: Literalmente, «El bloque de la paz». Grupo pacifista israelí.

Ha-Shem: En hebreo, «El Nombre», Dios.

Haaretz: Periódico israelí.

Halajah: El cuerpo completo de la ley judía, tanto oral como escrita.

Hallah: Pan trenzado que los judíos comen en el sabbat.

Hamas: Movimiento islámico nacionalista palestino fundado en 1987. Hamas significa «celo» en árabe y es también el acrónimo invertido de Movimiento de Resistencia Islámico. Su figura principal, el jeque Ahmed Yasin, fue asesinado por los israelíes en 2004.

Hannukah: Festividad judía que conmemora la victoria de Judas Macabeo sobre los griegos seléucidas y la purificación del templo.

Haram al-Sharif: Literalmente, «el Noble Santuario». Recinto de la Jerusalén vieja que contiene la mezquita de al-Aqsa y la Cúpula de la Roca, el tercero de los lugares sagrados del mundo islámico. Construido sobre los restos del antiguo templo judío.

Haredim: Judío ultraortodoxo.

Hasídico: Rama del judaísmo ultraortodoxo.

Hawagaya: Término egipcio para referirse a los extranjeros.

Hazzan: Cantor que dirige los cantos en la sinagoga.

Hizbullah: Literalmente, «Partido de Dios». Grupo islamista militante chií radicado en Líbano.

Horemheb: Último faraón de la XXVIII Dinastía. Gobernó entre *c.* 1319 y 1307 a.C.

Horus: Antiguo dios egipcio, hijo de Isis y Osiris. Representado con cuerpo humano y cabeza de halcón.

Humvee: Acrónimo de *high mobility multi-purpose wheeled vehicle* (vehículo multiusos de gran movilidad).

Huríes: Vírgenes que atienden las necesidades de los musulmanes en la vida del más allá.

Imam: El que preside la oración de la congregación en la mezquita.

Imma (plural *immam*): Pañuelo o turbante para la cabeza utilizado por los hombres en todo Egipto.

Inshallah: Literalmente, «Si Alá quiere». Expresión común árabe.

Intifada: Literalmente, «levantamiento». Insurrección popular del pueblo palestino en la Franja de Gaza y Cisjordania. La primera intifada duró de 1987 a 1993. La segunda, o Intifada de al-Aqsa, estalló en 2000 y continúa en el momento presente.

Isaac: Patriarca judío. Hijo de Abraham y medio hermano de Ismael. La tradición dice que el pueblo judío desciende de Isaac.

Isis: Antigua diosa egipcia. Esposa de Osiris y madre de Horus. Protectora de los muertos.

Islámico, período: Etapa de la historia de Egipto que abarca desde la conquista árabe en 639-641 en adelante.

Ismael: Primogénito de Abraham gracias a la concubina Agar. La tradición dice que el pueblo árabe desciende de Ismael.

Jacob: Patriarca judío. Hijo de Isaac y nieto de Abraham.

Jardín de la Tumba: Lugar considerado por algunos como emplazamiento de la tumba de Cristo.

Jeremías: Profeta judío del siglo VI a.C. Predijo la destrucción del templo de Salomón por los babilonios. Se cree que murió en Egipto.

Jonás: Profeta hebreo.

Josué: Hermano de Moisés. Tras la muerte de Moisés asumió la dirección del pueblo judío.

Juan de Gischala: Uno de los líderes de la revuelta judía contra los romanos de 66-70 d.C. Tras la caída de Jerusalén en el año 70 fue condenado a prisión de por vida.

Judas Macabeo: Jefe militar judío del siglo II a.C. Reconquistó Jerusalén de manos de los griegos seléucidas.

Kaaba: Edificio en forma de cubo que se encuentra en el centro del patio cuadrangular del interior de la Gran Mezquita en La Meca. Lugar santo del islam.

Kahane, Meir (1932-1990): Judío extremista nacido en Brooklyn. Abogaba por la expulsión de todos los árabes de la tierra bíblica de Israel. Fue asesinado.

Karkaday: Infusión de pétalos de hibisco muy popular en Egipto.

Katif: Trigo molido empapado en miel. Popular postre egipcio.

Kefía: Tocado que llevan los hombres árabes.

Ken: «Sí» en hebreo.

Kerovah: Plegaria judía que se recita durante el sabbat y en otras festividades.

Ketziot: Prisión israelí en el desierto del Neguev famosa por sus duras condiciones.

Khaghoghi derev: Plato tradicional armenio elaborado con hojas de parra rellenas.

Kiddush: Oración judía para bendecir el vino.

Klog iz mir: En yiddish, «¡Ay de mí».

Kneidl: Albóndiga.

***Kneidlach* de pollo**: Sopa de pollo con albóndigas. Plato judío muy popular.

Knesset: Literalmente, «asamblea». Parlamento israelí.

Kohenim (plural): Sacerdotes hereditarios del templo.

Kor: Emplazamiento arqueológico en el norte de Sudán.

Kufr: Nombre que reciben aquellos que no siguen el islam, infieles.

KV2: Tumba en el Valle de los Reyes en la que fue sepultado el faraón de la XX Dinastía Ramsés IV (reinó entre *c.* 1163 y 1156 a.C.).

Mangonel: Arma de guerra que se utilizaba para lanzar piedras gigantescas.

Maniak: En hebreo, «simplón»

Mashrabiya: Artesanía tradicional egipcia en madera.

Matmidim (plural): Eruditos judíos dedicados al estudio del Talmud.

Matzah: Pan ácimo que los judíos comen durante la Pascua.

Mauristan: Zona del barrio cristiano de la Jerusalén vieja.

Mea Sharim: Barrio residencial de Jerusalén al norte de la Ciudad Vieja.

Mendil: Tocado que llevan las mujeres palestinas.

Mengele, Josef: Médico nazi en Auschwitz, apodado el Ángel de la Muerte. Después de la guerra escapó a Sudamérica; murió en Brasil en 1979.

Menorah: Candelabro de siete brazos, uno de los símbolos más antiguos del judaísmo y emblema del Estado de Israel.

Merenptah: Faraón de la XIX Dinastía que reinó entre *c.* 1224 y 1214 a.C.

Mesa del Pan de la Proposición: Uno de los objetos sagrados del antiguo Templo de Jerusalén. En ella se colocaba el pan sagrado que se utilizaba durante los servicios del templo.

Meshugina: En yiddish, «loco».

Mezuzah: Cajita que contiene versos del libro de Deuteronomio; se coloca en la jamba derecha de la puerta en los hogares judíos ortodoxos.

Midan Tahrir: Literalmente, «Plaza de la Liberación». Centro del moderno El Cairo.

Mishná: Cuerpo de la ley oral judía, compilado en el siglo II d.C.

Molochia: Planta verde de grandes hojas parecida a la espinaca.

Monte Moria: Emplazamiento del antiguo templo de Jerusalén donde, según la Biblia, Abraham estuvo a punto de sacrificar a su hijo Isaac.

Moser: En yiddish, «traidor» o «delator».

Mubarak, Hosni: Presidente de Egipto desde 1981.

Muecín: Funcionario de la mezquita que convoca a los fieles a la plegaria cinco veces al día.

Muro Oeste: Lo que queda del muro de contención del antiguo templo de Jerusalén, única parte del edificio que quedó después de que este fuera destruido por los romanos en 70 d.C. También llamado Muro de las Lamentaciones y, en hebreo, *Kotel*. Es el lugar más sagrado para los judíos.

Nebbish: En yiddish, persona tímida o de poco espíritu.

Nemes: Tocado que llevaban los antiguos faraones egipcios.

Occitano: Idioma francés, actualmente casi extinguido, que se hablaba en la región del Languedoc, en el sur de Francia. Era la lengua en la que se expresaban los poetas trovadores medievales.

ONG: Organización No Gubernamental.

Osiris: Antiguo dios egipcio del mundo de los muertos.

Ostracon: Fragmento de cerámica o arenisca que servía como soporte de escritura o imágenes. Es el equivalente antiguo de nuestros modernos tacos para tomar notas.

Paz Ahora: Principal movimiento pacifista israelí, fundado en 1978.

Pe'ot (plural): Tirabuzones en las patillas que llevan los ultraortodoxos judíos.

Pesah: Pascua. Festividad judía que conmemora el Éxodo de Egipto.

Pilono: Entrada monumental o puerta que se levanta delante de un templo.

Pilum: Lanza o jabalina utilizada por los soldados romanos.

Protocolos de los sabios de Sión: Documento falso publicado en Rusia en 1905 que pretendía ser un plan maestro judío para dominar el mundo. Aunque más tarde se demostró que era un fraude, desde entonces ha alimentado el antisemitismo.

Qasr Dush: Emplazamiento de un antiguo templo romano, cerca del oasis de Kharga.

Qubat al-Sajra: Término árabe para referirse a la Cúpula de la Roca, principal lugar de culto islámico en Jerusalén.

Quftan: Caftán. Túnica de manga larga.

Qurei, Ahmed (1937): Primer ministro palestino desde 2003. También llamado Abu Ala.

Rafah: Ciudad palestina de la Franja de Gaza, cerca de la frontera con Egipto. Escenario en 2004 de una brutal operación militar israelí que produjo la muerte de muchos civiles.

Rais: Jefe.

Rajoub, Jibril (1953): Activista y político palestino.

Rammasseum: Templo funerario de Ramsés II, en la orilla occidental del Nilo, en Luxor.

Ramsés II: Tercer faraón de la XIX Dinastía. Reinó entre 1290 y 1224 a.C. Fue uno de los reyes más grandes del antiguo Egipto.

Ramsés III: Faraón de la XX Dinastía. Reinó entre *c.* 1194 y 1163 a.C. Su templo funerario de Medinet Habu es uno de los monumentos más hermosos de Egipto.

Ramsés VI: Faraón de la XX Dinastía. Gobernó entre *c.* 1151 y 1143 a.C.

Ramsés IX: Faraón de la XX Dinastía. Gobernó entre *c.* 1112 y 1100 a.C.

Rashi (1040-1105): Erudito y comentarista judío. Su verdadero nombre era Solomon ben Isaac.

Rekah: Ciclo de la plegaria.

Rodef: En hebreo, «traidor».

Romema: Barrio residencial de Jerusalén, en la zona noroeste de la ciudad.

Rosacruces: Sociedad religiosa esotérica. Sus emblemas son la rosa y la cruz.

Sabra: Apelativo para referirse a un israelí nativo. El *sabra* es un cacto, y se dice que los israelíes, como el cacto, son espinosos por fuera y tiernos por dentro.

Sabra y Shatila: Campos de refugiados en Beirut Oeste, escenario de una infame matanza en 1982. Aunque aquella atrocidad fue perpetrada por libaneses de la milicia cristiana, se consideró a Israel cómplice, pues en aquel tiempo su ejército tenía el control de la zona.

Sala hipóstila: Sala cuyo techo está sostenido por columnas.

Saladino (1138-1193): Forma castellanizada de Salah al-Din, gran dirigente militar musulmán.

Salomón: Rey de Israel del siglo x. Hijo de David.

Saqqara: Necrópolis de la antigua capital egipcia, Menfis. Se trata de un inmenso cementerio en el desierto que ocupa casi siete kilómetros cuadrados y que incluye la famosa pirámide escalonada de Zóser, a 20 km al sur de El Cairo.

Schal: Manto o chal de tela que visten los egipcios.

Schlomo Artzi: Músico israelí.

Sefardí: En España, «ladino», judío de origen español. Entre los israelíes, «español».

Seti I: Faraón de la XIX Dinastía, padre de Ramsés II. Gobernó *c.* 1306 y 1290 a.C.

Shaaban Abd al-Rehim: Músico egipcio.

Shabbat: Palabra hebrea para el sabbat judío.

Shabti: Figurillas momiformes, normalmente de fayenza o madera, que se colocaban en las tumbas para que atendieran las necesidades de los muertos en la otra vida.

Shaduf: Noria de madera que se utilizaba para sacar agua del Nilo.

Shahada: Profesión de fe musulmana.

Shahid: Mártir islámico.

Sharon, Ariel (1928): Controvertido soldado y político israelí. Primer ministro de Israel desde febrero de 2001.

Shayj: Jeque, persona con autoridad personal (no delegada).

Shebab: Literalmente, «juventud». Jóvenes palestinos.

Shema: Plegaria central de la fe judía, integrada por tres pasajes bíblicos: Deuteronomio 6: 4-9, Deuteronomio 11: 13-21, y Números 15: 37-41.

Shin Bet: Servicio de seguridad interna de Israel, equivalente al MI5 o el FBI.

Shisha: Pipa de agua que se utiliza en Oriente Próximo.

Shmuck: En yiddish, «inútil», «despreciable».

Shoah: Palabra hebrea para designar el Holocausto.

Shtetl: Literalmente, «pequeña ciudad», en yiddish. Término utilizado para referirse a los asentamientos de la Europa del Este con población mayoritariamente judía.

Shtreimel: Gran sombrero de piel que llevan los judíos ultraortodoxos.

Shul: Palabra yiddish para referirse a la sinagoga.

Shuma: Bastón de caminante.

Siga: Juego de mesa egipcio, llamado también *tab-es-siga*, similar a las damas.

Simon Bar-Giora: Uno de los líderes de la revuelta judía contra Roma de 66-70 d.C. Fue ejecutado tras la caída de Jerusalén en 70.

Soujuk: Plato tradicional armenio elaborado con salchichas picantes.

Sura: Capítulo del Corán, libro santo del islam. Cada una de las suras se divide en varias *ayat* o secciones.

Tallit: Chal de plegaria que los judíos visten para la adoración durante ciertas fiestas.

Tallit katan: Prenda de vestir semejante a una camisa con flecos a ambos lados que los judíos ultraortodoxos llevan bajo la ropa corriente.

Talmid hajamim (plural): Literalmente, «discípulos de los sabios». Aquellos que se dedican al estudio de la ley judía.

Talmud: Compilación de comentarios y debates eruditos sobre la ley judía.

Tamar hindi: Refresco elaborado con dátiles.

Tarbush: Fez.

Tarha: Manto tradicional con el que las mujeres egipcias se cubren la cabeza.

Taybeh: Cerveza palestina.

Tebano Macizo: Cadena de colinas en la orilla occidental del río Nilo en Luxor.

Tefilin (plural): Cajitas que contienen pasajes bíblicos. Los judíos ortodoxos se las atan a la frente y en el brazo durante ciertas plegarias. También llamadas filacterias.

Tel el-Farain: Literalmente, «Montículo de los faraones». Emplazamiento arqueológico en el norte de Egipto.

Termous: Tipo de alubia.

Thobe: Vestido o caftán bordado que visten las mujeres palestinas.

Tish B'Av: Literalmente, «El noveno de Av». En el calendario judío, fecha en la que fueron destruidos el primero y el segundo templo (por los babilonios y por los romanos, respectivamente); se recuerda con grandes lamentos.

Tito: Hijo del emperador Vespasiano. Comandó el ejército romano que conquistó Jerusalén en 70. Emperador entre 79 y 81.

Torá: Texto central de la fe judía; comprende los cinco primeros libros de la Biblia. También conocido como el Pentateuco.

Torly: Estofado tradicional egipcio.

Torshi: Mezcla de verduras encurtidas que constituyen un popular aperitivo en Egipto.

Tríada Tebana: Amón, Mut y Montu. Los tres antiguos dioses egipcios a los que se consagró Karnak.

Tuna el-Gebel: Emplazamiento arqueológico en la orilla occidental del Nilo, cerca de la ciudad de Mallawi.

Turia: Azada.

Tutmosis II: Faraón de la XVIII Dinastía. Gobernó entre *c.* 1492-1479 a.C.

Umm ali: Bizcocho bañado en leche con azúcar, pasas y canela. Postre popular egipcio.

Umm Kalsum (1904-1975): Famosa cantante egipcia.

Umma: La comunidad musulmana.

'Umra: Peregrinaje a La Meca. A diferencia del peregrinaje *Hach*, más importante, puede hacerse en cualquier momento del año.

Vándalos: Tribu germánica que saqueó Roma en 455 d.C.

Vespasiano: Emperador romano entre 69 y 79 d.C.

Vía Dolorosa: Ruta a través de la Jerusalén vieja que supuestamente siguió Cristo de camino a la cruz.

Wadi Biban el-Muluk: Literalmente, «calle de las Puertas de los Reyes». Nombre árabe del Valle de los Reyes.

Wadi Halfa: Ciudad en el norte de Sudán. Emplazamiento de numerosos e importantes restos arqueológicos de los días de los faraones.

Ward-i-Nil: Literalmente, «flor del Nilo». Planta acuática común en Egipto.

Yad Vashem: Monumento conmemorativo y museo del Holocausto en Jerusalén.

Yahrzeit: Aniversario de la muerte de un pariente o un ser querido.

Yamulka: Gorro que llevan los judíos durante la plegaria. Los judíos ortodoxos lo llevan siempre.

Yansun: Popular bebida egipcia anisada.

Yathrib: Nombre original de la ciudad árabe de Medina.

Yediot Ahronot: Periódico israelí de más tirada.

Yehudi (plural *yehudiin*): Judío.

Yeshiva: Escuela religiosa judía dedicada al estudio del Talmud.

Yihad Islámico: Grupo islámico palestino fundado a finales de la década de 1970.

Yutzim (plural): En yiddish, «tonto», «simplón».

Yuya y Tjuyo: Pareja de nobles del siglo XIV a.C. Bisabuelos de Tutankhamón.

Zaatar: Planta aromática de Oriente Próximo de la familia de la menta.

Zedakah: Cepillo para las limosnas que figura entre el mobiliario habitual de muchos hogares judíos.

Zemirot (plural): Literalmente, «canciones». Salmos e himnos que los judíos cantan durante el culto.

Zonah: En hebreo, «prostituta».

Zóser: Faraón de la III Dinastía. Gobernó entre 2630 y 2611 a.C. Su pirámide escalonada, erigida en Saqqara, fue la primera construcción monumental en piedra.

Agradecimientos

Tengo una deuda de gratitud con muchísimas personas por la ayuda que me prestaron en la documentación y redacción de este libro, y lo que sigue es, por necesidad, un exiguo reconocimiento a su colaboración y apoyo.

Muchas gracias a mi agente, Laura Susijn, por estar siempre a mi lado en los tiempos difíciles, y a Simon Taylor, de Transworld, cuya capacidad como editor solo es igualada por sus hercúleos niveles de paciencia para esperar que un manuscrito esté listo para ser editado.

Rudi Eliott-Lockhart, Emma Woolerton y Tessa Webber me proporcionaron una ayuda inestimable con la traducción de los textos medievales latinos, y James Freeman hizo lo mismo con el latín y el griego clásicos.

Agradezco enormemente a Ghassan Kharian y Henrietta McMicking sus consejos sobre los matices del árabe palestino; gracias también a mi estimado amigo Mohsen Kamel por corregir mi (espantoso) árabe egipcio. En cuanto a las transcripciones del hebreo, mi agradecimiento al rabino Warren Elf, un maestro en las tradiciones del judaísmo.

Sin seguir un orden particular pero con igual gratitud hacia todos, mi agradecimiento a: profesor Dieter Lidenlaub, Rolf Herget, doctor Nick Reeves, Bromley Roberts, Nigel Topping, Xan Brooks, Andrew Rogerson, John Bannon, Charlie Smith, Marie-Louise Weighall y Sue y Stanley Sussman.

Finalmente, tres menciones especiales. Primero, gracias al personal y a los agentes de la comisaría de policía David en Jerusalén, que se mostraron infatigablemente amables, solícitos y cargados de información durante el tiempo que pasé investigando en Israel.

En segundo lugar, gracias a los muchos palestinos que se tomaron tiempo para encontrarse conmigo y me proporcionaron una interesante perspectiva de su mundo. Debido a la actual situación política, era comprensible su nerviosismo ante la perspectiva de que sus nombres aparecieran publicados. Ellos saben quiénes son y siempre les estaré agradecido.

Por último, y más importante, a mi bella esposa, sin cuyo amor, apoyo y fortaleza este libro nunca habría visto la luz.

Nos gustaría mantenerle informado periódicamente de nuestras novedades. Para ello le rogamos que nos facilite los datos solicitados y remita su respuesta a la siguiente dirección, o si lo desea, puede cumplimentar los datos en nuestra web:

www.randomhousemondadori.com

RANDOM HOUSE MONDADORI
Dpto. Marketing • Travessera de Gràcia, 47-49 • 08021 BARCELONA

Nombre : ______________________________

Apellidos: ______________________________

Dirección: ______________________________

Población: ______________________________

Código postal: ______________________________

Provincia: ______________________________

Tel.: ______________________________

E-mail: ______________________________

Fecha de nacimiento: ______________________________

Sus datos se incluirán en un fichero titularidad de Random House Mondadori, Travessera de Gràcia, 47-49, 08021 Barcelona, donde usted podrá ejercer sus derechos de acceso, rectificación, cancelación y oposición. La finalidad del fichero es mantenerle informado sobre las novedades de nuestra editorial, adecuando las propuestas a sus gustos en la medida de lo posible. Podrá recibir igualmente publicidad y ofertas de otras empresas de los sectores de entretenimiento. Si no está interesado en este otro tipo de información marque la casilla □.

RANDOM HOUSE MONDADORI

www.randomhousemondadori.com

Marque con un X las temáticas que le interesan

- ☐ Narrativa femenina
- ☐ Narrativa clásica
- ☐ Novela histórica
- ☐ Novela romántica
- ☐ Novela de intriga
- ☐ Literatura de viajes
- ☐ Narrativas de tendencias
- ☐ Memorias y biografías
- ☐ Ensayo científico
- ☐ Ensayo histórico
- ☐ Ensayo literario
- ☐ Poesía
- ☐ Ensayo sociológico-político
- ☐ Autoayuda y libro práctico
- ☐ Otras temáticas

¿Cuántos libros suele comprar al año?

☐ 1-3 ☐ 4-8 ☐ 9 o más

¿Cuáles de estos factores le ha influido más a la hora de adquirir el libro?

- ☐ Precio
- ☐ Autor
- ☐ Portada
- ☐ Colección
- ☐ Contenido
- ☐ Recomendación
- ☐ Otros:

¿Ha comprado otros títulos de esta colección?

☐ Sí ☐ No

Hijos

N.º hijos en edad escolar: N.º hijos de otras edades: